1781

Nelson DeMille

DAS VERMÄCHTNIS

Roman

Aus dem Amerikanischen
von Georg Schmidt

| Hoffmann und Campe |

Die Originalausgabe erschien 2008 unter dem Titel
The Gate House bei Grand Central Publishing, New York.

1. Auflage 2009

www.hoca.de
Satz: Pinkuin Satz und Datentechnik, Berlin
Gesetzt aus der Palatino Linotype
Druck und Bindung: Friedrich Pustet, Regensburg
Printed in Germany
ISBN 978-3-455-40197-4

HOFFMANN UND CAMPE

Ein Unternehmen der
GANSKE VERLAGSGRUPPE

Dieses Buch ist für James Nelson DeMille,
ein neues Kapitel in meinem Leben.

PROLOG

Wie schön ist dieser Garten, wo die Blumen der
Erde mit den Sternen des Himmels wetteifern!
Was kann mit der Vase jenes Alabasterbrunnens,
gefüllt mit kristallenem Wasser, verglichen werden?
Nichts als der Mond, wenn er voll ist und in der
Mitte eines wolkenlosen Himmels glänzt!

Inschrift an einer Wand der Alhambra, Granada, Spanien
Aus: Washington Irving, *Die Alhambra*

Es ist ein warmer Sommerabend, und im Schein eines vollen weißen Mondes betrachte ich, John Whitman Sutter, wie meine Frau, Susan Stanhope Sutter, mit ihrem Pferd Sansibar über die ruhigen Ländereien von Stanhope Hall reitet, ihren Familienbesitz.

Der aufgehende Mond ist geradezu unheimlich hell, und er taucht die Landschaft in ein überirdisches Licht, das sämtliche Farben in silberne Blau- und Weißtöne verwandelt.

Susan passiert eine Reihe hoher Kiefern und dringt auf ein benachbartes Anwesen vor, das Alhambra heißt, und ich frage mich, warum sie das tut, und hoffe, dass sie die Erlaubnis des neuen Besitzers hat, eines Mafia-Dons namens Frank Bellarosa.

Majestätische Bäume werfen lange Schatten auf die Wiesen, und in der Ferne sehe ich die riesige, im mediterranen Stil verputzte Villa, dunkel, bis auf ein Licht, das durch die geschlossenen Glastüren eines Balkons im ersten Stock fällt. Dieser Balkon führt, wie ich weiß, zu der Bibliothek, in der Frank Bellarosa in seinem ledernen Lehnsessel sitzt.

Susan nähert sich dem Haus, sitzt ab und bindet Sansibar an einem Baum fest. Sie geht zum Rand eines langen, spiegelnden Marmorbrunnens, der sich inmitten eines klassischen Gartens mit künstlichen römischen Ruinen befindet.

Am anderen Ende des Teiches steht eine Statue des Gottes Neptun, der seinen Dreizack in die Luft reckt und zu dessen Füßen steinerne Fische aus weit aufgerissenen Mäulern Wasser in eine große Muschelschale aus Alabaster speien, das sich von dort in den Teich ergießt. Auf dieser Seite des Teiches, mir am nächsten, steht eine Statue der Jungfrau Maria, die neu ist und, wie ich weiß, von Bellarosas Frau als Gegenpol zu dem halbnackten heidnischen Gott aufgestellt wurde.

Ein leichter, milder Wind bewegt die Zypressen, und Nachtvögel stimmen ihr Lied an. Es ist ein herrlicher Abend, und Susan ist sichtlich begeistert vom Mondschein und dem verwunschenen Garten. Auch ich bin von diesem zauberhaften Abend fasziniert.

Als ich mich wieder Susan zuwende, zieht sie sich aus und hängt jedes Kleidungsstück über die Statue der Jungfrau, was mich sowohl verwundert als auch verwirrt.

Susan, deren rote Haare sich im Wind bauschen, begibt sich zum Rand des Teiches und blickt auf ihr nacktes Spiegelbild im Wasser.

Ich will mich ebenfalls ausziehen und zu ihr gesellen, bemerke aber, dass das Licht in der Bibliothek erloschen ist und die Balkontüren jetzt offen stehen, obwohl dort niemand ist, und ich habe ein ungutes Gefühl und bleibe im Schatten.

Dann sehe ich die Silhouette eines Mannes vor dem weißen Gemäuer von Alhambra, und er läuft mit langen, kraftvollen Schritten auf den Teich zu. Als er näher kommt, sehe ich, dass es Bellarosa ist, der einen schwarzen Hausmantel trägt. Er steht jetzt neben Neptun, und sein Gesicht wirkt im Mondschein unnatürlich. Ich möchte Susan etwas zurufen, kann es aber nicht.

Susan scheint ihn nicht zu sehen und blickt weiter auf ihr Spiegelbild, während Bellarosa wie gebannt auf Susan starrt. Ich bin empört darüber, dass dieser Mann den nackten Körper meiner Frau betrachtet.

Susan und Frank sind so reglos wie die Statuen, und auch

ich bin wie versteinert, kann nicht eingreifen, obwohl ich Susan beschützen will.

Dann sehe ich, dass sie Bellarosa wahrgenommen hat, aber sie reagiert nicht. Ich verstehe das nicht; sie sollte nicht nackt vor diesem Mann stehen. Ich bin wütend auf sie und auch auf ihn, und wilde Gedanken jagen mir durch den Kopf, aber ich kann diese Wut weder in Worte noch in Laute fassen.

Während ich Susan anstarre, kehrt sie Bellarosa und dem Teich den Rücken zu, und ich denke, dass sie weggehen will. Dann wendet sie den Kopf mir zu, als hätte sie ein Geräusch gehört. Ich will einen Schritt auf sie zugehen, aber mit einem Mal hebt sie die Arme, springt rückwärts in den Teich und schwimmt mit langen, kräftigen Zügen nackt durch das vom Mond beschienene Wasser auf Frank Bellarosa zu. Ich sehe, dass er jetzt nackt ist und mit verschränkten Armen dasteht. Er ist ein großer, kräftig gebauter Mann, und im Mondschein wirkt er ebenso imposant und bedrohlich wie der nackte steinerne Gott neben ihm.

Ich möchte Susan zurufen, sie warnen, dass sie umkehren soll, aber irgendetwas sagt mir, dass ich besser schweigen sollte, beobachten, was geschieht.

Susan erreicht die andere Seite des Teiches und zieht sich in die mit Wasser gefüllte Muschel, wo sie neben der hoch aufragenden Neptunstatue stehen bleibt. Sie blickt zu Bellarosa auf, der sich nicht vom Rand des Teiches wegbewegt, ihr aber das Gesicht zugewandt hat.

Sie blicken einander an, unnatürlich reglos, dann steigt Bellarosa in das seichte Wasser der Muschel und bleibt vor Susan stehen.

Sie reden miteinander, aber ich höre nur das Rauschen des ausgespienen Wassers. Ich bin empört über diesen Anblick, kann immer noch nicht glauben, dass Susan hier sein will, und warte darauf, dass sie wieder in den Teich springt und von ihm wegschwimmt. Doch je länger sie nackt vor ihm stehen bleibt, desto bewusster wird mir, dass sie hergekommen ist, um sich mit ihm zu treffen.

Als ich jede Hoffnung aufgebe, dass Susan wieder in den Teich springt und wegschwimmt, kniet sie sich in das seichte Wasser, beugt sich zu seinem Unterleib und nimmt ihn in den Mund. Ihre Hände umfassen sein Gesäß und ziehen ihn näher zu ihrem Gesicht.

Ich schließe die Augen, und als ich sie wieder öffne, liegt Susan rücklings in der Muschelschale, hat die Beine weit gespreizt und lässt sie über den Rand hängen. Bellarosa steht jetzt in dem spiegelnden Teich und vergräbt das Gesicht zwischen ihren Schenkeln. Dann legt er sich Susans Beine über die Schulter und scheint sich förmlich aus dem Wasser zu erheben, als er mit einem kraftvollen Stoß, der ihr ein dumpfes Aufkeuchen entlockt, in sie eindringt. Er stößt weiter grob in sie, bis sie so laut schreit, dass ich erschrecke.

»Mr Sutter! Mr Sutter! Sir, wir setzen zur Landung an. Bitte legen Sie Ihren Sicherheitsgurt an.«

»Was …?«

»Wir setzen zur Landung an«, sagte eine Frauenstimme. »Sie müssen sich anschnallen und Ihre Sitzlehne aufrecht stellen.«

»Oh …« Ich rückte meine Lehne zurecht, schnallte mich an und stellte fest, dass der kleine John ebenfalls aufrecht stand. Meine Güte. Ist das peinlich. Wie kommt das? Dann erinnerte ich mich an meinen Traum …

Ich habe Susan nie gefragt, wie, wann und wo ihr Verhältnis mit Frank Bellarosa anfing – so was will man nicht in allen Einzelheiten hören –, deshalb fehlte mir dieses Wissen. Mein Seelenklempner, wenn ich denn einen hätte, würde sagen, dass mein Traum ein unbewusster Versuch gewesen sei, diese Lücke zu füllen – das fehlende Stück dieser Affäre. Nicht dass es ein Jahrzehnt nach der Scheidung noch eine Rolle gespielt hätte. Was die juristische Seite anging, hatte ich sie des Ehebruchs bezichtigt, und sie hatte sich schuldig bekannt. Der Staat verlangte weder Auskunft über irgendwelche pikanten Einzelheiten noch eine umfassende Aussage. Ich sollte es also auch nicht tun.

Die Maschine der British Airways überquerte auf ihrem Flug von London nach New York den Long Island Sound und setzte zur Landung am John F. Kennedy International Airport an. Es war ein sonniger Tag, kurz nach sechzehn Uhr, am Montag, dem 27. Mai, und mir fiel ein, dass in Amerika heute Memorial Day war, der Tag, an dem man der Kriegstoten gedenkt. Unter mir konnte ich an der Nordküste von Long Island eine Gegend namens Gold Coast sehen, wo ich früher, zehn Jahre zuvor, gewohnt hatte. Wenn ich genau hinschaute, könnte ich wahrscheinlich sogar die großen benachbarten Anwesen ausmachen, sowohl Stanhope Hall als auch das, was einst Alhambra gewesen war.

Ich wohnte bislang in London und kehrte nach Amerika zurück, um eine alte Frau zu besuchen, die im Sterben lag oder während meines siebenstündigen Fluges durchaus gestorben sein könnte. Wenn ja, kam ich rechtzeitig zur Beerdigung, bei der ich Susan Stanhope Sutter begegnen würde.

Angesichts des Todes könnten wir gezwungen sein, uns ein paar grundsätzliche Gedanken über die Kürze des Lebens zu machen und unsere vielen Enttäuschungen, Verbitterungen und Treuebrüche, von denen wir anscheinend nicht ablassen können, noch einmal zu überdenken. Leider jedoch nehmen wir diese Dinge für gewöhnlich mit ins Grab oder zum Grab des Menschen, dem wir zu Lebzeiten nicht verzeihen konnten.

Susan.

Doch ab und zu springen wir über unseren Schatten und vergeben – es kostet auch nichts, abgesehen davon, dass wir ein bisschen vom hohen Ross heruntermüssen. Und vielleicht war das der Haken.

Ich saß auf der Steuerbordseite der Businessklasse, und alle hatten den Kopf dem Fenster zugewandt und den Blick auf die Skyline von Manhattan gerichtet. Aus tausend oder zwölfhundert Metern Höhe war es ein wahrhaft beeindruckender Anblick, aber seit etwa neun Monaten schien der fehlende Teil der Skyline die Hauptattraktion für die Leute zu sein, die die Stadt kannten. Als ich das letzte Mal nach New York geflogen war, ein paar Wochen nach dem 11. September 2001, stieg noch Rauch aus den Trümmern auf. Diesmal wollte ich nicht hinschauen, aber der Mann neben mir sagte: »Dort waren die Türme. Links da drüben.« Er deutete an meinem Gesicht vorbei. »Dort.«

»Ich weiß«, erwiderte ich und griff nach einer Zeitschrift. Von den Menschen, die ich noch in New York kannte, haben mir die meisten erzählt, dass der 11. September sie dazu bewogen habe, ihr Leben zu überdenken und ein paar Sachen ins richtige Licht zu rücken. Das ist ein gutes Vorhaben für die Zukunft, aber es ändert nichts an der Vergangenheit.

Die Maschine der British Airways schwebte zur Landung auf dem Kennedy Airport ein, und ein paar Minuten später setzten wir auf.

»Schön, wieder daheim zu sein«, sagte der Mann neben mir. »Ist das auch Ihr Zuhause?«

»Nein.«

Bald würde ich mit einem Mietwagen auf dem Weg zu dem Ort sein, den ich einst als mein Zuhause bezeichnet hatte, der aber heute in meinem Bewusstsein teilweise erodiert war, sodass zu viele gute Erinnerungen verschüttet waren und die harten, schartigen Kanten der erwähnten Enttäuschungen, Verbitterungen und Treuebrüche obenauf lagen.

Die Maschine bremste ab und rollte dann über das Vorfeld zum Terminal.

Jetzt, da ich hier war und bis zur Beerdigung bleiben würde, sollte ich vielleicht die Zeit nutzen und die Vergangenheit mit der Gegenwart versöhnen – dann würde ich auf dem Rückflug vielleicht bessere Träume haben.

ERSTER TEIL

So regen wir die Ruder, stemmen uns gegen den Strom – und treiben doch stetig zurück, dem Vergangenen zu.

F. Scott Fitzgerald
Der große Gatsby

1

Eine Woche war seit meiner Rückkehr aus London vergangen, und ich saß am Tisch im Esszimmer des kleinen Pförtnerhauses von Stanhope Hall, dem Anwesen meiner Exfrau, und wühlte mich durch alte Alben, Familienfotos und Briefe, die ich in den letzten zehn Jahren hier aufbewahrt hatte.

Nach meiner Scheidung von Susan hatte ich mir einen Traum erfüllt und mit meinem Segelboot, einer vierzehn Meter langen Morgan-Ketch namens *Paumanok II,* einen dreijährigen Segeltörn rund um die Welt unternommen. Paumanok ist die Bezeichnung der einheimischen Indianer für Long Island, und mein illustrer Vorfahr Walt Whitman, ein gebürtiger Long Islander, benutzte dieses Wort in seiner Lyrik – und wenn Onkel Walt eine vierzehn Meter lange Yacht besessen hätte, hätte er sie mit Sicherheit *Paumanok* getauft, nicht *Ich höre Amerika singen,* was zu lang für den Heckspiegel ist, oder *Grashalme,* was nicht seetüchtig klingt.

Mein letzter Anlaufhafen war Bournemouth, England, gewesen, von wo aus meine anderen Vorfahren, die Sutters, vor drei Jahrhunderten nach Amerika losgesegelt waren. Da der Winter nahte, mir die Seemüdigkeit in den Knochen steckte, mein Bankguthaben schrumpfte und meine Reiselust befriedigt war, verkaufte ich das Boot für etwa die Hälfte dessen, was es wert war, zog nach London, um mir einen Job zu suchen, und heuerte schließlich bei einer britischen Anwaltskanzlei an, die einen amerikanischen Steueranwalt brauchte, was ich in New York gewesen war, bevor ich Kapitän der *Paumanok II* wurde.

Ich breitete ein paar Fotos von Susan auf dem Tisch aus und schaute sie mir im Licht des Kronleuchters an. Susan war früher und vermutlich noch immer eine wunderschöne Frau mit langen roten Haaren, atemberaubenden grünen Augen, einem Schmollmund und dem perfekten Körper einer passionierten Reiterin.

Ich nahm ein Foto, auf dem Susan auf meinem ersten Segelboot zu sehen war, der ursprünglichen *Paumanok,* einer neun Meter langen Morgan, die ich geliebt, aber im Hafen von Oyster Bay versenkt habe, statt sie von der Regierung wegen Steuerschulden beschlagnahmen zu lassen. Das Foto wurde, glaube ich, im Sommer 1990 irgendwo im Long Island Sound aufgenommen. Es war an einem strahlend schönen Sommertag entstanden, und Susan steht splitternackt am Achterdeck, bedeckt mit einer Hand ihren flammenden Busch und mit der anderen eine Brust. Ihre Miene spiegelt gespielte Überraschung und Verlegenheit wider.

Der Anlass war, glaube ich, eine von Susans ausgelebten Sexphantasien: Ich sollte von einem Kajak aus an Bord steigen, wo ich sie allein und nackt vorfand und zu meiner Sexsklavin machte.

Die Frau hatte nicht nur eine großartige Figur, sondern auch eine großartige Phantasie und eine wunderbare Libido obendrein. Was die sexuellen Rollenspiele anging, so dienten sie dazu, das eheliche Feuer am Brennen zu halten, und zwei Jahrzehnte lang klappte das gut, weil wir sämtliche Seitensprünge miteinander begingen. Zumindest war das unsere Abmachung, bis mit Don Frank Bellarosa nebenan ein neuer Mitwirkender einzog.

Ich nahm eine Flasche mit altem Cognac, die ich in der Kredenz gefunden hatte, und goss einen Schuss in meine Kaffeetasse.

Meine Rückkehr nach Amerika hatte etwas mit den ehemaligen Bewohnern dieses Pförtnerhauses zu tun, George und Ethel Allard, ehemalige Bedienstete der Familie Stanhope. George, ein anständiger Mann, war vor zehn Jahren gestorben, und seine Frau Ethel, die nicht so nett war, lag in einem Pflegehospiz und war im Begriff, sich zu ihrem Gatten zu gesellen, es sei denn, George hatte bereits ein paar Takte mit dem heiligen Petrus geredet, dem Hüter der Himmelspforte. »Hat man mir nicht ewige Ruhe und Frieden versprochen? Kann sie nicht irgendwo anders hin? Sie hatte es schon immer lieber heiß.« Auf jeden Fall war ich ihr Nachlassverwalter, und daher musste ich mich darum kümmern und zu ihrer Beerdigung gehen.

Der andere Grund für meine Rückkehr war, dass dieses Pförtnerhaus meinen offiziellen Wohnsitz in den USA darstellte, aber leider sollte dieses Haus in die Hände von Amir Nasim übergehen, einem Gentleman aus dem Iran, der jetzt das Herrenhaus, Stanhope Hall, und einen Großteil der ursprünglichen Ländereien besaß, darunter dieses Pförtnerhaus. Bislang allerdings hatte Ethel Allard ein sogenanntes lebenslanges Nutzungsrecht auf das Pförtnerhaus, das heißt, dass sie bis zu ihrem Tod mietfrei dort wohnen durfte. Dieses kostenlose Haus hatte sie von Susans Großvater Augustus Stanhope bekommen, weil Ethel vor langer Zeit mit ihm gevögelt hatte, und später war sie so freundlich gewesen, mich meine Sachen hier einlagern zu lassen und die Bude mit mir zu teilen, wenn ich nach New York kam. Ethel konnte mich nicht ausstehen, aber das ist eine andere Geschichte. Jedenfalls neigte sich Ethels Wohnrecht in diesem Haus und auf diesem Planeten dem Ende zu, und daher musste ich nicht nur aus London zurückkehren, um mich von Ethel zu verabschieden, sondern auch um eine neue Bleibe für meine Besitztümer und einen anderen offiziellen Wohnsitz in den USA zu finden, was allem

Anschein nach eine Voraussetzung für Staatsbürgerschaft und Kreditwürdigkeit ist.

Dies war mein erster Aufenthalt in New York seit letztem September, als ich aus London angereist war, sobald wieder Flugzeuge verkehrten. Ich hatte drei Tage im Yale Club gewohnt, wo ich meine Mitgliedschaft wegen meiner gelegentlichen Geschäftsreisen nach New York aufrechterhielt, und war erschrocken darüber gewesen, wie ruhig, leer und düster die große Stadt geworden war.

Ich machte keine Anrufe und traf mich mit niemandem. Ich hätte meine Tochter besucht, aber die war unmittelbar nach dem 11. September aus ihrem Apartment in Brooklyn geflüchtet und wohnte bei ihrer Mutter auf Hilton Head, South Carolina. Mein Sohn Edward lebt in Los Angeles. Also lief ich drei Tage lang durch die ruhigen Straßen der Stadt und betrachtete den Rauch, der vom sogenannten Ground Zero aufstieg.

Unglücklich und erschöpft stieg ich ins Flugzeug und kehrte mit dem Gefühl nach London zurück, mich richtig verhalten zu haben, wie jemand, der wegen eines Todesfalls in der Familie nach Hause gefahren ist.

Im Lauf der nächsten Monate erfuhr ich, dass elf Menschen, die ich gekannt hatte, in den Twin Towers gestorben waren: Größtenteils ehemalige Nachbarn und Geschäftspartner, aber auch ein guter Freund, der eine Frau und drei kleine Kinder hinterließ.

Und jetzt, neun Monate später, war ich zurück. Alles schien sich wieder normalisiert zu haben, aber das stimmte nicht ganz.

Ich trank einen Schluck Kaffee mit Cognac und schaute auf die Papierstapel. Ich musste eine ganze Menge durchgehen und hoffte, dass Ethel noch eine Weile durchhielt und Mr Nasim nicht vorhatte, das Pförtnerhaus in seinen Besitz zu bringen, sobald Ethels lebenslanges Wohnrecht erlosch. Ich musste mit Mr Nasim darüber sprechen; Ethel zu sagen, dass sie am Leben bleiben sollte, bis ich meine Papiere in Ordnung gebracht hatte, könnte taktlos und selbstsüchtig wirken.

Weil es ein kühler Abend war und ich keinen Reißwolf besaß, brannte im Esszimmerkamin ein Feuer. Ab und zu schürte ich es mit einem Brief oder Foto, das meine Kinder nicht sehen sollten, falls ich plötzlich tot umfiel.

Dazu zählten auch die Fotos von ihrer Mutter, deren Nacktheit mehr über ihren Kopf als über ihren Körper verriet. Susan war früher und – dessen war ich mir sicher – nach wie vor ein bisschen verrückt. Aber ehrlich gesagt störte mich das überhaupt nicht, und es war auch nicht der Grund für unsere ehelichen Probleme. Unser Problem war natürlich Susans Verhältnis mit dem Mafia-Don von nebenan. Und um die Sache noch komplizierter zu machen, hatte sie ihn erschossen. Drei Schüsse. Einer in den Unterleib. *Autsch.*

Ich sammelte die Fotos ein und drehte meinen Sessel zum Kamin um. Es fällt sicher allen schwer, sich von solchen Sachen zu trennen, aber als Anwalt wie auch als Mann kann ich Ihnen sagen, dass nichts Gutes dabei herauskommt, wenn man irgendwas aufhebt, das weder unsere Angehörigen noch unsere Feinde sehen sollen. Beziehungsweise unsere bessere Hälfte.

Ich starrte ins Feuer und sah zu, wie die Flammen um die rußgeschwärzten Ziegel tanzten, behielt die Fotos aber in der Hand.

Sie hatte also ihren Geliebten erschossen, Frank »der Bischof« Bellarosa, *Capo di tutti capi,* und war aufgrund gewisser Umstände, die das Justizministerium als strafmildernd empfand, davongekommen – rein rechtlich zumindest.

Tatsache ist, dass sich das Justizministerium auf den Fall stürzte, weil man einen Fehler begangen hatte, als man Mrs Sutter ungehinderten Zugang zu Don Bellarosa gewährte, der in seiner Villa ein Stück die Straße runter unter Hausarrest stand, sein schwarzes Herz ausschüttete und daher mit der Frau eines anderen Mannes bei Laune gehalten werden musste.

Ich war immer noch ein bisschen sauer wegen der ganzen Sache, wie man sich vorstellen kann, aber grundsätzlich war ich drüber weg.

Unterdessen musste ich mich entscheiden, ob ich diese Reise nur der Totenwache wegen unternommen hatte oder ob etwas Längerfristiges daraus werden sollte. Ich hatte auf meine JFB geachtet – die juristische Fortbildung – und war noch immer Mitglied der New Yorker Anwaltskammer, hatte also nicht *alle* Brücken abgebrochen und konnte theoretisch wieder beschäftigt werden. In meinem letzten Leben war ich Sozius in der alten Kanzlei meines Vaters gewesen, Perkins, Perkins, Sutter und Reynolds, die nach wie vor an der Wall Street Nummer 23 saß, in einem historischen Gebäude, auf das um die Wende zum letzten Jahrhundert Anarchisten einen Bombenanschlag verübt hatten, was einem angesichts des 11. September fast putzig vorkommt.

In den letzten sieben Jahren hatte ich in London für die obenerwähnte britische Anwaltskanzlei als deren amerikanischer Steuerexperte gearbeitet, der den Leuten erklärte, dass den Internal Revenue Service, also die Steuerbehörde, zu bescheißen eine amerikanische Tradition sei. Für mich war das eine Art Rache, weil der IRS mir das Leben schwergemacht hatte, während meine Frau mit dem Mafia-Don vögelte. Diese beiden anscheinend grundverschiedenen Probleme hatten durchaus etwas miteinander zu tun, wie ich auf die harte Tour herausfand.

Ich nehme an, ich war damals auf eine holprige Wegstrecke geraten, ein kleines Missgeschick in meinem ansonsten reizvollen und privilegierten Leben. Aber Missgeschicke stärken den Charakter, und ehrlich gesagt waren Susan, Frank Bellarosa, der IRS oder meine ehrpusseligen Anwaltskollegen nicht an allem schuld; ich war zumindest teilweise selbst verantwortlich, weil auch ich mich mit Frank Bellarosa eingelassen hatte. Ein bisschen juristische Arbeit. Ihm zum Beispiel bei einer Mordanklage beistehen. Nicht das Zeug, das ich als Wall-Street-Anwalt normalerweise machte, und sicherlich kein Fall, den man bei Perkins, Perkins, Sutter und Reynolds guthieß. Deshalb befasste ich mich in der Zweigstelle in Locust Valley, Long Island, damit, aber das nützte nicht viel, als die Zeitungen dahinterkamen.

Im Nachhinein denke ich, ich hätte mir darüber im Klaren sein müssen, dass ich beruflich und gesellschaftlich Selbstmord beging, wenn ich einen Mafia-Don als Mandanten annahm. Aber es war eine Herausforderung, und ich langweilte mich, und Susan, die meine Bekanntschaft mit Frank Bellarosa billigte und förderte, sagte, ich bräuchte eine Herausforderung. Ich nehme an, Susan langweilte sich ebenfalls; tatsächlich hatte sie ihre eigenen Absichten gehabt, was Frank Bellarosa anging.

Apropos Susan. Von meinem Sohn Edward hatte ich es erfahren, Zitat: »Mom hat's zurückgekauft – unser Haus.«

Wenn man von der schlechten Grammatik einmal absah – ich hatte diesen Jungen auf großartige Schulen geschickt –, meinte Edward damit, dass Susan das große Gästehaus auf dem Stanhope'schen Anwesen wiedererworben hatte. Dieses sogenannte Cottage – es hatte sechs Schlafzimmer – war fast zwanzig Jahre lang unser eheliches Heim gewesen und lag rund vierhundert Meter hinter dem Pförtnerhaus am Hauptweg des Anwesens. Mit anderen Worten: Susan und ich waren jetzt Nachbarn.

Das Gästehaus sowie vier Hektar Land waren von Susans Vater William, der ein unerträgliches Arschloch ist, von dem hundertfünf Hektar großen Stanhope'schen Grundstück abgetrennt und Susan als Hochzeitsgeschenk überschrieben worden. Da ich der Bräutigam war, fragte ich mich, warum mein Name nicht ebenfalls auf der Urkunde stand. Aber um das beantworten zu können, muss man verstehen, was es mit altem Geld auf sich hat. Außerdem muss man Arschlöcher wie William verstehen. Von seiner dussligen Frau Charlotte, Susans Mutter, gar nicht zu sprechen. Diese beiden Gestalten sind leider immer noch gesund und munter und leben und golfen auf Hilton Head, South Carolina, wo auch Susan seit dem unseligen Schusswaffenunglück wohnte.

Bevor Susan nach South Carolina zog, hatte sie das Gästehaus an ein mit Firmenübertragungen befasstes Yuppiepaar verkauft, das von irgendwo westlich des Hudson stammte. Man weiß spätestens, dass es in der eigenen Ehe kriselt, wenn die Frau das Haus verkauft und in einen anderen Staat zieht. In unserem Fall war ich es, der die Ehe beendete. Susan wollte, dass wir zusammenblieben, wies darauf hin, dass ihr Geliebter tot war und wir uns daher keine Sorgen machen müssten, bei einer Party auf ihn zu stoßen. Sie behauptete sogar, sie hätte ihn genau deswegen umgebracht, damit wir weiter zusammenleben könnten.

Das stimmte zwar nicht ganz, aber es klang nett. Im Nachhinein meine ich, dass wir es vermutlich hätten versuchen können, aber ich war zu wütend darüber, dass man mir Hörner aufgesetzt hatte. Mein männliches Ego hatte einen schweren Treffer abbekommen. Ich meine, nicht nur unsere Freunde, Verwandten und Kinder wussten, dass Susan mit einem Mafia-Don gefickt hatte, sondern das ganze Land wusste es, nachdem es in allen Klatschblättern stand. »Toter Don trieb es mit Anwaltsfrau und Großerbin«. Oder so was Ähnliches.

Es hätte mit uns beiden klappen können, wenn ich, wie Susan damals durchblicken ließ, ihren Geliebten eigenhändig umgebracht hätte. Aber ich wäre nicht so leicht davongekommen wie sie. Selbst wenn ich mich irgendwie aus der Mordanklage hätte rauswinden können – Verbrechen aus Leidenschaft –, hätte ich Don Bellarosas Freunden und Verwandten einiges erklären müssen.

Folglich verkaufte sie das Haus und machte mich damit obdachlos, wenn man vom Yale Club in Manhattan einmal absieht, wo ich natürlich stets willkommen war. Aber Susan, die sich ausnahmsweise einmal umsichtig zeigte, wies mich darauf hin, dass die unlängst verwitwete Ethel Allard in ihrem Pförtnerhaus ein bisschen Gesellschaft brauchen könnte. Das war eigentlich gar keine schlechte Idee, und da Ethel auch ein paar Dollar Miete und einen Heimwerker gebrauchen konnte, der ihren kürzlich verstorbenen Gatten ersetzte, zog ich in das Gästeschlafzimmer und verstaute meine Habseligkeiten im Keller, wo sie in den letzten zehn Jahren lagerten.

Im darauffolgenden Frühjahr einigte ich mich mit meinen Soziussen auf eine Abfindung und kaufte mir von dem Geld die vierzehn Meter lange Morgan, die ich *Paumanok II* taufte. Zu dem Zeitpunkt war meine Mitgliedschaft im Seawanhaka Corinthian Yacht Club im beiderseitigen Einvernehmen gekündigt worden, daher setzte ich die Segel in der öffentlichen Marina, in der ich das Boot gekauft hatte, und trat meine dreijährige Odyssee an.

Odysseus wollte heimkommen; ich wollte von daheim wegkommen. Odysseus wollte seine Frau wiedersehen; ich vielleicht auch, aber dazu kam es nicht. Ich hatte Susan mitgeteilt, dass ich bei Hilton Head vor Anker gehen würde, und fast hätte ich es auch getan, aber sobald Land in Sicht kam, steuerte ich wieder auf See hinaus und warf nur einen kurzen Blick zurück. Ein klarer Schlussstrich. Kein Bedauern.

Ich warf die Nacktfotos von Susan auf den Tisch statt ins Feuer. Vielleicht wollte sie sie haben.

Ich goss einen weiteren Schuss Cognac in den Kaffeerest und trank einen Schluck.

Ich blickte zu dem großen, kunstvoll gerahmten und von Hand kolorierten Porträt von Ethel und George Allard auf, das über dem Kaminsims hing.

Es war ein Hochzeitsbild, während des Zweiten Weltkriegs aufgenommen, und George trägt seine weiße Marineuniform und Ethel ein weißes Hochzeitskleid nach der damaligen Mode. Ethel sah seinerzeit ziemlich gut aus, und ich konnte verstehen, weshalb Susans Großvater Augustus, der damals der Herr von

Stanhope Hall war, ohne Rücksicht auf Standes- und Klassenzugehörigkeit mit seiner Bediensteten herumgemacht hatte. Es war natürlich in jeglicher Hinsicht unverzeihlich, zumal George, ebenfalls ein Angestellter auf Stanhope Hall, im Krieg war und Amerika im Pazifik wider die Gelbe Gefahr verteidigte. Aber wie ich als junger Mann während des Vietnamkriegs feststellte, zerreißen Kriege das soziale Gefüge einer Nation, und es kommt zu viel mehr Fummeleien und Fiedeleien als in Friedenszeiten.

Ich starrte auf Ethels engelsgleiches Gesicht auf dem Foto. Sie war wirklich schön. Und einsam. Und George war weit weg. Und Augustus war reich und mächtig. Den Berichten der Angehörigen zufolge schien er allerdings kein so hinterhältiges und herrschsüchtiges Arschloch gewesen zu sein wie sein Sohn, mein ehemaliger Schwiegervater William. Ich glaube, Augustus war einfach geil – das zieht sich durch die ganze Familie Stanhope –, und wenn man sich ein Bild von Augustus' Frau, Susans Großmutter, anschaut, kann man verstehen, warum Augustus fremdging. Susan hat, glaube ich, ihr gutes Aussehen von ihrer Mutter Charlotte, die noch immer attraktiv ist, wenn auch hirnlos.

Was das Thema Geist und Schönheit angeht, so besitzen meine Kinder beides, und es gibt auch keinerlei Anzeichen dafür, dass sie, wie viele Stanhopes, nicht alle Tassen im Schrank haben. Ich würde gern sagen, dass meine Kinder nach meiner Familie geraten sind, aber meine Eltern eignen sich genauso wenig als gute Beispiele für Psychohygiene. Ich glaube, ich wurde adoptiert. Ich hoffe es und bete darum.

Mein Vater Joseph starb, als ich auf See war, und ich habe die Beerdigung verpasst. Mutter hat es mir nicht verziehen. Aber das ist nichts Neues.

Und was das Thema Kinder, Vaterschaft und Genetik betrifft, so hatten Ethel und George ein Kind, eine Tochter, Elizabeth, die eine nette Frau ist und in der Gegend wohnt. Elizabeth hat ihre Schönheit von der Mutter, sieht aber George so ähnlich, dass ich bezüglich weiterer Stanhope'scher Erben beruhigt sein kann.

Ich übe mich in Geduld und Langmut, was die Chancen angeht, dass meine Kinder einen Teil des Stanhope'schen Vermögens erben. Sie hätten ein bisschen Geld dafür verdient, dass sie es ihr Leben lang mit Oma und Opa ausgehalten haben. Ich ebenfalls, aber ein Nachlassgericht könnte meinen Anspruch auf die Stanhope'schen Besitztümer – zur Entschädigung für all die Jahre, die ich Williams Blödsinn ertragen musste – für unbegründet halten.

Jedenfalls gibt es hier eine Geschichte – meine Familie lebt seit drei Jahrhunderten auf Long Island –, und diese Geschichte ist so verschlungen wie der englische Efeu, der Pförtner- und Gästehaus überwuchert; von weitem interessant anzuschauen, aber er verdeckt Form und Bausubstanz und frisst sich irgendwann in Ziegel und Mörtel.

F. Scott Fitzgerald, der nicht allzu weit von der Stelle entfernt saß, wo ich mich jetzt befand, brachte es auf den Punkt, als er *Der große Gatsby* mit dem Satz schloss: »So regen wir die Ruder, stemmen uns gegen den Strom – und treiben doch stetig zurück, dem Vergangenen zu.« Amen.

Als ich zum Cognac griff, bemerkte ich einen Stapel alter Glückwunschkarten, die mit einem Gummiring zusammengehalten waren, und zog aufs Geratewohl eine heraus. Es war eine der üblichen Hallmark-Karten zum Hochzeitstag, und unter die vorgedruckten Liebes-, Freudens- und Treuebekundungen hatte Susan geschrieben: »John, Du weißt gar nicht, wie oft ich morgens aufwache und Dich einfach anschaue. Und das werde ich bis ans Ende meines Lebens tun.«

Ich nahm den Stapel Karten und warf ihn in den Kamin.

Ich stand auf, ging in die Küche und goss mir noch einen Kaffee ein, dann trat ich durch die Hintertür hinaus und blieb auf dem Patio stehen. Ich konnte die Lichter des Gästehauses sehen, in dem ich früher mit meiner Frau und den Kindern gewohnt hatte. Ich stand eine ganze Weile da, dann ging ich wieder hinein und setzte mich an den Esszimmertisch. Ich hatte nicht gedacht, dass diese Sache einfach werden würde, aber ich hatte mit Sicherheit auch nicht gedacht, dass es so schwer sein würde.

2

Ich starrte eine Zeitlang ins Feuer, trank Kaffee mit Cognac und ließ meine Gedanken zwischen Vergangenheit und Gegenwart hin- und herschweifen.

Ich bin also teils deswegen im Pförtnerhaus auf dem Stanhope'schen Anwesen, dachte ich, weil Ethel Allard im Zweiten Weltkrieg ein Verhältnis mit Augustus Stanhope hatte, teils aber auch, weil meine Frau ein Verhältnis mit einem Mafia-Don einging. Wie Mr Bellarosa höchstpersönlich sagen würde, wenn er am Leben wäre: »Denken Sie mal nach.«

Und jetzt war Susan alias Mom nach Aussage von Edward – die von meiner Tochter Carolyn bestätigt wurde – auf der Türschwelle des Yuppiepärchens aufgekreuzt, hatte den beiden ein ungebetenes und vermutlich sensationelles Angebot für ihr Haus gemacht und sie davon überzeugt, dessen bin ich mir sicher, dass sie anderswo glücklicher wären und dass sie, Susan Stanhope Sutter, zu ihren Wurzeln zurückkehren müsse.

Da ich Susan kenne, bin ich mir sicher, dass die beiden das Gefühl hatten, sie würden rausgeschmissen, weil sie den falschen Innenarchitekten engagiert hatten. Aber vielleicht wussten sie auch, dass Mrs Sutter einen Mafia-Don umgebracht hatte, und dachten, es handle sich um ein Angebot, das sie nicht ausschlagen sollten. Jedenfalls kam das Geschäft zustande, und meine ehemalige Frau war jetzt wieder in unserem ehemaligen Haus innerhalb der Mauern des ehemaligen Stanhope'schen Anwesens und fünf Minuten Fußweg von meiner vorübergehenden Unterkunft entfernt. Es war, als hätte jemand die Uhr um ein Jahrzehnt zurückgedreht und dabei jenen kurzen Moment erwischt, in dem Susan und ich noch in Laufdistanz zueinander wohnten und lediglich ein Anruf, ein Klopfen an der Tür oder eine Nachricht nötig gewesen waren, um zusammenzukommen. Aber diese Zeit war vorbei, und wir beide hatten neue Kapitel zu unserer Geschichte geschrieben.

Susan zum Beispiel hatte wieder geheiratet. Der Glückliche war Edward zufolge »ein alter Typ«, und mit dem Alter kommt die Geduld, die man braucht, wenn man mit Susan verheiratet ist.

Edward hatte nämlichen Gentleman auch als »Freund von Opa und richtig langweilig« bezeichnet. Der langweilige alte Typ hieß Dan Hannon, wohnte auf Hilton Head, spielte laut Edward den ganzen Tag Golf und hatte ein bisschen Geld, aber nicht viel. Und Carolyn sagte: »Mom mag ihn, aber sie liebt ihn nicht«, und fügte hinzu: »Sie hat unseren Familiennamen behalten.«

Meine Kinder dachten offenbar, ich müsste all das wissen, für den Fall, dass ich runter nach Hilton Head fahren, Dan einen Golfschläger über den Kopf ziehen und Susan auf eine einsame Insel entführen wollte.

Nun ja, bevor ich dazu kam, spielte Dan Hannon seine letzte Runde Golf und fiel tot um, buchstäblich am achtzehnten Loch, als er erfolglos zu einem Puttversuch aus zweieinhalb Metern ansetzte. Edward sagte, dass Mr Hannons Golfpartner für ihn einsprangen, den Ball einlochten und dann einen Krankenwagen riefen. Ich glaube, Edward hat einen Teil davon erfunden.

Jedenfalls war Susan seit fast einem Jahr verwitwet, und nach Aussage von Carolyn hatten Susan und ihr Gatte einen sehr strengen Ehevertrag, sodass Susan nur etwa eine halbe

Million bekam, was für fünf Jahre Ehe gar nicht so schlecht ist, ob langweilig oder nicht. Mein Ehevertrag mit Susan brachte mir das Hochzeitsalbum ein. Die Stanhopes sind harte Verhandlungspartner.

Und nun waren wir also wieder hier, und jeder konnte die Lichter vom Haus des anderen sehen und den Rauch, der aus den Kaminen aufstieg. Und ich hatte Susans Auto am Pförtnerhaus vorbei- und durch das große schmiedeeiserne Tor fahren sehen. Sie fuhr einen SUV (diese Dinger scheinen sich während meiner Abwesenheit vermehrt zu haben wie die Heuschrecken); es konnte ein Lexus gewesen sein. Was auch immer, er trug jedenfalls noch die Nummernschilder von South Carolina, und ich wusste, dass Susan ihr Haus auf Hilton Head behalten hatte. Daher plante sie vielleicht, einen Teil des Jahres hier und ansonsten dort zu wohnen. Hoffentlich mehr dort als hier. Aber wenn ich's mir recht überlegte, was für eine Rolle spielte das für mich? Ich war nur auf der Durchreise.

Ich hatte einen Taurus gemietet, den ich neben dem Pförtnerhaus abstellte, daher wusste sie, wann ich daheim war, aber bislang hatte sie noch nicht mit selbstgebackenem Schokoladenkuchen vorbeigeschaut.

Ich verfolgte ihre Unternehmungen nicht, und in der letzten Woche hatte ich ihren Wagen nur selten vorbeikommen sehen. Das einzige Auto, das mir auffiel, war ein Mercedes, der Mr Nasim gehörte, dem Besitzer des Herrenhauses. Ich will damit andeuten, dass Susan meiner Meinung nach keinen Freund hatte. Aber wenn ja, hätte es mich auch nicht gewundert, und es wäre mir egal gewesen.

Was *mein* Liebesleben betrifft, so war ich während meiner dreijährigen Kreuzfahrt rund um die Welt völlig abstinent gewesen. Außer natürlich, wenn ich im Hafen lag oder ein weibliches Besatzungsmitglied an Bord hatte. Genau genommen war ich ein Mistkerl.

Vermutlich gab es allerlei komplizierte psychologische Gründe für meine Maßlosigkeit, die etwas mit Susans Ehebruch und dergleichen mehr zu tun hatten. Außerdem machte mich die Salzluft geil.

Aber in London hatte ich mich wieder ziemlich beruhigt, zum einen wegen meines Jobs, der einen Anzug und ein bisschen Anstand erforderte, zum anderen, weil ich das Segelboot abgestoßen hatte und keine schlauen Sätze mehr ablassen konnte, wie zum Beispiel: »Möchten Sie mit mir auf meiner Yacht nach Monte Carlo segeln?«

Jedenfalls hatte ich in meinem letzten Jahr in London nur eine Freundin gehabt.

Ich legte Feuerholz nach, frischte dann meinen Kaffee mit einem Schuss Cognac auf.

Was die ehemalige Mrs Sutter angeht, war der aktuelle Stand der Dinge so, dass sich keiner beim anderen gemeldet hatte, und wir waren auch nicht auf dem Grundstück oder in der Ortschaft aufeinandergestoßen, aber ich wusste, dass wir uns bei Ethels Beerdigung begegnen würden. Ehrlich gesagt, hatte ich fast damit gerechnet, dass sie vorbeikommen und Hallo sagen würde. Wahrscheinlich ging es ihr genauso.

In dieser Gegend wurde schwer auf Etikette und Protokoll geachtet, und ich fragte mich, wie die Königin der Benimmregeln, Emily Post, mit dieser Situation umgehen würde. »Liebe Ms Post, meine Frau hat mit einem Mafia-Don gefickt und ihn dann erschossen, worauf wir uns scheiden ließen, beide aus dem Staat wegzogen und andere Menschen kennenlernten, die wir nicht umgebracht haben. Jetzt sind wir wieder Nachbarn, und wir sind beide allein. Sollte ich also einen Schokoladenkuchen backen und sie willkommen heißen? Oder sollte sie das tun? (Unterzeichnet) Verwirrt auf Long Island.«

Und Ms Post könnte antworten: »Lieber VALI, ein Gentleman sollte immer die Dame besuchen, aber stets vorher anrufen oder schreiben – und sichergehen, dass sie die Schusswaffe entsorgt hat! Achten Sie darauf, dass Sie ein zwangloses

Gespräch führen, zum Beispiel über Lieblingsfilme (aber nicht *Der Pate*), Sport oder Hobbys (aber nicht Zielschießen), und überziehen Sie Ihren Besuch nicht, es sei denn, Sie schlafen miteinander. (Unterzeichnet) Emily Post.«

Nun ja, vermutlich wurde ich ein bisschen albern. Aber meine Kinder nervten mich damit, dass ich mich bei ihr melden sollte. »Hast du Mom schon gesehen?« Ich war mir sicher, dass sie ihr die gleiche Frage stellten.

Genau genommen hatte ich Susan im Lauf der letzten zehn Jahre, seit wir beide Long Island verlassen hatten, ein paarmal gesehen – bei den College-Abschlussfeiern unserer Kinder zum Beispiel und bei der Beerdigung meiner Tante Cornelia, die Susan gemocht hatte. Und bei diesen Begegnungen gingen Susan und ich stets höflich und herzlich miteinander um. Sie war sogar freundlicher zu mir als ich zu ihr, und ich hatte den Eindruck, dass sie über mich weggekommen und weitergezogen war. Ich hingegen … nun ja, ich wusste es nicht. Und ich hatte nicht die Absicht, es herauszufinden.

Was das Thema Beerdigungen angeht, so hatte ich an Frank Bellarosas Begräbnis teilgenommen … Eigentlich mochte ich den Typen, obwohl er ein Krimineller, ein Manipulator, ein soziopathischer Lügner und der Liebhaber meiner Frau war. Ansonsten war er kein übler Kerl. Genau genommen war er sogar charmant und charismatisch. Fragen Sie Susan.

Ich griff wieder zu dem Stapel Fotos und blätterte ihn durch. Sie war wirklich wunderschön und sexy. Klug und lustig ebenfalls. Und, wie schon gesagt, wunderbar versponnen.

Als ich gerade ein besonders aufreizendes Foto von Susan anstarrte, auf dem sie auf ihrem dämlichen Pferd Sansibar sitzt, klingelte es an der Tür.

Wie die meisten Pförtnerhäuser wurde auch dieses innerhalb der Grundstücksmauern gebaut, sodass niemand zu meiner Tür gelangen konnte, ohne das Eisentor an der Straße zu passieren. Das Tor war nachts geschlossen, und es funktionierte automatisch, daher brauchte man einen Code oder eine Fernbedienung, um es zu öffnen, und für gewöhnlich hörte ich das oder sah die Scheinwerfer, was augenblicklich nicht der Fall gewesen war. Daher musste derjenige, der vor meiner Tür stand, zu Fuß über das Grundstück gekommen sein, und derzeit wohnten auf dem Anwesen nur Amir Nasim, seine Frau, ihr Dienstmädchen, Susan und ich.

Folglich könnte Mr Nasim vor meiner Tür stehen, vielleicht, um mir einen Höflichkeitsbesuch abzustatten oder um mir mitzuteilen, dass Ethel vor zwei Minuten gestorben war und ich zehn Minuten Zeit zum Ausziehen hatte. Aber möglicherweise war es auch Susan.

Ich steckte die Fotos wieder in den Umschlag und ging in die kleine Diele, als es erneut klingelte.

Ich musterte mich im Flurspiegel, zog mein Polohemd zurecht und fuhr mir mit den Fingern durch die Haare. Dann entriegelte ich die Tür, ohne durch den Spion zu blicken oder das Außenlicht anzuschalten, und riss sie auf.

Vor mir stand der Geist von Frank Bellarosa und starrte mich an.

3

»Erinnern Sie sich noch an mich?«, fragte er.

Es war natürlich nicht der Geist von Frank Bellarosa. Es war Franks Sohn Tony, den ich vor zehn Jahren, bei der Beerdigung seines Vaters, zum letzten Mal gesehen hatte.

Ich werde ungehalten, wenn Leute fragen: »Erinnern Sie sich an mich?«, statt den Anstand zu haben, sich vorzustellen. Aber das, so vermutete ich, war nicht Tony Bellarosas ärgerlichstes Manko in Sachen Umgangsformen und auch nicht sein einziges. »Ja, ich erinnere mich an Sie«, erwiderte ich, und für den Fall, dass er dachte, ich würde schwindeln, fügte ich hinzu: »Tony Bellarosa.«

Er lächelte, und wieder sah ich Frank vor mir. »Anthony. Ich heiße jetzt Anthony. Haben Sie einen Moment Zeit?«

Ich hatte mehrere Antworten parat, und in keiner kam das Wort »Ja« vor. »Was kann ich für Sie tun?«, fragte ich.

Er wirkte ein bisschen baff. »Darf ich reinkommen? Oh …« Mit einem Mal schien ihm die einzig logische Erklärung dafür einzufallen, weshalb es so lange gedauert hatte, bis ich auf die Türklingel reagierte, und warum ich nicht begeistert war, ihn zu sehen. »Haben Sie Besuch?«

Mit einem Nicken und einem Augenzwinkern hätte ich ihn abwimmeln können, aber ich antwortete nicht.

»Mr Sutter?«

Na ja, man soll einen Vampir nicht über seine Schwelle bitten, und meiner Meinung nach gilt diese Regel auch für die Söhne von Mafia-Dons. Aber aus Gründen, die zu kompliziert und zu blöde sind, als dass ich darauf eingehen möchte, sagte ich: »Kommen Sie rein.«

Ich gab den Weg frei, und Anthony Bellarosa trat in das Pförtnerhaus und in mein Leben. Ich schloss die Tür und führte ihn in das kleine Wohnzimmer.

Ich deutete auf einen Schaukelstuhl – Ethels Stammplatz – neben dem Kamin, in dem sich die Asche häufte, setzte mich in Georges abgewetzten Lehnsessel und wandte mich meinem Gast zu. Ich bot ihm nichts zu trinken an.

Anthony blickte sich kurz im Zimmer um und bemerkte, dessen bin ich mir sicher, die schäbigen Möbel, die verblichenen Tapeten und den abgetretenen Teppich.

Außerdem schätzte er vermutlich die Lage in Sachen persönliche Sicherheit ein. Sein Vater hatte das immer getan, eher aus Gewohnheit denn aus Paranoia. Frank Bellarosa hatte auch die Angewohnheit gehabt, unwillkürlich sämtliche Frauen im Raum abzuchecken, während er sich umguckte, ob jemand da war, der ihn möglicherweise umbringen wollte. Ich bewundere Menschen, die mehrere Sachen gleichzeitig fertigbringen.

Im Fall von Susan Sutter jedoch waren Frank ein paar wichtige Hinweise und Warnzeichen entgangen. Wenn ich über die letzten Minuten von Frank Bellarosas Leben Mutmaßungen anstellen müsste, würde ich vermuten, dass das Blut aus Franks großem Hirn im entscheidenden Moment runter in sein kleines Hirn geströmt ist. So was kommt vor. Und wenn es geschieht, kann das übrige Blut im ganzen Raum verspritzt werden, wie beim armen Frank.

»Nette kleine Bude«, sagte Anthony.

»Danke.« Diese alten Pförtnerhäuser wirkten von außen

anheimelnd und reizvoll, aber innen ging es in den meisten beklemmend eng zu. Ich weiß nicht, wie ich es fertiggebracht habe, mir dieses Cottage mit Ethel zu teilen, auch wenn ich nur kurz hier gelebt habe. Soweit ich mich entsinne, bin ich viel ausgegangen.

»Sie wohnen schon 'ne Weile hier. Richtig?«, fragte mich Anthony.

»Richtig.«

»Und Sie sind aus London zurück. Richtig?«

Ich fragte mich, woher er das wusste.

»Aber dem Araber, dem das Herrenhaus gehört, gehört auch diese Hütte. Richtig?«

»Richtig. Er ist Iraner.«

»Richtig. Ein Scheißaraber.«

»Die Iraner sind keine Araber.«

»Was sind sie denn dann?«

»Perser.«

Das schien ihn zu verwirren, deshalb wechselte er das Thema und fragte: »Und Sie wollen … was? Die Hütte kaufen? Mieten?«

»Ich bin ein Hausgast von Mrs Allard.«

»Aha. Und wie geht's der alten Dame?«

»Sie liegt im Sterben.«

»Richtig. Alles unverändert.«

Offensichtlich hatte er Erkundigungen angestellt. Aber warum?

»Und was passiert, wenn sie stirbt?«

»Dann kommt sie in den Himmel.«

Er lächelte. »Aha. Und wo kommen Sie hin?«

»Wo immer ich hinmöchte.« Vermutlich sollte ich herausfinden, was Mr Nasim mit diesem Haus vorhatte. Vielleicht wollte er es vermieten. Aber die Miet- und Immobilienpreise an der Gold Coast von Long Island waren geradezu astronomisch, und seit dem 11. September stiegen sie sogar noch, da

Tausende von Menschen heimlich, still und leise die Stadt verließen, aus … tja, Angst.

»Mr Sutter? Ich habe gefragt, wie lange Sie hierbleiben.«

»Bis sie stirbt.« Ich musterte ihn im schummrigen Schein der Stehlampe. Vermutlich könnte man sagen, dass Anthony Bellarosa auf eine Art und Weise hübsch war, die Frauen hübsch finden würden, aber kein Mann. Seine Züge waren, wie bei seinem Vater, ein bisschen feist – Frauen würden sagen, sinnlich –, volle Lippen und schimmernde Augen. Er hatte einen bräunlichen Teint, wie sein Vater – seine Mutter Anna war sehr hellhäutig –, und seine gutfrisierten Haare waren dunkel und wellig wie Franks, aber vermutlich länger, als es Papa lieb gewesen wäre. Zweifellos kam Anthony – wie auch sein Vater – bei der Damenwelt gut an.

Er war legerer angezogen als sein Vater. Frank hatte stets ein Sportsakko getragen, Stoffhose und maßgeschneiderte Hemden. Nichts als schlechter Geschmack natürlich, aber wenigstens erkannte man, dass sich Don Bellarosa seinem Image entsprechend kleidete. In der Stadt trug er maßgeschneiderte Seidenanzüge, und sein Spitzname in den Klatschblättern war »Dandy Don« gewesen, bevor er zum »Toten Don« wurde.

»Und wenn sie stirbt, ziehen Sie weg?«

»Wahrscheinlich.« Anthony hatte eine knallenge Jeans an und ein scheußliches Hawaiihemd, das aussah wie ein schlechtes Geschenk, dazu schwarze Laufschuhe. Außerdem trug er eine schwarze Windjacke, vielleicht, weil es eine kühle Nacht war, vielleicht aber auch, weil er seine Waffe verbergen wollte. Die Kleiderordnung in Amerika war in meiner Abwesenheit ziemlich zum Teufel gegangen.

Er sagte: »Aber Sie wissen noch nicht, wohin Sie ziehen. Also bleiben Sie vielleicht hier?«

»Kann sein.« Anthonys Akzent klang, wie auch der seines Vaters, nicht nach purer Unterschicht, aber ich hörte die Straßen von Brooklyn heraus. Anthony war, glaube ich, sechs Jahre auf der La Salle Military Academy gewesen, einer katholischen Privatschule auf Long Island, zu deren Ehemaligen einige berüchtigte Männer zählen, wie zum Beispiel Don Bellarosa. Niemand würde den Privatschulakzent der Bellarosas mit dem eines Zöglings von St. Paul verwechseln, aber die sechs Jahre höherer Bildung hatten Anthonys Slang verschliffen.

»Sie und die alte Dame sind also so was wie Freunde?«

Ich wurde allmählich ein bisschen ungehalten über diese persönlichen Fragen, aber als Anwalt weiß ich, dass einem Fragen mehr verraten als Antworten. Ich erwiderte: »Ja, wir sind alte Freunde.« Genau genommen konnte sie mich, wie schon gesagt, nicht ausstehen, aber hier, in dieser alten, untergegangenen Welt von Herrschaften und Dienern, von alten Familienbanden und Bediensteten dieser Familien, von Klassenstrukturen und *noblesse oblige*, spielte es letzten Endes keine Rolle, wer Herr war und wer Diener oder wer wen mochte oder nicht; wir waren alle durch die gemeinsame Geschichte und, wie ich vermute, eine tiefe Sehnsucht nach einer Zeit miteinander verbunden, die zwar im Sterben lag wie Ethel, aber noch nicht ganz tot war. Ich fragte mich, ob ich das Anthony Bellarosa erklären sollte, aber ich wusste nicht, wo ich anfangen sollte.

»Sie kümmern sich also um ihre Hütte?«

»Ganz recht.«

Anthony deutete mit dem Kopf zum Durchgang ins Esszimmer und sagte, auf die Papierstapel anspielend: »Sieht so aus, als ob Sie hier allerhand Arbeit haben.« Er lächelte und fragte: »Ist dies das Testament der alten Dame?«

Tatsächlich hatte ich ihr Testament gefunden, daher sagte ich: »Richtig.«

»Hat Sie Millionen?«

Ich antwortete nicht.

»Hinterlässt Sie Ihnen was?«

»Ja, eine Menge Arbeit.«

Er lachte.

Wie schon gesagt, ich war Ethels Nachlassverwalter, und ihre weltlichen Besitztümer gingen an ihr einziges Kind, besagte Elizabeth. In Ethels Testament, das ich aufgesetzt hatte, wurde mir nichts vermacht, und ich wusste auch, dass sie es genau so haben wollte.

»Mr Sutter? Was haben Sie in London gemacht?«

Anthony schaukelte mit dem Stuhl, und ich beugte mich zu ihm vor. »Warum stellen Sie mir all diese Fragen?«

»Ach … ich will mich bloß unterhalten.«

»Okay, dann stelle ich Ihnen mal ein paar unterhaltsame Fragen. Woher wissen Sie, dass Mrs Allard im Sterben liegt?«

»Jemand hat's mir erzählt.«

»Und woher wissen Sie, dass ich in London lebe und momentan hier bin?«

»Ich höre allerlei.«

»Geht's ein bisschen genauer, Mr Bellarosa?«

»Anthony. Nennen Sie mich Anthony.«

Näher wollte er sich dazu anscheinend nicht äußern.

Ich musterte sein Gesicht im schummrigen Lichtschein. Anthony war etwa siebzehn oder achtzehn gewesen – in der elften oder zwölften Klasse auf der La Salle –, als meine Frau seinen Vater ermordete. Er war also noch keine dreißig, aber ich erkannte an den Augen und am Verhalten, dass Anthony Bellarosa im Gegensatz zu den meisten amerikanischen Jungs, die erst spät erwachsen werden, ein Mann war oder zumindest kurz davor stand. Früher ließ er sich Tony nennen, aber die Kurzform hatte nicht das nötige Gewicht, deshalb war er jetzt Anthony.

Vor allem aber fragte ich mich, ob er die Geschäfte seines Vaters übernommen hatte.

Das Grundprinzip des amerikanischen Strafrechts ist, dass jemand als unschuldig gilt, bis seine Schuld bewiesen ist. Allerdings konnte ich mich in diesem Fall noch ganz deutlich daran erinnern, was Frank Bellarosa über seine drei Söhne gesagt hatte: »Mein Ältester, Frankie, hat keinen Sinn fürs Familiengeschäft, deshalb hab ich ihn aufs College geschickt, danach hab ich ihm in Jersey eine eigene kleine Sache aufgebaut. Tommy geht aufs Cornell. Er will ein großes Hotel in Atlantic City oder Vegas leiten. Ich will ihn bei Frankie in Atlantic City unterbringen. Bei Tony, der auf die La Salle geht, liegt die Sache anders. Er will rein.«

Ich musterte Anthony, einst Tony genannt, und dachte daran, wie stolz Frank auf seinen jüngsten Sohn gewesen war, als er abschließend sagte: »Der kleine Grünschnabel will meinen Job. Und wissen Sie was? Wenn er ihn unbedingt haben will, kriegt er ihn auch.«

Ich vermutete, dass Tony den Job bekommen hatte und Don Anthony Bellarosa geworden war. Aber ich wusste es nicht genau.

Anthony fragte mich: »Ist es in Ordnung, wenn ich Sie John nenne?«

»Ich bin jetzt Tony.« Vermutlich sollte man sich über einen Mafia-Don nicht lustig machen, aber ich habe das auch mit seinem Vater gemacht, der es zu schätzen wusste, dass ich vor ihm nicht katzbuckelte. Auf jeden Fall musste ich die Hackordnung klarstellen.

Anthony rang sich ein Lächeln ab. »Ich kann mich erinnern, dass ich Sie Mr Sutter genannt habe.«

Ohne darauf zu antworten, fragte ich ihn erneut: »Was kann ich für Sie tun, Anthony?«

»Tja, na ja, tut mir leid, dass ich einfach so reinschneie, aber ich bin vorbeigefahren und habe Licht gesehen, und wie schon gesagt, ich hab gehört, dass Sie wieder da sind, und da das Tor geschlossen war, bin ich durch die … wie nennen Sie das? Den Personaleingang.«

»Den Seiteneingang.«

»Yeah. Er war nicht abgeschlossen. Sie sollten ihn abschließen.«

»Ich bin nicht der Pförtner.«

»Richtig. Jedenfalls bin ich auf die Idee gekommen, vorbeizuschauen und Hallo zu sagen.«

Meiner Ansicht nach steckte ein bisschen mehr Vorsatz dahinter. »Hoffentlich blockieren Sie nicht das Tor«, sagte ich zu ihm.

»Nein. Mein Fahrer hat das Auto ein Stück weiter weg geparkt. Hey, erinnern Sie sich noch an Tony? Den Fahrer meines Vaters?«

»Soweit ich mich erinnere, hieß *er* früher Anthony.«

Er lächelte. »Yeah. Wir haben eine Abmachung. Ist nicht so verwirrend.«

»Richtig.« Ich wette, der Fahrer des toten Dons hatte bei der Abmachung nicht viel zu sagen. Was die Familiengeschäfte, die überlebenden Angestellten und die Nachfolgeregelungen anging, konnte ich mich recht deutlich entsinnen, dass es noch andere Familienmitglieder gab, die Frank Bellarosas Job wollten. Und da ich sehen wollte, wie Anthony reagierte, fragte ich: »Wie geht's Ihrem Onkel Sal?«

Anthony starrte mich an, ohne zu antworten. Ich starrte zurück.

Das letzte Mal hatte ich Salvatore D'Alessio alias Sally Dada bei Franks Beerdigung gesehen. Bevor meine Frau Frank Bellarosa umnietete, hatte es schon jemand anders versucht, und Onkel Sal war der Hauptverdächtige gewesen. Das Ganze hatte sich vor einem Restaurant in Little Italy zugetragen, und ich war leider dabei gewesen und hatte überdies so dicht neben Dandy Don Bellarosa und Vinnie, seinem Leibwächter, gestanden, dass ich mit Vinnies Blut bespritzt wurde. Nicht einer meiner besten Ausgehabende.

Natürlich war Onkel Sal bei dem Anschlag nicht zugegen gewesen, aber seine Unterschrift stand höchstwahrscheinlich unter dem Mordauftrag. Ich hasse Familienstreitigkeiten, und obwohl ich persönlich mit dem Problem durchaus vertraut bin, hat meines Wissens bislang noch kein Sutter oder Stanhope einen Mord an einem Familienmitglied in Auftrag gegeben … obwohl es keine schlechte Idee wäre. Ich glaube sogar, dass ich gerade eine Verwendung für Anthony Bellarosa gefunden habe. Ist nur ein Witz. Wirklich.

Anthony antwortete endlich: »Mit dem ist alles okay.«

»Gut. Richten Sie Ihrem Onkel Sal schöne Grüße von mir aus, wenn Sie ihn sehen.«

»Yeah.«

Es gibt ein paar Dinge im Leben, die man nie vergisst, und die Frühlings- und Sommermonate, die mit Franks Tod im Oktober und meiner Trennung von Susan geendet hatten, sind voller Bilder und Töne, die sich für immer in mein Gedächtnis eingebrannt haben. Dazu zählt neben Vinnie, dem unmittelbar vor meinen Augen der Kopf weggeballert wurde, vor allem der Anblick des jungen Anthony Bellarosa am Grab seines Vaters. Der Junge hielt sich ungemein gut – besser als seine Mutter Anna, die ständig heulte und alle paar Minuten in Ohnmacht fiel –, und in Anthonys Augen sah ich etwas, das über Trauer hinausging. Er starrte seinen Onkel Sal so durchdringend an, dass der Ältere den Blick seines Neffen nicht erwidern konnte. Der Junge, das war für mich und alle anderen offensichtlich, wusste, dass sein Onkel versucht hatte, seinen Vater umzubringen. Und ebenso offensichtlich war, dass Anthony Bellarosa die Rechnung eines Tages begleichen würde. Daher war ich überrascht, als ich erfuhr, dass Onkel Sal gesund und munter war – und Anthony noch nicht umgebracht hatte.

Diese Herrschaften waren jedoch, wie ich im Laufe meiner kurzen Bekanntschaft mit Frank Bellarosa und seiner großen Familie gelernt hatte, überaus geduldig und umsichtig, wenn es darum ging, wer umgelegt werden sollte und wann.

Was das Thema anging, fragte ich mich, wie Anthony zu Susan Sutter stand, die etwas vollbracht hatte, woran Onkel

Sal gescheitert war. Nun, da Susan wieder da war – rund vierhundert Meter von hier entfernt, genau genommen –, fragte ich mich … aber vielleicht sollte man dieses Thema lieber auf sich beruhen lassen, deshalb blieb ich beim Familiengeplauder und fragte Anthony: »Wie geht es Ihrer Mutter?«

»Der geht's gut. Ist wieder in Brooklyn. Ich erzähl ihr, dass ich Sie gesehen habe.«

»Bestellen Sie ihr bitte meine besten Grüße.«

»Yeah. Sie hat Sie gemocht.«

»Das beruhte auf Gegenseitigkeit.« Über diesem Gespräch hing drohend die unangenehme Tatsache, dass meine damalige Gattin Anna Bellarosa zur Witwe gemacht und Anthony und seinen beiden Brüdern den Vater genommen hatte. »Und Ihre Brüder?«, fragte ich. »Frankie und Tommy, richtig?«

»Richtig. Denen geht's gut. Was ist mit Ihren Kids?«

»Alles bestens.«

»Ich kann mich an sie erinnern. Clevere Kids.«

»Danke.«

Die Grace Lane, die an Stanhope Hall und Alhambra vorbeiführte, war eine Privatstraße und endete am Long Island Sound, daher war Anthony Bellarosa nicht einfach vorbeigefahren, und mir kam der Gedanke, dass er noch immer in der Gegend wohnen könnte, was mir gar nicht behagte. Weil ich es genau wissen wollte, fragte ich: »Wo wohnen Sie?«

»Auf dem alten Grundstück meines Vaters«, erwiderte er. »Dort wurden ein paar Häuser gebaut, und ich hab eins davon gekauft. Sie heißen Alhambra-Anlagen. Zwei Hektar, die als Bauland ausgewiesen wurden.«

Ich antwortete nicht, erinnerte mich aber, dass ein Teil des Kuhhandels, den Frank mit der Regierung eingegangen war, darin bestanden hatte, dass er Haftverschonung bekam, im Gegenzug jedoch wegen nicht bezahlter Steuern für illegale Einkünfte und/oder Bußgeldern Alhambra abtreten musste. Als ich nach Franks Tod zum letzten Mal auf dem Grundstück war, hatte man die prachtvolle Villa abgerissen und die Ländereien in Bauplätze aufgeteilt, um die Einnahmen der Regierung zu maximieren, aber auch aus purer Bosheit.

Ich war seit meiner Rückkehr sogar ein paarmal an dem ehemaligen Anwesen vorbeigefahren und hatte durch das schmiedeeiserne Tor einen kurzen Blick auf die neuen Häuser geworfen. Es waren Mini-Alhambras mit roten Ziegeldächern und hell verputzten Mauern, so als wären die Trümmer des Herrenhauses zu kleinen Kopien seiner selbst neu erstanden. Ich fragte mich, ob der spiegelnde Teich und die Neptunstatue überlebt hatten.

Jedenfalls wusste ich jetzt, dass Anthony Bellarosa eines der Villengrundstücke erworben hatte. Ich war mir nicht sicher, ob das eine Ironie des Schicksals oder symbolisch war oder ob Anthony von Dominic, dem Bauherrn, einem *Paesano* von Frank, einfach ein gutes Angebot bekommen hatte.

Anthony schien über das väterliche Erbe nachzugrübeln. »Die verfluchten FBIler haben das Grundstück gestohlen«, erklärte er mir.

Es ärgert mich, wenn Menschen – wie zum Beispiel meine Exfrau – die Geschichte umschreiben, vor allem, wenn ich im fraglichen historischen Moment zugegen war. Möglicherweise kannte Anthony jedoch die näheren Umstände nicht, die zum Verlust seines Erbes geführt hatten. Allerdings konnte er sie mit Sicherheit erraten, wenn er halbwegs Köpfchen hatte und bereit war, den Tatsachen ins Auge zu sehen.

Offenbar haperte es bei ihm an beidem, denn er fuhr fort: »Die verfluchten FBIler haben das Grundstück gestohlen und meine Familie auf die Straße gesetzt.«

Wider besseres Wissen klärte ich Anthony auf: »Ihr Vater hat Alhambra an die Regierung *abgetreten*.«

»Yeah. Sie haben ihm ’ne Knarre an den Kopf gehalten, und dann hat er es ihnen gegeben.«

Ich hätte dem unangekündigten Besuch einfach ein Ende bereiten sollen, aber es gab da noch ein paar Punkte zu klären, und ich war … na ja, vielleicht ein bisschen um Susan besorgt. Immerhin war sie nach wie vor die Mutter meiner Kinder. Ich schaute mir Anthony genau an. Er sah nicht aus wie ein Killer, aber das galt auch für seinen Vater. Für Susan übrigens ebenfalls. Ich gehe jede Wette ein, dass Frank überrascht war, als sie die Waffe zog und drei Schüsse abgab.

Anthony ließ sich weiter über das Thema aus: »Sie haben die RICO-Gesetze angewandt und sich alles gegriffen, was sie in die Finger kriegen konnten, nachdem er … tot war. Wie es die römischen Kaiser gemacht haben, wenn ein Vornehmer gestorben ist. Sie haben ihn wegen irgendwas beschuldigt und sich seine Ländereien geschnappt.«

Ich hatte Frank Bellarosa eigentlich nie für einen vornehmen Römer gehalten, konnte mir aber das Justizministerium und den IRS durchaus in der Rolle eines habgierigen und mächtigen Imperators vorstellen. Nichtsdestotrotz verlor ich die Geduld und erklärte ihm: »Die Gesetze zur Bekämpfung der Bandenkriminalität und des organisierten Verbrechens sind hart und werden manchmal ungerecht angewandt, aber –«

»Sie stinken. Wo bleibt da der Rechtsstaat?«

»Sind Sie Jurist, Mr Bellarosa?«

»Nein. Aber –«

»Nun ja, ich schon. Aber vergessen wir die Gesetze. Ich weiß zufällig aus erster Hand, dass Ihr Vater einwilligte, dem Justizministerium gewisse Liegenschaften zu übertragen, wenn man ihm im Gegenzug …« Ich sah, dass Anthony wusste, worauf das hinauslief, und nicht hören wollte, dass sein Vater das einzige Gesetz gebrochen hatte, das zählte – das Gesetz der *Omertà*, die Schweigepflicht.

Daher und weil man über Tote nur Gutes sagen soll, fuhr ich fort: »Ihr Vater hatte Steuerschulden … ich war sein Steuerberater … und er hat sich darauf eingelassen, dem Finanzministerium ein paar seiner Besitztümer abzutreten, darunter leider auch Alhambra.« Frank hatte auch Stanhope Hall hergeben müssen, das er, wie ich glaube, auf Susans Drängen hin meinem idiotischen Schwiegervater William abgekauft hatte. Aber ich war mir nicht sicher, ob Anthony darüber Bescheid wusste, und da ich nicht wollte, dass er sich noch weiter hineinsteigerte, sagte ich lediglich: »Es war kein schlechter Deal.«

»Es war Raub.«

Genau genommen war es eine Kapitulation um des Überlebens willen. Ich erinnerte mich, was Frank Bellarosa zu mir gesagt hatte, als er unter Hausarrest stand und seine Kooperation mit den Bundesbehörden zu rechtfertigen versuchte: »Der alte Schweigekodex ist nicht mehr. Die wahren Männer, die rechtschaffenen, die Helden, sind ausgestorben, und zwar auf beiden Seiten des Gesetzes. Heute sind wir alle Papiertiger der Mittelschicht, die Bullen und die Schurken; und wenn es nötig ist, machen wir Geschäfte, um unsere Haut, unser Geld und unser Leben zu retten. Wir verpfeifen alle, und wir ergreifen die Chance mit Freuden.«

Frank Bellarosa hatte seine ungebetene Erklärung mit den Worten abgeschlossen: »Ich war einmal im Gefängnis, Anwalt. Glauben Sie mir, das ist kein Platz für unsereinen. Es ist für die bösen Menschen, die Finsterlinge, die harten Burschen.«

Anthony warf mir einen kurzen Blick zu, zögerte und sagte dann: »Manche Jungs sagen, Sie wissen schon, dass mein Vater Feinde hatte … und manche Jungs sagen, er hat … der Regierung Informationen verkauft.« Wieder warf er mir einen Blick zu, und als ich nicht reagierte, sagte er: »Jetzt ist mir klar, dass es bloß um Steuerprobleme ging. Sie haben ihn deswegen schon mal drangekriegt.«

»Stimmt.«

Er lächelte. »Genau wie Al Capone. Wegen Schnapsschmuggel konnten sie Capone nicht kriegen, deshalb haben sie ihn wegen den Steuern drangekriegt.«

»Ganz genau.«

»Es läuft also darauf hinaus, Anwalt, dass Sie ihm gesagt haben, er soll sie bezahlen.«

»Richtig. Das ist besser als eine Anklage wegen Steuerhinterziehung.« Eigentlich hatte Frank Bellarosa *mir* geholfen, mich aus einer Anklage wegen Steuerhinterziehung herauszuwinden. Genau genommen hatte Frank das Steuerverfahren gegen mich in die Wege geleitet, wie ich später herausfand; dass er mich rauspaukte, war also das Mindeste, was er tun konnte. Danach war ich ihm einen Gefallen schuldig, den ich ihm tat, als ich ihm bei einer Mordanklage beistand. Franks Vorbild war, was nicht weiter verwunderlich ist, Niccolò Machiavelli, und er konnte ganze Passagen aus *Der Fürst* zitieren und wahrscheinlich sogar eine Fortsetzung schreiben.

»Dass sich die FBIler dieses Grundstück gegriffen haben, hatte also nichts mit der Mordanklage gegen ihn zu tun?«, fragte mich Anthony.

»Nein.« Und das stimmte teilweise sogar. Komischerweise hatte Frank der Bischof Bellarosa, wahrscheinlich der größte Kriminelle Amerikas, der nicht in den Diensten der Regierung stand, den ihm zur Last gelegten Mord nicht begangen. Ansonsten gab es zweifellos nur wenig, das er in zwanzig, dreißig Jahren organisierter Kriminalität nicht getan hatte, aber diese Anklage wegen der Ermordung eines kolumbianischen Drogenbosses war von Mr Alphonse Ferragamo zurechtfrisiert worden, einem US-Bundesanwalt, der eine persönliche Vendetta wider Mr Frank Bellarosa führte.

»Sie waren einer seiner Anwälte bei dieser Mordsache. Richtig?«, fragte Anthony.

»Richtig.« Eigentlich war ich sein einziger Anwalt. Die sogenannten Mafia-Anwälte hielten sich bedeckt, während John Whitman Sutter von Perkins, Perkins, Sutter und Reynolds vor einem Bundesgericht stand und der ungewohnten Aufgabe nachkam, sich einfallen zu lassen, wie man einen Mafia-Don gegen Kaution freibekam. Frank wollte *wirklich* nicht ins Gefängnis.

»Wissen Sie, dass das FBI die Typen gefunden hat, die den Kolumbianer umgenietet haben?«

»Das weiß ich.« Ich hatte es schon vor Jahren von meiner Tochter erfahren, die stellvertretende Bezirksstaatsanwältin in Brooklyn ist und froh war, mir erzählen zu können, dass ich einen Unschuldigen verteidigt hatte. Die Worte »unschuldig« und »Frank Bellarosa« werden für gewöhnlich nicht im selben Satz verwendet, aber innerhalb der engen Grenzen dieses Falles hatte ich das Richtige getan und war somit rehabilitiert. Gewissermaßen.

»Dieser Drecksack von Ferragamo hatte es auf meinen Vater abgesehen.«

»Stimmt.« Tatsache war, dass Mr Ferragamo, der US-Bundesanwalt für den südlichen Bezirk von New York, die größte Trophäe des Dschungels einheimsen wollte – Frank Bellarosa. Die Mordanklage war aus der Luft gegriffen, aber letzten Endes hatte Alphonse Ferragamo seine Beute zu Fall gebracht, wie ein Schakal, der sich in einen großen Kaffernbüffel verbeißt.

Anthony fuhr mit seiner Eloge fort: »Dieser Drecksack konnte nichts von dem beweisen, was er ihm vorgeworfen hat. Es war alles nur Blödsinn. Es ging um was *Persönliches*. Es war eine *Vendetta*.«

»Das ist wahr.« Aber es ging auch ums Geschäft. Um Franks Geschäft und um Alphonses Geschäft. Don Bellarosa war eine peinliche Angelegenheit für den Bundesanwalt. Bei manchem davon – vielleicht bei mehr, als mir klar war – ging es um die italienische Sache. Aber von Berufs wegen konnte Alphonse Ferragamo nicht zulassen, dass der größte Mafia-Don des Landes auf freiem Fuß war, in einem Herrenhaus wohnte, in teuren Autos herumkutschierte und in Restaurants speiste, die sich Alphonse Ferragamo nicht leisten konnte.

Mit diversen Mitteln, legalen und weniger legalen, schaffte

es Ferragamo also, seine Zähne in die Eier des großen Büffels zu schlagen, worauf Frank Bellarosa zu Boden ging und um Gnade brüllte.

Es ist ein fester Bestandteil unserer Kultur, den Gesetzlosen zu verklären – Billy the Kid, Jesse James, den bereits erwähnten Al Capone und so weiter und so fort –, und wir haben zwiespältige Gefühle, wenn der Gesetzlose von den scheinheiligen Kräften Recht und Ordnung zu Fall gebracht wird. Dandy Don Bellarosa alias »der Bischof« war ein Liebling der Medien, ein Quell endloser öffentlicher Unterhaltung und ein Prominenter. Als sich herumsprach, dass er sich in seinem Herrenhaus auf Long Island in »Schutzhaft« befand und mit dem Justizministerium kooperierte, glaubten es viele Leute nicht oder kamen sich irgendwie verraten vor. Mit Sicherheit kamen sich seine engsten Vertrauten verraten vor und waren sehr nervös.

Aber bevor Frank Bellarosa als Zeuge der Regierung in einem Gerichtssaal Einzug halten konnte, wurde sein Ruf von Susan Sutter gerettet, indem sie ihn umbrachte. Sein Tod durch die Hand seiner verheirateten Geliebten, einer wunderschönen rothaarigen Dame aus besten Kreisen, trug ein Übriges zu seinem Nachruhm und seinem Ruf als Übeltäter bei.

Der Ehemann der Geliebten des Mafia-Dons – ich – bekam auch eine ziemlich gute Presse. Allerdings keine so gute, dass es sich gelohnt hätte.

Seltsamerweise kam Susan in der Boulevardpresse gar nicht gut weg, und es gab einen allgemeinen Schrei nach Gerechtigkeit, als der Staat New York und die Bundesanwaltschaft alle in Frage kommenden Anklagepunkte, zum Beispiel vorsätzlicher Mord, Ermordung eines Zeugen der Bundesbehörden und was sonst noch alles, gegen sie fallenließen.

Ich verpasste einen Großteil dieses Medienspaßes, weil ich davonsegelte, und Susan verpasste einiges, weil sie nach Hilton Head zog. Die New Yorker Presse verliert rasch das Interesse an Leuten, die nicht in der unmittelbaren Umgebung oder in den angrenzenden Stadtrandbezirken leben.

Jedenfalls waren es, um ehrlich, objektiv und gerecht zu sein, die Mitglieder der Familie Bellarosa – von Frank einmal abgesehen –, die am meisten unter dieser Sache zu leiden hatten. Sie waren alle unbescholtene Bürger, als dieses Verbrechen aus Leidenschaft geschah. Anthony mag sich seither seine Sporen verdient haben, aber als er seinen Vater verlor, war er noch jung und ging auf eine Privatschule.

Deshalb sagte ich zu ihm: »Ich kannte Ihren Vater gut genug, um zu wissen, dass er getan hat, was er tun musste … damit er die Bundesbehörden vom Hals bekam und für seine Frau und seine Söhne da sein konnte.«

Anthony antworte nicht, und ich nutzte das Schweigen, um das Thema zu wechseln. Er trug einen Ehering, daher sagte ich: »Sie sind verheiratet.«

»Yeah. Zwei Kids.«

»Gut. Ein Mann sollte verheiratet sein. Dann gerät er nicht in Schwierigkeiten.«

Aus irgendeinem Grund fand er das komisch.

Statt um den heißen Brei herumzureden, fragte ich ihn: »In welchem Gewerbe sind Sie tätig?«

Er antwortete, ohne zu zögern: »Ich habe die Firma meines Vaters übernommen. Bell Enterprises. Wir machen Umzüge, lagern ein, dazu Müllabfuhr, Limousinenservice, Wachschutzdienste … dergleichen.«

»Und wer hat die anderen Geschäfte Ihres Vaters übernommen?«

»Es gab keine anderen Geschäfte, Mr Sutter.«

»Richtig.« Ich warf einen Blick auf meine Uhr.

Anthony hatte es anscheinend nicht eilig, zu gehen. »Mein Vater hat mal gesagt, dass Sie die beste Verbindung aus Köpfchen und Mumm darstellen, die er je erlebt hat«, teilte er mir mit und fügte hinzu: »Für einen Nichtitaliener.«

Ich ging nicht darauf ein und war mir auch nicht sicher, was ich davon halten sollte. Abgesehen davon, dass es ein Kompliment mit Einschränkungen war, musste ich bedenken, von wem es kam.

Anthony bezweckte mit seinem Besuch offensichtlich mehr, als in Erinnerungen zu schwelgen und mich in der Gegend willkommen zu heißen. Genau genommen roch ich ein Jobangebot. Als ich das letzte Mal für einen Bellarosa tätig gewesen war, hatte ich damit mein Leben ruiniert, deshalb war ich nicht erpicht darauf, es noch mal zu probieren.

Ich stand auf, worauf Anthony sagte: »Ich brauche bloß noch ein paar Minuten.«

Ich setzte mich wieder in den Lehnsessel. »Kommen Sie bitte zum Grund Ihres Besuchs.«

Anthony wirkte gedankenverloren, und ich betrachtete ihn. Er besaß nicht die eindrucksvolle Ausstrahlung seines Vaters, war aber auch kein Weichei, das die Fußstapfen von Papas handgefertigten Schuhen auszufüllen versuchte. Anthony war ein Original, aber ebenso ein noch unfertiges Produkt seines Umfeldes. Außerdem hatte ich den Eindruck, dass er mit der Rohheit, die in ihm steckte, mir gegenüber hinter dem Berg hielt. Und das hieß, dass er irgendetwas wollte.

Schließlich sagte er: »Ich erkundige mich oft nach meinem Vater, bei seinen Freunden und Verwandten, und alle erzählen mir tolle Sachen über ihn, aber da er Sie wirklich geachtet hat, dachte ich … Sie könnten mir vielleicht was … irgendwas zu ihm sagen, was seine *Paesanos* nicht kapiert haben. Verstehen Sie?«

Ich weiß, dass die Menschen immer nur Gutes über ihre lieben Verstorbenen hören wollen, und der Junge vergötterte seinen Vater. Sein Besuch diente also angeblich dem Zweck, von John Whitman Sutter – Absolvent einer Eliteuniversität, weiß, angelsächsisch, protestantisch – etwas Nettes und Druckreifes für die Nachwelt zu hören. Warum kam ich mir dann vor wie bei einem Einstellungsgespräch? »Ich kannte ihn nur etwa … hm, sechs Monate«, erwiderte ich.

»Ja, aber –«

»Ich denke darüber nach.«

»Okay. Und vielleicht denken Sie auch mal drüber nach, wie ich mich erkenntlich zeigen kann für all das, was Sie getan haben.«

»Was habe ich denn getan?«

»Sie haben ihm das Leben gerettet.«

Ich ging nicht darauf ein.

»An dem Abend im Giulio's. Als jemand auf ihn geschossen hat. Sie haben die Blutung gestillt.«

Was, um alles auf der Welt, hatte ich mir dabei gedacht? Immerhin war ich mir seinerzeit sicher, dass er mit meiner Frau vögelte. Außerdem soll man sich bei einem Auftragsmord der Mafia grundsätzlich nicht einmischen. Ich meine, irgendjemand – in diesem Fall Salvatore D'Alessio – hatte viel Geld dafür bezahlt, damit Frank Bellarosa umgenietet wurde, und ich hatte es vermasselt. Und nach dem Motto »Keine gute Tat bleibt unbestraft« deutete Frank, als er genesen war, mir gegenüber an, dass sein Schwager, Mr D'Allesio, gar nicht gut auf mich zu sprechen sei. Ich fragte mich, ob Onkel Sal immer noch sauer war. Aber da meine Gattin Frank später umgebracht hatte, war vielleicht alles vergeben und vergessen. Vielleicht sollte ich Anthony bitten, seinen Onkel danach zu fragen. Vielleicht auch nicht.

»Mr Sutter? Sie haben ihm das Leben gerettet.«

»Ich habe getan, was jeder getan hätte, der einen Erste-Hilfe-Kursus mitgemacht hat«, erwiderte ich. »Sie schulden mir gar nichts.«

»Mir wäre wohler zumute, wenn ich Ihnen auch einen Gefallen tun könnte.«

Ich konnte mich noch deutlich an die Gefallen erinnern, die Frank mir erwiesen hatte und die nicht gerade hilfreich gewesen waren, und ich war davon überzeugt, dass auch Anthonys Gefallen mit ein paar Haken verbunden waren. Weil ich das im Keim ersticken und meinen Standpunkt klarmachen wollte, sagte ich: »Wie sich herausstellte, habe ich Ihrem Vater lediglich das Leben gerettet, damit meine Frau ihn später umbringen konnte.«

Das kam für Anthony irgendwie überraschend; vermutlich hatte er gedacht, ich würde die eigentliche Ursache für den Tod seines Vaters nicht zur Sprache bringen. Immerhin war Frank Bellarosa keines natürlichen Todes gestorben, es sei denn, von einer stinksauren Geliebten erschossen zu werden zählte in seinem Universum zu den natürlichen Todesursachen.

Um mich noch deutlicher auszudrücken, sagte ich: »Ihr Vater hat mit meiner Frau gefickt. Aber ich nehme an, das wissen Sie bereits.«

Es dauerte ein paar Sekunden, bis er antwortete. »Yeah … ich meine, es stand in der Zeitung.«

»Und wissen Sie auch, dass sie wieder hier ist?«

»Yeah. Weiß ich.«

»Wie ist Ihnen dabei zumute?«

Er schaute mir in die Augen. »Ich glaube, sie hätte lieber wegbleiben sollen.«

»Ich auch. Ist sie aber nicht.« Wir sahen uns an, dann sagte ich zu ihm: »Ich darf doch davon ausgehen, dass es keine Schwierigkeiten gibt, Anthony?«

Er hielt meinem Blick stand. »Wenn ich damit ein Problem hätte, Mr Sutter, würde es auch keine Rolle spielen, wenn sie auf dem Mond lebt. *Capisce?*«

Jetzt war ich mir sicher, dass ich mit dem jungen Don sprach, daher sagte ich: »*Das* ist der Gefallen, den Sie mir tun können.«

Er dachte einen Moment lang nach, bevor er sagte: »Ich weiß nicht, was zwischen den beiden vorgefallen ist, aber es war was Persönliches. Und wenn es um was Persönliches zwischen Mann und Frau geht, dann … lassen wir's durchgehen. Da gibt's keinerlei Probleme.«

Mir fiel ein, dass es durchaus Probleme gab, wenn Frank früher behauptet hatte, es gäbe keine. Aber ich ließ es vorerst durchgehen, nahm mir jedoch vor, bei Anthony diesbezüglich nachzuhaken und ihm klarzumachen, dass er meine Exfrau nicht umlegen sollte. Ich meine, *sie* hatte mir in letzter Zeit keinen Gefallen getan, aber wie schon gesagt, sie ist die Mutter meiner Kinder. Ich könnte Anthony darauf hinweisen, aber dann würde er mich vielleicht daran erinnern, dass Susan ihm den Vater genommen hatte. Es ist schier unglaublich, wenn man's recht bedenkt, wie viel Leid entsteht, weil Zapfen A in Loch B gesteckt wurde.

Auf jeden Fall hatte ich genug von Erinnerungen, und ich hatte meinen wesentlichen Punkt vorgebracht, daher stand ich auf und sagte: »Danke, dass Sie vorbeigekommen sind.«

Er stand ebenfalls auf, worauf wir in die Diele gingen. Ich legte meine Hand auf den Türknauf, aber er machte keine Anstalten, zu gehen. »Haben Sie Ihre Frau schon gesehen?«, fragte er mich.

»Meine Exfrau. Nein, noch nicht.«

»Tja, werden Sie aber. Sie können ihr bestellen, dass alles okay ist.«

Ich ging nicht darauf ein, musste aber an Susan Stanhope Sutter denken, die vermutlich keinen Gedanken daran verschwendet hatte, dass sie in eine Gegend zurückzog, in der sie einen Mafia-Don ermordet hatte. Und mittlerweile müsste sie erfahren haben, dass Anthony auf dem alten Alhambra-Anwesen wohnte. Vielleicht hatte sie vor, Anthony einen etwas verspäteten Kondolenzbesuch abzustatten, nachdem sie schon nicht bei der Beerdigung ihres Geliebten gewesen war. Ich meine das gar nicht witzig; Susan ist dem typischen Denken der Oberschicht verhaftet und glaubt, wenn man einen Mann erschießt, heißt das noch lange nicht, dass man nicht höflich zu seinen Freunden und Verwandten sein sollte.

»Vielleicht können wir abends mal zusammen essen gehen«, schlug Anthony vor.

»Wer?«

»Wir.«

»Warum?«

»Einfach, um zu reden.«

»Worüber?«

»Meinen Vater. Er hat Sie wirklich geachtet.«

Ich war mir nicht sicher, ob es mir in Bezug auf Don Bellarosa genauso ging. Ich meine, er war nicht von Grund auf schlecht. Genau genommen war er ein guter Ehemann und Vater, wenn man von seinen außerehelichen Affären und dem Einstieg seines Jüngsten ins organisierte Verbrechen einmal absah. Und er konnte ein guter Freund sein, abgesehen von seinen Lügen und Mauscheleien, von dem Verhältnis mit meiner Frau gar nicht zu reden. Außerdem hatte er Sinn für Humor und lachte über meine Witze, was seine Intelligenz bewies. Aber hatte ich ihn geachtet? Nein. Aber gemocht.

»Mein Vater hat Ihnen vertraut«, sagte Anthony.

Ich bin mir sicher, dass Anthony wirklich etwas über seinen Vater wissen wollte; aber er wollte auch mehr über mich wissen – und warum sein Vater so viel von mir gehalten hatte. Und dann … tja, dann würde er mir wie sein Vater ein Angebot machen, das ich nicht abschlagen sollte. Oder war ich egoistisch beziehungsweise zu argwöhnisch, was Anthonys gutnachbarlichen Besuch anging?

Anthony sah, dass ich zögerte, daher sagte er: »Ich betrachte das als einen Gefallen.«

Ich erinnerte mich, dass diese Leute großen Wert auf Gefallen legten, egal, ob man jemandem einen anbietet oder sich einen erweisen lässt, daher durfte ich das nicht auf die leichte Schulter nehmen. Andererseits musste ein Gefallen durch einen anderen vergolten werden, wie ich vor zehn Jahren auf die harte Tour gelernt hatte. Daher konnte nichts Gutes für mich dabei herauskommen, wenn ich mich weiter mit Anthony Bellarosa abgab.

Aber … ihn abblitzen zu lassen war möglicherweise auch keine gute Idee, was meine Sorgen um Susan anging. Und wenn ich sehr paranoid war, sollte ich auch an meine Sorgen in Bezug auf Salvatore D'Alessio denken. Wie Frank mir einmal erklärt hatte: »Alzheimer auf Italienisch heißt, dass man alles vergisst, außer auf wen man stinksauer ist.«

Jedenfalls ging es hier noch um die andere Vergangenheitsbewältigung, über die womöglich Gesprächsbedarf bestand, und mit diesen Gedanken im Kopf machte ich den zweiten Fehler an diesem Abend und sagte: »Na schön. Abendessen.«

»Gut.« Er lächelte. »Wie wär's mit Giulio's?«

Ich wollte eigentlich nicht wieder in dieses Restaurant in Little Italy gehen, wo sich Frank drei Schrotladungen eingefangen hatte. Von den schlechten Erinnerungen einmal abgesehen, glaubte ich nicht, dass der Inhaber oder das Personal begeistert wären, wenn ich dort mit dem Junior aufkreuzte. »Versuchen wir's mit einem Chinesen«, sagte ich.

»Okay. Wie wär's mit morgen Abend?«

Es war Montag, und ich brauchte etwa achtundvierzig Stunden, um zur Besinnung zu kommen, daher sagte ich: »Mittwoch. In Glen Cove gibt's ein Lokal namens Wong Lee. Sagen wir, um acht.«

»Ich kann Sie abholen.«

»Wir treffen uns dort.«

»Okay. Nur wir zwei«, sagte Anthony und erinnerte mich: »Zeit und Ort bleiben unter uns.«

Ich schaute ihn an, fing seinen Blick auf und nickte, worauf er sagte: »Gut.«

Ich wollte die Tür öffnen, aber Anthony sagte: »Einen Moment noch.« Er holte sein Handy heraus, drückte auf die Kurzwahltaste und sagte: »Yeah. Bereit.« Er beendete das Gespräch und fragte mich: »Wollen Sie mit rauskommen und Tony Hallo sagen?«

Ich hätte nichts gegen ein bisschen frische Luft einzuwenden gehabt, aber wie ich bei Giulio's erfahren hatte, empfiehlt es sich, nicht zu nahe neben jemandem zu stehen, der einen Leibwächter braucht, daher sagte ich : »Vielleicht ein andermal.«

Er brauchte offenbar einen Moment, um sicherzugehen, dass er nicht allein an der dunklen Straße stand, und um noch etwas Zeit zu gewinnen, fragte er mich: »Wieso haben Sie sie noch nicht gesehen?«

»Ich bin beschäftigt.«

»Aha. Ist sie auch beschäftigt? Hat sie einen Freund?«

»Ich habe keine Ahnung.«

Er schaute mich an und überraschte mich mit einer zutiefst philosophischen Einsicht: »Das Ganze ist ziemlich beschissen, stimmt's?«

Ich ging nicht darauf ein.

Sein Handy klingelte, worauf er einen Blick aufs Display warf, aber nicht ranging. »Danke, dass Sie sich die Zeit für mich genommen haben«, sagte er.

Ich öffnete die Tür. »Danke, dass Sie vorbeigekommen sind.«

Er lächelte. »Hey, Sie haben ausgesehen, als ob Ihnen ein Geist erschienen ist.«

»Sie haben die gleichen Augen wir Ihr Vater.«

»So?« Er bot mir die Hand zum Gruß, und ich schlug ein. »Bis Mittwoch«, sagte er.

Er trat hinaus in die kühle Luft, und ich schaute ihm hinterher, als er durch den kleinen Seiteneingang zur Straße ging, wo Tony neben einem großen schwarzen SUV stand. Was war aus den Cadillacs geworden? Der Motor des Wagens lief, aber die Scheinwerfer waren ausgeschaltet, und Tony hatte die linke Hand am Türgriff und die rechte unter seiner Jacke.

Das ist ein bisschen melodramatisch, dachte ich, aber warum soll man sich nicht an die übliche Routine halten? Man kann nie wissen. Dann dachte ich, vielleicht ist tatsächlich ein Kopfgeld auf Anthony Bellarosa ausgesetzt. Und mit dem Typen will ich essen gehen?

Bevor die Jungs ihre Routine zu Ende brachten, schloss ich die Tür und ging wieder ins Esszimmer, wo ich mir eine Tasse Cognac eingoss.

»Richtig. Ziemlich beschissen.«

4

Am nächsten Tag fuhr ich mit meinem Taurus die Skunks Misery Road entlang, eine von zahlreichen Straßen mit nicht gerade ansprechenden Namen. Man sollte meinen, die Anlieger oder Immobilienmakler setzten alles daran, sie ändern zu lassen – aber es handelt sich um historische Namen, die teils aus dem 17. Jahrhundert stammen; außerdem scheren sich Leute, die Milliarden Dollar schwer sind, nicht darum, ob ihr Grundstück an einer Straße namens Chicken Shit Lane liegt. Gewissermaßen erhöht das sogar den Reiz.

Die Gold Coast ist eine Ansammlung von Ortschaften und Weilern am North Shore des Nassau County auf Long Island, etwa fünfundzwanzig bis dreißig Meilen östlich von Manhattan. Einige dieser Ortschaften haben malerische Zentren, und manche, wie zum Beispiel Lattingtown, wozu auch Stanhope Hall gehört, sind ausschließlich Wohngebiete, ein Flickenteppich aus großen Anwesen, kleineren, aber umso protzigeren Anwesen und neu ausgewiesenen Wohnanlagen mit Einheitsvillen, die auf dem Grund und Boden ehemaliger großer Anwesen gebaut wurden.

In ihrer Blütezeit – zwischen dem Goldenen Zeitalter und den wilden zwanziger Jahren, die am Schwarzen Dienstag, dem 29. Oktober 1929, endeten – gab es an der Gold Coast die größte Konzentration von Macht und Reichtum auf der ganzen Welt. Man konnte keinen Stein werfen, ohne einen Milliardär zu treffen. Seitdem hätten die Wirtschaftskrise, der Krieg, die Einkommenssteuer und die wuchernden Vorstädte diesem Garten Eden des alten Geldes, der alten Familien und alten Gepflogenheiten längst den Todesstoß versetzt haben müssen; aber er blieb erhalten, wenn auch nur als Schatten seiner selbst, obwohl ich jetzt, angesichts des neuen Reichtums an der Wall Street, eine Art Wiedererstehung zumindest der äußeren Form spüre, wenn auch das Wesen dieser untergegangenen Welt längst verloren ist.

Das Städtchen Locust Valley ist der Inbegriff eines Gold-Coast-Ortes, und dorthin war ich unterwegs. Mein bescheidenes Anliegen war ein Sandwich; genauer gesagt, Schwarzwälder Schinken mit Munsterkäse und Senf auf Pumpernickel. Ich hatte schon seit gut einer Woche daran gedacht, und jetzt war es so weit. Das Sandwich gab es bei Rolf's German Delicatessen, der hoffentlich nicht vor den Sanierungsmaßnahmen, neumodischen Speisen und gesunden Ernährungsgewohnheiten kapituliert hatte.

Es war ein herrlicher Junitag mit Temperaturen um die dreiundzwanzig Grad, größtenteils sonnig, mit ein paar Schönwetterwolken am strahlend blauen Himmel. Die Blumen standen in voller Blüte, und das Laub der großen alten Bäume raschelte im Wind. Draußen sangen die Vögel, Bienen bestäubten köstliche Blumen, und Schmetterlinge ließen sich auf den Stupsnasen prachtvoller Kinder nieder, worauf diese kichernd zu ihren Kindermädchen sagten: »Ach, Maria, ist es nicht wunderbar, reich zu sein?«

Durch meine Rückkehr wurde ich wieder daran erinnert, warum ich nach einem Jahrzehnt immer noch sauer war. Ich meine, ich hatte mein Leben in den Griff bekommen, und mein dreijähriger Segeltörn mitsamt ein paar lebensgefährlichen Vorkommnissen war so kathartisch gewesen, dass ich abgelenkt war und mich nicht mit der Vergangenheit beschäftigte. Und die sieben Jahre in London hatte ich nie wie ein Exil oder eine Flucht vor der Vergangenheit empfunden. Aber jetzt, da ich zurückgekehrt war, spürte ich, dass die Vergangenheit geduldig auf mich gewartet hatte.

Wobei ich positiv anmerken muss, dass die meisten Dinge, die ich sah, angenehme Erinnerungen weckten. Schließlich war ich hier geboren und aufgewachsen, hatte hier geheiratet und Kinder großgezogen, und ich hatte noch immer Verwandte und Freunde hier. Und dann war ich weggegangen. Vielleicht tobte deshalb noch immer die Wut in mir; es hätte nicht so kommen müssen – und es wäre auch nicht so gekommen, wenn Frank Bellarosa nicht mit meiner Frau gevögelt hätte oder umgekehrt.

Ich erging mich weiter in Erinnerungen, während ich die Straße entlangfuhr, die jetzt Horse Hollow Road hieß, und an meinem ehemaligen Country Club vorbeikam, dem Creek Club. Das weckte ebenfalls viele Erinnerungen, zum Beispiel daran, wie Susan und ich Don Bellarosa und seine knallig gekleidete Frau zum Abendessen in den Club mitgenommen hatten. Die Mitglieder waren alles andere als erfreut gewesen, und im Nachhinein muss ich zugeben, dass es keine gute Entscheidung war. Aber wir hatten unseren Spaß.

Jetzt war es Dienstag, kurz vor Mittag, und seit Anthony Bellarosas Sondierungsbesuch – als solchen betrachtete ich ihn –, war ein Tag vergangen. Ich konnte immer noch nicht fassen, dass ich mich mit diesem Typen zum Abendessen verabredet hatte. Wie einer *meiner Paesanos* mal sagte: »Wenn du mit dem Teufel essen willst, bring einen langen Löffel mit.« In diesem Fall lange Essstäbchen. Oder, besser noch, sag das Abendessen ab.

Dies war der erste Abstecher in die Ortschaft seit meiner Rückkehr, und während ich durch die Straßen fuhr, entdeckte ich die vertrauten Orientierungspunkte. Diese Gegend wurde

1667 von Engländern besiedelt, darunter auch meine Vorfahren, und die Bewohner verweigern sich seit jeher jeder Veränderung, daher gab es in dem beschaulichen Weiler nicht allzu viel Neues. Es ist alles eine Frage der Bauordnung.

Ich bog in die Birch Hill Road ab, die alte Hauptstraße, und kutschierte über die Station Plaza, wo ich früher immer in die Long Island Railroad gestiegen und fünfzig Minuten nach New York gefahren war. An der Plaza befand sich der McGlade's Pub, wo Susan sich manchmal mit mir traf, wenn ich aus dem Zug stieg. Im Nachhinein fragte ich mich, wie oft sie nachmittags mit Frank Bellarosa geschlafen hatte, bevor sie sich mit mir ein paar Drinks gönnte.

Ich bremste ab, als ich mich meiner ehemaligen Kanzlei näherte, wo ich ein, zwei Tage die Woche zugebracht hatte, um nicht ständig in die Stadt pendeln zu müssen. Die Filiale von Perkins, Perkins, Sutter und Reynolds in Locust Valley befand sich in einer viktorianischen Villa am Stadtrand. Die Villa war noch da, und es befand sich immer noch eine Anwaltskanzlei dort, aber auf dem prächtigen Schild im Vorgarten stand jetzt JOSEPH P. BITET & JUSTIN W. GREEN, RECHTSANWÄLTE.

Ich kannte die Namen nicht und war ein bisschen schockiert, als ich meinen nicht sah.

Wenn das eine Folge von *Unheimliche Geschichten* wäre, würde ich jetzt in das Haus gehen und feststellen, dass dort andere Möbel standen. Dann würde ich zur Empfangsdame sagen: »Wo ist Kathy?«, und die gute Frau würde mich verdutzt anschauen und erwidern: »Wer?«

»Meine Empfangsdame.«

»Sir? Womit kann ich Ihnen behilflich sein?«

»Ich bin John Sutter. Das ist meine Kanzlei. Warum steht meine Name nicht auf dem Schild?«

Und die gute Frau würde sagen: »Einen Moment, Sir«, dann verschwinden und die Polizei rufen, die prompt anrücken und mich wegbringen würde, während ich zeterte, dass dies meine Kanzlei sei, und verlangte, dass man meine Sekretärin sucht oder meine Frau anruft, um die Sache zu klären. Dann würde Rod Serling aus dem Off sagen: »John Whitman Sutter dachte, er käme gerade von der Mittagspause in seine Kanzlei zurück – aber er war länger weg … in einer unbekannten Dimension.«

Ich kehrte um und fuhr zur Ortsmitte. Niemand, der westlich des Hudson aufgewachsen war, würde, wenn es ihn in diese Kleinstadt verschlüge, die Birch Hill Road für eine typische amerikanische Hauptstraße halten. Zum einen gab es hier eine ungeheure Anzahl importierter Luxuswagen, und bei den Läden handelte es sich, wie ich feststellte, noch immer größtenteils um Antiquitätenhandlungen, Boutiquen, Galerien und Restaurants, und nirgendwo war ein Starbucks zu sehen.

Ich hatte Locust Valley gemieden, weil ich hier wahrscheinlich immer noch einen Haufen Leute kannte, aber jetzt war ich da. Ich konnte mir eine zufällige Begegnung mit einem ehemaligen Freund oder Nachbarn vorstellen. »Hallo, John, wo bist du denn gewesen, alter Knabe?«

»Mit meinem Boot rund um die Welt, danach in London. Ich bin vor etwa zehn Jahren weggezogen.«

»Ist das schon so lange her? Wie geht's Susan?«

»Wir haben uns scheiden lassen, nachdem sie ihren Mafia-Geliebten erschossen hat.«

»Stimmt. Verdammt schade. Ich meine, die Scheidung. Warum essen wir nicht im Club zu Mittag?«

»Ich darf mein Leben lang keinen Fuß mehr in den Creek oder den Seawanhaka setzen.«

»Was du nicht sagst. Tja, war wunderbar, dich zu sehen, John. Sag mir Bescheid, wenn du mal Zeit hast.«

»Ich schicke jemanden mit ein paar Terminen vorbei. Ciao.«

Ich bog in die Forest Avenue ab und fand einen Parkplatz in der Nähe von Ralf's German Delicatessen, wo ich immer eingekehrt war, wenn ich Susans Bio-Kompost satthatte.

Ich freute mich, als ich sah, dass es das Deli noch gab, aber als ich drin war, stellte ich fest, dass eine mexikanische Invasion stattgefunden hatte und auf der Speisekarte kein englisches Wort mehr stand.

Trotzdem bestellte ich auf meine schroffe New Yorker Art. »Schwarzwälder Schinken, Munster und Senf auf Pumpernickel.«

»Mister?«

»Nein, *Munster*.«

»Muster.«

»Nein. Guter Gott, Mann, ich will ein *Sandwich*. Welchen Teil der Bestellung haben Sie denn nicht verstanden?«

»Schaweschi. Ja?«

Ich hörte die Musik von *Unheimliche Geschichten* und flüsterte: »Wo ist Rolf? Was habt ihr mit Rolf gemacht?«

Er machte einen Witz und sagte: »Er weg, Amigo.«

»Das sehe ich.« Weil ich kein in Mexiko belegtes deutsches Sandwich wollte, sagte ich: »Geben Sie mir einen Kaffee mit *leche*. Milko. Okay?«

»Okay.«

Ich bekam meinen Kaffee und ging.

Ein paar Häuser weiter war ein neues Feinkostgeschäft, und während ich meinen Kaffee trank, ging ich auf das Schaufenster zu, um die Speisekarte zu lesen. Plötzlich wurde die Tür geöffnet, und Susan Stanhope Sutter kam heraus. Ich blieb sofort stehen und spürte einen Stich in meiner Brust.

Sie war knapp fünf Meter entfernt und hätte mich gesehen, wenn sie nicht in ihr Handy gesprochen hätte.

Ich zögerte. Aber da ich bereits über so etwas nachgedacht hatte, beschloss ich, hinzugehen und sie zu begrüßen.

Susan saß an einem kleinen Cafétisch vor dem Laden und packte, während sie immer noch telefonierte, ihr Essenspaket aus. Lady Stanhope stellte importiertes Mineralwasser und einen Salat hin und legte ihre Papierserviette und die Plastikutensilien genau so zurecht, wie es sich an einer gutgedeckten Tafel gehörte.

Es war vier Jahre her, seit ich sie bei der Beerdigung meiner Tante Cornelia zum letzten Mal gesehen hatte, und ihre roten Haare waren kürzer als in meiner Erinnerung, und sie war so braun gebrannt, wie ich sie noch nie gesehen hatte. Ihren Schmollmund hatte sie mit blassrosa Lipgloss geschminkt, und die grünen Katzenaugen wirkten im Sonnenschein noch immer wie Smaragde. Ich ertappte mich dabei, dass ich an die Nacktfotos von ihr auf dem Boot dachte.

Ich verdrängte die Bilder und bemerkte, dass sie eine der in Locust Valley üblichen Aufmachungen trug – eine braune Hose und ein grünes Polohemd, an dem eine Sonnenbrille hing. Sie trug eine Sportuhr, aber ansonsten keinen Schmuck, nicht einmal einen Witwenring, und auf dem Tisch stand eine, wie ich meinte, Coach-Handtasche, die den Gesamteindruck vervollständigte; schlicht und nicht zu schick für einen Nachmittag in der Ortschaft. Vor allem aber wies er darauf hin, dass sie der Gentry angehörte, dem alteingesessenen Geldadel, und keine Städterin war.

Ich holte tief Luft und trat einen Schritt auf sie zu, aber bevor ich in die Gänge kam, ging die Ladentür auf, und eine andere Frau kam heraus, warf mir einen kurzen Blick zu, drehte sich dann zu Susan um und setzte sich ihr gegenüber.

Susan beendete ihren Anruf, worauf sie und ihre Tischgenossin miteinander plauderten.

Ich wusste nicht, wer die Frau war, aber ich kannte den Typ. Sie wirkte etwas älter als Susan, war aber nach wie vor wie eine Privatschülerin gekleidet, hieß vermutlich Buffy, Suki oder Taffy und war fest davon überzeugt, dass man nie zu reich oder zu schlank sein konnte.

Ich verstand nicht, was sie sagten, stellte aber fest, dass Taffy (oder wie sie hieß) den hiesigen Dialekt sprach, gemeinhin auch Locust-Valley-Kieferlähmung genannt. Das ist ein hauptsächlich bei Frauen auftretendes Gebrechen, von dem manchmal aber auch Männer befallen werden, und es tritt für gewöhnlich bei gesellschaftlichen Ereignissen auf, wenn die Sprecherin die Zähne zusammenbeißt und beim Reden nur die Lippen bewegt. Dabei entsteht ein nasaler Tonfall, der erstaunlich deutlich und verständlich ist, es sei denn, die Sprecherin hat eine Nasenscheidewandverkrümmung.

Taffys Mittagsmahl bestand aus Mineralwasser und Joghurt mit fünf Weintrauben, die sie aus einer tausend Dollar teuren Handtasche pflückte. Sie und Susan wirkten unbefangen, aber ich konnte nicht feststellen, ob sie über etwas Leichtes, Männer zum Beispiel, oder etwas Wichtiges wie Einkaufen redeten.

Ich hatte mit einem Mal das Bedürfnis, zu ihnen zu gehen und irgendetwas Unfeines zu Taffy zu sagen, wie zum Beispiel: »Hi, ich bin John Sutter, Susans Exmann. Ich habe mich von ihr scheiden lassen, weil sie mit einem Mafioso gefickt und ihn anschließend erschossen hat.«

Aber Taffy wusste das wahrscheinlich, weil sich so ein Skandal weder unterdrücken noch verdrängen ließ. Diese Gegend lebte von Klatsch und Skandalen, und wenn jeder, der etwas Skandalöses getan hatte, geächtet werden würde, wären die Country Clubs leer und die Hauspartys erbärmlich besucht.

Es gab allerdings Grenzen des schlechten Benehmens, und dass die Sutters die Bellarosas einmal zum Abendessen in den Creek Club mitgenommen hatten, gehörte dazu. Andererseits war es höchst unwahrscheinlich, dass Mrs Sutter von der A-Liste gestrichen wurde, nur weil sie eine Affäre mit Mr Bellarosa eingegangen war. Vielmehr wäre ihre Anwesenheit bei Wohltätigkeitsveranstaltungen, Cocktailpartys und Damenkränzchen höchst erwünscht. Und dass sie ihren Geliebten erschossen hatte, nun ja, das war auch nichts ganz Neues, und wenn man das Ganze ein bisschen zurechtfrisierte, konnte man ein lumpiges Verbrechen aus Leidenschaft als eine Ehrensache verkaufen. Kurzum, es lief darauf hinaus, dass Susan Sutter eine Stanhope war, ein Name, der auf ewig im Blaubuch eingeschrieben stand. Wenn man ihn durch einen anderen hiesigen Familiennamen ersetzt – Vanderbilt, Roosevelt, Pratt, Whitney, Grace, Post, Hutton, Morgan, was auch immer –, versteht man allmählich die ungeschriebenen Gesetze und Privilegien.

Ich betrachtete Susan und Taffy, die aßen und miteinander redeten, und warf einen letzten Blick auf Susan. Dann wandte ich mich ab und ging zu meinem Auto.

5

Tags darauf, am Mittwoch, war es bedeckt, daher hatte ich nichts dagegen, den ganzen Tag im Esszimmer zu sitzen, mich mit dem Papierkram zu befassen und meine Gedanken gelegentlich in die Vergangenheit schweifen zu lassen, die vor mir ausgebreitet lag.

Ich hatte die Nacktfotos von Susan noch immer nicht verbrannt und dachte wieder daran, sie ihr zu geben; sie gehörten nicht mir allein, und vielleicht wollte sie sie haben. Was würde Emily Post dazu sagen?

»Lieber Verwirrter auf Long Island, Nacktaufnahmen einer ehemaligen Gattin sollte man diskret zurückgeben, per Einschreiben und deutlich als solche gekennzeichnet. ›Nacktaufnahmen – bitte nicht knicken‹. Eine beigefügte Erklärung ist nicht unbedingt notwendig oder angebracht. Allerdings weisen die Absender in jüngster Zeit oftmals darauf hin, dass sie die Fotos nicht ins Internet gestellt haben. Der Empfänger sollte binnen zehn Tagen eine Empfangsbestätigung samt Dankeswort schicken. (Unterzeichnet) Emily Post.«

Was die Kommunikation zwischen ehemaligen Ehepartnern angeht, so hatten mir Edward und Carolyn bei meinen beziehungsweise ihren Anrufen die neue Telefonnummer ihrer Mutter gegeben und mir verraten, dass ihre Handynummer aus South Carolina noch gültig war. Außerdem besaß ich ihre E-Mail-Adresse, allerdings keinen Computer. Susan kannte natürlich Ethels Telefonnummer, die sich seit Franklin Delano Roosevelts Präsidentschaft nicht mehr geändert hatte. Daher … sollte jemand jemanden anrufen.

Ich widmete mich wieder meinem Papierkram. Ich fand meine Heiratsurkunde und auch meinen Scheidungsbescheid und legte sie zusammen. Was dazwischenlag, war eine ganz andere Geschichte.

Was meinen Scheidungsbescheid anging, so brauchte ich ihn für den unwahrscheinlichen Fall, dass ich wieder heiraten wollte. Tatsächlich hatte Samantha, die Frau in London, zu mir gesagt: »Warum heiraten wir nicht?«, worauf ich erwidert hatte: »Großartige Idee. Aber wer will uns haben?«

Ich hatte ein paarmal mit Samantha gesprochen, seit ich London verlassen hatte, und sie wollte nach New York fliegen, aber da unsere Beziehung in der Schwebe hing, war Samantha noch nicht in der Luft.

Ich zog einen braunen Umschlag zu mir, auf dem in Susans Handschrift »Fotos für Album« stand. Sie waren noch nicht in einem Album gelandet, und wahrscheinlich würde es auch nicht dazu kommen. Ich kippte die Fotos heraus und sah, dass auf einem Großteil von ihnen die Sutters, die Stanhopes und die Allards zu sehen waren, über viele Jahre hinweg aufgenommen, hauptsächlich an Feiertagen – Weihnachten, Ostern, Thanksgiving, bei Geburtstagen und alldem.

Die ganze Truppe war darauf – William und Charlotte Stanhope und ihr nichtsnutziger Sohn, Susans Bruder Peter, wie auch Susan selbst, die aussah wie fünfundzwanzig.

Dann war natürlich ich zu sehen, mit Edward und Carolyn, meinen Eltern Joseph und Harriet, und auf einem Foto war meine Schwester Emily mit ihrem Exmann Keith. Dazu ein hübscher Schnappschuss von meiner Tante Cornelia mit ihrem Mann, beide inzwischen verstorben.

Schwer zu glauben, dass es mal eine Zeit gegeben hatte, in der alle glücklich und am Leben waren. Nun ja, vielleicht nicht so glücklich, aber zumindest so begeistert, dass sie mit Hilfe von ein paar Cocktails in die Kamera lächelten.

Als ich mir die Fotos anschaute, konnte ich kaum fassen, dass so viele von diesen Leuten tot waren, geschieden oder, schlimmer noch, in Florida lebten.

Ich bemerkte ein altes Foto von Elizabeth Allard und erinnerte mich an den Anlass: Elizabeths College-Abschlussparty auf dem großen Rasen von Stanhope Hall, ein weiteres Beispiel von *noblesse oblige*, was so viel heißt wie »Sicher könnt ihr unsere Villa benutzen, das macht uns ganz und gar nichts aus«. Elizabeth, fiel mir auf, war viel hübscher, als ich sie in Erinnerung hatte. Eigentlich müsste ich sie anrufen, denn sie war die Testamentsvollstreckerin für den Nachlass ihrer Mutter.

Ich schob die Fotos beiseite, bis auf eines von George und Ethel. Langjährige Familienbedienstete sind häufig mehr als nur Angestellte, und die Allards waren die Letzten eines einstmals umfangreichen Hauspersonals, was mich daran erinnerte, dass ich Ethel besuchen musste. Ich musste das tun, weil ich ihr Anwalt war und wir trotz aller Differenzen einige Jahre unseres Lebens miteinander verbracht hatten, weil sie ebenso ein Teil meiner Geschichte war wie ich einer der ihren und wir alle im gleichen Drama mitgespielt hatten – die Allards, die Sutters und die Stanhopes –, das auf der Bühne eines halbverfallenen Anwesens in einer Welt ewigen Zwielichts aufgeführt worden war.

Heute Abend, entschied ich, war ein guter Zeitpunkt, Abschied zu nehmen; wahrscheinlich blieb mir ohnehin nicht mehr viel Zeit.

Das erinnerte mich daran, dass ich an diesem Abend eine andere Verabredung mit dem Schicksal hatte: Mr Anthony Bellarosa. Ich überlegte, ob ich das Essen absagen sollte, wusste aber nicht, wie ich ihn erreichen konnte. Und selbst wenn ich ihn versetzte, wäre ich ihn noch lange nicht los.

Was das Thema Anrufe anging, war Ethels rosa Prinzessinnentelefon aus dem Jahr 1970 mein einziges Kommunikationsmittel, und ich benutzte es eher selten, hauptsächlich, um Samantha, Edward, Carolyn und meine Schwester Emily in Texas anzurufen, die ich sehr liebte, und meine Mutter, die … nun ja, sie ist meine Mutter. Was eingehende Anrufe betraf, so hatten Ethels ältere Freundinnen angerufen, denen ich die Nachricht überbrachte, dass Ethel im Hospiz lag. In diesem Alter sind solche Nachrichten weder schockierend noch allzu aufregend. Eine alte Dame hatte sogar vom gleichen Hospiz aus angerufen und war begeistert, als sie erfuhr, dass ihre Freundin eine Etage höher untergebracht war und sich am gleichen rutschigen Abhang befand.

Ethel hatte keine Anruferkennung, sodass ich mich jedes Mal, wenn das Telefon klingelte, fragte, ob das Hospiz dran war, Mr Nasim, Susan oder Samantha, die mir mitteilen wollte, dass sie am JFK wartete. Ethel besaß einen Anrufbeantworter, aber der funktionierte anscheinend nicht, daher wusste ich nie, ob ich irgendwelche Anrufe verpasst hatte, wenn ich außer Haus war.

Die idiotische Kuckucksuhr in der Küche läutete viermal, was ich zum Anlass nahm, mich zu recken, durch die Hintertür in der Küche hinauszugehen und etwas frische Luft zu schnappen.

Der Himmel war noch immer bedeckt, und es roch nach Regen. Ich stand auf dem mit Schiefer belegten Patio und betrachtete diesen Winkel des alten Anwesens.

Amir Nasim hatte Gärtner, die sich um die geschrumpften Ländereien kümmerten, einschließlich der Bäume und Rasenflächen rund um das Pförtnerhaus. Die drei Holzapfelbäume entlang der Grundstücksmauer waren zurückgeschnitten, aber dieses Jahr würde es kein Holzapfelgelee von Ethel geben, wahrscheinlich nie wieder.

Hinter dem Patio befand sich ein kleiner Nutzgarten, in dem

Ethel im Frühjahr ihr Gemüse angepflanzt hatte, bevor sie krank wurde. Der Garten war jetzt mit Unkraut und wilden Blumen überwuchert.

Und mitten in dem vernachlässigten Garten stand ein von Hand bemaltes Schild, das so alt und ausgeblichen war, dass man die Aufschrift nicht mehr lesen konnte. Aber als es frisch und neu war, vor rund sechzig Jahren, stand VICTORY GARDEN darauf, Siegesgarten.

Ich musste daran denken, es Ethels Tochter Elizabeth zu geben.

Ich hörte das Wandtelefon in der Küche klingeln. Ich hasste eingehende Anrufe; nur selten war jemand dran, der mir Sex, Geld oder eine kostenlose Urlaubsreise anbot. Und wenn, dann waren immer irgendwelche Haken dabei.

Es klingelte weiter, und da der Anrufbeantworter nicht funktionierte, hörte es auch nicht auf, so als wüsste jemand, dass ich zu Hause war. Susan?

Irgendwann hörte es auf.

Ich blickte mich ein letztes Mal um, ging dann wieder ins Haus und machte mich fertig, um eine alte Frau zu besuchen, die bald ihre letzte Belohnung bekommen würde, und um mich mit einem jungen Mann zu treffen, der, wenn er nicht vorsichtig war, wie sein Vater früh im Grab landen würde.

6

Um siebzehn Uhr fuhr ich durch das prachtvolle schmiedeeiserne Tor meines großen Anwesens und steuerte meinen Lamborghini auf der Grace Lane in Richtung Süden. Zurück zur Wahrheit: nicht mein Anwesen und kein Lamborghini.

Die Grace Lane – weder nach einer Frau benannt noch nach dem geistigen Zustand, in dem die Anlieger zu leben meinten, sondern nach der Familie Grace, die durch Ozeandampfer berühmt geworden war – war und ist möglicherweise nach wie vor eine Privatstraße, was heißt, dass sie den Anliegern gehört und diese sie instand halten sollen. Als ich das letzte Mal hier war, versuchten meine Nachbarn, diese Ausgaben auf diverse hiesige Bezirksregierungen abzuwälzen, die nicht allzu sehr darauf brannten, die reichen Mistkerle an der Grace Lane auszulösen, von denen einige nicht mehr reich aber nichtsdestotrotz Mistkerle waren. Das Thema schien sich in meiner Abwesenheit erledigt zu haben, denn die Grace Lane war jetzt einwandfrei asphaltiert.

Ich fuhr nach Süden, in Richtung Locust Valley, wo ich haltmachte, um etwas für Ethel zu kaufen. Man sollte zu einem Besuch nicht mit leeren Händen kommen, aber mir fiel nie etwas anderes als Wein ein, und das wäre unpassend gewesen; und Blumen hätten womöglich etwas verfrüht gewirkt.

Ethel las gern, daher könnte ich bei einer Buchhandlung vorbeischauen, aber ich sollte nichts kaufen, was zu lang war, wie zum Beispiel *Krieg und Frieden*. Sie mochte auch Obst, aber ich sollte keine grünen Bananen kaufen. Na schön, ich war nicht sehr nett, aber angesichts des dräuenden Sensenmannes hilft ein bisschen Humor – selbst schwarzer Humor – den Lebenden und den Toten, damit umzugehen. Richtig? Vielleicht also hätte sie an einem Geschenkgutschein der Weight Watchers einen Heidenspaß.

»Liebe Ms Post, ich muss eine alte Dame im Hospiz besuchen, deren noch verbleibender Aufenthalt auf Erden mit der Stoppuhr gemessen werden kann. Warum sollte ich mich darum bemühen, ihr irgendetwas mitzubringen? (Unterzeichnet) VALI. PS: Ich mag sie nicht.«

»Lieber VALI, gute Manieren enden nicht an der Schwelle des Todes. Eine Schachtel Pralinen wäre ein angemessenes Geschenk; wenn sie sie nicht essen kann, so können es ihre Besucher. Wenn sie stirbt, bevor Sie bei ihr waren, lassen Sie die Pralinen und Ihre Visitenkarte bei der Dame am Empfang. Auf den guten Willen kommt es an. (Unterzeichnet) Emily Post. PS: Bemühen Sie sich um Wiedergutmachung, falls sie bei Bewusstsein ist.«

Ich bog auf die Skunks Misery Road ab und war nach ein paar Minuten in Locust Valley. Ich hasse es, wenn ich irgendwas einkaufen muss, Karten und kleine Geschenke eingeschlossen, daher wurde meine Laune schlechter, als ich die Forest Avenue und die Birch Hill Road entlangkutschierte und nach einem Laden suchte, in dem es Schokolade gab. Ich sah mindestens ein Dutzend weißer SUV, die Susans hätten sein können, und mir fiel ein, dass sie sich auf so was verstand. Falls ich ihr also über den Weg laufen sollte, würde ich sie um Rat bitten. Der letzte Geschenktipp, den ich von ihr bekommen hatte – anlässlich von Carolyns Abschluss an der juristischen Fakultät von Harvard –, lautete, dass das T-Shirt, das ich in London für

Carolyn gekauft hatte und auf dem in Shakespeares Worten stand: »Lasst uns zuallererst sämtliche Anwälte umbringen«, kein gutes Geschenk für eine frischgebackene Juristin sei. Möglicherweise hatte sie recht.

Jedenfalls gab ich die Suche nach Schokolade auf, parkte und ging in einen Blumenladen. Eine hübsche junge Frau hinter dem Ladentisch fragte, ob sie mir behilflich sein könne, worauf ich ohne jede Vorrede erwiderte: »Ich brauche etwas für eine alte Dame, die im Hospiz liegt und nicht mehr viel Zeit hat.« Ich warf einen Blick auf die Uhr, um der Sache Nachdruck zu verleihen.

»Ich verstehe … und –«

»Ich mag sie nicht besonders.«

»Na schön … dann –«

»Vielleicht wäre ein Kaktus angemessen, aber sie wird noch andere Besucher haben, deshalb brauche ich etwas, das nett aussieht. Es muss nicht lange halten.«

»Ich verstehe. Vielleicht –«

»Es darf nicht wie ein Beerdigungsbukett aussehen. Oder?«

»Nein. Sie wollen ja nicht … Warum lassen wir nicht die Finger von Blumen und nehmen eine hübsche Topfpflanze?«

»Wie wär's mit Schierling?«

»Nein, ich dachte an die kleine Zimmertanne da drüben. Immergrüne Pflanzen sind ein Symbol für das ewige Leben.«

»Wirklich?«

»Ja, genau wie, tja, ein Weihnachtsbaum.«

»Weihnachtsbäume werden braun.«

»Das kommt, weil man sie absägt. Wir liefern viele immergrüne Pflanzen in das Hospiz.«

»Tatsächlich?«

»Ja. Sie riechen gut. Und die Angehörigen können sie danach als Andenken mitnehmen.«

»Nach was?«

»Nachdem … die … Betreffende …« Sie wechselte das

Thema und fragte: »In welchem Hospiz befindet sich die Dame?«

»Fair Haven.«

»Wir können die Pflanze für Sie liefern.«

»Eigentlich bin ich gerade auf dem Weg dorthin, und sie ist ein bisschen groß zum Tragen, daher …« Ich blickte mich um und sah in der Ecke ein Regal voller Plüschtiere, darunter auch ein paar Teddybären, die hier sehr beliebt waren, weil der Mann, der als Vorbild für den Bären diente, Teddy Roosevelt, im nahe gelegenen Oyster Bay lebte. Ich nahm den bestaussehenden Bären vom Regal, setzte ihn auf den Ladentisch und sagte: »Ich nehme den hier.«

»Der ist sehr hübsch.« Sie band eine rosa Schleife um den Hals des Bären und steckte einen Lavendelzweig hinein.

Ich zahlte bar, und die junge Frau sagte zu mir: »Der wird ihr gefallen. Viel Glück.«

Ich stieg wieder ins Auto und fuhr in Richtung Westen, zu dem Hospiz in Glen Cove. Ich warf einen kurzen Blick auf den flauschigen Bären neben mir, und mit einem Mal packte mich die Rührung. Es traf mich tief, dass Ethel Allard im Sterben lag und so viele Menschen, die ich einst gekannt hatte, tot waren, und plötzlich erinnerte ich mich an alle und sah ihre Gesichter wieder vor mir – so wie einst, lächelnd, für gewöhnlich bei einem gesellschaftlichen Anlass oder einer Familienfeier, einen Drink neben sich, genau wie auf den Fotos, die ich mir vorhin angeschaut hatte.

Wo, fragte ich mich, sind all die Jahre geblieben? Und warum hatte ich diese Momente nicht genossen, als meine Welt noch sicher, vertraut und intakt war?

Tja, man kann nicht zurück, und selbst wenn ich's könnte, bin ich mir nicht sicher, ob ich irgendetwas an dem geändert hätte, das meinen Werdegang oder den von Frank Bellarosa bestimmt hatte.

Frank war an einem kalten Wintertag vor zehn Jahren mit

ein paar Geschäftsfreunden von Brooklyn zu einem Restaurant in Glen Cove unterwegs gewesen. Sie bogen vom Long Island Expressway ab, verfuhren sich und landeten irgendwie an der Grace Lane. Sie entdeckten das verlassene Anwesen namens Alhambra, und wie Frank mir später erklärte, erinnerten ihn die Pyramidenpappeln, die die Zufahrt säumten, und das im mediterranen Stil verputzte Herrenhaus mit seinem roten Ziegeldach an seine italienischen Wurzeln. Er holte Erkundigungen ein und kaufte das Anwesen. Dann zog er ein. Dann lernte ich ihn kennen. Dann nahm Susan seine Einladung zum Kaffee an. Dann passierte allerhand, was damit endete, dass meine Frau ihren neuen Nachbarn und Geliebten ermordete.

Und jetzt, zehn Jahre später, hat sich das ursprüngliche Ensemble dieser Tragödie – einschließlich der Toten und Sterbenden – zum letzten Akt wieder zusammengefunden.

7

Ich steuerte auf der Duck Pond Road in Richtung Westen, vorbei an der Friends Academy, einer von einheimischen Quäkern gegründeten Privatschule. Susan war auf die Friends gegangen und, wie sie mir erzählte, von George Allard zum Unterricht gefahren worden. Als einer der letzten Dienstboten der Stanhopes trug er viele Kopfbedeckungen, darunter auch eine Chauffeursmütze.

Die Gold Coast der fünfziger und frühen sechziger Jahre hatte sich, wie ich mich entsann, in einem Übergangsstadium befunden zwischen der alten Vorkriegswelt mit ihren im Gesellschaftsregister verzeichneten Familien, deren Vermögen mittlerweile schrumpfte, und den gesellschaftlichen Umwälzungen, die einen Großteil der alten Ordnung hinwegfegen sollten.

Viele dieser Veränderungen brachten Besserungen. George zum Beispiel war kein Dienstbote mehr, sondern wurde zum Angestellten. Dadurch verbesserten sich zwar seine Fahrkünste nicht, aber er hatte am Wochenende frei.

Was Ethel die Rote angeht, wie ich sie nannte, weil sie Sozialistin war, so hatte sie sich nie als Dienstbotin betrachtet – und schon gar nicht, nachdem sie mit Augustus Stanhope geschlafen hatte –, und sie hat lange genug gelebt, um mitzubekommen, dass viele ihrer idealistischen Träume Wirklichkeit wurden.

Ein Schild wies mich darauf hin, dass ich in die unabhängige Stadt Glen Cove kam, die eigentlich eine mittelgroße Ortschaft mit rund zwanzigtausend Einwohnern ist – oder mehr, wenn man die neuen Immigranten hinzuzählt, die sich nicht um die Voraussetzungen für das Erlangen der Staatsbürgerschaft scheren.

Glen Cove liegt am Hampstead Harbor und dem Long Island Sound und wurde, wie viele Gemeinden an der Nordküste von Long Island, im 17. Jahrhundert von englischen Siedlern gegründet, darunter auch meine Vorfahren, die sich bei ihrer Ankunft nicht die Mühe machten, bei den einheimischen Indianern vom Stamme der Matinecock die Staatsbürgerschaft oder eine Arbeitserlaubnis zu beantragen. Trotzdem lebten Bleichgesichter und Rothäute ein Jahrhundert lang relativ friedlich und harmonisch nebeneinander, was hauptsächlich daran lag, dass die Indianer an den europäischen Seuchen starben. Die Briten besetzten Long Island während des Unabhängigkeitskriegs, und viele der einheimischen Bewohner blieben der Krone treu ergeben, darunter auch, ich gestehe es, die Sutters, die nach wie vor diesen konservativen Zug aufweisen – von meinem Vater einmal abgesehen, der ein liberaler Demokrat war und bei den von Republikanern dominierten Familienzusammenkünften immer in politische Streitgespräche geriet. Meine verrückte Mutter Harriet ist ebenfalls eine Progressive, und sie und Ethel verbündeten sich stets gegen die Mehrheit der unaufgeklärten, unterdrückerischen männlichen Schweine, die einst die Gesellschaft der Gold Coast beherrschten.

Aber selbst das hatte sich geändert, und als ich vor zehn Jahren weggegangen war, konnte man offen darüber reden, wenn man einen Freund oder Nachbarn hatte, der Demokrat war, ohne dass man sich Sorgen wegen fallender Grundstückspreise machen musste.

Passend zum Thema Krieg und Politik hörte ich mit halbem Ohr einer konservativen Radio-Talkshow zu und drehte den Ton lauter, als ein Anrufer sagte: »Wir müssen sie mit einer Atombombe vernichten, bevor sie uns mit einer Atombombe vernichten.«

Der Moderator, der ein bisschen um Vernunft bemüht war, erwiderte: »Okay, aber *wen* sollen wir mit einer Atombombe vernichten?«

»Alle«, antwortete der Anrufer. »Werft zunächst mal eine Atombombe auf Bagdad, damit wir unsere Jungs nicht dorthin schicken müssen, wo sie bloß umgebracht werden.«

»Okay, aber vielleicht sollten wir zuerst eine Atombombe auf die Ausbildungslager von al-Qaida werfen. *Die* Botschaft kapieren alle.«

»Yeah. Werft auch 'ne Bombe auf die Lager.«

Der Moderator unterbrach das Gespräch für eine Werbepause und die mitreißende patriotische Musik von John Philip Sousa, einem ehemaligen Bewohner von Long Island, der allem Anschein nach ein Comeback erlebte.

Seit dem 11. September hatte eine erstaunliche Veränderung der politischen und sozialen Kultur stattgefunden, die irgendwie beunruhigend war, wenn man nicht hier lebte und die Entwicklung mitbekommen hatte. Vor praktisch jedem Haus wehte eine amerikanische Flagge, auch vor den Läden und Häusern hier in Glen Cove, das normalerweise keine Bastion der Konservativen ist. Und auch an fast jeder Autoantenne hing eine Fahne, dazu klebte ein Aufkleber am Fenster oder an der Stoßstange, auf dem ein Slogan stand wie »9/11 – nie vergessen« oder »Bin Laden, du kannst fliehen, aber du kannst dich nicht verstecken« und so weiter und so fort. Fast jeder, dem ich in Locust Valley begegnete, trug einen Flaggensticker. Und ich stellte mir vor, wie die Leute mein Auto nach Hinweisen danach absuchten, ob ich ein guter Amerikaner war.

Im letzten Jahrhundert wurde Glen Cove zur Heimstatt

zahlreicher italienischer Einwanderer, die beim Bau und bei der Instandhaltung der großen Herrenhäuser und Ländereien Arbeit fanden. Und aus dieser körperlichen Arbeit für die Reichen entstanden über mehrere Generationen hinweg italienisch-amerikanische Baufirmen, Landschaftsgärtnereien und ähnliche Unternehmen.

Das war eine große amerikanische Erfolgsgeschichte, deren Nebeneffekt jedoch war, dass aus der breiten italienischen Bevölkerungsschicht leider auch die kleine, aber beharrliche Gruppe von Gentlemen hervorging, deren Geschäfte nichts mit Landschaftsgärtnerei zu tun hatten. Daher kam es, dass Mr Frank Bellarosa aus Brooklyn vor zehn Jahren nach Glen Cove unterwegs war, um sich in einem italienischen Restaurant mit Geschäftspartnern zu treffen. Ironischerweise hätten er und sein Fahrer – war es Anthony, der heute Tony genannt wurde? – sich heutzutage dank GPS nicht verfahren und wären nicht an der Grace Lane gelandet, und mittels Satellitentechnologie wäre das Schicksal überlistet worden. Man mache sich das mal klar.

Ich fuhr auf der Dosoris Lane nach Norden, einer aus dem siebzehnten Jahrhundert stammenden Straße, die zum Sund führte und an der einige Sutters vor Jahrhunderten gewohnt hatten.

Ich hatte nie die Gelegenheit gehabt, das Fair Haven Hospice House zu besuchen, aber die nette Dame am Telefon hatte mir den Weg gut beschrieben und mir versichert, dass Mrs Allard Besucher empfangen durfte – allerdings wies sie mich darauf hin, dass sich die Lage bis zu meinem Eintreffen ändern könnte.

Die Dosoris Lane führte an acht großen Anwesen vorbei, die einst alle der Familie Pratt gehört hatten und von Mr Charles Pratt von Standard Oil für sich selbst und sieben seiner acht Kinder erbaut worden waren. Warum Nummer acht kein Anwesen bekam, ist mir ein Rätsel, aber ich bin mir sicher, dass

Charles Pratt seine Gründe hatte, so wie auch William Bumskopf von Hilton Head seine Gründe dafür hatte, dass er Susan als alleiniger Besitzerin das Stanhope'sche Gästehaus und vier Hektar Land überschrieb. Susan hätte die Überschreibung natürlich ändern können, aber das hätte William geärgert, und wir wollen doch Daddy nicht verstimmen.

Was das Thema Immobilien angeht, habe ich mich immer gefragt, was William Stanhope von Ethel Allards lebenslangem Wohnrecht im Pförtnerhaus hielt. Ich habe nie erfahren, ob William sich darüber im Klaren war, dass sein Vater eine Bedienstete gepoppt hatte. Aber er musste es irgendwann erfahren haben, denn schließlich wusste es auch Susan, und sie erzählte wiederum mir die Geschichte. William hingegen vertraute mir dieses Familiengeheimnis nie an. Wahrscheinlich war es ihm peinlich – nicht wegen der sexuellen Indiskretion seines Vaters, sondern weil die kleine Dienstbotin von einem Stanhope eine Immobilie bekam. Wie schon gesagt, geht Zapfen A *nicht* in Loch B – siehe Anleitung.

Ich passierte Killenworth, eines der ehemaligen Pratt'schen Anwesen, das früher als Zufluchtsort der russischen Gesandtschaft bei den Vereinten Nationen genutzt wurde. Wenn die bösen alten Kommies da waren, standen nach KGB aussehende Wachleute mit Schusswaffen und scharfen Hunden am Eisentor. Jetzt wirkte es friedlich und unbewacht.

Als ich in Locust Valley aufwuchs, bestand die höchste Mannbarkeitsprobe für Jungs – und selbst für Mädchen – darin, »die Grenze« zum sowjetischen Anwesen zu überqueren und ein gefährliches Versteckspiel mit den russischen Wachmännern und ihren Hunden zu spielen. Das Erfolgsgeheimnis war übrigens rohes Rindergehacktes – die Hunde liebten es.

Wir waren eher verrückt als tapfer, glaube ich, und kannten jeder eine eigene Geschichte über einen Jungen, der für immer hinter dem Eisernen Vorhang verschwand. Ich glaube nicht, dass irgendeine dieser Geschichten stimmte, und bei den meisten Kids, die in der Gegend verschwanden, stellte man später fest, dass sie mit ihren Familien weggezogen waren oder auf ein Internat gingen.

Die russischen Wachmänner, dessen bin ich mir sicher, hielten uns für unglaublich wagemutig, einfallsreich und kühn, und meiner Überzeugung nach wurde das nach Moskau gemeldet und führte unmittelbar zum Zusammenbruch des Sowjetreiches und zum Ende des Kalten Krieges. Wie die meisten Helden des Kalten Krieges jedoch blieben ich und meine idiotischen Freunde anonym und ungerühmt. Vielleicht wird die Welt eines Tages erfahren, was wir hier geleistet haben, aber bis dahin führt uns die Polizei von Glen Cove in ihren Einsatzmeldungen weiterhin als unbekannte Eindringlinge, Vandalen und jugendliche Straftäter. Das ist okay. *Wir* wissen Bescheid.

Ein Stück weiter kamen die Anwesen von J. P. Morgan und F. W. Woolworth, beide jetzt verlassen und teilweise bebaut. Aufgrund der Wegbeschreibung bog ich nach links in eine Privatstraße ab, die durch ein Wäldchen führte. Vor mir sah ich eine große alte Villa, weiß, aus Steinen gebaut und mit einem Schieferdach. Ein Schild wies mir den Weg zum BESUCHERPARKPLATZ.

Ich stieß auf den nahezu leeren Parkplatz, nahm den Teddybären und stieg aus dem Wagen. Es hatte aufgeklart, Wolkenfetzen zogen gen Norden in Richtung Sund, und große Möwen segelten tief am Horizont dahin. Nach drei Jahren auf See hatte ich ein Gespür für Natur und Wetter bekommen, und ich fühlte die Nähe des Sunds. Ich roch sogar eine Prise Salzluft, die meine Sehnsucht nach dem offenen Meer weckte.

Ich ging auf die Villa zu und dachte: Kein schlechter Ort, um seine letzten Tage auf Erden zu verbringen, Ethel, bevor die Himmelspforte aufgeht und du ins große paradiesische Anwesen aufgenommen wirst. Mietfrei für alle Ewigkeit, und du musst nicht mit dem Boss schlafen.

8

Ich betrat das weiße Gebäude, das, wie ich feststellte, einst ein Privathaus gewesen war. Ich finde es gut, wenn die alten Herrenhäuser einem neuen Verwendungszweck zugeführt werden, zum Beispiel als Schule, Museum oder, in diesem Fall, als Pflegeheim und Hospiz. Das ist besser als die Abrissbirne und die Ausweisung eines weiteren exklusiven Baugebiets für einen scheinbar endlosen Strom von Schlaumeiern von der Wall Street, deren Kreditwürdigkeit irgendwie ihren IQ übertrifft.

Eine nette Frau am Empfang begrüßte mich und teilte mir auf meine Frage hin mit, dass es Ethel »den Umständen entsprechend gutgeht«, was vermutlich das Beste war, was man hier erwarten konnte. Die einzigen anderen Antworten waren wahrscheinlich »Nicht gut, keine Besucher« und »Entschlafen«. Meiner Meinung nach zählte »Im Fitnessstudio« nicht zu den Befindlichkeitsmeldungen im Fair Haven.

Die Dame schickte mich zu einem kleinen Fahrstuhl in der Lobby. »Erster Stock, Zimmer sechs.«

Ich war allein im Aufzug, der für die eine Etage eine ganze Weile brauchte, während der ich mir einen piepsigen Auszug aus Vivaldis *Vier Jahreszeiten* anhörte – den »Sommer«. Ich stellte mir vor, dass die Tür aufging und sich vor mir eine ätherische

Landschaft mit weißen Wolken und blauem Himmel erstreckte, mit einem prachtvollen Tor in der Ferne. Ich brauchte wirklich einen Drink.

Als die Tür aufging, tat sich wahrhaftig ein Korridor mit einer Blumentapete vor mir auf, in dem eine Dame in Weiß wartete. Man hatte mich anscheinend angekündigt, denn sie begrüßte mich mit Namen, stellte sich als Mrs Knight vor und sagte dann: »Nennen Sie mich Diane.«

»Hallo, Diane.«

»Folgen Sie mir bitte.«

Ich folgte ihr den langen Korridor entlang. Mrs Knight schien eine dieser typischen Krankenpflegerinnen zu sein, die sowohl streng als auch liebenswürdig sind, was zweifellos daher rührte, dass sie im Haus der Sterbenden mit jeder nur denkbaren menschlichen Gefühlsregung zurechtkommen musste.

Im Gehen sagte sie: »Mrs Allard hat Medikamente gegen ihre Schmerzen erhalten, daher wird sie Ihnen vielleicht nicht so munter vorkommen, wie Sie sie in Erinnerung haben.«

»Ich verstehe.«

»Sie ist im Moment allerdings bei klarem Verstand und geistig rege.«

»Gut.«

»Ihre Schmerzen sind erträglich und kontrollierbar.«

»Das ist gut.« Ich hatte das Gefühl, dass ich Fragen stellen sollte, um ihr diese Aussagen zu entlocken, deshalb fragte ich: »Wie sieht es mit ihrer Gemütsverfassung aus?«

»Erstaunlich gut.«

»Viele Besucher?«

»Ein paar. Darunter Ihre Mutter und Ihre Frau.«

»Meine Exfrau. Sie sind jetzt aber nicht hier, oder?«

»Nein.« Sie warf einen Blick auf mein Geschenk. »Sie wird diesen Teddybär lieben.« Vor einer Tür blieb sie stehen und sagte: »Ich gehe rein und sage ihr, dass Sie hier sind. Ich finde es sehr schön, dass Sie extra aus London gekommen sind, um sie zu besuchen.«

»Ja, nun ja … sie ist eine wunderbare Frau.«

»Das ist sie in der Tat.«

Ich fragte mich, ob hier eine andere Ethel Allard lag.

Mrs Knight wollte gerade die Tür öffnen, als ich sie fragte: »Wie lange …? Ich meine –«

»Oh, ich würde sagen, eine halbe Stunde, allerhöchstens.«

»Eine halbe Stunde?«

»Ja, dann wird sie müde.«

»Oh. Nein, ich habe gemeint –«

»Ich schaue alle zehn Minuten kurz rein.«

»Okay. Was ich gemeint habe … Ich bin nur noch ein paar Wochen in der Stadt und habe mich gefragt, ob ich sie noch mal sehen kann.« Weil Mrs Knight entweder nicht mitkam oder über das Thema nicht sprechen wollte, fragte ich unverblümt: »Wie lange hat sie noch zu leben?«

»Oh … darüber machen wir uns keine Gedanken, aber ich würde sagen, das Ende ist nah.«

»Wie nah? Zwei Wochen?«

»Möglicherweise länger. Ethel ist eine Kämpfernatur.«

»Drei?«

»Mr Sutter. Ich kann Ihnen nicht –«

»In Ordnung. Ich hatte eine Tante, die –«

»Sie haben ja keine Ahnung, was ich hier schon alles erlebt habe. Der Tod ist das große Geheimnis des Lebens, und von der Einstellung und Gebeten hängt vieles ab.«

»Ja, das glaube ich. Ich habe für sie gebetet.« Ich brauche ihr Haus.

Mrs Knight schaute mich an und bedachte mich mit einer, wie ich vermutete, gut einstudierten Weisheit: »Es ist ganz natürlich, dass wir unsere Lieben so lange wie möglich bei uns behalten wollen. Aber das ist selbstsüchtig. Ethel hat sich mit ihrem Zustand abgefunden und ist bereit, zu gehen.«

Das klang eher nach einer Woche, aber ich brauchte das Pförtnerhaus möglicherweise noch zwei. Ich hatte nach Mrs Knights Beteuerung, dass Ethel eine Kämpfernatur sei, frischen Mut gefasst, aber dem widersprach ihre Mitteilung, dass Ethel bereit sei, zu gehen. Statt um eine Klarstellung zu bitten, versuchte ich es mit einem neuen Vorstoß. »Ich bin auch ihr Anwalt – nicht nur ihr Freund –, und es müssen noch einige Papiere aufgesetzt und unterzeichnet werden, daher sollte ich vielleicht mit ihrem Arzt darüber sprechen, wie viel … Zeit ihr noch bleibt.«

Sie nickte. »Ihr behandelnder Arzt ist Dr. Jake Watral.«

»Danke.« Vielleicht lag der Schlüssel für meinen weiteren Verbleib im Pförtnerhaus weniger in der Hand Gottes oder der von Dr. Watral, sondern eher in Amir Nasims Händen, den ich hätte aufsuchen sollen, als ich ankam. Was mich dazu veranlasste, Mrs Knight zu fragen: »Hat ein Mr Amir Nasim Mrs Allard besucht? Oder angerufen?«

Sie schüttelte den Kopf und erwiderte: »Der Name sagt mir nichts. – Ich sage ihr Bescheid, dass Sie da sind.«

»Danke.«

Sie verschwand so lange in Zimmer sechs, dass ich einen Moment lang ein schlechtes Gewissen wegen der Gründe bekam, aus denen ich wollte, dass Ethel weiterkämpfte. Ich meine, von meinem Wohnungsproblem einmal abgesehen, waren Ethels Schmerzen unter Kontrolle, sie war bei klarem Verstand, sie hatte Besucher, und sie *musste* ein paar Papiere unterzeichnen – warum sollte sie also nicht noch eine Weile durchhalten? Ihre Tochter Elizabeth würde genau das wollen.

Mrs Knight kam aus dem Zimmer. »Sie erwartet Sie.«

Ich ging zur Tür, wandte mich dann noch einmal an Diane und sagte: »Sie müssen ein wahrer Engel sein, dass Sie hier arbeiten.«

Ein freundliches, leicht betretenes Lächeln umspielte ihren strengen Mund, bevor sie sich abwandte und wegging.

Ich betrat Ethels Zimmer und zog leise die Tür hinter mir zu.

Gott, wie ich Sterbelager hasse.

9

Es war ein nach Westen gewandtes Zimmer, und die Sonne schien durch das einzige Fenster und warf einen Lichtstrahl auf die weiße Zudecke von Ethels Bett.

Das Zimmer war klein, hatte einst vermutlich als Gäste- oder Dienstbotenkammer gedient und enthielt zwei Krankenhausnachttische; auf dem einen stand ein Monitor, auf dem anderen lag eine Bibel. Dazu kamen zwei Kunstledersessel und ein Rolltischchen neben dem Bett. An einem Infusionsgeräteständer hingen drei Plastikbeutel, von denen Schläuche zu Ethels Körper führten.

An der himmelblauen Wand gegenüber dem Bett war ein Fernseher angebracht, und auf dem Kachelboden nahe dem Fenster standen ein paar Blumensträuße und eine kleine Zimmertanne samt Topf.

Alles in allem kein schlechtes Vorzimmer zum Jenseits.

Ethel saß aufrecht im Bett, starrte die gegenüberliegende Wand an und schien mich nicht wahrzunehmen. Ich trat an ihr Bett und sagte: »Hallo, Ethel.«

Sie wandte mir das Gesicht zu und sagte, ohne zu lächeln: »Hallo, Mr Sutter.« Mir fiel ein, dass sich Ethel ihr Lächeln für Gelegenheiten aufhob, bei denen sie einen wegen irgendetwas berichtigen konnte.

»Nennen Sie mich bitte John«, bat ich sie.

Ohne darauf einzugehen, sagte sie mit deutlicher Stimme: »Danke, dass Sie vorbeikommen.« Dann fragte sie: »Hüten Sie mein Haus?«

»Ja. Wie geht es Ihnen?«

»Heute ganz gut.«

»Gut … Sie sehen gut aus.« Ehrlich gesagt wirkte sie im einfallenden Sonnenschein aschfahl und ausgemergelt, aber ihre Augen waren noch lebhaft. Ich bemerkte auch einen Hauch Rouge auf ihren grauen Wangen.

Ich hatte sie seit Jahren nicht mehr gesehen, aber wir standen in Briefkontakt, wenn nötig, und sie hatte mir alle paar Monate meine gelegentlich noch bei ihr eintreffende Post nachgesandt. Und natürlich schrieben wir uns Weihnachtskarten.

»Haben Sie sich um meinen Garten gekümmert?«

»Natürlich«, log ich.

»Ich habe Sie oder George nie in meinen Garten gelassen«, erinnerte sie mich. »Keiner von euch ist damit klargekommen.«

»Stimmt. Aber ich habe in England gärtnern gelernt.«

»Unsinn.«

»Nun ja … Sie haben recht.«

»Sie sind seit über einer Woche da.«

»Stimmt … Ich wäre ja früher vorbeigekommen, aber ich dachte, Sie kommen vielleicht nach Hause.«

»Ich komme nicht mehr heim.«

»Seien Sie nicht –«

»Wieso setzen Sie sich nicht? Sie machen mich nervös, wenn Sie so rumstehen.«

Ich setzte mich auf den Lehnsessel neben ihrem Bett und gab ihr den Teddybären. »Den habe ich für Sie mitgebracht.«

Sie nahm ihn, musterte ihn, verzog das Gesicht und setzte ihn neben sich. Ich nehme an, sie mochte ihn doch nicht.

Ich wusste nicht recht, was ich sagen sollte, deshalb griff ich ein anderes Thema auf und fragte: »Wie behandelt man Sie hier?«

»Ganz gut.«

»Kann ich irgendetwas für Sie tun?«

»Nein.«

»Nun ja, wenn Ihnen irgendwas einfällt –«

»Weshalb sind Sie aus London zurückgekommen, Mr Sutter?«

»John.«

»Mr Sutter. Weshalb sind Sie zurückgekommen?«

Nun ja, Ethel, ich muss ein paar Sachen aus deinem Haus holen, bevor du stirbst und der Iraner die Schlösser austauschen lässt.

»Mr Sutter?«

»Nun ja, ich bin natürlich gekommen, weil ich Sie besuchen wollte.« Das klang nicht ganz aufrichtig, daher fügte ich hinzu: »Außerdem muss ich in New York etwas Geschäftliches erledigen und dachte, das wäre eine günstige Gelegenheit, ein paar von meinen persönlichen Habseligkeiten aus dem Pförtnerhaus zu holen.«

»Sie sollten sich besser beeilen. Dieser Iraner wird Sie nicht dort wohnen lassen. Haben Sie ihn schon gesehen?«

»Nein.«

»Sie sollten mit ihm sprechen. In meinem lebenslangen Mietvertrag wird meinen Erben eine angemessene Frist zum Räumen der Wohnung gewährt.« Sie schob die rein rhetorische Frage nach: »Aber wer weiß, was er für angemessen hält?«

»Lassen Sie das meine Sorge sein, wenn es so weit ist.«

»Augustus hätte sich da genauer ausdrücken sollen.«

Nun ja, nicht *zu* genau, Ethel. Ich hatte das fragliche Dokument gesehen, in dem sowohl George als auch Ethel namentlich genannt wurden und von ihren treuen und guten Diensten über viele Jahre hinweg die Rede war. George war sicher treu gewesen, und Ethel … nun ja, offenbar gut im Bett. Ich habe mich oft gefragt, ob George den Grund für Augustus' Großzügigkeit gekannt hatte. Ich sagte: »Es wäre verfrüht, sich –«

Sie unterbrach mich. »Haben Sie Ihre Frau gesehen?«

»Meine Exfrau. Nein, noch nicht. Und Sie?«

»Sie hat gestern vorbeigeschaut.«

»Dann wissen Sie ja, dass ich sie noch nicht gesehen habe.«

»Sie ist eine wunderbare Frau.«

Ich verdrehte die Augen.

»Sie sieht prachtvoll aus.«

Ich wurde allmählich ein bisschen ungehalten, daher erwiderte ich: »Viele Männer scheinen dieser Ansicht zu sein.«

Ohne darauf einzugehen, sagte sie: »Ich glaube, sie würde Sie gern sehen.«

Ich fragte nicht, wie Ethel darauf kam, sondern wechselte das Thema. »Ich habe ein Glas Holzapfelgelee aufgemacht, und es schmeckt wunderbar. Soll ich Ihnen ein Glas vorbeibringen?«

»Nein, danke. Aber sehen Sie zu, dass Elizabeth eines bekommt.«

»Sie wollen doch bestimmt Holzapfelgelee, wenn Sie nach Hause kommen.«

»Und geben Sie ihr sämtliches Gemüse, das ich letzten Herbst eingemacht habe.«

Ich nickte, aber sie schaute geradeaus, wie es Menschen tun, die einen kurzen Blick in die Ewigkeit werfen. »Was wird aus meiner Ernte werden?«, sagte sie dann, als redete sie mit sich selbst.

Ich ließ ein paar Sekunden verstreichen, bevor ich fragte: »Wie geht's Elizabeth?«

Ethels Blick klärte sich, und sie erwiderte: »Der geht's bestens.«

»Gut.« Ich hatte außerdem gehört, dass sie geschieden war, aber Frauen aus Mrs Allards Generation erwähnen so etwas nicht. »Ich muss sie anrufen«, sagte ich. Ich wollte erklären, dass Elizabeth die persönlichen Besitztümer auflisten und einen Blick auf die Papiere werfen musste, aber das könnte Ethel daran erinnern, dass sie mit einem Fuß im Grab stand und mit dem anderen auf einer Bananenschale, deshalb nahm ich mich zusammen und sagte stattdessen: »Ich muss mit ihr über Ihre häusliche Pflege sprechen.«

Sie wurde allmählich ungehalten darüber, dass ich so tat, als käme sie wieder nach Hause, und ich, ganz ehrlich gesagt, auch. »Ich liege im *Sterben*, Mr Sutter. Hat man Ihnen das nicht gesagt?«

»Nun ja, ich –«

»Deswegen bin ich im Hospiz und nicht in einem Krankenhaus.«

»Richtig.«

»Sie müssen sich um meine Angelegenheiten kümmern, wenn ich nicht mehr da bin.«

»Deshalb bin ich hier.«

»Danke. Ich halte Sie nicht mehr allzu lange auf.«

Ich wollte sagen: »Lassen Sie sich Zeit«, sagte aber stattdessen: »Ich bleibe so lange wie nötig hier«, und fügte hinzu: »Und vielen Dank für Ihre Gastfreundschaft.«

»Sie waren und sind, wie ich annehme, ein zahlender Gast. Ein Kostgänger.«

»Selbstverständlich.« Der Scheck ist in der Post, Ethel. Aber die Welt steht kopf. Der Aufstieg kann in Amerika schnell gehen, doch der Abstieg erfolgt immer im freien Fall.

Aber um sie zu beruhigen, sagte ich: »Wenn Sie mir sagen, wie hoch die Miete ist, überweise ich den Betrag auf Ihr Konto.«

»Es ist die gleiche Miete, die Sie in den letzten zehn Jahren gezahlt haben.«

»Das ist sehr großzügig von Ihnen.«

»Den Betrag können Sie von Ihrer Rechnung abziehen.«

»Ich stelle Ihnen die juristische Arbeit, die ich möglicherweise für Sie tätigen muss, nicht in Rechnung.«

»Danke. Wie lange wollen Sie hier bleiben, Mr Sutter?«

Selbst wenn ich die Antwort darauf wüsste, würde ich sie niemandem verraten, der mit Susan in Kontakt stand.

»Mr Sutter? Gehen Sie wieder nach London? Oder sind Sie daheim?«

»Ich weiß es nicht genau.«

»Heißt das, dass Sie möglicherweise hier bleiben?«

»Es heißt, dass ich es nicht genau weiß.«

Anscheinend bemerkte sie meinen ungehaltenen Unterton, denn sie wechselte das Thema. »Ist mit meinem Testament alles in Ordnung?«

»Ich glaube schon. Aber ich muss Ihnen ein paar Dokumente bringen, damit Sie sie durchsehen und auf den neuesten Stand bringen, und vielleicht auch ein paar Papiere zum Unterschreiben.«

»Warten Sie keine Woche damit.«

»Ich komme am Samstag oder Sonntag.«

»Am Sonntag ist Sabbat.«

»Okay, dann Samstag oder Montag.«

Ich habe diese alten christlichen Sozialisten nie ganz verstanden. Es war vielleicht kein reiner Widerspruch in sich, und Sozialisten konnten sicher auch gläubig sein – soziale Gerechtigkeit durch Jesus –, aber Ethel war in gewisser Weise die Letzte einer aussterbenden Art.

Ich bemerkte ein paar Zeitschriften auf ihrem Rolltischchen und sah, dass keins der alten linken Hefte dabei war, die sie früher immer gelesen hatte; es waren größtenteils Haus- und Gartenzeitschriften und ein paar schicke Publikationen von der Gold Coast, in denen, soweit ich mich entsann, über die Aktivitäten der Reichen und Berühmten berichtet wurde, über Wohltätigkeitsbälle, Restaurierungen von Herrenhäusern und gewisse Ereignisse in Manhattan. Womöglich trug Ethel die Namen von Millionären für die Umerziehungslager zusammen, falls die Revolution kam.

Vielleicht war ihr aber jetzt, da der Tod nahe war, wie allen anderen klargeworden, dass in Amerika sämtliche Veränderungen oberflächlich sind; die Struktur bleibt gleich.

Wie versprochen, steckte Mrs Knight den Kopf durch die Tür und fragte: »Wie geht es uns?«

Warum benutzt das Krankenhauspersonal immer die erste Person Plural? Ich hätte am liebsten gesagt: »Mir geht's prima. Ihre Patientin liegt immer noch im Sterben.« Aber bevor ich dazu kam, erwiderte Ethel: »Uns geht's bestens, Diane. Danke.«

»Klingeln Sie, wenn Sie irgendetwas brauchen.«

Ich brauche einen Dewar's mit Soda. *Klingel!*

Ethel widmete sich wieder dem Geschäftlichen und teilte mir mit: »Ich habe Elizabeth schriftliche Anweisungen für meine Beerdigung gegeben. Sehen Sie zu, dass sie sich daran hält.«

»Das wird sie bestimmt tun.«

»Achten Sie darauf.«

»Das werde ich.«

»Sie hat einen starken Willen und will immer, dass alles nach ihrer Vorstellung geschieht.«

Woher sie das wohl hat?

»Ich habe ein Kleid ausgewählt. Sie soll es suchen.«

»Ich richte es ihr aus.« Offenbar gibt es eine Menge zu bedenken, wenn man im Sterben liegt, und ich bin mir nicht sicher, ob ich so ruhig und gefasst wäre wie Ethel. Hoffentlich erlitt ich einen Herzanfall und fiel tot um oder wurde von einem Bus überfahren, sodass ich es anderen Leuten überlassen konnte, sich den Kopf über alles Weitere zu zerbrechen.

»Sorgen Sie außerdem dafür, dass Elizabeth mit Pater Hunnings spricht.«

»Wird gemacht.« Reverend James Hunnings war und ist noch immer unser Sprengelpriester an der St. Mark's Episcopal Church. Ich konnte ihn partout nicht leiden, und wenn er ehrlich wäre, würde er über mich das Gleiche sagen. Ich war in

Locust Valley an St. Mark's vorbeigefahren und hatte bemerkt, dass Hunnings immer noch ganz oben auf der Anschlagtafel stand, was mich nicht wunderte; es war ein guter Job in einem reichen Sprengel, und auch wenn die Episkopalen auf die Liste der gefährdeten Arten gehörten, gab es hier in der Gegend noch so viele von uns, dass Pater Hunnings so weitermachen konnte, wie er's gewohnt war.

»Haben Sie mit Pater Hunnings gesprochen?«, fragte ich Ethel.

»Natürlich, er kommt fast jeden Tag. Er ist ein wunderbarer Mann.«

Er würde das von Ethel nicht sagen, wenn ich ihm verriete, dass Mrs Allard der Kirche nur fünfhundert Dollar hinterließ. Vielleicht bin ich zynisch, aber ich freute mich schon auf den Anruf. Oder ich könnte ihn, was noch besser wäre, zur Testamentseröffnung einladen. *Und der St.-Mark's-Kirche hinterlasse ich* … Kunstpause, lächeln, fortfahren … *fünfhundert Dollar.* Geben Sie nicht alles auf einmal aus, Jim.

»Mr Sutter. Weshalb lächeln Sie?«

»Oh … Ich habe … Und wie geht's Mrs Hunnings? Eine entzückende Frau.«

»Der geht's gut. Waren Sie schon in der Kirche?«

»Leider nicht.«

»Sie sollten hingehen. Ihre Frau geht auch.«

»Meine Exfrau.«

»Ich habe mit Pater Hunnings über meinen Trauergottesdienst gesprochen.«

»Gut. Er macht seine Sache gut.«

»Mir hat Georges Trauergottesdienst nicht gefallen.«

Mir auch nicht, aber gerechterweise muss man feststellen, dass George Hunnings vorher nicht Bescheid gesagt und auch keine Anweisungen hinterlassen hatte.

»Ich habe die Bibelstelle und die Lieder ausgesucht«, sagte Ethel.

Ich fragte mich, ob sie auch den Tag ausgesucht hatte. Wenn ja, würde ich gern das Datum erfahren.

»Ich werde auf dem Friedhof der Stanhopes beerdigt.«

Ich nickte. Die Stanhopes, die zu Lebzeiten so viel Land gebraucht hatten, lagen jetzt alle eng beisammen auf einem privaten Friedhof. Und nach Art der Pharaonen hatten sie Vorsorge dafür getroffen, dass sich ihr Personal zu ihnen gesellte. Ich meine, sie brachten sie nicht um, sondern stellten ihnen bloß als freiwillige Leistung ein Grab zur Verfügung, und zwar umsonst. Viele der alten Familienbediensteten, darunter auch George Allard, waren auf dem sogenannten »Stanhope'schen Gottesacker« begraben. Ich glaube, auch für mich war dort ein Grab vorgesehen, aber möglicherweise habe ich das bei der Scheidung verloren.

»Ich werde neben George liegen«, sagte Ethel.

»Natürlich.« Armer George.

Ich erinnerte mich an Georges Beerdigung vor zehn Jahren und dachte daran, dass Ethel nach der Bestattung verschwunden war, worauf ich sie suchen ging und am Grab von Augustus Stanhope entdeckte, ihrem längst verstorbenen Dienstherrn und Geliebten. Sie weinte. Dann hatte sie sich an mich gewandt und gesagt: »Ich habe ihn sehr geliebt ... aber es durfte nicht sein. Nicht in dieser Zeit. Ich vermisse ihn noch immer.«

Ich betrachtete Ethel, wie sie jetzt dalag, während allmählich das Leben aus ihrem ausgemergelten Leib wich, und dachte an die alten Fotos, die ich von ihr gesehen hatte – ein junges, hübsches Mädchen, das in eine Welt geboren wurde, in der so vieles nicht sein durfte.

Heutzutage war alles möglich – zumindest kam es einem so vor –, aber der Glücksquotient war nicht gestiegen, obwohl oder vielleicht weil wir so gut wie alles machen durften, was wir wollten.

Ethel schaute mich an und sagte: »Ich werde ihn wiedersehen.«

Ich war mir nicht sicher, ob sie George oder Augustus meinte, und fragte mich, wie man im Himmel mit Dreiecksbeziehungen umging. »Ja, das werden Sie.«

Zu mir, vielleicht aber auch zu sich selbst, sagte Ethel: »Ich freue mich darauf, alle meine Freunde und Verwandten wiederzusehen, die vor mir gegangen sind.«

Ich erwiderte nichts.

Zum Thema Wiedersehen erklärte mir Ethel: »Mrs Sutter würde Sie gern sehen.«

Ich tat, als verstünde ich nicht recht, und erwiderte: »Meine Mutter und ich sprechen kaum miteinander, Mrs Allard.«

»Ich spreche von Ihrer Frau.«

»Exfrau.«

»Sie ist sehr enttäuscht, dass Sie sie nicht angerufen haben.«

Das kam überraschend, und ich wusste nicht, wie mir dabei zumute war. Genau genommen fühlte ich mich ziemlich lausig, aber ich erklärte Ethel: »Das Telefon funktioniert auf zweierlei Art.«

»Mr Sutter, wenn ich persönlich werden darf – ich glaube, Sie sollten die Sache vergeben und vergessen.«

Ich verfiel in meinen alten hochherrschaftlichen Tonfall. »Mrs Allard, ich habe vergeben und vergessen, und ich möchte nicht weiter über dieses Thema sprechen.«

Sie schon, und da sie in der einzigartigen Lage war, zu sagen, was sie wollte, ohne dass es irgendwelche Folgen nach sich zog, sagte sie: »Sie tun sich und ihr weh.«

Meine Güte. Die schrullige alte Ethel sah das himmlische Licht und war fest entschlossen, irgendetwas Gutes zu tun, bevor sie von Petrus verhört werden würde.

Außerdem wusste Ethel – um in einem etwas irdischeren Rahmen zu bleiben – ein, zwei Dinge über Ehebruch und die Schwäche des Fleisches, deshalb gab sie Susan in dieser Sache einen Freifahrschein. Mit anderen Worten, Ethel und Susan hatten etwas gemeinsam; beide hatten nämlich über die Stränge geschlagen. Das waren natürlich zwei ganz verschiedene Fälle mit ganz verschiedenem Ausgang, aber grundsätzlich lief es darauf hinaus, dass in der Vergangenheit jeweils ein Paar Männerschuhe unter ihren Betten gestanden hatte, das dort nichts zu suchen hatte.

Ich war ein bisschen ungehalten und sagte rein hypothetisch zu ihr: »Hätte George Ihnen vergeben, wenn Sie –?«

»Er hat es getan.«

»Oh …« Ich hätte nie gedacht, dass George über Augustus Bescheid wusste. Tja, George war ein nachsichtiger Mensch, und ich bin es nicht. Außerdem bekam George die mietfreie Unterkunft. »Das Thema ist erledigt«, erinnerte ich sie. Ich schaute auf meine Uhr. »Vielleicht sollte ich besser gehen.«

»Wie Sie wünschen.«

Ich stand auf, ging aber nicht. Stattdessen trat ich ans Fenster und schaute auf die untergehende Sonne. Von hier aus sah ich zwischen den Bäumen hindurch einen Streifen vom Sund, und die Sonne funkelte auf dem Wasser.

»Was sehen Sie?«

Ich warf einen kurzen Blick zu Ethel.

»Sagen Sie mir, was Sie sehen.«

Ich holte tief Luft. »Ich sehe die Sonne auf dem Wasser funkeln, ich sehe Bäume, und die Blätter glitzern vom Regen. Ich sehe, dass der Himmel aufklart und weiße Wolken über den Horizont ziehen. Ich sehe die Spitze von Hampstead Harbor und Boote, und ich sehe das Land auf der anderen Seite des Sunds und Möwenschwärme, die über dem Wasser kreisen.«

»Es ist wunderschön, nicht wahr?«

»Ja, das ist es.«

»Ich hätte mehr darauf achten sollen.«

»Das sollten wir alle.«

Eine ganze Minute lang sagte keiner von uns etwas, dann trat ich an ihr Bett.

Sie hielt den Plüschbären, und ich sah Tränen in ihren Augen.

Ich holte ein Papiertaschentuch aus der Schachtel und tupfte ihr die Wangen ab. Sie nahm meine Hand und sagte: »Danke, dass Sie gekommen sind, John.«

Ihre Hand war eiskalt und trocken, und das machte mir mehr als ihr Aussehen bewusst, dass sie dem Tod näher stand als dem Leben.

Sie drückte meine Hand. »Ich habe Sie nie gemocht, müssen Sie wissen.«

Ich lächelte und erwiderte: »Ich weiß.«

»Aber ich habe Sie geachtet.«

Geständnisse auf dem Sterbebett sind ein zulässiges Beweismaterial und gelten als wahrhaftig. »Danke.«

Sie gestand weiter: »Sie sind ein anständiger Mann. Davon gibt's nicht mehr viele.«

Ich pflichtete ihr bei. »Sie sind eine echte Dame.«

»Sie haben sich verirrt, John. Finden Sie den Weg nach Hause.«

»Ich versuch's.«

»Rufen Sie sie an. Und rufen Sie Ihre Mutter an. Und Ihre Kinder. Strecken Sie die Hand nach denen aus, die Sie lieben oder mal geliebt haben.«

»Wird gemacht.«

Wieder drückte sie meine Hand und sagte: »Wiedersehen.«

Ich erwiderte den Druck, bevor ich ihre Hand losließ und mich vom Bett entfernte. Dann kehrte ich um, bückte mich und küsste sie auf die Wange.

Rasch verließ ich das Zimmer und ging zum Fahrstuhl.

10

Ich verließ das Fair Haven Hospice House, trat in die strahlende Sonne und atmete tief die frische Luft ein, freute mich, wieder draußen zu sein, war aber auch froh, dass ich hergekommen war. Obwohl Ethel und ich einander nie gemocht hatten, war sie eine meiner letzten Verbindungen zur Vergangenheit und zu George, dem ich sehr zugetan gewesen war. Daher war ich, ehrlich gesagt, ein bisschen traurig.

Außerdem beunruhigte mich, dass Ethel Susan erwähnt hatte. Ich war völlig zufrieden damit, meinen Groll mit mir herumzuschleppen, und ich wollte nicht hören, dass Susan … nun ja, was auch immer.

Was dieses Thema anging, kam mir der Gedanke, dass Susan hierherkommen könnte, um Ethel zu besuchen, und ich wollte ihr nicht begegnen, deshalb hielt ich die Augen offen, als ich mich auf den Weg zum Parkplatz machte. Außerdem konnte ich mir gut vorstellen, dass meine Mutter herkam, um ihre alte sozialistische Gefährtin zu sehen. In Amerika überwindet die Politik sämtliche Schranken – ohne Rücksicht auf Klasse, Rasse, Ethnie oder Intelligenzquotient.

Und was Harriet Sutter anging, sollte ich zu meiner Verteidigung erklären, dass ich kein schlechter Sohn bin; sie ist eine schlechte Mutter gewesen, die sich mehr dafür interessierte, die

Welt zu retten, als ihre beiden Kinder aufzuziehen. Mein Vater war ein anständiger, wenn auch etwas unnahbarer Mann, aber seine Frau bestimmte über sein Leben, und Harriet hatte wenig Zeit für mich, Emily oder meine Kinder. Aber seltsamerweise stand und stehen sich Harriet und die verrückte Susan sehr nahe, und dass Susan mich betrogen hatte, änderte nichts an Harriets hoher Meinung von ihr; meine Mutter schlug mir sogar vor, dass ich versuchen sollte zu verstehen, weshalb Susan »fremdgegangen« war, wie sie es bezeichnete – ich nenne es: mit einem anderen Mann ficken –, und sie legte mir psychologische Beratung nahe, damit ich meine eigenen Fehler besser verstehen könnte, die möglicherweise zu Susans unerfülltem was auch immer geführt hätten.

Meiner Meinung nach reiner Blödsinn. Ich konnte regelrecht hören, wie Ethel Allard und Harriet Sutter beim Tee darüber plauderten und sich fragten, warum sich der alberne John so echauffierte, nur weil der armen, süßen Susan leider ein kleiner Lapsus in Sachen Urteilsvermögen unterlaufen war. Ethel kann ich vergeben. Meiner Mutter niemals.

Die dritte Person, der ich nicht über den Weg laufen wollte, war Reverend Hunnings, der unerträglich freundlich zu mir und jedem anderen war, der ihn nicht leiden konnte. Hunnings sprach immer, als wäre er auf einer Bühne, aber weder in seinem Tonfall noch in seinem Herzen war auch nur ein Hauch von Aufrichtigkeit. Doch *falls* ich ihn sehen würde, würde ich eine kleine Andeutung fallenlassen, dass Ethel St. Mark's in ihr Testament aufgenommen hatte. Dann würde ich zwinkern und nicken.

Ich schaffte es zum Parkplatz, ohne jemandem über den Weg zu laufen, und wollte gerade in meinen Wagen steigen, als ich hörte, wie eine Autotür zugeschlagen wurde und eine Frau sagte: »John Sutter.«

Das bin ich, deshalb drehte ich mich um und sah Elizabeth Allard mit einer kleinen Kuchenschachtel auf mich zukommen. Ich ging ihr entgegen. »Elizabeth. Wie geht es dir?«

Wir schüttelten uns die Hand, dann umarmten wir uns in beiderseitigem Einvernehmen, wenn auch ein bisschen unbeholfen.

»Du siehst großartig aus, John.«

»Du ebenfalls.« Sie war eine attraktive Frau, und in jüngeren Jahren hatte sie genauso ausgesehen wie ihre Mutter auf dem Hochzeitsfoto über dem Kamin. Wie bereits erwähnt, ähnelte sie George so sehr, dass ich mir keine Gedanken machen musste, sie könnte … was sein? Die illegitime Tochter des Großvaters meiner Exfrau, sodass meine Kinder irgendwie blutsverwandt mit ihr waren – und eine mögliche Erbin der Stanhopes.

Eigentlich war mir klar, dass Elizabeth vom Alter her nicht der Affäre entstammen konnte, die ihre Mutter im Zweiten Weltkrieg hatte. Aber was war, wenn Augustus sie auch nach dem Krieg noch besprungen hatte? *Ist das eine Stanhope-Nase?*

»Kommst du oder gehst du?«, fragte sie.

»Hä? Oh … nun ja, ich weiß das nie.«

Sie lächelte. *Ein Stanhope-Mund.*

»Ich komme gerade von deiner Mutter«, sagte ich. »Sie sieht gut aus.«

»Ich finde es sehr nett, dass du sie besucht hast.«

»Nun ja … ich kenne deine Mutter schon lange.« Ich lächelte. »Wir haben mal zusammengelebt.«

Elizabeth lächelte ebenfalls, dann sagte sie: »John, die Sache mit deinem Vater tut mir leid. Ich hätte dir eine Karte schicken sollen.«

»Ich war auf See«, erwiderte ich.

»Ich weiß … das muss sehr schwer für dich gewesen sein.«

»Ja, das war es.« Und meine Mutter hat es mir noch schwerer gemacht. Ich frage mich, ob ihr jemals aufgefallen ist, wie ironisch es war, als sie mich einen Hundesohn nannte.

Elizabeth sagte: »Ich wollte dir schreiben, als du in London warst. Deine Mutter hat mir die Adresse gegeben.«

»Aha.« Ich fragte mich, ob Elizabeth um meine Adresse gebeten hatte oder ob sie ihr angeboten worden war. Wahrscheinlich Ersteres, wie ich Harriet kannte. Jedenfalls hatte Elizabeth diese Beileidsbekundung nie abgeschickt, aber wenn ja, was hätte sie geschrieben? *Lieber John, tut mir leid, dass Du nicht zur Beerdigung Deines Vaters kommen konntest. Alle haben nach Dir gefragt.*

Ich fühlte mich auch nach acht Jahren immer noch ein bisschen schuldig, daher sagte ich: »Ich habe erst einen Monat später von seinem Tod erfahren.«

Sie nickte.

»Ich will sein Grab besuchen, bevor ich zurückkehre.«

Wieder nickte sie, wechselte dann das Thema: »Und wie ist es in London?«

»Gut.«

»Wie lange bleibst du hier?«

»Ich bin mir noch nicht sicher.« Ich war mir auch bezüglich meiner Beziehung zu Elizabeth nicht ganz sicher. Waren wir Freunde, weil ich ihren Vater und ihre Mutter jahrzehntelang kannte? Oder waren wir Bekannte, weil ich sie kaum gesehen hatte, außer bei der einen oder anderen Begegnung in der Ortschaft oder bei ein paar gesellschaftlichen Veranstaltungen und Familienfeiern? »Ich habe zu meinem Bedauern gehört, dass du geschieden bist«, sagte ich.

Sie zuckte die Achseln. »Es war besser so.«

Elizabeth Allard, die Tochter von Arbeitern auf einem großen Anwesen, hatte eine blendende Partie gemacht. Der Glückliche hieß Tom Corbet und stammte aus einer sogenannten »guten Familie«. Er hatte in Yale studiert, genau wie ich, und war an der Wall Street tätig, wie ich, und in meinem früheren Leben hatte ich ihn ab und zu im Zug gesehen. Elizabeth benutzte, wie ich mich entsann, geschäftlich ihren Mädchennamen, aber gesellschaftlich war sie Mrs Corbet. Mr und Mrs Corbet hatten zwei Kinder, ein Mädchen und einen Jungen, und mittlerweile mussten beide auf dem College sein oder bereits ihren Abschluss gemacht haben. Tom Corbet war übrigens ein totaler Langweiler, dessen einzig interessante Leistung darin bestand, sich vor ein paar Jahren in einen Mann verliebt zu haben, weshalb die Scheidung vermutlich wirklich die beste Lösung gewesen war.

Für den Fall, dass ich es nicht wusste, fügte Elizabeth hinzu: »Tom hat einen Freund.«

»Ich weiß. Na ja …« Es musste ziemlich schwierig für sie gewesen sein, als Tom sie Platz nehmen ließ und ihr mitteilte, dass es einen anderen Mann gab. Immerhin hätte das eigentlich *ihr* Spruch sein sollen.

Sie wechselte das Thema. »Das mit dir und Susan tut mir leid.«

»Oh, hast du davon gehört?«

Sie unterdrückte ein Lachen und erinnerte mich: »Es kam landesweit in den Nachrichten.«

»Das stimmt. Es ist so lange her.« Elizabeth besaß in den umliegenden Ortschaften drei oder vier Boutiquen, daher fragte ich sie: »Was machen die Geschäfte?«

»Sie laufen nicht schlecht, wenn man bedenkt, dass die Börse zum Teufel gegangen ist und die Leute seit dem 11. September und der Anthrax-Sache ihr Geld lieber für Schutzanzüge und gefriergetrocknete eiserne Rationen ausgeben.« Sie lächelte. »Vielleicht sollte ich Designer-Gasmasken einführen.«

Ich lächelte ebenfalls. Ich achtete normalerweise nicht auf die Kleidung von Frauen, es sei denn, sie war wirklich abscheulich, aber soweit ich mich entsann, kleidete sich Elizabeth immer konservativ, obwohl ich vor Jahren einige merkwürdige Sachen in ihren Läden gesehen hatte, als Susan mich hineinschleppte. Heute jedoch hatte Elizabeth die streng geschnittenen Hosenanzüge im Schrank gelassen – vielleicht zog Tom sie an – und trug eine rosa Rüschenbluse, die ihre Bräune betonte, und einen schwarzen Seidenrock, der die Knie nicht bedeckte. Vielleicht hatte sie das Gefühl, dass ihre ehemals so maskuline

Aufmachung der Grund dafür war, dass Tom … na ja, ich sollte darüber keine Mutmaßungen anstellen, aber –

Sie unterbrach meinen Gedankenfluss und fügte zu ihrer Feststellung bezüglich der Schutzanzüge hinzu: »Die Menschen sind solche Memmen. Was ist bloß mit diesem Land los?«

»Ich weiß es nicht. Ich bin gerade erst angekommen.«

Ich sollte außerdem erwähnen, dass Elizabeth eine derart engagierte Aktivistin der Republikaner war, dass sich die Mitglieder in der Gegend auf sämtliche Aktivitäten außer Golf und Trinken einließen. Jedenfalls beruhte ihre politische Einstellung ebenso wie ihre Mitgliedschaft im Creek Country Club und der Handelskammer von Locust Valley möglicherweise eher auf geschäftlichen Interessen als auf Überzeugung. Nichtsdestotrotz hatte Elizabeths Parteizugehörigkeit bei Ethel nichts als Kummer und Bestürzung ausgelöst, und ich konnte mir vorstellen, wie Ethel George anschrie: »Wie konnte ein Kind von mir *Republikanerin* werden?« Und vermutlich fügte sie hinzu: »Das ist *deine* Schuld, George.«

»Was sagt man in London?«, fragte mich Elizabeth.

»Man sagt, wir sind die Nächsten.«

Sie nickte.

Elizabeth Allard Corbet hatte wellige kastanienbraune Haare, die sie schulterlang trug, große, hübsche braune Augen, eine Nase mit leicht ausgestellten Flügeln (wie George) und einen sinnlichen Mund, den sie hin und wieder zu einem leicht belustigten Lächeln verzog. Kurzum, sie war eine gutaussehende Frau mit kultiviertem Tonfall und guten Manieren – was daher kam, dass sie auf einem großen Anwesen reicher Leute aufgewachsen war.

Männer fanden sie natürlich attraktiv, obwohl sie nicht mein Typ war – und offenbar auch nicht Toms –, und auch Frauen schienen sie zu mögen. Ich konnte mich jedenfalls erinnern, dass Susan sie mochte.

Zu diesem Thema sagte ich wider besseres Wissen: »Ich nehme an, du hast gehört, dass Susan wieder da ist.«

Sie versuchte gar nicht erst, die Ahnungslose zu spielen. »Ja. Ich habe sie ein paarmal gesehen. Einmal haben wir sogar gemeinsam zu Mittag gegessen. Hast du sie schon getroffen?«

»Nein.«

»Hast du es vor?«

»Eigentlich nicht – aber vermutlich lässt es sich nicht vermeiden.«

Zu dem Thema hätte es noch viel mehr zu sagen gegeben, wenn ich Wert darauf gelegt hätte, und ich war davon überzeugt, dass Elizabeth mir ebenso wie ihre Mutter allerhand über Susan zu erzählen hatte. Aber ich wollte unter keinen Umständen, dass Leute Nachrichten und Informationen zwischen den entzweiten Parteien hin und her trugen. Daher ließ ich das Thema fallen und fragte: »Wie geht es deinen Kindern?«

»Gut. Tom ist im letzten Semester auf der Brown University, und Betsy hat ihren Abschluss am Smith College gemacht und studiert an der Penn Kunst.«

»Du musst sehr stolz auf sie sein.«

»Bin ich auch.« Sie lächelte. »Von ihrer politischen Einstellung einmal abgesehen. Ich glaube, der Gutmenschenliberalimus überspringt eine Generation. Mom allerdings ist begeistert.«

Ich lächelte ebenfalls.

»Susan hat mir von Edward und Carolyn berichtet.«

»Gut.«

Was das Thema Gene wider Umfeld betrifft, konnte Elizabeth mitunter ein bisschen streng und eigenwillig sein, genau wie ihre Mutter, aber meistens war sie angenehm ruhig und aufrichtig wie ihr Vater, und sie hatte auch das hohe Arbeitsethos ihres Vaters. Habe ich schon erwähnt, dass sie aufs Bryn Mawr College gegangen ist und ihr geheimer und vermutlich widerwilliger Pate Augustus Stanhope alle Kosten übernommen hat? Die Heubodenspiele mit Ethel kosteten Augustus ein paar Dollar mehr, als er gedacht hatte, und möglicherweise auch ein paar schlaflose Nächte.

Damals herrschten natürlich andere Sitten, was die sozialen und sexuellen Verhaltensregeln anging; aber selbst heute ist Ehebruch nicht akzeptabel, und man zahlt einen hohen Preis dafür. Fragen Sie Susan Sutter. Oder John. Oder Frank Bellarosa. Nun ja, der kann nicht mehr antworten.

Elizabeth sagte: »Jetzt, da Mom … dem Ende nahe ist … denke ich öfter an Dad. Ich vermisse ihn sehr.«

»Ich auch.«

George Allard und mich hätte man für Freunde halten können, wenn man mal von der ebenso künstlichen wie anachronistischen Klassentrennung absah, auf die George mehr Wert gelegt hatte als ich. George war wie viele Dienstboten der alten Schule königlicher als der König gewesen, und er glaubte tatsächlich, dass der einheimische Geldadel gesellschaftlich über ihm stand; wenn sie allerdings ihre Pflichten vernachlässigten oder sich schlecht benahmen – was häufig vorkam –, erinnerte er sie respektvoll an ihre Pflichten als Gentlemen und schlug höflich, aber entschieden vor, dass sie ihr Verhalten und ihre Manieren ändern sollten. Ich glaube, ich war eine Herausforderung für ihn, und wir kamen uns erst näher, als er es aufgab, mich bessern zu wollen.

»Warum kommst du nicht mit, wenn du Zeit hast – oder wartest auf mich?«, schlug Elizabeth vor. »Ich bleibe heute Abend nur eine Viertelstunde. Danach können wir etwas trinken gehen, wenn du willst.« Und für den Fall, dass ich das Angebot missverstand, fügte sie hinzu: »Ich würde gern mit dir über Moms Testament sprechen und über alles, was es sonst noch zu bereden gibt.«

»Ich muss auch mit dir sprechen«, erwiderte ich. »Du bist, wie du weißt, ihre Testamentsvollstreckerin und alleinige Erbin, von ein paar kleineren Hinterlassenschaften einmal abgesehen. Aber heute Abend habe ich leider schon etwas anderes vor.«

»Oh … nun …«

Eigentlich hatte ich genug Zeit, um sie wenigsten bis zur Tür zu begleiten, aber ich dachte ständig daran, dass Susan, meine Mutter oder Pater Hunnings vorfahren könnten. Andererseits mochte das gar nicht schlecht sein. Ich konnte mir einige interessante Reaktionen meiner Exfrau, meiner Exmutter und meines Expriesters vorstellen, wenn sie sahen, dass ich mich mit der attraktiven Geschiedenen unterhielt.

Um eine weiteres Gerücht in die Welt zu setzen, hätte ich sagen sollen: »Ich esse mit einem Mafia-Don zu Abend«, stattdessen unterlief mir eine Freud'sche Fehlleistung, und ich sagte: »Ich esse mit einem möglichen Geschäftspartner zu Abend.«

»Oh. Heißt das, dass du hierbleibst?«

»Ich bin mir nicht sicher. Wie wär's mit morgen Abend?«, schlug ich vor. »Bist du frei?«

»Nein … ich bin mit Freunden zum Essen verabredet.« Sie lächelte. »Am Donnerstag ist Damenabend. Aber du darfst uns gern auf einen Drink Gesellschaft leisten.«

»Äh … vielleicht lieber nicht.« Ich überlegte, ob ich sie für Freitagabend einladen sollte, aber das klänge eher nach einer Wochenendverabredung als nach einem werktäglichen Geschäftsessen, deshalb sagte ich: »Ich möchte, dass du mir eine kurze Liste mit den persönlichen Besitztümern – von Mama und Papa – zusammenstellst und dir ein paar Schriftstücke ansiehst. Außerdem hat deine Mutter darum gebeten, dass du … das Kleid heraussuchst, das sie tragen möchte … Warum kommst du also nicht am Samstag oder Sonntag zum Haus?«

»Samstagnachmittag wäre gut. Passt es dir um vier Uhr?«

»Ja. Ich sorge dafür, dass das Tor zu meinem Anwesen offen ist.«

Sie lächelte und sagte: »Ich habe den Code. Du schläfst übrigens in meinem Zimmer.«

»Ich weiß.«

»Ich würde es gern ein letztes Mal sehen. Hast du was dagegen?«

»Muss ich es putzen?«

»Nein. Wenn es sauber wäre, würde ich es nicht wiedererkennen.«

Ich lächelte. Sie lächelte.

»Wenn du einen Kleinbus oder Kombi hast, können wir ein paar Sachen ausräumen«, schlug ich vor.

»Ich habe den da.« Sie nickte zu einem großen SUV hin. Vielleicht fressen diese Dinger andere Autos. »Reicht das?«

»Sollte es. Sonst fahren wir mehrmals. Aber für die Möbel besorgst du dir besser eine Umzugsfirma.«

»In Ordnung.« Dann fragte sie mich plötzlich: »John, meinst du, ich sollte das Pförtnerhaus kaufen? Steht es zum Verkauf?«

»Ich weiß es nicht. Ich frage Mr Nasim. Warum willst du es kaufen?«

Sie zuckte die Achseln. »Aus Nostalgie. Vielleicht, weil ich dort gewohnt habe. Ich brauche das großes Haus in Mill Neck nicht. Die Kinder sind weg. Ich habe das Haus nach der Scheidung bekommen. Im Gegenzug durfte Tom meine Schuhe und Handtaschen behalten.« Sie lächelte. »Ich könnte das Pförtnerhaus auch an dich vermieten, wenn du hierbleibst.«

Ich lächelte ebenfalls.

Sie schaute auf ihre Uhr und sagte: »Ich sollte gehen. Wir sehen uns dann am Samstag, gegen vier.«

»Abgemacht. Wenn sich irgendwas ändern sollte, kennst du ja die Nummer.«

»Hast du ein Handy?«

»Nicht in den USA.«

»Okay …« Sie reichte mir die Kuchenschachtel, kramte in ihrer Handtasche herum, fand eine Visitenkarte, schrieb etwas darauf und sagte: »Meine Privat- und meine Handynummer.«

Ich tauschte Kuchenschachtel gegen Karte und sagte: »Bis Samstag.«

»Danke, John, für alles, was du für Mom tust.«

»Das ist doch gar nichts.«

»Und was du für Dad getan hast. Ich habe mich niemals richtig bei dir bedankt.«

»Er war ein anständiger Mann.«

»Er hat sehr viel von dir gehalten. Und dein Vater war auch ein anständiger Mann, und er … ihm war klar, was du durchgemacht hast.«

Ich antwortete nicht, worauf wir uns kurz umarmten und uns einen Luftkuss gaben. Sie drehte sich um und entfernte sich, blickte dann zurück und sagte: »Oh, ich hab einen Brief von Mom für dich. Ich bringe ihn am Samstag mit.«

»Okay.«

Ich schaute ihr hinterher, als sie mit raschen Schritten zum Hospiz ging, dann wandte ich mich ab und stieg in meinen Mietwagen.

Als ich in Richtung Straße fuhr, ließ ich das Gespräch noch einmal Revue passieren, wie man es macht, wenn man ergründen will, ob hinter dem gesprochenen Wort noch eine besondere Bedeutung steckt. Außerdem analysierte ich ihre Körpersprache und ihr Verhalten, doch Elizabeth war nicht leicht zu deuten; aber vielleicht entgehen mir auch die Feinheiten, wie schon mehrere Frauen behauptet haben. Wenn eine Frau sagt: »Lass uns was trinken und über die Sache reden«, denke ich, es geht um etwas Dienstliches. Es ist das reinste Wunder, dass ich überhaupt zum Vögeln gekommen bin.

Und nun auf zum nächsten Abenteuer: ein Essen mit Anthony Bellarosa.

Ethel, Elizabeth, Anthony. Und irgendwann *Susan.*

Das Leben eines Menschen verläuft in einem Raum-Zeit-Kontinuum, aber ab und zu gerät man in eine Zeitschleife, die einen in die Vergangenheit zurückwirft. Man weiß, was vor sich geht, weil man schon mal dort gewesen ist, aber das ist noch lange keine Garantie dafür, dass man es diesmal richtig hinkriegt. Genau genommen ist »Erfahrung« nur ein anderes Wort für »Gepäck«. Und die Erinnerung schleppt die Koffer.

Noch wichtiger – Eierblumensuppe oder Wantan? Essstäbchen oder Gabel?

Ich parkte vor Wong Lee's Chinarestaurant ein.

11

Ich bemerkte einen großen Aufkleber mit der amerikanischen Flagge am vorderen Fenster von Wong Lee's, neben den Kreditkartenaufklebern. Außerdem bemerkte ich Tony – früher Anthony genannt –, der auf dem Fahrersitz des großen schwarzen SUV saß, den ich ein paar Abende zuvor an der Grace Lane gesehen hatte. Die Fenster waren getönt, aber die Scheibe auf der Fahrerseite war gesenkt, und ich sah, dass Anthony Bellarosa – früher Tony genannt – nicht im Fahrzeug saß.

Tony entdeckte mich und rief: »Hey! Mistah Sutta! Hey! Ich bin's! Tony. Wie geht's Ihnen?«

Es wäre mir – beziehungsweise jedem im Umkreis von einer halben Meile – schwergefallen, ihn nicht zu beachten, deshalb ging ich zu ihm und sagte mit meinem besten St.-Paul-Akzent: »Mir geht es sehr gut. Danke der Nachfrage.«

»Hey, Sie sehn klasse aus.« Er streckte den Arm aus dem Fenster, wir schüttelten uns die Hand, dann öffnete er die Tür und sprang heraus. »Der Boss is drin und wartet auf Sie.«

Ich warf einen Blick auf meine Uhr und sah, dass ich eine Viertelstunde zu früh war. Frank Bellarosa, ein Absolvent der La Salle Military Academy, hatte mir in Bezug auf Treffen und Schlachten mal den Rat gegeben: »›Sei am erstesten mit den meistesten da‹, wie General Nathan Bedford Forrest gesagt hat, Anwalt.« Wahrscheinlich hatte Frank das an seinen Sohn weitergegeben, was mich wiederum auf die Frage brachte, wie viel Anthony auf den Knien seines Vaters gelernt hatte, bevor Franks Leben und Anthonys Ausbildung vorzeitig endeten. Und wie viel, fragte ich mich, steckte ihm im Blut?

»Was ham Se so gemacht?«, erkundigte sich Tony.

»Den gleichen alten Mist.«

»Wirklich? Sie sehn klasse –«

Ich glaube, das hatten wir schon, und ich wünschte, ich könnte von Tony das Gleiche sagen, aber er war in den zehn Jahren gealtert, möglicherweise aufgrund des Berufsstresses. Nichtsdestotrotz sagte ich: »Sie sehen auch gut aus, Anthony. Nun ja –«

»Tony.«

»Okay.«

Er holte eine Schachtel Zigaretten aus seiner schwarzen Trainingsjacke und bot mir eine an, die ich ablehnte. Er zündete sich eine an und sagte: »Der Boss hat gesagt, im Auto wird nicht geraucht.«

»Gute Regel.« Der schwarze SUV hatte, wie mir jetzt auffiel, das Cadillac-Logo auf den Radkappen, und an der Vordertür stand »Escalade«. Am Seitenfenster klebte ein Aufkleber mit der amerikanischen Flagge. Die hintere Stoßstange konnte ich nicht sehen, aber ich war mir sicher, dass auf dem Aufkleber dort »Vorstadt-Mafia« und »Mein Sohn kann deinen Streber umbringen« stand.

Tony nahm einen Zug und blieb bei seinem Thema: »Scheiße noch mal, nirgendwo darf man nicht mehr rauchen.«

Es war eine Weile her, dass ich die doppelte Verneinung in Verbindung mit dem S-Wort gehört hatte, und ich lächelte sogar.

Tony trug übrigens Laufschuhe und den erwähnten schwarzen Trainingsanzug. Frank Bellarosa hätte ihn auf der Stelle gefeuert. Beziehungsweise auf ihn gefeuert.

Interessanterweise hatte Tony einen Anstecker mit der amerikanischen Flagge an seiner Trainingsjacke, was mich zunächst überraschte, bevor mir einfiel, dass die Jungs von der Mafia sich schon immer für getreue und patriotische Amerikaner gehalten hatten.

»Und«, fragte Tony, »wie geht's Mrs Sutta?«

»Ich habe keine Ahnung.«

Ich sollte vielleicht erwähnen, dass Susan bei den Gorillas des toten Dons sehr beliebt gewesen war, und sie wiederum fand sie exotisch oder so was Ähnliches, einschließlich ihrer absolut nuttigen Freundinnen. Ich teilte ihre Faszination für diese Typen nicht, weshalb sie mich als Snob bezeichnete. Ich bin mir ziemlich sicher, dass Tony seine Meinung über Mrs Sutter geändert hatte, nachdem sie den Don umgelegt hatte.

»Ham Se sie noch nich gesehn?«

Es passte mir nicht, dass er nach ihr fragte, daher erwiderte ich: »Nein. Na schön, freut mich –«

»Hey. Das warn noch Zeiten. Richtig?«

»Richtig.«

»Sie, ich, der Don, Gott lasse ihn in Frieden ruhn, Lenny, dieser Drecksack, möge er in der Hölle schmorn, und Vinnie, Gott lasse ihn in Frieden ruhn.«

Auf einer Spielstandskarte stünden drei Tote und zwei Lebende. Der Don, Gott lasse ihn in Frieden ruhen, war von Sie-wissen-schon umgebracht worden, und Vinnie, Gott lasse ihn in Frieden ruhen, hatte man mit einer Schrotflinte den Kopf weggeballert, und Lenny, der Drecksack, möge er in der Hölle schmoren, war Franks Fahrer gewesen und zugleich der Typ, der den Don verraten hatte, was zu der sonnabendlichen Schießerei vor Giulio's in Little Italy geführt hatte. Lenny war mit den beiden Killern in Franks Cadillac davongerast, wurde aber später von der Polizei am Flughafen von Newark im Kofferraum der Autos gefunden, mit einer Garotte um den Hals – was mich daran erinnerte, falls ich erinnert werden musste, dass es diese Leute ernst meinten und man ihnen nicht trauen konnte.

»Das waren noch Zeiten«, sagte ich zu Tony.

»Yeah. Hey, erinnern Sie sich noch an den Morgen, als die FBIler wegen dem Boss gekommen sin? Dieser kleine Itaker, Mancuso. Können Sie sich noch an den erinnern?«

Der fragliche Gentleman war Special Agent Felix Mancuso vom FBI, mit dem ich vorher ein paar Gespräche wegen meiner Tätigkeit für Frank Bellarosa geführt hatte und der mich trotzdem mochte. Mr Mancuso war in Alhambra aufgekreuzt, um Frank Bellarosa wegen der Ermordung eines kolumbianischen Drogenhändlers festzunehmen, und Frank hatte gewusst, dass es dazu kommen würde, deshalb war ich als sein Anwalt zugegen, und Lenny und Vinnie waren ebenfalls da, um taff zu wirken, und Tony war, soweit ich mich entsinnen konnte, im Pförtnerhaus von Alhambra. Felix Mancuso war allein gekommen, ohne eine Armee von Agenten, um Frank Bellarosa zu zeigen, dass er mindestens ebenso viel Mumm hatte wie er. Aber bevor Mancuso Frank die Handschellen anlegen konnte, nahm er mich beiseite, versuchte meine Seele zu retten und erklärte mir, dass ich mein Leben in Ordnung bringen und mich von Bellarosa fernhalten solle, ehe es zu spät sei. Ein guter Rat, aber es war bereits zu spät.

Und jetzt stand ich hier, vermutlich an der Schwelle zu einer neuen großen Dummheit, und mir wurde klar, dass ich mich dazu entscheiden konnte, nicht ins Wong Lee's Chinarestaurant zu gehen.

»Hey, ich halt Sie auf«, sagte Tony. »Machen Se hinne. Dritte Nische rechts.«

Ich wandte mich ab und ging in Richtung Restaurant.

12

Die dritte Nische rechts.

Das Wong Lee's hatte sich in den letzten zehn beziehungsweise dreißig Jahren nicht groß verändert, und die Einrichtung ließe sich am ehesten mit »Chinarestaurant der 1970er Jahre« umschreiben.

Anthony saß mit dem Gesicht zur Tür, wie es bei Männern seiner Profession üblich ist. Er hatte gute Sicht und ein freies Schussfeld, von seinem Rücken einmal abgesehen, der offenbar ungedeckt war, es sei denn, dahinten versteckte sich irgendwo ein weiterer *Goombah,* wie die italienischen Gentlemen ihre Kompagnons zu bezeichnen pflegten.

Anthony sprach in sein Handy, das er in der linken Hand hielt, sodass er die rechte frei hatte, damit er an gebackenen Wantans knabbern oder seine Knarre ziehen konnte.

Nun ja, vielleicht messe ich der Wahl des Sitzplatzes zu viel Bedeutung bei; Herrgott noch mal, es war ein Chinarestaurant in einer Vorstadt! Haben Sie schon mal eine Schlagzeile gelesen, die behauptet hat: »MAFIABOSS IN CHINARESTAURANT GETÖTET«?

Andererseits war es aufgrund von Anthonys vorsichtigem Verhalten vor dem Pförtnerhaus durchaus möglich, dass er bei jemandem auf der Abschussliste stand und das auch wusste.

Und ich war mit dem Typen zum Abendessen verabredet? Man sollte meinen, ich hätte meine Lektion im Giulio's gelernt.

Anthony hatte mich gesehen, sobald ich die Tür öffnete, und er lächelte und winkte mit der freien Schusshand, während er weiterredete. Er trug eine andere Version des scheußlichen Hemds, das er am Montag angehabt hatte, aber diesmal hatte er ein schillernd blaues Sportsakko darüber.

Die Hostess bemerkte, dass wir *Paesanos* waren, geleitete mich zu der Nische und sagte: »Sie sitzen bei Ihrem Freund.«

Warum werde ich dann *hierher* gebracht?

Anthony plauderte immer noch, streckte aber die Hand aus und schüttelte meine. Er sagte ins Telefon: »Okay … okay … Tut mir leid … yeah … okay …«

Frau oder Mutter.

Er fuhr fort: »Yeah … er ist da, Ma. Er will dir Hallo sagen … yeah … hier … Ma … Ma …« Er deckte das Handy ab und sagte zu mir: »Wissen Sie, warum italienische Mütter großartige Bewährungshelfer abgeben? Sie lassen einen nie ausreden.« Er reichte mir das Telefon und sagte: »Meine Mutter möchte Ihnen Hallo sagen.«

Ich hasse es, wenn Leute mir ein Telefon reichen, damit ich zu jemandem Hallo sage, zu dem ich nicht Hallo sagen will, aber ich mochte Anna Bellarosa, deshalb drückte ich das Telefon ans Ohr und hörte sie sagen: »… so viele italienische Restaurants in Glen Cove, und du nimmst ihn zu den Schlitzaugen mit? Du *denkst* nicht, Tony. Dein Vater konnte *denken*. Du –«

»Anna, hi, hier ist –«

»Wer ist da?«

»John Sutter. Wie geht es Ihnen?«

»John? O mein Gott. Ich kann kaum glauben, dass Sie es sind. O mein Gott. John, wie geht's Ihnen?«

»Mir –«

»Tony sagt, Sie sehen großartig aus.«

»Anthony.«

»Wer?«

»Ihr Sohn –«

»*Tony*. Tony sagt, er hat Sie neulich abends gesehen. Er sagt, Sie wohnen jetzt hier.«

»Nun ja, ich –«

»Warum gehen Sie nicht zu Stanco's? Wieso essen Sie bei den Schlitzaugen?«

»Chinesisch war *meine* Idee. Sie sind also wieder in Brooklyn?«

»Ja. Im alten Viertel. Williamsburg. Seit Frank … o mein Gott, John. Können Sie glauben, dass er tot ist?«

»Eigentlich schon.«

»Es ist zehn Jahre her, John, zehn Jahre, seit Frank …« Sie stieß einen Seufzer aus, gefolgt von einem leisen Aufschluchzen, holte Luft und fuhr dann fort: »Ohne Frank ist nichts mehr so, wie es mal war.«

Das war eine gute Nachricht.

Sie erging sich in einer kurzen Eloge auf ihren verstorbenen Gatten, die gut einstudiert klang und seine Qualitäten als Vater hervorhob, dann sagte sie: »Die Jungs vermissen ihn. In ein paar Wochen ist Vatertag, John. Die Jungs nehmen mich an jedem Vatertag mit zum Friedhof. Sie weinen an seinem Grab.«

»Es muss sehr traurig für sie sein.«

Sie ließ mich wissen, wie traurig es war. Sie sagte nichts Näheres darüber, ob Frank ein idealer Gatte gewesen war, aber sie sagte natürlich auch nichts Negatives und würde es auch nie tun.

Ich hatte sie bei Franks Beerdigung zum letzten Mal gesehen, und sie hatte mir in schwarzer Trauerkleidung und mit der verlaufenen Wimperntusche im Gesicht nicht gefallen. Aber eigentlich war sie eine attraktive Frau gewesen, die mich an eine Art Fruchtbarkeitsgöttin erinnerte – üppig, mit großem Busen, guter Haut unter dem Make-up, großen Augen und einem Mund wie der Bogen eines Cupidos. Ich fragte mich, was zehn Jahre und die Witwenschaft aus ihr gemacht hatten.

Während Anna weiterquasselte, warf ich einen Blick zu Anthony, der sich anscheinend ausgeblendet hatte und geistesabwesend auf sein Getränk starrte, das aussah wie Scotch on the Rocks und auch so roch. Ich machte ihn auf mich aufmerksam und deutete auf seinen Drink. Er nickte und rief die Bedienung.

Anna Bellarosa ließ sich gerade über ihr Leben ohne ihren heilig gesprochenen Gatten aus, erwähnte aber nicht, dass meine damalige Frau dem lieben Frank drei .38er Kugeln in den Leib gejagt hatte.

Es geschah übrigens auf dem Mezzanin über dem Palmenhofatrium von Alhambra. Frank trug einen Bademantel, und als er über das Geländer fiel und auf dem roten Fliesenboden darunter aufschlug, glitten die Stoffhälften auseinander, sodass ich später, als ich hinzukam, sehen konnte, dass Frank unter dem schwarzen Mantel nichts anhatte. Jetzt kam mir der Gedanke, dass sich dieser Anblick von ihm irgendwie auf meine Träume übertrug.

Anna sagte gerade: »Er hat Sie gemocht, John. Wirklich.«

Warum hat er dann mit meiner Frau gefickt?

»Er hat mir immer erzählt, wie klug Sie wären. Wie sehr Sie ihm geholfen hätten, als man versucht hat, ihn anzuklagen.«

Ironischerweise wäre Frank im Gefängnis sicherer gewesen. »Nun ja, ich habe nur das getan, wofür er mich bezahlt hat.« Und er schuldet mir immer noch fünfzigtausend Dollar.

»Nein. Sie haben es getan, weil Sie ihn gemocht haben.«

»Sie haben recht.« Oder hatte ich die fünfzigtausend Dollar abgeschrieben und unter Erfahrungen verbucht? Ich meine mich zu erinnern, dass die FBIler seine sämtlichen Vermögenswerte und Scheckhefte beschlagnahmt hatten.

Anna schwafelte weiter. Die Bedienung kam, eine blutjunge

Chinesin, und ich tippte an Anthonys Glas und deutete auf mich, worauf sie Anthonys Glas zu mir schob.

Anthony war anscheinend nicht amüsiert und zog sein Glas zurück, bestellte zwei Dewar's und murmelte auf Italienisch: »*Stonata*«, was, soweit ich mich entsann, so was Ähnliches wie »Dummkopf« bedeutete.

Aus heiterem Himmel fragte Anna: »Warum hat sie das getan, John?«

»Äh …«

»John. *Warum?*«

»Äh … nun ja …« Weil sie Liebeshändel hatten. Aber ich glaubte nicht, dass Anna das hören wollte, obwohl sie es natürlich wissen musste – es hatte in sämtlichen Zeitungen gestanden, von Radio, Fernsehen und den Supermarkt-Klatschblättern gar nicht zu sprechen – deshalb war es eine alberne Frage.

»Sie *hätte* es nicht tun müssen, John.«

»Ich weiß.« Aber Frank hatte ihr alles Mögliche versprochen, sein Versprechen jedoch gebrochen, worauf Susan, die es nicht gewohnt war, dass man ihr etwas ausschlug, ihn erschoss.

Als ich ihn sah, war das Blut rund um die drei Einschusslöcher geronnen wie rote Vanillesoße. Die Wunde in seinem Unterleib befand sich unter den Schamhaaren, und verkrustetes Blut bedeckte seine Genitalien. Sein Schädel war mit einer solchen Wucht auf den harten Boden aufgeschlagen, dass die Blutspritzer um seinen Kopf wie ein Heiligenschein wirkten. Seine Augen waren noch offen, deshalb schloss ich sie, was die Leute von der Spurensicherung und die Tatortfotografen auf die Palme brachte.

»John? Hat sie Ihnen gesagt, warum?«

»Nein.« Genau genommen schon, aber sie hat gelogen.

»Warum ist sie wieder da?«

»Ich weiß es nicht.«

»Haben Sie sie gesehen?«

»Nein.«

»Sie soll in der Hölle schmoren.«

Allmählich wurde ich ein bisschen ungehalten über Annas Unterstellung, dass ihr geheiligter Gatte, Frank der Bischof Bellarosa, das unschuldige Opfer einer bösen, kaltblütigen Mörderin war. Komm schon, Anna, dein Mann war ein berüchtigter Mafia-Don, wahrscheinlich ein Mörder und mit Sicherheit ein Ehebrecher, der mit mehr Frauen gevögelt hat, als er daheim Spaghettis verdrückte. Um also einen Spruch zu gebrauchen, den sie verstehen würde, hätte ich sagen sollen: Früher oder später rächt sich alles. Und außerdem, Anna, wenn jemand in der Hölle schmoren sollte, dann ist es dein Mann. Stattdessen aber sagte ich: »Okay, Anna – Tony möchte mit Ihnen –«

»Sie sollten nicht dort essen. Sie wissen nicht, was die ins Essen tun.«

»Okay –«

»Wenn Sie das nächste Mal in Brooklyn sind, schauen Sie auf einen Kaffee vorbei oder kommen Sie zum Abendessen in Tonys Haus. Nächsten Sonntag. Ich koche.«

»Danke. Passen Sie auf sich auf.« Und ich fügte ein »Ciao« hinzu und gab Anthony, der für seine Mama immer Tony bleiben wird, das Handy zurück.

»Yeah, Ma«, sagte er ins Telefon. »Ich muss – okay, okay. Stanco's.« Er hörte zu, dann sagte er: »Ich sag ihr, dass sie dich anrufen soll. Sie ist mit den Kids beschäftigt, Ma. Du kannst ihr sagen –«

Armer Tony. Harriet Sutter gewann allmählich echte Sympathiepunkte.

Schließlich beendete er das Gespräch, knallte das Telefon auf den Tisch, kippte sich seinen restlichen Scotch hinter die Binde und sagte: »Was ist der Unterschied zwischen einer italienischen Mutter und einem Rottweiler?«

»Was?«

»Der Rottweiler lässt irgendwann los.«

Ich lächelte.

Anthony zündete sich eine Zigarette an und schwieg eine Weile, bevor er mich fragte: »Worüber hat sie gesprochen?«

»Über Ihren Vater.«

Er nickte, und wir ließen das Thema fallen beziehungsweise, dessen war ich mir sicher, vertagten es auf später.

Die Bedienung brachte uns zwei Scotch, stellte jedem von uns ein Glas hin und erkundigte sich dann: »Sie jetzt wollen bestellen?«

»Wir haben keine Speisekarte, verflixt noch mal«, erklärte ihr Anthony und fügte hinzu: *»Cretina.«*

Vielleicht hätte ich Stanco's vorschlagen sollen.

Anthony hob sein Glas, worauf ich meines ebenfalls hob. Wir stießen an, und er sagte: »Salute«, und ich sagte: »Cheers.«

Er sagte in Bezug auf seine Mutter: »Sie und Megan – das ist meine Frau –, sie kommen nicht miteinander klar.«

»Das kann schwierig sein.«

»Yeah. Schwierig. Megan ist Irin, müssen Sie wissen, und sie haben unterschiedliche … wie nennt man das …?«

»Ethnische Traditionen? Kulturelle Bräuche?«

»Yeah. Jedenfalls ist es nicht so, als hätte ich 'ne *Melanzana* geheiratet oder so was Ähnliches.«

»Stimmt.« *Melanzana* heißt Aubergine, und Gemüse heiratet man normalerweise nicht, aber die Italiener benutzen die Bezeichnung auch für eine Schwarze. Mir fiel alles wieder ein. Die Rechnung bitte.

Zum Thema Eheglück im Stadtrandgebiet und weil ich neugierig war, fragte ich: »Wie gefällt Ihnen das Leben in den Alhambra-Anlagen?«

Er zuckte die Achseln. »Es ist ganz okay … aber ich würde gern in die Stadt zurückziehen. In New York gibt's 'ne Million gutaussehender Bräute.«

»Das sollte einen verheirateten Mann nicht interessieren.«

Er fand das komisch und sagte: »Ich hatte sie fast so weit

gebracht, wieder in die Stadt zu ziehen, aber nach dem 11. September konnte ich's vergessen.«

»Das hier ist ein schöner Ort, um Kinder großzuziehen.«

»Yeah. Ich habe zwei. Einen Jungen, Frank, fünf Jahre alt, und ein Mädchen, Kelly Ann – Ann nach meiner Mutter. Kelly ist Megans Mädchenname. Meine Mutter – Sie wissen ja, wie sie sind« – er versuchte sich an einer schlechten Imitation von Mamas Stimme – »›Tony, was soll dieses ›Kelly‹? Die einzigen Kellys, die ich in Williamsburg kenne, sind Säufer.‹« Er lachte, dann wurde ihm klar, dass er gegen die Regel verstoßen hatte, wonach man nie etwas Negatives über *la famiglia* äußern durfte. »Vergessen Sie das.«

Er kehrte zum Thema Leben auf dem Lande zurück und sagte: »Wissen Sie, dass die Straße, die an den Grundstücken vorbeiführt, Privatbesitz ist? Die Grace Lane ist privat.«

»Das weiß ich.«

»Yeah, tja, sie ist zerbröselt, und diese geizigen Mistkerle an der Straße wollten sie nicht neu asphaltieren lassen. Also hab ich's von einer meiner Firmen als Gefälligkeit machen lassen.«

Das war interessant, und es verriet etwas über Anthony. Sein Vater hatte sich nicht darum geschert, was man von ihm hielt, solange man ihn respektierte und fürchtete. Anthony hingegen bemühte sich anscheinend um Anerkennung. Aber engstirnigen Vorstädtern fällt es natürlich schwer, einen Mafia-Don als Nachbarn zu akzeptieren. Ich meine, ich hatte damit auch meine Probleme. »Das war sehr nett von Ihnen«, sagte ich.

»Yeah. Meinen Sie, ich hab ein Dankeschön gehört? Nicht ein verfluchtes Dankeschön.«

»Nun ja, ich danke Ihnen. Die Straße sieht gut aus.«

»Die können mich alle. Ich sollte sie wieder aufreißen lassen.«

»Warten Sie damit. Vielleicht planen sie eine Überraschungsparty für Sie.«

»Meinen Sie? Vielleicht hab ich 'ne Überraschung für die.«

Leg deine Nachbarn nicht um, Anthony. Deine Kids haben schon genug Schwierigkeiten dadurch, dass Papa ein Mafia-Don ist. Ich zögerte, bevor ich fragte: »Hat der Bauherr den spiegelnden Teich und die Neptunstatue gerettet?«

»Hä …? O ja, ich erinnere mich daran, als ich ein Kind war. Da waren so was wie römische Ruinen und Gärten und anderes Zeug. Das war schon was. Können Sie sich noch dran erinnern?«

»Durchaus. Sind sie noch da?«

»Nee. Ist alles weg. Dort sind bloß noch Häuser. Warum fragen Sie?«

»Reine Neugier.«

»Yeah. Ich habe den Garten geliebt«, erklärte er. »Ich hab in dem Teich mal nackt gebadet.« Er lächelte. »Mit dem Collegemädchen, das mein Vater als Nachhilfelehrerin für mich engagiert hat.«

»Für welches Fach?«

Er lachte, dann schien er sich in Erinnerungen zu ergehen, daher nutzte ich die Gelegenheit und dachte darüber nach, wie ich schleunigst von hier wegkam. Außerdem blickte ich mich um, um festzustellen, ob im Wong Lee's irgendjemand war, den ich kannte. Oder jemand, der nach FBI aussah.

Das Restaurant war größtenteils leer, bis auf wenige Familien mit Kindern und Leute, die auf Essen zum Mitnehmen warteten. Dann fiel mir ein Typ auf, der allein in einer Nische auf der anderen Seite saß und der Tür den Rücken zugekehrt hatte.

Anthony bemerkte mein Interesse an ihm und sagte: »Der gehört zu mir.«

»Gut.« Das Schussfeld war also nach beiden Seiten gesichert, falls es zu einem Zwischenfall kommen sollte. Jetzt ging es mir schon viel besser. Außerdem bewegte sich Mr Bellarosa auf höchster Sicherheitsstufe. Ich musterte ihn, und dieses Mal kam es mir so vor, als trage er unter dem weiten Hawaiihemd eine Kevlarweste. Genau das hatte seinem Vater vor Giulio's das Leben gerettet. Vielleicht sollte ich ihn fragen, ob er eine Reserveweste besaß.

Wenn ich Mutmaßungen darüber anstellen wollte, was oder wer Anthony so nervös machte, würde ich auf Sally Da-da tippen. Aber warum das gerade jetzt so sein sollte, nach zehn Jahren, war mir ein Rätsel. Vielleicht war es also jemand anders. Genaueres würde ich nur erfahren, wenn dieselben zwei Typen mit Schrotflinten, die auch vor Giulio's gelauert hatten, plötzlich am Tisch auftauchten und Anthony den Kopf wegballerten. Vielleicht sollte ich mir etwas zum Mitnehmen bestellen.

Die Bedienung brachte die Speisekarten, und wir überflogen die Gerichte. »Gehn Sie gern zum Chinesen?«, fragte Anthony.

»Manchmal.«

»Ich bin mal mit einer Chinesin gegangen, und eine Stunde nachdem ich sie vernascht hatte, bekam ich wieder Hunger.« Er lachte. »Kapiert?«

»Durchaus.« Ich musterte die Karte eingehender und trank einen tüchtigen Schluck Scotch.

Er fuhr fort. »Ich bin also mit dieser Chinesin gegangen, und als wir eines Nachts schwer zugange waren, hab ich zu ihr gesagt: ›Ich steh auf Neunundsechzig‹, und sie sagt: ›Oh, du *jetzt* wollen Rindfleisch mit Broccoli?‹« Er lachte wieder. »Kapiert?«

»Durchaus.«

»Kennen Sie auch einen?«

»Mir fällt im Moment keiner ein.«

»Ich habe mal gehört, wie mein Vater zu jemand gesagt hat, Sie wären ein lustiger Kerl.«

Tatsächlich hatte Frank meinen Sarkasmus, meine Ironie und meinen Humor geschätzt, selbst wenn er auf seine Kosten ging. Ich war mir nicht sicher, ob sein Sohn genauso dickfellig oder hell war – die Geschworenen hatten bislang noch kein Urteil über Anthonys geistige Gaben gefällt. »Ihr Vater hat meinen ganzen Esprit zutage gefördert.«

Die Bedienung kehrte zurück, und ich bestellte Wantansuppe und Rindfleisch mit Broccoli, was Anthony zum Lachen brachte. Er bestellte die Neunundsechzig, die nicht auf der Karte stand, und nahm dann das Gleiche wie ich. Außerdem orderte er eine weitere Runde Scotch und einen sauberen Aschenbecher, und ich bat um Essstäbchen.

»Wissen Sie, warum Frauen chinesisches Essen mögen?«, fragte er.

»Nein. Warum?«

»Weil man mit Stäbchen stundenlang essen kann, ohne zuzunehmen.«

Ich hoffte, dass sein Repertoire damit erschöpft war.

Ich bemerkte, dass Anthony ebenso wie Tony einen Flaggensticker am Revers trug, und erinnerte mich, dass Frank und seine Freunde eine Art primitiven Hurrapatriotismus zur Schau getragen hatten, der größtenteils auf Fremdenfeindlichkeit, Rassismus und einer nachhaltigen Immigranteneinstellung beruhte, mit der man sagen wollte: »Amerika ist ein großartiges Land.«

Das ist es in der Tat, und trotz manch schwerer Probleme erkannte ich das jetzt deutlicher, nachdem ich drei Jahre lang um den Globus gereist war und seit sieben Jahren in London lebte. England ist zwar ein gutes Land für einen Amerikaner im selbstgewählten Exil, aber es ist nicht meine Heimat, und mit einem Mal wurde mir klar, dass ich zu Hause war. Daher sollte ich vielleicht aufhören, den Auswanderer auf einer Stippvisite in die Staaten zu spielen.

»Und, wie lange bleiben Sie?«, fragte Anthony, als könnte er meine Gedanken lesen.

Das, so nehme ich an, war die Schlüsselfrage, und die Antwort darauf entschied, ob wir über irgendwelche Geschäfte sprechen mussten. Daher sollte ich mir die Antwort sorgfältig überlegen.

»Sind Sie sich da immer noch unschlüssig?«

»Ich … tendiere zum Bleiben.«

»Gut. Gibt auch keinen Grund, wieder abzureisen. Hier spielt die Musik.«

Genau genommen war das ein guter Grund, nach London zurückzukehren.

Anthony griff in seine Tasche, und ich dachte schon, er wollte seine Knarre ziehen. Stattdessen brachte er einen Flaggensticker zum Vorschein und legte ihn vor mich hin. »Wenn Sie hierbleiben, sollten Sie den tragen.«

Ich ließ ihn auf dem Tisch liegen und sagte: »Danke.«

»Stecken Sie ihn ans Revers«, forderte Anthony mich auf. Er tippte auf die Flagge an seinem Revers, und als ich seiner Anweisung nicht folgte, beugte er sich vor und steckte die Flagge an den linken Aufschlag meines blauen Blazers. »Das hätten wir«, sagte er. »Jetzt sind Sie wieder ein Amerikaner.«

»Meine Familie lebt seit über dreihundert Jahren in Amerika«, klärte ich ihn auf.

»Wirklich? Warum haben sie so lange gewartet, nachdem Kolumbus Amerika entdeckt hat?«, fragte er. »Ich habe Geschichte als Hauptfach studiert. Ich war ein Jahr auf dem College. New York University. Ich habe mir das Hirn verrenkt.«

Das sah ich.

»Ich habe jede Menge über die alten Römer gelesen. Der Scheiß interessiert mich. Wie sieht's bei Ihnen aus?«

»Ich habe acht Jahre Latein gelernt und konnte Cicero, Seneca und Ovid im Original lesen.«

»Ohne Scheiß?«

»Im letzten Jahr auf dem College wurde ich dann von einem Baseball am Kopf getroffen, und jetzt kann ich nur noch Italienisch lesen.«

Er hielt das für komisch, wurde dann ernst und sagte: »Ich will darauf hinaus, dass dieses Land meiner Ansicht nach so wie Rom ist, als das Imperium in ernste Schwierigkeiten geriet. Verstehen Sie?«

Ich antwortete nicht.

»Wie wenn zum Beispiel die Zeiten der Republik vorbei sind. Wir sind jetzt eine imperiale Macht, deshalb will sich jedes Arschloch da draußen mal mit uns anlegen. Richtig? Wie diese Scheißkerle am 11. September. Außerdem können wir unsere Grenzen nicht kontrollieren, genau wie die Römer, deshalb haben wir zehn Millionen Illegale, die nicht mal die Sprache können und sich einen Scheiß um das Land scheren. Die wollen bloß ein Stück vom Kuchen abhaben. Und die Arschlöcher in Washington hocken rum und streiten sich, genau wie der römische Senat, und das verfluchte Land geht zum Teufel, während die Irren wegen ihrer Rechte zetern und die Scheißbarbaren an der Grenze stehen.«

»In welchem Buch stand das?«

Ohne darauf einzugehen, setzte er seine Leier fort: »Die Scheißbürokraten hocken auf ihren Ärschen, die Männer in diesem Land verhalten sich wie Weiber, und die Weiber verhalten sich wie Männer, und allen geht's bloß um Brot und Spiele. Verstehen Sie, was ich sagen will?«

»Ich kenne die Argumentation, Anthony. Wenigstens ist das organisierte Verbrechen so gut wie ausgemerzt.«

Er drückte seine Zigarette aus. »Glauben Sie?«

Anthony war ein Musterbeispiel dafür, dass Halbwissen gefährlich ist. In Anbetracht des Zweckes dieses Abendessens fragte ich ihn: »Und was wollen Sie über Ihren Vater erfahren?«

Er zündete sich eine weitere Zigarette an und lehnte sich zurück. »Ich möchte bloß, dass Sie mir erzählen … wie Sie sich zum Beispiel kennengelernt haben. Warum Sie sich dafür entschieden haben, geschäftlich miteinander zu verkehren. Ich meine … warum sollte jemand wie Sie … Sie wissen schon, sich auf einen Kriminalfall einlassen?«

»Sie meinen, mit dem organisierten Verbrechen?«

Darauf wollte er nicht eingehen. Als gäbe es keine Mafia. Keine Cosa Nostra. Wovon reden Sie überhaupt?

»Sie haben ihn bei einer Mordanklage verteidigt«, erinnerte mich Anthony, »die, wie Sie wissen, Anwalt, reiner Blödsinn war. Also, wie sind Sie und mein Vater miteinander ins Geschäft gekommen?«

»Es war hauptsächlich eine persönliche Beziehung«, erwiderte ich und fügte hinzu: »Wir haben uns auf Anhieb verstanden, und er brauchte Hilfe.«

»Aha. Aber warum sind Sie das Risiko eingegangen?«

Anthony fühlte vor, um festzustellen, was mich motivierte – *warum* ich mich sozusagen mit dem Clan eingelassen hatte und was nötig war, damit ich es wieder tat. In seiner Welt lautete die Antwort Geld und Macht, aber vielleicht war ihm klar, dass es in meiner Welt komplizierter zuging.

Ich erwiderte: »Ich habe es Ihnen doch neulich erklärt – er hat mir einen Gefallen getan, und ich habe ihm dafür ebenfalls einen getan.« Die ganze Wahrheit war, dass Frank außerdem gemeinsame Sache mit meiner Frau machte und die Machokarte ausspielte, das heißt, Frank hatte eine Knarre und zwei Eier, und der nette John hatte einen Füller und einen scharfen Verstand. Sie stellten das natürlich ganz raffiniert an, aber diese Herausforderung meiner Männlichkeit klappte bestens. Außerdem langweilte ich mich, und Susan wusste das. Was sie nicht wusste, war, dass Frank Bellarosa auch meine dunklere Seite ansprach; das Böse ist sehr verführerisch, wie Susan zu spät herausfand.

»Ihr Vater war ein sehr charismatischer Mann«, sagte ich zu Anthony, »und sehr überzeugend.« Außerdem hat er mit meiner Frau gevögelt, damit er über sie an mich rankam, auch wenn ich das damals noch nicht wusste.

Und ich glaube auch nicht, dass Susan es wusste. Sie dachte vermutlich, Frank interessiere sich nur für sie. Genau genommen wurde Frank zumindest teilweise durch das willkommene Bettgeflüster mit der Frau seines Anwalts motiviert, von dem Reiz, mit einem hochnäsigen Luder aus der feinen Gesellschaft zu vögeln, gar nicht zu reden. Aber auf einer anderen Ebene und vermutlich sogar gegen seinen Willen hatte Frank etwas für Susan Sutter übrig.

Anthony zeigte ein gewisses Verständnis, als er sagte: »Mein Vater verstand sich darauf, die richtigen Leute auszusuchen. Als ob er wusste, was *sie* wollten, um ihnen dann zu zeigen, wie sie es kriegen konnten.«

Ich erinnerte mich, dass ich das in der Sonntagsschule über einen ähnlichen Typen gehört hatte, der Luzifer hieß.

Als Antwort darauf gab ich ein paar Anekdoten zum Besten, die ihm meiner Meinung nach ein paar hübsche Momentaufnahmen von seinem Vater vermittelten. Dann berichtete ich von meinem und Susans erstem Besuch in Alhambra, nachdem Frank uns zum Kaffee eingeladen hatte, und erzählte ihm, wie sehr ich Annas Herzlichkeit und Gastfreundschaft genossen hatte. Ich verriet ihm nicht, dass ich stinksauer auf Susan war, weil sie die Einladung angenommen hatte, oder dass mein erster Eindruck von den Bellarosas als meinen neuen Nachbarn im Herrenhaus nebenan nicht unbedingt angenehm war. Genau genommen war ich entsetzt. Aber auch ein bisschen fasziniert, genau wie Susan.

Jedenfalls achtete ich darauf, dass alles leicht und positiv klang, und übersprang meine anschließende Verführung durch Frank Bellarosa, dessen Verführung meiner Frau (oder umgekehrt) und unseren abschließenden Abstieg in die Hölle. Das könnte ein bisschen zu kompliziert für Anthony sein, und außerdem ging es ihn nichts an.

All das dauerte etwa fünfzehn Minuten, in denen meine Wantansuppe kam und dastand, während ich Scotch trank und Anthony rauchte, Asche auf den Boden schnippte und nur wenig sagte. Als ich fertig war, sagte ich: »So, das wär's in etwa. Ich habe das, was geschehen ist, sehr bedauert, und ich möchte Ihnen klarmachen, dass ich Ihre Trauer teile, ebenso die Ihrer Mutter, Ihrer Brüder und Ihrer ganzen Familie.«

Anthony nickte.

»Ich bin eigentlich gar nicht hungrig, und ich muss daheim eine Menge Arbeit erledigen, also danke für die Drinks.« Ich griff zu meiner Brieftasche. »Lassen Sie uns die Rechnung teilen.«

Er schien überrascht zu sein, dass ich auf seine Gesellschaft verzichten wollte, und fragte: »Weshalb haben Sie's so eilig?«

»Das habe ich Ihnen doch gerade erklärt.«

»Trinken Sie noch einen.« Er rief die Bedienung. »Noch zwei!« Dann fragte er mich: »Wollen Sie eine Zigarette?«

»Nein, danke.«

Nachdem das geklärt war, widmete er sich wieder seinem vorherigen Thema und fragte: »Hey, warum haben Sie zugelassen, dass sich die FBIler Alhambra unter den Nagel gerissen haben? Ich meine, Sie verdienen doch mit so was Ihre Brötchen, oder?«

»Na ja, manchmal gewinnt man, manchmal verliert man. Selbst Jesus sagte, man soll dem Kaiser geben, was des Kaisers ist.«

»Yeah, aber Jesus war ein netter Typ und hatte keinen Steueranwalt. Beziehungsweise keinen Strafverteidiger.« Anthony lächelte. »Deswegen ist er ans Kreuz genagelt worden.«

»Ich war dabei, die Mordanklage aus der Welt zu schaffen«, erinnerte ich ihn.

»Yeah, okay, aber wenn mein Vater nichts Kriminelles gemacht hat, wieso sind sie dann an seinen Besitz rangekommen?«

»Ich habe es Ihnen doch erklärt. Steuerhinterziehung.«

»Das ist Quatsch.«

»Nein, es ist *kriminell.*« Die Wahrheit war, wie ich schon sagte und Anthony sicher wusste, dass das Justizministerium und der IRS genügend echte und fingierte Beweise gehabt hatten, um Frank Bellarosa das Leben zur Hölle zu machen. Außerdem hatte Franks Schwager, Sally Da-da – der Mann von Annas Schwester –, versucht, Frank umzulegen, und Franks Aura aus Macht und Stärke verblasste. Deswegen nahm er den leichten Ausweg und ging auf das Angebot der Regierung ein. Nämlich: Beichten Sie uns jede Straftat, die Sie begangen haben, Frank, und nennen Sie uns die Namen Ihrer Ganovenfreunde. Danach danken Sie ab, geben uns Ihr ganzes Geld und dürfen dafür als freier Mann ins Exil gehen. Kein schlechter Deal, jedenfalls besser als Gefängnis. Außerdem passte das Exil in Italien gut zu Franks und Susans Plan, gemeinsam durchzubrennen, aber ich glaubte nicht, dass Anthony das alles wissen wollte. Genau genommen *wollte* er den Quatsch hören.

»Und Sie konnten nichts tun, um Alhambra zu halten?«

»Nein.«

»Okay … hey, ich habe gehört, dass meinem Vater auch Ihr Haus gehört hat. Er hatte es ebenfalls gekauft.«

»Er hat Stanhope Hall meinem Stiefvater abgekauft.« Ich war versucht zu sagen: »Ich glaube, er hat mehr Platz gebraucht, um Leichen zu begraben«, sagte aber stattdessen: »Er wollte die Baulanderschließung rund um sein Anwesen kontrollieren.« Aber wie ich schon sagte, hatte vermutlich Susan ihren Liebhaber zu dem Kauf überredet. Mein Schwiegervater, William der Geizhals, wollte seinen teuren weißen Elefanten loswerden, und wenn der Preis gestimmt hätte, hätte er ihn auch an den Teufel verkauft. Genau genommen hat er es getan.

Susan war außer sich über die Vorstellung, dass das Heim ihrer Familie irgendeinem Fremden oder Bauherrn in die Hände fallen könnte, und ich glaube, sie betrachtete Frank Bellarosa als ihren weißen Ritter, der das Anwesen für sie retten konnte. Ich habe keine Ahnung, was sie untereinander abgemacht hatten, vermutete aber, dass sie zumindest daran dachte, mit Frank dort zu wohnen. Doch dann verkaufte sich Frank an die Bundesbehörden, kam ins Zeugenschutzprogramm, und Italien wurde, wie ich glaube, Plan B.

Ich hätte wirklich gehen sollen, aber Anthony schien der Gedanke, dass die Bundesregierung ein beträchtliches Vermögen an Grundbesitz und Bargeld von seinem Vater beschlagnahmt hatte, derart zu beschäftigen, dass er so weit ging, mich zu fragen: »Hey, glauben Sie, dass ich eine Chance hätte, es zurückzukriegen?«

»Die Aussichten, Vermögenswerte zurückzubekommen, die nach den RICO-Gesetzen beschlagnahmt wurden, sind etwa genauso groß wie meine Chance, von den Söhnen Italiens zum Mann des Jahres gekürt zu werden.«

Er hakte nach: »Was ist mit den Kautionsmillionen, die Sie für meinen Vater hinterlegt haben? Er ist vor dem Prozess gestorben, und er hat den Mord nicht begangen. Warum können Sie das Geld nicht zurückfordern?«

Ich erkannte natürlich, wohin das führte, und wollte mich auf keinen Fall darauf einlassen. Ich sagte: »Meines Wissens wurden diese Aktivposten, einschließlich Stanhope Hall, wieder dem Vermögen Ihres Vaters zugeführt und im Zuge seines Steuervergleichs mit dem IRS beschlagnahmt.«

»Ja, aber –«

»Da gibt es kein Aber, Anthony. Ich habe seinerzeit getan, was ich konnte. Ihr Vater war mit mir zufrieden, und es gibt keine Rückerstattungen.«

Kurzum, seine Fixierung auf das verlorene Vermögen war größtenteils Käse. Eigentlich war er hinter mir her, daher die unterschwellige Kritik an meinem Umgang mit dem Fall vor zehn Jahren, und jetzt wollte er mir die Gelegenheit geben, die Sache zu bereinigen, zuzusehen, dass Gerechtigkeit geschah. Die nächste Station wäre dann der rutschige Abhang in seine Unterwelt. Nettes Angebot, aber nein danke. So weit war ich schon mal, Anthony. Die Bezahlung ist gut, aber der Preis ist zu hoch.

Er sagte zu mir: »Wenn Sie das übernehmen, gebe ich Ihnen zweihundert im Voraus und ein Drittel von dem, was Sie vom

Bund zurückkriegen.« Und für den Fall, dass ich nicht rechnen konnte, fügte er hinzu: »Da könnten drei, vier, vielleicht sogar fünf Millionen für Sie rausspringen.«

Er war nicht so beschränkt, wie ich meinte, und außerdem dachte er sich, dass ich die Knete vermutlich brauchte, was die meisten Menschen empfänglich macht für die Verlockungen des Teufels. »Im Grunde genommen läuft es auf null hinaus.«

»Nein, Sie kriegen mindestens die zweihundert im Voraus, und die gehören Ihnen.«

»Nein, *Ihnen*.«

Er wirkte ein bisschen aufgebracht und versuchte es auf eine andere Tour: »Hey, Anwalt, ich glaube, Sie sind mir und meiner Familie bei dieser Sache was schuldig.«

»Anthony, ich bin Ihnen gar nichts schuldig.« Genau genommen, Junior, schuldet mir dein Vater fünfzig Riesen. »Letzten Endes war ich nicht mehr für Ihren Vater tätig, als er sich auf den Deal mit der Regierung einließ. Der einzige Rechtsvertreter, den er meines Wissens hatte, war sein persönlicher Anwalt, Jack Weinstein« – der eigentlich ein Mafia-Anwalt war –, »deshalb sollten Sie mit ihm sprechen, falls Sie es nicht schon gemacht haben.«

»Jack ist im Ruhestand.«

»Ich auch.«

Was mich betraf, war die Besprechung vorüber. Wir hatten uns in Erinnerungen ergangen, und ich hatte den unbeholfenen Anwerbungsversuch abgewimmelt. Wenn Junior also nicht hören wollte, dass sein Vater ein Regierungsspitzel gewesen war, oder nicht erfahren wollte, wie ich mich gefühlt hatte, als er ein paar Fäden zog, um meine Steuererklärung überprüfen zu lassen, beziehungsweise meine Frau verführte, dann gab es nicht mehr viel zu bereden – es sei denn, er wollte über die Nacht sprechen, in der sein Vater ermordet wurde. Was das Thema anging, erinnerte ich ihn: »Vergessen Sie nicht, was wir bezüglich meiner Exfrau besprochen haben.«

Er nickte, dann fragte er mich: »Ich meine, ist Ihnen das nicht scheißegal?«

»Meinen Kindern nicht.«

Er nickte wieder. »Machen Sie sich darüber keine Gedanken.«

»Gut.« Ich wollte gerade meinen vorzeitigen Aufbruch bekanntgeben, als Anthony sagte: »Ich habe nie begriffen, wie sie sich da rauswinden konnte.«

»Sie hatte gute Anwälte.«

»Aha. Ich nehme an, das waren nicht Sie.«

»Anthony, Sie können mich mal.«

Wie sein Vater, der selten, wenn überhaupt, eine persönliche Beleidigung zu hören bekam, wusste er nicht recht, wie er reagieren sollte. Er war sich offenbar unschlüssig, ob er vor Wut explodieren oder es als einen Witz abtun sollte. Er entschied sich für Letzteres, rang sich ein Lachen ab und sagte: »Sie müssen auf Italienisch fluchen lernen. Sagen Sie *vaffanculo*. Das heißt so viel wie ›Fick dich in den Arsch‹. Hierzulande sagte man ›Fick dich ins Knie‹. Genau das Gleiche.«

»Interessant. Tja –«

»Aber ich meine, finden Sie es gerecht, dass sie nach einem vorsätzlichen Mord auf freiem Fuß geblieben ist? Sie ist wegen ihrer Herkunft vor dem Gesetz anders behandelt worden, oder? Ich meine, was ist das? Sind Italiener zum Abschuss freigegeben?«

»Das Thema ist abgeschlossen. Oder legen Sie sich mit dem Justizministerium an.«

»Yeah, richtig.«

»Und *denken* Sie nicht mal an das, was Sie gerade denken.«

Er starrte mich an, sagte aber nichts.

Ich wollte aus der Nische rutschen, aber die Bedienung tauchte mit zwei zugedeckten Servierschalen auf. Dann fragte uns die süße, aber offensichtlich unerfahrene junge Frau: »Sie wollen teilen?«

Anthony, dessen Laune etwas schlechter geworden war, erinnerte sie: »Wir haben den gleichen Scheiß.« Er schaute mich an. »Können Sie so viel Blödheit fassen?« Dann wandte er sich wieder an sie und fragte: »Willst du uns veräppeln? Sehn wir so blöde aus?«

Die Bedienung schien ihn nicht zu verstehen. »Sie nicht wollen Suppe?«

»Schaff die Suppe weg und bring zwei Bier. Aber flott!«, blaffte Anthony sie an.

Sie nahm die Suppe und ging weg.

Frank Bellarosa hatte seine Rohheit gut verborgen, obwohl ich sie ein paarmal selbst erlebt und auch durch FBI-Agent Mancuso davon erfahren hatte. Sein Sohn jedoch hatte offenbar nicht gelernt, dass ein guter Soziopath weiß, wie und wann er höflich und charmant sein muss. Anthony war mir im Pförtnerhaus ganz okay vorgekommen – ich hatte ihn sogar für ein bisschen leichtgewichtig gehalten –, aber wenn man sieht, wie mächtige Männer kleine Leute behandeln, weiß man, wie sie einen behandeln, wenn man nichts mehr hat, das sie wollen.

Anthony sagte: »Sie hat die verfluchten Essstäbchen vergessen. Haben Sie nicht um Stäbchen gebeten?« Er hob die Hand und wollte quer durchs Lokal rufen, aber ich sagte: »Vergessen Sie es.«

»Nein. Ich hol –«

»Ich sagte, *vergessen* Sie es.« Ich beugte mich zu ihm, worauf er mich anschaute. »Wenn sie zurückkommt, entschuldigen Sie sich für Ihr schlechtes Benehmen«, sagte ich.

»Was?«

»Sie haben mich verstanden, Anthony. Und hier ist noch ein weiterer Benimmtipp für Sie: Wenn ich Essstäbchen will, bitte *ich* darum – nicht Sie. Und wenn ich ein Bier will, bestelle *ich* das Bier. Verstanden?«

Er verstand es, war aber alles andere als begeistert über die Lektion. Interessanterweise sagte er nichts.

Ich rutschte aus der Nische.

»Wohin gehen Sie?«, fragte er.

»Nach Hause.«

Er stand auf, folgte mir und sagte: »Hey, Anwalt, laufen Sie nicht weg. Wir sind noch nicht fertig.«

Ich drehte mich zu ihm um, sodass wir uns fast gegenüberstanden. »Wir haben nichts mehr zu bereden«, sagte ich.

»Sie wissen, dass das nicht stimmt. Wir beide müssen ein paar Sachen abklären.«

»Vielleicht. Aber nicht gemeinsam, Anthony.«

Weil wir ein bisschen Aufsehen erregten, sagte er: »Ich begleite Sie raus.«

»Nein. Sie gehen zu Ihrem Platz zurück, entschuldigen sich bei der Bedienung, und danach können Sie mit Ihrem Leben anfangen, was immer Sie wollen.«

Ihm schien plötzlich ein Gedanke zu kommen, und er sagte: »Yeah, ich seh den Mumm, aber ich sehe das Köpfchen nicht, Anwalt.«

Ich nahm aus dem Augenwinkel wahr, dass Anthonys Gorilla aufgestanden und ein paar Schritte auf uns zugekommen war. In dem Restaurant war es mit einem Mal sehr still, und ich sagte zu Frank Bellarosas Sohn: »Sie haben die Augen von Ihrem Vater, aber ansonsten nicht viel.«

Ich drehte mich um und ging zur Tür, ohne zu wissen, was geschehen würde.

Ich trat hinaus in die kühle Abendluft. Tony machte eine Zigarettenpause, lehnte am Cadillac SUV und rief mir zu: »Hey, seid ihr schon fertig?«

Ich beachtete ihn nicht, stieg in mein Auto und ließ den Motor an. Der Gorilla kam aus dem Restaurant, und als ich rückwärts aus der Parklücke stieß, sah ich ihn mit Tony reden, worauf mich beide Männer beobachteten, wie ich ohne jede Eile davonfuhr.

Ich hätte es nicht auf eine Auseinandersetzung anlegen *müs-*

sen, aber allmählich hatte er mich genervt, außerdem fand ich, dass er ein bisschen herablassend wurde. Na ja, vielleicht verstand ich ihn falsch. Vielleicht sah ich auch Frank auf der anderen Seite des Tisches, und vielleicht hatte ich einen Flashback oder sah vor meinem inneren Auge, wie Frank Bellarosa mit Susan schlief – dieser verdammte Traum – oder wie Frank mich austrickste, damit ich für ihn arbeitete, oder wie er mir mit einem Lächeln im Gesicht das Leben versaute.

Jedenfalls tat es gut, was immer es auch gewesen war, das mich auf die Palme gebracht hatte, und ich war damit den Junior losgeworden.

Ich warf einen Blick in den Rückspiegel, sah den Cadillac SUV aber nicht. Ich ließ Glen Cove hinter mir und fuhr auf der dunklen Landstraße zurück nach Lattingtown.

Ich musste Anthony noch mal daran erinnern, dass er sich von Susan fernhalten sollte. Wenn ich für ihn arbeiten würde, müsste sich Susan natürlich keine Gedanken machen, vorausgesetzt, sie machte sich Gedanken, was sie meiner Überzeugung nach nicht tat. Sich Gedanken zu machen war immer meine Aufgabe, und offenbar ist sie das noch immer.

Außerdem musste ich bedenken, dass Anthony zwar nicht das Vermögen seines Vaters geerbt hatte, höchstwahrscheinlich aber dessen Feinde; diejenigen im unmittelbaren Kreis der Freunde und Verwandten, wie zum Beispiel Onkel Sal, und diejenigen außerhalb der Familie, wie zum Beispiel die Goombahs, die ich eines Abends bei einer Zusammenkunft im Plaza Hotel kennengelernt hatte, und zu guter Letzt Leute wie Alphonse Ferragamo, deren Aufgabe es war, den jungen Anthony für lange Zeit ins Gefängnis zu bringen. Daher war Anthonys Amtszeit möglicherweise von kurzer Dauer, und sich in seiner Nähe aufzuhalten konnte gefährlich sein.

Aber irgendwie dachte Anthony, ich könnte ihm bei diesen Problemen helfen, so wie ich seinem Vater geholfen hatte. Sollte ich mich geschmeichelt fühlen?

Die Geschichte kann sich durchaus wiederholen, wenn alle sich darum bemühen, die gleichen dummen Fehler noch mal zu machen. Und dennoch zieht uns irgendetwas zum Vertrauten zurück, denn selbst wenn das Vertraute nicht gut ist, so ist es doch wenigstens vertraut.

Binnen einer Viertelstunde war ich auf der Grace Lane – Anthony Bellarosas Geschenk an seine Nachbarn –, und meine Scheinwerfer beleuchteten die schimmernde neue Asphaltdecke, die sich vor mir erstreckte. Ein Vers aus dem Matthäusevangelium kam mir in den Sinn: *Denn die Pforte ist weit, und der Weg ist breit, der zur Verdammnis führt.*

13

Tags darauf, am Donnerstag, zogen Gewitter auf, die einen guten Hintergrund für das Aussortieren und Verbrennen von Akten abgaben, und am späten Nachmittag hatte ich einen Großteil der Aufgabe erledigt, die beschwerlich und ab und zu auch traurig war.

Um achtzehn Uhr belohnte ich mich mit einer Flasche Banfi Brunello di Montalcino und Panini Bolognese, setzte mich dann in Georges Lehnsessel und las die *New York Times*. John Gotti, das ehemalige Oberhaupt der Familie Gambino, lag im Krankenhaus der Hochsicherheitsbundesstrafanstalt in Springfield, Missouri, wo er eine lebenslange Freiheitsstrafe ohne Aussicht auf Bewährung verbüßte, und war dem Tode nah.

Ich fragte mich, ob und inwiefern das Auswirkungen auf Mr Anthony Bellarosa hatte, dann fragte ich mich, warum ich mich das überhaupt fragte.

Unwillkürlich musste ich auch darüber nachdenken, warum nach wie vor junge Männer in dieses Geschäft einstiegen, obwohl sie wussten, dass fast alle Karrieren in ihrer großen *Famiglia* durch einen frühen Tod oder Inhaftierung endeten. Nun ja, vielleicht war das besser als eine Rentnerkolonie in Florida. Und mit Sicherheit war es nicht mein Problem.

Ich dachte auch kurz über die zweihunderttausend Dollar

nach, die mir Anthony für ein bisschen Rechtsbeistand geboten hatte, und an meinen Anteil, falls es mir gelingen sollte, ein paar der von den Bundesbehörden beschlagnahmten Bellarosa'schen Vermögenswerte zurückzubekommen. Anthonys Worten zufolge hatte ich die zweihundert Riesen bereits so gut wie in der Tasche, aber ich wusste, dass das nur der Blinker war, der mich – den Fisch – zu den potenziellen Millionen – dem Köder – locken sollte, in denen ein spitzer Haken verborgen war.

Daran war nichts Illegales oder gar Unethisches; Fische und Anwälte müssen essen. Das Problem war der spitze Haken. Man musste vorsichtig sein.

Genau genommen durfte man gar nicht darüber nachdenken.

Am Freitag war es ebenfalls regnerisch, und mittags hatte ich meinen Papierkram nahezu geordnet und verstaut, bereit zum Abtransport nach irgendwohin, sobald Ethel verstaut und abtransportiert war. Danach musste ich meine persönlichen Habseligkeiten – alte Army-Uniformen, Segelpokale, Bücher, Schreibtischutensilien und so weiter und so fort – zusammentragen und einpacken. Wie hatte ich überhaupt zehn Jahre ohne das Zeug leben können?

Außerdem hatte ich ein paar Dokumente und Papiere, die Susan betrafen oder gehörten, sowie einige Fotos von ihrer Familie gefunden, und da ich nicht an die Stanhopes – allen voran William, Charlotte und ihr nichtsnutziger Sohn Peter – erinnert werden wollte, steckte ich die Bilder zusammen mit Susans Papieren in einen großen Umschlag; lediglich die Art der Zustellung musste noch geklärt werden.

Nachmittags klarte es auf, und ich nutzte die Gelegenheit und joggte am Long Island Sound entlang. Eine große Slup mit Gaffeltakelung war draußen auf dem Wasser, und ich blieb am Fox Point stehen und sah zu, wie sie unter prallen Segeln in

Richtung Osten glitt und der Bug mühelos durch die Schaumkronen schnitt.

Ich sah den Skipper am Ruder stehen und wusste, dass er lächelte, obwohl ich sein Gesicht aus der Entfernung nicht erkennen konnte.

Ich bezweifelte, dass ich jemals wieder auf See gehen würde, obwohl sie mich hin und wieder lockte. Aber wie jeder Seemann weiß, geht die Liebe zur See nur allzu oft tödlich aus.

Zurück im Pförtnerhaus, bemerkte ich gegen sechzehn Uhr zufällig einen grauen Mercedes, der durch das Tor kam und von einem Mann gesteuert wurde, bei dem es sich vom Aussehen her um einen gewissen Amir Nasim handeln konnte.

Durch meinen Aufenthalt in London hatte ich unmittelbaren Kontakt mit Männern und Frauen gehabt, die dem islamischen Glauben anhingen, darunter auch ein paar Kollegen, und ich nahm an, dass Mr Nasim, ein Iraner, Moslem war und sein Sabbat daher bei Sonnenuntergang mit dem Ruf zum Gebet beginnen würde. Er und wahrscheinlich seine ganze Hausgemeinschaft würden sich in eine Moschee begeben oder die Gebetsteppiche einfach in der ehemaligen Kapelle von Stanhope Hall ausrollen, die Schuhe ausziehen, sich gen Mekka verbeugen – in diesem Teil der Welt nach Osten, in Richtung der Hamptons – und beten.

Ich wollte sie nicht bei ihrer Andacht stören, musste aber über kurz oder lang mit Mr Nasim sprechen, folglich sollte ich es gleich tun. Da ich annahm, dass ich noch ein paar Stunden Zeit hatte, bis die Gebetsteppiche ausgerollt wurden, zog ich eine braune Stoffhose, einen blauen Blazer, ein Golfhemd, Slipper und saubere Socken an, nur für den Fall, dass Mr Nasim einen weiteren Teppich ausrollte und mich bat, zu bleiben.

Ich fand eine Schachtel mit meinen gravierten Visitenkarten, auf denen lediglich *John Whitman Sutter, Stanhope Hall* stand, und steckte mir ein paar in die Hosentasche.

Susan hatte mir diese ebenso nutzlosen wie anachronistischen Karten geschenkt, von denen ich in den zwölf Jahren, die ich sie besaß, vermutlich keine sechs gebraucht hatte. Die letzte hatte ich – um mich zu amüsieren – Frank Bellarosa über seinen Bauunternehmer zukommen lassen, mit der Anweisung, dass Mr Bellarosa sich bei Mr Sutter wegen des Pferdestallprojekts melden sollte, zu dem uns unser neuer Nachbar seine Hilfe angeboten hatte. Er hatte regelrecht darauf bestanden.

Normalerweise wäre ich die rund achthundert Meter über die Zufahrt zu Stanhope Hall gelaufen, aber ich wollte nicht zu Fuß an Susans Gästehaus – unserem einstigen ehelichen Wohnsitz – vorbei. Deshalb nahm ich den Taurus und steuerte in Richtung Herrenhaus.

Ich passierte die Abzweigung zu ihrem Cottage, das ein paar hundert Schritte links von mir lag und in dessen vorderem Zimmer, das früher mein Herrenzimmer war, Licht brannte. Susans SUV parkte auf dem Vorplatz.

Ein Stück vom Gästehaus entfernt sah ich Susans Stall – ein stattlicher Ziegelbau, der einst näher beim Herrenhaus gestanden hatte, den Susan aber Stein für Stein vom Grund und Boden ihres Vaters auf ihr Grundstück hatte versetzen lassen, weil sie erwartete, dass Stanhope Hall verkauft werden würde. Es war ein schwieriges und kostspieliges Projekt, aber wie schon gesagt, war uns das Glück hold, und Mr Bellarosa war nicht nur gern bereit, sondern regelrecht darauf versessen, die Sache von Dominic, seinem Bauunternehmer, unverzüglich erledigen zu lassen, und zwar für einen Apfel und ein Ei. Ich lehnte ab; Susan ging darauf ein. Die Lektion dabei lautete: Wenn etwas zu gut aussieht, um wahr zu sein, ist es auch so. Das wusste ich bereits. Aber ich wusste nicht, dass Frank Bellarosa sich ebenso sehr für Susan interessierte wie für mich.

Jedenfalls erhob sich vor mir Stanhope Hall, das auf einer Anhöhe inmitten von Terrassengärten thronte.

Um sich ein Bild von dem Gebäude machen zu können,

sollte man ans Weiße Haus in Washington oder an irgendeinen anderen neoklassizistischen Palast denken und sich dann eine Welt ohne Einkommenssteuer – und daher ohne Steueranwälte wie meine Wenigkeit – vorstellen, dazu billige Arbeitskräfte in Gestalt von Einwanderern, Sechzigstundenwochen ohne soziale Leistungen und die Reichtümer eines neuen Kontinents, die in die Taschen von ein paar hundert Männern in New York fließen. So sah das Goldene Zeitalter aus, auf das die wilden Zwanziger folgten, in denen alles noch besser und die Herrenhäuser immer größer und zahlreicher wurden und wie goldene Pilze entlang der Fifth Avenue, in Bar Harbor, Newport, den Hamptons und hier an der Gold Coast aus dem Boden schossen. Dann kam der Schwarze Dienstag, und binnen eines Tages brach alles zusammen. Dumm gelaufen.

Die hinteren fünfundzwanzig Hektar des Stanhope'schen Grundstücks, auf denen Susan meistens ausgeritten war, waren im Zuge des Landraubs durch den Bund unterteilt worden, damit man ein Dutzend scheußliche, auf künstlerisch wertvoll gemachte Minivillen auf den vorgeschriebenen zwei Hektar großen Parzellen bauen konnte. Gottlob hatte man einen Palisadenzaun samt Graben errichtet, die diese Monstrositäten von den vorderen Ländereien trennten, und eine neue Stichstraße zu einer anderen Hauptstraße angelegt, sodass man auf diesem Teil des Grundstücks nichts von den Bewohnern dieses Neureichenghettos zu hören oder sehen bekam. Nun ja, das mag ein bisschen versnobt klingen, aber es ist nicht mein Problem.

Auf den ursprünglichen Ländereien der Stanhopes befand sich nach wie vor ein klassischer, runder und nicht jugendfreier Liebestempel, der eine Statue der nackten Venus und eine Statue des gleichfalls nackten Priapos beherbergte, dem griechischen Gott der Ständer. Susan und ich hatten in diesem Tempel ein paar klassische Themen in Szene gesetzt, und soweit ich mich entsinnen kann, war sie einmal eine Jungfrau, die den

Tempel aufsuchte, um Venus um einen geeigneten Ehemann zu bitten, und ich war ein Zenturio mit Erektionsstörung, der bei Priapos um eine Latte beten wollte. Wie alle unsere Phantasien nahm auch diese ein glückliches Ende. Unsere richtige Ehe leider nicht.

Als ich mich dem Herrenhaus näherte, fragte ich mich, was Amir Nasim wohl von diesem heidnischen Tempel hielt und ob er die Statuen verhüllt, entfernt oder zerstört hatte. Apropos Kampf der Kulturen.

Ich parkte den Taurus unter dem großen, mit Säulen bewehrten Portikus von Stanhope Hall, saß da und dachte, dass ein John Whitman Sutter in der nahezu verschwundenen Welt von eingefleischtem Brauchtum und Protokoll – heutzutage Hackordnung genannt – nicht vom Pförtnerhaus zum Herrenhaus gegangen wäre, um Amir Nasim zu besuchen. Und vielleicht hatte ich es deshalb bis jetzt aufgeschoben.

Ich saß im Auto und dachte, dass ich mich lieber verziehen sollte. Aber ich tröstete mich damit, dass mein Besuch unangekündigt sein würde und ich daher meinen Status und meine Ehre wahrte, soweit noch etwas davon übrig war.

Zum Thema Würde wahren, während man die unlängst eingefallenen Barbaren, die jetzt in der Villa wohnen, um einen Gefallen bittet, fiel mir Susans Lieblingsspruch des heiligen Hieronymus ein: *Die römische Welt geht unter, doch wir halten unsere Häupter aufrecht …*

Ich stieg aus dem Auto, lief die Granittreppe zwischen den klassizistischen Säulen hinauf und klingelte.

14

Eine junge Frau – möglicherweise eine Iranerin – in einem schwarzen Kleid öffnete die Tür, worauf ich mich vorstellte: »Mr John Sutter möchte Mr Amir Nasim sprechen.«

An dieser Stelle hätte die Hausbedienstete normalerweise gefragt: »Erwartet er Sie, Sir?«

Und ich hätte erwidert: »Nein, aber wenn es nicht ungelegen kommt, möchte ich ihn wegen einer persönlichen Angelegenheit sprechen.« Dann würde ich ihr meine Visitenkarte überreichen, sie würde mich ins Foyer führen, verschwinden und ein paar Minuten später mit einer Antwort zurückkehren.

In diesem Fall jedoch verfügte die junge Frau nicht nur über beschränkte Sprachkenntnis, sondern auch über beschränkte Erfahrung, denn sie erwiderte: »Sie warten«, und schloss die Tür vor meiner Nase. Folglich klingelte ich erneut, und sie öffnete die Tür, worauf ich ihr meine Karte überreichte und in scharfem Tonfall sagte: »Geben Sie ihm die. Verstanden?«

Sie schloss erneut die Tür, und ich stand da. Innerhalb von drei Tagen war das bereits meine dritte Begegnung mit einer Person, die von meiner Muttersprache überfordert war, und allmählich wurde ich ungehalten. Ich konnte fast verstehen, dass Anthony gegenüber der jungen chinesischen Bedienung die Beherrschung verloren und sich über den Untergang des römischen Reiches ausgelassen hatte. Die Goten, Hunnen und Vandalen haben wahrscheinlich immerhin Latein gelernt, als sie das Imperium überrannten. *Veni, vidi, vici.* So schwer ist das doch nicht.

Ich wartete etwa fünf Minuten, dann wurde die Tür wieder geöffnet und ein großer, schlanker Gentleman mit dunklem Gesicht und grauem Anzug, der meine Karte in der Hand hielt, sagte: »Ah, Mr Sutter. Wie schön, dass Sie mich besuchen.« Er streckte die Hand aus, ich schlug ein, und er bat mich, einzutreten.

»Ich wollte gerade Tee trinken«, sagte er zu mir. »Leisten Sie mir Gesellschaft?«

Ich wollte keinen Tee, aber da ich ihn eine Zeitlang in Beschlag nehmen musste, war wohl doch Teestunde angesagt. »Danke, gern«, erwiderte ich.

»Ausgezeichnet.«

Ich folgte ihm in das riesige, aus Granit gemauerte untere Vestibül, das als eine Art Transitbereich für eintreffende Gäste konstruiert war. Früher hätten hier die Hausdiener den Gästen die Hüte, Mäntel, Gehstöcke und was sonst noch alles abgenommen und sie anschließend über eine der großen geschwungenen Treppen ins obere Foyer geleitet. Damals ging es ein bisschen förmlicher zu als heute, wo wir unsere Hausgäste zum Beispiel folgendermaßen begrüßen: »Hey, John, wie zum Teufel geht's dir? Schmeiß deinen Mantel irgendwohin. Lust auf ein Bier?«

Mr Nasim führte mich die rechte Treppe hinauf, die noch immer von den elektrischen Fackeln erleuchtet wurde, die in den Händen bemalter gusseiserner Mohren mit Turbanen steckten. Ich fragte mich, ob sich Mr Nasim durch die Statuen beleidigt fühlte, weil sie seine Glaubensgenossen offensichtlich als dunkelhäutige Menschen in serviler Haltung darstellten.

Dank Anthony geisterte immer wieder der Untergang des römischen Reiches durch meine Gedanken, und mir fiel etwas ein, das ich während meiner Zeit an der St. Paul's – in der es ständig um römische Geschichte ging – über Attila den Hunnenkönig gelesen hatte. Nach der Eroberung der Stadt Mediolanum hatte er den Herrscherpalast betreten und ein großes Fresko entdeckt, das den römischen Kaiser zeigte, vor dessen Thron sich besiegte Skythen zu Boden geworfen hatten. Unglücklicherweise hielt Attila die katzbuckelnden Skythen für Hunnen und wurde so sauer, dass er den römischen Gouverneur auf allen vieren zu sich kriechen ließ.

Ich nehme an, ich machte mir Gedanken, dass es wegen der Mohren zu einem ähnlichen kulturellen Missverständnis kommen könnte, und meinte, ich sollte so was Ähnliches sagen wie: »Die Stanhopes waren ungehobelte Rassisten und religiöse Eiferer, und diese Statuen haben mich schon immer abgestoßen.«

Na ja, möglicherweise war das ein alberner Gedanke, und offen gesagt, war es mir schnurzegal, was Amir Nasim dachte; er hatte reichlich Zeit gehabt, die Statuen loszuwerden, wenn er es gewollt hätte.

Jedenfalls plauderten wir über das Wetter, bis wir am Kopf der Treppe angelangt waren und uns ins obere Foyer begaben, wo in vergangenen Zeiten der Hausherr und seine Frau ihre mittlerweile mantel-, hut- und wahrscheinlich auch atemlosen Gäste begrüßt hätten.

Vom oberen Foyer aus folgte ich Mr Nasim nach rechts, eine lange, breite Galerie entlang, die, wie ich wusste, zur Bibliothek führte.

»Wie lange ist es her, seit Sie zum letzten Mal hier waren?«, erkundigte sich Mr Nasim. Offensichtlich wusste er etwas über meine persönliche Geschichte.

»Zehn Jahre«, erwiderte ich.

»Ah, ja, ich habe dieses Haus vor neun Jahren erworben.«

Ich erinnerte mich, dass die Bundesregierung nach der Beschlagnahme von Frank Bellarosas Grundbesitz Stanhope Hall und den Großteil der Ländereien an ein japanisches Unternehmen verkauft hatte, das es als Erholungsstätte für ausgebrannte Führungskräfte Nippons nutzen wollte, aber das Vorhaben war ins Wasser gefallen. Edward hatte mir schließlich erzählt, dass der Besitz ein Jahr nach meiner Abreise von einem Iraner erworben worden war. Vielleicht sollte ich Mr Nasim mitteilen, dass Anthony Bellarosa das Eigentum seines Vaters zurückhaben wollte.

»Haben Sie gute Erinnerungen an diesen Ort?«, fragte Mr Nasim.

Eigentlich nicht. Aber ich erwiderte: »Ja.« Susan und ich hatten sogar in Stanhope Hall geheiratet, als William und Charlotte noch hier wohnten, und Willie der Geizige hatte für uns – beziehungsweise für seine Tochter – einen Empfang unter freiem Himmel ausgerichtet, zu dem er etwa dreihundert seiner besten und liebsten Freunde, Verwandten und Geschäftspartner eingeladen hatte sowie ein paar Leute, die *ich* kannte. Da Willie die Rechnung bezahlte, gingen Speisen und Getränke vorzeitig zur Neige, das Orchester packte um Punkt zweiundzwanzig Uhr die Instrumente ein, und um halb elf suchten die verbliebenen Gäste nach den letzten Weinresten und Käserinden.

Das war nicht der erste Hinweis darauf gewesen, dass mein neuer Schwiegervater ein Meister der großen Billigheimergeste war, und auch nicht der letzte. Am Ende hatte er auch das Einzige zurückbekommen, das er mir jemals überlassen hatte: seine Tochter.

»Wir sind noch immer beim Einrichten«, teilte mir Mr Nasim mit.

»Das dauert eine Weile.«

»Ja«, sagte er und fügte hinzu: »Meine Frau … Frauen brauchen Zeit für ihre Entscheidungen.«

»Tatsächlich?« Neun Jahre ist nicht *so* lange, Amir. Du bist verheiratet. Lerne, geduldig zu werden.

Genau genommen waren die breite Galerie und die angrenzenden Zimmer nahezu unmöbliert und ohne irgendein Bild oder Dekorationsstück. Allerdings lagen vereinzelte Teppiche auf den Böden – zweifellos Perser –, und ironischerweise war damit auch ein Großteil der Böden von Stanhope Hall ausgelegt gewesen, als William und Charlotte noch hier wohnten.

Als ich das Haus zum letzten Mal gesehen hatte, stand es bis auf ein bisschen Krimskram hier und dort leer; Susan und ich hatten in ein paar Zimmern unsere Sportausrüstung, scheußliche Geschenke und Susans Kindermöbel verstaut. Außerdem entsann ich mich, dass ein paar Überseekoffer voller Kleidung herumgestanden hatten, die den längst verstorbenen Stanhopes beiderlei Geschlechts gehört hatte. Diese Klamotten stammten aus sämtlichen Jahrzehnten des zwanzigsten Jahrhunderts, und Susan und ich zogen manchmal historische Kostüme an – wir bevorzugten beide die wilden Zwanziger – und benahmen uns albern.

Mr Nasim sagte zu mir: »Ich nehme an, Sie kennen die Geschichte dieses Hauses.«

Sein Englisch war gut, offensichtlich von jemandem gelernt, der mit britischem Akzent sprach. »Jawohl«, erwiderte ich.

»Gut. Sie müssen mir etwas über die Geschichte erzählen.«

»Wenn Sie wollen.«

Wir kamen zur Bibliothek, wo Mr Nasim beiseitetrat und mich durch die Doppeltür winkte.

Die Wandtäfelung und die Bücherregale sahen noch genauso aus, wie ich sie in Erinnerung hatte, aber das neue Mobiliar war leider in einem richtig schlechten französischen Stil gehalten, weiß und golden, Inventar, wie man es auf den Reklameseiten der Sonntagszeitschriften für hundert Dollar und mit niedrigen Monatsraten angeboten bekommt.

Mr Nasim deutete auf zwei Sessel beim Kamin, die mit babyblauem Satin bezogen waren und zwischen denen ein weißer Kaffeetisch mit gebogenen Beinen stand. Ich setzte mich in einen der unbequemen Sessel, und Mr Nasim nahm mir gegenüber Platz. Ich bemerkte, dass die Bücherregale nahezu leer waren und es sich bei den wenigen vorhandenen Werken größtenteils um überdimensionale Kunstbücher handelte, wie sie Innenausstatter meterweise verkaufen.

Außerdem fiel mir auf, dass Mr Nasim keine Klimaanlage angeschafft hatte, sondern dass ein Standventilator die warme feuchte Luft in der großen Bibliothek umwälzte. Auf dem Tisch stand ein silbernes Tablett, auf dem klebrig aussehendes Gebäck aufgetürmt war. Mein Gastgeber sagte zu mir: »Ich mag englischen Tee, aber ich ziehe persische Süßwaren Gurkensandwiches vor.«

Ich registrierte, dass er »persisch« sagte und nicht »iranisch«, was seit der islamischen Revolution, der Geiselnahme von 79 und den anschließenden Meinungsverschiedenheiten zwischen unseren Ländern einen negativen Beiklang hatte.

Mr Nasim zückte sein Handy, drückte auf die Schnellwahltaste und sagte etwas auf Farsi. Nach zwei Sätzen legte er das Telefon beiseite und wandte sich mit einem Lächeln an mich: »Die Hightech-Version der Dienstbotenglocke. Der Tee kommt in Kürze« – nur für den Fall, dass ich dachte, er hätte die Revolutionsgarden gerufen, damit sie mich als Geisel nahmen.

Er lehnte sich in dem Satinsessel zurück und fragte: »Welchem Umstand verdanke ich die Ehre dieses Besuches, Mr Sutter?«

Ohne mich für mein unangekündigtes Auftauchen zu entschuldigen, erwiderte ich: »Zunächst einmal wollte ich Ihnen Bescheid sagen – persönlich und offiziell –, dass ich im Pförtnerhaus wohne.«

»Danke«, sagte er und fügte höflich hinzu: »Vielleicht hätte ich Sie besuchen sollen.«

Aufgrund meiner begrenzten Erfahrung mit Arabern, Pakistanis und Iranern in London wusste ich, dass sie unter zwei

Kategorien fielen: diejenigen, die den Briten nacheiferten, und andere, die das unter keinen Umständen wollten. Mr Nasim schien bislang eher der ersteren Gruppe anzugehören, nach dem Motto: »Sehen Sie, wie westlich ich bin? Mache ich das richtig?«

»Ich bin derjenige, der auf Ihrem Grund und Boden wohnt«, erklärte ich, »deshalb sollte ich Sie besuchen. Was mich zu einem weiteren Anlass meines Besuches führt. Ich habe Mrs Allard vor ein paar Tagen im Hospiz besucht, und ich glaube, ihr bleibt nicht mehr viel Zeit.«

Er wirkte ehrlich überrascht und erwiderte: »Das wusste ich nicht. Ich dachte … nun, ich bedaure diese Nachricht.«

»Wenn sie stirbt, erlischt, wie Sie sicher wissen, auch ihr lebenslanges Wohnrecht.«

»Ja, das weiß ich.«

Er wirkte nach außen hin nicht allzu begeistert darüber, dass er schon bald seinen Besitz zurückbekam, aber er hatte natürlich gewusst, dass dieser Tag kommen würde, und mit Sicherheit bereits die entsprechenden Pläne geschmiedet. Ich schloss Wetten darauf ab, dass ich darin keine Rolle spielte. Nichtsdestotrotz sagte ich: »Daher möchte ich Sie fragen, ob ich das Pförtnerhaus mieten oder kaufen könnte.«

»Ach, wollen Sie dort wohnen?«

»Es wäre eine Möglichkeit.«

Er nickte, dachte einen Moment lang nach und sagte dann: »Ich verstehe …«

»Wenn ich es mieten würde, dann nur für ein, zwei Monate.«

»Ich verstehe. Sie brauchen also eine Unterkunft, solange Sie hier sind.«

»Woher wissen Sie, dass ich in London gewohnt habe?«

»Mrs Sutter hat es mir erzählt.«

»Ich nehme an, Sie meinen meine Exfrau.«

»Ganz recht.«

»Und was hat sie Ihnen sonst noch erzählt? Nur damit ich Ihnen nicht die Zeit stehle und etwas wiederhole, das Sie bereits wissen.«

Er zuckte die Achseln. »Als sie das Haus erwarb – das ehemalige Gästehaus –, stattete sie uns einen Höflichkeitsbesuch ab. Es war an einem Sonntag, und meine Frau und ich waren zu Hause, wir tranken Tee, und sie sprach ganz allgemein über ihre Lebensumstände.«

»Aha. Und in der Zwischenzeit hat sie Ihnen mitgeteilt, dass ihr Exmann aus London zurückgekehrt ist.«

»Ja«, sagte er. »Nicht mir, eigentlich. Soheila. Meiner Frau. Sie sprechen gelegentlich miteinander.«

Ich hätte ihn am liebsten darauf hingewiesen, dass Mrs Sutter eine Ehebrecherin und keine gute Gesellschaft für Soheila war. Doch warum für Unruhe sorgen? Ich wandte mich wieder meinem Thema zu und sagte: »Wenn Sie also nichts dagegen haben, würde ich das Pförtnerhaus gern für ein, zwei Monate mieten – mit Kaufoption.«

»Es steht nicht zum Verkauf, aber –«

Ehe er fortfahren konnte, tauchte die Frau, die die Tür geöffnet hatte, mit einem Teetablett auf, das sie mit einer Verbeugung auf dem Tisch abstellte.

Mr Nasim entließ sie, worauf sie sich zurückzog und die Tür hinter sich schloss. Nun ja, vielleicht war ihre Ausbildung doch nicht so schlecht; sie brauchte bloß ein bisschen Nachhilfe in Haustüretikette. Es sei denn, was wahrscheinlicher war, sie hatte eine Heidenangst vor Amir Nasim. Vielleicht konnte ich von ihm ein paar Tipps zur Beziehung zwischen den Geschlechtern bekommen.

Mr Nasim spielte den guten Gastgeber, öffnete einen Holzkasten, der Teedosen enthielt, und sagte zu mir: »Haben Sie eine bestimmte Vorliebe?«

Die hatte ich, und zwar für Scotch Whisky, aber ich sagte: »Earl Grey wäre bestens.«

»Ausgezeichnet.« Er löffelte den Tee in zwei Porzellankannen und goss aus einer Thermoskanne heißes Wasser darüber, während er die ganze Zeit Bemerkungen über die Teezubereitung machte, wie zum Beispiel: »Ich lasse ihn im Allgemeinen vier Minuten ziehen …« Er deckte beide Kannen zu, drehte dann eine Sanduhr um und sagte: »… Sie können es jedoch bei Ihrem halten, wie Sie möchten.«

Ich warf einen Blick auf meine Uhr, was man sowohl als Zeitnahme für den Tee als auch als Anzeichen einer leichten Ungeduld deuten konnte. Jedenfalls glaube ich, dass Tee das ist, was Menschen von Mr Nasims Glauben um sechs Uhr an Stelle von Cocktails zu sich nehmen.

Während wir darauf warteten, dass der Sand der Zeit verrann, plauderte er drauflos. »Ich habe zehn Jahre in London gelebt. Eine wunderbare Stadt.«

»Das ist sie.«

»Sie waren, glaube ich, sieben Jahre dort.«

»Ganz recht.«

»Und vorher sind Sie um die Welt gesegelt.«

»In der Tat.«

»Sie sind also ein abenteuerlustiger Mann. Ein Mann, der die Gefahr liebt, womöglich.«

»Ich war segeln. Ich habe keine Kriegsschiffe angegriffen.«

Er lächelte, dann sagte er: »Aber da draußen ist es gefährlich, Mr Sutter. Vom Wetter einmal abgesehen, gibt es Piraten und hochexplosive Minen. Sind Sie in den Persischen Golf gesegelt?«

»Bin ich.«

»Das ist sehr gefährlich. Haben Sie den Iran besucht?«

»Ja. Buschehr.«

»Und wie wurden Sie dort empfangen?«

»Ganz gut.«

»Gut. Ich bin der Meinung, dass Menschen, die in Hafenstädten wohnen, freundlicher und unbekümmerter zu Seeleuten sind als diejenigen, die im Binnenland leben. Was meinen Sie?«

»Ich glaube, das stimmt, es sei denn, man kommt nach New York.«

Er lächelte erneut und wechselte das Thema. »Sie wollen also in ein, zwei Monaten nach London zurückkehren.«

»Möglicherweise.«

»Und wo wohnen Sie dort?«

Ich nannte ihm meine Straße in Knightsbridge, ohne ihm meine Haus-, Wohnungs- oder Telefonnummer zu verraten.

Er nickte. »Eine sehr schöne Gegend. Ich habe in Mayfair gewohnt.«

»Auch eine schöne Gegend.«

»Zu viele Araber.«

Ich ließ das auf sich beruhen und sah zu, wie der Sand ins untere Uhrenglas rieselte. Mir war bewusst, dass man in anderen Kulturkreisen jede Menge Smalltalk macht, bevor man zum Geschäftlichen kommt, und ich weiß auch, dass das nicht nur aus Höflichkeit geschieht; der andere Typ versucht einen einzuschätzen und die gewonnenen Informationen später zu nutzen. In diesem Fall jedoch war das Geschäftliche ziemlich einfach und sollte weniger Zeit in Anspruch nehmen als ein Drei-Minuten-Ei. Nun ja, vielleicht wollte Amir Nasim nur höflich zu einem ehemaligen Aristokraten sein, der jetzt ohne Landbesitz war.

»Sie sind also Anwalt«, sagte er zu mir.

»Das stimmt.«

»Und als solcher waren Sie auch in London tätig.«

»Amerikanisches Steuerrecht für britische und ausländische Mandanten.«

»Ah. Interessant. Ja, dafür besteht ein großer Bedarf. Ich habe eine Firma in London, daher können wir uns vielleicht eines Tages treffen und –« Die Zeit war um, und er nahm seine Kanne, goss den Tee durch ein Sieb in eine zierliche Tasse und sagte zu mir: »Bedienen Sie sich bitte, es sei denn, Sie möchten ihn stärker.«

Ich goss meinen Tee ein, während Mr Nasim etliche Löffel Zucker in seine Tasse schaufelte. »Zucker? Sahne? Zitrone?«, fragte er.

»Ich trinke ihn pur.«

»Gut. Das ist die richtige Art. Aber ich brauche trotzdem Zucker.« Er trank einen Schluck. »Sehr gut. Ich nehme gefiltertes Wasser.«

»Ich auch«, sagte ich und fuhr fort: »Was das Pförtnerhaus angeht –«

»Probieren Sie etwas Süßes. Darf ich ihnen dieses empfehlen?« Er deutete auf einen klebrigen Haufen. »Das heißt Rangeenak.« Dann zählte er mir die fünf anderen Dessertsorten auf.

Mein Farsi, das noch nie gut war, schien ein bisschen eingerostet, deshalb sagte ich: »Ich probiere Nummer eins.«

»Ja. Ausgezeichnet.« Mit einer silbernen Zange nahm er einen Klumpen, der nach Datteln aussah, und legte ihn auf meinen Teller. »Wenn Sie es zu süß finden, würde ich Ihnen dieses empfehlen, es ist aus Sesampaste gemacht.«

»Okay. Also, was den Zweck meines Besuches angeht – es käme mir sehr gelegen, und ich hoffe, dass es Ihnen nicht ungelegen kommt, wenn ich ein, zwei Monate im Pförtnerhaus bleiben könnte.«

Er legte sich ein Stück von jedem Gebäck auf seinen Teller und erwiderte ganz lässig: »Ja, natürlich.«

Das überraschte mich, und ich sagte: »Tja … das ist sehr nett von Ihnen. Ich kann einen Mietvertrag für einen Monat aufsetzen, gültig ab Mrs Allards Tod, mit einer Option für einen weiteren Monat. Also, vorausgesetzt, wir können uns auf einen Mietpreis einigen –«

»Ich stelle Ihnen keine Miete in Rechnung, Mr Sutter.«

Das überraschte mich ebenfalls. »Ich bestehe –«

»Keine Miete. Wollen Sie meine amerikanischen Steuern noch komplizierter machen?«, scherzte er.

Eigentlich verdiente ich damit meinen Lebensunterhalt, aber ich sagte: »Nun … das ist sehr freundlich von Ihnen, doch …«

»Ganz und gar nicht. Ich möchte Sie nur darum bitten, dass Sie bis zum ersten September ausziehen. Wenn Mrs Allard zu diesem Zeitpunkt noch lebt, sind Sie natürlich nach wie vor ihr Gast. Ansonsten bis zum ersten September.«

»Das dürfte kein Problem sein.«

»Gut.«

»Aber warum soll ich keinen Vertrag darüber aufsetzen? Rein rechtlich wäre es für uns beide gut, wenn wir das schriftlich hätten«, erklärte ich.

»Wir regeln das auf Treu und Glauben, Mr Sutter.«

»Wie Sie möchten.« Jetzt sollte ich ihm natürlich die Hand reichen – oder wollten wir uns die Adern aufritzen, Blut austauschen und anschließend um den Tisch tanzen? Nach ein paar peinlichen Sekunden streckte ich die Hand aus, und er schlug ein.

Mr Nasim goss sich eine weitere Tasse Tee ein, und ich trank einen Schluck aus meiner.

»Mir ist gerade etwas eingefallen«, sagte er.

Ich wurde hellhörig.

»Ich möchte Sie um einen Gefallen bitten.«

Das ließ mich an den Abend denken, an dem Frank Bellarosa Susan und mich zu Kaffee und italienischem Gebäck nach Alhambra eingeladen hatte und an dem sich Don Bellarosa und ich hinterher zu Grappa und Zigarren in seine Bibliothek zurückzogen und er mich um einen Gefallen bat, der letztlich mein Leben ruinieren sollte. Mr Nasim genehmigte sich weder Alkohol noch Tabak, aber ich war davon überzeugt, dass der tote Don und er ansonsten allerhand Gemeinsamkeiten hatten.

»Darf ich Sie um einen Gefallen bitten?«, fragte Mr Nasim.

»Bitten dürfen Sie.«

»Gut.« Er stopfte sich ein ziemlich großes Gebäckstück in den Mund, tunkte dann die Finger in seine Fingerschale und wischte sie an einer Leinenserviette ab. Er kaute versonnen, schluckte und sagte schließlich: »Da Mrs Allard im Pförtnerhaus wohnt und Mrs Sutter im Gästehaus, habe ich das Gefühl, dass es mir an Privatsphäre fehlt. Verstehen Sie?«

»Sie haben rund achtzig Hektar von einer Mauer umgebenen Grund und Boden, Mr Nasim«, erinnerte ich ihn. »Wie viel Privatsphäre brauchen Sie denn?«

»Ich genieße meine Privatsphäre«, erklärte er. »Außerdem könnte ich das Pförtnerhaus für mein Personal nutzen, und ich würde auch das Gästehaus gern für meine eigenen Zwecke verwenden.«

Ich antwortete nicht.

»Ich wollte den Besitzern des Gästehauses ein Angebot für das Gebäude und die vier Hektar Land machen, als ich plötzlich erfuhr, dass Mrs Sutter das Grundstück erworben hatte. Folglich habe ich ihr ein sehr großzügiges Angebot gemacht, doch sie hat abgelehnt. Sehr höflich, sollte ich vielleicht hinzufügen, aber dennoch hat sie abgelehnt.«

»Machen Sie ihr ein besseres Angebot.«

»Das würde ich ja, ich nehme Sie beim Wort, und demnach steht das Grundstück nicht zum Verkauf, zu keinem Preis. Natürlich hat alles seinen Preis, aber …« Er schaute mich an und sagte: »Sie hat mir erklärt, dass es ihr Zuhause sei, mit vielen Erinnerungen verbunden, ein Ort, an dem Ihre Kinder aufgewachsen sind, zu dem sie zu Besuch kommen können, und … nun, ein Ort, den sie mit einer schönen Zeit in ihrem Leben verbindet … Und natürlich ist es ein Teil dieses Anwesens – Stanhope Hall, wo sie aufgewachsen ist. Und deshalb gedenkt sie hier zu bleiben, sagte sie, bis sie stirbt.«

Ich antwortete nicht, dachte aber, dass es damit zwei Menschen in der Gegend gab, die nichts dagegen hätten, wenn

Susan tot wäre. Schließlich sagte ich: »Das klingt nach einem ziemlich eindeutigen Nein.«

Mr Nasim zuckte die Achseln. »Wenn die Menschen älter werden – nicht dass Mrs Sutter alt ist. Sie kommt mir ziemlich jung vor. Doch die Menschen werden im Laufe der Jahre nostalgischer und haben daher den Wunsch, die Stätten ihrer Jugend noch einmal aufzusuchen, oder sie hängen an einem bestimmten Gegenstand oder Ort. Sie verstehen schon. Und das kann zu einem gewissen Starrsinn führen und möglicherweise auch zu irrationalen Entscheidungen.«

»Worauf wollen Sie hinaus, Mr Nasim?«

»Nun, ich habe mich gefragt, ob Sie ihr vielleicht gut zureden könnten.«

»Ich konnte ihr schon nicht gut zureden, als wir noch verheiratet waren.«

Er lächelte höflich.

»Wir reden nicht miteinander«, fuhr ich fort. »Und ich habe nicht vor, sie auf dieses Thema anzusprechen.«

Er wirkte enttäuscht, sagte aber: »Nun, ich hielt das für eine gute Idee meinerseits, sehe jedoch ein, dass es keine war.«

»Fragen kann ja nichts schaden.«

»Nein.« Er wechselte zu einem anscheinend wichtigeren Thema. »Sie haben Ihr Rangeenak nicht gegessen.«

Aus lauter Höflichkeit stopfte ich mir eins der Datteldinger in den Mund, säuberte meine Finger in dem Rosenblütenwasser, trocknete sie ab und sagte: »Nun ja, ich will Sie nicht auf die Mietfreiheit festnageln, aber ich brauche für diesen Zeitraum eine Bleibe.«

Er winkte ab. »Ich stehe zu meinem Wort. Ohne irgendwelche Bedingungen.«

Das hatte Frank auch immer gesagt.

Meine geschäftlichen Angelegenheiten waren damit erledigt, und ich wollte nicht aufgefordert werden, zu bleiben und zu beten, deshalb schickte ich mich zum Gehen an, doch er sagte:

»Mein Angebot an Mrs Sutter belief sich auf vier Millionen Dollar. Weit mehr, als die Immobilie wert ist, und mehr als doppelt so viel, wie sie vor ein paar Monaten dafür bezahlt hat. Ich wäre bereit, jemandem eine zehnprozentige Provision zu bezahlen, wenn diese Person den Kauf ermöglichen würde.«

Ich stand auf. »Diese Person bin ich nicht. Vielen Dank –«

Er stand ebenfalls auf und erwiderte: »Nun, das können Sie nicht wissen. Denken Sie an diese Unterredung, falls Sie mit ihr sprechen.«

Ich wurde ein bisschen ungehalten und sagte schroff: »Mr Nasim, was in aller Welt bringt Sie auf den Gedanken, dass ich auch nur den geringsten Einfluss auf meine Exfrau habe?«

Er zögerte kurz, bevor er erwiderte: »Sie hat sehr wohlwollend von Ihnen gesprochen, und daher nahm ich an … Ich begleite Sie zur Tür.«

»Ich finde selbst raus. Ich kenne mich hier aus.«

»Natürlich. Und Sie wollten mir etwas über Geschichte dieses Hauses erzählen.«

»Vielleicht ein andermal. Ansonsten«, schlug ich vor, »kann Mrs Sutter Ihnen Genaueres dazu sagen.« Ich streckte die Hand aus. »Danke für den Tee und dass ich das Pförtnerhaus weiter nutzen darf. Wenn Sie Ihre Meinung ändern sollten, habe ich Verständnis dafür.«

Er ergriff meine Hand, legte mir die andere auf die Schulter und schob mich zur Tür. »Ich bestehe darauf, Sie hinauszubegleiten.«

Vielleicht glaubte er, ich würde einen Perserteppich aufrollen und mitnehmen, deshalb gab ich nach: »Wie Sie möchten.«

Als wir die Galerie entlangliefen, reichte er mir seine Karte. »Das ist meine persönliche Visitenkarte mit meiner Privatnummer. Rufen Sie mich an, wenn ich Ihnen bei irgendetwas behilflich sein kann.«

Ich überlegte, ob ich ihn darum bitten sollte, mir morgen

beim Beladen von Elizabeths SUV zu helfen, aber ich glaubte nicht, dass er so was gemeint hatte.

Er zog meine Visitenkarte aus der Hosentasche, warf einen Blick darauf und las vor: »Stanhope Hall. Ich nehme an, das ist eine alte Karte.« Scherzhaft fuhr er fort: »Oder haben Sie die in der Erwartung drucken lassen, dass ich Ihrer Bitte nachkomme?«

»Das sind alte Karten«, erwiderte ich. »Aber statt sie wegzuwerfen, werde ich Ihnen ein Angebot für das ganze Anwesen machen.«

Er lachte. »Geben Sie Ihr bestes Angebot ab. Alles hat seinen Preis.«

In der Tat.

»Haben Sie ein Handy?«, fragte er.

»Noch nicht.« Ich wurde neugierig und fragte: »In welchem Gewerbe sind Sie tätig, Mr Nasim?«

»Import und Export.«

»Aha.«

»Seien Sie so frei und nutzen Sie die Ländereien«, sagte er. »Mrs Sutter läuft oder unternimmt lange Spaziergänge auf dem Grundstück.«

Ein Anlass, die Ländereien nicht zu nutzen.

Er fügte hinzu: »Ich habe das englische Heckenlabyrinth erhalten.« Er lächelte. »Man kann sich darin verirren.«

»Das ist der Sinn der Sache.«

»Stimmt. Haben Ihre Kinder dort gespielt?«

»Ja, das haben sie.« Weil er auf das Grundstück zu sprechen gekommen war, fragte ich ihn unumwunden: »Haben Sie die Statuen aus dem Liebestempel entfernt?«

»Ich fürchte, ja, Mr Sutter.«

Er bot keine weitere Erklärung dazu an, und ich wollte nicht aufdringlich wirken und ihn fragen, was aus ihnen geworden war.

Er sagte jedoch: »Ich persönlich fand sie nicht anstößig – es sind nur Beispiele für westliche klassische Kunst aus heidnischen Zeiten. Aber ich habe hier Gäste meines Glaubens, und für die hätten diese Statuen anstößig sein können.«

Ich hätte ihm vorschlagen können, den Statuen Bademäntel umzuhängen oder die Tür zum Tempel abzuschließen, ließ es jedoch sein.

Er hingegen beließ es nicht dabei und teilte mir mit: »Mrs Sutter hatte Verständnis dafür.«

Offensichtlich war sie gegenüber anderen Kulturkreisen verständnisvoller als vor zehn Jahren. »Es ist Ihr Besitz«, sagte ich.

»Ja. Jedenfalls, wie schon gesagt, seien Sie so frei und nutzen Sie die Ländereien, einschließlich der Tennisplätze. Ich bitte Sie nur darum, sich etwas sittsam zu kleiden, wenn Sie auf meinem Grund und Boden sind. Auf Ihrem eigenen Grund und Boden dürfen Sie natürlich tragen, was Sie möchten.«

»Danke.«

Das Thema erinnerte mich wieder an Frank Bellarosa und Mrs Sutter, als Bellarosa Stanhope Hall seinen ersten unangekündigten Besuch abgestattet hatte, während Susan und ich mit Jim und Sally Roosevelt auf dem Tennisplatz des Anwesens ein gemischtes Doppel spielten. Unser neuer Nachbar brachte uns Gemüsestecklinge als Geschenk mit, und abgesehen davon, dass er unser Spiel unterbrach, was mich schon genug ärgerte, glotzte Bellarosa ständig auf Susans bloße Beine.

Wenn Mr Nasim das Anwesen schon damals gehört hätte, hätte Susan im bodenlangen Tschador und mit Schleier Tennis gespielt, und Frank Bellarosa hätte die Stecklinge einfach abgesetzt und wäre gegangen, ohne auch nur einen Gedanken darauf zu verschwenden, dass er mit Susan vögeln könnte. Daher hatte Amir Nasim möglicherweise recht, was sittsame Kleidung anging.

Jedenfalls wollte ich Susan auf den Stanhope'schen Ländereien mit Sicherheit nicht über den Weg laufen – auch wenn sie und Mr Nasim sich das vielleicht wünschten –, aber aus Höflichkeit sagte ich: »Danke für Ihr Angebot.« Wir kamen zur Treppe, und ich sagte: »Von hier aus finde ich allein raus.«

»Ich brauche Bewegung.«

Wir stiegen die breite geschwungene Treppe gemeinsam hinab, und er sagte in Bezug auf die Beleuchtung: »Ich habe diese Mohren auf Gemälden gesehen und als Statuen in Museen und Palästen in ganz Europa. Doch ich bin mir über ihre Bedeutung nicht ganz im Klaren.«

»Ich habe keine Ahnung.«

»Ich nehme an, dass es in Europa eine bestimmte Zeit gab, in der diese Menschen Sklaven oder Diener waren.«

»Nun ja, sie sehen jedenfalls nicht so aus, als ob ihnen das Haus gehört.«

»Nein, gewiss nicht.« Er blieb mitten auf der Treppe stehen, daher hielt ich ebenfalls inne. »Mr Sutter, ich habe durchaus Verständnis.«

»Wofür, Mr Nasim?«

»Für Ihre Haltung, Sir.«

Ich antwortete nicht.

»Für Ihre Gefühle, was mich angeht, meine Anwesenheit in diesem Haus, meine Kultur, mein Geld, meine Religion und mein Vaterland. Und Ihre Einstellung zu alldem.«

Ich ging in Gedanken mehrere Antworten durch, suchte mir dann die beste heraus und sagte: »Dann verstehen wir einander ja vollkommen.«

»Und ich muss sagen, dass ich Ihnen Ihre Haltung nicht übelnehme.«

»Das ist mir mehr oder weniger egal.«

»Natürlich. Auch das verstehe ich. Aber ich möchte Ihnen mitteilen, dass ich nur deshalb hier bin – und auch aus diesem Grund in England war –, weil ich im Exil lebe. Nicht im freiwilligen Exil, so wie Sie. Sondern als politischer Verbannter, der festgenommen und hingerichtet werden würde, wenn ich in mein Heimatland zurückkehren würde, das jetzt in den Händen der Mullahs und Radikalen ist. Ich war ein glühender und zudem sehr bekannter Verehrer des toten Schahs, und daher bin ich ein gezeichneter Mann. Ich habe kein Heimatland, Mr Sutter, daher kann ich im Gegensatz zu Ihnen nicht nach Hause fahren. Und im Gegensatz zu Ihrer Frau, die nach Hause gekommen ist, kann ich nicht einfach in den Iran fliegen und mein altes Haus zurückkaufen. Wahrscheinlich werde ich mein Heimatland nie wiedersehen. Deshalb, Mr Sutter, haben Sie und ich etwas gemeinsam – wir beide wollen, dass ich dorthin zurückkehre, wo ich herkomme, doch das wird nicht geschehen, weder zu meinen Lebzeiten noch zu Ihren.«

Ich hatte das Gefühl, dass diese Ansprache einstudiert war und bei passender Gelegenheit gehalten wurde, aber ich war auch der Meinung, dass sie vermutlich der Wahrheit entsprach. Zumindest teilweise. Ich nehme an, dass ich Mr Amir Nasim jetzt etwas weniger unfreundlich gesonnen war, das änderte jedoch nichts an meiner oder seiner Lage.

»Danke, dass Sie die Zeit für mich erübrigt haben«, sagte ich.

Ich stieg weiter die Treppe hinab, spürte aber, dass er sich nicht gerührt hatte. Ich lief über den Steinboden, und meine Schritte hallten in dem weitläufigen Foyer wider. Die Haustür war verriegelt, daher entriegelte ich sie.

»Mr Sutter«, rief er mir zu.

Ich drehte mich um und sah ihn auf der Treppe stehen.

»Ich sollte Sie vielleicht darauf hinweisen, dass es ein paar Sicherheitsfragen gibt, die sich in jüngster Zeit ergeben haben und über die Sie sich im Klaren sein sollten.«

Ich ging nicht darauf ein.

»Deswegen brauche ich das Pförtnerhaus und das Gästehaus – damit ich *meine* Leute dort unterbringen kann. Verstehen Sie?«

Ich verstand es, wusste aber auch, dass es möglicherweise

eine Lüge war – ein Trick, damit ich Susan erzählte, dass Stanhope Hall jederzeit von einem islamischen Mordkommando überfallen werden könnte. Allerdings glaubte ich nicht, dass Susan sich um so was scherte, solange die Killer ihre Blumenbeete nicht zertrampelten.

Als ich nicht reagierte, fuhr Mr Nasim fort: »Rufen Sie mich bitte an, wenn Sie irgendetwas Verdächtiges oder Ungewöhnliches sehen.«

»Das mache ich ganz bestimmt. Und Sie ebenfalls. Einen schönen Tag noch.«

Ich ging und schloss die Tür hinter mir.

Ich stieg die Treppe unter dem Portikus hinab, setzte mich in mein Auto und fuhr los.

Während ich langsam den von Bäumen gesäumten Weg zum Pförtnerhaus entlangrollte, dachte ich darüber nach, was Amir Nasim zu seinem Sicherheitsproblem gesagt hatte. Ich meine, wie viele politische Flüchtlinge werden hier in der Gegend umgelegt? Keiner, als ich das letzte Mal gezählt habe. Es gab hier sicher Verordnungen, die politischen Mord untersagten.

Andererseits hatte sich die Welt seit dem 11. September letzten Jahres verändert. Zum einen waren Dutzende Einheimische in den Twin Towers getötet worden, und es gab Menschen wie Mr Amir Nasim, die einen gewissen Druck aus ihren Herkunftsländern spürten oder durch eine gereizte und zunehmend fremdenfeindlichere Bevölkerung – beziehungsweise von Seiten der Behörden. Oder sie waren bloß paranoid, was bei Amir Nasim durchaus der Fall sein konnte.

Und dann war da Mr Anthony Bellarosa, der ein Stück die Straße runter wohnte. Wie seltsam, dachte ich, dass die Herren Bellarosa und Nasim, die von entgegengesetzten Seiten des Universums kommen, das gleiche Problem haben: Alte Feinde wollen sie umbringen. Aber vielleicht war das gar kein Zufall; es ist ein Berufsrisiko, wenn man von Berufs wegen ein gefährliches Leben führt und die falschen Leute anpisst.

Auftritt John Sutter, der gerade in die Stadt gekommen ist, um sich um ein paar geschäftliche Angelegenheiten zu kümmern, und zwei Angebote erhält, mit denen er schnell etwas Geld verdienen kann. Das war meine Glückswoche – es sei denn, ich geriet ins Kreuzfeuer.

Ich näherte mich dem Gästehaus und überlegte, ob ich anhalten und bei ihr klingeln sollte. »Hallo, Susan, ich schaue nur kurz vorbei, um dir zu sagen, dass du dich nicht aufregen sollst, wenn du eine Gruppe Bewaffneter mit schwarzen Skimasken über deinen Rasen rennen siehst. Sie wollen bloß Mr Nasim umbringen.« Und ich sollte vielleicht hinzufügen: »Falls Mr Anthony Bellarosa vorbeikommt, solltest du nicht vergessen, dass du seinen Vater umgebracht hast. Ach, und übrigens habe ich ein paar Nacktfotos von dir und ein paar Fotos von deiner gestörten Familie.«

Ich bremste ab, als ich auf Höhe ihres Hauses war, und sah sie sogar durch das vordere Fenster meines einstigen Herrenzimmers. Sie saß da, wo früher mein Schreibtisch gestanden hatte, und es sah so aus, als ob sie mit Telefon und Computer beschäftigt war, wahrscheinlich nebenbei noch einen Joghurt aß und sich gleichzeitig die Nägel lackierte.

Ich überlegte, ob ich die Gelegenheit beim Schopf ergreifen und anhalten sollte. Ich musste mit ihr über das sprechen, was Nasim gesagt hatte, und über Anthony und ein paar weniger dringliche Angelegenheiten. Doch das konnte ich auch am Telefon machen … Ich fuhr zum Pförtnerhaus weiter.

Es war ein trister Tag, wettermäßig und auch ansonsten, aber ich sah ein paar Risse in den Wolken, und morgen sollte es sonnig werden. Außerdem hatte ich die Frage mit meiner Unterkunft geklärt – mich störte es nicht, wenn ein islamisches Killerkommando über die Mauer kletterte –, und ich war mit der Schreibtischarbeit fertig, ich hatte mit Ethel Frieden geschlossen, hatte eine Art Verabredung mit Elizabeth, und ich hatte ein Angebot von Anthony Bellarosa ausgeschlagen, was ich schon vor zehn Jahren bei seinem Vater hätte tun sollen.

Insgesamt gesehen, war alles auf dem rechten Weg, und es war gut möglich, dass eine wunderbare, strahlende Zukunft vor mir lag.

Und dennoch hatte ich eine ungute Vorahnung, ein Gefühl, dass Kräfte am Werk waren, die ich einerseits verstand, andererseits einfach abtat, wie schwarze Sturmwolken auf See, die am Horizont mein Boot umkreisten, während ich unter einem Stück sonnigen Himmels in der Flaute lag.

Ich ging ins Pförtnerhaus, holte mir ein Bier und setzte mich damit auf eine Bank in Ethels Siegesgarten. Ich dachte über die Veränderungen nach, die sie in ihrem langen Leben mitgemacht hatte – ihr Frühling, ihr Sommer, ihr Herbst und jetzt ihr kalter, dunkler Winter. Ich wusste, dass sie vieles bedauerte, unter anderem eine verlorene Liebe, und musste an Susan denken.

Wie mein verstorbener Vater einst zu mir gesagt hatte: »Es ist zu spät, um die Vergangenheit zu ändern, doch es ist nie zu spät, die Zukunft zu ändern.«

Ich wollte am Ende des Tages keine alten Sachen bereuen; was ich wirklich brauchte, waren ein paar neue Dinge, die ich bereuen konnte.

15

Am Samstagmorgen war es sonnig und kühl. Gutes Wetter zum Laufen.

Ich zog meine Trainingssachen an und joggte die Grace Lane entlang in Richtung Bailey Arboretum, sechzehn Hektar Waldland, das einstmals zu einem Anwesen gehörte, heute aber ein Park und, soweit ich mich erinnerte, ein guter Ort zum Laufen war.

Beim Laufen kann ich am besten nachdenken, und heute war mein erstes Thema das Treffen mit Elizabeth. Ich musste das Pförtnerhaus aufräumen, dann zur Ortschaft fahren und Wein und irgendwas zum Knabbern besorgen. Dann legte ich mir einen Ablaufplan für den Nachmittag mit ihr zurecht: erst die rechtlichen Angelegenheiten, danach eine Auflistung des gesamten Inventars. Danach vielleicht ein Gläschen Wein. Vielleicht mehrere Gläser Wein. Vielleicht sollte ich einfach nicht mehr darüber nachdenken.

Ich schob die Gedanken beiseite und dachte ein bisschen über meine langfristigen Pläne nach. Als ich gerade eine Fülle schlechter Möglichkeiten durchging, zog von hinten ein schwarzer Cadillac Escalade an mir vorbei. Das Fahrzeug wurde langsamer, wendete und hielt dann auf mich zu. Als es näher kam, erkannte ich Tony hinter dem Steuer.

Ich lief langsamer, als der Cadillac auf einer Höhe mit mir war, dann blieben wir beide stehen, und ein getöntes Hinterfenster senkte sich. Eine meiner schlechten Möglichkeiten, Anthony Bellarosa, fragte: »Kann ich Sie ein Stück mitnehmen?«

Ich beugte mich zu dem offenen Fenster hinunter und stellte fest, dass Anthony allein auf dem Rücksitz saß. Er trug eine schwarze Hose und ein geschmackvolles braunes Sportsakko, und ich entdeckte nirgendwo einen Geigenkasten und schloss daraus, dass er in sauberen Geschäften unterwegs war. Er fragte erneut: »Wollen Sie ein Stück mitfahren?«

»Nein. Ich laufe«, erwiderte ich.

Tony war mittlerweile ausgestiegen, griff an mir vorbei und öffnete die hintere Tür, worauf Anthony zur Seite rutschte. »Nur zu«, sagte Tony.

Ich glaube, ich habe so was schon im Kino gesehen und mich immer gefragt, warum der Idiot in die Karre steigt, statt einen Aufstand zu machen, davonzulaufen und nach der Polizei zu schreien.

Ich blickte die Grace Lane auf und ab, die wie üblich nahezu menschenleer war.

Anthony klopfte auf den Ledersitz neben sich und wiederholte seine Einladung. »Kommen Sie. Ich will mit Ihnen reden.«

Ich dachte, ich hätte ihm klargemacht, dass wir nichts zu bereden hatten, wollte aber nicht, dass er dachte, ich wäre ängstlich, was ich nicht war, oder rüde, was ich gegenüber meinesgleichen gut draufhabe, jedoch weniger gut bei gesellschaftlich eher Unbeholfenen, wie zum Beispiel Anthony. Und dann war da noch das Problem mit Susan, aus dem ich möglicherweise zu viel machte, aber ich wollte diesbezüglich auch keinen Fehler begehen. Deshalb rutschte ich auf den Rücksitz, worauf Tony die Tür schloss, sich ans Steuer setzte, eine weitere Spitzkehre hinlegte, und schon fuhren wir davon.

»Hey, keiner ist mehr sauer wegen neulich, oder?«, fragte Anthony.

»Was ist neulich gewesen?«

»Schaun Sie, mir ist klar, wo Sie herkommen. Okay? Aber was früher passiert ist, sollte auch vergangen und vergessen sein.«

»Seit wann?«

»Ich meine, es hatte nichts mit mir zu tun. Daher –«

»Dass Ihr Vater mit meiner Frau gevögelt hat, hat nichts mit Ihnen zu tun. Dass meine Frau Ihren Vater ermordet hat, hat sowohl etwas mit Ihnen als auch mit ihr zu tun.«

»Vielleicht. Aber ich rede von Ihnen und mir.«

»Es gibt kein Sie und ich.«

»Könnte es aber.«

»Kann es nicht.«

»Haben Sie über mein Angebot nachgedacht?«

»Welches Angebot?«

»Ich erhöhe auf hundertfünfzig.«

»Es waren zweihundert.«

»Sehen Sie? Sie haben doch drüber nachgedacht.«

»Sie haben mich drangekriegt«, räumte ich ein. »Und jetzt sehen Sie, dass ich gar nicht so klug bin.«

»Sie sind mächtig klug.«

»Machen Sie hundert draus, dann können wir drüber reden.«

Er lachte.

Wir amüsierten uns, oder?

Anthony nickte zu Tony hin, dann sagte er zu mir: »Heben wir uns das für später auf. Was halten Sie von meinem Straßenbelag?«

»Mir fehlen die Schlaglöcher.«

»Okay, ich reiß ihn wieder auf.«

Wir verließen die Grace Lane und passierten das Bailey Arboretum, daher sagte ich: »Hier können Sie mich rauslassen.«

»Ich will Ihnen erst noch was zeigen. In Oyster Bay. Das könnte Sie interessieren. Ich wollte es neulich zur Sprache bringen, doch Sie sind weggelaufen. Ich setze Sie auf dem Rückweg hier ab.«

Ende der Debatte. Ich hätte stinksauer sein sollen, weil das Ganze auf Kidnapping hinauslief, aber es war ein freundliches Kidnapping, und wenn ich ehrlich zu mir war, würde ich sagen, ich war ein Komplize.

Und was meine frühere freiwillige Tätigkeit für den Clan anging, so erinnerte mich Anthony allmählich an seinen Vater. Frank ließ nie ein Nein als Antwort gelten, und schon gar nicht, wenn er dachte, er täte einem einen großen Gefallen und man sei nur zu blöde, um das zu begreifen. Frank tat sich dabei natürlich gleichzeitig immer selbst einen Gefallen. Zumindest erinnerte er einen an den Gefallen, den er einem getan hatte, und bat um entsprechende Erkenntlichkeit. Ich hatte diese Tour schon mal mitgemacht, buchstäblich wie auch im übertragenen Sinn, daher führte Anthony keine Jungfrau in Versuchung. Genau genommen bekamen die Tricks und Lektionen, die ich von seinem Vater gelernt hatte, dem Sohn ganz und gar nicht gut.

Wir bogen nach Osten ab, in Richtung Oyster Bay. Tony, der ein guter Fahrer und Leibwächter war, blickte ständig in den Rückspiegel. Ich musste unwillkürlich an den Mord an der Mautstelle in *Der Pate* denken – der nicht allzu weit von hier entfernt passiert war – und dachte: Auf das Auto *vor* dir musst du achten, Dummkopf.

Allerdings wollte Anthony offenbar weder übers Geschäftliche reden noch mich auf den Gedanken kommen lassen, dass ich auf eine Fahrt ohne Wiederkehr mitgenommen wurde. »Hey, ich habe heute Morgen mit meiner Mutter gesprochen«, sagte er. »Sie möchte Sie sehen.«

»Wenn ich das nächste Mal in Brooklyn bin.«

»Ich weiß was Besseres. Sie kommt am Sonntag zum Abendessen. Sie sind eingeladen.«

»Danke, aber –«

»Sie kommt zeitig – gleich nach der Kirche. Ich schick ihr ein Auto.«

»Das ist nett.«

»Danach kocht sie den ganzen Tag. Sie bringt ihre eigenen Lebensmittel aus Brooklyn mit und übernimmt die Küche, und Megan tut so, als ob sie sagen will: ›Brauch ich diesen Scheiß?‹ Madonna! Was ist mit diesen Frauen los?«

»Sagen Sie mir Bescheid, wenn Sie's am Sonntag rausfinden.«

»Yeah. Richtig. Wenn wir andere Gäste haben, ist es normalerweise okay. Hey, einmal wollte Megan ein irisches Gericht machen, und meine Mutter kommt rein und sagt zu mir: »Das riecht, als ob sie da drin 'ne Ziege kocht.« Er lachte beim Gedanken an die fröhliche Familienfeier und fuhr dann fort: »Und Megan trinkt zu viel Vino und isst kaum was, und die Kids sind kein italienisches Essen gewöhnt – die halten Spaghetti aus der Dose und Pizzabagels für italienisches Essen. Aber sie kocht eine Höllenmahlzeit. Meine Mutter. Die Gerüche erinnern mich an die Sonntage in Brooklyn, als ich noch klein war ... es ist, als wär ich wieder zu Hause.«

Ich hatte keine Ahnung, warum er mir das erzählte, es sei denn, er wollte mir zeigen, dass er ein ganz normaler Typ mit ganz normalen Problemen war und dass er eine Mutter hatte.

Was das betraf, fragte er: »Haben Sie mal in dem Haus gegessen?«

»Nein«, erwiderte ich. Aber Susan. »Ihre Mutter hat immer Essen rübergeschickt.«

Tony, der mithörte, sagte: »Yeah. Ich und Lenny oder Vinnie ham immer Essen zu Ihnen gebracht.«

Ich ging nicht darauf ein, allerdings wäre das der rechte Zeitpunkt gewesen, Tony daran zu erinnern, dass sein verstorbener Boss nicht mit meiner Frau vögeln konnte, ohne dass er und die beiden obenerwähnten Goombahs Bescheid wussten, ihn dabei unterstützten und deckten. Nun ja, ich konnte es ihnen nicht verübeln, und außerdem waren zwei von ihnen tot. Drei, wenn man Frank mitzählte. Vier, wenn Susan umgelegt wurde, und fünf, wenn ich mich vorbeugte und Tony das Genick brach.

Ich schaute aus dem Seitenfenster. Wir passierten eine Reihe von übriggebliebenen Anwesen, die größtenteils hinter alten Mauern oder dicken Bäumen verborgen waren, aber ab und zu konnte ich ein bekanntes Herrenhaus oder eine von Bäumen gesäumte Zufahrt hinter schmiedeeisernen Toren sehen.

Der heimische Geldadel kutschierte mit alten Sportwagen herum, was besonders am Wochenende sehr beliebt war, außerdem kamen wir an einem Trupp Reiter vorbei. Wenn man die Augen zusammenkniff und ein paar moderne Tatsachen ausblendete, konnte man sich vorstellen, man wäre im Goldenen Zeitalter, in den wilden Zwanzigern oder sogar irgendwo in England auf dem Lande.

Anthony, seinerseits eine moderne Tatsache, riss mich aus meinen Gedanken. »Hey, haben Sie *diesen* Arsch mit dem Pferd gesehn?«

Ich ging davon aus, dass er nicht den Arsch des Pferdes meinte, doch statt um Klarstellung zu bitten, beachtete ich ihn nicht; Entführungsopfer müssen keine Konversation machen.

Ich widmete mich wieder meinen Überlegungen und fragte mich, ob Susan gefunden hatte, wonach sie suchte, als sie hierher zurückkehrte. Aus dem zu schließen, was Amir Nasim mir erzählt hatte, war sie möglicherweise erfolgreich gewesen. Und ich fragte mich, was sie von meiner Rückkehr hielt. Gut möglich, dass sie diesen Umstand als eine Gelegenheit betrachtete – oder es sich zumindest vorstellte –, unser gemeinsames Leben wiederaufzunehmen.

Aber man kann nicht einfach dort weitermachen, wo man aufgehört hat, und schon gar nicht, wenn unterdessen ein Jahrzehnt verstrichen ist. Die Menschen verändern sich, neue Liebhaber sind gekommen und gegangen, oder auch nicht gegangen, und jede der beteiligten Parteien hat die Vergangenheit auf unterschiedliche Art und Weise verarbeitet.

»Woran denken Sie?«, fragte mich Anthony.

»An die Lasagne Ihrer Mutter.«

Er lachte. »Gut, Sie kriegen eine.«

Ein Abendessen bei den Bellarosas stand auf meinem Terminplan nicht an oberster Stelle, daher sagte ich: »Ich bin am Sonntag beschäftigt. Aber besten Dank.«

»Sehen Sie zu, dass Sie vorbeischaun. Wir essen um vier. Ich gebe dem Typ am Wachhaus Ihren Namen, und er erklärt Ihnen den Weg.«

Ich antwortete nicht.

Wir fuhren an der Küste entlang und kamen schließlich ins idyllische Oyster Bay, in dessen Zentrum es von Wochenendausflüglern im Freizeitstress wimmelte.

Als ich noch jünger war und die Kinder kleiner, vergingen unsere Samstage nie ohne Hektik. Carolyn und Edward mussten immer zu irgendwelchen Sportveranstaltungen, Golf- und Tennisstunden oder Geburtstagspartys, oder Susan und die anderen Mütter hatten irgendwas für sie gekocht, und man musste sie irgendwohin fahren, für gewöhnlich mit Freunden, wobei die Zeit so knapp war und alles derart genau aufeinander abgestimmt wurde, dass wir es mit den Flying Wallendas hätten aufnehmen können.

Das war natürlich, bevor es Handys gab, und ich konnte mich erinnern, dass ich ein paar Kids verloren, ein paar Abholaktionen vergessen und Edward und seine Freunde einmal beim falschen Fußballspiel abgesetzt hatte.

»Was ist so komisch?«

Ich warf Anthony einen kurzen Blick zu und erwiderte: »Das ist aufregend. Ich bin noch nie entführt worden.«

Er kicherte. »Hey, Sie werden nicht entführt. Sie tun mir einen Gefallen. Und Sie werden wieder heimgefahren.«

»Auch wenn ich Ihnen keinen Gefallen tue?«

»Tja, dann müssen wir mal sehen.« Er hielt das für komisch, und Tony ebenso. Ich aber nicht.

Tony fand in der Nähe der Ortsmitte einen Parkplatz im Halteverbot und blieb im Auto, während Anthony und ich ausstiegen. Wir gingen die Main Street entlang, und mir kam der Gedanke, dass ich von keinem Bekannten mit einem Mafia-Don gesehen werden wollte, doch dann wurde mir klar, dass es keine Rolle spielte. Noch besser: Es könnte Spaß machen.

Anthony blieb an der Ecke stehen, an der die Main Street eine andere Einkaufsstraße kreuzte, deutete auf einen zweistöckigen Ziegelbau an der gegenüberliegenden Ecke und erklärte mir: »Das ist ein historisches Gebäude.«

»Wirklich?« Ich kannte das Haus natürlich, da ich den Großteil meines Lebens in Oyster Bay gewohnt hatte, aber Anthony konnte sich ebenso wie sein Vater nicht vorstellen, dass man irgendetwas wusste, es sei denn, man hatte es von ihm erfahren.

Anthony klärte mich also weiter auf: »Das war Teddy Roosevelts Sommeramtssitz.« Er warf mir einen kurzen Blick zu, um zu sehen, ob ich sein erstaunliches Wissen zu würdigen wusste. Er deutete hin und sagte: »Im ersten Stock.«

»Ehrlich?«

»Können Sie das fassen, dass der Präsident der Vereinigten Staaten das ganze Land von dieser Bruchbude aus regiert hat?«

»Kaum zu glauben.« Es war eigentlich keine Bruchbude; es war vielmehr ein ziemlich hübsches Gebäude aus der Zeit um die Jahrhundertwende, mit einem Mansardendach, einer Mischung aus Buchhandlung und Café im Erdgeschoss und Apartments in den oberen Stockwerken, zu denen man durch eine Tür rechts vom Buchladen gelangte.

»Sie müssen sich das mal vorstellen – der Präsident fährt von seinem Haus am Sagamore Hill in das Kaff« – er deutete nach

Osten, wo etwa drei Meilen entfernt noch immer Teddy Roosevelts Weißes Haus für die Sommermonate stand – »und er hat womöglich einen Typ vom Secret Service und einen Fahrer bei sich. Und er steigt einfach aus dem Auto, tippt sich vor ein paar Leuten an den Strohhut, geht durch die Tür und steigt die Treppe rauf. Richtig?«

»Und vielleicht besorgt er sich vorher einen Kaffee und ein paar Bagels«, schlug ich vor, um das Bild auszumalen.

»Yeah … nein – keine Bagels. Jedenfalls waren damals Büros da oben, und er hatte einen Sekretär – einen Typ – und vielleicht noch 'nen andern Typ, der Telegramme verschickt und die Post abgeholt hat. Und in der Drogerie an der nächsten Querstraße gibt es ein Telefon.« Er schaute mich an und fragte: »Können Sie das fassen?«

Ich meinte bereits gesagt zu haben, dass es kaum zu glauben war, aber um seine Frage zu beantworten, erwiderte ich erneut: »Kaum zu glauben.« Genau genommen hatte Roosevelt den Großteil seiner Arbeit am Sagamore Hill erledigt und war nur selten in dieses Büro gekommen, doch Anthony wirkte so begeistert und er hatte irgendein Anliegen, deshalb ließ ich ihn weitermachen.

Er fuhr fort: »Und es ist Sommer, und es gibt keine Klimaanlage, und diese Typen haben alle Anzüge und Krawatten an und wollene Unterwäsche oder so was Ähnliches. Richtig?«

»Genau.«

»Vielleicht hatten sie einen Kühlschank da oben.«

»Vielleicht.«

»Gab's damals schon elektrische Ventilatoren?«

»Gute Frage.« Was mich auf eine andere gute Frage brachte. »Worauf wollen Sie hinaus?«

»Tja, auf zweierlei. Vielleicht sogar dreierlei.«

»Darf ich eines erfahren?«

»Yeah. Zunächst mal steht das Gebäude zum Verkauf. Drei Millionen. Was halten Sie davon?«

»Kaufen Sie's.«

»Yeah. Warum?«

»Weil Sie es wollen.«

»In der Tat. Es ist ein Stück Geschichte.«

»Unschätzbar wertvoll.« Ich warf einen Blick auf meine Uhr und sagte: »Ich muss los. Ich rufe mir ein Taxi.«

»Sie laufen ständig davon. Erst kreuzen Sie auf, dann laufen Sie davon.«

Das war ebenso zutreffend wie scharfsinnig. Ich nehme an, ich hatte einen Annäherungs-Vermeidungsreflex bezüglich der Bellarosas. »Diesmal bin ich nicht unbedingt aufgekreuzt«, sagte ich. »Ich wurde entführt. Aber ich lasse Ihnen noch zehn Minuten Zeit.«

»Machen Sie zwölf draus. Also, ich denke dran, den Buchladen im Erdgeschoss rauszuschmeißen und einen richtigen Geldbringer reinzusetzen – eine Art erstklassige Kettenboutique, vielleicht auch eine Restaurantfiliale. Eine Baskin-Robbins-Eisdiele oder ein Starbucks. Was meinen Sie?«

»Darüber müssen Sie mit den Stadtvätern sprechen.«

»Yeah. Das ist mir klar. Genau da stoßen Sie dazu.«

»Da steige ich aus.«

»Kommen Sie, John. Ist doch nichts weiter dabei. Ich kaufe das Haus, Sie kümmern sich um den Geschäftsabschluss, dann finden Sie heraus, was die alten Säcke zulassen.« Er deutete die belebte Straße auf und ab und sagte: »Schaun Sie sich das Kaff an. Geld. Ich könnte fünfmal so viel Miete einnehmen, wenn ich es als historische Stätte anpreise.«

»Na ja –«

»Mit den oberen Räumen ist es das Gleiche. Vielleicht eine Anwaltskanzlei. Wenn ich zum Beispiel Teddy Roosevelts Zimmer vermiete. Die Mandanten würden drauf abfahren. Ich lass 'nen Innenarchitekten ran und sorg dafür, dass es aussieht wie vor hundert Jahren. Bis auf die Toiletten und die Klimaanlage. Lieg ich damit völlig daneben?«

»Anthony, ich war zehn Jahre weg. Besorgen Sie sich jemanden, der die Kosten für Sie regelt.«

»Scheiß auf die Kosten. Ich will ein Stück Geschichte kaufen.«

»Okay. Viel Glück.«

»Und jetzt kommt mein zweiter Vorschlag. Und dabei geht es um nichts Geschäftliches, sondern um die Frage: Was, verflucht noch mal, ist aus diesem Land geworden?«

Nun ja, zum einen gab es die Mafia immer noch. Aber Menschen, die Teil des Problems sind, betrachten sich nie als solches; schuld sind immer die anderen. Ich erwiderte: »So, wie ich die Sache sehe, liegt es an den Fastfoodketten und den Anwälten. Von beidem gibt es zu viele.«

»Yeah, aber es geht noch um viel mehr. Glauben Sie, der Präsident könnte heutzutage noch mit einem Leibwächter die Straße entlanglaufen?«

»Sie machen es doch auch. Und Ihrer sitzt im Auto.«

»Ich bin nicht der Scheißpräsident, John.«

Mir fiel auf, dass er nicht sagte: »Mich will niemand umbringen, John«, was die meisten Menschen gesagt hätten.

Er fuhr fort: »Julius Caesar verließ den Senat ohne Leibwächter, ohne Prätorianergarde, weil das damals so üblich war. Doch er wurde erstochen. Und das war das Ende der Republik und der Anfang des Kaiserreichs, als sich die Herrscher für Götter hielten. Verstehen Sie?«

»Mir ist klar, worauf Sie hinauswollen. Aber es gibt keine Rückkehr zu einfacheren Zeiten. Oder sichereren Zeiten.«

»Richtig ... aber wenn ich hier so stehe, denke ich ... ich weiß es nicht. Vielleicht ... dass wir irgendwas verloren haben.«

Er brachte die Gedanken nicht zu Ende, die ihm durch den Kopf gingen, und offen gesagt, überraschte es mich, dass er sich überhaupt mit solchen Gedanken beschäftigte. Mir fiel allerdings ein, dass auch sein Vater ein paar halbgare Ansichten zu den Weltläufen, die ihm nicht gefielen, gehegt hatte. Und ich nehme an, Anthony war, wie vielen Menschen, nach dem 11. September klargeworden, dass zu seinem ichbezogenen Leben mehr gehörte als eine schwierige Frau, eine komplizierte Familiengeschichte, eine gluckende Mutter und ein stressiger Beruf. Gut möglich, dass auch er an seine eigene Vergänglichkeit dachte.

Anthony zündete sich eine Zigarette an und schaute weiter auf das Haus auf der anderen Straßenseite. Schließlich sagte er: »Als ich noch auf der La Salle war, hat einer der Brüder zu uns gesagt: ›Jeder in diesem Zimmer kann Präsident der Vereinigten Staaten werden‹.« Er zog an seiner Zigarette. »Er war ein Quatschkopf.«

Komisch, in meiner Privatschule hatten sie uns das Gleiche gesagt, aber in St. Paul's war das durchaus eine Möglichkeit. Ich sagte: »Wir schaffen uns unser Schicksal selbst, Anthony. Wir haben Träume und Vorsätze, und wir treffen Entscheidungen. Ich zum Beispiel habe mich entschieden, heimzugehen.«

Er fand das komisch, glaubte jedoch nicht, dass mir diese Entscheidung zustand. Er sagte: »Jetzt kommt mein Anliegen – meine Überlegung –« Die Ampel schaltete um, und er nahm mich am Arm und schob mich über die Straße. Ich hätte alles dafür gegeben, wenn wir in diesem Moment Reverend James Hunnings über den Weg gelaufen wären. »Pater, darf ich Ihnen meinen Freund und Geschäftspartner Don Anthony Bellarosa vorstellen? Sie können sich bestimmt noch an Frank erinnern, seinen Vater. Oh, und da ist meine Mutter. Harriet, das ist Frank Bellarosas Sohn Tony, der jetzt erwachsen ist und Anthony genannt wird. Und ach, du meine Güte, da ist Susan. Susan, komm her und lerne den Sohn des Mannes kennen, den du umgelegt hast. Sieht er nicht genauso aus wie sein Vater?«

Na schön, genug davon. Wir erreichten den gegenüberliegenden Gehsteig, ohne jemandem zu begegnen, den ich kannte, oder stehen zu bleiben, damit Don Bellarosa Autogramme geben konnte.

Anthony sagte zu mir: »Mein Vater hat mal gesagt: ›Es gibt nur zweierlei Männer auf der Welt. Diejenigen, die für andere Leute arbeiten, und diejenigen, die für sich selbst arbeiten‹.«

Ich ging nicht darauf ein, weil mir klar war, worauf es hinauslief.

»Deshalb arbeite ich für mich selber. Sie arbeiten für andere Leute.«

Wieder schwieg ich.

»Und deshalb denke ich, dass ich Ihnen das Geld vorschieße, das Sie brauchen, um hier eine Kanzlei zu eröffnen und Ihr Schild rauszuhängen. Was halten Sie davon?«

»Es ist ein weiter Weg von London.«

»Hey, scheiß auf London. Sie gehören hierher. Sie könnten in Teddy Roosevelts altem Büro sitzen und hier Ihr Steuerrechtszeug machen. Engagieren Sie ein paar Sekretärinnen, und eh Sie sich's versehen, fahren Sie dicke Kohle ein.«

»Und ich frage mich, wer wohl mein erster Mandant sein wird.«

»Falsch. Sehen Sie? Da liegen Sie falsch. Sie und ich haben nichts miteinander zu tun.«

»Bis auf das Geld, das Sie mir leihen.«

»Ich *leihe* Ihnen das Geld nicht. Ich *schieße* es vor. Ich *investiere* in Sie. Und wenn es für Sie nicht läuft, verliere ich meine Investition und schmeiße Sie einfach aus der Kanzlei. Sie haben keinerlei Risiko.«

»Mir werden nicht die Beine gebrochen oder so was Ähnliches?«

»Was reden Sie da?«

»Und womit habe ich mir diese einmalige Gelegenheit verdient?«

»Sie wissen schon. Für alles, was Sie für meinen Vater getan haben. Weil Sie ihm das Leben gerettet haben. Weil Sie der Typ waren, der nie was von ihm wollte, und weil Sie nicht wollten, dass er irgendwie zu Schaden kommt.«

Genau genommen hatte ich etwas von ihm gewollt – ein bisschen Aufregung, und die hatte ich bekommen. Was die anderen Punkte anging – nun ja, nachdem mir klargeworden war, dass er ein Verhältnis mit meiner Frau hatte, wünschte ich ihm alles Schlechte an den Hals, und auch dieser Wunsch war mir erfüllt worden. Aber ich dachte nicht daran, Anthony zu erklären, dass sein Papa und ich diesbezüglich quitt waren. Stattdessen sagte ich mit ungehaltenem Tonfall: »Erklären Sie mir genau, was zum Teufel Sie von mir wollen. Und kein Blödsinn von wegen, dass Sie in meine Zukunft investieren und die Sache keinerlei Haken hat.«

Wir erregten ein bisschen Aufsehen, und Anthony blickte sich um und sagte leise: »Kommen Sie mit nach oben, dann können wir drüber reden. Das Apartment steht leer. Der Makler kommt in einer halben Stunde. Ich hab den Schlüssel.«

»Sagen Sie's mir hier und jetzt.«

Ohne mich zu beachten, wandte er sich um und schloss die Tür auf, hinter der ein kleiner Flur und eine steile Treppe zum Vorschein kamen. »Ich bin oben«, sagte er.

»Ich nicht.«

Er trat in den Flur und drehte sich zu mir um. »Sie wollen doch hören, was ich zu sagen habe.« Er wandte sich ab und stieg die Treppe hoch.

Ich drehte mich um und ging weg.

Als ich die Main Street entlanglief und überlegte, ob ich ein Taxi nehmen oder die fünf, sechs Meilen nach Hause laufen sollte, ging mir ein anderer Gedanke, den ich mir bislang verkniffen hatte, durch den Kopf.

Wenn ich *genau* darüber nachdachte und daraus die zwangsläufige Schlussfolgerung zog, dann musste ich mir darüber im Klaren sein, dass Anthony Bellarosa trotz seiner Aussage nicht dulden würde, dass Susan, die Mörderin seines Vaters, an der gleichen Straße lebte wie er. Oder überhaupt am Leben war. Das konnte er einfach nicht zulassen. Und es gab zweifellos

Leute, die nur darauf warteten, dass er sich darum kümmerte. Und wenn er es nicht tat, dann würden sich seine *Paesanos* – seine Brüder vermutlich eingeschlossen – fragen, was für ein Don er war.

Und dennoch wollte Anthony, dass ich für ihn arbeitete, und das stillschweigende Einverständnis lautete, dass Susan in Sicherheit war, wenn ich es tat. Vorerst.

Folglich … musste ich zumindest mitspielen, bis ich mit Susan gesprochen hatte. Es kommt wirklich darauf an, dass man seine Freunde in der Nähe hat und seine Feinde noch näher.

Ich drehte mich um und ging zurück.

16

Die Tür stand noch offen, und ich stieg die Treppe hoch.

Oben angekommen, öffnete ich die einzige vorhandene Tür, hinter der sich das Wohnzimmer eines leerstehenden Apartments befand. Der Teppichboden war abgetreten, die beige Farbe schmuddelig, und die hohe Decke sah aus, als wollte sie jeden Moment einstürzen. Alles in allem ein deprimierender Raum, wenn man mal davon absah, dass er große Fenster hatte und sonnig war.

Der Mafia-Don war allem Anschein nach weg, doch dann hörte ich eine Toilettenspülung, und eine Tür auf der anderen Seite des Zimmers ging auf, und Anthony sagte, als ob ich die ganze Zeit da gewesen wäre: »Der ganze Scheiß muss rausgerissen werden. Aber ich besitze eine Baufirma – hey, erinnern Sie sich noch an Dominic? Er hat den Pferdestall bei Ihrem Haus gebaut.« Des Weiteren erklärte er mir: »Irgendwann in den dreißiger Jahren hat man die Büros in Apartments umgebaut. Wenn ich also die Mieter loswerde, kann ich für Büroräume doppelt so viel Miete kriegen. Richtig?«

Ich ging nicht darauf ein.

»Ich sehe große, schicke Stuckarbeiten, dicke Teppiche und Mahagonitüren. Und wissen Sie, was ich an dieser Tür sehe? Ich sehe dort ein Schild, auf dem in goldenen Lettern steht:

›John Whitman Sutter, Rechtsanwalt‹. Können Sie das auch sehen?«

»Möglicherweise.«

Er reagierte nicht auf dieses Anzeichen einer Kapitulation, dachte sich vermutlich zu Recht, dass ich bereit war zuzuhören, nachdem ich die Treppe hochgestiegen war.

»Schaun Sie sich die andern Zimmer an.« Er ging durch eine Tür, und ich folgte ihm in ein großes Eckschlafzimmer, von dem ich auf die Straßen hinabschauen konnte. Die abblätternden Tapeten waren weiß überstrichen, und der Teppichboden sah aus wie Kunstrasen. »Der Makler hat gesagt, das war Roosevelts Büro«, sagte Anthony.

Der Makler irrte sich oder log wahrscheinlich. Wie schon gesagt, hatte Roosevelt sein Büro am Sagamore Hill, und das hier war vermutlich das Büro seines Sekretärs gewesen. Anthony wurde von einem pfiffigen Makler, der den Wert der Immobilie in die Höhe treiben wollte, über den Tisch gezogen. Noch interessanter war, dass Anthony ihm die Geschichte abkaufte, wie es Leute tun, die eher begeistert sind als schlau. Wenn Frank hier wäre, würde er seinem Sohn eine Kopfnuss verpassen und sagen: »Ich hab in Brooklyn eine Brücke, die ich dir verkaufe.«

Anthony fuhr fort: »Roosevelt konnte aus diesen Fenstern schaun und die Bräute auschecken.« Er lachte: »Hey, glauben Sie, er hatte eine *Comare*?«

Mir fiel ein, dass Frank dieses Wort benutzte, und als ich Susan, die ein ganz passables Schulitalienisch sprach, fragte, was es bedeutete, sagte sie: »Patentante«, doch das passte nicht recht in den Zusammenhang, in dem Frank es verwendete. Deshalb hatte ich Jack Weinstein gefragt, Franks jüdischen *Consigliere* und meinen Mafia-Dolmetscher, und Jack sagte mit einem Lächeln: »Wortwörtlich bedeutet es ›Patentante‹, aber es ist auch der umgangssprachliche Ausdruck der verheirateten Jungs für ihre Freundin oder Geliebte. Wie zum Beispiel: ›Ich treffe mich heute Abend mit meiner Patentante.‹ Lustig.«

Zum Brüllen. Hier ist ein weiteres Beispiel dafür, wie man das Wort in einem Satz benutzen kann: Frank hatte eine *Comare* namens Susan.

Anthony fragte: »Was meinen Sie? Glauben Sie, er hat sich unter dem Schreibtisch hier einen blasen lassen?«

»Ich glaube, darüber schweigen die Geschichtsbücher.«

»Schade. Jedenfalls lass ich jemand bei der hiesigen historischen Gesellschaft nachfragen, wie diese Bude ausgesehen hat, als Roosevelt hier war. Wir richten sie wieder genau so her.«

Ob ich in einem Museum arbeiten wollte oder nicht – ich meine, wessen Büro war das überhaupt? Jedenfalls würde Anthony bei einer Erkundigung bei der Historischen Gesellschaft von Oyster Bay erfahren, dass Roosevelt gar nicht hier gearbeitet hatte. Anschließend würde man beim Nachschlagen in den Todesanzeigen des *Oyster Bay Enterprise-Pilot* auf einen toten Makler stoßen.

»Wir brauchen einen Elchkopf an der Wand da«, schlug er vor. Er lachte und führte mich dann in ein kleineres Zimmer, das genauso aussah wie das Schlafzimmer, nur dass es noch schäbiger war.

»Hier sitzt Ihre Privatsekretärin«, sagte er. »Sie stellen sich eine Ausziehcouch hier rein und besorgen sich eine kleine *Fica. Capisce?*« Er lachte. Wie könnte diese Sache noch besser werden? Sex, Geld, Macht und dazu noch Geschichte.

In diesem Zimmer standen ein Schreibtisch und ein Aktenschrank, deshalb fragte ich Anthony: »Wer hat hier gewohnt?«

»Ein Literaturagent«, erwiderte er. »Er wurde rausgeschmissen, aber die andern Mieter haben feste Verträge. Trotzdem muss ich sie rauskriegen.«

»Machen Sie ihnen ein faires Angebot.« Zum Beispiel ausziehen oder sterben.

»Richtig. Ein gutes Angebot.« Er führte mich in die kleine Küche im hinteren Teil des Apartments und sagte: »Die reißen wir raus und machen daraus einen Aufenthaltsraum mit einer Bar. Was halten Sie davon?«

»Ich glaube, die Restaurierung wird bei der einheimischen Presse für allerhand Aufsehen sorgen. Wollen Sie das?«

»Gute Presse für Sie. Ich bin ein stiller Teilhaber.«

»Nicht lange.«

»Ich weiß, wie man so was machen muss, damit mein Name nie auftaucht. Darüber müssen Sie sich keine Gedanken machen.«

»Sie haben bereits mit dem Makler gesprochen, Anthony.«

»Nein. Anthony Stephano hat mit dem Makler am Telefon gesprochen. Und wenn der Makler herkommt, heiße ich Anthony Stephano. *Capisce?*«

»Die Leute wissen, wie Sie aussehen.«

»Nein, nicht so wie bei meinem Vater. Ich halte mich bedeckt. Der Name ist das Problem, deshalb benutzen wir ihn nicht. Und wenn jemand meint, ich heiße nicht Stephano, wird er kein Wort drüber verlieren. Richtig?«

»Wenn Sie Ihren richtigen Namen benutzen, könnten Sie den Verkäufer um zwei Millionen runterhandeln«, wandte ich ein.

Er lächelte. »So? Warum denn das, John?«

»Ach, ich weiß nicht.« Ich riet wild drauflos und sagte: »Vielleicht wird er nervös.«

Er lächelte wieder. Genoss eindeutig die Macht und den Ruhm, die man als Don Bellarosa hatte, und die Vorstellung, dass Männer zitterten, während er mit ihnen Geschäftliches beredete.

Andererseits meinte ich festzustellen – vielleicht bildete ich mir das auch nur ein –, dass sich die Geschäftsgepflogenheiten dieser Organisation in den letzten zehn Jahren leicht verändert hatten – aber möglicherweise war es Anthonys Stil, der mir anders vorkam als derjenige, an den ich mich erinnerte, als ich Ehrenmafioso war.

Jedenfalls war ich der Alte geblieben; diese Leute konnten

mich nicht einschüchtern. Immerhin war ich John Whitman Sutter, und selbst der dümmste Goombah wusste, dass es einen Menschenschlag gab, den sie nicht umlegen sollten, weswegen zum Beispiel der Bundesanwalt Alphonse Ferragamo noch am Leben war. Auch die Mafia hat ihre Regeln, und man wollte keine schlechte Presse, sondern am liebsten gar keine Presse.

Doch selbst wenn man nicht Gefahr lief, umgelegt zu werden, bestand stets das Risiko, dass man verführt, korrumpiert oder manipuliert wurde. Ich glaube, an dem Punkt war ich gerade. So sagte ich mir, ich war nicht wegen irgendwelcher moralischer Schwächen meinerseits hier oder weil ich um eines Nervenkitzels willen das Bedürfnis hatte, mein Leben noch mehr zu verhunzen – das hatte ich schon hinter mir. Es war wegen Susan.

Normalerweise würde die werte Dame natürlich auf jeder Auflistung der nicht umzulegenden Personen ganz oben stehen, wenn sie nicht einen Mafia-Don umgenietet hätte. *Hopsala.*

Also musste ich … was tun?

Anthony wandte sich wieder dem Thema zu und sagte: »Ich bin ein anständiger Geschäftsmann. Bell Enterprises. Was früher passiert sein mag, ist vorbei. Aber wenn die Leute denken wollen –«

»Anthony. Bitte. Sie beleidigen meine Intelligenz.«

Er wirkte ganz und gar nicht erfreut darüber, dass ich ihn bei seinem Unsinn unterbrochen hatte, sagte jedoch: »Ich sag Ihnen bloß, was Sie hören wollen.«

»Ich will keinen Blödsinn hören. Zu diesem Thema will ich von Ihnen am liebsten gar nichts hören.«

Er zündete sich eine Zigarette an, bevor er sagte: »Okay.«

»Was wollen Sie von mir? Und warum?«

Er setzte sich auf das Fensterbrett, nahm einen Zug und sagte: »Okay, folgendermaßen sieht's aus – ich habe mit Jack Weinstein gesprochen, dem alten Anwalt meines Vaters. Sie erinnern sich an ihn. Er mag Sie. Und er hat gesagt, dass ich mit

Ihnen sprechen soll, was ich gemacht habe. Er sagt, Sie sind der klügste, ehrlichste und standhafteste Typ, mit dem er jemals zu tun hatte. Und das kommt von einem schlauen Juden, der zu meinem Vater gestanden hat, wenn es sein musste. Und immer im Interesse meines Vaters. Und Jack sagt mir, ich brauche jemand wie Sie. Bloß, um zu reden. Bloß, um einen Rat zu kriegen. So wie Jack es für meinen Vater gemacht hat. Jemand, der kein *Paesano* ist. Verstehen Sie?«

»Sie meinen, eine Art *Consigliere*?«

»Yeah … das heißt bloß ›Berater‹. Die Leute denken, es heißt … wie irgendwas, das mit den … Leuten zu tun hat, die im organisierten Verbrechen sind. Es ist das italienische Wort für ›Berater‹. Anwälte werden auch als Rechtsberater bezeichnet. Richtig?«

»Dann ist das also Jack Weinsteins alter Job?«

»Yeah. Und Jack sagt, ich brauch auch jemand wie die Jungs, die Caesar auf Schritt und Tritt gefolgt sind und ihm ins Ohr geflüstert haben: ›Du bist nur ein Sterblicher.‹«

»Ist das eine Vollzeitbeschäftigung?«

Er rang sich ein Lächeln ab. »Damals war's eine. Dieser Mann hat Caesar daran erinnert, dass er ein Mensch war, kein Gott. Mit anderen Worten: Selbst Caesar musste scheißen gehen, so wie jeder andere auch.«

»Und Sie haben das Gefühl, dass man Sie daran erinnern muss?«

Wieder rang er sich ein Lächeln ab und sagte: »Das geht jedem so. Jedem, der Erfolg hat. Und Jack meint, ich brauche das womöglich. Hey, in Washington sollte jeder jemand haben, der ihm auf Schritt und Tritt folgt. Meinen Sie nicht?«

»Es könnte nützlich sein.«

Ich konnte mir bestenfalls vorstellen, dass Jack Weinstein, ein kluger Mann, einfach erkannt hatte, dass Anthony hoffnungslos überfordert war. Aber Jack sah auch die Möglichkeiten, die in ihm steckten, und wenn er Anthony lange genug am Leben erhalten konnte, dann würde der junge Tiger groß, stark und hoffentlich auch schlau genug werden, um zu herrschen, zu töten und seinen Feinden eine Heidenangst einzujagen. Und Jack, scharfsinnig, wie er war, dachte, dass John Sutter die Aufgabe übernehmen könnte, die er einst bei Frank innehatte, und vielleicht sogar die Stelle von Anthonys totem Vater. Sollte ich mich geschmeichelt fühlen, weil man mir zutraute, den Ersatzvater für einen jungen Mann zu geben, der sich vorgenommen hatte, so gefährlich und hinterlistig wie sein Daddy zu werden? Und wenn mir das gelang, dann wollte Anthony eines Tages vielleicht mit meiner Frau ficken, sofern ich eine hatte.

Die ganze Sache hatte etwas Ironisches und möglicherweise auch Possenhaftes an sich – doch es war nicht komisch. Es *hätte* komisch sein können, wenn Susan nicht in diesem Zimmer gewesen wäre, aber sie war es, und sowohl Anthony als auch ich waren uns dessen bewusst.

Ich sagte zu ihm: »Jack meint also, dass Sie so was brauchen. Einen Berater und jemanden, der Ihnen Bescheid sagt, wenn Sie zu eingebildet werden. Wozu brauchen Sie mich *Ihrer* Meinung nach?«

»Ich brauche jemand, dem ich vertrauen kann, jemand, der nichts mit meinen Geschäften zu tun hat. Jemand, der nichts zu gewinnen hat, wenn ich Verluste einfahre. Ich brauche Ihren Verstand und Ihren ehrlichen Rat.«

Sein Vater war zudem von meinem Stammbaum, meinem Ansehen und meiner noblen Kanzlei beeindruckt gewesen. Der Stammbaum war nach wie vor da, aber dafür interessierte sich Anthony nicht; ihm ging es um Köpfchen und Mumm. »Meinen Rat wobei?«, fragte ich ihn.

»Bei allem, wozu ich einen Rat brauche.«

»Aber dann höre ich Sachen, die ich nicht hören will.«

»Dazu wird es nicht kommen. Und selbst wenn, haben wir ein Vertrauensverhältnis und Sie sind an die anwaltliche Schweigepflicht gebunden.«

»Ist das so?«

»Das liegt bei Ihnen, Anwalt.«

»Wie steht's mit der Vergütung?«

»Zweihundert. Das ist das jährliche Honorar. Und Sie können ansonsten machen, was Sie wollen, um weitere Kohle einzufahren. Sich zum Beispiel dafür einsetzen, dass ich das Vermögen meines Vaters zurückkriege. Oder Steuerrecht. Ich brauche nämlich einen Steueranwalt.«

Mir kam der Gedanke, dass er eher einen Priester und von seiner Mutter einen Klaps auf den Hintern brauchte als einen *Consigliere* oder jemanden, der ihn aufforderte, sich zusammenzureißen. Und vielleicht hätte das mein erster Rat für ihn sein sollen. Stattdessen fragte ich: »Ist das alles?«

»So gut wie. Das Büro kriegen Sie auch.«

»Darf ich nein zu dem Elchkopf sagen?«

Er lächelte, stand auf und warf seine Zigarette in die Spüle. »Klar. Und?«

»Nun ja ... lassen Sie mich drüber nachdenken?«

»Mehr will ich gar nicht. Ich weiß, dass Sie die richtige Entscheidung treffen werden.«

»Dessen können Sie versichert sein.«

»Und rufen Sie Jack Weinstein an. Er will Hallo sagen. Er ist in Florida. Vielleicht wollen Sie ihn da unten mal besuchen.«

Ohne darauf einzugehen, sagte ich: »Ich habe heute noch viel zu tun. Danke fürs Mitnehmen.«

»Yeah. Suchen Sie Tony. Er bringt sie heim.«

»Ich brauche Bewegung.«

Wir begaben uns beide ins Wohnzimmer, und ich ging zur Wohnungstür. »Wenn ich dieses Büro nehme, bleibt die Buchhandlung da unten«, sagte ich zu ihm. »Für die gleiche Miete.«

Er antwortete nicht.

»Haben Sie sich bei der Bedienung entschuldigt?«

»Nein.«

»Sind Sie überhaupt in der Lage, *irgendeinen* Rat anzunehmen?«

»Yeah. Wenn ich der Person, die ihn gibt, vertraue und sie achte.«

»Hoffentlich finden Sie diese Person.«

»Hab ich schon. Jack Weinstein. Und meinen Vater. Der eine liegt im Sterben und der andere ist tot. Sie haben mich an Sie verwiesen.«

»Okay. Und sehen Sie zu, dass Sie gegenüber diesem Makler nicht zu begierig wirken. Die Menschen spüren es, wenn man etwas unbedingt haben will und bereit ist, jeden Preis dafür zu zahlen. Überzeugen Sie sich davon, dass Sie das hier wirklich wollen. Und überprüfen Sie die Geschichte des Hauses. *Capisce?*«

»*Capisce.*«

Ich ging.

17

Wenn ich richtig gerechnet hatte, konnte ich Millionär werden, indem ich den Hauskauf zwischen Susan und Amir Nasim deichselte und anschließend das von der Regierung beschlagnahmte Vermögen der Bellarosas rettete. Keines dieser Ziele schien erreichbar, aber ich hatte ein festes Jobangebot – als *Consigliere* für Don Anthony Bellarosa. Wie würde das in meinem Lebenslauf wirken? Würden meine Kommilitonen aus dem Jurastudium bei unserem nächsten Ehemaligentreffen beeindruckt sein?

Ich kannte Menschen – wie mich –, die sich den Großteil ihres Lebens an die Regeln gehalten haben, bis irgendetwas Schreckliches geschehen ist, durch das sie den Glauben ans System verloren beziehungsweise an Gott oder ihr Vaterland. Diese Menschen sind Versuchungen besonders ausgesetzt und werden zu Spitzenkandidaten für den Fall aus der Gnade.

Na ja, ich könnte jedes Verhalten oder jede schlechte Entscheidung rechtfertigen, doch letzten Endes musste ich mich entscheiden, wer John Sutter war.

Aber zunächst musste ich das Badezimmer putzen. Bald würde Elizabeth Allard hier eintreffen. Ich bin im Laufe meines Lebens nie zum Putzen angehalten worden – nicht mal als

Offizier bei der Army. Allerdings habe ich mein Boot geputzt, daher ist mir Reinlichkeit nicht ganz fremd.

Ich brachte das obere Badezimmer in Ordnung, dann räumte ich das Schlafzimmer auf, falls Elizabeth tatsächlich ihr altes Zimmer sehen wollte. Da ich davon ausging, dass wir ein paar Sachen ausräumen würden, trug ich Jeans, Turnschuhe und ein Polohemd.

Die Kuckucksuhr in der Küche schlug vier, dann Viertel nach vier. Ich beschäftigte mich im Esszimmer mit dem anstehenden Papierkram, was mich ablenkte von … nun ja, Elizabeth.

Ein paar Minuten später klingelte es an der Tür. Wenn ich Pech hatte, war es Susan. Wenn nicht, war es Elizabeth. Wenn ich *richtig* Pech hatte, waren es beide.

Ich ging zur Tür, schaute aber nicht durch den Spion, um festzustellen, wen das Schicksal an meine Schwelle geführt hatte.

Ich öffnete die Tür für – Elizabeth. Sie lächelte und sagte: »Machen wir's kurz und gehen ins Bett.«

Oder sagte sie: »Tut mir leid, dass ich zu spät komme, der Verkehr ist schlimm.«?

Da ich Letzteres annahm, erwiderte ich: »Am Samstag ist der Verkehr immer schlimm«, dann umarmten wir uns, gaben uns Luftküsschen, und sie trat ein.

Sie trug Jeans, Turnschuhe und ein blaues T-Shirt mit der Aufschrift »Smith«, was, wie ich vermutete, nicht ihr Deckname war, sondern eher die Alma Mater ihrer Tochter. »Ich habe Arbeitssachen angezogen«, sagte sie.

»Gut. Ich auch.«

»Aber ich habe auch Kleidung zum Wechseln mitgebracht, falls du dich von mir zum Abendessen einladen lässt.«

Eine rasche Abfolge von Bildern ging mir durch den Kopf – Kleidung am Boden, das Badezimmer, die Dusche, das Schlafzimmer, das Bett –

»Es sei denn, du bist beschäftigt.«

»Beschäftigt? Nein, ich habe nichts vor«, erwiderte ich und erinnerte sie: »Ich bin gerade erst angekommen.«

Sie lächelte, blickte sich um und stellte fest: »Hier verändert sich nichts.«

»Nein. Aber ich war froh darüber«, sagte ich. »Ich habe Kaffee gekocht.«

»Gut.«

Sie stellte ihre große Segeltuchtasche auf den Boden, worauf ich sie in die Küche führte. »Wie kommst du hier zurecht?«

»Bestens«, erwiderte ich. »Es war sehr nett von deiner Mutter, dass sie mich für längere Zeit eingeladen hat.«

»Sie mag dich.«

»Dessen bin ich mir nicht so sicher.«

Elizabeth lächelte erneut. »Sie zeigt ihre Gefühle nicht immer.«

»So eine Mutter habe ich auch.«

Ich goss zwei Tassen Kaffee ein und fragte: »Sahne? Zucker?«

»Schwarz«, sagte sie und erkundigte sich: »Wie geht es deiner Mutter?«

»Wir haben zweimal miteinander gesprochen, seit ich wieder da bin, aber gesehen habe ich sie noch nicht.«

»Wirklich? Ich kann mir nicht vorstellen, meine Kinder nicht sofort zu sehen, wenn sie von einer Reise zurückkehren.«

Ich dachte darüber nach, bevor ich entgegnete: »Ich habe Carolyn noch nicht gesehen, und sie lebt in Brooklyn. Das sind fünfzig Minuten mit der Bahn.«

»Tja, du bist ja erst zurückgekommen … wann genau?«

»Vor etwa zwei Wochen. Wollen wir uns auf den Patio setzen?«

Wir gingen durch die Hintertür hinaus und setzten uns auf zwei gusseiserne Stühle, die die Alteisensammlungen von 1942 bis '45 überstanden hatten. Der Tisch stammte aus der gleichen Zeit, und ich erinnerte mich, dass George die Möbel jedes Frühjahr abgeschmirgelt und gestrichen hatte.

»Mom und Dad haben fast jeden Tag hier draußen ihren Morgenkaffee getrunken«, erklärte Elizabeth.

»Das ist sehr schön«, sagte ich. »Wie geht es ihr?«

»Heute Morgen hat sie gut ausgesehen. Wesentlich besser als sonst.«

Meiner Erfahrung nach ist das bei Todkranken nicht immer ein gutes Zeichen, doch ich sagte: »Das freut mich. Ich wollte sie heute besuchen, aber … ich hatte einen Termin in Oyster Bay.«

Elizabeth nickte und sah sich um. »Es ist so friedlich hier. Ich habe es genossen, hier aufzuwachsen. Es war wie … dieses abgeschiedene, von einer Mauer umgebene Anwesen … hat die Außenwelt ferngehalten.«

»Ich nehme an, das war der Zweck der Sache.«

»Hast du gern im Gästehaus gewohnt?«

»Ja, nachdem die Stanhopes nach South Carolina gezogen waren.«

Sie lächelte, sagte jedoch nichts dergleichen wie: »Was für Arschlöcher sie waren.«

Ich nehme an, nachdem sie ein paar Jahre als Kind von Arbeitern hier auf dem Anwesen gewohnt hatte, war sie darauf abgerichtet, nichts Abfälliges über den Herrn und die Dame des Hauses zu sagen. Nichtsdestotrotz fuhr ich fort: »Wenn William es mit seiner Abstammung nicht so glücklich getroffen hätte, würde er in der Penn Station Toiletten putzen.«

»Na, na, John.«

»Tut mir leid. War das unfreundlich?«

»Über so was bist du doch erhaben.«

»Natürlich. Und Charlotte würde an der Eighth Avenue anschaffen gehen.«

Sie verkniff sich ein Lächeln und wechselte das Thema. »Die Holzapfelbäume sehen gut aus.«

»Ich glaube, Nasim hat sie beschneiden, einsprühen und düngen lassen.«

»Ich erinnere mich, dass ich wochenlang Holzäpfel aufgelesen habe, damit Mom ihr Gelee machen konnte.«

Mir fiel ein, dass Elizabeth in dem Sommer, in dem Susan und ich heirateten und ins Gästehaus zogen, als Teenager immer auf die Bäume geklettert war. Mir fiel auch ein, dass Elizabeth auf ein Internat ging, sodass ich sie nicht oft zu Gesicht bekam. Was Elizabeths Internatsausbildung anging – und auch ihre College-Ausbildung –, so kassierte Ethel immer noch für ihre besondere Beziehung zu Augustus, auch nachdem sich der alte Herr schon lange nicht mehr daran erinnern konnte, dass er mit ihr gevögelt hatte.

Wie dem auch sei. »Das erinnert mich daran – im Keller stehen Kisten mit Holzapfelgelee für dich.«

»Ich weiß. Eigentlich *mag* ich das Zeug gar nicht.« Elizabeth lachte. »Nachdem ich sie jahrelang aufgelesen, gewaschen, gekocht, eingemacht … tja, aber ich nehme sie trotzdem.«

»Ich habe mir ein Glas genommen.«

»Nimm dir noch eins. Nimm eine ganze Kiste.«

Ich lächelte.

Wir saßen eine Minute lang da und betrachteten das Grundstück, dann sagte Elizabeth: »Ich musste Mom versprechen, dass ich ihren Garten aberne. Aber … möglicherweise ist sie schon tot, bevor ich fertig bin. Hast du mit … wie heißt er doch gleich … gesprochen?«

»Amir Nasim. Ja. Habe ich. Er scheint ein ganz anständiger Mann zu sein, und er hat nichts dagegen, dass ich den Sommer über hierbleibe … er möchte sein Eigentum jedoch bis zum ersten September zurückhaben, es sei denn, Ethel ist noch … bei uns.«

Sie nickte. »Hast du ihn gefragt, ob er das Pförtnerhaus verkaufen will?«

»Habe ich. Er will es selber nutzen.«

»Tja, das ist schade. Ich meine, wenn ich hier sitze, werde ich ein bisschen nostalgisch … ich habe dieses Haus wirklich geliebt. Glaubst du, dass er seine Meinung noch ändert?«

Meiner Ansicht nach hatte ich keinen Grund, Nasims Sorgen vertraulich zu behandeln, deshalb erwiderte ich: »Er hat Sicherheitsprobleme.«

»Was soll das heißen?«

»Ich denke, dass er glaubt, Leute aus seiner alten Heimat wollen ihm etwas zuleide tun.«

»Meine Güte … woher kommt er? Aus dem Iran?«

»Ja. Möglicherweise ist er paranoid. Doch sofern er recht hat, könnte das Pförtnerhaus käuflich zu erwerben sein, wenn er ermordet wird und sein Besitz unter den Hammer kommt.« Ich lächelte, um zu zeigen, dass es ein Witz sein sollte.

Elizabeth dachte über das Ganze nach, dann sagte sie: »Das ist ja unglaublich …«

»Ganz meine Meinung. Ich glaube jedenfalls, dass er seine Wachmänner im Pförtnerhaus unterbringen will.« Ich überlegte, ob ich ihr erzählen sollte, dass Nasim auch Susans Gästehaus kaufen wollte, entschied mich aber dafür, Susans Namen überhaupt nicht zu erwähnen. Stattdessen spielte ich die Sache herunter und fragte: »Gibt es hier nicht irgendeine Verordnung, die politische Morde untersagt?«

Sie rang sich ein Lächeln ab, war durch die Nachricht jedoch sichtlich beunruhigt und auch enttäuscht, dass das Pförtnerhaus nicht zu kaufen war.

Ich stand auf und sagte: »Warte hier.« Ich ging in den verwilderten Nutzgarten, kam mit dem Holzschild zurück und hielt es an der halbverfaulten Stange hoch. »Kannst du dich noch daran erinnern?«

Sie lächelte. »Durchaus. Kann ich das haben?«

»Selbstverständlich.« Ich legte das Schild auf den Tisch, und wir betrachteten beide die verblichene, abblätternde Farbe. Die schwarzen Buchstaben waren nahezu verschwunden, aber anhand der Umrisse auf dem weißen Hintergrund konnte man die Worte »Victory Garden« erkennen.

»Meinst du, ich sollte es auf Moms Grab anbringen?«

»Warum nicht?«

Sie nickte. »Bald wird die ganze Generation, die den Zweiten Weltkrieg erlebt hat, tot sein.«

»Stimmt.« Ich konnte vor allem kaum erwarten, dass William Stanhope starb. Ich meine, ich wünschte ihm nicht Böses, aber der alte Mistkerl war Ende siebzig und damit viel zu alt, um noch für irgendwas nützlich zu sein, falls er es je gewesen war.

Immerhin war William tatsächlich in den Zweiten Weltkrieg gezogen und dadurch zu einem Mitglied der Heldengeneration geworden, wenn auch nur mit knapper Not. Er redete nicht viel über seine Kriegserlebnisse, nicht etwa, weil er durch den Krieg traumatisiert worden war. Vielmehr verbrachte er, wie ich von Ethel Allard erfahren hatte, eine recht angenehme Zeit. Ihr Dienstherr und Wohltäter Augustus Stanhope hatte seine zweiundzwanzig Meter lange Motoryacht, *The Sea Urchin,* für einen Dollar an die Regierung verkauft, so wie viele Reiche entlang der Gold Coast zu Zeiten dieses nationalen Notstands – Benzin bekam man sowieso nicht –, worauf *The Sea Urchin* von der Küstenwache zum Patrouillenboot umgebaut und gegen feindliche U-Boote eingesetzt wurde. Dann ging Augustus' dilettierender Sohn William zur Küstenwache, und wie es der Zufall wollte, wurde Lieutenant (OA) William Stanhope zum Dienst an Bord der ehemaligen Stanhope'schen Yacht abgestellt. *The Sea Urchin* lag im Seawanhaka Corinthian Yacht Club, und da William die knappen Unterbringungsmöglichkeiten der Regierung nicht an Anspruch nehmen wollte, quartierte er sich als guter Patriot in Stanhope Hall ein. Er begab sich auf Patrouillenfahrt wider feindliche U-Boote, und je nachdem, mit wem man spricht – mit William dem Furchtlosen oder Ethel der Roten –, begegnete er deutschen Unterseebooten oder auch nicht. Höchstwahrscheinlich nicht, und vermutlich verbrachte er einen Gutteil seiner dienstfreien Zeit auf Martha's Vineyard oder in den Hamptons.

Unterdessen nahm George an dem weitaus gefährlicheren Krieg im Pazifik teil, und Williams Vater Augustus nutzte die Gelegenheit, um mit Ethel zu bumsen, die wiederum ihren Teil zu den Kriegsanstrengungen beitrug, indem sie im Siegesgarten ihr eigenes Gemüse zog.

Und hier waren wir nun.

In gewisser Weise kommen wir zum Ende einer Ära, aber diese alten Dramen enden eigentlich nie, denn wie jemand mal klugerweise gesagt hatte, ist die Vergangenheit das Vorspiel zur Zukunft, und solange es nicht zu einem Meteoriteneinschlag mit anschließendem Massensterben kommt, setzen sich die Dramen einer jeden Generation in der nächsten fort.

»Worüber denkst du nach?«, fragte Elizabeth.

»Über … die Generationen, die hier gelebt haben, in Krieg und Frieden.«

Sie nickte und meinte: »Wer hätte 1945 gedacht, dass wir eines Tages von Wohnsiedlungen umgeben sind und ein Iraner in Stanhope Hall lebt?«

Ich antwortete nicht.

»Hast du gesehen, was aus Alhambra geworden ist?«

»Ich habe einen kurzen Blick darauf geworfen.«

»Es ist scheußlich«, sagte sie und fragte: »Erinnerst du dich noch an das Anwesen? – Oh, das habe ich ganz vergessen … tut mir leid.«

»Es macht mir wirklich nichts mehr aus.«

»Gut.« Sie schaute mich an und zögerte, bevor sie sagte: »Ich glaube, doch.«

»Vielleicht, weil ich wieder da bin.«

»Bleibst du hier?«

Wieder diese Kernfrage, und wie bei Anthony Bellarosa würde es zumindest teilweise von der Antwort abhängen, ob Elizabeth und ich ernsthaft miteinander sprechen mussten.

Ich erwiderte: »Ich will noch ein paar Monate abwarten, dann kann ich eine fundierte Entscheidung treffen.«

»Und was, glaubst du, wird sich in ein paar Monaten tun, damit du diese *fundierte* Entscheidung treffen kannst?«

»Willst du dich über mich lustig machen?«

Sie lächelte. »Nein, aber das ist typisch Mann. Fundierte Entscheidung. Wie *fühlst* du dich? Im Moment.«

»Ich muss auf die Toilette.«

Sie lachte. »Na schön. Ich wollte nicht aufdringlich sein.«

»Gut.« Ich stand auf. »Bereit für den Papierkrieg?«

Sie stand ebenfalls auf, und als wir zur Küchentür gingen, fragte sie: »Wie lange wird das dauern?«

»Knapp eine Stunde. Danach vielleicht noch eine Stunde, bis wir die persönlichen Gegenstände, die du gleich mitnehmen willst, ins Auto geladen haben.«

Sie warf einen Blick auf ihre Uhr. »Um sechs möchte ich einen Drink in der Hand haben.«

»Das gehört zur Dienstleistung.«

Ich hielt ihr die Fliegentür auf, und sie ging hinein.

Als ich ihr folgte, kam mir der Gedanke, dass wir beide so viele Erinnerungen an Stanhope Hall hatten – gute und schlechte – und dass alles, was sich heute ereignen mochte – ob gut oder schlecht –, aufwühlend und teilweise von anderen Menschen beeinflusst sein würde, Lebenden und Toten, die auf die eine oder andere Art noch immer hier weilten.

18

Wir saßen nebeneinander am Esszimmertisch, und ich suchte auf meine organisierte und professionelle Art Dokumente heraus, legte sie Elizabeth zur Lektüre vor und erklärte wenn nötig die bescheuerten Formulierungen. Sie hatte einen angenehmen Fliederduft aufgetragen.

»Ich bin froh, dass du das machst, John«, sagte sie.

»Ich freue mich, dass ich es tun kann.«

»Bist du deswegen zurückgekommen?«

»Nun ja, ich bin natürlich gekommen, um deine Mutter zu sehen. Außerdem muss ich meine Sachen von hier wegschaffen.«

Ohne zu zögern, bot sie mir an: »Du kannst deine Sachen in mein Haus bringen. Ich habe jede Menge Platz.«

»Danke. Möglicherweise komme ich darauf zurück.«

Sie zögerte, dann sagte sie: »Ich würde dir ja ein Zimmer anbieten, aber laut meiner Scheidungsvereinbarung hängt mein Unterhalt davon ab, dass ich mit niemandem zusammenlebe.«

»Zeig mir diese Scheidungsvereinbarung«, scherzte ich.

Sie lächelte. »Ich meine, wir würden ja nicht zusammenleben – ich würde dir bloß ein Zimmer zur Verfügung stellen, so wie es Mom gemacht hat. Aber Tom würde sich sofort darauf stürzen, sobald er es herausfände.«

»Du kannst Tom sagen, dass ich zu seiner Truppe gehöre.«

Sie lachte. »Du giltst als eingefleischter Hetero.«

Ich lächelte.

Sie schwieg eine Weile und dachte dann laut: »Tja, es sind mickrige Unterhaltszahlungen, nur für ein paar Jahre … Wenn du wirklich eine Unterkunft brauchst, kannst du gern mein Gästezimmer benutzen.«

»Danke. Ich würde allerdings darauf bestehen, dir eine Miete zu bezahlen, die diesem mickrigen Unterhalt entspricht. Ich habe diese Unterkunft noch eine Weile, dann muss ich zurück nach London und dort alles regeln.«

Sie nickte, worauf wir uns wieder dem Papierkram widmeten.

Ich stieß auf eine vom 23. August 1943 datierte Urkunde, derzufolge Mr Augustus Stanhope, Grundbesitzer, Mrs Ethel Hope Allard, Hausbedienstete, und ihrem Mann, Mr George Henry Allard, der damals bei den Streitkräften der Vereinigten Staaten in Übersee diente, ein lebenslanges kostenfreies Mietrecht gewährte. Folglich konnte ich die Vermutung anstellen, dass Mr Stanhope und Mrs Allard vor diesem Datum eine intime Beziehung eingegangen waren, die zu dieser großzügigen Gewährleistung führte. Rein rechtlich gesehen, beruhte diese Gewährleistung offensichtlich auf der wiederholten Annahme von Gegenleistungen, auch wenn diese speziellen Gegenleistungen von Mrs Allard an Mr Stanhope in dem Dokument nicht offen angeführt waren.

Hatte seinerzeit eigentlich irgendjemand Augustus Stanhopes Großzügigkeit in Frage gestellt? Selbst heute würde niemandem ein Licht aufgehen. Es sei denn natürlich, dieses Geheimnis war nur gewahrt worden, bis Augustus abnippelte, und Ethel hatte es anschließend William Stanhope unter die Nase gerieben, bevor er auf die Idee kam, die Allards abzuservieren oder von ihrem kargen Lohn Miete zu verlangen.

Ich fragte mich, wann George Allard erfahren hatte, dass er

ein Leben lang mietfrei im Stanhope'schen Pförtnerhaus wohnen durfte. Und wie hatte es Ethel ihrem frischgebackenen Gatten beigebracht, als er aus dem Krieg zurückkehrte? »George, ich habe eine gute und eine schlechte Nachricht.«

Auf jeden Fall erfuhr William irgendwann von diesem lebenslangen kostenfreien Mietrecht auf seinem frischgeerbten Besitz, und das war ein steter Dorn in seinem Fleisch, vor allem, als er das Anwesen zum Verkauf anbot und diese Verpflichtung bekanntgeben musste. Ich erinnerte mich, dass Frank Bellarosa, als er Stanhope Hall kaufte, ganz und gar nicht begeistert war, dass er Ethel – George war damals schon verstorben – weiter auf seinem Grund und Boden wohnen lassen musste. Aber Frank hatte es philosophisch genommen und gesagt: »Vielleicht bringt sie Glück. Und wie lange kann sie denn noch leben?« Antwort: Zehn Jahre länger als du, Frank.

Jedenfalls spielte dieses Dokument bei den anstehenden Angelegenheiten keine Rolle, deshalb schob ich es unauffällig wieder in den Ordner. Doch Elizabeth fragte: »Was war das?«

»Ach, das ist die Gewährleistungsurkunde über das lebenslange Mietrecht deiner Eltern. Sie muss hierbleiben, bis sie hinfällig ist.«

»Darf ich sie sehen?«

»Tja … klar.« Ich legte sie ihr vor, und sie las das einseitig bedruckte Dokument und gab es mir dann zurück. Ich sagte: »Als Nächstes haben wir –«

»Wieso hat Augustus Stanhope deiner Meinung nach meinen Eltern ein lebenslanges Mietrecht in diesem Haus eingeräumt?«

»Hier steht, für ergebene und treue Dienste.«

»Sie waren damals Mitte zwanzig.«

»Richtig. Von langjährigen Diensten ist nicht die Rede.«

»Was begreife ich da nicht?«

Ach, das willst du gar nicht wissen, Elizabeth. »Du solltest deine Mutter fragen«, schlug ich vor. Ich blätterte ein paar Papiere durch. »Okay, hier haben wir die drei letzten Steuererklärungen deiner Mutter an den Bund –«

»Mom hat gesagt, es wäre eine Belohnung für *langjährige* Dienste.«

Da ich darauf entweder mit der schlichten Wahrheit oder einer fadenscheinigen Lüge antworten musste, entschied ich mich für keines von beiden und fuhr fort: »Du musst dich mit dem Buchprüfer deiner Mutter in Verbindung setzen …« Ich warf ihr einen kurzen Blick zu und sah, dass sie auf das große, gerahmte Foto von ihren Eltern an ihrem Hochzeitstag schaute, das über dem Kamin hing.

»Deine Mutter hat eine voll eingezahlte Lebensversicherung mit einem Sterbegeld von zehntausend Dollar. Hier ist die Police, die solltest du an einem sicheren Ort verwahren.«

Elizabeth wandte den Blick von dem Foto und sagte: »Sie war sehr schön«

»Das war sie in der Tat. Und sie ist es noch immer.«

»Mein Vater sah in der weißen Uniform so schmuck aus.«

Ich schaute auf das kolorierte Foto und pflichtete ihr bei: »Sie waren ein schmuckes Paar.«

Sie antwortete nicht, und als ich ihr wieder einen kurzen Blick zuwarf, sah ich, dass sie Tränen in den Augen hatte. John Whitman Sutter, Rechtsanwalt, der solche Arbeiten schon häufiger gemacht hatte, war vorbereitet und zog ein sauberes Taschentuch aus der Hosentasche und drückte es ihr in die Hand.

Sie betupfte ihre Augen. »Tut mir leid.«

»Ist schon gut. Ich hole dir ein Glas Wasser.« Ich stand auf und ging in die Küche.

Wie schon gesagt, habe ich damit einst meinen Lebensunterhalt verdient. Die meiste Zeit war ich in der Stadt als Spitzenanwalt für Steuerrecht tätig, aber in meiner Kanzlei in Locus Valley war ich für Testamente, Nachlassverwaltung, Vorsorgevollmachten und dergleichen mehr zuständig. Die Hälfte meiner Mandanten waren reiche alte Jungfern und grantige alte Männer, die viel Zeit damit zubrachten, über die Leute nachzudenken, die sie in ihr Testament aufnahmen, bevor sie sie eine Woche später wieder enterbten. Manchmal kamen bei letzten Willenserklärungen, Testamenten und ähnlichen Papieren ein, zwei Familiengeheimnisse zum Vorschein – ein ins Heim eingewiesenes Geschwisterchen, ein uneheliches Kind, zwei Geliebte in Manhattan und so weiter und so fort. Ich lernte, so etwas mit professionellem Stoizismus zu handhaben, auch wenn ab und zu selbst ich schockiert, überrascht, betrübt und häufig amüsiert war.

Ethel Allards Ehebruch war im Großen und Ganzen keine Riesenangelegenheit, zumal man bedenken musste, dass seither ein halbes Jahrhundert verstrichen war. Aber einem erwachsenen Kind versetzt es immer einen leichten Stich, wenn es herausfindet, dass Mama einen Geliebten hatte und Papa den Stenographinnen nachstieg.

Jedenfalls war Elizabeth, geschieden, mit zwei erwachsenen Kindern, einem verstorbenen Vater und einer im Sterben liegenden Mutter, möglicherweise einsam und mit Sicherheit emotional aufgewühlt und daher verletzlich.

Deshalb … ließ ich ein Glas Leitungswasser ein. Deshalb sollte und würde heute Abend nichts vorfallen, das wir später bereuen oder weswegen wir am nächsten Morgen ein schlechtes Gewissen haben würden. Oder?

Ich kehrte ins Esszimmer zurück und sah, dass sich Elizabeth wieder gefasst hatte. Ich reichte ihr das Wasser und schlug vor: »Legen wir eine Pause ein. Möchtest du einen Spaziergang machen?«

»Ich möchte das hier hinter mich bringen. Ich komme schon damit klar.«

»Okay.«

Wir erledigten den unbedeutenden Papierkram, dann öffnete ich den Umschlag, der Ethels Testament enthielt. »Ich habe dieses Testament nach dem Tod deines Vaters errichtet«, sagte ich, »und wie ich sehe, ist es im Lauf der Jahre weitestgehend so geblieben.« Ich fuhr mit offiziellem Tonfall fort und fragte: »Hast du dieses Testament gelesen?«

»Jawohl.«

»Möchtest du dieses Testament noch mal mit ihr durchgehen?«

»Ich möchte ihr an ihrem Sterbebett nicht ihr Testament vorlesen.«

»Ich verstehe.« Und ich wollte nicht, dass Ethel die fünfhundert Dollar aufstockte, die sie St. Mark's hinterließ. »Ich behalte diese Kopie, bis es so weit ist.«

Elizabeth nickte, dann sagte sie: »Sie hat dir nichts hinterlassen.«

»Warum sollte sie?«

»Wegen all dem, was du für sie und Dad getan hast.«

»Das wenige, was ich getan habe, habe ich aus Freundschaft getan«, erwiderte ich. »Und deine Mutter hat sich revanchiert, indem sie mich meine Sachen in ihrem Haus einlagern ließ.« Auch wenn sie Miete von mir verlangt hatte, als ich vor zehn Jahren hier wohnte, und diese Miete gerade wieder geltend machte.

»Das ist mir klar«, sagte Elizabeth. »Aber mir wäre wohler zumute, wenn von ihrem Nachlass … ich bin die Vollstreckerin … ein Honorar für dich bezahlt werden würde.«

Ich fragte mich, ob Elizabeth dachte, ich bräuchte das Geld. Ich konnte es gebrauchen, war aber nicht mittellos. Eigentlich hatte ich in London ein gutes Einkommen, doch leider hatte ich die amerikanische Angewohnheit, über meine Verhältnisse zu leben, nach London mitgebracht. Und zurzeit befand ich mich in einem längeren unbezahlten Sonderurlaub.

Allerdings schien die Sache nun wieder besser auszusehen. Ich hatte ein Angebot von einem alteingesessenen amerikanischen Unternehmen. La Cosa Nostra.

»Mir wäre wohler zumute, wenn du für deine Dienste bezahlt werden würdest«, sagte Elizabeth noch einmal.

»Na schön«, erwiderte ich, »aber ich möchte mein Honorar in Form von Holzapfelgelee.«

Sie lächelte. »Und das Essen heute Abend geht auf mich.«

»Abgemacht.« Ich baute ein Dutzend Ordner vor ihr auf und sagte: »Nimm die mit und verwahre sie an einem sicheren Ort. Ich sehe zu, dass ich Ethel morgen oder am Montag besuche.«

»Ist das alles?«

»Was den Papierkram angeht, ja, aber ich habe eine Liste mit den persönlichen Habseligkeiten aufgestellt, die deines Vaters eingeschlossen.« Ich schob ihr drei Blatt Papier zu, auf die ich per Hand eine Bestandsaufnahme geschrieben hatte. »Möchtest du das durchgehen?«

»Eigentlich nicht.«

»Nun ja, sieh es dir später an. Kommen wir unterdessen zu Gegenstand Nummer vier, sechzig Dollar in bar, die ich in einer Keksdose fand, als ich Kekse gesucht habe.« Ich legte einen Briefumschlag vor sie hin. »Wenn du das nachzählst und Gegenstand Nummer vier mit deinen Initialen abzeichnest, kannst du das Geld gleich einstecken.«

Sie warf den Umschlag in ihre Segeltuchtasche, ohne das Geld zu zählen, zeichnete an der Stelle, auf die ich deutete, mit ihren Initialen ab und sagte: »Davon kaufen wir uns eine schöne Flasche Wein.«

»Versauf nicht deine ganze Erbschaft.«

»Warum nicht? Ist das alles?«

»Wir sind gleich so weit.«

Ich reichte ihr einen weiteren Umschlag. »Das sind die Anweisungen für die Beerdigung.«

»Ich habe bereits eine Fotokopie mit den neuesten Änderungswünschen.«

Ich spürte, dass Elizabeth ein bisschen ungehalten war wegen der genauen Vorbereitungen, die ihre Mutter für das große Ereignis getroffen hatte. »Nun ja, nimm sie trotzdem«, sagte ich.

Auch diesen Umschlag warf sie in ihre Segeltuchtasche. »Ich liebe sie, aber sie macht mich wahnsinnig – bis zum Ende.«

»Ich bin mir sicher, dass unsere Kinder über uns das Gleiche sagen«, erwiderte ich.

Sie lächelte, dann sagte sie: »Das erinnert mich an was ... dieser Umschlag, den meine Mutter dir geben wollte ... ich habe mit ihr gesprochen, und offenbar möchte sie, dass ich damit warte, bis sie tot ist.«

Ich nickte und dachte, dass es sich vermutlich um die Rechnung für die Miete handelte. Oder um eine Anweisung, was ich bei ihrer Beerdigung tragen sollte.

»Und? Sind wir *jetzt* fertig?«

Ich stand auf und sagte: »Wir sind fertig. Aber du musst noch das Kleid suchen, das deine Mutter tragen möchte. Unterdessen lade ich das Gartenschild in dein Auto. Außerdem möchte ich, dass du heute Abend das Hochzeitsfoto und alles, was du sonst noch behalten willst, mitnimmst.«

Sie stand ebenfalls auf, und wir schauten einander an. »Kommst du mit nach oben?«

»Nein. Du solltest allein in ihr Zimmer gehen. Und du kannst dir dein altes Zimmer ansehen.«

Sie nickte. »Der Wagen ist nicht abgeschlossen.« Sie verließ das Esszimmer, und ich hörte, wie sie die steile, schmale Treppe zu den beiden Schlafzimmern hochstieg.

Normalerweise rede ich mir Sex nicht aus, doch es gibt für alles einen richtigen Zeitpunkt und einen richtigen Ort. Selbst für Sex. Vielleicht verstand ich Elizabeth falsch, und ihr war gar nicht nach Liebe mit einem schmucken Fremden zumute, der übers Meer gekommen war.

»Liebe Ms Post, ich bin der Anwalt einer alten Dame, die im Sterben liegt – ich habe Ihnen von ihr geschrieben –, und ihre schöne Tochter ist die Testamentsvollstreckerin des Nachlasses, deshalb arbeiten wir gemeinsam an den entsprechenden Unterlagen. Meine Frage lautet: Sollte ich mit ihr schlafen? (Unterzeichnet) Verwirrt auf Long Island (erneut).«

Ich glaube, ich wusste, was Ms Post raten würde. »Lieber VALI, nein. PS: Was ist aus der Exfrau an der Zufahrt geworden? PPS: Sie handeln sich Ärger ein, mein Guter.«

Ich nahm das gerahmte Foto über dem Kamin ab und bemerkte, wie schmuddelig die Tapete rundum war. Ein weiteres Innenausstattungsprojekt für Mrs Nasim.

Ich trug das Bild hinaus zu Elizabeths SUV, der neben meinem Taurus parkte, und sah, dass es ein BMW war, was auf einen gewissen geschäftlichen Erfolg hindeutete oder auf einen guten Scheidungsanwalt. Im Fond sah ich einen Kleidersack hängen und nahm an, dass er Elizabeths Abendgarderobe enthielt.

Ich öffnete den Kofferraum und legte das Foto mit der Vorderseite nach unten hinein, dabei bemerkte ich, dass auf das Unterlegpapier auf der Rückseite etwas geschrieben war. Ich zog das Bild zu mir und las die Worte, die allem Anschein nach von Ethel mit einem Füllfederhalter geschrieben worden waren: *George Henry Allard und Ethel Hope Purvis, verheiratet am 13. Juni 1942, St. Mark's, Locust Valley, Long Island.*

In der gleichen femininen Handschrift stand darunter: *Komm heil nach Hause, mein Schatz.*

Und darunter hatte George, dessen Handschrift ich ebenfalls wiedererkannte, geschrieben: *Meine süße Frau, ich werde die Tage zählen, bis wir wieder beisammen sind.*

Ich schob das Porträt zurück und schloss die Heckklappe. Nun ja, dachte ich, hoffentlich seid ihr bald wieder beisammen.

Ich dachte auch, vielleicht etwas zynisch, dass alle Ehen voller Hoffnung und Optimismus, Liebe und Sehnsucht anfangen, die Jahre aber ihren Tribut verlangen. Und in diesem Fall hatte

Ethel im August 1943, vierzehn Monate nachdem diese Worte der Liebe und Hingabe geschrieben worden waren, vor der Einsamkeit oder der Lust kapituliert oder war von Geld und Macht verführt worden – oder aber, wenn ich an die Szene auf dem Friedhof dachte, als Ethel vor zehn Jahren von Georges Grab verschwunden war und ich sie an Augustus' Ruhestätte gefunden hatte, sie hatte sich tatsächlich in Augustus Stanhope verliebt. Oder alles zusammen.

Jedenfalls hatten sich Ethel und George zusammengerauft, das nächste halbe Jahrhundert gemeinsam verbracht und, wie ich glaube, glücklich in diesem Haus zusammengelebt, wo sie ihre Tochter aufzogen und zusehends leichtere Arbeiten auf dem großen Anwesen erledigten, dessen Mauern und einsame Ländereien die vordringende Außenwelt fernhielten und auf eine geheimnisvolle Art und Weise dafür sorgten, dass sie ein ewig junges Paar blieben, das sich hier kennengelernt, verliebt, geheiratet und sein Zuhause nie verlassen hatte.

Als ich den Gartenweg zwischen dem Pförtnerhaus und der Mauer entlangging, hörte ich hinter mir den Schotter knirschen. Ich drehte mich um und sah einen weißen Lexus SUV auf das offene Tor zufahren, gesteuert von Susan Stanhope Sutter.

Der Lexus wurde langsamer, und ich fing ihren Blick auf. Sie hatte den BMW natürlich gesehen und wusste möglicherweise, wem er gehörte, aber auch wenn das nicht der Fall sein sollte, war ihr klar, dass ich Gesellschaft hatte.

Es ist etwas unangenehm, mit der ehemaligen Liebe seines Lebens Blicke zu tauschen, wenn man ihr eigentlich nicht mehr in die Augen schauen will, und ich wusste nicht, was ich machen sollte. Winken? Einen Handkuss zuwerfen? Den Vogel zeigen? Ms Post? Helfen Sie mir.

Susan war es, die fast beiläufig winkte, dann Gas gab, durch das Tor fuhr und mit quietschenden Reifen nach rechts auf die Grace Lane einbog.

Ich stellte fest, dass meine Laune schlechter geworden war.

Warum hat Susan Sutter nach wie vor die Macht, meinen Gemütszustand zu beeinflussen?

Ich musste eine ehrliche Antwort auf diese Frage finden, bevor ich den nächsten Schritt tun konnte.

19

Elizabeth und ich beluden ihren BMW mit den persönlichen Habseligkeiten ihrer Eltern, die sie an diesem Abend mitnehmen wollte, zum Beispiel Fotoalben, die Familienbibel und anderen Krimskrams, der ebenso unbezahlbar wie unersetzlich war. Alle anderen persönlichen Besitztümer, Georges Marineuniformen und Ethels Hochzeitskleid eingeschlossen, stapelten wir im Flur, damit sie ein andermal abtransportiert werden konnten.

Für Elizabeth war das natürlich sehr traurig, und auch ich ertappte mich dabei, dass ich über Leben und Tod nachdachte und über die Dinge, die wir zurücklassen.

Auf einem unserer Gänge zum Auto nahm sie ihren Kleidersack und einen Schminkkoffer mit und brachte sie ins Zimmer ihrer Mutter.

Als die Kuckucksuhr sechs schlug, saß Elizabeth im Schaukelstuhl ihrer Mutter im Wohnzimmer, und ich saß ihr in Georges Lehnsessel gegenüber. Auf dem Kaffeetisch lag die dreiseitige Inventarliste, auf der die meisten Gegenstände mittlerweile abgehakt waren. Außerdem standen dort zwei Weingläser, die mit Banfi Brunello gefüllt waren, einer der drei Flaschen mit toskanischem Roten, die ich nach meinem Abenteuer mit Anthony in Oyster Bay gekauft hatte, dazu etwas Käse, Kräcker und eine Plastikschale mit geschnittenem Gemüse. Ich hielt mich an den Brie.

Elizabeth nahm ein Stück Mohrrübe und sagte zu mir: »Du solltest etwas Gemüse essen.«

»An Gemüse kann man ersticken.«

Sie lächelte, knabberte an der Karotte und trank einen Schluck Wein.

Wir waren beide müde und ein bisschen verschwitzt und staubig von den Abstechern in Keller und Dachboden, und wir brauchten eine Dusche.

Sie sagte zu mir: »Ich habe für halb acht im Creek reserviert. Ist dir das recht?«

»Ich glaube, ich bin dort eine Persona non grata.«

»Wirklich? Wieso …? Oh … ich nehme an, als Susan …«

Ich brachte ihren Satz zu Ende: »… ihren Mafia-Geliebten erschossen hat.« Ich lächelte. »Die sind dort ziemlich spießig.«

Elizabeth rang sich ein Lächeln ab, dann teilte sie mir mit: »Susan ist wieder in den Club eingetreten. Wir haben dort zu Mittag gegessen. Daher ist das möglicherweise kein Problem. Aber wir können auch in ein Restaurant gehen.«

Ich trank meinen Wein aus und goss mir ein weiteres Glas ein. Um das klarzustellen: Ich hatte mich im Creek auf dünnem Eis bewegt, weil ich Mr Frank Bellarosa, einen Mafioso, und seine etwas schrill gekleidete Frau Anna zum Abendessen in den Club mitgenommen hatte; rausgeflogen waren wir jedoch, weil Susan besagten Mafioso ermordet hatte. Und jetzt hatte Susan Stanhope Sutter – Stanhope ist hier das entscheidende Wort – also die Frechheit besessen, die Mitgliedschaft neu zu beantragen, und war tatsächlich aufgenommen worden. Wenn ich mich wieder bewarb, dessen war ich mir sicher, würde ich feststellen, dass ich nach wie vor mit einem Bann belegt war.

Nichtsdestotrotz sagte ich: »Der Creek ist bestens, wenn du nichts gegen eine Ermahnung vom Kuratorium hast.«

Sie dachte darüber nach, lächelte und erwiderte: »Das könnte lustig werden.«

Als ich ihr Glas nachgoss, dachte ich außerdem daran, dass ich jedem, den ich einst dort kannte, über den Weg laufen könnte, Susan eingeschlossen. Aber zum Teufel noch mal. Es *könnte* lustig werden.

»Aber wir könnten auch hierbleiben«, schlug Elizabeth vor.

Ich schaute sie in dem schummrigen Licht an, und wie schon gesagt, bin ich nicht allzu gut, wenn es darum geht, die Signale einer Frau zu deuten. Elizabeths Signale waren jedoch laut und deutlich. Ich erwiderte: »Lass uns darüber nachdenken.«

»Wir wollen aber nicht nachdenken.«

Ich nickte und wechselte das Thema. »Ich habe etwas für dich.« Aus dem Esszimmer holte ich Susans Fotos von den Allards.

Ich kniete mich neben Elizabeths Stuhl und sagte: »Susan hat den Großteil davon aufgenommen, und ich möchte sie dir geben, würde mir aber gern ein paar Abzüge machen.«

Sie nahm den Packen Fotos, blätterte sie durch und gab zu jedem ein paar Bemerkungen ab, wie zum Beispiel: »Ich kann nicht fassen, wie lange wir alle zusammen waren … An das kann ich mich kaum erinnern … Oh, schau mal, das hier war bei meinem College-Abschluss … da bist du, John, und hast den Arm um mich und Dad gelegt … o Gott, war ich dämlich, oder was?«

»Nein, warst du nicht. Von dem will eine Kopie haben.«

»Nein, nein.«

»Du siehst klasse aus mit den glatten schwarzen Haaren.«

»O mein Gott – was habe ich mir bloß dabei gedacht?«

Wir stießen auf ein gestelltes Bild, das auf der hinteren Terrasse von Stanhope Hall aufgenommen worden war, Anlass unbekannt oder vergessen. Auf dem Foto stehen Ethel, die mittleren Alters, doch immer noch attraktiv ist, und George, der noch braune Haare hat, neben Augustus Stanhope, der hier schon sehr tattrig ist und in einem Schaukelstuhl sitzt, eine Wolldecke über den Knien. Außerdem hat er ein etwa sechs- bis siebenjähriges Mädchen auf dem Schoß, bei dem es sich, wie mir klarwurde, um Elizabeth handelte.

»Das bin ich nicht«, scherzte sie.

»Es sieht aber aus wie du.«

Sie starrte auf das Foto, dann sagte sie: »Meine Mutter hat sich um ihn gekümmert, bevor man rund um die Uhr Schwestern einstellen musste.« Elizabeth legte das Bild zu den anderen auf den Tisch. »Mom mochte ihn sehr gern.«

»Er war ein Gentleman. Ganz im Gegensatz zu seinem Sohn.«

Wir ließen das Thema fallen und blätterten weiter durch die Fotos.

Irgendwann bemerkte Elizabeth: »Ich kann es kaum fassen, wie viele von diesen Menschen tot sind.«

Ich nickte.

»Warst du damals glücklich?«, fragte sie.

»Ja. Ich war mir jedoch nicht immer darüber im Klaren. Wie war's bei dir?«

»Ich glaube, ich war glücklich.« Sie wechselte das Thema. »Oh, hier sind Edward und Carolyn. Sie waren so niedlich.«

Und so setzten wir unsere fotografische Zeitreise fort, und ich glaube, uns beiden wurde klar, wie sehr sich unsere Leben überschnitten hatten und wie wenig wir dennoch voneinander wussten.

Da Susan den Großteil dieser Bilder aufgenommen hatte, war sie nicht oft zu sehen, aber wir stießen auf ein Foto, das Susan und Elizabeth gemeinsam zeigt, aufgenommen nach der alljährlichen Stanhope'schen Weihnachtsparty im Herrenhaus. Elizabeth starrte darauf und sagte: »Sie ist eine wunderschöne Frau.«

Ich gab keinen Kommentar dazu ab.

»Beim Mittagessen war sie sehr nett.«

Weil ich nicht die Absicht hatte, mich nach dem Mittagessen zu erkundigen, stand ich auf und goss uns den restlichen Wein ein.

Während sich Elizabeth die letzten Fotos ansah, sagte sie: »Ich lasse dir von allen Abzüge machen.«

»Danke.«

Sie saß eine Weile schweigend da, trank ihren Wein und teilte mir schließlich mit: »Ich habe gehört, dass … Bellarosas Sohn in eines der Alhambra-Häuser gezogen ist.«

Ich nickte.

Wieder schwieg sie, bevor sie fragte: »Meinst du …? Ich meine, könnte das für Susan problematisch sein?«

»Was sagt Susan dazu?«

Elizabeth warf mir einen kurzen Blick zu, bevor sie erwiderte: »Sie glaubt es nicht. Sie scheint sich keinerlei Sorgen zu machen.«

»Gut.«

»Aber … na ja, ich würde mir welche machen.«

Ohne darauf einzugehen, öffnete ich die zweite Flasche toskanischen Roten, einen Cabreo Il Borgo, worauf wir schweigend dasaßen, Wein tranken und ein bisschen beschwipst wurden.

Allem Anschein nach war uns der Gesprächsstoff ausgegangen; oder, um es anders auszudrücken, jemand musste das Thema Sex oder Abendessen ansprechen. Elizabeth hatte es bereits angeschnitten, und ich hatte es vorüberziehen lassen, aber sie versuchte es mit einem weiteren Vorstoß: »Ich bin zu betrunken, um zu fahren. Kannst du fahren?«

»Nein.«

»Dann sollten wir hierbleiben.«

Ich konnte ihr natürlich ein Taxi rufen, und genau das würde ein wahrer Gentleman tun – besser gesagt ein schlappschwänziges, beknacktes Zerrbild von einem Mann. Deshalb sagte ich: »Lass uns hierbleiben.«

»Das ist eine gute Idee.« Sie trank ihren Wein aus und stand auf. »Ich brauche eine Dusche.«

Ich stand ebenfalls auf und schaute ihr hinterher, als sie ein bisschen unsicher in den Flur ging. Ich war mir nicht sicher, ob ich ihr folgen sollte. »Liebe Ms Post –«

»Lieber VALI, ficken Sie einfach mit ihr.«

»Okay.« Ich ging in Richtung Flur, dann zögerte ich. Ich meinte mich zu entsinnen, dass ich bereits zu dem Schluss gekommen war, Elizabeth sei emotional aufgewühlt und verletzlich und ich solle das lieber nicht ausnutzen. Etwas egoistischer gedacht, wollte ich mein Leben zu diesem Zeitpunkt nicht noch komplizierter machen. Und Elizabeth Allard Corbet wäre eine große Komplikation.

Andererseits … ich meine, es war *ihre* Idee.

Mein Kopf sagte nein, mein Herz sagte vielleicht, und mein Schwanz deutete zur Treppe. Der Schwanz gewinnt immer.

Aber erst entkorkte ich die dritte Flasche Wein, nahm zwei Gläser und ging zum Fuß der Treppe, wo ich hörte, wie im ersten Stock eine Tür geschlossen wurde.

Ich stieg die Stufen zu dem schmalen Flur hinauf. Das Badezimmer war geradeaus, das Zimmer ihrer Mutter auf der linken Seite und mein Zimmer – ihr altes Zimmer – auf der rechten. Alle drei Türen waren geschlossen, daher öffnete ich meine und sah, dass sie nicht dort drin war. Ich stellte die Flasche und die Gläser auf den Nachttisch. Jetzt hörte ich die Dusche im Badezimmer laufen.

Ich war schon mal in dieser Lage gewesen, vor einer geschlossenen Badezimmertür, während die Dame drin duschte und ohne eindeutige Einladung, die Dusche mit ihr zu teilen. »Liebe Ms Post –«

»Hey, Dummkopf, sieh zu, ob die Tür nicht abgeschlossen ist.«

»Ach ja.« Ich ging zurück zur Badezimmertür und drehte vorsichtig am Knauf. Abgeschlossen.

Ich ging wieder in mein Schlafzimmer, ließ die Tür offen, goss zwei Gläser Wein ein und setzte mich in den Lehnsessel.

Die Dusche hörte auf zu rauschen. Ich schlug ein *Time*-Magazin auf, trank einen Schluck Wein und las.

Ein paar Minuten später, als ich gerade einen faszinierenden Artikel über dies oder jenes las, hörte ich, wie die Badezimmertür geöffnet wurde, dann streckte Elizabeth, die in ein großes Badetuch gehüllt war und sich mit einem anderen Handtuch die Haare abtrocknete, den Kopf durch meine Tür. »Dusche ist frei«, sagte sie.

»Gut.« Ich stand auf. »Geht's dir besser?«

»Phantastisch.« Dann drehte sie sich um, ging ins Zimmer ihrer Mutter und schloss die Tür. Ich hörte den Föhn.

Der erste Sex ist wie der erste Tanz. Wer führt wen? Tanze ich zu eng oder zu weit auseinander? Brauchte ich eine Dusche? Ja.

Ich ging ins Badezimmer, ohne die Tür abzuschließen, zog mich aus und warf meine Kleider in die Ecke, auf ihre, dann stieg ich in die Dusche, war mir aber noch immer nicht sicher, worauf das hinauslief.

Als ich fertig war, trocknete ich mich mit dem letzten Handtuch ab, schlang es mir um die Taille und ging hinaus in den Flur. Ihre Schlafzimmertür war immer noch geschlossen, doch es war ruhig dahinter. Ich ging in mein Zimmer und sah sie in meinem Sessel sitzen, die Beine übergeschlagen, während sie einen Schluck Wein trank, meine Zeitung las, mein Yale-T-Shirt trug und ansonsten nicht viel, von ein bisschen Make-up einmal abgesehen.

»Das Hemd steht dir gut«, sagte ich.

»Ich hoffe, du hast nichts dagegen.«

Ich glaube, ich wusste, worauf das hinauslief.

Ich nahm meinen Wein, setzte mich gegenüber von ihrem Sessel aufs Bett, worauf wir anstießen und tranken, ohne etwas zu sagen.

Sie blickte sich in dem kleinen Raum um, betrachtete die alten Möbel, die verblasste Tapete, den abgetretenen Teppich und die von der Sonne gebleichten Vorhänge. Schließlich sagte sie: »Hier habe ich den Großteil meiner ersten einundzwanzig Lebensjahre verbracht.«

Ich antwortete nicht.

»In den Schulferien bin ich immer heimgekommen«, fuhr sie fort, und ich hörte, dass ihre Stimme ein bisschen müde und verschliffen klang. »Es kam mir immer wie ein Zuhause vor … es war immer da … und jetzt wird es Zeit, weiterzuziehen.«

Ich nickte.

»Ich würde heute Nacht gern hier schlafen.«

»Natürlich.«

Sie streckte die Beine aus und legte mir ihre Füße auf den Schoß. »Meine Füße schmerzen von der ganzen Lauferei.«

Ich stellte meinen Wein ab und massierte sie. Sie legte den Kopf zurück, schloss die Augen und murmelte: »Oooh … das tut sooo gut.«

Ihr T-Shirt – mein T-Shirt – war hochgerutscht, und ich sah, dass der Teppich zu den Vorhängen passte.

So weit war ich auch schon mal gewesen, und mir war nie ganz wohl dabei, wenn ich meinen Federhalter ins Tintenfass einer Mandantin tauchte. Aber Elizabeth war auch eine Bekannte und eigentlich gar keine Mandantin und … tja, die Grenze war bereits überschritten. Daher … ich meine, an dieser Stelle nicht weiterzumachen, wäre unhöflich.

Sie hielt mir ihr leeres Glas hin, und ich goss nach.

Es war neunzehn Uhr, draußen war es noch immer hell, und eine angenehme Brise und Vogelgezwitscher drangen durch das offene Fenster. Ab und zu hörte ich ein Auto auf der Grace Lane vorbeifahren, doch niemand bog auf die geschotterte Zufahrt ein.

Sie trank ihren Wein aus, legte mir die Arme um die Schultern und drückte ihr Gesicht an meine bloße Brust.

Ich legte die Arme um sie und spürte, dass sie schlaff war und kaum stehen konnte – im Gegensatz zum bösen John, der nicht schlaff war, sondern in voller Größe stand. Ich hob sie hoch und legte sie aufs Bett, sodass ihr Kopf auf dem Kissen ruhte.

Sie starrte zur Decke hoch, dann traten ihr Tränen in die Augen.

Ich holte ein paar Papiertücher aus einer Schachtel auf dem Nachttisch und drückte sie ihr in die Hand, dann sagte der gute John: »Warum schläfst du nicht ein bisschen?«

Sie nickte, und ich nahm den Quilt am Fußende des Bettes und breitete ihn über sie.

»Tut mir leid«, sagte sie.

»Kein Grund.«

»Ich möchte … aber es ist einfach … zu viel. Alles. Ich bin zu traurig.«

»Das ist mir klar.« Außerdem war mir klar, dass Elizabeth möglicherweise über ihre Beziehung zu Susan nachdachte, womit wir schon zu zweit waren.

»Vielleicht später«, sagte sie.

Ich antwortete nicht.

»Ich mag dich.«

»Ich mag *dich*.«

Ich öffnete einen kleinen Schrank, fand eine Khakihose und ein Golfhemd und holte mir eine Unterhose aus der Schublade. Ich nahm mein Handtuch ab und sah, dass sie mich betrachtete. »Wohin gehst du?«, fragte sie.

»Nach unten.« Ich zog Unterhose, Hose und Hemd an. »Brauchst du irgendwas?«

Sie schüttelte den Kopf.

»Bis später.« Ich ging zur Tür.

»Gib mir einen Gutenachtkuss«, sagte sie.

Ich ging zurück zum Bett, gab ihr einen Kuss auf die Wange, dann auf die Lippen und wischte ihr mit einem Papiertuch die Augen ab, dann verließ ich das Zimmer und schloss die Tür.

Ich ging nach unten, holte mir ein Bier aus dem Kühlschrank und setzte mich auf den Patio. Die Abendluft wurde kühl, und die untergehende Sonne warf lange Schatten auf den Rasen. In der Ferne, falls ich denn hinschauen wollte, war Susans Haus, und mir wurde klar, dass es Susans Nähe und ihre Gegenwart waren – buchstäblich wie im übertragenen Sinne –, die mich in den gleichen Konflikt stürzten, der wahrscheinlich Elizabeth zu schaffen machte.

Und meine Konflikte und Unentschlossenheiten gingen weit über das Thema Frauen hinaus; meine Verhandlungen mit Anthony Bellarosa wurden zum Beispiel durch Susans Gegenwart beeinflusst, desgleichen meine Unsicherheit, ob ich hierbleiben, nach England zurückkehren oder irgendwo anders hingehen sollte.

Folglich musste ich mit Susan sprechen, um diese Themen aus der Welt zu schaffen und festzustellen, inwieweit – oder wie wenig – sie dabei eine Rolle spielte.

Ich trank mein Bier aus, legte die Füße auf den Tisch und blickte zum dunkler werdenden Himmel auf. Die Lichtbelästigung durch die vordringenden Wohngebiete tauchte den Horizont in einen künstlichen Schein, aber über mir sah alles genauso aus, wie ich es in Erinnerung hatte; ein herrliches, wasserfarbenblaues und rosiges Zwielicht, und im Osten funkelten die ersten Sterne am lila Himmel.

Das Knirschen des Schotters, über den ein Fahrzeug rollte, riss mich aus meiner Sternenguckerei, und ich drehte mich um, als es das Pförtnerhaus passierte, und sah, dass es ein weißer Lexus SUV war. Er hielt kurz an, bevor er langsam in Richtung Gästehaus weiterfuhr.

Ein Jahrzehnt lang hatten uns Ozeane und Kontinente voneinander getrennt, und jetzt lagen nur ein paar Minuten Fußweg zwischen uns, die durch Wut, Stolz und Geschichte jedoch schwerer zu überwinden waren als Kontinente und Ozeane.

Ich hatte immer das Gefühl gehabt, dass wir uns überstürzt getrennt hatten, ohne uns ganz darüber im Klaren zu sein, warum wir getrennte Wege gehen wollten, und infolgedessen, glaube ich, war keiner von uns in der Lage, weiterzukommen. Wir mussten uns mit der Vergangenheit auseinandersetzen, egal, wie schmerzhaft das sein würde. Und jetzt war der richtige Zeitpunkt dazu.

20

Als die Sonne über die Mauer des Anwesens stieg und durch das Küchenfenster fiel, brühte ich eine Kanne Kaffee auf und nahm eine Tasse mit nach draußen auf den Patio, wo ich vier leere Bierflaschen auf dem Tisch zählte.

Ich hatte voll bekleidet auf der Couch geschlafen und war nur einmal die Treppe hochgestiegen, um auf die Toilette zu gehen. Soweit ich wusste, war Elizabeth nicht heruntergekommen.

Ich trank einen Schluck Kaffee aus der dampfenden Tasse und betrachtete den morgendlichen Dunst, der von Rasenflächen und Garten aufstieg.

Wie wir auf dem College zu sagen pflegten: »Vögeln ist nichts Besonderes, aber Nichtvögeln ist etwas *ganz* Besonderes.«

Wenn ich das Ganze positiv betrachtete, war es der richtige Schritt. Keine Verwicklungen, keine Komplikationen.

Andererseits – ob Sex oder nicht – hatten Elizabeth und ich in gewisser Hinsicht zueinandergefunden. Ich mochte sie, sie gehörte zu meiner Vergangenheit und daher möglicherweise auch zu meiner Zukunft. Ich hatte zehn Jahre mit Fremden geschlafen; es könnte schön sein, mit jemandem zu schlafen, den ich kannte. Jetzt hatte ich zumindest einen Ort, an dem ich meine Habseligkeiten einlagern konnte, und ein Gästezimmer, falls ich eines brauchte. Und mit etwas Glück hatte ich eine Freundin.

Ich hörte das Fliegengitter knarren, drehte mich um und sah Elizabeth, die meinen alten Bademantel übergezogen und eine Tasse Kaffee in der Hand hatte, barfuß über den taunassen Patio laufen.

Sie gab mir einen Kuss auf die Wange und sagte: »Guten Morgen.«

»Guten Morgen.«

»Hast du gut geschlafen?«

»Hab ich. Und du?«

»Ich … es war seltsam, in meinem alten Zimmer zu schlafen. Ich hatte ziemlich traurige Träume … von mir, als kleines Mädchen … und von Mom und Dad … Ich bin ein paarmal aufgewacht und habe geweint.«

Ich nickte und schaute sie an, und plötzlich hielten wir Händchen. Sie wirkte immer noch tief betrübt, dann schien sie sich davon loszureißen und sagte: »Kennst du dieses Gedicht? ›Kehr um, o Zeit, in sausender Pracht, lass mich Kind wieder werden nur für heut Nacht‹.«

»Habe ich schon mal gehört.«

»Genau das habe ich letzte Nacht gedacht.«

Ich nickte und drückte ihre Hand.

Sie sagte: »Ich dachte, du würdest hochkommen.«

»Glaub mir, ich habe daran gedacht.«

Sie lächelte. »Tja, ich glaube, mir war nicht nach Zärtlichkeit zumute.«

»Nein. Du wolltest wieder ein Kind sein, nur für eine Nacht.«

Sie schaute mich an, nickte, dann sagte sie: »Aber … ich wollte deine Gesellschaft. Deshalb bin ich runtergekommen. Du lagst schnarchend auf der Couch.«

»Schnarche ich?«

»Herrgott, ich dachte, du lässt den Staubsauger laufen.«

Ich lächelte. »Nach Rotwein schnarche ich immer.«

»Kein Rotwein mehr für dich.« Sie betrachtete die leeren Bierflaschen. »Hattest du gestern noch Gäste?«

Ich lächelte erneut und erwiderte: »Ich habe Nacktschnecken vernichtet.«

Wir saßen am Tisch, hielten immer noch Händchen und tranken Kaffee. Die Sonne stand jetzt ein gutes Stück über der Mauer, und ihre Strahlen brannten sich durch den Dunst und fielen zwischen Bäumen hindurch in den Garten und auf den Patio. Es war ruhig, abgesehen vom Gezwitscher der Morgenvögel und einem gelegentlichen Fahrzeug auf der Grace Lane.

»Ich liebe diese Tageszeit«, sagte Elizabeth.

»Ich auch.«

Wir schwiegen eine Weile, genossen den Anbruch eines herrlichen Sommertages.

Schließlich fragte sie mich: »Darf ich dir ein Geheimnis verraten?«

»Natürlich.«

»Tja … du hältst das vielleicht für albern … und mir ist das auch ein bisschen peinlich … aber als ich etwa … um die sechzehn war, habe ich mich schwer in dich verknallt.«

Ich lächelte. »So?«

Sie lachte, dann fuhr sie fort: »Obwohl du verheiratet warst … habe ich manchmal an dich gedacht, wenn ich auf dem College war, und jedes Mal, wenn ich heimgekommen bin und dich gesehen habe … doch dann wurde ich erwachsen und kam drüber weg.«

»Das ist gut. Ich hatte keine Ahnung.«

»Natürlich nicht. Ich habe nie geflirtet, oder?«

Ich dachte darüber nach. »Nein, hast du nicht.«

»Ich war ein braves Mädchen.«

»Bist du immer noch.«

»Tja … lassen wir das lieber.«

Ich lächelte.

Elizabeth fuhr fort: »Und dann, als all das mit Susan und Frank Bellarosa geschah, konnte ich kaum glauben, was ich von meiner Mutter erfuhr, und als du hier eingezogen bist … später, nachdem Susan ihn erschossen hatte … da wollte ich dich anrufen oder vorbeikommen. Ich bin sogar ein paarmal hier gewesen, um Mom zu besuchen, aber du warst nicht da … und dann hat Mom gesagt, dass du wegwillst.«

Ich wusste immer noch nicht recht, was ich sagen sollte, doch ich erwiderte: »Das war sehr nett. Ich hätte jemanden gebrauchen können, mit dem ich reden konnte.«

»Ich weiß. Mom hat gesagt, du wärst … so verschlossen. Und ich war verheiratet, und ich war mir selbst nicht sicher, ob ich so betroffen war, weil ich eine Freundin der Familie war oder … etwas anderes.«

»Ich verstehe. Ich fühle mich sehr geschmeichelt.«

»Wirklich? Tja, du bist zu bescheiden, John. Ich glaube, du bist weggegangen, weil sämtliche Frauen hinter dir her gewesen wären, sobald du getrennt warst. Du bist um dein Leben gelaufen.«

»Das stimmt.«

Sie lächelte, dann fuhr sie fort: »Und jetzt kommt der Rest von meinem Geheimnis – als ich hörte, dass du um die Welt segeln wolltest, habe ich mir gewünscht, du würdest mich mitnehmen.«

Ich schaute sie an, und sie erwiderte meinen Blick. »Ich wünschte, ich hätte das gewusst«, sagte ich, und es war nicht ganz unehrlich.

»Ich finde es sehr nett, dass du das sagst.«

»Na ja, ich sage es nicht einfach so.«

»Ich weiß. Jedenfalls war es nur eine alberne Phantasie. Ich hatte einen Mann und zwei Kinder. Selbst wenn du gefragt hättest, hätte ich nein sagen müssen. Wegen der Kinder. Von Mom gar nicht zu reden. Ich glaube, sie war mir auf die Schliche gekommen und fand das ganz und gar nicht gut.«

Ich dachte über all das nach und auch darüber, wie schnell sich der Verlauf unseres Lebens ändern kann, wenn etwas gesagt wird oder nicht. Wir empfinden das eine und sagen etwas anderes, weil wir so erzogen wurden. Wir haben unsere Träume und Phantasien, obwohl wir uns selten dementsprechend verhalten. Wir alle sind, glaube ich, eher ängstlich als hoffnungsvoll und eher opferbereit – wegen der Kinder, des Partners, des Jobs, der Gemeinschaft – als egoistisch. Und das, nehme ich an, ist im Großen und Ganzen auch gut so zum Erhalt einer zivilisierten Gesellschaft. Wenn sich jeder so verhalten würde wie Susan Sutter, würden wir alle schließlich unsere Liebhaber oder Partner erschießen, vielleicht auch beide, oder davonlaufen, um Liebe, Glück und ein Leben ohne jede Verantwortung zu finden.

So wütend ich auch auf Susan war, auf eine seltsame Art und Weise beneidete ich sie um ihre Leidenschaftlichkeit, ihre Fähigkeit, sich von ihrer strengen Erziehung und den erdrückenden Konventionen ihrer Gesellschaftsschicht zu befreien. Oder sie war einfach durchgeknallt.

Und als sie gegen die Regeln verstieß, verstieß sie auch gegen das Gesetz. Mord. Sie hatte einen Freifahrschein bekommen, aber dafür eine überfällige Rechnung bei Mr Anthony Bellarosa offen, und möglicherweise wollte er sie nun bezahlt haben.

»Woran denkst du?«, fragte mich Elizabeth.

»Weshalb sich manche Menschen nicht an Regeln halten. Und Risiken eingehen. Und mehr auf ihr Herz als auf ihren Verstand hören.«

Sie nickte und stellte ziemlich scharfsinnig fest: »Susan hat das getan. Tom ebenfalls. Ich habe das nie getan, doch du hast es getan, als du um du Welt gesegelt bist.«

»Nun ja, ich wurde in die beneidenswerte Lage gebracht, dass ich nichts mehr zu verlieren hatte. Ich hätte nur einen Fehler machen können, nämlich hierzubleiben und zur Eheberatung zu gehen.«

Sie lächelte und bewies einmal mehr ziemlich viel Verständnis, als sie sagte: »Du solltest dir darüber klarwerden, weshalb es mit deiner Ehe so weit kam. Und du solltest sichergehen, dass du nicht noch mal in diese Lage kommst. Vorausgesetzt, du willst wieder heiraten.«

Das Wort »heiraten« mit all seinen Ableitungen und Synonymen schlägt mir auf den Magen, deshalb wechselte ich das Thema und fragte: »Darf ich dir noch einen Kaffee holen?«

»Nein, danke. Aber ich mache dir ein Frühstück.«

»Ist schon gut.«

»Ich bestehe darauf. Als Entschädigung für letzte Nacht.«

Ich wusste nicht, ob sie damit eine Entschädigung meinte, weil sie mir kein Essen spendiert hatte oder weil sie nicht mit mir geschlafen hatte. Ich sagte: »Nun ja, im Kühlschrank ist nicht allzu viel.«

»Das habe ich gesehen. Wir können uns das englische Muffin teilen, außerdem ist Holzapfelgelee da, Clubsoda, und zwei Bier sind auch noch übrig.«

»Wie ist denn das englische Muffin da reingeraten?«

Sie stand auf. »Wie ich sehe, warst du nicht darauf vorbereitet, dass ich über Nacht bleibe.«

»Nein …« Daran gedacht hatte ich eigentlich schon, aber ich war nicht darauf vorbereitet. »Wir können in ein Café gehen.«

»Nein. Entspann dich einfach. Ich bin gleich wieder da.«

»Danke.« Also blieb ich sitzen und dachte über unser nicht postkoitales Gespräch nach, das vermutlich nicht viel anders verlaufen war, als wenn wir es miteinander getrieben hätten.

Grundsätzlich lief es darauf hinaus, dass ich Elizabeth wirklich mochte, und ich wollte auch wirklich mit ihr schlafen, aber jetzt war ich froh, dass ich es nicht getan hatte. Und ich wollte dafür sorgen, dass es nicht doch noch dazu kam und wir Freunde bleiben konnten.

Oder sollte ich es noch mal versuchen? Warum ist das so kompliziert?

Sie kam mit der Kaffeekanne zurück, füllte meine Tasse und sagte: »Das Frühstück wird in Kürze serviert, Mr Sutter.«

»Danke, Elizabeth. Ich möchte mein Muffin durch und mein Holzapfelgelee daneben.«

»Sehr wohl, Sir.« Sie beugte sich vor, zerzauste mir die Haare, küsste mich auf den Mund und ging dann hinein.

Ich spürte, wie der kleine John aufwachte und sich reckte. Vielleicht brauchte ich eine kalte Dusche. Ich trank meinen Kaffee und versuchte an etwas anderes als Sex zu denken, oder an Elizabeths perfekten Körper, an die glatten cremig weißen Innenseiten ihrer Schenkel, als mein T-Shirt hochgerutscht war, oder an ihre Brüste, die gestern Abend beinahe aus dem Badetuch gehopst beziehungsweise fast aus meinem Bademantel gefallen wären, als sie sich gerade vornübergebeugt hatte. Stattdessen dachte ich … tja, ich konnte an nichts anderes als an Sex denken.

Elizabeth kehrte mit einem Tablett zurück, auf dem sich das durchgeschnittene und getoastete englische Muffin, ein offenes Geleeglas, eine Flasche von meinem Hildon-Mineralwasser, die Kaffeekanne und der Käse, die Kräcker und das Gemüse befanden, das von gestern Abend übrig war. Sie stellte das Tablett auf den Tisch und sagte: »Das Frühstück ist aufgetragen, Sir.«

»Danke. Leistest du mir Gesellschaft?«

»Oh, Sir, das ist nicht gestattet. Doch wenn Sie darauf bestehen –« Sie setzte sich, goss zwei Gläser Wasser ein und sagte: »Ihr Frühstücksbier ist kalt gestellt, Sir.«

»Danke.« Ihre Vorstellung war lustig, aber über dem Humor hing eine gar nicht so weit zurückliegende Vergangenheit, in der die Allards die Stanhopes bedient hatten. Ich war nur selten mit von der Partie gewesen, es gab jedoch ein paar Gelegenheiten, vor Jahren, als ich mit den Stanhopes im großen Herrenhaus speiste und Ethel, George und ein paar weitere verbliebene Dienstboten kochten und ein offizielles Diner für den Stanhope-Clan und seine aufgeblasenen Gäste auftrugen. Ich erinnerte mich jetzt sogar daran, dass Elizabeth, die vom Internat oder College nach Hause gekommen war, einmal den Tisch abgeräumt hatte. Ich fragte mich, ob Lord William der Geizige sie dafür bezahlt hatte. Jedenfalls, ja, Elizabeth meinte es komisch, und das hier war eine Parodie, aber mir war ein bisschen unwohl zumute.

Elizabeth löffelte etwas Marmelade auf mein Muffin und sagte: »Hausgemacht, wir stellen es hier auf dem Anwesen her.«

Mir fiel nichts Geistreiches dazu ein.

Sie legte etwas Käse auf meinen Teller. »Der ist zwölf Stunden auf dem Kaffeetisch gereift.«

Ich lächelte.

Und so frühstückten wir und plauderten ein bisschen über ihre Boutiquen und die Veränderungen, die im letzten Jahrzehnt an der Gold Coast vonstattengegangen waren. Sie bemerkte dazu: »Es ist eher unterschwellig als dramatisch. Und nicht so schlimm, wie es sein könnte. Die Neureichen scheinen froh und glücklich zu sein mit ihren zwei Hektar und den halbindividuellen Reihenhäusern.« Sie lächelte. »Ein paar von den Frauen kleiden sich gut.«

Ich lächelte meinerseits.

Sie fuhr fort: »Tja, hör dir das an – die Tochter von Arbeitern auf einem großen Anwesen. Weißt du … ich bin unter dem Geldadel aufgewachsen, und ich hatte eine sehr gute Ausbildung, und ich fühle mich als Teil der alten, untergegangenen Welt.«

»Bist du auch.«

»Ja, aber ich stamme aus einem anderen Teil dieser Welt, und jetzt bin ich Geschäftsfrau.«

»Geschäftsinhaberin.«

»Danke, Sir. Von drei renommierten Geschäften sogar. Und ich habe eine gute Partie gemacht. Gesellschaftlich, meine ich. Das nächste Mal heirate ich aus Liebe.«

»Mach nichts Albernes.«

Sie lächelte. »Tja, zumindest sind meine Kinder Corbets, und sie haben eine gute Ausbildung genossen.«

»Weißt du, ich habe sieben Jahre in England gelebt, und ich habe das Beste und das Schlimmste von dem alten Klassensystem gesehen. Letzten Endes kommt es nur auf den Charakter an.«

»Das, Mr Sutter, klingt nach Blödsinn.«

Ich lächelte. »Nun ja, ist es auch. Aber es klingt gut.«

»Und du kannst das leicht sagen.«

»Ich bin nicht reich geboren«, sagte ich.

»Aber du wurdest in zwei illustre alte Familien geboren. Die Whitmans und die Sutters. Alle oder die meisten von ihnen hatten eine College-Ausbildung, und keiner war Pförtner, Geschäftsführer oder Dienstbote.«

Das stimmte, aber soweit ich wusste, war auch keiner von ihnen so stinkreich wie die Stanhopes. Der große alte Onkel Walt war zwar berühmt, doch für Lyrik wurde man nicht so gut bezahlt.

Was die Sutters anging, die waren mit dem ersten Schiff nach der *Mayflower* gekommen und hatten seither stets den Anschluss verpasst, jedenfalls, was das Geld betraf.

Bei den Stanhopes hingegen hatte Susans Urgroßvater Cyrus das Vermögen der Familie mit Kohlebergwerken verdient und um die Wende zum letzten Jahrhundert Stanhope Hall erbaut. Die Whitmans und die Sutters würden die Stanhopes für protzig, geldgierig und vermutlich nicht besonders intellektuell halten. Und außerdem waren die Stanhopes, wie meine Mutter gern betonte, bar jeden sozialen Gewissens.

Balzac schrieb: »Hinter jedem großen Vermögen steckt ein Verbrechen.« Im Fall der Stanhopes steckte hinter ihrem Vermögen jedoch nur ein Schweineglück. Und sie hatten den Großteil davon mittels Habgier, Knickrigkeit und Steuerschlupflöchern behalten. Was das Thema anging, hatte ich dem geizigen Willie zwar jede Menge kostenlose Rechtsberatung gegeben, aber nie seine Steuern gemacht, sonst säße ich jetzt wahrscheinlich im Knast.

Nichtsdestotrotz konnte man uns nach Elizabeths Ansicht alle über einen Kamm scheren, denn wir waren allesamt hochwohlgeboren und von Glück und Schicksal begünstigt.

Um die Sache klarzustellen, erklärte ich ihr: »Ich weiß zufällig, dass meine Vorfahren Farmer und Fischer waren, und einer von Ihnen, Elijah Sutter, wurde wegen Pferdediebstahls gehängt.«

»Ich erzähl's nicht weiter.«

Des Weiteren erklärte ich ihr: »Ich bin übrigens pleite.«

»Tja, war schön, dich kennengelernt zu haben.«

Ich lächelte, dann schlug ich vor: »Können wir das Thema wechseln?«

»Gute Idee. Darf ich dir noch sagen, dass du meiner Meinung nach trotzdem hier glücklich werden könntest, wenn du bleiben würdest?«

»Ich kann überall glücklich werden, wo es einen Country Club, einen Poloplatz, einen Yachtclub und achtzig Hektar große Grundstücke gibt.«

Sie lächelte und stellte fest: »Man kann einen Jungen von der Gold Coast wegholen, aber man kann ihm die Gold Coast nicht austreiben.«

»Gut gesagt.« Ich probierte ein Stück Gouda. »Schmeckt heute Morgen besser.«

»Erzähl mir von deiner Weltumsegelung.«

»Da gibt's eine Menge zu erzählen.«

»Hattest du in jedem Hafen eine Frau?«

»Nein. Nur in Westeuropa, Südostasien, der Karibik und Französisch-Polynesien.«

»Sehr komisch. Tja, erzähl's mir ein andermal.«

»Was ist mit dir?«

»Mit mir? Tja … seit zwei Jahren habe ich wieder Kontakt

zu Männern. Nichts Ernstes, und im Moment gehe ich mit niemandem.«

Kontakt. Gehen. Frauen, so stellte ich fest, haben mehr Euphemismen fürs Ficken, als Eskimos Bezeichnungen für Schnee. Und sie gebrauchen selten ein männliches Haupt- oder Fürwort, wenn sie ihr Sexualleben beschreiben. Ich habe Kontakt zu jemandem, ich gehe mit jemandem, ich habe jemanden kennengelernt, ich bin mit jemandem zusammen, ich meine es mit jemandem ernst, ich habe mit demjenigen, mit dem ich gehe, nichts Ernstes vor, ich treffe mich mit anderen Leuten und so weiter und so fort. Während ein Kerl den andern einfach fragt: »Fickst du mit einer?«

Elizabeth unterbrach meine Gedanken und fragte: »Sollten wir dieses Gespräch vor oder nach dem Sex führen?«

»Vorher ist gut. Damit es keine Missverständnisse gibt.« Und ich fügte hinzu: »Ich gehe in London mit jemandem.«

Sie sagte eine Weile nichts, dann fragte sie: »Ist es etwas Ernstes?«

»Ernst« ist für mich nur eine mögliche Bezeichnung für einen Gesundheitszustand, wie zum Beispiel einen Hirntumor, aber ich glaube, ich weiß, was »ernst« in diesem Zusammenhang bedeuten soll, deshalb antwortete ich ehrlich: »Sie glaubt es. Ich nicht.«

»In Ordnung.«

Also beließen wir es dabei.

Offen gesagt, verlief dieses Frühstücksgespräch nicht so gut, wie ich es mir vorgestellt hatte, und als ich mir die Sache mit Elizabeth gerade noch einmal überlegen wollte, legte sie den gleichen Scharfsinn an den Tag, der mir vorhin schon aufgefallen war, und sagte: »Mittlerweile ziehst du Punkte ab. Erstens schneide ich das Klassenthema an, und du glaubst, ich habe die roten Gene meiner Mutter, dann schnüffle ich in deinem Liebesleben herum, dabei haben wir noch nicht mal miteinander geschlafen, und … was noch?«

»Das Frühstück ist ätzend.«

»Das ist deine Schuld, nicht meine.«

»Stimmt. Schau –«

»Kannst du Lebensmittel einkaufen?«

»Selbstverständlich. Ich habe den Proviant für mein Schiff an einheimischen Lebensmittelständen in aller Welt besorgt.«

»Was hast du in London gemacht?«

»In London habe ich beim Curryexpress angerufen. Oder ich bin essen gegangen.«

»Ich kaufe ein paar Lebensmittel für dich.«

»Ich komme mit.«

»Das wäre schön.« Sie schwieg eine Weile, dann sagte sie zu mir: »Ich glaube, Susan möchte dich wiederhaben.«

Ich antwortete nicht.

Elizabeth hakte nach: »Ich glaube, sie möchte, dass ich es dir sage. Also sage ich's dir.«

»Danke.«

»Willst du meine Meinung dazu hören?«

»Nein. Ich habe meine eigene Meinung.«

»In Ordnung.« Sie stand auf. »Ich gehe jetzt heim, dann in die Kirche, danach besuche ich Mom. Die Kirche fängt um elf an, falls du dich dort mit mir treffen willst. Du kannst dich doch auch im Fair Haven mit mir treffen. Und wenn du heute Nachmittag nicht beschäftigt bist, lade ich dich zum Brunch ein.«

Ich erhob mich ebenfalls. »Ich würde gern den Tag mit dir verbringen, aber … ich möchte Susan in der Kirche nicht über den Weg laufen, oder im Fair Haven.«

»Das verstehe ich.«

Was die Einladung zum Brunch anging, überraschte ich mich selbst, als ich sagte: »Ich bin um vier zum Sonntagsessen verabredet.« Weil ich der Meinung war, dass ich Elizabeth eine Erklärung schuldete, sagte ich: »Der gleiche Geschäftspartner, mit dem ich letzte Woche essen war, dazu seine Familie.«

»Na schön … ich hoffe, es kommt was dabei raus.«

»Kann ich mich gegen sieben mit dir treffen?«

»Ruf mich an.«

»Wird gemacht.« Ich lächelte und fragte: »Darf ich dir beim Anziehen helfen?«

Sie lächelte ebenfalls. »Du hast mir nicht mal beim Ausziehen geholfen. Ich möchte, dass du hierbleibst und mich jetzt nicht in Versuchung führst. Ich finde selbst raus.«

»Bist du dir sicher?«

»Bin ich.« Wir umarmten und küssten uns, und eins führte zum anderen, und irgendwie ging ihr Bademantel auf, und wenn es noch zwei Sekunden länger so gegangen wäre, hätten wir es auf dem Tisch gemacht, aber sie wich zurück, holte Luft und sagte: »Später. Heute Abend.«

»Okay … heute Abend.«

Sie band ihren Bademantel zu und ging zur Tür, schaute dann zu mir zurück und sagte: »Du musst die Sache mit Susan klären, und besser früher als später.«

»Das weiß ich.«

Sie ging durch die Fliegengittertür, und ich stand da, wollte ihr am liebsten folgen, wusste jedoch, dass ich es nicht tun sollte. Ich goss mir eine weitere Tasse Kaffee ein und spazierte durch Ethels Garten, der mit Unkraut überwuchert war, das ihr Gemüse erstickte. Warum erstickte das Gemüse nicht das Unkraut?

Wenigstens in meine Gedanken brachte ich etwas Ordnung: Erstens, ich mochte Elizabeth Allard. Zweitens, ich musste Herr des Geschehens werden, bevor es meiner Herr wurde. Und das hieß, dass ich mit Susan sprechen musste – nicht morgen oder übermorgen, sondern noch heute Morgen. Dann hätte der Besuch im Haus von Bellarosa einen Sinn und führte vielleicht zu einer Lösung.

Und dann, heute Abend, könnte ich mit Elizabeth schlafen – oder auch allein schlafen, aber zum ersten Mal seit zwei Wochen wieder ruhig und fest.

ZWEITER TEIL

Den Gang entlang, den wir niemals beschritten,
Gegen das Tor hin, das wir nie geöffnet
In den Rosengarten.

T. S. Eliot
»Burnt Norton«,
aus *Vier Quartette*

21

Ein altes Radio stand auf dem Kühlschrank, und Patti Page sang »Old Cape Cod«, was mich an ein paar Segeltörns erinnerte, die ich dort mit meiner Familie unternommen hatte. Der Sender spielte ein Potpourri von Songs, die sich auf die amerikanische Geographie bezogen, und der nächste war »Moonlight in Vermont«. Ich war mir sicher, dass Ethel den Einstellknopf seit zwei Jahrzehnten nicht mehr angerührt hatte.

In diesem Pförtnerhaus war die Zeit stehengeblieben, während die sich verändernde Welt zu den Mauern von Stanhope Hall vordrang. Genau genommen hatte sich auch das Leben innerhalb der Mauern verändert, und die Zeit war dabei, diesen Ort und die Menschen einzuholen, die hier lebten, früher und jetzt.

Es war noch nicht einmal neun Uhr, und ich hatte bereits geduscht und eine braune Hose und mein letztes sauberes Hemd angezogen. Ein maßgeschneiderter blauer Blazer aus der Savile Row hing über der Lehne des Küchenstuhls. Ich war für einen Besuch bei Susan gekleidet, aber womöglich auch herausgeputzt, ohne irgendwohin zu gehen, bis ich mich um vier zum Essen mit einem Mafia-Don begab.

Bevor ich Susan anrief, sollte ich vielleicht erst meine Sonntagsanrufe bei Carolyn und Edward erledigen. Allerdings schlief Carolyn am Sonntag lange, und in Los Angeles war es sechs Uhr morgens, daher sollte ich vielleicht meine Mutter anrufen, doch normalerweise hatte ich einen steifen Drink in der Hand, wenn ich mit Harriet sprach, und dafür war es noch ein bisschen früh.

Um Viertel nach neun sang Ray Charles »Georgia«, und ich stand immer noch in der Küche und hatte eine Tasse Kaffee in der Hand.

Seltsam, dachte ich, dass ich einem Mafia-Don sagen kann, er könne mich kreuzweise, aber nicht den Mut aufbringe, Susan anzurufen.

Die letzten wehmütigen Töne von »Georgia« verklangen, und der DJ mit der angenehmen Stimme sagte: »Das war herrlich. Sie hören WLIG, den Sender für das Land der Freien und die Heimat der Tapferen.«

Auf diese aufmunternde Ansage hin schaltete ich das Radio aus, griff zum Küchentelefon und wählte die Nummer des Gästehauses, die Carolyn mir gegeben hatte. Ich hörte, wie das Telefon dreimal klingelte, und hoffte, dass sich der Anrufbeantworter einschaltete.

Susan musste eine Anruferkennung haben, die Ethels Telefonnummer anzeigte, denn sie meldete sich mit »Hallo, John«.

Ich spürte, wie mein Herz klopfte, als ich sie meinen Namen aussprechen hörte, und hätte fast aufgelegt, was ich natürlich nicht konnte – selbst wenn ich vielleicht Ethels hohe Stimme hätte imitieren und antworten können: »Hallo, Mrs Sutter, ich wollte Ihnen nur Bescheid sagen, dass ich aus dem Hospiz zurück bin«, um dann aufzulegen.

»John?«

»Hallo, Susan.«

Schweigen.

»Wie geht es dir?«, erkundigte ich mich.

»Mir geht's gut. Wie geht es *dir*?«

»Prima. Gut. Wie geht es dir?«

»Immer noch gut.«

»Richtig … mir auch.«

»Du hast diesen Anruf nicht besonders gut einstudiert«, stellte sie fest.

Darüber war ich ein bisschen ungehalten und sagte: »Mir ist gerade eingefallen, dass ich dich anrufen könnte, und ich hatte keine Zeit, mir Notizen zu machen.«

»Und was verschafft mir die Ehre dieses Anrufs?«

Meine Güte. Ich hatte nicht erwartet, dass sie außer sich vor Freude oder gar rührselig sein würde, wenn sie meine Stimme hörte, aber auch nicht derartig frostig. Ich musste mich daran erinnern, dass Ethel und Elizabeth angedeutet hatten, Susan würde sich über einen Anruf von mir freuen. Und Mr Nasim hatte gesagt, Susan hätte wohlwollend von mir gesprochen. Selbst Edward und Carolyn hatten durchklingen lassen, dass Mom von mir hören wollte. Was sollte das Ganze also?

Und die Antwort lautete, dass Susan mich fragte: »Ist dein Hausgast schon weg?«

Aha. Und bevor ich etwas erwidern konnte, fragte sie weiter: »Das war Elizabeths Auto, das über Nacht dort stand, nicht wahr?«

»Ja. Aber …« Ich habe nicht mit ihr gefickt. Ehrlich.

»Und wie geht es Elizabeth?«

Ich war Susan eigentlich keine Erklärung schuldig, doch um die Sache klarzustellen, meinte ich etwas sagen zu müssen – aber sie hatte mich auf dem falschen Fuß erwischt, und so platzte ich einfach damit heraus: »Sie hatte zu viel getrunken und wollte ihr altes Zimmer sehen, und wir mussten eine Menge Arbeit wegen des Nachlasses erledigen, und ich bin der Verwalter, deshalb ist sie über Nacht geblieben und –«

Bevor ich noch mehr unverständliches Zeug von mir gab, unterbrach mich Susan und sagte: »Nun, es ist mir egal. Also, was kann ich für dich tun?«

»Ich habe nicht mir ihr geschlafen.«

Schweigen, dann: »Es ist mir *wirklich* egal, John. Ich muss mich für die Kirche fertig machen.«

Nun ja, nachdem ich die Initiative ergriffen und angerufen hatte, wollte ich mich nicht so einfach abwimmeln lassen, deshalb sagte ich: »Ich komme gleich mit einem Umschlag für dich vorbei. Ich klingle. Wenn du nicht aufmachst, lege ich den Umschlag vor die Tür.«

Schweigen.

»Wiederhören«, sagte ich und legte auf.

Ich zog meinen Blazer an, schnappte mir den braunen Briefumschlag und verließ das Haus. Es war ein herrlicher, sonniger Tag, die Vögel sangen, die Heuschrecken zirpten, die Bienen summten und mein Herz klopfte, als ich die Zufahrt entlang in Richtung Gästehaus ging.

Mir war nicht klar, weshalb ich so angespannt war. Ich meine, wenn jemand angespannt oder peinlich berührt sein sollte – oder schuldbewusst –, dann war das Susan. Nicht *ich* war es gewesen, der ein Verhältnis einging und dann seinen Liebhaber erschoss.

Während ich die knapp dreihundert Meter bis zum Gästehaus zurücklegte, beruhigte ich mich etwas.

Als ich mich dem Haus näherte, fiel mir auf, dass die vorherigen Besitzer, an die Susan das Haus verkauft hatte, die Grenzen ihres Grundstücks mit Heckenreihen gekennzeichnet hatten, die rund um die vier Hektar große Enklave wuchsen. Als William und Charlotte noch im Herrenhaus wohnten, hatte ich Susan vorgeschlagen, dass wir eine fünf Meter hohe Steinmauer mit Wachtürmen errichten sollten, um die unangekündigten Besuche ihrer Eltern einzuschränken, aber Susan wollte sich die Sicht nicht versperren. Deshalb fragte ich mich jetzt, ob sie vorhatte, diese Hecken rausreißen zu lassen. Ich war davon überzeugt, dass sich Amir Nasim Sorgen wegen dieses Dickichts machte, das iranischen Heckenschützen als Deckung und Versteck dienen könnte.

Ich wünschte mir fast, dass Susan nicht an die Tür kommen würde; dann könnte ich mit meinem Leben fortfahren, ohne mir weiter Gedanken um Susan Stanhope Sutter zu machen. Andererseits fühlte ich mich dazu verpflichtet, sie sowohl von Nasims Sorgen als auch von meinen Sorgen bezüglich Anthony Bellarosa in Kenntnis zu setzen. Natürlich ließe sich das auch mit einem Anruf oder einem Brief erledigen, und wenn sie die Tür nicht öffnete, würde ich das auch tun.

Um ehrlich zu sein, wollte ich andererseits auch, dass sie die Tür öffnete und mich hineinbat. Zumindest musste ich erklären, warum Elizabeth bei mir übernachtet hatte – nicht, weil es für mich eine Rolle spielte, aber es könnte für Elizabeth eine spielen, deshalb wollte ich das Missverständnis mit Susan ausräumen und mich dann anderen Missverständnissen zuwenden.

Ich ging den aus Schieferplatten angelegten Weg zu dem großen steinernen Gästehaus entlang und bemerkte, dass der Efeu nicht gestutzt worden war und die Fenstersimse überwucherte. Außerdem musste sich jemand um die mit Schotter bestreute Zufahrt und den Hof vor dem Haus kümmern. Früher war das eine meiner Aufgaben gewesen, die ich entweder selbst erledigte oder bezahlten Helfern überließ. Mir fiel auch auf, dass die Blumenbeete, für die Susan verantwortlich gewesen war, tadellos gepflegt aussahen. Warum fiel mir das auf?

Ich stieg die Stufen zur Haustür hinauf und klingelte, ohne zu zögern.

Ich hatte noch Zeit für einen kurzen Gedanken, bevor die Tür geöffnet wurde oder ich mich wieder verzog, deshalb dachte ich an Susan und Frank, die sich den ganzen Sommer lang um den Verstand gevögelt hatten, während ich mir in der Stadt den Arsch abrackerte, mich nebenbei gegen den Vorwurf der Steuerhinterziehung wehrte und in meiner Freizeit den Freund meiner Frau wegen einer Mordanklage verteidigte. All diese angenehmen Erinnerungen versetzten mich in den richtigen Gemütszustand.

Ich wartete etwa zehn Sekunden, dann lehnte ich den Umschlag an die Tür, drehte mich um und ging.

Etwa fünf Sekunden später hörte ich, wie die Tür geöffnet wurde und Susan »Danke« rief.

Ich warf einen Blick zurück und sah sie in Jeans und einem rosa Polohemd in der Tür stehen und den Brief in der Hand halten. »Bitte sehr«, sagte ich und ging weiter.

»John.«

Ich blieb stehen und drehte mich um. »Ja?«

»Würdest du einen Moment hereinkommen? Ich habe etwas für dich.«

Ich warf einen Blick auf meine Uhr, tat so, als wäre mir das Ganze ausgesprochen zuwider, und sagte: »Nun ja … na schön.«

Ich ging zum Haus zurück, und sie verschwand im Inneren und ließ die Tür offen. Ich trat ein und schloss sie.

Susan stand am anderen Ende des langen Vorsaals, nahe der Küche, und fragte: »Möchtest du einen Kaffee?«

»Danke.«

Sie betrat die Küche, und ich folgte ihr. Das Haus sah, soweit ich das erkennen konnte, noch fast genauso aus wie vor zehn Jahren und war größtenteils mit den Antiquitäten der Familie Stanhope eingerichtet, die ich als Plunder bezeichnete und die Susan mit nach Hilton Head genommen oder irgendwo eingelagert haben musste.

Auch die große rustikale Küche sah noch fast genauso aus, einschließlich der alten Aufziehuhr an der Wand, und ich kam mir erneut vor wie in *Unheimliche Geschichten*, so als wäre ich kurz weg gewesen und hätte bei meiner Rückkehr festgestellt, dass ich seit zehn Jahren geschieden war.

Susan, die mir den Rücken zugekehrt hatte und mit der Kaffeekanne hantierte, fragte: »Immer noch schwarz?«

»Ja.«

Sie goss zwei Tassen ein, drehte sich um, und ich ging ihr

auf halbem Weg entgegen. Sie reichte mir eine Tasse, und wir schauten einander an. Sie war wirklich nicht gealtert, was mir bereits aufgefallen war, als ich sie vor ein paar Tagen von weitem gesehen hatte, und sie hatte in den zehn Jahren kein Gramm zugenommen, aber ich auch nicht. Da uns offensichtlich die gleichen Gedanken durch den Kopf gingen, sagten wir gleichzeitig: »Du siehst« – wir lächelten beide unwillkürlich und fuhren fort – »gut aus.«

Nachdem wir die Komplimente hinter uns hatten, sagte ich: »Ich muss mit dir sprechen.«

»Falls du hergekommen bist, weil du ein schlechtes Gewissen hast –«

»Ich habe kein schlechtes Gewissen.«

»Du kannst schlafen, mit wem immer du willst, aber sieh bitte zu, dass du dich von meinen Freundinnen fernhältst.«

»Nun ja, dann gib mir eine Liste mit deinen Freundinnen.«

»Und du machst mit deinen Freunden das Gleiche, falls du welche hast.«

Miststück. Ich stellte meine Kaffeetasse auf den Tisch und sagte: »Bevor ich gehe, musst du einsehen, dass ich nicht mit Elizabeth Allard geschlafen habe.«

»Es ist mir egal, ob du es getan hast oder nicht.«

»Aber du hast doch gerade gesagt –«

»Willst du mir gegenüber den Anwalt spielen?«

Manche Dinge ändern sich nie. Susan ist sehr klug, aber noch nie hat ihr jemand vorgeworfen, sie sei realistisch oder vernünftig. Ich meine, sie *kann* es sein, doch wenn sie unter Stress steht, sucht sie im versponnenen Teil ihres Gehirns Zuflucht. Das liegt an den roten Haaren. Ich sagte: »Schau mir in die Augen.«

»In welches?«

»Schau mich an.«

Sie schaute mich an, und ich sagte: »Ich habe *nicht* mit Elizabeth geschlafen.«

Sie starrte mir weiter ins Gesicht, und ich hielt ihrem Blick stand. »Sprich mit Elizabeth«, schlug ich vor.

Und so standen wir da, während die Uhr an der Wand vor sich hin tickte, wie so oft, wenn Susan und ich dieses minutenlange tödliche Schweigen nach einem Streit in der Küche verstreichen ließen. Die Streitereien waren für gewöhnlich kathartisch, ein gutes Zeichen dafür, dass uns nach wie vor viel aneinander lag und wir bereit waren, uns ein paar Runden lang zu messen, und meistens küssten und versöhnten wir uns dann und stürmten hinauf ins Schlafzimmer. Ich war mir sicher, dass auch sie daran dachte, aber diesmal würden wir nicht ins Schlafzimmer gehen. Ich sagte sogar: »Ich komme ein andermal wieder.«

»Was ist in dem Umschlag?«

»Ein paar Fotos und ein paar Papiere, die du haben solltest, wie zum Beispiel Carolyns und Edwards Geburtsurkunden, die bei meinen eingelagerten Sachen gelandet sind.«

Sie nickte. »Wenn du ein paar Minuten Zeit hast, würde ich gern das eine oder andere mit dir besprechen und dir ein paar Sachen geben.«

»Na schön.«

»Setzen wir uns doch in den Rosengarten«, schlug sie vor.

»Okay.«

»Ich komme gleich raus.«

Ich nahm meinen Kaffee und ging durch die hintere Küchentür in den englischen Rosengarten, der von einer niedrigen Steinmauer umgeben war und im Grunde genommen noch genauso aussah, wie ich ihn in Erinnerung hatte; wenn man mal davon absah, dass die gusseisernen Möbel durch Korbsessel ersetzt worden waren, die auch nicht viel bequemer wirkten. Frauen können auf allem sitzen.

Die Rosen fingen an zu blühen, und mir fiel ein, dass es ziemlich spät dafür war – ich nehme an, es hing davon ab, wie der Frühling auf Long Island verlief.

Hier war ich also, daheim und doch nicht zu Hause. Alles kam mir bekannt vor, aber die leichten Veränderungen waren verwirrend. Genau wie bei den Leuten. In einer Eingeborenenhütte auf einer Pazifikinsel, wo mich nichts an mein Vorleben erinnerte, hätte ich mich wohler gefühlt.

Mir fiel etwas ein, das mein Vater gesagt hatte, als ich bei der Army war und meinen Dienst in Deutschland antreten sollte. Er bezog sich auf die vier Jahre, die er im Krieg gewesen war, und erklärte mir: »Als ich zurückkam, habe ich mich so fehl am Platz gefühlt, dass ich mir gewünscht habe, ich wäre wieder mit meinen Kameraden im Schützengraben.« In Anbetracht dessen, dass er später meine Mutter kennengelernt und geheiratet hatte, war ich davon überzeugt, dass er sich das noch des Öfteren gewünscht hatte. Genauer gesagt, ich verstand jetzt, was er meinte.

Ich setzte mich in einen Sessel an dem runden Korbtisch und betrachtete den plätschernden Springbrunnen im hinteren Teil des gepflegten, symmetrischen Gartens mit der Sonnenuhr in der Mitte.

Rund um die Rosenbeete waren ein paar Gartenstatuen verteilt, meistens klassische Figuren, und das erinnerte mich an die klassischen Gärten von Alhambra, den spiegelnden Teich und natürlich meinen Traum. Wahrscheinlich würde ich sie niemals fragen, wie, wann und wo sie ihr Verhältnis mit Frank Bellarosa angefangen hatte, doch falls ich fragen *sollte*, würde sie vermutlich sagen: »Wie es zu *was* gekommen ist? Ach, *das*? Das ist so lange her, John. Wieso bringst du das zur Sprache?« Und so weiter und so fort. Aufs Verdrängen verstand sie sich, und ich war davon überzeugt, dass sie sich weder daran erinnerte, mit Frank Bellarosa gevögelt, noch ihn erschossen zu haben. Tja, natürlich konnte sie sich daran erinnern, aber nur, wenn jemand wie ich so ungehobelt war, es zu erwähnen.

Ich dachte an das letzte Mal, als ich sie gesehen hatte, bei der Beerdigung meiner Tante Cornelia vor vier Jahren. Ich weiß nicht, warum sie da war, vermutlich weil sie wegen unserer Kinder gewissermaßen immer noch zur Familie gehörte. Sie hatte ihren neuen Gatten auf Hilton Head gelassen, daher hatte ich weder das Vergnügen, den Glücklichen kennenzulernen, noch die Gelegenheit, mich darüber auszulassen, wie alt er aussah, wie fett er war oder was auch immer. Wenn sie einen jungen Hengst geheiratet hätte, wäre er mit Sicherheit dabei gewesen, und zwar in einem schwarzen Armani-Anzug.

Jedenfalls hatten Susan und ich damals miteinander gesprochen, es waren größtenteils Belanglosigkeiten über Tante Cornelia und Arthur, ihren verstorbenen Mann, und ihre beiden hirnlosen Söhne gewesen. Wir sprachen auch über meinen Vater, den Susan gemocht hatte, aber sie erwähnte nicht seine Beerdigung, die ich versäumt hatte. Ich entsann mich, dass ich Susan zu ihrer Hochzeit gratuliert und ihr alles Gute gewünscht hatte. Ich glaube, ich habe es sogar ernst gemeint.

Sie hatte mir erzählt, dass ihr Gatte ein sehr anständiger Mann sei, was meines Erachtens heißen sollte, dass er nicht die Liebe ihres Lebens war. Sie hatte mich nichts Persönliches gefragt, und ich hatte ihr keinerlei Neuigkeiten über mein Liebesleben anvertraut.

Auch die letzten Worte, die wir wechselten, als wir uns sechs Jahre zuvor getrennt hatten, waren nicht zur Sprache gekommen. Ich hatte an ihrer Verhandlung vor dem Bundesgericht in Manhattan teilgenommen, um eine Zeugenaussage zum Tod von Frank Bellarosa zu machen. Als ihr Ehemann und einstiger Anwalt musste ich nicht aussagen, aber ich wollte ein paar strafmildernde Umstände vorbringen, bei denen es größtenteils um ihren Geisteszustand in der Mordnacht ging, wie zum Beispiel: »Euer Ehren, meine Frau spinnt. Schauen Sie ihre roten Haare an.« Außerdem, so teilte ich dem Gericht mit, wollte ich offiziell darauf verweisen, dass das FBI meine Frau mit dem Mafia-Don verkuppelt hatte, während er sich in Schutzhaft in seinem Herrenhaus befand, und ich wollte ein paar Worte zu den fragwürdigen Methoden des Bundesanwalts Alphonse Ferragamo sagen.

Nun ja, wie sich herausstellte, wollten weder der Richter noch Mr Ferragamo etwas von mir hören, und die nichtöffentliche Sitzung hatte damit geendet, dass das Justizministerium beschloss, den Fall nicht vor einem Schwurgericht verhandeln zu lassen. Ein absoluter Sieg für Susan und einmal mehr eine Bestätigung dafür, dass die Regierung das Recht hat, sich abzusichern. Für mich war es das einzige Mal, dass ich Einfluss auf ein Verfahren genommen hatte, indem ich auf dem Gang saß und den Mund hielt.

Ich war erleichtert, dass Susan auf freiem Fuß blieb, doch ehrlich gesagt, war ich auch ein bisschen enttäuscht – sowohl als Anwalt wie auch als Staatsbürger –, dass das Justizministerium sie so leicht hatte davonkommen lassen, ohne ihr auch nur auf die Finger zu klopfen. Und als betrogener Ehemann hätte ich mir gewünscht, dass man Susan wenigstens aufforderte, ein scharlachrotes E auf ihrem züchtigen Kleid zu tragen, aber andererseits hätte man mir, wie ich annehme, dann ein Schild mit der Aufschrift HAHNREI um den Hals gehängt.

Wie dem auch sei – ich war Susan nach der Verhandlung auf der Treppe vor dem Gerichtsgebäude absichtlich über den Weg gelaufen, und sie war von ihren glücklichen Eltern, drei erleichterten Anwälten und zwei von der Familie bestellten Psychiatern umgeben gewesen, die wohl kaum für jedes Mitglied der Familie Stanhope ausreichten.

Ich hatte Susan von ihrem Gefolge loseisen können, und wir hatten kurz miteinander gesprochen, wobei ich ihr zum Ausgang der Verhandlung gratulierte, obwohl ich nicht ganz zufrieden damit war. Nichtsdestotrotz sagte ich zu ihr: »Ich liebe dich immer noch, musst du wissen.«

Und sie hatte erwidert: »Das solltest du auch besser. Auf ewig.«

Und meine letzten Worte an sie lauteten: »Ja, auf ewig.«

Und ihre letzten Worte waren: »Ich auch.«

Und so trennten wir uns auf der Treppe vor dem Gerichtsgebäude und sahen uns fast vier Jahre lang nicht, bis zu Edwards Abschlussfeier am Sarah Lawrence College.

Und als wir das letzte Mal miteinander gesprochen hatten, bei Cornelias Beerdigung, hatte sie zum Schluss zu mir gesagt: »Ich wünsche dir alles Gute, John, vor allem wünsche ich dir inneren Frieden.«

Ich wusste nicht, warum sie meinte, ich hätte keinen inneren Frieden – das war *mein* Geheimnis –, aber ich erwiderte: »Danke. Dir ebenso.«

Wir hatten uns auf dem Friedhof voneinander verabschiedet, und ich war nach London zurückgekehrt. Jetzt, vier Jahre später, waren wir dabei, eine andere Frau aus unserer Vergangenheit zu beerdigen, und wenn mir nach einem Witz zumute gewesen wäre, hätte ich gesagt: »Wir dürfen uns nicht mehr auf diese Weise treffen.« Aber vielleicht, dachte ich, heiratet irgendwann eines unserer Kinder oder auch beide, und dann können Susan und ich uns bei fröhlicheren Anlässen begegnen, zum Beispiel bei Geburten, Taufen oder den Geburtstagspartys der Enkel.

Bis dahin waren es Beerdigungen, was mich an einen Satz von Longfellow erinnerte – *Lasst die tote Vergangenheit ihre Toten begraben.*

Ja, in der Tat.

22

Susan kam in den Rosengarten, und ich bemerkte, dass sie sich die Haare gebürstet und möglicherweise etwas Lipgloss aufgetragen hatte.

Als Gentleman, der ich bin, stand ich auf, und sie erinnerte sich an einen unserer üblichen Scherze und fragte mich: »Spielt jemand die Nationalhymne?«

Wir lächelten beide, und sie stellte eine Briefpapierschachtel auf den Tisch, legte den Umschlag, den ich mitgebracht hatte, daneben und setzte sich dann mir gegenüber.

Was den Umschlag anging, so wollte ich nicht, dass sie ihn jetzt öffnete und die Nacktfotos von sich sah; das könnte unangenehm oder peinlich sein oder ihr eine falsche Botschaft vermitteln. Oder hatte sie bereits in den Umschlag geschaut? Jedenfalls ließ sie ihn auf dem Tisch liegen.

Wir saßen beide schweigend ein paar Sekunden lang da, dann fiel mir etwas ein. »Ich habe vom Tod deines Mannes gehört. Mein Beileid.«

»Danke.«

Damit schien das Thema erledigt zu sein, daher fragte ich die trauernde Witwe: »Worüber musst du mit mir sprechen?«

»Fang du an.«

»Ladies first.«

»Na schön. Tja, diese Schachtel enthält Abzüge von Fotos, die du meiner Meinung nach vielleicht gern hättest. Außerdem habe ich einen Packen Briefe von Edward und Carolyn gefunden, die sie uns geschrieben haben, als sie auf der Schule waren, und ich habe Fotokopien für dich gemacht.«

»Danke. Hast du auch die geplatzten Schecks, die wir ihnen geschickt haben?«

Sie lächelte. »Nein, aber ich habe die Dankesschreiben. Heute schicken sie E-Mails, früher konnten sie auch mit der Hand schreiben.«

Wir lächelten beide.

»Was ist in dem Umschlag?«, fragte sie.

»Das Gleiche. Fotos, ein paar Briefe von den Kindern. Einige Dokumente, die du vielleicht aufheben willst.«

»Danke. Sowohl Edward als auch Carolyn haben mir gesagt, dass sie zu Ethels Beerdigung kommen werden. Edward muss rechtzeitig Bescheid wissen. Er hat viel zu tun. Carolyn ebenfalls, aber sie ist von Brooklyn aus rasch hier.«

»Ich wollte immer miterleben, wie meine Kinder Arbeit und Familienleben miteinander in Einklang bringen. Ich kann es kaum erwarten, dass sie heiraten und Kinder kriegen.«

»John, bei dir klingt das so, als ob Familie, Arbeit und Kinder eine Art Strafe wären.«

»Tut mir leid. Das ist falsch rübergekommen. Außerdem solltest *du* sie auf dem Laufenden halten, was Ethel angeht. Ich habe weder E-Mail noch Handy.«

»Willst du dir eins zulegen?«

»Falls ich bleibe.«

Sie hakte nicht weiter nach, sondern fragte: »Wann hast du das letzte Mal mit ihnen gesprochen?«

»Letzten Sonntag. Sie klangen gut.«

»Ich glaube, es geht ihnen auch gut. Sie freuen sich, dass du wieder da bist. Wie lange bleibst du?«

»Mindestens bis zur Beerdigung.«

Sie nickte, stellte jedoch keine Anschlussfrage. Es ging um die Familie, deshalb riet sie mir: »Du solltest deine Mutter besuchen – vor der Beerdigung.«

»Vor ihrer oder Ethels?«

»Jetzt mal ernst. Du solltest dich gegenüber deiner Mutter so verhalten, wie du es auch von deinen Kindern *dir* gegenüber erwartest. Du musst ihnen ein Vorbild sein. Sie *ist* ihre Großmutter. Du bist ihr Sohn.«

»Ich glaube, ich hab's kapiert.«

»Du musst erwachsener werden.«

»Ich bin der Sohn meiner Mutter und verhalte mich so, wie sie sich mir gegenüber verhält.«

»Lächerlich. Die Entfremdung zwischen dir und deiner Mutter wirkt sich auf unsere Kinder aus. Ich denke an sie.«

Es geht natürlich immer um die Kinder, aber die scheren sich nur selten darum. Jedenfalls ging es hier nicht um Harriet und mich oder um die Kinder und mich; es ging um Susan und mich.

Sie kam zum nächsten Punkt und sagte: »Edward und Carolyn ist auch angesichts deiner Einstellung zu meinen Eltern nicht ganz wohl zumute.« Und für den Fall, dass mir der Zusammenhang entgehen sollte, erinnerte sie mich: »Es sind ihre *Großeltern*.«

»Wie lange soll dieser Vortrag noch dauern?«

»Das ist kein *Vortrag*. Das sind wichtige Themen, die zum Wohle unserer Kinder angesprochen werden müssen.«

Ich hätte am liebsten gesagt: »Sie sind keine Kinder mehr, und du hättest vor zehn Jahren an sie denken sollen, als du beschlossen hast, mit Frank Bellarosa zu ficken.« Stattdessen sagte ich: »Na schön, da ich gewissermaßen mit jedem hier etwas zu tun habe, werde ich versuchen, ein besserer Sohn, ein besserer Vater und ein besserer Exmann zu sein.«

»Und hoffentlich weniger sarkastisch.«

»Und ich möchte offiziell festhalten, dass ich zu Edward

oder Carolyn *nie* etwas Abfälliges über deine Eltern gesagt habe.«

»Vielleicht nicht … aber sie *spüren* die Feindseligkeit.« Dann teilte sie mir eine gute Nachricht mit: »Meine Eltern sind im Laufe der Jahre viel abgeklärter geworden.«

Die beiden konnten nur abgeklärter werden, wenn sie ein Gehirntransplantat bekamen. Ich sagte: »Dann war ich es vielleicht, der das Schlimmste in ihnen zum Vorschein gebracht hat.«

»Was zwischen uns geschehen ist, hat sich auf viele Menschen in unserer Umgebung ausgewirkt, an denen uns etwas liegt und denen etwas an uns liegt, daher sollten wir meiner Meinung nach versuchen, höflich zueinander zu sein und allen Beteiligten das Leben leichter zu machen.«

»Dafür könnte es ein bisschen zu spät sein.«

»Nein, ist es nicht.«

Ich ging nicht darauf ein.

»Wann gedenkst du die Sache auf sich beruhen zu lassen?«, fragte sie mich.

»Das habe ich schon.«

»Nein, hast du nicht.«

»Und, hast du es?«

»Ich war nie wütend auf dich, John.«

»Warum solltest du auch? Was habe *ich* getan?«

»Du solltest auch an deine Rolle bei dem Ganzen denken.«

»Ach, komm schon.«

»Dann denke wenigstens daran, was du in den letzten zehn Jahren getan hast.«

»Ich habe gar nichts *getan*.«

»Das ist es ja. Du bist einfach davongelaufen.«

Ich erwiderte nichts, sondern warf einen Blick auf meine Uhr, und sie sah das und sagte: »Du wirst nicht gehen, bevor ich mit dem fertig bin, was ich zu sagen habe.«

»Dann werde fertig.«

Sie schwieg eine Weile und sagte schließlich mit einem etwas sanfteren Tonfall: »John, wir können das, was vorgefallen ist, nicht ungeschehen machen –«

»Versuch das noch mal, in der Einzahl.«

Sie holte tief Luft: »Okay … *ich* kann das, was vorgefallen ist … was *ich* getan habe, nicht ungeschehen machen. Aber ich möchte … ich möchte, dass du mir vergibst.«

Das hatte ich nicht kommen sehen, und einen Moment lang war ich sprachlos. Ich überlegte, was ich sagen sollte, und hätte fast gesagt: »Ich vergebe dir«, stattdessen schaute ich sie an und erinnerte sie: »Du hast dich nicht mal *entschuldigt*. Du hast nie gesagt, dass es dir leidtut.«

Sie hielt meinem Blick stand und sagte: »John … was ich getan habe, war eine zu schwere Sünde, als dass ich mich hätte entschuldigen können. Was soll ich sagen? Es tut mir leid, dass ich unser aller Leben ruiniert habe? Es tut mir leid, dass ich eine Affäre hatte? Es tut mir leid, dass ich ihn getötet habe? Es tut mir leid, dass ich nicht ins Gefängnis gekommen bin und für meine Tat büßen musste? Es tut mir leid um seine Frau und seine Kinder? Es tut mir leid, dass unsere Kinder meinetwegen leiden und zehn Jahre auf dich verzichten mussten? Es tut mir leid, dass du meinetwegen nicht hier warst, als dein Vater gestorben ist? Wie soll ich mich für all das entschuldigen?«

Ich wusste nicht, was ich sagen sollte, und ich konnte sie nicht länger anschauen, daher wandte ich mich ab und hört sie sagen: »Entschuldige mich.«

Ich schaute zu ihr, doch sie war aufgestanden und lief rasch ins Haus.

Eine Minute lang saß ich da, fühlte mich elend, hatte aber auch das Gefühl, dass diese Sache endlich zu so etwas wie einem Ende kam.

In der Gartenmauer war ein Tor, und ich starrte es an und stellte mir vor, wie ich hindurchging. Ich könnte sie später anrufen, wenn wir uns beide wieder beruhigt hatten. Oder wollte sie, dass ich hier wartete? Oder ihr folgte?

Frauen sind grundsätzlich schwer zu verstehen, und wenn sie aufgelöst sind, versuche ich es erst gar nicht. In diesem Augenblick sollte ich am besten das tun, was ich tun wollte, und ich wollte gehen. Also stand ich auf, nahm die Schachtel, die Susan mir gegeben hatte, und ging zum Tor. Schließlich zögerte ich und schaute zum Haus zurück, doch sie war nirgendwo zu sehen. Offenbar war das Gespräch vorüber. Und auch das war mir recht.

Ich öffnete das Tor, wurde erneut schwach und dachte daran, dass sie rauskommen und feststellen würde, dass ich weg war. Ich war hin- und hergerissen, und meine härtere Seite sagte: »Geh«, während meine weichere Seite sagte: »Sie leidet.«

In solchen Momenten bitte ich manchmal um göttlichen Beistand, so auch jetzt, aber die Küchentür blieb zu. »Komm schon, Gott.«

Hochmut kommt vor dem Fall.

»Danke für den Hinweis.«

Sag es mit Blumen.

»Was …?« Dann fiel mir plötzlich ein, dass ich schon mal hier gewesen war, buchstäblich wie auch im übertragenen Sinn, und ich erinnerte mich, dass wir uns manchmal ein Friedensangebot gemacht hatten, ohne uns einen allzu großen Zacken aus der Krone zu brechen.

Ich ging in den Garten zurück und fand die Rosenschere auf einer Gerätebank, schnitt ein Dutzend rote Rosen ab und legte sie auf den runden Tisch, dann lief ich zum Tor und öffnete es.

»John.«

Ich drehte mich um und sah sie unter der Tür stehen. »Willst du gehen?«

»Ich … ich wollte …«

»Wie kannst du einfach –?« Sie sah die abgeschnittenen Rosen und ging zum Tisch. Sie nahm eine und betrachtete sie, dann schaute sie zu mir. Wir starrten einander durch den Garten an, bevor ich mich langsam näherte.

Sie betrachtete mich, während ich näher kam, und ich blieb an einer deutlich vorbestimmten Stelle auf halber Strecke stehen, dort, wo zankende Ex- und Ehepartner weder zu nahe beisammen noch zu weit voneinander entfernt sind.

»Wieso wolltest du gehen?«

»Ich dachte, du wolltest, dass ich gehe. Du bist aufgestanden und weggegangen.«

»Ich habe gesagt: ›Entschuldige mich‹, nicht ›Auf Wiedersehen‹.«

»Okay … Tja, ich war mir nicht sicher … eigentlich, um ehrlich zu sein, wollte ich gehen.«

»Wieso?«

»Das hier ist schmerzlich.«

Sie nickte.

So standen wir da, und keiner von uns wusste, was er sagen sollte. Sie hatte mich gebeten, ihr zu vergeben, und nach zehn Jahren sollte ich einfach sagen: »Ich vergebe dir«, und weitermachen. Aber wenn ich das sagte, musste ich es ernst meinen, und wenn ich es nicht ernst meinte, würde sie es merken.

Sowohl Susan als auch ich waren in einer Welt und einer Gesellschaftsschicht aufgewachsen, in der uns Sachen wie Sünde, Buße und Wiedergutmachung in der Kirche, in St. Paul's, an der Friends Academy und selbst zu Hause eingetrichtert wurden. Diese Welt mochte untergegangen sein, und wir beide waren möglicherweise so weit vom Kurs abgekommen, dass wir nie wieder Land sehen würden, doch wir waren immer noch Produkte dieser Welt. Deshalb und weil ich wusste, dass sie verstehen würde, was ich meinte, sagte ich zu ihr: »Susan, ich kann und will deine Entschuldigung für alles annehmen. Wirklich. Aber ich bringe es weder über mich, noch habe ich die Kraft, dir zu vergeben.«

Sie nickte. »Das verstehe ich. Hasse mich einfach nicht mehr.«

»Ich hasse dich nicht.«

»Hast du aber getan.«

»Niemals. Ich habe es dir gesagt … auf der Treppe vor dem Gerichtsgebäude … erinnerst du dich?«

»Durchaus.« Und sie erinnerte mich: »Du hast zu deiner Schwester gesagt, du willst nach Hilton Head segeln. Ich habe auf dich gewartet.«

Die Sache wurde wieder schmerzlich, das musste wohl so sein, bevor es endlich aufhörte wehzutun. Ich sagte: »Ich bin hingesegelt … aber ich habe kehrtgemacht.«

»Und bist losgesegelt, um die Welt zu sehen.«

»Ganz recht.«

»Du hättest auf See verlorengehen können.«

»Das hatte ich nicht vor, falls du das andeuten willst.«

»Das hast du gesagt, nicht ich.«

»Thema beendet«, sagte ich.

»Alle haben sich Sorgen gemacht. Deine Eltern, deine Kinder –«

»Auch das war nicht beabsichtigt. Es ging einfach darum, für nichts verantwortlich zu sein und hemmungslos genießen zu können. Nicht mehr und nicht weniger. Ich hatte es verdient.« Ich erinnerte sie: »Thema beendet.«

»In Ordnung.« Sie griff ein leichteres Thema auf: »Danke für die Blumen.«

»Das sind eigentlich deine Blumen.«

»Das weiß ich. Aber trotzdem danke für die Geste.«

»Gern geschehen.«

»Ich bin gerührt, dass du dich erinnert hast.«

Mir machte immer noch ihre Unterstellung zu schaffen, dass ich um die Welt gesegelt wäre, weil ich ein verzweifeltes, sich selbst bemitleidendes, todunglückliches, um Mitgefühl heischendes, selbstmordgefährdetes Wrack von einem Mann war.

Frauen verstehen verantwortungsloses Verhalten einfach nicht, deshalb wandte ich mich wieder dem beendeten Thema zu und sagte: »Außerdem war es eine Herausforderung.«

»Was?«

»Mit einem kleinen Boot um die Welt zu segeln.«

»Oh … ich dachte, du hast gesagt, das Thema –«

»Männer genießen den Reiz der Gefahr.«

»Tja … ich glaube nicht, dass es die Menschen, die zu Hause warten, genießen, aber du hast es getan, und ich kann nur hoffen, dass du dich ausgetobt hast.«

»Vielleicht.« Auf diese Bemerkung hin beschloss ich aufzugeben, deshalb sagte ich: »Ich möchte nicht, dass du zu spät zur Kirche kommst. Warum treffen wir uns nicht morgen?«

»Ich glaube nicht, dass ich in der Stimmung bin, den Leuten in der Kirche zu begegnen.«

Meiner Ansicht nach bestand der Sinn eines Kirchgangs nicht darin, Leuten zu begegnen, und mir war auch nicht klar, in was für einer Stimmung man sein musste, um ihnen dort begegnen zu wollen, aber ich sagte: »Vielleicht fühlst du dich besser, wenn du zur Kirche gehst.«

Ohne darauf einzugehen, fragte sie: »Warum gehen wir nicht spazieren?«

Ich dachte darüber nach. »Na schön …«

Ich zog meinen Blazer aus und hängte ihn über den Sessel, dann gingen wir durch das Gartentor. Susan nahm eine der Rosen mit. Es war wie in alten Zeiten, nur dass es nicht so war. Und es würde auch nie wieder so sein. Wir würden nicht wieder zusammenkommen, aber wenn wir uns diesmal verabschiedeten, konnten wir sagen: »Melde dich mal.« Es würde weitere Beerdigungen und Hochzeiten geben, Geburten und Geburtstage, und neue Menschen würden in unser Leben treten, und das wäre in Ordnung, und wir konnten uns im gleichen Zimmer aufhalten und sogar lächeln; unseren Freunden und Verwandten würde das gefallen.

Besser konnte es nicht kommen, und wenn man bedachte, was alles geschehen war und hätte geschehen können, war es nach zehn Jahren ein kleines Wunder, dass wir jetzt hier waren, miteinander sprachen und gemeinsam einen Spaziergang unternahmen.

23

Wir spazierten über den welligen Rasen zu der Heckenreihe in der Ferne.

Susan war barfuß, weil sie so am liebsten auf dem Grundstück herumlief, und ich fragte mich, ob Amir Nasim bloße Füße billigte. Doch wir waren noch auf Susans Grund und Boden, daher war diese Überlegung müßig.

Susan plauderte über das Grundstück, während wir unseres Weges gingen, und sagte: »Die Ganzes – das war das Paar, dem ich das Haus verkauft habe – Diane und Barry Ganz – hast du sie kennengelernt?«

»Kurz nachdem du weggezogen warst. Sie haben einmal die Woche angerufen und mich gefragt, wie dies und jenes funktioniert, beziehungsweise, warum es nicht funktioniert.«

»Tut mir leid.«

»Ich habe versucht, ihnen zu helfen, sie jedoch daran erinnert, dass nicht ich es war, der ihnen das Haus verkauft habe.«

»Das war ein spontaner Entschluss. Das Haus zu verkaufen. Aber ich war … außer mir. Und meine Eltern haben mich gedrängt, zu ihnen nach Hilton Head zu kommen.«

Bei William und Charlotte hieß drängen so viel wie Druck machen, und ich fragte mich, ob Susan in den letzten zehn Jahren den Unterschied begriffen hatte. Außerdem hatten der Verkauf des Hauses und ihr Umzug jede Chance zunichtegemacht, dass wir uns versöhnen konnten, was auch ein Grund dafür war, weshalb die Stanhopes darauf drängten.

Und dann hatte Susan natürlich einen Mafia-Don umgelegt, und da ist es immer besser, die Gegend zu verlassen.

Susan hingegen hatte für mich eine andere Erklärung und fuhr fort: »Die Regierung hatte Stanhope Hall übernommen, nachdem … nun, das weißt du ja. Und ich war mir nicht sicher, ob ich von einem Wohngebiet umgeben sein wollte, als das geschah … nebenan … folglich habe ich das Haus verkauft.«

Ich erwiderte nichts, bemerkte aber, dass sie es vermied, den Namen Frank Bellarosa auszusprechen, oder Alhambra. Vielleicht konnte sie sich nicht an den Namen ihres Geliebten erinnern oder daran, wo er gewohnt hatte. Was wahrscheinlicher war: Susan dachte zu Recht, dass ich den Namen Frank Bellarosa oder Alhambra nicht hören wollte. Das war nicht das letzte Minenfeld, auf das wir bei unserem Spaziergang stoßen würden, und um ihr zu zeigen, dass ich nicht mehr verletzbar war, sagte ich: »Ich habe die Häuser auf Alhambra gesehen.« Und ich wählte meine Worte denkbar schlecht, als ich hinzufügte: »Frank Bellarosa muss sich im Grab umdrehen.« Rasch fügte ich hinzu: »Tut mir leid.«

Susan schwieg eine Weile, dann kam sie wieder auf die Ganzes zu sprechen und sagte: »Sie haben sich gut um das Grundstück gekümmert, aber sie haben diese Heckenreihen gepflanzt, weil sie Privatsphäre haben wollten, mir versperren sie allerdings die Sicht. Jetzt, da Stanhope Hall bewohnt ist, gewähren sie mir natürlich eine gewisse Intimität. Deshalb weiß ich nicht, ob ich sie rausreißen lassen soll. Was meinst du?«

»Lebe ein Jahr damit und entscheide dich dann.«

»Gute Idee. Ich sonne mich gern auf dem Rasen, und das könnte für den neuen Besitzer problematisch sein«, erklärte sie mir.

»Genau.«

»Oh, bist du ihm begegnet?«

»So ist es.«

»Und? Was hat er gesagt?«

»Zieh dich anständig an.«

»Ja, ich weiß. Worüber habt ihr sonst noch geredet?«

»Nun ja, ich habe mit ihm vereinbart, dass ich im Pförtnerhaus bleiben kann, bis Ethel stirbt.«

»Aha. Wie lange?«

»Bis spätestens ersten September. Falls ich so lange bleibe. Danach will er seinen Besitz wiederhaben. Nasim möchte … jemanden, den er aussucht, im Pförtnerhaus unterbringen. Hat er dir das schon gesagt?«

»Nein. Darüber haben wir nicht gesprochen. Er wollte mir das Gästehaus abkaufen. Hat er das dir gegenüber erwähnt?«

»Ja.«

Wir setzten unseren Spaziergang über den von der Sonne gesprenkelten Rasen fort, und sie sagte zu mir: »Er hat mir ein großzügiges Angebot für das Cottage und das Grundstück gemacht. Er wirkte etwas verstimmt, als ich abgelehnt habe.«

Ich erwiderte nichts und versuchte sie auch nicht zu überreden, das Angebot anzunehmen. Außerdem beschloss ich, Amir Nasims Sicherheitsprobleme zu diesem Zeitpunkt nicht anzuschneiden; das musste im Zusammenhang mit meinen Bedenken hinsichtlich Anthony Bellarosa besprochen werden, und dieses Thema wollte ich mir bis zuletzt aufheben.

Susan hatte sich natürlich in den letzten zehn Jahren verändert, wie wir alle, aber ich kannte diese Frau und war mir ziemlich sicher, dass sie Amir Nasims Sorgen für albern, paranoid oder schlimmstenfalls für berechtigt halten würde, ohne sich selbst davon betroffen zu fühlen. Was Mr Anthony Bellarosas mögliche Vendetta anging … nun ja, sie würde das einerseits verstehen, andererseits ignorieren. Susan war in einem unglaublich behüteten und privilegierten Umfeld aufgewachsen, und ich war mir sicher, dass sich das auf Hilton

Head nicht groß geändert hatte. Ich dachte früher immer, sie hätte das Marie-Antoinette-Syndrom – nicht so sehr die Mentalität, nach dem Motto »Dann sollen sie eben Kuchen essen«, sondern eher die Arglosigkeit, aufgrund derer sie nicht verstand, warum ihr jemand den Kopf abschlagen wollte, von den guten Manieren gar nicht zu sprechen, die sie dazu veranlassten, sich beim Henker zu entschuldigen, weil sie ihm vor der Guillotine auf den Fuß trat.

Nun ja, vielleicht *hatte* sie sich im Lauf der Jahre verändert, aber ich sah nicht viel davon. Mir fiel allerdings auf, dass sie weniger versponnen wirkte. Vielleicht hob sie sich das als Bonus für später auf, wenn wir uns wieder aneinander gewöhnt hatten.

»Warum bist du zurückgekommen?«, fragte ich.

»Ich hatte Heimweh«, erwiderte sie und fragte mich: »Hattest du Heimweh?«

Ich dachte darüber nach. »Die Heimat ist kein Ort.«

»Was denn dann?«

»Es sind … die Menschen. Verwandte, Freunde … Erinnerungen … und dergleichen.«

»Und? Hat dir das gefehlt?«

»Am Anfang. Aber … die Zeit heilt alle Wunden, und Erinnerungen verblassen. Die Heimat kann auch erdrückend sein. Ich habe eine Abwechslung gebraucht.«

»Ich auch, aber es hat mich zurückgezogen. Und ich wollte nicht auf Hilton Head sterben.«

»Nein, das wäre zu viel des Guten.«

Sie hätte fast gelacht, dann sagte sie: »Es ist hübsch dort. Ich glaube, dir würde es gefallen.«

»Ich glaube nicht, dass ich es jemals herausfinden werde.«

Sie schwieg eine Weile, bevor sie sagte: »Ich habe mein Haus dort behalten … du kannst es also jederzeit nutzen, wenn du möchtest.«

»Nun ja … danke.«

»Es ist in Strandnähe und in der Nähe von zwei Golfplätzen. Sehr erholsam.«

»Klingt … erholsam.« Nachdem wir jahrelang kaum miteinander gesprochen hatten, waren wir jetzt also schon so weit, dass sie mir ihr Haus am Strand zum Erholen anbot. Sie versuchte ihr Bestes, ich nicht. Vielleicht dachte ich, dass sie sich, wie Nasim angedeutet hatte, auf einem schweren Nostalgietrip befand, weshalb sie wieder hergezogen war und mich irgendwie in ihre angenehmen Erinnerungen an die Vergangenheit einbezog. Jedenfalls war mein Leben im Fluss beziehungsweise in der Schwebe oder wo auch immer, und sie hatte sich in einer Vergangenheit eingerichtet, die es nicht mehr gab und die auch nicht wiederbelebt werden konnte.

Sie kam wieder auf ihr Haus auf Hilton Head zu sprechen und sagte: »Ich habe es völlig neu einrichten und meine ganzen Sachen hierher bringen lassen.«

»Hab ich gemerkt«, erwiderte ich und fragte: »Du bist also froh, dass du wieder da bist?«

»Ja. Weißt du, manchmal spürt man es einfach, wenn man den richtigen Schritt gemacht hat.«

»Gut.« Ich konnte mir eine Spitze nicht verkneifen und sagte: »Ich bin mir sicher, dass deine Eltern dich vermissen, sich aber für dich freuen.«

Sie warf mir einen kurzen Blick zu, wusste sie doch aus langer Erfahrung, dass alles, was ich über ihre Eltern sagte, entweder ironisch gemeint oder zweideutig war beziehungsweise schlichtweg garstig. Sie erklärte mir: »Ehrlich gesagt, musste ich relativ wenig Zeit mit ihnen verbringen.«

»Ich kann mir gar nicht vorstellen, warum.«

Sie ignorierte das. »Nachdem Dan gestorben war … wurde mir klar, dass ich keinen Grund hatte, dort zu bleiben … Ich meine, Carolyn ist hier, Edward kommt öfter nach New York als nach Hilton Head, und ich habe hier nach wie vor Freunde und Verwandte.«

Und einen Feind auf dem angrenzenden Grundstück. Ich sah jetzt ein, dass Susan sich nicht dazu überreden lassen würde, wegen Anthony Bellarosa wegzuziehen. Ich konnte allenfalls hoffen, ihr den Ernst der Lage, in die sie sich gebracht hatte, klarmachen zu können. Und wenn ich für Anthony Bellarosa arbeitete, hielt ihn das vielleicht sogar von seiner Vendetta ab. Aber letzten Endes kam es eigentlich gar nicht darauf an, ob ich für Don Bellarosa arbeitete oder nicht, und es spielte auch keine Rolle, wo Susan wohnte. Anthony hatte Blut gerochen, und wenn der richtige Zeitpunkt gekommen war, würde er dieser Witterung notfalls bis ans Ende der Welt folgen.

Vor ein paar Tagen war die Vorstellung, Susan beschützen zu müssen, nur ein abstrakter Gedanke gewesen; jetzt, da sie neben mir herlief, war sie Wirklichkeit geworden.

Das Naheliegendste wäre natürlich, die hiesige Polizei und auch das FBI zu verständigen. Wenn sich das Gesetz wegen Susan Sutter an Anthonys Fersen heftete und ihm erklärte, er solle nicht einmal daran *denken*, die Rechnung zu begleichen, dann sollte das alles sein, was nötig war, um Susan zu schützen.

Andererseits hatte Susan Anthonys *Vater* ermordet und war ungeschoren davongekommen, und ich glaubte nicht, dass Anthony Bellarosa die Sache auf sich beruhen lassen wollte. Nun ja, sein Vater hätte sich nicht von seiner uralten Pflicht abhalten lassen, den Mord an einem Familienangehörigen zu rächen, doch vielleicht war Anthony nicht aus dem gleichen Holz geschnitzt. Es war durchaus möglich, jedenfalls hoffte ich das, dass Anthony seine Freiheit mehr schätzte als Familienehre und Vendetta. Ich hatte einfach keine Antwort auf diese Frage und wollte mich weder verschätzen noch meine Vermutungen auf die Probe stellen. Das war ein großes Problem, das alle meine kleineren Probleme ausstach.

»Woran denkst du?«, fragte mich Susan.

»Ach … an … das, worüber wir gerade geredet haben.«

»Meine Eltern. Und davon bekommst du für gewöhnlich schlechte Laune.«

»Ganz und gar nicht. Wie geht es ihnen?«

»Gut.«

»Sie müssen dir fehlen.«

Schweigen, dann: »Ehrlich gesagt, machen sie mich wahnsinnig.«

Dazu gehörte nicht viel, aber ich erinnerte sie: »Du hast gesagt, sie sind abgeklärter geworden.«

»Na ja, sind sie auch, sie wollen ständig auf mich aufpassen.«

»Daran kann ich mich erinnern.« Genau genommen waren William und Charlotte Kontrollfreaks und Manipulatoren, und er war nicht nur ein Geizhals, sondern auch eine skrupellose Schlange. Charlotte, die andere Hälfte dieses dynamisch gestörten Duos, war eine lächelnde Intrigantin und doppelzüngige Giftmischerin. Davon abgesehen waren sie natürlich ganz angenehm.

Mir kam der Gedanke, dass Susan Mom und Dad als liebenswürdige Senioren hinstellen wollte – abgeklärt und so –, die kein Problem mehr für uns darstellten, falls wir irgendwie wieder zusammenkommen sollten. Nun ja, William und Charlotte würden mich nur dann nicht mehr auf die Palme bringen, wenn sie tot und begraben waren. Daran dachte ich, als ich fragte: »Wie geht es ihnen? Irgendwelche gesundheitlichen Probleme?«

Sie dachte darüber nach, bevor sie erwiderte: »Nicht dass ich wüsste. Sie wollen sogar zu Ethels Beerdigung kommen.«

Das hatte ich befürchtet; ich hatte gehofft, sie würden die Beerdigung einer alten Dienstbotin schwänzen, aber wie schon gesagt, in den alten Familien wird nach wie vor eine gewisse *noblesse oblige* gepflegt, und William und Charlotte würden sich daran halten, selbst wenn sie ihnen ungelegen kam, von den Reisekosten gar nicht zu reden. Vielleicht trampten sie. »Wohnen Sie im Creek?«

»Sie haben ihre Mitgliedschaft gekündigt.«

»Aha. Nun ja, die Mitgliedschaft in einem Club kann teuer sein.«

»Sie kommen einfach nicht mehr so oft hierher, um den Club nutzen zu können.«

»Okay. Und da die Flugpreise in den Himmel steigen, entschuldige den Scherz –«

»Es geht nicht ums *Geld*, John. Es ist … sie haben nicht mehr so viele Gründe, nach New York zu kommen.«

»Nun ja, du bist jetzt hier. Carolyn ist nie weggezogen, und sie haben hier Freunde, die sie mögen, daher bin ich überzeugt, dass du sie viel öfter sehen wirst, als du denkst.« Ich war jetzt in Schwung, und es tat gut, deshalb fuhr ich fort: »Ich möchte nicht, dass sie so viel Geld für ein Hotel ausgeben, daher können sie jederzeit in Ethels Zimmern im Pförtnerhaus wohnen. Ich fände es gut –«

»John. Hör auf.«

»Tut mir leid. Ich wollte bloß –«

»Du bist nicht der Typ, der vergeben kann, oder?«

»Wie kommst du darauf?«

Sie dachte darüber nach, dann sagte sie: »Wenn du weder vergeben noch vergessen kannst, dann tröste dich wenigstens damit, dass du gewonnen hast.«

»Gewonnen? Was habe ich denn gewonnen?«

»Du hast alles gewonnen.«

»Ich dachte, ich hätte alles verloren.«

»Hast du auch, aber dadurch hast du gewonnen.«

»Klingt nach Zen.«

»Du weißt, wovon ich spreche, also lass es sein.«

»Na schön.«

Sie wandte sich wieder dem vorigen Thema zu und gab bekannt: »Meine Eltern wohnen bei mir.«

Auch das hatte ich befürchtet. Ich wollte sie nicht auf dem Grundstück haben; mein Angebot, sie bei mir unterzubringen, war nicht ehrlich gemeint gewesen.

Susan fuhr fort: »Edward und Carolyn ebenfalls. Es wird schön sein, wenn sie wieder in ihren alten Zimmern sind.«

Ich nickte.

»Ich würde dich gern zum Abendessen oder auf ein paar Cocktails einladen … was dir lieber ist.«

Ich antwortete nicht.

»Es wäre weniger unangenehm, dich hier auf dem Grundstück zu haben, wenn du nicht das Gefühl hättest, du müsstest meinen Eltern aus dem Weg gehen … oder mir. Den Kindern wäre das viel lieber.«

»Das weiß ich, Susan.«

»Also?«

Ich dachte über dieses Familientreffen dank Ethel nach. Ich freute mich darauf, meine Kinder zu sehen, aber auf meine Exschwiegereltern konnte ich verzichten. Die andere Sache war … nun ja, meine öffentliche Demütigung, als mir von meiner wunderschönen Frau Hörner aufgesetzt worden waren; dadurch, dass ich mich von ihr hatte scheiden lassen und zehn Jahre lang nicht mehr mit ihr gesprochen hatte, fühlte ich mich gerächt, und mein Stolz war ungebrochen. Ich war, wie schon gesagt, theoretisch bereit, mich im gleichen Zimmer wie sie aufzuhalten, zu lächeln und zu plaudern. Wenn ich jedoch tatsächlich im Haus meiner ungetreuen Exfrau weilen und mit unseren Kindern und ihren Eltern an einem Tisch sitzen musste … *Susan, mein Schatz, könntest du mir bitte die Erbsen reichen? William, darf ich dir Wein nachgießen?* Tja, ich glaubte nicht, dass ich *dazu* bereit war.

»John?«

»Nun ja … ich glaube nicht, dass deine Eltern mit mir –«

»Es ist mir egal, was *sie* wollen. Sie können woanders essen, wenn es ihnen nicht passt. Ich frage *dich*, ob du zu Hause mit mir, Edward und Carolyn essen möchtest.«

»Ja. Durchaus.«

»Gut. Sie werden sich freuen.«

»Darf ich eine Begleiterin mitbringen?«

Sie schaute mich an, sah, dass es ein Witz war, verkniff sich ein Lächeln und boxte mich spielerisch gegen den Arm. »Das ist nicht komisch.«

Wir liefen weiter über die vier Hektar Land, und ab und zu deutete sie auf irgendetwas, das die Ganzes hatten machen lassen, oder auf etwas Neues, das sie seit ihrer Rückkehr veranlasst hatte, und sie ließ sich darüber aus, wie wenig sich das Grundstück verändert habe. Sie sagte: »Die Bäume sind größer, und alle sind durchgekommen, bis auf die Blutbuche, die da drüben stand. Ich würde sie ja ersetzen, aber ich hatte einen Kostenvoranschlag von etwa dreißigtausend Dollar.«

Ich wollte ihr vorschlagen, sich von ihren Eltern eine zum Einzug schenken zu lassen, und vielleicht würde ich das ihnen gegenüber auch erwähnen, wenn sie zum Abendessen kamen. Charlotte würde an ihrer Martini-Olive ersticken, und William würde einen Herzanfall erleiden und tot umfallen. Ein Sieg auf ganzer Linie.

Das könnte auch eine gute Gelegenheit sein, bei William Abbitte dafür zu leisten, dass ich ihn als, ich zitiere, »ein ehrloses Arschloch, ein widerlicher, zynischer Mistkerl, ein kapitaler Drecksack und ein hinterhältiges Schwein« bezeichnet hatte. Ich glaube, das war das letzte Mal, dass wir miteinander gesprochen hatten. Daher wurde es vielleicht Zeit, dass ich mich für meine Kraftausdrücke entschuldigte, den Satz anständig formulierte und ihn fragte, ob er irgendetwas dagegen unternommen habe.

Susan erinnerte mich: »Hier haben die Kinder im Sommer ihre Zelte aufgeschlagen. Kaum zu glauben, dass wir sie allein im Freien schlafen ließen.«

»Für gewöhnlich hatten sie Freunde dabei. Und außerdem ist es hinter der Mauer sicher.« Jedenfalls war es mal so.

»Mein Haus auf Hilton Head steht in einer bewachten Wohnanlage«, sagte Susan.

»Tatsächlich?« Selbstverständlich.

»Kaum zu glauben, dass Carolyn und Edward in kleinen Apartments ohne Portiers an belebten städtischen Straßen wohnen, und sie mögen es auch noch.«

»Sie sind jung und abenteuerlustig.«

»Und haben keine Angst. Ich bin froh, dass wir sie nicht zu sehr behütet oder verzogen haben.«

»Nun ja, die Grenze zwischen behüten und zu sehr behüten, versorgen und verziehen ist fließend.« Von gar nicht behüten oder vernachlässigen, so wie ich aufgewachsen war, wollte ich nicht anfangen, aber das wäre mir allemal lieber als das, was Susan noch immer mitmachen musste.

Kurzum, Susan wollte mich bei diesem Gespräch daran erinnern, dass wir etwas richtig gemacht hatten; wir waren gute Eltern gewesen, und darauf konnten wir noch immer stolz sein, und es verband uns noch immer. Natürlich hatten wir es am Ende verpfuscht, doch als wir uns trennten, waren Edward und Carolyn schon auf dem Weg in die wirkliche Welt gewesen.

»Wenn ich die Uhr zurückdrehen könnte, würde ich es tun«, sagte Susan.

Das klang so, als ob sie das, was sie getan hatte, bereute, beziehungsweise, wie die meisten von uns, mich eingeschlossen, bereute, dass sie erwischt worden war. Das Verhältnis an sich musste emotional anregend und sexuell vergnüglich gewesen sein, von dem köstlichen Tabubruch ganz zu schweigen. Ich meine, sie hatte nicht mit dem Tennisprofi im Club gevögelt; es war ein Mafia-Don. Daher wusste ich nicht, ob sie die Affäre bereute oder die Folgen. Das dürfte davon abhängen, wie weit sie die Uhr zurückdrehen wollte.

Um ehrlich zu sein, hatte ich mich in der Zeit, als Susan und ich uns einander entfremdet hatten und in getrennten Schlafzimmern schliefen, kurz mit einer Fernsehreporterin namens

Jenny Alvarez eingelassen, die seinerzeit sehr bekannt gewesen war. Ich hatte sie kennengelernt, weil sie über die Mordanklage gegen Frank Bellarosa berichtete und ich bekanntermaßen der Anwalt des Dons war. Ich hatte nie bereut, dass ich mich mit Jenny Alvarez eingelassen hatte, vermutlich, weil es keine unangenehmen Folgen nach sich zog, und natürlich fühlte ich mich im Recht, weil meine Frau mit meinem berühmten Mandanten vögelte. Na ja, ob im Recht oder nicht, ich spielte zu einem Zeitpunkt mit dem Feuer, als Susan und ich nicht noch mehr Feuer gebrauchen konnten. Ich hatte immer das Gefühl gehabt, dass ich Susan von diesem kurzen Techtelmechtel – wie ich es bezeichnete, im Unterschied zu ihrer Affäre – hätte erzählen sollen, war mir aber nicht sicher, ob ich dieses Geständnis aus den richtigen Beweggründen gemacht hätte, nämlich um der Wahrheit und Ehrlichkeit willen und um mein Gewissen zu entlasten. Oder hätte ich nur angeben, sie verletzen oder eifersüchtig machen wollen? Und da ich mich nicht entscheiden konnte, hatte ich es für mich behalten.

Aber jetzt war vielleicht der Zeitpunkt gekommen, da ich Susan erzählen konnte, dass sie nicht die Einzige war, die Ehebruch begangen hatte. Ich sagte zu ihr: »Susan …«

»Ja?«

»Hmm … kannst du dich an die Fernsehreporterin erinnern, diese Jenny Alvarez, die, glaube ich, bei einem der Nachrichtensender gearbeitet hat?«

»Nein … ich glaube nicht.«

Ich beschrieb Ms Alvarez, doch Susan konnte sich nicht an sie erinnern und erkundigte sich: »Wieso willst du das wissen?«

»Na ja … ich habe mich nur gefragt, ob sie noch auf Sendung ist.«

»Ich sehe mir die Fernsehnachrichten nicht oft an.«

»Okay. Also, Nasim hat mir erzählt, dass du und seine Frau … Soheila, richtig –?«

»Ja …«

»– euch angefreundet habt.«

»Na ja, ich nehme es an … aber …« Sie wirkte verdutzt und fragte mich: »Wieso hast du mich nach der Fernsehreporterin gefragt?«

Ich kam wieder zur Vernunft. »Ich mochte ihre Berichte immer, finde sie jedoch bei keinem Sender.«

Susan zuckte die Achseln und sagte: »Es gibt Dutzende neuer Kabelsender, seit du weg bist.«

»Aha. Also, Edward scheint mit seiner Arbeit für das große Filmstudio ganz glücklich zu sein.«

Susan wandte sich nur zu gern wieder dem Thema Kinder zu und erwiderte: »Ihm gefällt das, was er macht – in der Entwicklungsabteilung, was immer das auch ist. Und ich bin überrascht, dass er auch Los Angeles mag.«

»Ich auch. Wo haben wir versagt?«

Sie lächelte. »Ich glaube, er vermisst die Gold Coast.«

»Mag sein.«

»John, glaubst du, er bleibt dort?«

»Möglicherweise. Du musst dich damit abfinden.«

Sie nickte und sagte: »Na ja … es sind nur sechs Flugstunden.«

»Richtig.«

Sie erging sich in Erinnerungen. »Ich hatte meine Familie immer um mich, als ich aufgewachsen bin … Ich dachte, das wäre normal.«

»Nicht mehr.«

Wieder nickte sie. »Wenigstens ist Carolyn in der Nähe. Aber ich bekomme sie nicht oft zu sehen. Sie ist sehr beschäftigt.«

»Als stellvertretende Bezirksstaatsanwältin muss sie viele Überstunden machen, und der Job ist sehr stressig.«

»Ich weiß. Sie erzählt es mir.« Susan schaute mich an und fragte: »Bist du nicht stolz, dass sie in deine Fußstapfen tritt?«

Carolyn trat nicht unbedingt in meine Fußstapfen; ich war

Anwalt an der Wall Street gewesen und hatte viel Geld verdient. Carolyn arbeitete für einen Apfel und ein Ei, wie so viele Kinder mit einem Treuhandfonds, und sie klagte Straftäter an, was mich irgendwie überraschte, weil sie einst sehr idealistische Ansichten hinsichtlich der Rechte von Strafverteidigern hatte. Vielleicht hatten ihr drei Jahre strafrechtliche Praxis ein bisschen die Augen geöffnet. Vielleicht gehörte sie eines Tages dem Anklägerteam im Fall *Der Staat gegen Anthony Bellarosa* an. »Ich bin stolz auf sie«, sagte ich.

»Meinst du, es besteht eine Möglichkeit, dass sie bei deiner alten Kanzlei unterkommt?«

Es bestand keine Möglichkeit, dass *ich* bei meiner alten Kanzlei unterkam, und ich glaubte nicht, dass die verbliebenen Soziusse von Perkins, Perkins, Sutter und Reynolds den toten oder den in Ungnade gefallenen Sutter durch eine weitere Vertreterin dieser Familie ersetzen wollten. Sie hatten den Namen natürlich beibehalten, damit sie sich die bei einer Änderung anfallenden Unkosten nicht aufhalsen mussten, und außerdem genoss mein Vater einen legendären Ruf an der Wall Street. Was mich angeht, nun ja … mein Absturz hatte mit der Frau begonnen, die mich jetzt fragte, ob ich ihrer Tochter einen Job besorgen könnte. Ironisch. Aber auch albern. Carolyns nächster Schritt würde sie nicht zu einer alten Anwaltskanzlei an der Wall Street führen; sie würde zu irgendeiner Bürgerrechtsgruppierung gehen oder zu einer Weltverbessererkanzlei. Und das war auch okay; irgendjemand in der Familie musste ein Herz haben. Außerdem würde es William stinken. Doch um auf Susans Frage einzugehen, sagte ich: »Ich erkundige mich.«

»Danke.« Das Thema lautete »Arbeitsplatz und Jurisprudenz«, daher fragte sie mich: »Wie kommst du in London zurecht?«

»Bestens.«

»Kannst du bis September abwesend sein?«

»Ich habe mir eine Auszeit genommen.«

»Du willst also zurückkehren?«

Meine Zukunftspläne schienen andere Leute mehr zu interessieren als mich selbst. Vielleicht war es an der Zeit, dass ich meine Überlegungen in Worte fasste, und so gab ich eine sowohl wahrheitsgemäße als auch unzweideutige Antwort: »Als ich aus London abgereist bin, dachte ich wirklich, ich würde dorthin zurückkehren. Aber jetzt, da ich hier bin, habe ich beschlossen, in den USA zu bleiben. Darüber hinaus habe ich noch keine festen Pläne. Allerdings habe ich ein Jobangebot.«

Sie schwieg eine Weile, dann sagte sie: »Das freut mich zu hören. Was für ein Angebot?«

Statt zu sagen: »*Consigliere* für den neuen Don Bellarosa«, antwortete ich: »Darüber zu reden, bevor es spruchreif ist, bringt Unglück.«

Sie warf mir einen kurzen Blick zu und fragte sich vermutlich, seit wann ich abergläubisch war. »Sag mir Bescheid, wenn es so weit ist«, sagte sie.

»Wird gemacht.«

»Aber du solltest dir den Sommer freinehmen.«

Susan war wie die meisten Menschen, die in Familien mit altem Geld geboren waren, völlig ahnungslos, was dieses Thema anging, daher kam sie gar nicht auf den Gedanken, dass ich es mir möglicherweise nicht leisten konnte, drei Monate an meiner Bräune zu arbeiten. Wenn man ein bisschen knapp bei Kasse ist, verkauft man einfach eine Jahresrente. Wo liegt das Problem?

Und um beim Thema Stanhopes, Geld und Arbeitsethos zu bleiben: Edward und Carolyn bezogen alljährliche Treuhandfondsausschüttungen und mussten eigentlich nicht arbeiten, aber sie taten es, um ihrem Leben einen Sinn zu geben und etwas Interessantes oder Nützliches für die Gesellschaft zu leisten.

Susans Bruder Peter hingegen war ein völlig nutzloses

Menschenwesen, das sein Leben und seine Treuhandfondsausschüttungen damit vergeudete, die Kunst des Müßiggangs zu vervollkommnen, von Tennis, Golf und Surfen einmal abgesehen – das hielt ihn wenigstens körperlich in Form, während sein Verstand verkümmerte. Peter war kein gutes Vorbild für seine Nichte und seinen Neffen. Gottlob wussten sie das.

Und dann war da noch William, der es geschafft hatte, das Rentenalter zu erreichen, ohne auch nur einen Tag in seinem Leben gearbeitet zu haben, von der Verwaltung des Familienvermögens einmal abgesehen. Gerechterweise muss ich hinzufügen, dass es die zweijährige Dienstzeit bei der Küstenwache gab, die wegen des leidigen Krieges obligatorisch gewesen war.

Und wir sollten Charlotte nicht vergessen, die sowohl eine Debütantin als auch eine Dilettantin gewesen war, bevor sie William heiratete und eine Vollzeitsalonlöwin wurde. Ich nehme an, so was konnte viel Arbeit machen, aber Charlotte würde sich trotzdem sehr schwertun, das Kästchen mit der Frage nach dem »Beschäftigungsverhältnis« auf dem Einkommenssteuerformular auszufüllen, es sei denn, sie schrieb: »Mit faulem Hauspersonal beschäftigt«.

Was Susan anging, so war sie größtenteils in die Fußstapfen ihres Bruders getreten, doch dann war sie der neumodischen Vorstellung verfallen, man müsste sich einen Job besorgen, und als ich sie kennengelernt hatte, arbeitete sie als private Gesellschaftssekretärin für die sagenhaft reiche Erbin eines Verlagsunternehmens in Manhattan. Das war ein durchaus akzeptabler Job für eine junge Dame aus Susans Gesellschaftsschicht, eine Art Hofdame für königliche Hoheiten.

Wir hatten uns zufällig auf einer sommerlichen Hochzeitsfeier getroffen, die unter dem Sternenhimmel im Seawanhaka Corinthian Yacht Club stattfand. Die Braut war ein Gast oder, wie ich an diesem Abend zu Susan sagte, ein Gast bei ihrer eigenen Hochzeit. Das entlockte ihr ein leichtes Kichern, worauf wir tanzten. Alles Weitere ist, wie man so schön sagt, Geschichte.

Die Stanhopes akzeptierten mich zunächst wegen meiner Herkunft, auch wenn sie Bedenken wegen meines Nettowerts hatten. Aber in ihrer Welt geht es eher darum, wer deine Eltern sind, wo du zur Schule gegangen bist, welchen Akzent du hast und wie gesellschaftsfähig du bist. Geld ist gut, doch Geld ohne Stammbaum ist in Amerika zu alltäglich, und wenn man William und Charlotte Stanhope ist und die eigene Tochter verheiraten möchte, hält man sich an den Stammbaum und pfeift auf die Kohle, weshalb uns Mr und Mrs Stanhope, Dad und Mom, ihren Segen gaben. Sie stellten jedoch schon bald fest, dass sie mich eigentlich gar nicht mochten. Das beruhte auf Gegenseitigkeit, aber es war zu spät; Susan und ich waren bis über beide Ohren ineinander verliebt.

Nach objektiven Maßstäben war es eine sehr gute Ehe, guten Sex eingeschlossen, und wenn mich jemand gefragt hätte, was schiefgegangen war, hätte ich ihm keine Antwort geben können, außer zu sagen: »Sie hat mit einem Mafia-Don gevögelt.« Natürlich hatte sie auch nicht alle Tassen im Schrank, und ich gebe zu, dass ich mitunter ein bisschen sarkastisch sein kann, aber meistens waren wir glücklich mit unserem Leben, unseren Kindern und miteinander.

Ich glaube jedoch, dass Frank Bellarosa eine Art böse Macht war, die ins Paradies eindrang, und niemand war darauf vorbereitet. Und um das biblische Motiv fortzuführen, jedoch mit einem anderen Handlungsverlauf: Eva tötete die Schlange, doch Adam war immer noch sauer, dass sie sich hatte verführen lassen, und reichte die Scheidung ein.

»Möchtest du zum Haus zurückgehen?«, fragte ich Susan.

»Nein, ich genieße diesen Spaziergang«, erwiderte sie und fügte hinzu: »Wie in alten Zeiten, John.«

In der Tat, und wenn wir das halbe Jahr vergessen könnten, das all die Jahre zuvor und das Jahrzehnt danach ruiniert hatte, wäre es noch besser als in alten Zeiten; es wäre einfach ein weiterer Sommer, den wir gemeinsam verbrachten.

Daher spazierten wir weiter, wie in alten Zeiten, nur dass wir nicht mehr Händchen hielten.

24

Wir hatten den Großteil ihrer vier Hektar durchquert, bis auf einen von Bäumen bestandenen Bereich rund um ihren Stall, und ich dachte schon, Susan wollte ihn meiden. Warum? Weil der Stall Erinnerungen an Mr Bellarosa weckte, unseren neuen Nachbarn, der darauf bestanden hatte, dass seine Baufirma die Aufgabe übernahm, die alte Stanhope'sche Stallung samt Remise von Williams Grund und Boden auf Susans Grundstück zu versetzen. Es war eine wahrhaft herkulische Aufgabe, das hundert Jahre alte Gebäude abzureißen und Stein für Stein in der Nähe des Gästehauses wieder aufzubauen. Zudem brauchten wir eine Sondergenehmigung, weil der Stall dicht an der Grundstücksgrenze von Alhambra errichtet werden sollte, und Frank Bellarosa musste sie unterschreiben, was er gern für uns tat – besser gesagt für Susan. Und dann machte uns Bellarosas Bauunternehmer Dominic einen Kostenvoranschlag, der so aussah, als ob Mr Bellarosa einen Großteil der Kosten übernahm.

Hatte ich vermutet, dass Frank scharf auf Susan war? Nun, ja. War ich aufgebracht? Nein. Fand ich es amüsant? Ja. Glaubte ich, dass Susan tatsächlich mit einem Mafioso ins Bett hopsen würde? Nie und nimmer. Hätte ich besser darauf achten sollen, was vor sich ging? Offenbar. Bin ich blöde? Nein, aber ich war mit meinen Steuerproblemen beschäftigt, und ich war viel zu vertrauensselig. Ganz zu schweigen davon, dass ich viel zu sehr von mir eingenommen war, um so etwas auch nur in Betracht zu ziehen.

Und ich konnte kaum ahnen, dass mein Freund Frank Bellarosa dieses möglicherweise ruinöse und kriminelle Verfahren wegen Steuerhinterziehung gegen mich angezettelt hatte, damit er ein paar Fäden ziehen und mich rauspauken konnte, wodurch ich in seiner Schuld stand statt in der des IRS. Es war schlimm genug, dass ein Steueranwalt Steuerprobleme hatte, aber das Problem mit Hilfe eines Mafioso zu lösen war keine meiner schlaueren Unternehmungen. Andererseits klappte es.

Wie dem auch sei – ich hatte mit Sicherheit ein, zwei Lektionen über das Dasein und meine Wenigkeit gelernt, und über Verführung und Überleben. Nicht zu vergessen, dass ich an die alte Lektion über Macht und die Geheimnisse sexuellen Verhaltens erinnert worden war. Wer hätte denn auch ahnen können, dass Don Bellarosa, das Oberhaupt einer Mafiafamilie, und die aus einer etwas prominenteren Familie stammende Susan Stanhope viel miteinander zu bereden hatten? Hatten sie eigentlich auch nicht; es war eher eine Art »Du Jane, ich Tarzan«.

Vor uns tauchte jetzt der Stall auf, und ich fragte Susan: »Reitest du noch?«

Sie warf einen Blick in die Richtung, in die ich schaute, und erwiderte: »Ja, aber ich besitze kein Pferd. Ich reite ein bisschen auf einem Gestüt in Old Brookville.«

Ich nickte und dachte an die Nacht, in der sie Frank Bellarosa umgebracht hatte. Sie hatte ihren Araberhengst namens Sansibar gesattelt und mir mitgeteilt, dass sie einen nächtlichen Ausritt unternehmen wolle, was, wie ich sie warnte, gefährlich war, doch sie wies darauf hin, dass es eine helle Vollmondnacht sei, und ritt davon.

Etwa zwei Stunden später klingelte Mr Felix Mancuso vom

FBI an meiner Tür und bat mich höflich, mit ihm zur Alhambra zu kommen. Ich ahnte gleich, was passiert war.

Mancusos Kollegen hatten Frank Bellarosa in seinem Haus gehütet, seit er ein Zeuge der Regierung geworden war, und sie hatten ihre Aufgabe gut erfüllt und ihn vor seinen ehemaligen Freunden und Goombahs beschützt. Leider hatte das FBI Mrs Sutter nicht auf die Liste mit den Leuten gesetzt, denen der Zugang zu Don Bellarosa verweigert wurde. Susan stand sogar weit oben auf der Liste der Leute mit uneingeschränktem Besuchsrecht, weil man den Bewachern die Anweisung gegeben hatte: »Frank muss vögeln, damit er gut gelaunt und redselig bleibt.« Irgendjemand allerdings hätte daran denken müssen, dass (a) die Weibchen der Art gefährlicher sind als die Männchen und (b) die Hölle keinen schlimmeren Zorn kennt als den einer verstoßenen Frau.

Tja, Männer vergessen das manchmal, selbst FBI-Männer, und gerechterweise muss man sagen, dass sie wahrscheinlich nichts von (b) wussten, bis sie die Schüsse hörten.

Susan, die jetzt neben mir herlief, dachte offenbar an Pferde und nicht an Frank Bellarosa oder einen Mord, denn sie sagte: »Es gibt jetzt weit weniger Orte, wo man reiten kann. So viele Reitwege wurden gesperrt, und viele der offenen Felder und alten Anwesen sind jetzt Wohngebiete.«

Wie zum Beispiel Alhambra. »Das ist schade«, sagte ich, um einen ernsten Tonfall bemüht. Ich entsann mich, dass Susans Sorge, nachdem sie ihren Geliebten erschossen hatte, unter anderem Sansibar galt, der immer noch hinter Franks Herrenhaus angebunden war. Ich musste ihr versprechen, dass ich ihn noch in derselben Nacht nach Hause ritt, was ich tat. Ich mochte das überzüchtete Vieh nicht, aber ich sattelte ihn ab und tränkte ihn, verzichtete allerdings auf das Bürsten, und wenn Susan das gewusst hätte, hätte sie mich umgebracht. Okay … wieder eine etwas unglückliche Wortwahl.

Sie sagte: »Die Ganzes haben die Remise zu einer Garage

umfunktioniert und in den Stallungen Gartengeräte gelagert, was auch ich mache.«

»Gute Idee.«

»Ich vermisse Sansibar wirklich. Mir fehlt ein eigenes Pferd. Vermisst du Yankee?«

Yankee war mein Pferd gewesen, und ich hatte es nur etwas weniger als Sansibar gehasst, dennoch erwiderte ich: »Ich denke oft an ihn.«

Sie warf mir einen kurzen Blick zu, bevor sie sagte: »Tja, ich habe eine gutes Zuhause für sie gefunden.«

Ich war froh, dass wenigstens die Pferde ein gutes Zuhause bekommen hatten.

Es war ein perfekter Morgen, was das Wetter betraf, und ich hatte vergessen, wie herrlich diese parkartigen Ländereien sein konnten. Sämtliche hundertzwanzig Hektar des Stanhope'schen Anwesens waren mit exotischen und teuren Baumarten aus aller Welt bepflanzt, und viele dieser Bäume waren über hundert Jahre alt. Zwar zerfiel das Anwesen seit ein paar Jahrzehnten in kleine Stücke, aber Susan – und die Ganzes – hatten wenigstens ihre vier Hektar große Parzelle gepflegt, und mir fiel auf, dass sich anscheinend auch Amir Nasim um seinen Grund und Boden kümmerte.

Jetzt, da ich nach so vielen Jahren zurückgekommen war, verblüffte es mich, dass es immer noch so viele große Anwesen an der Gold Coast gab, knapp dreißig Meilen von Manhattan entfernt, umgeben von einem Vorstadtbezirk mit weit über einer Million Menschen. Der Druck, das verbliebene Land für den Bau von Minivillen für die frischgebackenen Millionäre zu erschließen, war gewaltig. Aber ein neuer Schlag von Multimillionären, darunter auch Ausländer wie Amir Nasim, und Menschen, deren Vermögen zweifelhaften Ursprungs war, wie Frank Bellarosa, hatten sich hier niedergelassen und verfügten über genügend Mittel, um die alten Anwesen von den alten Familien zu kaufen und ihnen neues Leben einzuhauchen.

Bevor das jedoch geschehen war, hatte es hundert oder mehr großartige Anwesen gegeben, deren Herrenhäuser wegen Steuern, finanzieller Rückschläge oder Instandhaltungskosten aufgegeben worden waren, und während meiner Jugend waren ihre Ruinen in der ganzen Gegend verstreut, sodass die Landschaft aussah, als hätte eine Horde Vandalen eine breite Schneise durch das Imperium gezogen. Die riesigen leerstehenden Herrenhäuser gaben damals eine ideale Bühne für allerlei Spiele und Phantastereien ab. Und auch als ich älter wurde, spielte ich dort, diesmal ein anderes Spiel, das ›Liebe zwischen Ruinen‹ hieß – ein paar Kerzen, eine Flasche Wein, ein Radio, eine Decke und eine frisch emanzipierte junge Frau, die die Antibabypille nahm.

All das erinnerte mich daran, dass eines von Susans vielen Talenten die Ölmalerei war und ihre Stärke das Malen dieser verlassenen Herrenhäuser. In der ganzen Gegend hatte man sie wegen ihrer romantischen Wiedergabe dieser überwucherten Ruinen gekannt, die sie in der Stimmung, wenn auch nicht im Stil von Piranesis Stichen römischer Ruinen malte. Die architektonische Vielfalt der Herrenhäuser an der Gold Coast, wie auch ihr jeweiliger Verfallszustand, der von rettbar bis hoffnungslos reichte, ermöglichten ihr natürlich eine größere Bandbreite als Piranesi, zumal sie mit Öl- und Acrylfarben arbeitete. Falls das so klingt, als ob ich mich auskenne, dann trifft das nicht zu; ich weiß das von der Künstlerin. Ich war neugierig, deshalb fragte ich Susan: »Malst du noch?«

Sie lächelte, wirkte jedoch leicht wehmütig, wie ich fand. »Nicht mehr. Vielleicht fange ich wieder an.«

»Warum hast du aufgehört?«

Sie dachte darüber nach. »Ich habe auf Hilton Head zu malen versucht … ein paar Seestücke und viele von diesen Zwergpalmen … aber irgendwie habe ich einfach das … Talent verloren, nehme ich an.«

»Ich glaube nicht, dass man ein Talent verlieren kann.«

»Tja … vielleicht haben mich die Motive nicht interessiert. Weißt du, wie wenn ein Künstler von einem Ort, der ihn inspiriert hat, irgendwo anders hinzieht.«

»Verstehe.« Ich dachte, dass sich vielleicht auch ihr Geisteszustand verändert haben könnte. Wenn gute Künstler verrückt sind – und sie war eine gute Künstlerin und verrückt obendrein –, dann kann die Rückkehr zu einem gewissen Grad geistiger Gesundheit den Funken ersticken, der das wahnsinnige Genie ausmachte. Das ist sowohl gut als auch schlecht. Überwiegend gut, glaube ich, denn ich kann zwar gut auf schlechte Gemälde verzichten, andererseits ist es nicht leicht, mit einer verrückten Frau zu leben.

Jedenfalls fragte ich mich, ob diese neue, bessere, gelassenere Persönlichkeit, die ich jetzt erlebte, das Ergebnis einer erfolgreichen Therapie oder sehr guter Medikamente war.

Susan sagte: »Jetzt, da ich wieder zurück bin … sollte ich feststellen, ob ich noch die nötige Inspiration habe.«

»Okay.« Aber setz die Medikamente nicht ab.

Ironischerweise stellte eines der besten Bilder, die sie je gemalt hatte, die Ruinen von Alhambra dar. Susan hatte bei unserem ersten Besuch in Alhambra bei Kaffee und Cannoli großzügig angeboten, als Einzugsgeschenk den Palmenhof zu malen. Sie besaß Fotos des prachtvollen zweistöckigen Atriums, wie es ausgesehen hatte, bevor die Bellarosas das Herrenhaus restaurierten, und sie erklärte ihnen, dass sie es als Ruine malen wolle. Das überraschte Mrs Bellarosa, die sich fragte, warum jemand etwas malen wollte, das sie als »Wrack« bezeichnete. Mr Bellarosa, der sich an einige Kunstwerke erinnerte, die er in Rom gesehen hatte, hielt das jedoch für eine tolle Idee. Ich war ebenfalls überrascht von diesem Angebot, denn das war kein geringes Unterfangen, und Susan gab nur selten eines von ihren Bildern her. Susan hatte den Bellarosas erklärt, dass sie zwar hauptsächlich anhand ihrer Fotos und aus dem Gedächtnis arbeiten könne, ihre Staffelei aber im Palmenhof aufstellen müsse, damit sie die richtige Perspektive habe und das wechselnde Sonnenlicht nutzen könne, das durch die Glaskuppel einfiel, und so weiter und so fort. Frank versicherte ihr, dass die Tür jederzeit für sie offen stehe.

Wenn ich an den Abend zurückdenke, wie ich es schon zigmal getan habe, dann wird mir klar, dass es um mehr ging als um ein Einzugsgeschenk, Kaffee oder Cannoli.

Es war kaum zu glauben, aber Susan Stanhope Sutter und Frank der Bischof Bellarosa hatten zusammengepasst wie Stecker und Steckdose, und ich hätte sehen müssen, wie ihre Augen aufleuchteten. Doch weder mir noch Anna fiel es auf, sodass wir beide ahnungslos und im Dunkeln blieben.

Und so führten das Umsetzen des Stalls auf Susans Grund und Boden und das Malen des Palmenhofs von Alhambra zu häufigen Kontakten zwischen Mrs Sutter und Mr Bellarosa.

Unterdessen war ich viel in der Stadt, und Anna verbrachte einen Großteil ihrer Zeit damit, sich nach Brooklyn fahren zu lassen, wo sie ihre Angehörigen besuchte und sich mit Cannoli und Olivenöl eindeckte.

Ich weiß immer noch nicht, wer den ersten Schritt getan hat oder wo und wie es dazu gekommen ist, bin mir aber sicher, dass der italienische Hengst glaubte, *er* wäre der Aggressor.

Susan führte ihren letzten Gedanken weiter und sagte: »Der Großteil der verlassenen Häuser ist heute entweder restauriert oder abgerissen, allerdings habe ich noch eine Menge alter Fotos, anhand derer ich malen könnte.«

»Vielleicht solltest du auch deine Eltern malen und das Bild ›Amerikanische Groteske‹ nennen.« Nun ja, das sagte ich nicht – dachte es aber. Ich sagte: »Mal doch das Pförtnerhaus, bevor Nasim es mit Aluminium verkleidet.« Das hätte eine Freud'sche Fehlleistung sein können – sie dazu einzuladen, vor meinem Haus ihre Staffelei aufzustellen. Schon erstaunlich, wie das Unterbewusstsein arbeitet.

Sie erwiderte: »Das ist eine gute Idee … mit dem schmiedeeisernen Tor.«

Das Thema künstlerische Perioden, die vergangenen wie die gegenwärtigen, schien beendet, und wir ergingen uns weiter in Erinnerungen. Dann wechselte Susan das Thema gänzlich und fragte mich: »John, was sagt man in London zum 11. September?«

Ich dachte an die Antwort, die ich Elizabeth auf diese Frage gegeben hatte, und erwiderte: »Dass wir die Nächsten sind.«

Sie dachte darüber nach, bevor sie feststellte: »Die Welt ist furchterregend geworden.«

»Die Welt ist prima, und die meisten Menschen sind anständig. Ich habe das auf meinem Segeltörn erlebt.«

»Wirklich? Das ist gut. Aber was hier geschehen ist … es hat für so viele Leute alles verändert.«

»Ich weiß.«

»Auch Leute, die wir kannten, wurden getötet.«

»Das weiß ich.«

»Für diese Familien wird es nie wieder so werden, wie es einmal war.«

»Nein, wird es nicht.«

»Was geschehen ist … viele Leute, die ich kenne, haben danach ihr Leben überdacht.«

»Das kann ich verstehen.«

»Es hat mich manche Sachen wieder schätzen gelehrt … Ich war an diesem Tag außer mir, weil Carolyn in Downtown war und ich sie telefonisch nicht erreichen konnte.«

»Ich weiß. Ich auch nicht.«

Sie wandte sich mir zu, während wir dahinspazierten, und sagte: »Ich dachte, du würdest mich an diesem Tag anrufen.«

»Hätte ich fast getan … ich habe mit Edward gesprochen, und er sagte, er hätte Carolyn über ihr Handy erreicht, und mit ihr sei alles in Ordnung, und außerdem hätte er dich angerufen und dir das mitgeteilt.«

»Hat er auch … aber ich dachte, ich würde von dir hören.«

»Ich hätte fast angerufen«, sagte ich und fügte hinzu: »Ich dachte, du rufst mich an.«

»Habe ich, aber als ich anrief, wurde mir klar, dass es in London drei Uhr morgens war, deshalb habe ich aufgelegt, und am nächsten Tag … war ich erschöpft und zu … Ich habe viel geweint … deshalb habe ich dir gemailt … doch ich habe nichts von dir gehört.«

»Tut mir leid.«

»Ist schon gut … dieser … nach diesem Horror habe ich gedacht … dass uns aus heiterem Himmel schreckliche Dinge widerfahren können … ohne jeden Grund. Bloß weil wir da sind und etwas Böses über uns gekommen ist. Es hat mich dazu gebracht, manches in die richtige Perspektive zu rücken, es war ein Weckruf … und dann habe ich zum ersten Mal daran gedacht, wieder hierher zu ziehen, um in der Nähe der Leute zu sein, mit denen ich aufgewachsen bin, und … na ja, ich habe angefangen, an dich zu denken.«

Ich schwieg eine ganze Weile, dann sagte ich wahrheitsgemäß: »Ich hatte ähnliche Gedanken.« Wie lange kann man seinen Groll aufrechterhalten? Tja, in meinem Fall eine ganze Weile. Der 11. September hatte mich nachdenklich gestimmt und möglicherweise auf den Weg gebracht, der mich hierher geführt, wie er auch Susan hierher geführt hatte.

Sie setzte ihren Gedankengang fort und fragte: »Wie lange können wir auf Menschen wütend sein, die wir einst geliebt haben, angesichts von … so viel fremden Hass und Bösartigkeit?«

Das klang nach einer rhetorischen Frage, war es aber nicht, daher antwortete ich: »Die Wut ist verflogen. Selbst das Gefühl, betrogen worden zu sein, ist weg. Was geblieben ist … na ja, ein schwer getroffenes Ego und eine gewisse … Verlegenheit darüber, dass mir so was passiert ist. In aller Öffentlichkeit.«

»Und darüber bist du nicht weggekommen?«
»Nein.«
»Wirst du es jemals?«
»Nein.«
»Kann ich irgendetwas tun?«
»Nein.«
Sie holte tief Luft und sagte: »Er ist *tot*, John. Ich habe ihn *getötet*. Unseretwegen.«
Ich musste mich der Sache endlich stellen, deshalb erwiderte ich: »Das hast du *gesagt*.«
Sie blieb stehen, und ich ebenfalls. Wir schauten einander an, und sie sagte: »Ich war bereit, den Rest meines Lebens ins Gefängnis zu gehen, um dir deinen Stolz und deine Ehre wiederzugeben. Das war meine öffentliche Buße und meine öffentliche Demütigung, die ich auf mich genommen habe, weil ich hoffte, du würdest mich zurücknehmen.«
Ich wusste nicht recht, was ich sagen sollte, versuchte es jedoch und sagte: »Susan … einen Menschen zu ermorden ist *kein* –«
»Er war *böse*.«
Das war er in der Tat. Aber meiner Meinung nach wurde ihr das erst klar, nachdem er sie verstoßen hatte. Bis zu dem Zeitpunkt war sie, glaube ich, bereit, mit ihm nach Italien durchzubrennen, wohin ihn die Regierung im Zuge des Zeugenschutzprogramms schicken wollte. »Du musst mir erklären, *warum* du ihn erschossen hast.«
»Ich hab's dir doch gerade gesagt.«
Ich erkannte einen Teil der alten Susan, die leuchtend grünen Augen, verrückte Augen, und den Schmollmund, der zu einer schmalen, verkniffenen Linie wurde, dazu das vorgeschobene Kinn, als wollte sie sagen: »Wehe, du wagst es, mir zu widersprechen.«
Aber genau das musste ich tun, und so sagte ich: »Das glaubst du vielleicht jetzt, zehn Jahre später. Aber deswegen

hast du ihn *nicht* umgebracht. Nicht meinetwegen und nicht unseretwegen.«

Sie starrte mich an, und ich starrte zurück. Ich hatte sie deswegen schon mal zur Rede gestellt, im Palmenhof von Alhambra, als Frank Bellarosa tot am Boden lag und ein Dutzend FBI-Agenten und Detectives der Bezirkspolizei Platz machten, damit Mrs Sutter, eine Mordverdächtige, und ihr Gatte, der zugleich ihr Anwalt war, ein Privatgespräch führen konnten. Und als ich sie seinerzeit fragte, warum sie ihn umgebracht habe, hatte sie mir die gleiche Antwort gegeben wie soeben. Hätte ich das damals so hingenommen, hätten wir unser Leben wieder aufbauen können.

Aber es war nicht die richtige Antwort, und auf Lügen kann man nicht bauen.

Die richtige Antwort, die wahrheitsgemäße, lautete ganz anders als das von Susan genannte Motiv. Genau genommen kommt nämlich auch mir eine gewisse Schuld zu oder ein gewisses Verdienst, wenn man es anders herum betrachtet.

Wir starrten einander weiter an, und ich dachte an meinen Besuch in Alhambra, als Bellarosa grippekrank im Bett gelegen hatte und sich von den Folgen der Schrotflintenschüsse erholte, die ein paar Monate vorher vor Giulio's Restaurant auf ihn abgegeben worden waren.

Es war nicht mein erster Besuch gewesen, doch es sollte mein letzter sein, denn ein paar Tage später war er tot. Er bezog sich damals auf sein Angebot, mir einen Gefallen zu tun dafür, dass ich ihm vor Guilio's das Leben gerettet hatte, als er sagte: »Ich denke über den Gefallen nach, den ich Ihnen schulde.«

Ich hatte lange über diesen Gefallen nachgedacht, und nun sagte ich zu ihm: »Okay, Frank, ich möchte, dass Sie meiner Frau sagen, dass es zwischen Ihnen beiden aus ist und dass Sie sie nicht mit nach Italien nehmen werden, was sie meiner Meinung nach denkt. Und fügen Sie hinzu, dass Sie sie nur benutzt haben, um an mich ranzukommen.«

Er dachte darüber nach, bevor er einschlug: »Abgemacht. Ich sage ihr, dass ich sie benutzt habe, wenn Sie das wollen.« Er hielt kurz inne. »Aber so war es nicht. Das müssen Sie wissen.«

Ich wusste es. Ich wusste, dass Frank und Susan ineinander verliebt waren, so schwer das auch zu glauben war, und dass sie bereit war, mich seinetwegen zu verlassen. Lust, dafür habe ich aus eigener Erfahrung Verständnis. Aber die einzige Frau, die ich jemals geliebt habe und die mich eigentlich noch immer liebte, war wahnsinnig in Frank Bellarosa verliebt – und Frank offenbar in sie. Deswegen hatte er sich an die Bundesbehörden verkauft – damit er und Susan in Italien oder wo auch immer zusammen sein und ein neues Leben anfangen konnten. Es wäre wahrscheinlich ein, zwei Jahre lang gutgegangen, doch Menschen, die eine fixe Idee haben oder unter dem Einfluss zu vieler Hormone stehen, denken nicht weit voraus.

Jedenfalls hatte er Wort gehalten und ihr vor jener Nacht offensichtlich genau das erklärt, worum ich ihn gebeten hatte, sei es am Telefon oder persönlich, und Susan war offenbar durchgedreht. Die Hölle kennt keinen schlimmeren Zorn und so weiter. Ironischerweise hatte er ihr ein paar Wochen zuvor die Waffe gegeben, mit der er getötet wurde, damit das FBI sie nicht fand. Alles Weitere ist Geschichte und Tragödie zugleich, und vielleicht auch ein bisschen Komödie, wenn man nicht persönlich betroffen war.

Die Frage lautete natürlich: Warum hatte ich Frank gebeten, Susan zu erklären, dass es aus sei und er sie nicht mit nach Italien nehme und dass er sie benutzt habe, um mich als seinen Anwalt zu rekrutieren? Selbstverständlich, damit ich Susan zurückbekam – oder damit ich zu Susan zurückkonnte. Und natürlich hatte ich keine Ahnung, dass sie durchdrehen und ihn erschießen würde. Oder doch?

Ich dachte immer, dass Frank, der ein großer Bewunderer von Niccolò Machiavelli war, Gefallen an meiner … nun ja, machiavellistischen Lösung des Problems gefunden hätte. Und ich fragte mich nach wie vor, ob Frank in diesen letzten Sekunden, als er Susan erklärte, dass es aus sei, und sie die Waffe zog, begriff, was er sich angetan hatte. Wenn er irgendwelche letzten Worte oder Gedanken gehabt hatte, dann, so hoffte ich, lauteten sie: »John, du Hurensohn!«

Susan und ich standen einander immer noch gegenüber, und ich kehrte in die Gegenwart zurück und schaute ihr in die Augen. Sie hielt meinem Blick stand, dann senkte sie den Kopf und sagte: »Ich habe ihn an diesem Tag gesehen, und er hat mir erklärt, dass er mit mir fertig wäre, dass er mich nie geliebt, sondern sich nur für mich interessiert habe, um ... mit einem feinen Flittchen zu ficken ... und ... damit ich dich überrede, für ihn zu arbeiten.« Sie holte Luft und fuhr fort: »Dann hat er mich aufgefordert, zu gehen und nie wiederzukommen und ihn auch nicht anzurufen. Ich bin in dieser Nacht trotzdem zu ihm gegangen ... und wir haben miteinander geschlafen ... und ich dachte, alles wäre wieder gut ... aber hinterher hat er mich aufgefordert zu gehen, und ich habe mich geweigert, worauf er gesagt hat, er würde das FBI rufen und mich rauswerfen lassen. Ich ... ich konnte es nicht fassen und ... wurde wütend.«

Ich sagte nichts und wandte auch den Blick nicht von ihr. Sie wirkte ruhig, so wie immer, wenn sie am Rande eines Nervenzusammenbruchs war oder jeden Moment in die Luft ging. Ich wusste nie genau, worauf es hinauslaufen würde. Frank offenbar auch nicht, sonst wäre er auf der Hut gewesen. Er hätte wenigstens an die Waffe denken sollen.

Kaum hörbar fuhr sie fort: »Ich habe ihm gesagt, dass ich ihn liebe und dass ich seinetwegen mein Leben aufgeben würde. Und er sagte zu mir ... er hat gesagt: ›Geh zurück zu John. Er liebt dich, und ich nicht.‹ Er sagte, wenn ich Glück hätte, würdest du mich wieder nehmen, und ich sollte Gott danken, wenn es so sei. Und er ... beschimpfte mich ... und forderte mich auf zu gehen ...«

Ich stand da, brachte kein Wort heraus. Allerdings dachte

ich an Frank Bellarosa und fragte mich, wie sehr er sie geliebt hatte und wie schwer es ihm gefallen sein musste, zu sagen, was er zu ihr gesagt hatte, was, wie ich gerade erfuhr, mehr war als das, worum ich ihn gebeten hatte. Aber für die Rettung seines Lebens schuldete er mir einen sehr großen Gefallen, und er wollte zu mir sagen können: »Wir sind quitt, was die Gefallen angeht, Anwalt. Niemand ist irgendjemandem irgendwas schuldig.« Allerdings lebte er nicht mehr lange genug, um mir erklären zu können, dass wir quitt waren.

Susan trat einen Schritt näher, sodass wir nur mehr Zentimeter voneinander entfernt waren. Sie sagte: »Und deswegen habe ich ihn getötet. In Ordnung?«

Ich rechnete fast damit, dass ihr Tränen über die Wangen liefen, aber Susan ist keine große Heulsuse, auch wenn ich sah, dass ihre Unterlippe bebte. »In Ordnung«, sagte ich zu ihr. »Er ist tot.«

Wir machten beide kehrt und liefen zum Haus zurück. Einer von uns hätte irgendetwas sagen können, doch es gab nichts mehr zu sagen.

25

Wir gingen durch den Rosengarten zum Patio. Irgendwo entlang des Wegs hatte Susan ihre Rose fallen lassen, aber die anderen lagen noch auf dem Tisch, und sie starrte sie an.

Ich war davon überzeugt, dass sie nach ihrem Geständnis erwartete, dass ich ging, was ich auch vorhatte, doch ich musste noch mit ihr über Amir Nasim und Anthony Bellarosa sprechen, und das wollte ich jetzt und persönlich tun, deshalb sagte ich zu ihr: »Ich muss dir etwas Wichtiges mitteilen.«

Sie blickte mich an, erwiderte jedoch nichts.

»Ich bin mir sicher, dass du jetzt lieber allein sein willst, aber wenn du dich hinsetzt und mir zehn Minuten zuhörst …«

»Wenn es so wichtig ist.«

»Das ist es.«

»Ich brauche ein paar Minuten Zeit. Möchtest du irgendetwas?«

»Wasser.«

Sie ging ins Haus, und ich stand am Korbtisch und öffnete die Schachtel, die sie mir gegeben hatte. In ihr lagen, wie sie gesagt hatte, fotokopierte Briefe von Edward und Carolyn und ein Packen Familienfotos. Ich blätterte sie durch und bemerkte ein paar Aufnahmen, auf denen meine und ihre Eltern zu sehen waren.

Mir fiel ein, dass ich einmal eine Reklame für eine Firma gesehen hatte, die Fotos retouchierte; dieses Orwell'sche Unternehmen konnte unerwünschte Personen von Fotos verschwinden lassen und den Hintergrund an der Stelle ausfüllen, an der sie gewesen waren. Ich machte mir in Gedanken eine Notiz, dass ich mich mit diesen klugen Leuten in Verbindung setzen wollte, um William und Charlotte tilgen zu lassen. Leider kann man durch das Verändern von Fotos weder die Erinnerung noch die Geschichte beeinflussen.

Ich sah die übrigen Fotos durch und stellte fest, dass kein gewagtes Bild von uns dabei war. Das brachte mich auf den Gedanken, dass ich die Nacktaufnahmen von uns trotz Emily Posts Rat nicht in den Umschlag hätte stecken sollen. Ich blickte auf den Umschlag auf dem Tisch und wollte die Fotos gerade herausziehen und in meine Jacke stecken, als die Fliegengittertür geöffnet wurde und Susan mit einem Tablett herauskam, auf dem eine Flasche Mineralwasser und zwei Gläser standen.

Sie wirkte jetzt gefasster – und war vielleicht auch erleichtert, dass ich nicht gegangen war, nachdem sie mit reichlicher Verspätung ihr Geständnis abgelegt hatte. Sie nickte zu den Fotos hin und sagte: »Das sind wunderbare Aufnahmen. Ich habe ganze Stapel davon, falls du sie dir irgendwann ansehen möchtest.«

»Danke.«

Sie stellte das Tablett auf den Tisch und setzte sich, worauf ich gegenüber von ihr Platz nahm. Sie goss mir Wasser ein und sagte: »Komm bitte gleich zur Sache.«

»Wird gemacht.« Ich trank einen Schluck und begann: »Erstens habe ich mit Amir Nasim Tee getrunken, und er hat mir erzählt, dass er dir das Haus abkaufen will, weil er Wert auf eine uneingeschränkte Privatsphäre legt. Ich glaube, er tut sich schwer mit kultureller Vielfalt, das heißt, er will nicht, dass eine attraktive, unverheiratete Frau mitten auf seinem Grundstück wohnt.« Ich hielt kurz inne. »Aber dann hat er mir noch erzählt, dass er sich Sorgen um seine Sicherheit macht.«

Ich ließ das einwirken, und nach ein paar Sekunden teilte mir Susan mit: »Seine Frau hat das auch schon angedeutet.«

Das überraschte mich, dann wurde mir klar, dass Nasim natürlich seine Frau einsetzte, um Susan diesen Hinweis zukommen zu lassen. Ich brachte meine Meinung vor und sagte: »Ich glaube, er ist entweder seit dem 11. September paranoid oder erfindet es, damit du ernsthaft darüber nachdenkst, ihm dieses Grundstück zu verkaufen.«

Sie dachte darüber nach. »Was ist, wenn seine Sicherheitsbedenken berechtigt sind?«

»Dann hätte er sich an die Behörden wenden müssen. Und vielleicht hat er das auch getan, auch wenn er mir gegenüber nichts davon gesagt hat. Aber wenn er sich an die Behörden gewandt hat, hätte sich jemand vom FBI oder der hiesigen Polizei bei dir gemeldet. War das der Fall?«

»Nein.«

»Und ich habe auch nichts von ihnen gehört. Daraus muss ich schließen, dass sich Nasim nicht mit den Behörden in Verbindung gesetzt hat, und ich frage mich, was es mit seinen Sicherheitsbedenken auf sich hat.«

Sie überlegte kurz, bevor sie erwiderte: »Tja, du bist der Anwalt, und du solltest denken wie ein Anwalt. Doch er stammt aus einem anderen Kulturkreis und hat eine andere Einstellung, was die Polizei angeht.«

»Das ist ein berechtigter Einwand. Aber er hat lange genug hier und in London gelebt, um zu wissen, dass er zur Polizei gehen kann, ohne ausgenommen oder verprügelt zu werden, weil er sie gestört hat.«

Sie nickte und sagte: »Tja, selbst wenn seine Sorgen berechtigt sind, ist das sein Problem, nicht meines.«

»Nasim hat mich gebeten, ihn anzurufen, wenn mir irgendwas Verdächtiges auffällt.«

Wieder nickte Susan. »Soheila hat das Gleiche gesagt.«

»Du kannst auch mich anrufen«, bot ich an.

Sie schaute mich an, lächelte, erwiderte aber nichts.

Mir kam natürlich der Gedanke, dass Amir Nasims Sorgen, er könnte auf einer Abschussliste stehen, ob berechtigt oder eingebildet, nebenbei bewirkten, dass jeder auf diesem Grundstück wachsam war, was hinsichtlich der weitaus wahrscheinlicheren Gefahr, die von Anthony Bellarosa ausging, seine Vorteile hatte.

Dazu fiel mir Ms Posts Rat an mich ein, und ich wollte Susan fragen, ob sie eine Schusswaffe besaß. In Anbetracht dessen, was sie das letzte Mal mit einer Schusswaffe getan hatte, könnte das vielleicht ein etwas heikles Thema sein, vor allem, wenn ich sie fragte, ob sie damit umgehen könne. Also verkniff ich mir diese Frage vorerst.

Ich dachte eher an Anthony Bellarosa als an Amir Nasim, als ich zu ihr sagte: »Jedenfalls werde ich vorsichtshalber zur Polizei gehen und vorschlagen, dass sie beim FBI anrufen. Du solltest das Gleiche tun.«

Sie ging nicht darauf ein, warf mir einen Blick zu und sagte: »Das ist ja unglaublich … das wir auch nur an so etwas *denken* müssen wie … ausländische Terroristen.«

Für den Fall, dass sie es vergessen haben sollte, erklärte ich ihr: »Die Welt, einschließlich der Welt hier, hat sich verändert. Deshalb müssen wir an solche Sachen denken.«

Sie verfiel in ein nachdenkliches Schweigen und erinnerte sich, dessen bin ich mir sicher, an die Welt, in der sie aufgewachsen war, in der die größte Gefahr von außerhalb im nuklearen Armageddon bestanden hatte, das wiederum so unvorstellbar schien, dass niemand auch nur daran dachte. Der einzige ausländische Einfall in unsere heile und sichere Welt war der alljährliche sowjetische Ansturm auf unsere Strände gewesen, der jeden Sommer von dem in russischem Besitz befindlichen Anwesen in Glen Cove ausging. Unser persönlicher Kontakt zum Feind hatte sich auf eine Handvoll mürrischer Russen beschränkt, die leere Wodkaflaschen am öffentlichen Strand zurückließen. Ich war davon überzeugt, dass Susan und jeder andere hier in der Gegend wehmütig an diese Zeiten zurückdachte. Jetzt dachten wir leider alle an den 11. September und warteten auf den nächsten Schlag.

»Nasim hat gesagt, er zahlt mir eine zehnprozentige Provision, wenn ich dich zum Verkauf überreden kann.«

Das riss sie aus ihren Gedanken, und sie erwiderte: »Das ist unmoralisch.«

»Genau genommen ist es ein gutes Geschäft.«

»Was hast du ihm gesagt?«

»Ich habe ihm gesagt, er soll mir fünfzehn Prozent geben, dann sage ich zu dir, ich hätte iranische Attentäter gesehen, die sich in deinen Hecken verstecken.«

Sie lächelte und versicherte mir: »Ich lasse mich weder unter Druck setzen noch einschüchtern. Das ist mein Grund und Boden, und er gehört meiner Familie seit über hundert Jahren. Wenn Nasim vor irgendetwas Angst hat, kann *er* wegziehen.«

»Ich verstehe.« Außerdem wurde mir klar, dass sie auch nicht wegen Anthony Bellarosa ihre Sachen packen und abhauen würde. Nichtsdestotrotz sagte ich: »Es gibt noch eine andere wichtige Sache, die ich mit dir besprechen muss.«

Sie schaute mich an und sagte: »Anthony Bellarosa.«

Das überraschte mich zwar, jedoch nur kurz. Susan mochte verrückt sein, aber sie war nicht blöde. »Ja. Anthony Bellarosa.«

»Ich hatte gehört, dass er auf dem Grund und Boden von Alhambra wohnt, bevor ich mein Angebot gemacht habe, das Haus zurückzukaufen«, entgegnete sie. »Er hat seinerzeit keine Rolle in meinen Plänen gespielt, und er spielt auch jetzt keine.«

»Na schön, aber …« Tolkiens berühmter Satz zu dem Thema ging mir durch den Kopf, und ich zitierte: »Wer in der Nähe eines Drachen lebt, tut gut daran, ihn in seine Überlegungen mit einzubeziehen.«

Sie zuckte die Achseln. »Solange du mir nichts Genaueres zu diesem Drachen zu sagen hast, möchte ich nicht darüber sprechen. Vielen Dank, dass du dir Sorgen um mich machst.« Dann lächelte sie. »Nun, ich nehme doch an, dass du besorgt bist und nicht deiner klammheimlichen Freude Ausdruck verleihen wolltest.«

Weil ich ihr klarmachen wollte, dass es ernst war, erwiderte ich das Lächeln nicht, sondern sagte: »Ich mache mir *große* Sorgen.«

Das drang offenbar zu ihr durch, denn sie fragte: »Wie hast du herausgefunden, dass er nebenan wohnt?«

»Er hat letzten Montag bei mir geklingelt.«

Die Nachricht, dass Anthony Bellarosa auf dem Grundstück gewesen war, ließ sie aufhorchen. »Weshalb?«

»Es war ein unangekündigter Höflichkeitsbesuch. Er hat mich hier willkommen geheißen.«

Susan wollte zwar nicht darüber sprechen, wusste aber, dass sie sich wahrscheinlich anhören musste, was ich zu sagen hatte. Und während sie noch überlegte, wofür sie sich entscheiden sollte, fuhr ich fort: »Er wollte mit mir über seinen Vater sprechen.«

Sie ging nicht darauf ein.

»Er hat sich nach dir erkundigt.«

Susan warf mir einen Blick zu, verfiel dann in ihre Lady-Stanhope-Tour und sagte: »Wenn er irgendetwas über mich wissen will, sollte er mich fragen, nicht dich.«

Susans Mut, basierte, wie ich schon andeutete, auf ihrer herrschaftlichen Erziehung und ließ sich am ehesten als eine Mischung aus arroganter Gleichgültigkeit gegenüber jedweder Gefahr und einem naiven, an Größenwahn grenzenden Glauben, dass man nicht zur Klasse der Opfer gehören konnte, beschreiben. Man kann das am besten erklären, wenn man sich vorstellt, dass Susan einen Einbrecher auffordern würde, sich die Füße abzutreten, bevor er ins Haus einsteigt. Damit sie sich ihre Hochnäsigkeit abschminkte und auf den Boden der Tatsachen zurückkehrte, sagte ich zu ihr: »Er ist wie sein Vater – wichtige Sachen bespricht er nicht mit Frauen.«

Das erregte ihren Unmut und erinnerte sie zugleich daran, dass *sie* dieses Problem in die Welt gesetzt hatte. »John, das ist nicht dein Problem. Es ist meines. Ich weiß deine Besorgnis zu schätzen, und ich bin sehr gerührt, wirklich, aber solange er dir gegenüber nichts Genaueres gesagt hat, über das ich Bescheid wissen sollte, musst du dich nicht in –«

»Susan. Komm von deinem hohen Ross runter.«

Sie lehnte sich zurück, schlug die Beine übereinander und starrte in den Garten.

»Nur zu deiner Erinnerung, du hast seinen Vater umgebracht. Darüber wird er nicht mit dir sprechen. Aber er hat mit mir darüber gesprochen.« Meine anschließenden Gespräche mit Anthony erwähnte ich nicht, ich sagte nur: »Er hat zwar keine direkten Drohungen ausgesprochen und wird es auch nicht tun, doch ich hatte den Eindruck, dass er auf Rache aus ist.«

Sie starrte weiter auf eine bestimmte Stelle im Garten und dachte wahrscheinlich an Rosenfäule. So geht sie immer mit großen Problemen um, mit denen sie nicht klarkommt; sie stellt sich einfach kleinere Probleme vor. Genau das hatte sie nach dem Mord an Frank Bellarosa getan – als sein Leichnam am Boden lag und ein halbes Dutzend Kriminalpolizisten darauf wartete, sie ins Gefängnis zu bringen, machte sie sich Sorgen um ihr Pferd und wahrscheinlich auch darüber, wie Anna die Blutflecken vom Boden wegkriegen würde.

Ich beschloss, dieses Gespräch zu beenden, wusste ich doch, dass ich alles getan hatte, was ich tun konnte, und jedes weitere Wort als Mutmaßung, persönliche Meinung und unerwünschter Rat aufgefasst werden würde. Ich sagte allerdings: »Du solltest zur Polizei gehen und eine eidesstattliche Aussage machen.« Für den Fall, dass irgendetwas passiert. Aber das sagte ich nicht.

Sie erwiderte nichts, und so saßen wir einfach da, bis sie schließlich fragte: »Ist das alles?«

»Ja.«

»Danke.«

Ich warf einen Blick auf meine Uhr: »Ich sollte gehen.«

Anscheinend hörte sie mich nicht.

Ich stand auf, sie aber nicht, deshalb sagte ich: »Ich finde selbst hinaus.«

Wieder keine Antwort.

Mir war klar, dass es ein anstrengender Morgen für ihr Gefühlsleben gewesen war – und auch für meines. Dass sie mir den wahren Grund dafür gestanden hatte, weshalb sie den Mann, den sie liebte, umgebracht hatte, war ein mentales Trauma, das für mehr als einen Tag reichte, und dann hatte ich auch noch das Thema Amir Nasim und iranische Attentäter zur Sprache gebracht und sie daran erinnert, dass Frank Bellarosas Sohn in der Nachbarschaft wohnte und sich nach ihr erkundigt hatte. Ich konnte nur vermuten, was ihr im Moment durch den Kopf ging.

Sie half mir, ihre Seelenqualen zu verstehen, als sie sagte: »Hast du in England Lamm lieben gelernt?«

»Wie bitte?«

»Ich dachte an Lamm zum Abendessen, aber wenn du es noch immer nicht magst, mache ich vielleicht Kalb.«

Ich räusperte mich und erwiderte: »Lamm ist prima.«

»Gut.« Sie schaute mich an und schien überrascht zu sein, dass ich stand. »Wo willst du hin?«

»Ich … muss ein paar Sachen erledigen. Und ich wollte meine sonntäglichen Anrufe bei den Kindern machen.«

Sie überlegte kurz, dann schlug sie vor: »Warum rufen wir sie nicht gemeinsam an?«

»Nun ja …«

»Sie würden sich freuen.«

»Vielleicht sollten wir sie nicht … überraschen. Und möglicherweise brauchst du jetzt ein bisschen Zeit für dich.«

Sie ging nicht darauf ein, goss mir den letzten Schuss Wasser ein und fragte: »Kommst du mit, wenn ich Ethel besuche?«

Ich nahm an, dass ich mich wieder setzen sollte, deshalb tat ich es und erwiderte: »Ich habe allerhand zu erledigen.« Und ich wollte Elizabeth im Fair Haven ebenso wenig in Begleitung von Susan über den Weg laufen, wie ich Susan in Begleitung von Elizabeth über den Weg laufen wollte. Und dann war da noch mein Essen mit den Bellarosas um vier, falls ich noch immer hingehen wollte. Ich dachte darüber nach und fragte mich, ob das eine gute Idee wäre. Sieh zu, dass du deine Feinde in der Nähe hast, und so weiter.

Ich warf einen Blick zu Susan und sah, dass sie den Umschlag geöffnet hatte und die Fotos durchblätterte, die ich ihr gegeben hatte. Es waren hauptsächlich Familienaufnahmen, und offenbar war sie noch nicht zu den nur für Erwachsene bestimmten Bildern vorgestoßen, denn sie sagte: »Mir gefällt das hier, wo wir alle vier am Anlegesteg vom Seawanhaka das Boot beladen. Wer hat das geknipst?«

»Weiß ich nicht mehr. Du kannst sie dir ja später angucken«, schlug ich vor. »Ich glaube, ich sollte jetzt wirklich gehen.«

Sie hielt inne und konzentrierte sich auf ein Foto, dann blätterte sie langsam ein paar weitere durch, lächelte schließlich und sagte: »Ich habe mich schon gefragt, was aus *denen* hier geworden ist.«

Ich ging nicht darauf ein.

Die Fotos schienen ihr zu gefallen, sie grinste frech, als sie sagte: »Oje …«, und schob mir eines zu.

Ich schaute darauf und sah, dass es ein mit Stativ und Selbstauslöser aufgenommenes Bild von Susan und mir auf der hinteren Terrasse von Stanhope Hall war. Als die Stanhopes wegzogen, hatten sie ein paar Gartenmöbel auf der Terrasse stehenlassen, und ich erinnerte mich, dass Susan und ich uns manchmal mit ein paar Cocktails zum Sonnenuntergang dort hingesetzt hatten und einmal auch Kamera und Stativ aufbauten, um die Aussicht festzuhalten.

Tja, es war ein warmer Sommertag gewesen, und nach ein paar Cocktails hatte Susan vorgeschlagen, dass wir eine Art Stripknobeln spielen sollten, bei dem der Verlierer den anderen mit Oralsex verwöhnen musste. Ich fand den Vorschlag ganz passabel, zumal es eigentlich nichts zu verlieren gab, deshalb fingen wir an, und Susan hatte eine Pechsträhne und war innerhalb von wenigen Minuten nackt.

Auf dem Foto lehne ich an einer Säule, mit der Unterhose um die Knöchel, und kassiere meinen Gewinn.

»*Das* können wir nicht mehr machen«, stellte Susan fest.

Ich lächelte und erwiderte: »Nein, ich glaube nicht, dass Mr Nasim Cocktails auf seiner Terrasse billigt.«

Sie lächelte ebenfalls.

Mir wurde klar, dass Susan in einem anderen Gemütszustand war als noch vor fünf Minuten und dass ich nicht aufgepasst hatte.

Sie schob mir ein paar Fotos zu, worauf ich ihr versicherte: »Ich habe sie mir angesehen.«

»Hast du dir Abzüge machen lassen?«

»Nein.«

»Ich kann das für dich tun.« Sie wandte sich wieder den Bildern zu. »Ich habe kein Gramm zugelegt.« Sie warf mir einen kurzen Blick zu, bevor sie feststellte: »Du offensichtlich auch nicht.«

Ich hatte einen trockenen Mund, daher trank ich mein Wasser aus und warf wieder einen Blick auf die Uhr, aber Susan starrte auf sechs, sieben Fotos, die sie auf dem Tisch ausgebreitet hatte. Dann blickte sie auf und sagte: »Die bringen ein paar schöne Erinnerungen zurück.«

Ich nickte.

Sie stand auf, starrte mich an und sagte in einem Tonfall, der keinen Zweifel daran ließ, was sie meinte: »Ich würde dir gern zeigen, was ich mit dem Haus gemacht habe.«

Nun ja … warum nicht? Ich meine, warum nicht? Bevor mir etwas einfiel, das dagegen sprach, standen wir auf, griffen über den Tisch und hielten Händchen, dann gingen wir gemeinsam ins Haus.

Die Besichtigungstour begann und endete im Schlafzimmer.

26

Im großen Schlafzimmer im ersten Stock war es warm, und Susan lag nackt auf dem Laken und hatte die Hände hinter dem Kopf verschränkt. Sie war wach, hielt die Augen aber geschlossen. Das Fenster und die Vorhänge waren offen, und Tageslicht fiel ins Zimmer. Ein Standventilator surrte neben dem Bett, und der Luftzug kühlte den Schweiß auf unseren Leibern und spielte mit Susans langen roten Haaren.

Ich setzte mich auf und betrachtete sie. Ihre Haut hatte eine hübsche Frühsommerbräune, die Brüste eingeschlossen, aber dort, wo sie ein Bikinihöschen getragen hatte, das kaum die leuchtend roten Schamhaare bedeckte, war sie milchig weiß.

Mit noch immer geschlossenen Augen fragte sie: »Schaust du mich an?«

»Ja.«

»Wie sehe ich aus?«

»Wie an dem Tag, an dem ich zum ersten Mal mit dir geschlafen habe.« Was stimmte.

»Danke. Ich habe gute Gene.«

William und Charlotte waren in der Tat ein schmuckes Paar, aber leider meschugge.

Susan schlug die Augen auf und drehte sich zu mir. »Ich hatte noch nie jemanden hier oben.«

»Das ist deine Sache.«

Sie blickte mich an und sagte: »Ich wollte nur, dass du es weißt.« Sie lächelte. »Ich hatte so lange keinen Sex, dass ich vergessen habe, wer wen fesselt.«

Ich lächelte ebenfalls, aber weil ich ihr keine Hilfe zu dem Thema anbot, fragte sie: »Und du?«

»Na ja …«

»Ist schon gut. Ich will es gar nicht wissen.«

Natürlich wollte sie, und damit es aus der Welt war, sagte ich: »Es gibt eine Frau in London.« Und ich dachte sogar daran, hinzuzufügen: »Aber es ist nichts Ernstes.«

»Wie heißt sie?«

»Samantha.«

»Hübscher Name. Sieh zu, dass du sie loswirst.«

»Nun ja … na schön. Aber …«

Susan setzte sich auf, nahm meine Hand und schaute mich an. »Wir haben zehn Jahre vergeudet, John. Ich möchte keine weitere Minute vergeuden.«

»Ich weiß … aber …«

»Geht es dir zu schnell?«

»Na ja, es kommt etwas plötzlich.«

»Liebst du mich?«

»Ja. Seit jeher.«

»Ich dich auch. Auf ewig. Also?«

»Bist du dir dessen sicher?«

»Bin ich. Und du ebenfalls.«

Offenbar war das beschlossene Sache. Aber ehrlich gesagt, glaube ich, dass ich es, zwei Minuten nachdem ich in dieses Haus gegangen war, bereits gewusst hatte. Ungeachtet all meiner üblen Gedanken über Susan und trotz allem, was an diesem Morgen geschehen war, spürte ich in dem Moment, als wir einander anschauten, diese ungemeine sexuelle Spannung, die schon früher zwischen uns geherrscht hatte, und mir war klar, dass es ihr genauso ging. Sex ist natürlich nicht Liebe, obwohl er's zur Not auch tut, aber in diesem Fall war die Liebe bereits da und seit jeher da gewesen, deshalb mussten wir es nur machen. Und wir machten es.

Nach zehn Jahren hätte es unangenehm sein können, war es aber nicht; wir gingen ganz unbefangen miteinander um, was das Gute dabei ist, wenn man mit einem Partner zusammen ist, mit dem man jede Menge Übung hat. Außerdem war nach all den Jahren natürlich auch etwas Neues mit im Spiel und vielleicht das leichte Gefühl, dass die Sache irgendwie tabu war. Diese Mischung ist unschlagbar.

»Ich habe daran gedacht«, sagte ich zu Susan.

»Ich auch. Oft. Wieso hat es so lange gedauert, bis du mich angerufen hast?«

»Ich hatte … nun ja, Angst.«

»Wovor?«

»Vor … na ja, ich hatte Angst, dass es dazu kommen könnte, und auch vor dem Gegenteil.«

»Ich auch. Jetzt brauchen wir keine Angst mehr zu haben.«

»Nein«, sagte ich. »Ich dachte, du würdest mich anrufen.«

»Ich wollte so tun, als wäre ich schwer zu kriegen.« Sie fügte hinzu: »Ich wollte noch achtundvierzig Stunden warten, bevor ich dich anrufe. Dann habe ich Elizabeths Auto über Nacht dort stehen sehen und war … wie lautet das treffende Wort?«

»Am Boden zerstört? Fix und fertig? Sauer?«

»Das ist es. Aber ich war bereit, dir zu vergeben.«

»Da gibt's nichts zu vergeben.«

»Magst du sie?«

»Durchaus.«

Sie schwieg ein paar Sekunden, bevor sie sagte: »Sie mag dich. Sie hat es mir beim Lunch erzählt. Nun, sie hat sich diesbezüglich geziert, aber in Anbetracht der Umstände konnte ich es erkennen.«

»Sie ist eine nette Frau.«

»Ganz meine Meinung. Dann können wir also alle Freunde bleiben.«

»Großartig.« In der letzten halben Stunde waren anscheinend allerhand Entscheidungen gefallen, von denen ich nichts wusste, aber das kommt manchmal vor, wenn man mit jemandem schläft. Gerade noch hat man sich höflich Hallo gesagt, und schon liegt man nackt im Bett und tauscht Intimitäten aus mit einer Person, die man möglicherweise kaum kennt, und anschließend – wenn man nicht unter Zeitdruck steht – kommt man zwangsläufig ins Gespräch. Und beim Reden gerät man für gewöhnlich in die Bredouille, manchmal ohne es zu wissen.

In diesem Fall allerdings hatte das Schicksal schon vor langem entschieden, dass ich hier sein würde, daher konnte ich mich einfach fügen. »Ich habe nie gedacht, dass wir den Rest unseres Lebens voneinander getrennt sein würden«, sagte ich zu ihr.

»Ich *wusste*, dass wir es nicht sein würden.«

»Ich habe dich am Dienstag in Locust Valley gesehen«, gestand ich.

»Aha? Wo?«

»Bei dem Feinkostladen, ein paar Häuser neben Rolf's.«

»Ach, richtig. Ich war mit Charlie Frick zum Lunch verabredet.«

»Ich dachte, es wäre eine Frau.«

»*Charlene*. Charlie Frick. Sie ist eine der Fricks.«

»Offenbar, wenn sie so heißt.«

»John, du hast gerade mit mir geschlafen. Kannst du dich mit deinem Sarkasmus ein bisschen mäßigen?«

Mir war der Zusammenhang nicht ganz klar, aber ich war mir sicher, dass noch mehr von diesen postkoitalen Ungereimtheiten kommen würden. »Tut mir leid«, sagte ich.

»Wo warst du?«, fragte sie mich. »Ich hoffe doch, du wolltest dir nicht eines dieser scheußlichen Sandwiches bei Rolf's holen?«

Und dann ist da noch die postkoitale Kritik an meiner Lebensweise.

»Ich habe mir bei Rolf's nur einen Kaffee geholt, bin rausgekommen und habe dich und Mitzi gesehen.«

»Charlie. Wieso hast du nicht Hallo gesagt?«

»Weil ich dir so nicht zum ersten Mal nach vier Jahren begegnen wollte.«

Sie drückte meine Hand und sagte: »Ich auch nicht. Wie war dir zumute? Was hast du gedacht?«

»Ich war … traurig, glaube ich. Und ich fand, dass du so schön wie nie zuvor aussiehst.«

Sie kuschelte sich an mich und schlang die Arme um mich. »Ich liebe dich«, sagte sie, »und wir werden uns nie wieder trennen und nie wieder traurig sein.« Sie küsste mich. »Kannst du das fassen? Kannst du fassen, dass wir wieder zusammen sind?«

»Es ist kaum zu glauben.«

»Heiratest du mich wieder?«

Ich war auf diese Frage vorbereitet, daher erwiderte ich, ohne zu zögern: »Wenn du das möchtest.«

Das war vermutlich nicht die richtige Antwort, denn sie rückte von mir ab, bevor sie fragte: »Was möchtest *du* denn?«

Ich versuchte es noch mal und fragte sie: »Willst du mich heiraten?«

»Lass mich darüber nachdenken. Okay, ich heirate dich.«

»Du hast mich zum glücklichsten Mann auf der Welt gemacht.«

»Das weiß ich. Aber lass uns ein Jahr zusammenleben, nur um sicherzugehen.«

»Na schön. Nein, ich meine, lass uns so schnell wie möglich heiraten.«

»Wenn du das möchtest. Was machst du morgen?«

Susan war eindeutig glücklich, und wenn sie glücklich ist, ist sie lustig. Ich war auch glücklich, aber das Ganze kam ein bisschen plötzlich, und ich konnte es nicht so schnell verarbeiten, wie es geschah, und wollte eigentlich mindestens zehn Minuten darüber nachdenken, inwieweit sich mein ganzes Leben verändern würde. Aber dann fiel mir ein, was ich zu Elizabeth gesagt hatte – dass man mehr auf sein Herz als auf seinen Verstand hören und manchmal ein Risiko eingehen sollte. An diesem Punkt meines Lebens hatte ich nicht viel zu verlieren, wenn ich meine Exfrau heiratete. Vermutlich konnte mir Schlimmeres widerfahren. Besser gesagt, ich war in sie verliebt und bekam eine zweite Chance, mit ihr glücklich zu werden.

Susan, die mich kennt, fragte: »Redest du dir aus oder ein, mich zu heiraten?«

»Nichts wäre mir lieber, als dass wir heiraten und wieder eine Familie sind«, erwiderte ich.

Sie lehnte sich ans Kopfteil, und ich sah, wie ihr die Tränen in die Augen traten. »Es tut mir so leid«, sagte sie. »Alles, was vorgefallen ist.«

»Ich weiß. Mir auch.«

Wir saßen eine Weile da, und ich betrachtete den Ventilator und spürte den Luftzug auf meinem Körper. Hier in unserem Schlafzimmer zu sein, mit unseren alten Möbeln, weckte schöne Erinnerungen an Liebesspiele und träge Sonntagvormittage, wenn die Kinder kamen und mit uns kuschelten, an Vater- und Muttertage mit Frühstück im Bett und an Abende, an denen wir lange aufblieben und bis spät in die Nacht miteinander redeten. Ich erinnerte mich an die Karte, die sie zum Hochzeitstag für mich geschrieben hatte: *John, du weißt gar nicht, wie oft ich morgens aufwache und dich einfach anschaue. Und das werde ich bis ans Ende meines Lebens tun.*

Ich hätte mich weiter mit der Vergangenheit beschäftigen können und mit der zehnjährigen Kluft zwischen heute und dem letzten Mal, als wir miteinander geschlafen hatten, aber das hatte ich schon getan, und es hatte mir nichts als Wut, Verbitterung und Unrast eingebracht. Deshalb nahm ich ihre Hand, schaute sie an und sagte: »Ich vergebe dir.«

Sie nickte und sagte: »Ich wusste es.«

Ich auch.

Sie rutschte näher zu mir und legte den Kopf an meine Schulter, und wir saßen da, genossen den Moment und dachten an die Zukunft.

Es war höchste Zeit, dass wir vorankamen.

Leider war die Vergangenheit nicht gänzlich tot und begraben; sie war am Leben, wohnte auf Alhambra und war im Begriff, uns einzuholen.

27

Sex unter der Dusche ist meine Art und Weise, mehrere Dinge gleichzeitig zu tun.

Hinterher zogen wir uns an und gingen hinunter in die Küche, wo Susan mich fragte: »Hast du Hunger?«

Ich schaute auf die Uhr, sah, dass es kurz nach eins war, und erinnerte mich an meine Sonntagsspaghetti mit Fleischklößchen bei den Bellarosas. Außerdem fiel mir ein, dass ich Elizabeth um sieben wegen eines möglichen Rendezvous anrufen sollte. Vor dieser unerwarteten Wende der Ereignisse war eine Menge in Bewegung gesetzt worden, und ich wünschte jetzt, ich hätte Susan letzte Woche angerufen. Aber wer weiß, was passiert wäre, wenn wir uns letzte Woche getroffen hätten? Ich war noch nicht bereit gewesen für das, was soeben geschehen war, und genau genommen war ich mir auch nicht sicher, ob ich jetzt dazu bereit war. Aber schlaue Leute wie ich können ihre Pläne ändern, wenn sich die Situation ändert. Was meine Pläne mit Elizabeth anging, war ich der Meinung, dass sich Leute, die heiraten wollen, mit Verabredungen zurückhalten sollten. Was das Essen mit den Bellarosas betraf, war die Entscheidung einfach.

»John? Hallo?«

Ich blickte zu Susan und sagte: »Weißt du, ich könnte eine Bloody Mary gebrauchen.«

»Ich glaube, ich habe keinen Tomatensaft.«

»Noch besser. Wodka auf Eis.«

Sie öffnete den Kühlschrank, holte eine Flasche Grey Goose heraus und goss ein Glas ein, gab Eis dazu, füllte das Glas mit Orangensaft auf und sagte: »Du kannst so früh noch keinen Wodka pur trinken.«

Meiner Meinung nach schon. Allmählich fielen mir wieder Dinge aus meiner ersten und einzigen Ehe ein.

Susan goss sich Orangensaft ein und reichte mir meinen Drink. Wir stießen an, und ich sagte: »Auf uns.«

»Auf uns.«

Ich trank einen Schluck und schmeckte den Wodka nicht.

»Möchtest du etwas essen?«, fragte sie erneut.

»Nein, das ist bestens.«

»Was hattest du zum Frühstück?«

»Äh … lass mich nachdenken …« Ich hätte beinahe Elizabeth auf dem Tisch gehabt, aber das sollte ich lieber nicht erwähnen. »Ein englisches Muffin.«

»Ist das alles?«

»Holzapfelgelee. Kaffee.«

»Und du hast allein gefrühstückt?«

»Nein, habe ich nicht.«

»Wie kommt es, dass du und sie im gleichen Haus übernachtet habt und nichts passiert ist?«

Allmählich wurde ich ein bisschen ungehalten über die Elizabeth-Fragen und sagte: »Es spielt keine Rolle, warum oder weshalb nichts passiert ist. Es kommt nur darauf an, dass nichts passiert ist.«

Sie bemerkte meinen gereizten Ton und sagte: »Tut mir leid. Ich fasse es nicht, dass ich so eifersüchtig bin. Ich werde es nicht mehr ansprechen.«

»Danke.«

»Vielleicht verlierst du dein Gespür.«

»Susan –«

»Oder wolltest du Samantha treu bleiben?«

Das klang nach einer Fangfrage, deshalb erklärte ich: »Elizabeth ist, wie du dir sicher vorstellen kannst, sehr betroffen wegen ihrer Mutter. Wir waren den ganzen Tag zusammen und sind Ethels Papiere und persönlichen Besitz durchgegangen, und am Ende war sie erschöpft, trank zu viel Wein und ging zeitig zu Bett. Ich habe auf der Couch geschlafen. Ende der Geschichte.«

»In Ordnung. Tut mir leid. Hast du unparteiische Zeugen dafür?«

Ich hätte fast die Geduld verloren, aber als ich ihr einen Blick zuwarf, sah ich, dass sie lächelte, und lächelte ebenfalls, worauf sie ihr Glas abstellte und mich umarmte. »Ich will nicht eifersüchtig sein.«

Sie hätte mir leicht etwas vormachen können. Ich stellte mein Glas auf die Anrichte, und wir umarmten und küssten uns.

»Lass uns Edward und Carolyn anrufen«, sagte sie.

Sie schien gespannt darauf zu sein, und ich spürte, dass ich es auch war. »Du rufst an«, sagte ich.

Susan ging zum Wandtelefon und wählte. »Ich versuche Carolyn zuerst über ihr Handy zu erreichen.«

Carolyn meldete sich, worauf Mutter und Tochter ein paar Sekunden lang plauderten, und soweit ich das mitbekam, war Carolyn mit Freunden beim Sonntagsbrunch. Irgendwann sagte Susan: »Ich möchte kurz mit dir allein sprechen. Ja, in Ordnung.« Susan deckte die Sprechmuschel ab und sagte zu mir: »Ich möchte, dass du es ihr sagst.« Als sich Carolyn wieder meldete, sagte Susan: »Dein Vater möchte mit dir sprechen.«

Das musste Carolyn verwirrt haben, denn Susan fügte hinzu: »Nein, er ist hier.« Sie reichte mir das Telefon.

»Wie geht's dir, mein Liebes?«

»Großartig. Und … wie geht's *dir*?«

»Ebenfalls großartig.« Ich hörte Straßenlärm im Hintergrund und fragte: »Wo bist du?«

»Vor dem Petrossian. Ich bin mit Freunden hier.«

Meiner Meinung nach verdienen stellvertretende Bezirksstaatsanwälte nicht viel, daher kam vielleicht der Stanhope'sche Treuhandfonds für Champagner und Kaviar auf. »Ich hoffe doch, der Brunch geht aufs Spesenkonto«, scherzte ich.

»Ich habe einen *Freund*, Dad.«

»Ah …« Ich konnte mir meine Tochter immer noch nicht mit einem Mann vorstellen, und schon gar nicht mit einem, der sich mit Champagner und Kaviar bei ihr einschmeichelte. »Dann nimm Beluga zum Nachtisch.«

Ohne darauf einzugehen, fragte sie: »Und … was gibt es?«

Gute Frage. Ich warf einen kurzen Blick zu Susan, die den Lautsprecher des Telefons anschaltete, worauf ich sagte: »Tja, ich bin im Haus deiner Mutter …«

»Ich weiß.«

»Und … nun ja, wir haben beschlossen, wieder zusammenzuziehen –« Ich hörte einen Schrei und dachte, sie wäre von einem Bus oder etwas Ähnlichem erfasst worden, dann kreischte sie wieder und sagte: »O mein Gott! O Dad, das ist ja wunderbar! Ach, ich bin ja *sooo* froh. Mom! Mom!«

Susan nahm mir das Telefon ab und begann ein Schnellfeuergespräch, das von unverständlichen Quietsch- und Kreischlauten unterbrochen wurde.

Weil ich dachte, mein Beitrag wäre beendet, ging ich zum Kühlschrank und frischte meinen Orangensaft mit Wodka auf. Susan unterbrach ihren Redefluss für ein »John, das reicht«, bevor sie und Carolyn weiter aufeinander einredeten. Ein paar Minuten vergingen mit verschlüsseltem Frauengeplauder, bevor Susan endlich sagte: »Wir lassen dich jetzt wieder zu deinen Freunden. Ruf mich an, wenn du einen Moment Zeit hast. Dein Vater möchte sich von dir verabschieden.«

»Tschüss, Cari! Ich liebe dich!«, rief ich quer durch die Küche.

»Tschüss, Dad! Ich liebe dich!«

Susan legte auf. »Sie freut sich so für uns, John. Ist das nicht wunderbar?

»Das ist es«, sagte ich. »Sie hat einen Freund.«

»Ich habe ihr gesagt, dass wir jetzt Edward anrufen wollen, und sie hat gesagt, sie telefoniert heute Abend mit ihm.«

»Wer ist dieser Typ?«

»Unser Sohn. Edward.«

»Nein, ich meine ihren Freund.«

»Das weiß ich nicht. Sie hat mit Cliff Schluss gemacht, und jetzt geht sie mit einem anderen. Aber sie meint es mit niemandem ernst.«

»Ein Brunch im Petrossian für zweihundert Dollar klingt aber ernst. Vielleicht hat es etwas mit ihrem Engagement gegen den Hunger auf der Welt zu tun«, mutmaßte ich.

Ohne darauf einzugehen, schlug Susan vor: »Ruf du Edward an.«

Ich warf einen Blick auf die Uhr und stellte fest: »In L. A. ist es erst zehn Uhr morgens. Vermutlich schläft er noch.«

Sie nahm den Hörer ab und wählte. »Ich versuche es in seiner Wohnung.« Nach mehrmaligem Klingeln meldete sich jemand, und Susan sagte: »Hallo, hier ist Mrs Sutter, Edwards Mutter. Ist er da?« Sie hörte einen Moment lang zu, dann sagte sie: »Sagen Sie ihm, es ist wichtig. Ich bleibe dran. Danke.« Sie erklärte mir: »Er ist unter der Dusche.«

»Wer war das?«

»Eine junge Dame, die weder Manieren noch Umgangsformen hat, mir ihren Namen nicht nannte und auch nicht gesagt hat, dass Edward indisponiert ist.«

»Vielleicht hat sie genau das gesagt. Indisponiert. Und du hast ›unter der Dusche‹ verstanden.«

»Sehr komisch.«

Susan war, wie ich mich entsann, bei den Freundinnen ihres Sohnes kritischer als bei den Freunden ihrer Tochter. Ich reagiere für gewöhnlich genau umgekehrt. Freud könnte das vermutlich erklären, wenn ich ihm schriebe. *Lieber Sigmund –*

»Ich hoffe, ich habe ihn nicht beunruhigt«, sagte Susan.

»Wahrscheinlich ist das Mädchen deinetwegen in die Dusche gestürmt.«

»John, bitte.« Susan drückte den Hörer ans Ohr und sagte: »Guten Morgen, mein Lieber. Nein, alles ist bestens. Ich wollte dir nur eine gute Nachricht überbringen. Moment, jemand möchte dir hallo sagen.«

Sie reichte mir den Hörer, und ich benutzte seinen alten Spitznamen, als ich sagte: »Hallo, Skipper.«

»Dad!«

»Entschuldige, dass wir dich aus der Dusche holen –«

»Kein Problem. Was gibt's?«

»Wer war vorhin am Telefon?«

»Oh … das war Stacy. Sie … wir wollen zum Strand.«

»Klasse. Zu welchem?«

»Wahrscheinlich Malibu. Hey, Dad, du musst mal rüberkommen.«

»Ich habe es vor. Aber ich nehme an, wir sehen uns bald aus einem weniger freudigen Anlass.«

»Ja … wie geht's ihr?«

»Nicht allzu gut. Ich habe sie vor ein paar Tagen besucht und glaube, dass es bald so weit ist.«

»Das ist wirklich traurig. Und, wie ergeht es dir in New York?«

»Klasse. Schön, wieder da zu sein.«

»Wie ist das Wetter bei euch?«

»Bestens.« Edward kam allem Anschein nach nicht auf den Gedanken, dass irgendetwas Ungewöhnliches dabei war, wenn seine Mutter und ich ihn gemeinsam anriefen, und offenbar hatte er auch vergessen, dass es um etwas Wichtiges ging. Dabei hatte er den IQ eines Genies, auch wenn die meisten Menschen das nicht erraten würden, und soweit ich mich erinnern kann, war er schon immer ein bisschen schusselig, daher konnte ich es nicht auf Kalifornien schieben, auch wenn ich es gern getan hätte.

Weil ich bemerkte, dass Susan ungeduldig wurde, sagte ich zu Edward: »Nun ja, Skipper, du wirst dich wahrscheinlich wundern, weshalb wir anrufen.«

»Ja … ist alles okay?«

Susan trat dicht an mich heran und sagte: »Ich bin am Apparat, mein Lieber. Dein Vater und ich haben eine gute Nachricht.«

»Toll.«

Ich nahm an, dass ich jetzt an der Reihe war, deshalb sagte ich mit fröhlichem Tonfall: »Deine Mutter und ich wollen heiraten.«

»Hä?«

»Heiraten. Wieder. Wieder heiraten.«

Schweigen, dann fragte Edward: »Du meinst …? Einander?«

»Ist das nicht wunderbar?«, trällerte Susan dazwischen.

»Oh … yeah. Wow. Super.« Dann hatte er es, glaube ich, kapiert und sagte: »Oh, super.« Anschließend hakte er nach. »Hey, soll das ein Witz sein?«

Susan und ich erwiderten unisono: »Nein«, und Susan sagte zu ihm: »Wir haben Cari angerufen, und sie ist ganz begeistert. Sie ruft dich heute Abend an.«

»Klasse. Hey. Ich bin …« Und dann geschah etwas Seltsames – ich hörte, dass er schlucken musste. Und auch ich hatte einen kleinen Kloß im Hals und sah, dass Susans Augen in Tränen schwammen.

Ich sagte zu ihm: »Wir lassen dich jetzt losziehen, Skipper. Viel Spaß am Strand. Bis bald.«

»Yeah … bis bald.«

Susan tupfte sich mit einem Papiertuch die Augen ab und sagte zu Edward: »Mach nicht zu viele Termine, wenn du kommst. Diesmal geht die Familie vor. Wir essen gemeinsam zu Abend.«

»Yeah? Ach. Okay. Klar. Gut.«

»Ich rufe dich an und maile dir, sobald wir etwas wissen. Du musst den ersten verfügbaren Flug nach New York nehmen. Er muss nicht direkt oder nonstop sein. Und vergiss nicht, nach erster oder Businessklasse zu fragen, falls die Touristenklasse ausgebucht ist. Edward? Hörst du zu?«

Edward hörte schon seit zehn Jahren nicht mehr zu, aber er erwiderte: »Okay, Mom.«

»Ich liebe dich.«

»Ich dich auch.«

»Ich liebe dich«, sagte ich.

Susan legte auf und sagte zu mir: »Sie waren völlig begeistert, John. Hast du das gemerkt?«

»Durchaus.«

Sie tupfte sich erneut die Augen ab und sagte: »Wir haben viel Zeit, um als Familie alles wiedergutzumachen.«

»So ist es, und ich muss allerhand mit ihnen nachholen, aber das wird mir ein Vergnügen sein.«

»Das wird es.« Sie dachte einen Moment lang nach, dann sagte sie: »Edward braucht nach wie vor einen anständigen, starken Mann in seinem Leben. Er ist … unreif.«

Ich war anderer Meinung, hätte es aber dabei belassen sollen, doch meine sarkastische Seite sagte: »Er ist siebenundzwanzig Jahre alt. Er kann sein eigenes männliches Vorbild sein.«

Sie wirkte ein bisschen ungehalten, dann betreten und erinnerte mich: »Du weißt doch, wie Edward ist.«

»Ja, er ist wie ich.«

»Du bist etwas besser organisiert. Und ich betone, etwas.«

Susan war eine der zerstreutesten Frauen gewesen, die ich jemals kannte, aber offenbar hatte sie für mehr Ordnung gesorgt, seit ich weggegangen war. Oder war zumindest weniger zerstreut.

Das Problem war, dass wir uns beide verändert hatten, die Erinnerungen aber nicht, oder die Erinnerungen hatten sich verändert, aber wir nicht. Es dürfte uns beiden noch viel Mühe bereiten, einander so zu sehen, wie wir uns jetzt fühlten, und nicht, wie wir einst gewesen waren.

Wenn ich das Ganze etwas positiver betrachten wollte, dann fühlte sich Susan auf Anhieb so wohl mit mir, dass sie nicht zögerte, mich auf meine Fehler hinzuweisen und konstruktive Kritik zu üben, wenn nötig. Ihr Werben um mich hatte nur sehr kurz gedauert.

Sie spürte offensichtlich, woran ich dachte, oder wollte zu ihrer letzten Bemerkung noch etwas hinzufügen, denn sie erklärte mir: »Ich liebe dich trotzdem. Ich liebe deinen jungenhaften Charme, deinen sarkastischen Esprit, deine lästigen Angewohnheiten und sogar deine störrische, nachtragende Art. Ich liebe dich bedingungslos, und zwar seit jeher. Und ich sage dir sogar, weshalb – du sagst die Wahrheit und hast Charakter, was man heutzutage nicht allzu oft erlebt, und du hast Mumm, John. Wenn ich mit dir zusammen bin, habe ich nie Angst.«

Ich wusste kaum, was ich sagen sollte, aber ich hätte ihrem Vorbild folgen und erwidern können: »Du bist verzogen, völlig realitätsfern, leicht zickig, passiv-aggressiv und verrückt, aber ich liebe dich.« Das entsprach der Wahrheit, aber weil ich befürchtete, dass sie es falsch verstehen könnte, sagte ich: »Danke.« Ich nahm sie in die Arme. »Ich liebe *dich* bedingungslos. Das habe ich immer getan und werde es immer tun.«

»Ich weiß.« Sie legte den Kopf an meine Schulter und sagte: »Das ist wie ein Traum.«

Ich spürte ihre Tränen an meinem Hals, und wir hielten einander fest.

Ich weiß nicht, was sie dachte, aber ich dachte an das Essen mit Anthony Bellarosa.

28

Susan hatte die schwierige Aufgabe übernommen, mich zu vervollkommnen, bevor sie mich wieder heiratete. Eine meiner Unvollkommenheiten war meine blasse Haut, worüber sie sich im Schlafzimmer ausgelassen hatte, und ich hatte ihr beigepflichtet, dass ich ein bisschen Farbe brauchen könnte. Deshalb schoben wir zwei Chaiselongues auf dem Patio in die Sonne, zogen uns aus, legten uns nebeneinander und hielten Händchen, ich in meiner Boxershorts, Susan in ihrem Bikinihöschen. Das Radio in der Küche war auf einen Klassiksender eingestellt, und das Chicago Symphony Orchestra unter Leitung von Sir Georg Solti spielte die Ouvertüre zum *Fliegenden Holländer*.

Die Sonne fühlte sich gut an auf meiner Haut, die in London sieben Jahre lang kaum Licht gesehen hatte.

Auf dem Beistelltisch zwischen uns stand eine Literflasche San Pellegrino, die mich an das erste Mal erinnerte, als ich dieses Mineralwasser getrunken hatte, mit Susan, bei unserem Besuch im Haus der Bellarosas. Das zweite Mal war bei einem Festessen mit Frank Bellarosa im Giulio's gewesen, nach unserem Auftritt vor Gericht, bei dem ich Frank auf Kaution freibekommen hatte. Meine vielleicht letzte Flasche San Pellegrino hatte ich ebenfalls im Giulio's getrunken, ein paar Monate später. Das war bei einem geselligen Beisammensein mit unseren Frauen gewesen, und seinerzeit kannte ich mich mit der italienischen Küche schon besser aus, und außerdem war ich mir ziemlich sicher, dass meine Frau, die jetzt neben mir lag, ein Verhältnis mit unserem Gastgeber hatte, der sie praktisch nicht beachtete, aber mir gegenüber sehr zuvorkommend war. Brauchte ich noch mehr Beweise?

Deshalb war ich bei diesem Beisammensein nicht gerade bester Laune gewesen – immerhin sollte ich als Anwalt den Mandanten aufs Kreuz legen, nicht der Mandant meine Ehefrau – und wenn ich's recht bedenke, hätte ich zu Anna Bellarosa sagen sollen, während sie ihre Cannoli aß: »Ihr Mann fickt mit meiner Frau.«

Und Anna hätte sich an Susan gewandt und gesagt: »Susan, ich *muss* … aber *Sie* …?«

Bloß ein Witz. Jedenfalls habe ich mich oft gefragt, wie der Abend ausgegangen wäre, wenn ich sie im Giulio's zur Rede gestellt hätte. Wären Frank und ich auf die Straße gegangen, um nachzusehen, ob die Limousine auf uns wartete? Wahrscheinlich nicht. Ich bin davon überzeugt, dass ich Ausschau nach einem Taxi gehalten hätte, das mich zum Bahnhof der Long Island Railroad brachte, und zwar allein. Und hätte mein jäher Aufbruch die Zeitplanung für den Anschlag über den Haufen geworfen? Ich weiß es nicht, bin mir aber sicher, dass ich nicht neben Frank gestanden hätte, als seine Kevlarweste von zwei Schüssen aus einer Schrotflinte getroffen wurde, und ich hätte auch nicht verhindern können, dass er verblutete, und er hätte nicht überlebt, damit Susan ihn später umbringen konnte.

Wenn uns das Schicksal nachstellt, gibt es kein Entkommen, aber auch das Schicksal hat einen Plan B, der menschliche Schwächen und Kevlarwesten berücksichtigt.

»Du bist so still«, sagte Susan zu mir.

»Ich genieße den Moment.«

»Rede mit mir.«

»Okay … du hast herrliche Brüste.«

»Danke. Willst du meinen Arsch sehen?«

Ich lächelte. »Klar.«

Sie zog ihr Höschen aus und wälzte sich auf den Bauch. »Wie wär's damit?«

Ich drehte mich zu ihr und erwiderte: »Bestens.«

»Zieh deine Shorts aus«, schlug sie vor. »Lass die Sonne ein bisschen an deinen blassen Hintern.«

Ich streifte meine Shorts ab und wälzte mich ebenfalls auf den Bauch, dann schauten wir einander an.

»Kannst du es noch mal machen?«

»Mich umdrehen?«

»Nein, John, mit mir schlafen.«

»Warum fragst du überhaupt?«

Sie lächelte, streckte den Arm aus und kniff mich in den Hintern. Ich spürte ein Ziehen in den Lenden, wie man so schön sagt, und das Polster der Chaiselongue gab kaum nach, deshalb drehte ich mich wieder auf den Rücken, um mir keine schwere Verletzung zuzuziehen, worauf Susan rief: »Ach, du meine Güte! Bleib genau so.«

Sie sprang von ihrer Chaiselongue, stellte sich über mich, sodass sich ihre Beine links und rechts von meiner Hüfte befanden, und senkte sich dann herab, worauf ich in sie glitt.

Wir hatten das schon früher gemacht, hier auf dem Patio, auch wenn es meiner Meinung nach andere Chaiselongues gewesen waren, und wir waren nur zweimal erwischt worden – einmal vom Gärtner, der mir hinterher nie wieder so vorkam wie früher, und einmal von Judy Remsen, einer Freundin von Susan, die eine Zimmerpflanze vorbeibringen wollte, die sie fallen ließ. Unser nächstes Abendessen mit den Remsens war hochinteressant.

Susan bewegte sich langsam und rhythmisch auf und ab, steigerte irgendwann das Tempo. Sie bog den Rücken durch und hob das Gesicht der Sonne entgegen.

Die Zeit, die relativ ist, schien stehenzubleiben, beschleunigte dann und verharrte schließlich in einer langen Sekunde, in der wir beide gemeinsam zum Orgasmus kamen.

Susan kippte vornüber und fiel auf meine Brust, und ich hörte ihre schweren Atemzüge über meinen. Sie schob Hände und Arme unter meinen Rücken, drückte mich fest an sich und biss mir sachte in die Schulter. Dann ließ sie ihren Hintern kreisen und hatte innerhalb von Sekunden einen weiteren Orgasmus.

Ich dachte, sie wäre womöglich auf einen Hattrick aus, aber sie streckte die Beine aus, legte ihren Kopf auf meine Schulter und war binnen einer Minute eingeschlafen. Ich konnte mir nur vorstellen, wie meine Sonnenbräune aussehen würde. Auch ich war schläfrig von Sex und Sonne und döste weg, während ich die Vögel singen hörte und Wagner im Radio.

Ich hatte einen angenehmen Traum, in dem ich nackt an einem sonnigen Strand lag, und als ich aufwachte, hatte ich die Idee, dass Susan und ich zum Nacktbadestrand in St. Martin gehen sollten, wo ich vor zehn Jahren ein paar glückliche Tage verbracht hatte.

Aber als mein Kopf wieder klarer wurde, überlegte ich es mir anders und dachte an die möglichen Fallgruben, wenn ich einen Ausflug an einen Ort vorschlug, an dem ich während meines selbstauferlegten Exils gewesen war. An einem Nacktbadestrand zumal. Deshalb sollten Susan und ich nach Ethels Beerdigung vielleicht lieber mit ihren Eltern nach Hilton Head fahren und dort mit der Heilung und dem Zusammenwachsen der Familie beginnen. Die Stanhopes würden begeistert sein, dass wir wieder beisammen waren, und William würde mich an der Schulter packen und sagen: »John, du alberner Schlingel, es ist schön, dich zurückzuhaben.« Und Charlotte würde trällern: »Mein Lieblingsschwiegersohn ist wieder bei uns!«

Tatsächlich würden sie einen gewaltigen Schreikrampf kriegen. Ich dachte eingehend über das Thema nach, worauf mir klarwurde, dass ich mit Susan darüber sprechen musste.

Susan regte sich, gähnte, streckte ihren Körper, gab mir einen Kuss auf die Wange und rollte sich herunter. Sie stellte sich neben die Chaiselongue, blickte mit geschlossenen Augen in die Sonne und fragte: »Kannst du dich noch daran erinnern, wie Judy Remsen vorbeigekommen ist?«

»Klar.«

Sie lachte und sagte: »Ich hatte ihretwegen so ein schlechtes Gewissen.«

»Das brauchst du nicht. Sie ist davongestürmt und hat jeden angerufen, den sie kannte.« Ich setzte mich auf, trank etwas San Pellegrino und betrachtete Susans nackten, sonnenbeschienenen Leib.

»Stell dich hierher, mir gegenüber, dann machen wir Dehnübungen«, forderte sie mich auf.

»Tut mir leid. Ich habe mir die Leiste gezerrt. Mach du nur.«

»John, du musst in Form bleiben.«

»Ich laufe.«

»Du musst Dehnübungen machen und etwas für deine Muskeln tun. In Locust Valley ist ein neues Pilates-Studio.«

»Ein was?«

Sie erklärte es, aber ich kapierte es nicht.

Susan begann mit einer Reihe von Dehn- und Beugeübungen, und es sah so sexy aus, dass ich fragte: »Wann fängt dieser Kursus an?«

Sie ließ den Hintern kreisen, und ich fragte: »Sind alle nackt?«

»Nein, John.«

»Oh …«

Susan schlüpfte in ihr Höschen, breitete ein Strandtuch auf dem Patio aus, legte sich dann auf den Rücken und machte ein paar Bodenübungen, die mir nicht menschenmöglich vorkamen.

Ich warf einen Blick zur Sonne und schätzte, dass es kurz vor drei war. »Susan, ich muss ein paar Sachen mit dir besprechen.«

Ohne ihre Übungen zu unterbrechen, erwiderte sie: »Später. Lass uns heute Abend essen gehen.«

Ich schwieg.

»Ich möchte, dass du heute Nachmittag deine Sachen hierher bringst. Ich helfe dir.«

»Deine Eltern wollen hier wohnen«, erinnerte ich sie.

»Oh … uns fällt schon etwas ein.«

Ich zog meine Shorts an und stand auf. »Lass uns reingehen.«

Sie beendete ihre Leg Lifts, setzte sich auf und schaute mich an. »Worüber musst du denn sonst noch mit mir sprechen? Wir haben doch alles besprochen, was es zu besprechen gab.«

Ich sammelte meine Kleidung ein und erwiderte: »Ein paar logistische Sachen.«

Sie schwieg ein paar Sekunden lang, bevor sie ebenfalls aufstand, nach ihren Sachen griff und wir gemeinsam hineingingen. Als wir uns in der Küche anzogen, schlug sie vor: »Komm, wir setzen uns in mein Büro.«

Es war früher mein Herrenzimmer und Privatbüro gewesen, daher kannte ich den Weg in das große Zimmer auf der Vorderseite des Hauses, durch dessen Fenster ich sie vor ein paar Tagen gesehen hatte.

Ich rechnete damit, dass mein maskulines Dekor – Leder, Messing, Mahagoni und Jagddrucke – durch etwas Feminineres ersetzt worden war, aber die Möbel und ihre Anordnung wirkten noch genauso wie vor zehn Jahren, und das Einzige, was fehlte, von mir einmal abgesehen, waren ein paar Andenken an die Army. Mir fiel auf, dass sogar ein gerahmtes Foto von meinen Eltern auf dem Bücherregal stand.

Susan erklärte: »Ich habe alles so gelassen, bis auf die Sachen, die du mitgenommen hast.«

Ich erwiderte nichts.

Sie ging zu der kleinen Bar und verkündete: »Zeit für einen Drink.«

»Ich bleibe bei Wodka.«

Sie goss mir einen Wodka mit Eis aus dem Kühlschrank der Bar ein und machte sich einen Wodka mit Tonic.

Wir saßen zusammen auf der Ledercouch, und Susan legte ihre bloßen Füße auf den Kaffeetisch. Wie ich in vielen Jahren juristischer Praxis gelernt habe, sollte ich meine Gesprächspunkte nach ihrer Bedeutung geordnet vorbringen und mit dem unwichtigsten anfangen, ihren Eltern. Außerdem sollte man immer mit einer Frage beginnen. »Wie, glaubst du, werden deine Eltern auf unsere gute Nachricht reagieren?«

Ohne zu zögern, antwortete Susan: »Sie werden die Scheißerei kriegen.«

Ich lächelte über den unerwarteten Kraftausdruck, aber um ihr zu zeigen, dass es ein ernstes Thema war, fragte ich: »Und wie wirst du auf ihre Scheißerei reagieren?«

Sie zuckte die Achseln. »Es ist mein Leben.«

»Aber ihr Geld.«

»Ich habe mein eigenes Geld.« Dann fügte sie hinzu: »Aber nicht mehr so viel, nachdem ich zu viel für das Haus bezahlt habe.«

»Na schön. Und –«

»Und da ist etwas, das ich mit dir besprechen wollte.«

»Die Antwort lautet, ich bin pleite.«

Sie winkte ab. »Ach, das dachte ich mir schon. Aber du wirst ein gutes Einkommen haben, und außerdem bist du gut im Bett.«

Ich lächelte und sagte: »Na schön, aber –«

»Nein, ich wollte dir sagen, dass ich diesmal keinen Ehevertrag abschließen möchte.«

Das war ein leichter Schock, aber sie erklärte: »Meine einzigen wirklichen Vermögenswerte sind dieses Haus und das

Haus auf Hilton Head, die beide ohne Hypothek sind, und ich möchte, dass dir von beiden die Hälfte gehört – und dass du den Großteil der Rechnungen bezahlst.«

»Das ist sehr großzügig, aber –«

Sie unterbrach mich: »Wie du dir vermutlich schon gedacht hast, werden meine Eltern drohen, mich aus ihrem Testament zu streichen und ihre finanzielle Unterstützung einzustellen, wenn wir unsere Heiratsabsichten bekanntgeben.«

Ich erkannte, dass sie in den letzten paar Stunden darüber nachgedacht hatte, vielleicht auch in den letzten paar Wochen oder Jahren. Während ich mich gefragt hatte, wie wir wieder zu einem halbwegs zivilisierten Umgang miteinander kommen könnten, hatte sie darüber nachgedacht, was sie eine zweite Heirat mit John Sutter kosten würde. Ich war sehr gerührt, dass sie zu dem Schluss gelangt war, ich wäre mehr wert als das Geld ihrer Eltern. Nichtsdestotrotz würde das, was jetzt abstrakt und nobel war, in ein paar Tagen harte Realität werden, wenn sie Mom und Pop anrief. Ich sagte zu ihr: »Sie werden nicht nur *drohen*, dir deinen Unterhalt zu streichen und dich zu enterben. Sie werden es *tun*. Augenblicklich.«

Wieder zuckte sie die Achseln. »Ihr, Mr Sutter, seid meine letzte Chance, glücklich zu werden. Und mein Glück ist alles, was zählt.« Sie lächelte, als sie hinzufügte: »Na ja, deines auch.«

»Ich weiß nicht, was ich sagen soll.«

»Sag etwas Nettes.«

»Ich sage etwas Realistisches, und das ist das Netteste, was ich dir sagen kann: Ohne Geld zu leben ist nicht leicht.

»Das kann ich nicht beurteilen.«

»Genau das ist es ja, Susan.«

»Versuchst du dich aus dieser Ehe zu winden, bloß weil ich nur noch ein paar Millionen übrig habe?«

Ich rang mir ein Lächeln ab und scherzte: »Vergiss deine

Aussteuer und das große Hochzeitsgeschenk von deinen Eltern nicht.«

»Womöglich bieten sie mir fünf Millionen an, wenn ich dich *nicht* heirate.«

Ich schwieg eine Weile und genoss meinen Drink. Schließlich sagte ich: »Na schön … wir könnten mit dem, was du noch hast, gut auskommen, in diesem Haus bleiben, wenn du das willst, vielleicht das Haus auf Hilton Head behalten, und ich kann sicher ein gutes Gehalt verdienen.« Was stimmte, selbst wenn ich nicht für die Mörder GmbH arbeitete, und ich war mir ziemlich sicher, dass ich das nach dieser Wende in meinem Liebesleben nicht tun würde.

Susan griff meine letzte Aussage auf und erinnerte mich: »Man hat dir einen Job angeboten.«

»Ich … dazu kommen wir gleich. Aber vom Geld einmal abgesehen – hast du dir überlegt, was es dich gefühlsmäßig kostet, wenn du dich mit deinen Eltern entzweist?«

»Sie werden darüber wegkommen. Aber du musst mir versprechen, dass du kein Öl ins Feuer gießt.«

Ich dachte darüber nach. »Ich werde ihnen zu verstehen geben, dass ich ein ganz anderer Mensch bin als der Mann, den sie vor zehn Jahren kannten.«

»Bist du nicht«, stellte Susan fest. »Aber du kannst es *sagen*. Du hast meinen Vater als Bumskopf bezeichnet.«

»Na schön, ich liebe dich, deshalb werde ich mich entschuldigen.«

»Danke.«

»Und ich bin sehr froh, dass sie abgeklärter geworden sind.«

»Eigentlich sind sie das gar nicht. Ich habe gelogen.« Susan lächelte und zwinkerte mir zu.

Ich lächelte ebenfalls und gestand: »Ich habe dir auch nicht geglaubt.«

Sie wurde ernst und sagte: »Wir tun unser Bestes, John. Es

wird nicht leicht werden, aber eins verspreche ich dir – diesmal wirst du immer vor meinen Eltern kommen.«

Hiermit gab sie zum ersten Mal zu, dass sie während unserer Ehe andere Prioritäten gesetzt hatte. Ich weiß um die Macht des Geldes, vor allem wenn es in den Händen von Leuten wie William und Charlotte Stanhope ist, aber wenn man sich gegen diese Tyrannei und Manipulation stellt, werden letzten Endes alle davon profitieren, selbst Menschen wie die zwei. Mit weitaus mehr Zuversicht, als ich verspürte, sagte ich: »Nun ja, vielleicht überraschen sie uns ja mit ihrer Reaktion, wenn wir es ihnen mitteilen.«

»*Wir?* Ich sage es ihnen nicht. *Du* bist dran.« Sie lachte.

Ich lächelte und sagte: »Ich bitte deinen Vater um deine Hand, wie beim letzten Mal.«

»Das ist sehr nett. Und vergiss nicht, ihnen zu sagen, dass *du* darauf bestanden hast, dass wir keinen Ehevertrag abschließen. Nimm eine Videokamera mit«, schlug sie vor. »Ich möchte ihre Reaktion sehen.«

Susan war eindeutig an einem Punkt in ihrem Leben und in ihrer seelischen Entwicklung angelangt, der sie zu einer verspäteten Rebellion wider die elterliche Autorität anstachelte. Das kam zwar ein paar Jahrzehnte zu spät, aber ich erkannte, dass sie es mit dieser Rebellion ernst meinte; sie musste sie nur noch durchziehen.

Ich dachte auch daran, dass sie einen alten Freund ihres Vaters geheiratet hatte, Dan Hansen, und man musste keine große Analyse anstellen, um dahinterzukommen, dass es sich um eine arrangierte Ehe handelte, die sie eingegangen war, um Daddy eine Freude zu machen. Jetzt wollte sie Daddy das eine oder andere zeigen. Ich zweifelte nicht daran, dass sie mich liebte und meinetwegen ihre Eltern und ihr Geld aufgeben würde, aber sie wollte es Dad damit auch ein bisschen heimzahlen.

Susan hatte eine gute Nachricht für mich: »Ich möchte ja

nicht kalt klingen, aber sie haben nicht mehr allzu viele Jahre zu leben.«

Ich ließ das auf sich beruhen und brachte ein verwandtes Thema zur Sprache: »Ich frage mich außerdem, ob sich unsere Heirat auf die Treuhandfonds und das Erbteil der Kinder auswirken wird.«

Susan wirkte überrascht und erwiderte, ohne nachzudenken: »Das würden sie ihren Enkeln niemals antun.«

Ich schwieg und wollte selbst daran glauben, aber ich kannte die Stanhopes gut genug und konnte mir die Frage selbst beantworten; William zumindest war so nachtragend, dass auf seinem Familienwappen, wenn er denn eins hätte, stehen könnte: »Ich schneide mich ins eigene Fleisch«, dazu ein Mann im Profil, der sich mit einem Messer das Gesicht verunstaltet.

»Das Geld der Kinder ist in einem Treuhandfonds«, erinnerte mich Susan.

Weil ich sie nicht aufregen wollte, sagte ich: »Das stimmt.« Aber ich hatte die Dokumente zu diesem Treuhandfonds gesehen und wusste, ohne mich in Rechtsfragen ergehen zu müssen, dass Großvater das, was Großvater gegeben hat, auch wieder nehmen konnte. Zudem war ihr nichtsnutziger Bruder Peter der Verwalter des Treuhandfonds, und William konnte über Peter den Fonds manipulieren und die monatlichen Zahlungen an die Kinder völlig einstellen. Außerdem konnte er dafür sorgen, dass Edward und Carolyn keinen Heller vom Grundkapital zu sehen bekamen, bis sie fünfzig waren. Und natürlich konnte er seine Enkel jederzeit enterben.

Ich fühlte mich dazu verpflichtet, Susan all das klarzumachen, denn selbst wenn sie bereit war, auf *ihr* Erbteil und ihre Unterhaltszahlungen zu verzichten, wäre sie für Edward und Carolyn nicht dazu bereit. Wenn es darauf hinauslaufen sollte, dann musste John Sutter möglicherweise gehen. Und ich hätte Verständnis dafür.

Unterdessen konnte ich nur hoffen, dass William seine Enkel

so sehr liebte, dass er sie nicht für die Sünden seiner Tochter bestrafen würde, deshalb sagte ich: »Na schön, aber *du* bist dir doch darüber im Klaren, Susan, dass du womöglich deinen Unterhalt und dein Erbteil von einem Millionenvermögen verlierst?«

»Ja, John, darüber bin ich mir im Klaren.«

»Und du willst mich trotzdem heiraten?«, fragte ich, nicht ganz im Scherz.

»Nicht mehr«, erwiderte sie. »Du kostest mich zu viel.«

Ich nahm an, dass sie witzig sein wollte, deshalb sagte ich: »Das ist eine ernste Sache.«

»Ich kann es kaum fassen, dass du mir so eine Frage stellst.«

»Entschuldigung.«

»Aber, Moment ... sag mir noch mal, was für mich herausspringt.«

»Bloß ich.«

»Das ist alles? Ein Märchenprinz ohne Job und Geld?«

»Ich habe ein Juradiplom.«

»Kann ich das sehen?«

Wir lächelten beide und nippten an unseren Drinks. Okay, ich hätte mich auch gewundert, wenn es anders ausgegangen wäre. Susan Stanhope Sutter war verliebt und wollte mich wiederhaben, und was Susan will, kriegt Susan auch. Ich war ebenfalls verliebt und hatte nie aufgehört, sie zu lieben, daher sollte die Sache klappen, theoretisch.

Susan schlug die Beine übereinander, schaute aus dem Fenster und sagte wie zu sich selbst: »Die Liebe besiegt alles.«

»Richtig.« *Omnia vincit amor,* wie Vergil sagte, was mich an mein nächstes Thema erinnerte, falls ich daran erinnert werden musste.

29

Nachdem die Problematik mit Familie Stanhope aus dem Weg beziehungsweise offen dargelegt war, wollte ich mit Susan über das Thema Anthony Bellarosa sprechen, und zwar in Bezug auf Vergangenheit, Gegenwart und Zukunft. Aber Susan zog einen Spaziergang zum Pförtnerhaus vor, vielleicht um nachzusehen, ob irgendwo Höschen am Boden lagen. Deshalb liefen wir die lange Zufahrt vom Gästehaus zu meinem vorübergehenden Quartier entlang.

Als ich sechs Stunden zuvor über diese Zufahrt gegangen war, hatte sich mein Leben in der Schwebe befunden, und meine Zukunftspläne waren ungewiss gewesen; jetzt … nun ja, jetzt war ich verlobt und wollte heiraten.

Susan sagte: »Als ich hier aufgewachsen bin, hätte ich mir nie vorstellen können, dass dieses Anwesen verkauft und aufgeteilt wird, umgeben von Wohngebieten, und dass ich allein im Gästehaus wohnen würde.« Und sie fügte hinzu: »Ich habe meinem Vater nie verziehen, dass er das Anwesen zum Verkauf ausgeschrieben hat.«

William hätte Stanhope Hall eigentlich nicht verkaufen müssen, aber Unterhaltung und Steuern kosteten mehr, als ich in einem Jahr verdiente, und mehr, als er bereit war, für den Erhalt des Familiensitzes für seine Enkel und deren Nachkommen auszugeben. Er konnte sein Geld nicht mitnehmen, wollte es aber auch nicht ausgeben, bevor er abtrat. Deshalb zog er nach Hilton Head und fand schließlich mit Frank Bellarosa einen Käufer, der meiner Überzeugung nach bei seiner Entscheidung, ein zweites Anwesen besitzen zu wollen, von der Frau beeinflusst worden war, die neben mir herlief.

Jetzt war Stanhope Hall – ohne Susans vier Hektar große Enklave und die bebauten fünfundzwanzig Hektar im hinteren Teil, auf denen Susan früher immer ausgeritten war – im Besitz von Mr Amir Nasim, einem Mann, der nicht im Gesellschaftsregister stand, aber dafür möglicherweise auf der Abschussliste der Mullahs. Und Alhambra war aufgeteilt und bebaut, und der ehemalige Besitzer, Frank Bellarosa, war tot. Viele dieser Veränderungen waren, wenn man darüber nachdachte, eine Folge des Verhaltens von Susan Stanhope, die keine Veränderungen mochte.

Weil wir in der Welt leben müssen, wie sie ist, und nicht, wie sie war, mussten wir zunächst alle ein bisschen mit der Vergangenheit aufräumen.

Susan allerdings befand sich momentan in der Gegenwart und fragte mich: »Werde ich im Pförtnerhaus irgendetwas finden, dass ich nicht sehen möchte?«

»Tja … habe ich dir erzählt, dass ich seidene Bikinihöschen trage?«

»Sehr komisch.« Sie ging einen Schritt schneller. »Du hast bestimmt nicht gedacht, dass ich dich zum Pförtnerhaus begleiten würde, als du mich heute Morgen angerufen hast.«

»Nein, habe ich nicht.« Aber in dem Haus gab es keinerlei belastende Beweise – nur entlastendes Material –, und was noch wichtiger war: Ich hatte ein reines Gewissen.

Wir kamen zum Pförtnerhaus, und Susan sagte zu mir: »Du hast ja keine Ahnung, wie aufgebracht ich war, als ich Elizabeths Wagen den ganzen Nachmittag und die ganze Nacht hier stehen sah.«

Ich war der Meinung, dass ich inzwischen eine Ahnung hatte, sagte aber: »Nicht alles ist so, wie es zu sein scheint.«

»Das werden wir ja herausfinden.«

Sie ging vor mir ins Pförtnerhaus und stieß in der Diele auf die persönlichen Habseligkeiten der Allards, die Elizabeth und ich dort aufgetürmt hatten. »Wie ich sehe, hast du etwas anderes getan, als nur zu trinken«, bemerkte Susan.

»Hier gab's einen Haufen Arbeit zu erledigen.«

»Was hast du zu Abend gegessen?«

»Käse und Kräcker.«

Sie ging ins Wohnzimmer und begutachtete mein Kissen und das Bettlaken auf der Couch. Aber sie äußerte sich nicht über diesen Beweis dafür, dass ich allein geschlafen hatte, deshalb machte ich es: »Siehst du?«

Ohne darauf einzugehen, blickte sie sich im Zimmer um und fragte dann: »Will Elizabeth dieses alte Zeug?«

»Ich weiß es nicht, aber ich habe alles aufgelistet, und sie hat unterschrieben.«

Wir gingen ins Esszimmer, wo sich auf Tisch und Boden noch immer Kartons mit eingelagerten Sachen und Akten stapelten. »Was ist das alles?«, fragte Susan.

»Größtenteils Sachen aus meiner Kanzlei und meinem ehemaligen Privatbüro, die ich eingelagert habe, bevor ich weggegangen bin.«

»Du kannst dein altes Privatbüro wiederhaben.«

»Das ist sehr großzügig von dir.«

»Was wolltest du mit dem ganzen Zeug machen?«

Ich wollte es in Elizabeth Allards Haus einlagern, erwiderte aber: »In einem öffentlichen Lagerraum unterbringen.« Und ich fügte hinzu: »Aber du hast mein Einlagerungsproblem gelöst. Und das Problem mit meiner Unterkunft. Und all meine anderen Probleme.«

»Das habe ich«, pflichtete sie mir bei. »Wenn du deinen Job aufgibst, musst du deine Wohnung in London auflösen.«

»Natürlich, mein Schatz. Ich fliege gleich nach Ethels Beerdigung nach London.«

»Und mach mit deiner Freundin Schluss. Bevor du hinfliegst.«

»Wird gemacht, meine Süße.« Es sei denn, sie flog vorher unverhofft *hierher*. Ich musste sie so bald wie möglich anrufen.

»Ich fliege mit dir nach London«, gab Susan bekannt.

»Großartig. Wir steigen im Berkely ab.«

»Wir steigen in deiner Wohnung ab.«

Das hatte ich befürchtet. Ich habe eine hübsche, ordentliche Bleibe, jedenfalls für einen Junggesellen, und Samantha besitzt keinen Schlüssel, aber dort könnten ein paar Sachen sein, darunter ein bisschen Krimskrams von Samantha, über den sich Susan aufregen würde.

Sie hatte das Thema persönlicher Freiraum und Privatsphäre zur Sprache gebracht, daher sagte ich: »Bevor ich zu dir ziehe, lasse ich dir die Zeit, die du brauchst, um alles auszuräumen, dass du mich nicht –«

»Du kannst und wirst heute Nachmittag einziehen, und du kannst herumschnüffeln, so viel du möchtest. Ich habe vor dir nichts zu verbergen.« Sie dachte noch mal darüber nach und sagte: »Na ja, ich brauche vielleicht eine Stunde.«

Ich lächelte. »Länger brauche ich in London auch nicht.«

»Ich lasse dir zehn Minuten Zeit, während ich im Taxi warte.«

Ich sah mich regelrecht dabei, wie ich Briefe, Rolodexkarten, interessante Fotos von meinem dreijährigen Segeltörn und Samanthas Unterwäsche in einen Kissenbezug stopfte – das Pendant zum Notkoffer einer Botschaft, der hektisch mit allem, was verbrannt werden soll, gefüllt wird, während der randalierende Mob das Tor der Umfriedungsmauer stürmt. Aber ich konnte das Zeug nicht verbrennen, folglich musste ich es aus dem Fenster werfen und das Beste hoffen.

»John?«

»Abgemacht«, erwiderte ich.

Ich spürte, dass ich die Herrschaft über den Ablauf der Ereignisse und mein Leben verlor. Susan war alles andere als eine eifer- oder herrschsüchtige Frau gewesen, soweit ich mich entsann, wenn man mal von den Anfängen unserer jungen Liebe und Ehe absah. Folglich war das hier nur eine Phase. Sie würde vorübergehen.

Sie blickte sich im Zimmer um, bemerkte, dass das Porträtfoto von Ethel und George nicht mehr über dem Kamin hing, und sagte: »Es ist kaum zu glauben … sie waren hier, bevor ich geboren wurde.«

»Weißt du, Susan, dieses Anwesen war eines der letzten, die von Anfang an im Besitz der gleichen Familie waren, und es sind nicht mehr so viele davon übrig. Wenn du das bedenkst, war diese Ära vorbei, bevor du geboren bist.« Und ich fügte hinzu: »Unser aller Tage hier waren gezählt.«

Sie dachte darüber nach und nickte. »Nostalgie ist auch nicht mehr das, was sie mal war.« Sie ging durch das Esszimmer in die Küche und blickte sich um. »Als ich noch ein kleines Mädchen war, hat George mich nach der Schule hierher gefahren, und Ethel gab mir frischgebackene Plätzchen und heiße Schokolode.«

Ich war mir sicher, dass sie das in Stanhope Hall nie bekommen hatte, und falls doch, dann war es nicht ihre Mutter gewesen, die die Plätzchen gebacken und die Schokolade heiß gemacht oder sie ihr auch nur vorgesetzt hatte. Susan war, soweit ich das den Worten von Ethel, George und den anderen Dienstboten entnehmen konnte, das klassische einsame reiche Mädchen gewesen. Ihre Eltern, so vermutete ich, hatten sich bis zur Debütantinnenparty nicht groß für sie interessiert und sich wahrscheinlich erst dann Gedanken über eine passende Erziehung und Heirat gemacht – das hatten sie vermasselt. Außerdem schienen sie zu jener Zeit zum ersten Mal darüber nachgedacht zu haben, inwieweit der gesellschaftliche Erfolg oder Misserfolg ihrer Tochter auf sie zurückfallen würde.

Ich nehme an, ich könnte in meiner Einstellung zu William und Charlotte etwas freundlicher sein und einen Teil ihrer vielen Fehler und Schwächen auf ihre Erziehung schieben – aber ich habe eine Menge Angehörige des alten Geldadels gekannt, und viele von ihnen waren gute, anständige Menschen, die ihre Kinder liebten und sich großzügig gegenüber ihren Freunden und den Leuten verhielten, die weniger vom Glück begünstigt waren als sie. Ein paar waren absolute Schweine, aber wenn die vierhundert im Gesellschaftsregister verzeichneten Familien zusammenkämen, um einen Preis für das größte Schwein zu verleihen, würde William Stanhope das Blaue Band gewinnen und Charlotte eine ehrenhafte Erwähnung bekommen.

Susan öffnete den Kühlschrank und stellte fest: »Da ist nichts drin.«

»Weniger zu schleppen.«

»Wir sollten die Fotos mitnehmen, bevor alles ausgeräumt wird.«

»Gute Idee.«

Ich warf einen Blick auf die Kuckucksuhr, die halb vier zeigte, und sagte: »Wie wär's mit morgen früh?«

»In Ordnung.«

Ich dachte, unsere Hausbesichtigung wäre vorüber, deshalb sagte ich: »Wollen wir uns nicht auf den Patio setzen?«

»Lass uns den ersten Stock ansehen.«

Ich folgte ihr durch die Diele und die Treppe nach oben. Sie betrat Ethels Schlafzimmer und ging hinein. Die Vorhänge waren zugezogen, und das Zimmer war dunkel und roch muffig. Die Türen von Kleiderschrank und -kammer standen offen, ebenso die Schubladen, und der Großteil der Kleidung lag auf der blanken Matratze. Es war alles in allem ein bedrückender Anblick, der mich daran erinnerte, was der Priester bei Frank Bellarosas Beerdigung gesagt hatte, als er am Grab aus dem

Timotheusbrief zitierte: *Denn wir haben nichts in die Welt gebracht, darum werden wir auch nichts hinausbringen.*

Susan äußerte sich nicht zu Ethels Schlafzimmer, und wir gingen hinaus und schlossen die Tür.

Sie warf einen Blick ins Badezimmer, sah den Haufen Handtücher am Boden und fragte: »Ist die Waschmaschine kaputt?«

»Ich weiß es nicht. Wo ist sie?«

»Ich schicke morgen meine Putzfrau her, damit sie hier aufräumt.«

»Das ist sehr nett.« Wie konnte ich vergessen, dass ich zu meinem neuen Haus und meiner frischgebackenen Braut auch eine Putzfrau bekam?

»Hat sie hier geduscht?«

»Die Putzfrau?«

»John.«

»Ich glaube schon. Ja.«

Susan ging in mein Schlafzimmer und blickte sich in aller Ruhe um. Sie starrte auf das Bett, bemerkte dann die leere Weinflasche auf dem Nachttisch und konzentrierte sich auf die beiden Weingläser, die ich hätte wegbringen sollen. »Wieso stehen hier zwei Gläser?«, erkundigte sie sich.

Mir fielen mehrere Antworten ein, unter anderem auch, dass ich Susan von Elizabeths imaginärer Freundin aus Kindertagen erzählen könnte, die Wein trank, aber um es einfach zu machen und so nahe wie möglich bei der Wahrheit zu bleiben, sagte ich: »Elizabeth wollte in ihrem alten Zimmer schlafen, deshalb haben wir uns einen Schlummertrunk genehmigt, bevor sie sich zurückzog.«

»Das ist ja *so was* von lahm.«

Ich holte tief Luft, dachte daran, dass die Wahrheit die letzte Zuflucht der Ertappten ist, und sagte: »Na schön … also, wir … haben ein bisschen zu viel Wein getrunken und daran gedacht, sind aber zu dem Schluss gekommen, dass es ein großer Fehler wäre.«

Keine Antwort.

Und so fuhr ich fort: »Dein Name ist gefallen, und Elizabeth war … unwohl bei der Sache, weißt du, und mir, ehrlich gesagt, auch.«

Wieder keine Antwort.

Man sollte aufhören, wenn man vorn liegt, aber ich wusste nicht, ob ich vorn lag. Zur Sicherheit schloss ich: »Das ist die reine Wahrheit.«

»Das ist nicht ganz das, was du mir vorhin erzählt hast.«

»Stimmt, aber jetzt weißt du es ganz genau.« Ich ärgerte mich ein bisschen über mich selbst, weil ich mich verteidigte, bis mir einfiel, dass Angriff die beste Verteidigung ist. Ich stellte fest: »Ich war letzte Nacht ein freier Mann, Susan, und selbst wenn ich mit ihr geschlafen hätte, ginge es dich nichts an.«

Sie drehte sich um, verließ das Schlafzimmer und ging die Treppe hinab. Bei Susan kann man schwer sagen, ob sie wütend, gleichgültig oder von der Rolle ist. Manchmal braucht sie ein paar Minuten Zeit, um selber dahinterzukommen, deshalb nutzte ich die Gelegenheit und räumte auf.

Ich hörte, wie sie rief: »Ich bin auf dem Patio.«

Ich wartete noch eine Minute, stieg dann mit den zwei Gläsern und der leeren Weinflasche die Treppe hinab und warf sie in den Mülleimer unter der Spüle.

Ich ging hinaus auf den Patio und sah Susan durch den Nutzgarten laufen.

»Ich habe um vier einen Termin«, rief ich ihr zu.

Sie antwortete nicht.

»Aber ich muss vorher mit dir sprechen.«

Sie warf mir einen Blick zu und fragte: »Worüber?«

»Setz dich hierher, Susan. Es dauert nicht lange.«

Sie kam auf den Patio. »Wohin musst du um vier?«

»Darüber möchte ich mit dir sprechen. Nimm Platz.«

Sie zögerte, dann setzte sie sich an den Tisch, und ich nahm den Sessel neben ihr. Ich fing an: »Das wird … nun ja, ein bisschen unglaubwürdig klingen, aber wie ich dir schon gesagt habe –«

»Du hast also nicht mit ihr geschlafen, weil du an mich gedacht hast?«

Offenbar waren wir mit dem Thema noch nicht fertig, deshalb erwiderte ich: »Ganz recht.« Ich führte das weiter aus: »Ich hatte kein gutes Gefühl dabei. Vor allem, nachdem ich dich in deinem Auto gesehen hatte. Ich kann es nicht erklären, aber auch ohne zu wissen, wie du zu mir stehst, konnte ich so was einfach nicht machen, ohne mit dir gesprochen zu haben.«

Ich dachte, damit sollte es erledigt sein, aber Frauen überprüfen solche Sachen auf Ebenen, an die Männer nicht einmal denken, und Susan sagte zu mir: »Sie hat dich also gereizt?«

»Ganz und gar nicht. Männer brauchen keinen Grund – sie brauchen nur einen Ort.«

»Glaube mir, das weiß ich. Aber du reizt *sie* offenbar.«

»Das geht allen so.«

»Du bist ein Vollidiot.«

»Das weiß ich. Können wir –?«

»Tja, vielleicht war sie so betrunken, dass du in ihren Augen gut ausgesehen hast.«

»Dessen bin ich mir sicher. Also –«

»Ich dachte, sie wäre meine Freundin.«

»Das ist sie auch, Susan. Deswegen hat sie –«

»Und ich nehme an, sie hat sich sehr einsam und bedürftig gefühlt, weil ihre Mutter im Sterben liegt.«

»Genau.«

Ich wartete auf eine weitere Analyse, aber Susan nahm meine Hand und sagte: »In Ordnung. Thema beendet.«

Das bezweifelte ich, deshalb wartete ich ein paar Sekunden, bevor ich erneut ansetzte: »Wie ich dir schon sagte –«

»Ich liebe dich.«

»Und ich liebe dich.«

»Ich weiß, dass du mir während unserer ganzen Ehe treu warst, und ich wünschte, ich könnte das Gleiche sagen.«

Ich auch.

»Ich möchte dir nur klarmachen, John, dass er der Einzige war.«

»Das weiß ich.«

»So viele Frauen waren hinter dir her, und ich war nie eifersüchtig. Ich habe dir völlig vertraut.«

»Das weiß ich, und du kannst mir noch immer vertrauen.«

»Aber wenn du eine Affäre gehabt hättest, als ich … als wir uns entfremdet hatten, hätte ich Verständnis dafür.«

»Gut. Ich meine –«

»Hattest du eine?«

»Natürlich nicht.« Ich hatte ein kurzes Techtelmechtel. »Ich war zu verzweifelt, um auch nur daran zu denken.«

»Es tut mir leid, dass ich dich hintergangen habe.«

»Das ist alles Vergangenheit.« Ein abgedroschener, aber passender Spruch kam mir in den Sinn, und ich sagte: »Heute ist der erste Tag vom Rest unseres gemeinsamen Lebens.«

Sie lächelte, beugte sich vor und küsste mich, dann lehnte sie sich zurück und fragte: »Wolltest du mit mir über etwas Bestimmtes sprechen?«

»Ja. Und hör bitte zu, ohne einen Kommentar abzugeben. Wie schon gesagt, hat Antony Bellarosa letzten Montag hier vorbeigeschaut.« Ich gab ihr einen kurzen Abriss des Besuchs, erwähnte Anthonys Erkundigungen nach ihr, und Susan hörte zu, ohne ein Wort zu sagen. Ich schloss mit: »Er bat mich, mit ihm zu Abend zu essen.«

»Und, hast du es getan?«

»Ja.«

»Weshalb?«

»Ich bin mir nicht ganz sicher. Abgesehen davon, dass ich mir Sorgen um dich gemacht habe.«

Sie erwiderte nichts, deshalb fuhr ich fort: »Und ich nehme an, dass ich auf eine verquere Art neugierig war –«

»Das verstehe ich. Erzähl weiter.«

»Na schön. Daher habe ich mich im Wong Lee's mit ihm getroffen. Ich hielt es für besser, ein italienisches Restaurant zu meiden, wenn man bedenkt, was geschehen ist … na ja, jedenfalls ist Anthony nicht so charmant oder so hell wie sein Vater, aber –«

»John, ich möchte wirklich nichts über seinen Vater hören. Ob gut oder schlecht. Sag mir einfach, was zwischen dir und Anthony vorgefallen ist.«

»Na schön.« Ich erwähnte Tony, den Fahrer, der sich nach ihr erkundigt hatte, dann erzählte ich ihr die relevanten Teile des Gesprächs mit Anthony Bellarosa und berichtete kurz von meinem Telefongespräch mit seiner Mutter. Ich schloss mit: »Ich bin aufgestanden und gegangen.«

Susan dachte über all das nach, bevor sie sagte: »Ich hoffe doch, das ist nicht das Jobangebot, das du erwähnt hast.«

»Hmm … lass mich fortfahren.« Ich erzählte ihr von meiner zufälligen Begegnung mit Tony und Anthony auf der Grace Lane, nach der sie mich nach Oyster Bay mitgenommen hatten. Ich vermittelte ihr einen Eindruck von dem, was in Teddy Roosevelts ehemaligem Büro gesagt wurde, und versuchte ihr nicht nur klarzumachen, was über sie gesagt *wurde*, sondern auch, was *nicht* gesagt wurde. Außerdem erwähnte ich den schwarzen Cadillac Escalade und riet ihr, Ausschau danach zu halten. Ich spielte vieles von dem herunter, was besprochen worden war und was ich dachte, weil ich sie nicht beunruhigen wollte, aber ich wollte auch nicht, dass sie meinte, das Ganze würde sich von selbst erledigen, oder dass sie die Sache mit ihrer üblichen Gleichgültigkeit behandelte. Ich endete mit den Worten: »Wir haben dieses Jobangebot also in der Schwebe gelassen.«

Sie schaute mich an und erwiderte: »Für mich klingt das nicht so. Bist du *verrückt*?«

»Susan, wir müssen uns darüber im Klaren sein –«

»Mir ist alles klar, John. Du glaubst, dass du dieses sogenannte Jobangebot in Erwägung ziehen solltest, um mich zu beschützen, aber –«

»Warum sollte ich sonst mit diesem Mann auch nur sprechen?«

»Diese Frage solltest du dir stellen, nicht mir.«

»Susan, lassen wir die Laienanalyse. Wenn ich nicht gedacht hätte, dass Anthony Bellarosa wegen dem, was vorgefallen ist, auf Rache aus wäre … na schön, ich hätte mir auch vorstellen können, dass ich in einer legalen Funktion für ihn arbeiten –«

»Er ist ein *Mafia*-Don.«

»Das *weiß* ich nicht.«

»John, du *weißt* es. Und ich will dir noch etwas sagen, was du weißt. Er hat dich bei deinem Ego gepackt, und du hast dich geschmeichelt gefühlt. Und er hat auch gespürt, dass du für seine Avancen empfänglich warst, wegen dem, was in der Vergangenheit vorgefallen ist, und weil du mit deinem Leben nicht ganz zufrieden warst. Du wirst diesen Fehler *nicht* wiederholen –«

»Moment. Muss ich dich daran erinnern, dass du diese Beziehung zu – du weißt schon, wem – gefördert hast und *warum* du sie gefördert hast?«

»Hör auf!« Sie holte tief Luft, dann bekam sie sich wieder in den Griff und sagte: »Du musst mich nicht daran erinnern. Ich sollte mich selbst erinnern.«

Wir schwiegen eine Weile, dann sagte sie. »Er ist möglicherweise klüger, als du es ihm zutraust.«

»Das weiß ich.«

»Aber du bist viel klüger.«

»Auch das weiß ich.«

»Was hast du also vor, John?«

Ich dachte darüber nach und erwiderte schließlich: »Na ja, für mich hat sich die Lage natürlich geändert.« Ich rang mir ein

Lächeln ab. »Ich bin seit ein paar Stunden verliebt und verlobt, deshalb habe ich es nicht nötig, mir von jemand anders schmeicheln zu lassen, und alle Bedürfnisse meines Egos sind gestillt, und ich bin nicht mehr empfänglich für die Versuchungen des Teufels.«

Susan warf mir einen weiteren Blick zu und meinte: »Sag dem Teufel, er soll zur Hölle fahren.«

»Mach ich … aber ich sorge mich trotzdem um dich.«

»Lass es sein« Sie griff erneut nach meiner Hand. »Ich bin tief berührt, dass du mich beschützen wolltest, obwohl du mich gehasst hast.«

»Ich habe dich nicht gehasst. Ich habe dich geliebt.«

»Das ist mir klar.« Sie fand ein Taschentuch in ihrer Tasche, tupfte sich die Augen ab und sagte: »Das ist mir doch klar.«

Wir saßen eine Weile schweigend da, dann fragte mich Susan: »Hast du vor, ihn wiederzusehen oder noch mal mit ihm zu sprechen?«

Ich warf einen Blick auf meine Uhr und erwiderte: »Ja, in etwa fünf Minuten.«

»Wo?«

»Bei ihm zu Hause. Ich bin zum Sonntagsessen eingeladen.«

»Geh nicht hin.«

»Mein Instinkt sagt mir, dass ich gehen soll. Und du musst mir diesbezüglich vertrauen.«

Sie schwieg eine Zeitlang, bevor sie fragte: »Was ist der *Grund* dafür, dass du hingehst?«

»Ich habe das Gefühl, wenn ich nicht hingehe, könnte ich mir eine Gelegenheit entgehen lassen, etwas zu erfahren … den Mann besser verstehen zu lernen und rauszukriegen, was er, nun ja, über dich denkt.« Ich erklärte es ihr. »Wenn ich ihn dazu bringen kann, dass er eine Drohung ausstößt, kann ich zur Polizei gehen, und ich bin mir sicher, dass man die Sache ernst nimmt, wegen dem, was Anthony Bellarosa gesagt hat und was vor zehn Jahren passiert ist.«

Diesmal schwieg Susan eine ganze Weile. Schließlich sagte sie: »Wenn ich diesen Moment erneut durchleben müsste, würde ich nicht noch einmal abdrücken.«

Dreimal, genau genommen. Das erinnerte mich daran, zu fragen: »Hast du eine Schusswaffe?«

»Ich habe auf Hilton Head auf Tontauben und Enten geschossen. Ich besitze eine Schrotflinte.«

Ich war froh, dass sie eine Schrotflinte besaß und damit umgehen konnte, aber ich erinnerte mich an Emily Posts Rat zum Thema Schusswaffen und dachte daran, dass ich demnächst bei Susan einziehen wollte ... aber na ja, ich würde sie beim Wort nehmen, dass sie den Augenblick bereute, als sie vor Wut über ihren Geliebten explodiert war, und außerdem glaubte ich ihr, dass sie inzwischen besser mit ihrem Jähzorn umgehen konnte. »Wo bewahrst du die Schrotflinte auf?«

»Ich weiß es nicht ... Ich glaube, sie ist im Keller.«

»Du musst sie suchen.« Ich stand auf. »Ich sollte aufbrechen.«

Susan stand ebenfalls auf. »Wer ist noch alles dort?«

»Anthony natürlich, seine Frau Megan, ihre zwei Kinder wahrscheinlich und vermutlich Anna. Ich weiß nicht, wer sonst noch kommt.«

»In Ordnung ... Ich vertraue deinem Urteilsvermögen.«

Wir gingen in die Küche zurück, und ich sagte zu ihr: »Eigentlich will ich gar nicht zum Essen bleiben.«

Ich nahm meine Autoschlüssel vom Schlüsselhaken.

»Du solltest ein Gastgeschenk für seine Frau mitbringen.«

Susans Hinweis, dass ich die Etikette nicht vergessen sollte, wenn ich mit einem Mann speiste, der höchstwahrscheinlich ihren Tod wollte, hatte fast schon etwas Komisches an sich. Nun ja, in Susans Welt hat das eine nichts mit dem anderen zu tun.

Ich öffnete die Tür zur Speisekammer, hatte aber keinen Wein mehr, daher nahm ich ein Glas mit Ethels Holzapfelgelee, auf dem ihr persönliches Etikett mit dem Einmachdatum klebte. »Das ist ein 1999er. Passt gut zu Lasagne.«

Susan gab keinen Kommentar dazu ab. Stattdessen sagte sie: »Solange du weg bist, packe ich deine Sachen und bringe sie in unser Haus.«

»Danke. Aber ich ziehe wieder hierher, wenn deine Eltern kommen.«

»Es wäre schön, wenn wir alle unter einem Dach wohnen könnten.«

»Es gibt kein Dach, das groß genug dafür ist.«

»Lass uns doch erst einmal sehen, wie es läuft.«

Ich wollte jetzt nicht darüber sprechen, deshalb sagte ich: »Okay, ciao.«

»Sag ›*Va al inferno*‹ zu ihm, wenn du gehst.«

»Wird gemacht.«

Wir küssten uns, und sie sagte: »Viel Glück.«

Ich verließ das Pförtnerhaus und stieg in mein Auto, stieß durch das offene Tor von Stanhope Hall, bog links auf die Grace Lane ab und begab mich auf die kurze Fahrt nach Alhambra.

Zehn Jahre zuvor war mein erster Besuch in Alhambra ein gewaltiger Fehler gewesen; der heutige Besuch bot mir die Gelegenheit, diesen Fehler auszubügeln.

30

Also auf zum Sonntagsessen bei den Bellarosas.

Vom Pförtnerhaus von Stanhope Hall bis zum Pförtnerhaus von Alhambra sind es etwa vierhundert Meter, und auf der ersten Hälfte dieser Strecke ist die Grace Lane von der grauen Steinmauer des Stanhope'schen Anwesens gesäumt, die dort endet, wo die hell verputzte Ziegelmauer von Alhambra anfängt.

Auf dem Höhepunkt ihrer Macht und ihres Reichtums, also am Tag vor dem Börsenkrach von 1929, rühmte sich die Gold Coast über zweihundert großer Anwesen und ebenso vieler kleinerer Herren- und Landhäuser.

Ein Gentleman und seine Familie, die in einer Villa an der Fifth Avenue wohnten, konnten in einer Stunde hier auf ihrem Landsitz sein, wenn sie mit einem privaten Eisenbahnwagen reisten, oder sie konnten eine gemächliche zweistündige Kreuzfahrt mit seiner Yacht unternehmen. Der Gentleman hatte außerdem die Möglichkeit, in seiner von einem Chauffeur gesteuerten Limousine über die Vanderbilt Toll Road hierher zu fahren, die Mr William K. Vanderbilt jr. für sich und seine Freunde hatte bauen lassen und die andere gegen eine Mautgebühr benutzen durften. Das waren die guten alten Zeiten, wie man so schön sagt.

Mauern oder schmiedeeiserne Zäune umgaben die meisten Anwesen, darin eingelassen die Tore mit Pförtnerhäusern. Viele dieser Bauwerke sind erhalten und erinnern an eine Vergangenheit, die nur eine kurze Blütezeit erlebte, aber nichtsdestotrotz im Bewusstsein derer, die jetzt hier leben, noch immer eine große Rolle spielt. Das Problem, wenn man an einem solchen Ort wohnt, sind, glaube ich, die vielen Hinweise rundherum, die besagen, dass es möglicherweise wirklich ein goldenes Zeitalter gegeben hat, das besser war als das Jetzt und Heute.

Ich bremste ab, als ich mich dem ehemaligen Pförtnerhaus von Alhambra näherte, das jetzt als Schilderhaus für die bewachte Wohnanlage diente.

Auf einem Schild stand ALHAMBRA-ANLAGEN – PRIVAT – BEIM WACHSCHUTZ ANHALTEN.

Ich bog nach links auf die Zufahrt ab. Das große, schmiedeeiserne Tor stand offen, und ich sah, dass die Kopfsteinpflasterallee, die immer noch von stattlichen Pyramidenpappeln gesäumt wurde, mit einer Bodenschwelle und einer gelben Stopplinie versehen worden war.

Ich fuhr durch das Tor und hielt, wie angewiesen, beim alten Pförtnerhaus.

An der Tür des Hauses sah ich ein kleines Schild mit der Aufschrift ALHAMBRA-ANLAGEN – VERKAUF & MANAGEMENT. Außerdem bemerkte ich, dass man in die Seitenwand des Pförtnerhauses ein großes Fenster eingebaut hatte, hinter dem nun ein Mann mit einem militärisch wirkenden Khakihemd auftauchte. Er begrüßte mich mit einem falschen Lächeln und fragte: »Womit kann ich Ihnen behilflich sein?«

Ein Metallschild verkündete BELL SECURITY SERVICE, was, soweit ich mich erinnerte, eine Tochtergesellschaft von Anthony Bellarosas Bell Enterprises war, die praktischerweise den Auftrag zum Bewachen der Alhambra-Anlagen hatte. Deshalb und weil ich ein F. v. B. – ein Freund vom Boss – und ohnehin nicht in bester Laune war, nahm ich mir eine gewisse Unverschämtheit heraus, als ich erwiderte: »Ich weiß nicht, inwieweit Sie mir behilflich sein können. Was haben Sie denn zu bieten?«

»Sir?«

Ich sehnte mich kurz nach Frank Bellarosas Gorillas – Lenny und Vinnie, beide mittlerweile tot – und nach Anthony, jetzt Tony genannt. »Ich möchte Don Bellarosa besuchen«, sagte ich, da mir nach etwas Dreistigkeit zumute war.

Der Wachmann musterte mich eingehend, dann teilte er mir mit: »Mr *Anthony* Bellarosa.«

»Richtig. Und seinen Bruder Don.«

Er wirkte nicht amüsiert, aber da ich offenbar ein Gast vom Boss war, ging er auf Nummer sicher und fragte: »Ihr Name, Sir?«

»John Whitman Sutter.«

Ohne die Gästeliste in seiner Hand zu Rate zu ziehen, sagte er: »Okay«, erklärte mir den Weg und wünschte mir einen schönen Tag.«

Als ich losfuhr, sah ich im Außenspiegel, dass der Wachmann telefonierte – vermutlich kündigte er mich den Bellarosas an; jetzt gab's also kein Zurück mehr.

Ich fuhr die schnurgerade Zufahrt entlang, die einst auf dem Hof der Alhambra genannten Villa geendet hatte. Aber jetzt sah ich, dass eine asphaltierte Straße hinter der Stelle, wo einst das Herrenhaus gestanden hatte, weiterführte. Von der Hauptstraße zweigten kleinere Straßen ab, die zu den zwei Hektar großen Parzellen und den Pseudovillen führten. Ein paar der alten Bäume hatten den Bau der Häuser, Straßen, Swimmingpools und unterirdischen Versorgungseinrichtungen überstanden, aber der Großteil des Terrains zwischen den von neu angelegten Gärten umgebenen Häusern war kahl.

Ich nehme an, es hätte schlimmer sein können – aber nicht viel. Ich war nicht allzu begeistert gewesen, als ich erfuhr, dass

Frank der Bischof Bellarosa Alhambra gekauft hatte – ich meine, wir hatten alle schlimme Nachbarn, aber das war ein bisschen zu viel –, im Nachhinein wurde mir jedoch klar, dass ein Mafia-Don und seine Familie allemal besser waren als hundert heillos verschuldete Börsenmakler oder wer immer die neuen Anwohner sein mochten.

Jedenfalls war das nicht mein Problem. Ich entsann mich, dass ich hier einen Gutteil meiner Zeit bei Cocktailpartys und in Country Clubs mit Plaudereien darüber verbracht hatte, wie sich unsere Welt veränderte, und ich hatte vielen Komitees angehört, die allerlei Rechtsmittel einsetzten, um die Stellung gegen die Baulanderschließer zu halten – im Grunde genommen wollten wir einen Zeitabschnitt konservieren, der bereits vorüber war. Ich bin mir sicher, dass es die Komitees noch immer gibt.

Ich hielt an der Stelle an, wo das alte Kopfsteinpflaster und die Pappeln endeten und die Asphaltpiste anfing. Hier hatte Alhambra gestanden, und ich stieg aus und schaute mich um. Dies war der höchste Punkt des Geländes, und von hier aus konnte ich ein Dutzend Minivillen sehen, die mit ihren Dreifachgaragen, Auffahrten und Patios auf manikürten Grundstücken standen. Es wurde jede Menge gegrillt, und blauer Rauch stieg in den wolkenlosen Himmel auf, wie von den Lagerfeuern einer biwakierenden Armee. Ansonsten schien sich auf Gottes kleinen Zwei-Hektar-Parzellen nicht allzu viel zu tun.

Hinter dem Grundstück des einstigen Alhambra sah ich den Golfplatz des Creek Clubs, und ich erinnerte mich, dass Susan und ich Mr und Mrs Bellarosa zum Abendessen in den Creek mitgenommen hatten und Mr Bellarosa mich hinterher bat, mich für seine Aufnahme in den Club einzusetzen. Tja, es ist immer problematisch, wenn man ein randständiges Paar zum Essen in den Club mitnimmt; ehe man sich's versieht, wollen sie dazugehören. Ich war mir ziemlich sicher, dass das Aufnahmekomitee den Antrag eines Mafia-Dons nicht bewilligen würde, daher erklärte ich Frank, ohne mich um allzu viel Takt zu bemühen, dass nicht einmal Jesus Christus, der mütterlicherseits Halbjude war, eine Mitgliedschaft im Creek bekommen würde.

Ich muss gestehen – zumindest mir selbst –, dass ich trotz allem, was in diesem Frühling, Sommer und Herbst geschah, und trotz des tragischen Endes eines Lebens und einer Ehe einigen Spaß bei alldem hatte – was, wie ich vermute, so ähnlich ist, wie wenn Mrs Lincoln auf die Frage »Wie hat Ihnen das Stück ansonsten gefallen?« mit der ehrlichen Antwort aufgewartet hätte: »Es war eine lustige Komödie, und ich habe gelacht, bis der Schuss fiel.«

Ich schaute zu der Stelle, wo einst der spiegelnde Teich und der klassische römische Garten gewesen waren, aber die Landschaft sah jetzt so anders aus, dass ich mir nicht sicher war, wo sie sich genau befunden hatten, meinte aber, es könnte in einer Senke gewesen sein, in der jetzt ein Haus stand.

Die beunruhigenden Bilder aus meinem Traum nahmen in meinem Kopf wieder Gestalt an, aber ich wollte sie nicht mehr sehen, deshalb wünschte ich sie weg, und sie verschwanden.

Ich schaute die abschüssige Allee entlang in Richtung Pförtnerhaus und Straße. Auf der anderen Seite der Grace Lane stand ein großes, im Kolonialstil erbautes Haus etwa hundert Meter weit zurückgesetzt auf einem Hügel. Dieses Haus gehörte den DePauws, allerdings wusste ich nicht, ob sie noch dort wohnten. Vor zehn Jahren hatte das FBI auf ihrem Grundstück einen Beobachtungsposten eingerichtet, um jeden ausspähen und fotografieren zu können, der in Alhambra ein und aus ging.

An dem Abend, an dem der missglückte Anschlag vor Giulio's Restaurant stattfand, war ich zum Polizeirevier in Midtown South geleitet worden, wo ich die Gelegenheit bekam, viele dieser Fotos zu sehen, die mit Teleobjektiven aufgenommen worden waren, und die Polizei und das FBI baten mich, festzustellen, ob sich unter Frank Bellarosas fotografierten Gästen die beiden Männer befanden, die ich vor Giulio's gesehen hatte.

Unter den Fotos von Mr Bellarosas Freunden, Verwandten und Geschäftspartnern waren auch ein paar hübsche Aufnahmen von Susan und mir anlässlich unseres ersten Besuches, als wir mit Kaffee und Cannoli verköstigt worden waren. Mir kam damals der Gedanke, dass das FBI lange vor mir gewusst haben musste, dass zwischen Susan und Frank etwas lief. Jetzt fragte ich mich, ob das FBI bereits wusste, dass Anthony Bellarosa und ich bei unserem vierten Tête-à-Tête waren. Außerdem fragte ich mich, was aus Special Agent Felix Mancuso geworden war, der sich so ernsthaft darum bemüht hatte, mich vor mir selbst zu retten. Vielleicht musste ich ihn anrufen.

Ich stieg wieder in mein Auto und fuhr die schmale Straße auf der linken Seite entlang, die Pine Lane hieß und mich zu einem großen Wendehammer führte, an dem drei hell verputzte Villen mit roten Ziegeldächern in etwa hundert Metern Abstand voneinander standen.

Mir ging auf, dass ich jetzt ganz in der Nähe der Grundstücksgrenze von Stanhope Hall sein musste, und tatsächlich konnte ich hinter den drei Villen die Reihe hoch aufragender Weymouthskiefern sehen, die die beiden Ländereien voneinander trennten. Susans Gästehaus und Anthonys Villa waren also nur etwa fünfhundert Meter Luftlinie voneinander entfernt.

Die drei Villen am Wendehammer unterschieden sich von Bautyp und Farbe her nur geringfügig, aber der Wachmann hatte gesagt, es sei ein gelbes Haus, deshalb steuerte ich das letzte Gebäude auf der linken Seite an und hielt vor dem tadellosen Rasen der Casa Bellarosa. Ich stieg aus und dachte an das Holzapfelgelee.

Auf der breiten Auffahrt standen der schwarze Cadillac Escalade, ein weißer Minivan, der, wie ich vermutete, Megan Bellarosa gehörte, und eine gelbe Corvette, die ich für Anthonys

Fluchtwagen hielt. Über dem Garagentor war ein schwarzes Brett mit einem Basketballring angebracht. Außerdem bemerkte ich den typischen schwarzen Mafiosi-Cadillac mit getönten Scheiben, der vor mir parkte.

Ich ging die Auffahrt hinauf und bog auf einen Betonweg ab, der mich zum vorderen Portal führte.

Ich schaute auf meine Uhr – Viertel nach vier. Ich kam zu spät, aber nicht über die Maßen.

Mir fiel auf, dass über der Tür eine Überwachungskamera angebracht war, daher lächelte ich, als ich klingelte.

31

Bellarosa war von Bell Security über meinen Anmarsch informiert worden, und er musste mich auf seinem Kameramonitor gesehen haben, daher tat er nicht überrascht, als er die Tür öffnete und mich begrüßte: »Hey, freut mich, dass Sie's geschafft haben.«

Anthony trug ein glänzendes schwarzes Hemd mit hochgekrempelten Ärmeln, das in einer anthrazitfarbenen Bundfaltenhose mit einem bleistiftdünnen Gürtel steckte. Seine Slipper waren, wie ich bemerkte, aus einer Art Reptilleder gemacht. Ich glaubte nicht, dass sich demnächst jemand vom Modeteil der *New York Times* bei ihm melden würde.

»Danke für die Einladung.«

»Yeah. Und diesmal werden Sie nicht davonlaufen.«

Willst du wetten?

Ich dachte, er würde mich aus reiner Gewohnheit bitten, meine Knarre abzugeben, aber stattdessen fragte er: »Irgendwelche Probleme am Wachhaus?«

Ich nahm an, dass mich der Wachmann wegen des »Don Bellarosa« verpetzt hatte und Anthony mir klarmachen wollte, dass er nicht amüsiert sei. »Der Mann wirkt ein bisschen schwerhörig.«

»So? Gute Mitarbeiter sind schwer zu kriegen.«

Apropos schwerhörig – ein italienischer Sänger schmetterte ein munteres Lied, das aus den Wandlautsprechern dröhnte, und Anthony musste die Musik übertönen, um meine Ankunft kundzutun: »Hey, Megan, wir haben Besuch.«

Anthony ging zu einer Stereoanlage an der Wand, stellte die Musik leiser und sagte zu mir: »Klasse Album. Es heißt *Familien*hits.« Er lachte. »Kapiert?«

Ich lächelte.

Während wir auf Megan warteten und Anthony mit dem Bass- und Höhenregler spielte, blickte ich mich in dem großen Vorsaal um und warf einen Blick ins Wohn- und Esszimmer. Ehrlich gesagt, war es gar nicht so übel. Ich hatte eine überladene Version von Mr Nasims scheußlichem falschen Französisch erwartet, aber Megan und wahrscheinlich ein Innenarchitekt waren auf Nummer sicher gegangen und hatten einen zeitgenössischen Vorstandsvorsitzendenstil in gedämpften Tönen gewählt. Allerdings hingen etliche am Fließband produzierte Ölgemälde vom sonnigen Italien an den Wänden, und ich entdeckte auch zwei Kruzifixe.

Megan Bellarosa betrat den Vorsaal, und ich war angenehm überrascht. Sie war Ende zwanzig, groß und schlank und hatte eine hübsches, sommersprossiges Irengesicht und blaue Augen. Ihre Haare schienen von Natur aus rot zu sein, daher wusste ich aus eigener Erfahrung, dass sie entweder zickig, überspannt oder schlichtweg verrückt war.

Sie schenkte mir ein zaghaftes Lächeln und fragte sich höchstwahrscheinlich, was zum Teufel sich ihr Mann dabei gedacht hatte, als er mich zum Familienessen einlud. »Es ist sehr nett, dass Sie mich eingeladen haben«, sagte ich zu ihr.

»Ich freue mich, dass Sie es geschafft haben«, erwiderte sie. »Wir haben jede Menge Essen.« Was mich von jeglicher Sorge entband, dass ich der Familie die letzten Rationen wegessen könnte. »Darf ich Ihnen den Mantel abnehmen?«

Ich trug keinen Mantel – nur einen blauen Blazer, und von

dem trenne ich mich nicht so ohne weiteres, deshalb sagte ich: »Ich lasse ihn an.« Und ich dachte daran, zu sagen: »Sie haben ein schönes Zuhause.«

»Danke«, erwiderte sie. »Anthony kann Sie später rumführen.«

Ihr Akzent war eindeutig Unterschicht, desgleichen ihr pinkfarbener Polyesterkasack und die schwarze Polyesterstretchhose. In Anbetracht ihrer guten Züge jedoch könnte Professor Higgins bei ihr Wunder wirken. Ich reichte ihr das Glas mit dem Holzapfelgelee und sagte: »Es ist hausgemacht.«

Sie las das Etikett, lächelte und rief: »Ach, du meine Güte – meine Großmutter hat das auch immer gemacht.«

Das fing also schon mal gut an. Megan schenkte mir sogar ein hübsches breites Lächeln, und einen Moment lang erinnerte sie mich an Susan. Die dunklen Männer der Bellarosas standen offenbar auf den hellhäutigen nordeuropäischen Typ. *Lieber Sigmund –*

Bevor ich diesen Sachverhalt jedoch weiter analysieren konnte, sagte Anthony: »Hey, meine Mutter kann's kaum erwarten, Sie zu sehen. Kommen Sie mit.«

Ich folgte Anthony und Megan durch den Vorsaal in eine große, sonnige Küche, und an der Kochinsel in der Mitte stand Anna Bellarosa und schnitt Käse. Als sie mich bemerkte, ließ sie ihr Messer fallen, wischte sich die Hände an ihrer Schürze ab, stürmte auf mich zu und rief: »John! O mein Gott!«

Ich wappnete mich für den Aufprall und streckte die Arme aus, dann stießen wir zusammen. RUMS! Sie umarmte mich, und ich legte die Arme um sie und keuchte: »Anna … Sie sehen großartig aus …«

Vor dem Aufprall hatte ich gesehen, dass sie ein paar Pfund zugenommen hatte, und die spürte ich jetzt, als sie mir die Luft aus der Lunge quetschte. Und als wollte sie meine Atemnot noch verstärken, trug sie einen Blütenduft, der alles Übrige übertönte.

Wir lösten uns voneinander, worauf ich ihre Hände hielt, damit sie die Arme nicht noch mal um mich schlingen konnte, und sie musterte. Ihr Gesicht war noch immer cherubinisch, was durch den roten Lippenstift und das Rouge noch betont wurde, und unter der Schminke wirkte ihre Haut jung. Mediterrane Kost?

Ich bekam wieder Luft und sagte: »Es ist so schön –«

Sie unterbrach mich: »John, Sie sehen *großartig* aus. Ich bin so froh, dass Sie gekommen sind.« Sie überhäufte mich mit weiteren Begeisterungsbekundungen, erkundigte sich nach meinen Kindern, aber nicht nach meiner bösen, verführerischen und männermordenden Frau, und fragte mich nach meinen Plänen.

Anna trug früher immer so viel Schmuck, dass sie Radiosendungen hätte stören können, aber heute hatte sie sich auf ein Paar goldene Ohrringe und ihren Ehering beschränkt. Sie trug einen schwarzen Hosenanzug, um auf ihre Witwenschaft hinzuweisen, und ich bemerkte ein goldenes Kruzifix, das in ihrem Ausschnitt hing und mich wie schon bei unserer ersten Begegnung an die Statue Christi, des Erlösers der Anden, erinnerte.

Anna fuhr fort, mich auszufragen, und ich antwortete, so gut ich konnte, bevor sie mich wieder unterbrach. Ich bemerkte, dass Megan die Küche verlassen hatte, und mir fiel ein, dass die beiden Mrs Bellarosas kulinarisch nicht gut miteinander konnten, wenn überhaupt.

Schließlich unterbrach Anthony die Unterbrechungen seiner Mutter und sagte: »Okay, lass ihn Luft schnappen, Ma. Hey, John, Wein, Bier oder was Hartes?«

Ich brauchte einen dreistöckigen Scotch, bat aber um einen Weißwein.

Anthony öffnete den Kühlschrank, holte eine offene Flasche mit irgendwas heraus und goss zwei geschliffene Kristallgläser ein.

»John, ich habe Lasagne für Sie gemacht«, teilte mir Anna mit. »Anthony hat gesagt, Sie mögen meine Lasagne.«

»Das stimmt.« Es war meine Leibspeise aus Annas Abholküche gewesen, und Susans ebenfalls, auch wenn ich das lieber nicht erwähnen sollte.

Anna fuhr fort: »Wir haben heiße und kalte Antipasta, wir haben Stracciatelle, wir haben einen wunderbaren Bronzini, den ich in der Bronx gekriegt habe, wir haben Kalb –«

»Ma, er muss nicht –«

»Anthony, *sta' zitto*.«

Ich glaube, das heißt »Halt den Mund!«. Das muss ich mir merken.

Anna betete ihre Speisekarte herunter, als betete sie den Rosenkranz. Mir war nie ganz klar, warum sie mich mochte – von meinem Charme einmal abgesehen –, aber wenn Männer und Frauen miteinander befreundet sind, ist fast immer ein gewisses sexuelles Element präsent. Kein richtiger Sex vielleicht, aber eine Art Freud'sche Vorstellung von Sex, bei der man zugibt, dass die beiderseitige Anziehung mehr als nur platonisch ist, aber nicht so weit geht, dass man sagt: »Lass uns ficken.« Bei Susan und Frank hingegen war von Anfang an die Libido im Spiel gewesen, und erst später verliebten sie sich möglicherweise. Interessanterweise war Anna nie dahintergekommen und hatte Susan auch weiterhin sehr gern, bis Susan ihren geliebten Gatten umlegte.

Jedenfalls, was den Grund anging, weshalb Anna mich mochte, wusste ich, dass sie einmal gesagt hatte, sie glaube, John Whitman Sutter würde einen guten Einfluss auf Frank ausüben, der sonst nur von schlechten Leuten beeinflusst werde. Das hätte komisch sein können, wenn es nicht so traurig gewesen wäre. Auf jeden Fall bin ich mir sicher, dass Anna ähnliche Gedanken hegte, was die sich anbahnende Freundschaft ihres Sohnes mit mir betraf.

Während Anna plapperte, Anthony hin und wieder ein Wort

einzuschieben versuchte und ich ab und zu einen passenden Laut von mir gab, wurde mir eins klar: Wenn ich Anthony mitteilte, dass Susan und ich wieder zusammen waren, brächte ich ihn in eine unangenehme Lage in Bezug auf seine Mutter, die Susan verständlicherweise nicht mehr so gernhatte – und das könnte Anthonys Interesse daran, mich zu seinem vertrauenswürdigen Berater zu machen, ein jähes Ende bereiten. Ich war mir dessen sogar sicher.

Während ich darüber nachdachte, fand Anna, dass ich doch nicht so großartig aussähe, worauf sie mir eine Platte mit Käse und Salami über die Anrichte zuschob und mir mitteilte: »Sie sehen dürr aus. Essen sie.«

Anthony lachte und äffte Mama nach. »*Mangia! Mangia!* Du bist zu dürr.«

Anna wandte sich ihrem Sohn zu und sagte: »Du auch. Du bist zu dürr, Tony.«

Anthony lachte wieder und goss seiner Mutter ein Glas Rotwein ein. »Du trinkst nicht genug Vino. *Beva, beva.*«

Anna beachtete den Wein nicht, probierte aber den Großteil des Käses und der Salami. Atkins-Diät?

Anthony und ich nahmen uns etwas Käse, der wie der Golf von Neapel roch, aber gut schmeckte. Also, wenn ich die Wahl zwischen einer italienischen Mutter und einer WASP-Mutter hätte, wäre ich am liebsten Waise.

Anna musterte das Geleeglas, das Megan auf der Anrichte stehengelassen hatte, und fragte ihren Sohn: »Was ist das?«

»John hat es mitgebracht.«

Damit schien die Sache in Ordnung zu sein, aber sie fragte mich bezüglich des Etiketts: »Wie geht's ihr? Der alten Dame?«

»Nicht allzu gut.«

Anna wirkte nachdenklich, als sie sagte: »Ich kann mich an ihren Mann erinnern. Er ist früher immer rüberkommen und hat … Ihre Frau gesucht.« Ich ging nicht darauf ein, worauf

Anna hinzufügte: »An die alte Dame kann ich mich nicht so gut erinnern. Aber wir haben mal nett miteinander geplaudert.«

»Ich richte ihr gern Grüße aus.«

»Ja. Hoffentlich geht's ihr bald besser. Sie wohnen also dort?«

»So ist es.«

Ich hatte nicht die geringsten Zweifel, dass Anna im Begriff war, mich darauf hinzuweisen, dass die Mörderin ins Gästehaus zurückgekehrt war, und Anthony, der vermutlich ebenfalls spürte, dass Mama schlechte Erinnerungen heraufbeschwören wollte, sagte zu mir: »Hey, lassen Sie uns rausgehen. Ich will nach den Kids sehen.«

»Sag ihnen, es ist gleich Essenszeit.«

Wir gingen durch die Glasschiebetür auf einen mit Schiefer ausgelegten Patio, der groß genug für eine notlandende Raumfähre war. Dahinter befand sich ein von einem fast zwei Meter hohen eisernen Palisadenzaun umgebener Swimmingpool, der von den Ausmaßen her als Binnenmeer durchging.

Auf der anderen Seite des Pools sah ich ein langes Drahtseil, mit dem ein großer Deutscher Schäferhund angebunden war, der mich selbst aus dieser Entfernung wahrnahm, stehen blieb, an seiner Leine zerrte und mich anbellte. *»Sta' zitto«*, rief Anthony, worauf der Hund, der offenbar Italienisch verstand, aufhörte zu bellen. Ich ging mit Anthony zum Pool, und er öffnete das Tor und rief den beiden Kindern, die mit Schwimmflügeln herumpaddelten, zu: »Hey, Kids! Sagt Hallo zu Mr Sutter.«

Sie schauten mich an, winkten, sagten gleichzeitig »Hi« und paddelten weiter.

Der Junge, so fiel mir ein, hieß Frank, fünf Jahre alt, und das Mädchen Kelly Ann, sie wirkte etwa ein Jahr älter. Sie sahen gut aus und waren unter ihrer Bräune vermutlich genauso hellhäutig wie ihre Mutter. Sie erinnerten mich an Edward und Carolyn, als sie in diesem Alter gewesen waren, den Sommer in angenehmer Umgebung genossen und sich arglos an der Welt erfreuten.

Ich bemerkte jetzt eine Frau mittleren Alters, die auf einem Gartenstuhl im Schatten eines Sonnenschirms saß und die Kinder wie ein Falke beobachtete. »Eva, mach die Kids fürs Essen fertig!«, rief Anthony ihr zu.

Er drehte sich um, und wir liefen zum Patio zurück. Ich dachte, wir würden hineingehen, aber Anthony steuerte einen gestreiften Pavillon an, und jetzt bemerkte ich, dass dort ein Mann und eine Frau saßen.

Wir traten in den Schatten des Pavillons, und Anthony sagte zu mir: »Erinnern Sie sich an meinen Onkel Sal?«

Das überraschte mich, und einen Moment lang war ich sprachlos.

Auf einem gepolsterten Sessel saß niemand anders als Salvatore D'Alessio alias Sally Da-da, der ein Cocktailglas in der Hand hielt und eine Zigarette rauchte. Ich meine, es ist nett, wenn man die Verwandtschaft zum Essen bei sich hat, aber es könnte unangenehm werden, wenn eingeladene Familienmitglieder einst deinen Vater umbringen lassen wollten. Aber vielleicht war ich ethnozentrisch und machte zu viel Aufhebens darum.

Onkel Sal blieb sitzen, warf mir einen Blick zu, nickte kurz und murmelte: »Wie geht's Ihnen?«

»Man schlägt sich durch.«

Ich fand, dass ihn unser Wiedersehen nach zehn Jahren etwas freudiger hätte stimmen sollen, aber er saß mit seiner Zigarette und dem Cocktail da und starrte ins Leere.

Ich hatte Sally Da-da zum ersten Mal im Plaza Hotel gesehen, wohin Frank die Hälfte der New Yorker Mafia eingeladen hatte, um seine Freilassung auf Kaution zu feiern. Allerdings war es nicht nur eine Feier gewesen, sondern auch eine Machtdemonstration, zu der die Capos und niederen Gefolgsleute des Dons kamen, um seinen Ring zu küssen, und zu der sich auch seine Geschäftspartner und selbst seine Rivalen auf Befehl eingefunden hatten, um diese große Gunstbezeugung für den *Capo di tutti capi* mitzuerleben.

Ich war von einem Mann angesprochen worden, den ich als Cro-Magnon einstufte und der mir ein paar Fragen stellte, die für mich wenig Sinn ergaben. Später erfuhr ich, dass dieser Mann Salvatore D'Alessio war, der Schwager von Don Bellarosa. Viel später erfuhr ich, dass es sich bei Mr D'Alessio um den Unterboss des Dons handelte und dass er *Capo di tutti capi* werden wollte, weshalb Frank abtreten musste.

Mr D'Alessio, der jetzt ein paar Schritte von mir entfernt saß, war ein großer, kräftig gebauter Mann mit dichten, schwarz gefärbten Haaren und dichten Augenbrauen, die in der Mitte zusammenstießen, wie man es in den Dioramen mit prähistorischen Menschen im Museum für Naturgeschichte sieht. Er hätte ein Tierfell tragen können, ohne dass sich jemand darüber ausgelassen hätte, stattdessen aber trug er eine weite schwarze Anzughose und ein weißes, halb aufgeknöpftes Oberhemd mit hochgekrempelten Ärmeln, aus dem eine Menge Haare herausschauten. Ich glaubte nicht, dass er zum Familienessen eine Knarre mitbrachte, aber wenn doch, hätte er sie in seinem Brusthaar verstecken können.

»Sind Sie meiner Tante Marie schon mal begegnet?«, fragte mich Anthony.

Ich wandte mich Tante Marie zu, die aussah wie eine schlankere und ältere Ausgabe von Anna. »Ich glaube, wir sind uns schon mal begegnet«, sagte ich zu ihr.

Sie nickte, sagte aber nichts.

Ich war Marie D'Alessio bei Frank Bellarosas Totenmesse begegnet, wo sie neben Anna gesessen und mit ihr um die Wette geweint hatte. Bei dieser Beerdigung hatte ich Onkel Sal zum zweiten Mal gesehen und dann noch einmal am Grab, wo er ständig auf den Sarg gestarrt und jeden Blickkontakt mit dem jungen Anthony vermieden hatte.

Marie hatte dem Exmann von Susan Sutter anscheinend nichts zu sagen, deshalb wandte ich mich wieder Onkel Sal zu und bemerkte jetzt, dass er mich abschätzig musterte. Ich fing seinen Blick auf.

»Lange her«, sagte er.

Ich nehme an, dass sollte so viel heißen wie »Lange nicht gesehen«, was eigentlich heißt: »Es ist Ewigkeiten her, John, seit wir einander gesehen haben.« Ich erwiderte: »Lange her.«

Mir war klar, warum Onkel Sal seinen Schwager hatte umnieten wollen, aber ich war sauer, dass er sich den Abend ausgesucht hatte, an dem ich mit Frank und unseren Frauen essen gegangen war. Doch wie Felix Mancuso mir später erklärte, wusste Sally Da-da wahrscheinlich, dass Frank Bellarosa niemals auf die Idee gekommen wäre, jemand könnte gegen die strenge Regel verstoßen, nach der man niemanden im Beisein seiner Familie oder in Gesellschaft rechtschaffener Bürger umlegen durfte, was, wie ich annahm, John und Susan Sutter einschloss. Deshalb hatte Salvatore »Frank umlegen« für den gleichen Abend in seinen Kalender eingetragen, an dem in meinem Kalender »Essen mit Bellarosas/NYC/Limousine« stand. Ich hätte auch den Namen des Restaurants aufgeschrieben, Giulio's, aber bei Frank wusste man nie genau, wohin es ging, bis man dort war. Irgendjemand allerdings, wahrscheinlich Franks Fahrer Lenny die Schlange, wusste den Namen des Restaurants und gab ihn an Sally Da-da weiter, der sich die Gelegenheit nicht entgehen ließ.

Ich schaute wieder zu Salvatore D'Alessio, der mich immer noch musterte, und fragte mich, was für ein Mann er sein musste, wenn er seinen Schwager vor den Augen der Schwester seiner eigenen Frau umbringen lassen wollte.

Schon vor diesem Anschlag hatte Frank Bellarosa keinen Tag erlebt, an dem er nicht auf der Hut war, und er hatte eine kugelsichere Weste unter seinem maßgeschneiderten Anzug getragen, sodass er bis auf ein paar gebrochene Rippen und eine durchtrennte Halsschlagader, die nicht durch Kevlar geschützt war, davongekommen war – mit etwas Hilfe meinerseits.

Anthony unterbrach das Schweigen mit einer guten Nachricht und gab bekannt: »Meine Tante und mein Onkel haben bloß vorbeigeschaut, um Hallo zu sagen.«

Onkel Sal stand auf, und ich war beeindruckt davon, wie riesig dieser Typ war. Ich meine, selbst wenn man ihm sämtliche Haare abrasierte, wäre er immer noch groß. Er sagte: »Yeah. Wir gehn.«

Tante Marie stand ebenfalls auf und wies ihren Neffen an: »Anthony, kümmer dich um deine Mutter.«

»Mach ich.«

»Du musst sie anrufen.«

»Mach ich.«

»Lass sie öfter herkommen. Nicht bloß sonntags, Anthony.«

»Meine *Brüder* kommen aus Jersey und sehen sie ständig.«

Ohne darauf einzugehen, riet sie Anthony: »Seit dein Vater gestorben ist« – aus irgendeinem Grund warf sie mir einen kurzen Blick zu –, »seit er tot ist, ist sie allein.«

»Sie hat in Brooklyn fünfzig Kusinen und Schwestern.«

»Die führen ihr eigenes Leben.«

»Okay, okay. Danke, Tante Marie.«

Unterdessen stand Onkel Sal mit ausdrucksloser Miene da, aber vielleicht dachte er, seine Frau verschwendete nur ihre Zeit, wenn sie mit einem toten Mann redete. Na ja, ich wusste es natürlich nicht, und Onkel Sal hätte genügend Zeit und auch die Gelegenheit gehabt, um Anthony ins Jenseits zu befördern. Folglich hatten sie möglicherweise eine Art Machtteilung vereinbart, wie zum Beispiel: »Anthony, du kriegst die Drogen, die Prostitution und das Kredithaigewerbe, und ich übernehme Glücksspiel, Erpressung und Diebstahl an Hafenanlagen und Flughäfen.« Das zumindest würde ich empfehlen.

»Danke, dass ihr vorbeigeschaut habt«, sagte Anthony zu seinem Onkel.

Onkel Sal ließ seine Zigarette auf den Patio fallen und trat sie aus. »Deine Mutter sieht gut aus.«

Anthony warf einen Blick auf die Zigarettenkippe, die seinen hübschen, mit Schiefern ausgelegten Patio verunstaltete, sagte aber nichts. Vielleicht dachte er: Wozu die Mühe? Er ist so gut wie tot.

Wäre es nicht schön, wenn es Anthony und D'Alessio irgendwie gelang, sich gegenseitig umlegen zu lassen?

Ich konnte nur hoffen, dass ich das nicht laut ausgesprochen hatte, aber vermutlich hatte ich es nicht getan, denn Onkel Sal wandte sich an mich und fragte: »Und, was ham Sie vor?«

»Den gleichen alten Mist.«

»So? Was zum Beispiel?«

Anthony unterbrach dieses wortreiche Gespräch und sagte: »John ist mein Steuerberater.«

»Aha?« Onkel Sal schaute mich eine Zeitlang an, als wollte er sagen: »Schade, dass meine Jungs dich vor Giulio's verfehlt haben.« Na ja, vielleicht bildete ich mir das auch nur ein.

»Ich geh rein«, verkündete Tante Marie, aber bevor sie ging, erinnerte sie Anthony: »Deine Mutter braucht dich.« Sie sollte ihren Mann ebenfalls daran erinnern.

So stand ich mit Anthony und Salvatore in mannhaftem Schweigen da, bevor mir klarwurde, dass ich sie allein lassen sollte. Aber ich wollte nicht zu den Frauen in die Küche gehen – nur Schwuchteln würden das tun –, deshalb sagte ich: »Ich gehe ein bisschen spazieren«, und an Onkel Sal gewandt: »Es war toll, Sie mal wieder zu sehen.«

»Yeah.«

»Haben Sie eine Karte?«

»*Was?*«

»Ciao.« Ich ging zum Pool, wo ich außer Hör- und Schussweite war. Ich betrachtete das schimmernde Wasser, dann den Deutschen Schäferhund, der mich anstarrte und aus irgendeinem Grund an Salvatore D'Alessio erinnerte.

Salvatore D'Alessio – Sally Da-da für seine Freunde und Onkel Sal für seinen Neffen – war ein Original. Ich meine, dieser Typ spielte nicht den Mafia-Boss, wie es so viele von diesen Gestalten machten. Er war ein niederträchtiger und gefährlicher Mann. Wenn ich Geld darauf setzen müsste, wer wen zuerst umlegte, würde ich wetten, dass Onkel Sal zu Anthonys Beerdigung kommen würde und nicht umgekehrt.

Und dennoch hatte Anthony die stärkere Motivation – persönliche Vendetta –, und er schien auch mehr Köpfchen zu haben, was, wie ich weiß, nicht zu viel gesagt ist.

Grundsätzlich lief es auf Folgendes hinaus: Anthony wollte Onkel Sal umbringen; Onkel Sal wollte Anthony umbringen; Onkel Sal könnte nach wie vor sauer auf mich sein, weil ich Frank das Leben gerettet hatte und er deshalb unfähig wirkte; Anthony wollte Susan umbringen; ich wollte, dass Anthony Bellarosa und Salvatore D'Alessio tot waren.

Wer hat gesagt, dass sonntägliche Familienessen langweilig sind?

32

Onkel Sal war gegangen, und Anthony saß jetzt auf einem Stuhl im Pavillon. Ich nahm den Stuhl gegenüber von ihm und bemerkte, dass die Zigarettenkippe verschwunden war.

Keiner von uns sagte etwas, aber ich dachte, Anthony wollte mich in Bezug auf Onkel Sal beruhigen und mir zum Beispiel erklären: »Unter all den Haaren schlägt ein großes Herz«, aber er tat so, als wäre Onkel Sal gar nicht da gewesen, und ließ sich stattdessen über Tante Marie aus: »Sie ist 'ne Schreckschraube.«

Ich war mir nicht sicher, ob ich darauf eingehen musste, aber weil Anthony sich weiterhin über Tante Maries öffentliche Belehrung aufregte und mir klarmachen wollte, was er von ihr hielt, sagte ich: »Nun ja, ich glaube, sie mag Sie, und sie liebt ihre Schwester.«

»Yeah. Richtig. Sie hat zwei Jungs. Beide in Florida. Keiner kriegt sie jemals zu sehen.«

Ich vermutete, ihr Vater habe vermutlich einen Narren an ihnen gefressen und sie deshalb aus der Schusslinie gebracht, aber Anthony erklärte mir: »Sie sind verfluchte Strandpenner.«

Ich ging nicht darauf ein.

Er lehnte sich zurück und rauchte, und ich sah, dass er wegen Onkel Sals Besuch schlecht gelaunt war und möglicherweise darüber nachdachte, wie er diese Besuche am besten für immer beenden könnte. Seine Tante war eine Schreckschraube, und er würde sie gern zur Witwe machen, und seine Cousins stellten keine Gefahr dar, falls ihrem Vater zufällig irgendwas zustoßen sollte.

Aber vielleicht war ich zu naseweis. Vielleicht dachte er an die Lasagne seiner Mutter. »Ihr Onkel sieht gut aus«, sagte ich.

Er riss sich von seinen Gedanken los und erwiderte: »Yeah. Er nimmt für seine Haare die gleiche Creme wie für die Schuhe.« Er sah mich an und lächelte. »Sie haben ihn um seine Karte gebeten.«

»Ich habe mich gefragt, in welchem Gewerbe er arbeitet.«

Anthony lächelte wieder. »Im Familiengeschäft.« Er versicherte mir: »Er hat nicht gemerkt, dass Sie ihn veräppeln wollten.«

Das war gut.

»Sie haben Mumm.«

Ich erwiderte nichts, aber weil das Thema Mumm nun im Raum stand, hatte Anthony das Gefühl, mir erklären zu müssen: »Ich hätte ihm die Zigarettenkippe in den Arsch stecken sollen, aber jedes Mal, wenn ich sauer auf ihn bin, denken alle, *ich* wäre der Böse.«

»Ich glaube, Sie sind ganz gut damit umgegangen.« Ich erinnerte ihn: »Er ist Ihr Onkel.«

»Yeah. Per Heirat. Aber trotzdem muss ich ihm Respekt bezeugen. Richtig?«

»Richtig.« Bis du ihn umbringst.

»Aber er muss ebenfalls Respekt bezeugen.«

»Sie haben recht.« Ich hatte keinerlei Zweifel, dass in Anthonys Welt Männer schon wegen weit weniger als einer weggeworfenen Zigarettenkippe auf dem Patio ihres Gastgebers umgebracht worden waren. Alles drehte sich um Respekt und darum, dass man einen Goombah nicht öffentlich blamieren durfte, aber es ging auch um Familienbande, die Hackordnung und letztlich um das Gleichgewicht der Macht, das gewahrt werden musste. Und vielleicht war das der Grund, weshalb noch keiner der beiden etwas gegen den anderen unternommen hatte. Also pissten sie einander weiter an, bis der eine oder der andere ausrastete.

Anthony gab mir einen guten Rat: »Verarschen Sie ihn nicht. Er versteht keinen Spaß.«

Ich bezweifelte, dass Onkel Sal jemals einen Spaß begriffen hatte.

Dann sagte Anthony: »Ich glaube, das wird 'ne anstrengende Woche.«

Das schien aus heiterem Himmel zu kommen, war aber vielleicht eher eine Einleitung zu irgendetwas anderem als eine beiläufige Bemerkung, deshalb spielte ich mit und fragte: »Warum?«

»Na ja, soweit ich gehört habe, hat John Gotti bloß noch ein paar Tage zu leben.«

Ich äußerte mich nicht.

»Es gibt 'ne dreitägige Totenwache und 'ne große Beerdigung. Wissen Sie?«

Wieder äußerte ich mich nicht.

»Also muss ich dort sein«, erklärte Anthony. »Ich meine, ich habe nichts mit ihm zu schaffen, aber ich kenne die Familie, daher muss man seinen Respekt bezeugen. Auch wenn manche Leute auf falsche Gedanken kommen, bloß weil man dort ist.«

Richtig. Die Polizei und die Presse könnten einen zum Beispiel für einen Mafioso halten.

Er warf mir einen Blick zu und sagte: »Sie waren bei der Beerdigung meines Vaters. Aus Respekt.«

Ich war mir nicht sicher, *weshalb* ich zur Beerdigung seines Vaters gegangen war, abgesehen davon, dass ich möglicherweise ein bisschen … schuldbewusst war, nehme ich an, weil meine Frau ihn umgebracht hatte. Ich hatte keinen Respekt vor

Frank Bellarosa, aber ich glaube, dass ich ihn trotz allem, was geschehen war, mochte. Deshalb sagte ich zu Anthony: »Ich mochte Ihren Vater.« Und ich fügte hinzu: »Und Ihre Mutter.«

Er schaute mich an und nickte, als er sagte: »Hinterher, Jahre später, ist mir klargeworden, wie mutig das war. Ich meine, zur Beerdigung von meinem Vater zu gehen, wo es doch Ihre Frau war, die ihn umgebracht hat.«

Dazu fiel mir keine Antwort ein.

»Ich geh jede Wette ein, dass Sie sich von Ihren Freunden und Verwandten deswegen eine Menge Scheiß anhören mussten.«

Musste ich nicht. Weil danach niemand mehr mit mir sprach. Mein Vater allerdings hatte bemerkt: »Das zeugt von schlechtem Urteilsvermögen, John.« Selbst meine Mutter, die alles Multikulturelle mag, fragte: »Was hast du dir dabei gedacht?« Meine Schwester Emily hatte mich ebenfalls angerufen und gesagt: »Ich habe dich im Fernsehen bei Bellarosas Beerdigung gesehen. Du bist aufgefallen wie ein bunter Hund, John. Wir müssen dir ein schwarzes Hemd und einen weißen Schlips besorgen.« Aber sie hatte hinzugefügt: »Dazu gehört Mumm.«

»Die Presse ist wahrscheinlich auch über Sie hergezogen.«

Ich wurde ein paarmal erwähnt, aber es war nichts wirklich Kritisches oder Abwertendes dabei; hauptsächlich ließ sich die Presse über die Ironie der ganzen Angelegenheit aus – dass der Mann der mutmaßlichen Mörderin an der Beerdigung teilnahm. Tja, vielleicht verstehen die Medien nichts von Ironie, aber sie verstehen etwas von Unterhaltungswert.

Meine gute Freundin Jenny Alvarez hatte den Ton vorgegeben, als sie im Fernsehen berichtete, dass »Quellen, die nicht namentlich genannt werden wollen, John Sutter als einen Mann bezeichneten, der berufliche Verantwortung über persönliche Gefühle stellt und als Anwalt von Frank Bellarosa der Meinung war, er sollte für die Familie seines verstorbenen Mandanten da sein.«

Das war ein bisschen weit hergeholt, um nicht zu sagen, ein Widerspruch in sich, aber Jenny mochte mich, und wenn Reporter einen mögen, finden oder erfinden sie Quellen, die namentlich nicht genannt werden wollen, um etwas Nettes über einen zu sagen. Wenn sie eine *wirklich* ehrliche Journalistin gewesen wäre, hätte sie hinzugefügt: »Im Interesse einer vollständigen Aufklärung muss ich Ihnen mitteilen, dass ich mit Mr Sutter geschlafen habe.«

Anthony sagte zu mir: »Hey, wenn Sie mich begleiten würden, wäre das gut.«

Ich hatte das Gefühl, dass eine Mafioso-Beerdigung im Leben bereits eine zu viel war, deshalb sagte ich zu ihm: »Auch ich habe eine anstrengende Woche vor mir. Aber danke.«

»Sagen Sie mir Bescheid, falls Sie Ihre Meinung ändern.«

Wir schwiegen eine Weile, während Anthony rauchte und zu seinem Swimmingpool hinüberstarrte.

Ich bin kein Mafia-Experte, aber ich bin ein Anwalt mit einem schlauen Köpfchen, der einst für Frank Bellarosa gearbeitet hat, deshalb zählte ich eins und eins zusammen, nämlich: John Gottis Tod könnte für eine gewisse Unsicherheit unter seinen Geschäftspartnern sorgen und vielleicht für ein paar Gelegenheiten. Und wenn ich bedachte, dass Anthony und Sally Da-da all die Jahre in einem wackligen Waffenstillstand koexistiert hatten, könnte ich zu dem Schluss gelangen, dass dies nur möglich war, weil dieser Waffenstillstand von jemandem wie John Gotti durchgesetzt worden war – und er verweilte nicht mehr lange auf dieser Welt. Daher könnte es sein – wenn meine Schlussfolgerungen stimmten –, dass Anthony und sein Onkel sich schon bald umbringen durften. Und das versetzte Anthony möglicherweise in höchste Alarmbereitschaft.

Außerdem dachte ich, dass Susan vielleicht ebenfalls in dieses Übereinkommen eingeschlossen war – bei der Mafia drehte sich alles um Geld und darum, schlechte Presse zu vermeiden, die man unweigerlich bekam, wenn man ehrliche Bürger umbrachte –, aber nach Gottis Beerdigung könnte Anthony vielleicht das Gefühl haben, er dürfte mit Susan abrechnen.

Die andere Möglichkeit bestand darin, dass ich zu viel Zeit mit Anthony verbrachte und allmählich so dachte, wie meiner Meinung nach er und seine Goombahs dachten.

Das Thema Gotti und sein bevorstehender Tod schien beendet zu sein, aber das Essen war noch nicht angekündigt worden, deshalb dachte ich, es wäre an der Zeit, Anthony meine gute Nachricht über mich und Susan zu überbringen, aber bevor ich dazu kam, fragte er mich: »Was machen Ihre Kids?«

Ich hatte, lange bevor die Bellarosas in mein Leben traten, gelernt, gegenüber Fremden vorsichtig zu sein, was den Aufenthaltsort und die Tätigkeiten meiner Kinder anging. Ich meine, weder Susan noch die Stanhopes waren Prominente, aber sie waren reich, und es gab Leute, die den Namen kannten. Meine große Hoffnung diesbezüglich war, dass sich ein Kidnapper William schnappte, eine Million Dollar Lösegeld verlangte und bei Charlotte abblitzte. Um Anthonys Frage zu beantworten, sagte ich: »Mein Sohn lebt an der Westküste, und meine Tochter ist stellvertretende Bezirksstaatsanwältin in Brooklyn.«

Diese Auskunft ließ ihn aufhorchen. »Aha. Arbeitet sie für Joe Hynes?«

Der legendäre Bezirksstaatsanwalt von Brooklyn heißt Charles J. Hynes, aber seine Freunde nennen ihn Joe. Ich glaubte nicht, dass Mr Hynes und Mr Bellarosa Freunde waren, war aber davon überzeugt, dass sie einander kannten, schon von Berufs wegen. Ich erwiderte: »Sie arbeitet mit dem FBI zusammen, wenn es um Morde des organisierten Verbrechens geht.« Das stimmte nicht – aber wie könnte ich mir so was verkneifen?

Anthony dachte eine Weile darüber nach, dann sah er mir ins Gesicht. »Ich habe noch nie von ihr gehört.«

»Warum sollten Sie auch?« Ich gab mich arglos.

»Ich meine … yeah. Richtig.« Er stellte fest: »Da ist nicht viel Geld drin.«

»Es geht nicht ums Geld.«

Er lachte. »Aha? Ich nehme an, wenn man bereits Geld hat, dann geht's bei nichts ums Geld.«

»*Sie* haben Geld. Ist das wirklich Ihre Meinung?«

Er schaute mich an, bevor er erwiderte: »Manchmal. Manchmal geht's um Macht.«

»Wirklich?«

»Yeah, wirklich.« Er zündete sich eine weitere Zigarette an, blickte über seine zwei Hektar und die angrenzenden Grundstücke hinweg und sagte zu mir: »Das hat alles meinem Vater gehört.«

Ich erwiderte nichts.

»Sie werden dafür sorgen, dass ich dafür entschädigt werde.«

Ich hatte das Thema satt, deshalb sagte ich wieder nichts. Außerdem war es an der Zeit, ihm mitzuteilen, dass Susan und ich wieder zusammen waren und ich nicht vorhatte, für ihn zu arbeiten. »Warum haben Sie Ihrem Onkel erzählt, dass ich für Sie als Steuerberater tätig bin?«

»Weil Sie's sind.«

»Anthony, wir haben das noch nicht per Handschlag besiegelt.«

»Haben Sie es sich anders überlegt?«

»Genau.«

»Wollen Sie mir mehr Geld abknöpfen?«

»Das Geld ist bestens – der Job stinkt.«

»Woher wollen Sie das wissen, solange Sie's nicht probiert haben?«

Ohne darauf einzugehen, fragte ich ihn noch mal: »Warum haben Sie Ihrem Onkel erzählt, dass ich für Sie arbeite?«

»Er denkt, Sie haben eine gewisse Macht, gewisse Beziehungen. Und das wäre gut für mich.«

»Warum sollte er das meinen?«

»Weil er blöd ist.«

»Aha.« Der König engagiert einen Zauberer, der keine Zauberkräfte besitzt, aber alle meinen, er hätte welche, was auf das Gleiche hinausläuft, soweit es den König und seine Feinde angeht. Vielleicht *sollte* ich mehr Geld verlangen. Oder wenigstens eine kugelsichere Weste, für den Fall, dass Sally Da-da mich umlegen lassen wollte, weil ich für Anthony arbeitete.

Des Weiteren teilte mir Anthony mit: »Wenn Sie für mich arbeiten, müssen Sie nichts mit meinem Onkel zu tun haben.«

»Das ist ja schade.«

Anthony bemerkte den Sarkasmus und kicherte.

Ich schnitt ein neues Thema an, letzter Strohhalm genannt, und sagte: »Da meine Tochter für den Bezirksstaatsanwalt von Brooklyn tätig ist, wollen Sie vielleicht gar nicht, dass ich für Sie arbeite.«

»Sie werden in nichts reingezogen, das irgendwas mit dem zu tun hat, was Ihre Tochter macht.«

Mir kam der komische Gedanke, dass Carolyn am Fall *Der Staat gg. John Sutter* mitarbeiten könnte. »Tut mir leid, Daddy. Das ist beruflich, nicht persönlich.« Ich sagte zu Anthony: »Vielleicht nicht, aber es könnte peinlich für meine Tochter werden, falls die Presse auf die Verbindung zwischen mir, Ihnen und ihr kommt.«

»Warum?«

»Anthony, vielleicht schockiert Sie das, aber manche Leute meinen, dass Sie etwas mit dem organisierten Verbrechen zu tun haben.«

Er wirkte nicht schockiert, und anscheinend war er auch nicht sauer, dass ich es zur Sprache gebracht hatte.

»John, ich habe fünf saubere Firmen, die ich besitze oder leite. Eine davon, Bell Security Service, kriegt seit dem 11. September ständig Großaufträge. Daher kommt das Geld.« Er beugte sich vor, um zu sagen: »Das ist alles, was Sie wissen müssen, und das ist alles, was es zu wissen gibt.« Er ließ sich wieder zurückfallen. »Für meinen Familiennamen kann ich nichts. Und wenn irgendein Arschloch bei der Zeitung irgendwas über mich sagt, verklag ich ihn nach Strich und Faden.«

Das klang so überzeugend, dass ich bereit war, einen Beitrag an die italo-amerikanische Antidiffamierungsliga zu überweisen. Aber vorher sollte ich mit Felix Mancuso über Anthony Bellarosa sprechen.

Anthony griff in seine Hosentasche und sagte: »Wollen Sie 'ne Karte? Hier ist meine Karte.«

Ich nahm sie und sah, dass es eine Visitenkarte mit der Aufschrift »Bell Enterprises, Inc.« war, dazu eine Adresse in Rego Park, einem Stadtteil von Queens, und eine 718-Vorwahl, die ebenfalls für Queens steht.

»Sehen Sie?«, sagte Anthony. »Ich bin ein ehrlicher Geschäftsmann.«

»Das sehe ich. Hier ist der Beweis.«

Er fand das nicht besonders komisch. »Ich habe meine Handy- und meine Privatnummer hintendrauf geschrieben. Behalten Sie das für sich.«

Zu dem Thema gab es nicht mehr viel zu sagen, aber weil das Essen immer noch nicht angekündigt worden war, setzte ich an: »Anthony ...« Ich habe eine gute und eine schlechte Nachricht. »Ich möchte Ihnen mitteilen, dass –«

Kelly Ann kam aus dem Haus gerannt und rief: »Wir essen in zehn Minuten –« Dann sah sie die Zigarette im Aschenbecher und schrie: »Daddy! Du rauchst! Du wirst sterben!«

Ich persönlich glaubte nicht, dass Daddy lange genug leben würde, um durch Rauchen zu sterben, aber das vertraute ich Kelly Ann nicht an.

Anthony war ertappt, und seine erste Reaktion war, mich vor den Bus zu stoßen. »Mr Sutter raucht, meine Süße. Das ist nicht Daddys Zigarette. Stimmt's, John?«

»Stimmt.« Ich streckte den Arm aus und nahm die Zigarette, aber Kelly Ann war kein Dummkopf und rief: »Lügner, Lügner! Lange Nase, kurzes Bein!« Dann drehte sie sich um und rannte ins Haus, und ich hörte sie schreien: »Mommy! Daddy raucht!«

Anthony nahm mir die Zigarette ab, zog daran, drückte sie dann aus und erklärte: »Diese Scheißlehrer. Sie sagen ihnen, dass Drogen, Alkohol und Rauchen das Gleiche sind. Die machen die Kids irre.«

Ich ging nicht darauf ein, dachte aber, dass der arme Anthony von herrschsüchtigen Schreckschrauben umgeben war – seiner Mutter, seiner Tante, seiner Frau, seiner Tochter und vielleicht sogar einer Geliebten. Es war ein Wunder, dass er nicht schwul geworden war. Aber noch interessanter fand ich, dass er allem Anschein nach daheim nicht viel zu melden hatte, im Gegensatz zu seinem Vater, der unumstrittener *Padrone* von Alhambra gewesen war. Außerdem hatte Anthony nicht die *Testicoli,* seiner sechsjährigen Tochter zu sagen, sie solle *sta' zitto*. Na ja, das ist meine Feststellung – und etwa die Hälfte meiner Italienischkenntnisse. Darüber hinaus dachte ich, dass er möglicherweise ein Leichtgewicht *war* und ich mir nicht allzu viele Sorgen um Susan machen sollte.

Ich stand auf und sagte: »Ich würde gern Ihr Telefon benutzen.«

»Klar.« Anthony ging zu einer Doppeltür auf der anderen Seite des Hauses und riet mir: »Sie müssen sich ein Handy besorgen.«

»Ich lasse einen Vierteldollar neben dem Telefon liegen.«

»Sie waren zu lange weg, lassen Sie 'nen Grünen liegen.« Er öffnete eine der Türen. »Das ist mein Zimmer. Den Weg ins Esszimmer finden Sie schon.«

Ich betrat den dunklen, klimatisierten Raum, und er schloss die Tür hinter mir.

Anthonys Herrenzimmer war sehr maskulin – Mahagoni,

Messing, Leder, eine Bar und ein großer Fernseher –, und ich nahm an, dass er hier Zuflucht suchte, wenn der Östrogenspiegel im übrigen Haus zu hoch anstieg.

Bücherregale säumten die Wände, und ich entdeckte die Sammlung seines Vaters von der La Salle Military Academy. Frank war, wie ich schon sagte, ein großer Fan von Machiavelli gewesen, aber er las auch den heiligen Augustin und den heiligen Ambrosius, damit er sich mit Priestern über Theologie streiten konnte. Ich fragte mich, wo er jetzt war und mit wem er stritt.

Anthony hingegen bevorzugte die Heiden, und ich sah ganze Regale voller Bücher über das römische Reich, wusste aber auch, dass Anthony nicht der erste Mafia-Don war, der sich davon beeindrucken ließ, wie die Römer die Dinge regelten und ihre Probleme beilegten, indem sie ganze Völker kaltmachten. Leider werden Menschen wie Anthony besser ausgebildet, als es ihrer Intelligenz zuträglich ist, und sie werden dadurch noch gefährlicher als, sagen wir mal, Onkel Sal.

Ich fand das Telefon auf dem Schreibtisch und wählte Elizabeths Handynummer. Während es bei ihr klingelte, kamen mir zwei Gedanken: Erstens, dass auf dem Schreibtisch nichts lag, das Anthony mich, seine Frau oder das FBI nicht sehen lassen wollte; und zweitens, dass sein Telefon vermutlich von einer oder mehreren Strafverfolgungsbehörden abgehört wurde, möglicherweise sogar von Anthonys Konkurrenten und vielleicht von Anthony selbst, damit er Megan überwachen konnte. Aber jetzt, im Zeitalter der Handys, war das Anzapfen eines Festnetztelefons nicht so interessant, deshalb machte man sich nicht mehr die Mühe. Nichtsdestotrotz musste ich darauf achten, was ich sagte.

Elizabeths Mailbox teilte mir mit, dass sie den Anruf nicht entgegennehmen könne, und forderte mich auf, nach dem Piepton eine Nachricht zu hinterlassen. »Elizabeth, hier ist John. Tut mir leid, aber ich kann mich um sieben nicht mit dir treffen.« Ich zögerte und sagte dann: »Susan und ich heiraten.« Und schließlich fügte ich hinzu: »Ich hoffe, deine Mutter ruht sich schön aus. Ich melde mich morgen.«

Ich legte auf und rief auf Susans Handy an. Sie meldete sich, und ich sagte: »Hi, ich bin's.«

»John, ich bin froh, dass du anrufst. Wie läuft es?«

»Ganz gut –«

»Hast du ihm gesagt –?«

»Noch nicht, ich kann nicht offen sprechen.«

Sie dachte wahrscheinlich, Anthony wäre in meiner Hörweite, und nicht, dass ich mir wegen einer möglichen Fangschaltung Gedanken machte. Sie sagte: »Tja, lass dir kurz erzählen, was passiert ist. Als ich deine Sachen gepackt habe, hat das Telefon im Pförtnerhaus geklingelt, und ich bin rangegangen.«

»In Ordnung …« Samantha? Elizabeth? Iranische Terroristen?

»Es war Elizabeth, die dich sprechen wollte.«

»Kann gut sein. Ich habe bis heute dort gewohnt.«

»Sie hat gesagt, dass es ihrer Mutter schlechter geht und sie ins Koma gefallen ist.«

»Das tut mir leid, aber wir wussten ja –«

»Und sie kann sich um sieben nicht mit dir treffen.«

»Oh … richtig. Sie wollte mich zum Essen ausführen, um sich bei mir zu bedanken –«

»Das hat sie mir gesagt. Und ich habe die Gelegenheit genutzt und ihr mitgeteilt, dass du und ich wieder zusammen sind.«

»Großartig. Sie hatte gehofft, das wir wieder zusammenkommen.«

»Den Eindruck hatte ich bei unserem kurzen Gespräch nicht. Sie schien überrascht zu sein.«

»Wirklich? Nun ja, ich bin auch überrascht. Na schön, lass mich Anthony kurz beiseite…«

»John, sag ihm einfach, dass du *sofort* aufbrechen musst. Ich habe Elizabeth gesagt, dass wir uns mit ihr im Fair Haven treffen. Du kannst ihn später anrufen und ihm alles erklären.«

»Susan, ich muss das jetzt machen. Persönlich. Ich bin in etwa fünfzehn Minuten dort.«

»In Ordnung. Viel Glück. Ich liebe dich.«

»Ich dich auch.« Ich legte auf und schaute mich noch einmal im Herrenzimmer um. Über dem Kamin hing eine Kopie von Rubens' *Raub der Sabinerinnen*, was meiner Meinung nach mehr über Anthony Bellarosas Kopf als über seinen Kunstgeschmack verriet.

Ich wollte bereits gehen, bemerkte dann aber ein vertrautes Gemälde, das auf einer Staffelei stand. Es war tatsächlich Susans Bild von der Ruine des Palmenhofes von Alhambra. Ich hatte es zum ersten und letzten Mal in meinem Leben im restaurierten Palmenhof von Alhambra gesehen, als Frank Bellarosas Leichnam ein paar Schritte von mir entfernt lag und die Künstlerin höchstpersönlich in Handschellen abgeführt wurde.

Meiner Meinung nach war es eines ihrer besten Bilder. Und als ich es jetzt betrachtete, entsann ich mich auch, dass ich eine Art Analogie zwischen Susans Darstellung von Ruinen und Verfall und ihrem Geisteszustand hergestellt hatte. Heute bin ich mir nicht sicher, ob ich da nicht zu viel hineininterpretiert habe. Aber ich erinnere mich, dass ich mit der Faust die Leinwand durchschlagen habe, sodass sie samt der Staffelei quer durch den Palmenhof flog.

Ich trat näher an das Bild heran und sah, dass derjenige, der das Bild restauriert hatte, hervorragende Arbeit geleistet hatte; es wäre schön, wenn sich das Leben auch so gut restaurieren ließe.

Ich fragte mich, wer die Restaurierung in Auftrag gegeben hatte und warum, und weshalb es hier in Anthony Bellarosas Herrenzimmer stand. Ich sah Susans unverkennbare Signatur in der unteren rechten Ecke, folglich wusste Anthony, wer es gemalt hatte.

Ich könnte lange darüber nachdenken und zahllose stichhaltige und nicht stichhaltige Mutmaßungen darüber anstellen, warum dieses Bild hier war; außerdem könnte ich ihn einfach fragen. Aber dadurch würde nur etwas komplizierter werden, das ganz einfach war; es wurde Zeit, Anthony mitzuteilen, dass ich nicht für ihn arbeiten würde und dass er sich von meiner ehemaligen und künftigen Frau fernhalten sollte.

Als Caesar den Rubikon überschritt, wusste er, dass es kein Zurück gab, und daran dachte ich, als ich einen Brieföffner von Anthonys Schreibtisch nahm, zu dem Gemälde ging und die Leinwand zerschlitzte, bis sie in Fetzen herunterhing. Dann verließ ich das Herrenzimmer und lief den langen Korridor entlang in Richtung der Geräusche, die darauf hindeuteten, dass das Essen serviert wurde.

33

Eine Hälfte des langen Esszimmertisches war für sechs Personen gedeckt, und auf dem Tisch standen Platten mit gemischten Antipasti, dazu ein Laib italienisches Brot und eine Flasche Rotwein.

Anthony saß am Kopfende, Megan rechts von ihm und seine Mutter zur Linken. Die Kinder saßen neben ihrer Mutter. Als ich eintrat, nahm sich Anna gerade Salami und Käse. »Setzen Sie sich«, sagte sie zu mir. »Hierher. Neben mich.«

»Ich bitte um Entschuldigung, aber ich muss gehen.«

Anna hörte auf, sich zu bedienen, und fragte: »Gehen? Wohin?«

Ich erklärte es allen: »Ethel Allard, die Frau, die im Pförtnerhaus wohnt, liegt im Hospiz, und sie ist ins Koma gefallen.«

»Das ist sehr schade«, sagte Anthony.

»Ich bitte um Entschuldigung, aber ich muss dort sein, für den Fall« – ich warf einen kurzen Blick auf die Kinder – »für den Fall, dass sie heute Nacht verscheidet.«

Anna bekreuzigte sich, aber sonst niemand, obwohl auch ich kurz daran dachte.

»Was ist Koma?«, fragte der kleine Frank.

Anthony war jetzt aufgestanden und sagte zu mir: »Klar. Kein Problem. Wir machen das noch mal.«

Megan erhob sich ebenfalls und sagte: »Geben Sie uns Bescheid, wie es weitergeht.«

»Was passiert, wenn man ins Koma fällt?«, fragte Kelly Ann in den Raum hinein.

»Ich packe Ihnen etwas zu essen ein«, bot Anna an.

»Das ist sehr nett von Ihnen, aber ich muss mich beeilen.« Ich warf einen Blick zu Anthony und nickte zur Tür hin. Er sagte: »Ich bring Sie raus.«

Ich umarmte Anna kurz, wünschte allen ein angenehmes Mahl und folgte Anthony in den Vorsaal.

»Sagen Sie mir Bescheid, wenn Sie wissen, wie es läuft«, sagte er. »Und wenn Gotti abtritt, erfahren Sie es in den Nachrichten. Wenn all das erledigt ist, kommen wir zusammen.«

»Lassen Sie uns rausgehen«, sagte ich zu ihm.

Er schaute mich an, warf einen Blick zurück ins Esszimmer und rief: »Fangt schon mal an.« Draußen nutzte er die Gelegenheit, um sich eine Zigarette anzuzünden, und fragte: »Was gibt's?«

»Susan und ich haben beschlossen, wieder zusammenzuziehen.«

»Hä?«

»Susan. Meine Exfrau. Wir ziehen wieder zusammen.«

Er dachte einen Moment lang darüber nach. »Und das sagen Sie mir *jetzt*?«

»Wann wollten Sie es denn erfahren?«

»Gestern.«

»Gestern wusste ich es noch nicht. Und was hätte das für Sie geändert?«

Er antwortete indirekt. »Wissen Sie, ich habe nie begriffen, wie jemand eine Frau zurücknehmen kann, die ihn betrogen hat. Mit so 'nem Typ komm ich nicht klar.«

Ich hätte ihm erklären können, dass er mich kreuzweise könne, aber dann wäre das Gespräch beendet gewesen, und ich war noch nicht fertig. Also sagte ich: »Ich kann nur hoffen, dass Sie niemals herausfinden müssen, was Sie tun würden.«

Das ärgerte ihn, und er erklärte mir: »Hey, ich *weiß*, was *ich* machen würde, aber Sie können verdammt noch mal machen, was Sie wollen.«

»Danke. Das habe ich bereits getan.«

»Ich dachte, Sie wären ein cleverer Typ, John. Ein Typ, der eine gewisse Selbstachtung hat.«

Ich hatte nicht vor, mich von ihm ködern zu lassen, und ich musste auch nicht darauf eingehen, aber ich sagte trotzdem: »Das geht Sie nichts an.«

»Ich glaube, doch«, erwiderte er. »Ich glaube, das ändert vielleicht alles zwischen uns.«

»Zwischen uns war nie irgendetwas.«

»Was soll diese Scheißtour. Wir hatten eine Abmachung, und das wissen Sie auch.«

»Hatten wir nicht, aber wenn Sie meinen, es sei so, dann ist die Abmachung geplatzt.«

»Yeah. Wenn Sie zu ihr zurückgehen, ist die Abmachung endgültig geplatzt. Aber … wenn Sie Ihre Meinung ändern, was sie angeht, dann können wir miteinander reden.«

»Ich werde meine Meinung nicht ändern, aber Sie sollten das tun.«

»Was soll das heißen?«

»Sie wissen, was ich damit meine.«

»Ach ja. Haben Sie's immer noch damit? Kommen Sie, John. Ich habe Ihnen doch erklärt, wenn das ein Problem wäre, wär's längst erledigt. Steigern Sie sich nicht rein. Heiraten Sie sie. Führen Sie ein glückliches Leben.«

Er wusste, dass er nichts sagen durfte, was ich bei der Polizei gegen ihn vorbringen konnte, und deshalb wollte er mich beruhigen. »Frauen, Kinder und Schwachsinnige bleiben ungeschoren. Verstanden? Es gibt Regeln.«

Ich erinnerte ihn: »Jemand hat versucht, Ihren Vater vor den

Augen Ihrer Mutter umzubringen, die ebenfalls verletzt oder getötet hätte werden können. Hat da jemand die Regeln vergessen?«

Er starrte mich eine Zeitlang an, bevor er sagte: »Das geht Sie nichts an.«

»Entschuldigen Sie, Anthony. Ich stand zwei Schritte neben Ihrem Vater, als mir die Schrotkugeln am Gesicht vorbeiflogen. Seither geht es mich etwas an.«

Er dachte darüber nach, dann sagte er: »Es geht Sie trotzdem nichts an.«

»Na schön. Lassen Sie sich nicht vom Essen abhalten. Danke für Ihre Gastfreundschaft. Sie haben eine nette Familie. Vor allem Ihren Onkel Sal mag ich. Und damit es keine Missverständnisse in Bezug auf Susan Sutter gibt, teile ich Ihnen hiermit als ihr Anwalt mit, dass ich Susan veranlassen werde, eine eidesstattliche Anzeige bei der Polizei einzureichen, dass ich mir hinsichtlich Ihrer Absichten Sorgen um ihre Sicherheit mache. Wenn ihr also irgendetwas zustoßen sollte, wird die Polizei wissen, mit wem sie reden muss. *Capisce?*«

Ich rechnete damit, dass er total durchdrehte, aber er stand bloß da und starrte an mir vorbei. Deshalb sagte ich: »Einen schönen Tag noch«, drehte mich um und wollte quer über seinen Rasen gehen.

»John.«

Ich drehte mich um und erwartete fast, eine Knarre zu sehen, aber stattdessen kam er auf mich zu, blieb stehen und sagte mit beschwichtigendem Tonfall: »Hey, John, Sie müssen mich nicht bei der Polizei anzeigen. Wir sind Männer. Wir können reden.«

»Wir haben geredet.«

»Ich dachte, Sie verstehen, was ich sagen will. In Bezug auf das, was Sie für meinen Vater getan haben. Ich habe Ihnen an dem Abend, an dem ich vorbeigeschaut habe, erklärt, dass ich Ihnen einen Gefallen schulde, weil Sie ihm das Leben gerettet haben. Und Sie haben etwas über Ihre Frau geäußert. Erinnern Sie sich? Ich war mir nicht sicher, was Sie wollten, aber jetzt begreif ich's. Das war sowieso nie ein Problem. Aber wenn Sie meinen, es wäre eins, und wenn das der Gefallen ist, den Sie wollen, dann tu ich Ihnen den. Ich schwöre das beim Grab meines Vaters.«

Damit hätte die Sache zu Ende sein sollen, aber nur, wenn ich ihm traute, und das tat ich nicht. Wenn ich zwischen einer eidesstattlichen Anzeige bei der Polizei und Anthony Bellarosas Ehrenwort wählen könnte, würde ich mein ganzes Geld sowie mein und Susans Leben auf die eidesstattliche Anzeige setzen. Und auf die Schrotflinte.

Anthony wartete auf eine Antwort. Als keine kam, sagte er: »Schwamm drüber. Wir gehen getrennte Wege, und Sie machen sich keine Gedanken mehr. Wir sind quitt.«

Ich wollte nicht, dass Anthony Bellarosa dachte, er täte mir einen Gefallen, selbst wenn wir beide wussten, dass er log, deshalb erklärte ich ihm: »Ihr Vater hat mir bereits vergolten, dass ich ihm das Leben gerettet habe. Sie schulden mir also gar nichts.«

Das schien ihn zu überraschen. »So? Sie meinen, er hat sich bereits revanchiert? Gut. Dann revanchiere *ich* mich noch mal.«

»Ich möchte nicht, dass Sie mir einen Gefallen tun.«

»Tatsächlich?« Er wurde jetzt sichtlich wütend und ungehalten, weil ich seine guten Wünsche für ein glückliches, sorgenfreies Leben und sein Versprechen, Susan nicht umzubringen, nicht annehmen wollte. Deshalb sagte er: »Sie sind ein Arschloch. Verschwinden Sie von hier.«

Das brachte mich auf die Palme. Ich trat näher zu ihm, bis wir nur mehr knapp zwei Schritte voneinander entfernt waren.

»Yeah? *Was* ist?«

»Ihr Vater, Anthony, war in meine Frau verliebt, und sie war in ihn verliebt, und sie waren bereit, zusammen durchzubrennen und Sie, Ihre Brüder und Ihre Mutter zu verlassen –«

»*Verflucht* noch mal, was reden Sie da?«

»Aber er verdankte mir sein Leben, deshalb –«

»Er hat mir ihr *gefickt*. Das war alles, was er gemacht hat. Aus Jux und Tollerei mit Ihrer Frau zu ficken.«

»Deshalb habe ich ihn gebeten, ihr zu sagen, dass es aus wäre und er sie nie geliebt habe –«

»Sie sind ein Scheißkerl.«

»Und das hat er für mich getan, und Susan, die in ihn verliebt war, ist leider ausgerastet und –«

»Haun Sie ab, verflucht noch mal.«

»Anthony, *deswegen* hat sie ihn umgebracht. Sie hat ihn geliebt, und er hat sie geliebt, und er hat sein Versprechen gebrochen, sie im Zuge des Zeugenschutzprogramms nach Italien mitzunehmen.«

»Woher, verflucht noch mal, wollen Sie wissen –?«

»Er war ein Zeuge der Regierung, Anthony, das wissen Sie genauso gut wie ich. Schlagen Sie's online nach. Dort steht alles.« Weil er nicht darauf einging, schloss ich: »Sie wollten von mir die Wahrheit über Ihren Vater erfahren, und die habe ich Ihnen gerade gesagt.«

Er stieß mir regelrecht die Nase ins Gesicht und sprach langsam und bedächtig. »Das ändert gar nichts an dem, was Ihre Frau gemacht hat. Bloß damit Sie's wissen.«

Ich legte ihm die Hand auf die Brust und stieß ihn zurück und war auf alles gefasst, was er unternehmen könnte, aber er stand nur da und starrte mich an. »Das klingt wie eine Drohung«, sagte ich. »Ist das eine Drohung?«

Er hätte einen Rückzieher machen sollen, aber ich hatte einen wunden Punkt getroffen, und er sagte: »Fassen Sie's auf, wie Sie wollen.«

»Ich fasse es als Drohung auf. Und die Polizei wird es auch so sehen.«

Er erwiderte nichts, deshalb kehrte ich ihm den Rücken zu und ging zu meinem Auto.

Er rief mir hinterher: »Sie glauben, Typen wie Sie müssten sich wegen Typen wie mir keine Gedanken machen. Tja, Anwalt, da irren Sie sich.«

Ich war froh, dass er das Prinzip begriff, war mir aber nicht sicher, ob er, so wie sein Vater, schlau oder cool genug war, um zu wissen, wann er den Mund halten, einen Schlag wegstecken und weitermachen musste. Oder ob er vielleicht dachte, nachdem er Susan in meinem Beisein gedroht und anschließend auch mir gedroht hatte, müsste er uns beide loswerden.

Ich stieg in mein Auto, und als ich wegfuhr, sah ich, dass er immer noch im Vorgarten stand und mir nachschaute.

Ich verließ die Alhambra-Anlagen.

Jetzt, dachte ich, musste ich Susan nicht mehr aus der Ferne beschützen; wir waren wieder beisammen, und Anthony und ich waren ebenfalls da, wo wir hingehörten: Nase an Nase und mit offenen Karten.

Ich hielt am Ende der Asphaltpiste, blickte zu der Stelle, wo Alhambra gestanden hatte, und dachte an die Bibliothek, in der Frank Bellarosa und ich mit Zigarren und Grappa gesessen und über Machiavelli und die Mordanklage geredet hatten, die er erwartete. Und ehe ich mich's versah, hatte ich zur Familie gehört. Nun ja, diesmal wiederholte sich die Geschichte nicht, aber sie war immer noch am Drücker.

Als ich Frank zum letzten Mal gesehen hatte, lag er, wie schon gesagt, halbnackt und tot auf dem Boden des Palmenhofes, unter dem Mezzanin vor seinem Schlafzimmer. Ich schaute zu der Stelle, wo der Palmenhof meiner Meinung nach gewesen war und wo jetzt eine lange, asphaltierte Zufahrt zu der Garage einer kleinen Villa führte, und konnte ihn regelrecht dort liegen sehen.

Ich blickte mich ein letztes Mal um, wusste, dass ich wahrscheinlich nie wieder den Grund und Boden von Alhambra betreten würde, und fuhr dann weiter, am Schilderhaus vorbei, bog nach rechts auf die Grace Lane und legte die vierhundert Meter zum Gästehaus von Stanhope Hall zurück.

34

Ich fuhr durch das offene Tor von Stanhope Hall, am Pförtnerhaus vorbei und über die von Bäumen gesäumte Zufahrt zum Gästehaus, wo ich neben Susans Lexus parkte.

Ich stieg aus und ging zur Haustür. Susan hatte früher nie abgeschlossen und machte es auch jetzt nicht, deshalb öffnete ich die Tür, ging in den Vorsaal und rief wie früher: »Meine Süße, ich bin daheim!«

Keine Antwort. Ich ging in die Küche und sah sie auf dem hinteren Patio auf einer Chaiselongue sitzen und eine Zeitschrift lesen. Ich trat hinaus, worauf sie rasch aufstand, mir entgegenlief, die Arme um mich schlang und sagte: »Oh, ich bin so froh, dass du wieder daheim bist.« Sie gab mir einen Kuss und fragte: »Hast du es ihm gesagt?«

»Ja.«

»Und?«

»Na ja, wie erwartet, hat er die Nachricht von unserer Wiedervereinigung nicht gut aufgenommen.«

»Warum hast du ihm das überhaupt gesagt? Das geht ihn nichts an. Du musstest ihm doch lediglich klarmachen, dass du nicht für ihn zu arbeiten gedenkst.«

»Stimmt, und normalerweise würde ich einem Mafia-Don meine Verlobung auch nicht bekanntgeben, aber ich wollte ihm klarmachen, dass wir wieder zusammen sind und du nicht allein bist.«

Sie dachte darüber nach. »Na schön … aber ich meine nach wie vor, dass du überreagierst.«

Das würde sie nicht meinen, wenn sie mit mir und Anthony Bellarosa in dessen Vorgarten gestanden hätte, aber ich wollte sie nicht beunruhigen, deshalb sagte ich: »Ich glaube nicht, dass es irgendwelche Probleme geben wird … aber morgen fahren du und ich zum hiesigen Polizeirevier, und du musst eine eidesstattliche Anzeige gegen Anthony Bellarosa erstatten, damit –«

»John, das ist nicht nötig. Das könnte ihn sogar dazu bringen –«

»Susan. Wir machen es auf meine Weise, und ich will keine Widerworte hören. Ich möchte ihm klarmachen, dass die Polizei über die Sache Bescheid weiß. Verstanden?«

Sie schaute mich an, und ich merkte, dass sie trotz meines sachlichen Tonfalls erkannte, dass ich mir Sorgen machte. »In Ordnung«, sagte sie. Dann wechselte sie das Thema und fragte: »Hast du Anna gesehen?«

»Ja.«

»Wie war sie? Freundlich?«

»Das war sie.« Aber sie hat dir keine Grüße ausrichten lassen.

»Wie ist seine Frau?«

»Sie wirkt ganz nett.«

Ich entsann mich, dass ich früher jedes Mal, wenn ich irgendwo ohne Susan gewesen war, einem Kreuzverhör unterzogen wurde, das alles übertraf, was ich je mit einem Zeugen gemacht hatte. Ich brauchte wirklich einen Drink, deshalb sagte ich: »Ich glaube, es ist Cocktailzeit.«

»Wie sieht seine Frau aus?«

»Ach … sie ist ziemlich hübsch. Aber nicht sehr kultiviert.«

»Wer war sonst noch da?«

»Salvatore D'Alessio. Onkel Sal. Und seine Frau Marie. Bist du Ihnen mal begegnet?«

»Nein. Wie sollte ich …« Dann fiel ihr offenbar ein, dass sie häufig zu Besuch in Alhambra gewesen war, und sie dachte einen Moment lang über die Dinge nach, die sie zehn Jahre lang versucht hatte zu vergessen, bis sie schließlich erwiderte: »Genau genommen ja. Ich bin ihnen begegnet. Als ich im Haus war.« Sie erklärte: »Ich habe im Palmenhof gemalt.« Damit wollte sie es auf sich beruhen lassen, spürte aber wohl, dass sie mir alles anvertrauen sollte, und fuhr fort: »Sie haben vorbeigeschaut, und Anna hat sie mir vorgestellt, aber wir haben nicht miteinander gesprochen. Er war ein furchteinflößender Mann.«

»Ist er immer noch.«

»Ich hole dir einen Drink«, sagte Susan. »Was möchtest du?«

»Einen Pink Squirrel.«

»Wie macht man den?«

»Gieß vier Unzen Scotch in ein Glas und gib Eiswürfel dazu.«

»In Ordnung … bin gleich wieder da.«

Sie ging hinein, und ich dachte über Susans Begegnung mit Salvatore D'Alessio nach und fragte mich, ob ihr jemals der Gedanke gekommen war, dass sie sich in eine Welt begeben hatte, in der sie nichts zu melden hatte und nicht Lady Stanhope war. Eigentlich war sie nichts weiter als die Geliebte des Dons, und das war mit keinem großen Prestige verbunden. Es war unglaublich, wenn man bedachte – und das hatte ich –, dass sich Susan Stanhope, die ein derart behütetes und privilegiertes Leben geführt hatte und hochnäsig war, so weit herabließ und zum Sexspielzeug eines mächtigen, aber ungehobelten Mannes wurde. Nun gut, die Geschichte wimmelt von edlen Damen, die das getan haben – die Gemahlin eines römischen Kaisers wurde nachts zur Prostituierten –, und ich nehme an, ein klinischer Psychologe hätte angesichts dieser interessanten Dichotomie einen Freudentag gehabt. Vielleicht wollte Susan es Mommy und Daddy heimzahlen. Vielleicht hatte ich vergessen, ihr ein Kompliment zu einem neuen Kleid zu machen. Oder aber, und das war am wahrscheinlichsten, sie hatte keine Ahnung, warum sie sich einen Kriminellen als Liebhaber nahm. Der Verstand ist, wie man so schön sagt, das stärkste Aphrodisiakum, und niemand weiß, wie er funktioniert.

Susan kehrte mit einem Tablett zurück, auf dem ein Glas Weißwein und mein Scotch standen. Sie stellte das Tablett auf den Tisch, wir hoben unsere Gläser, stießen an, und sie sagte: »Auf uns.«

Ich fügte hinzu: »Zusammen, auf ewig.«

Ich trank einen Schluck Scotch, und Susan erklärte mir: »Das ist dein Scotch. Ich habe ihn, seit … ich umgezogen bin.«

Ich nehme an, weder einer ihrer Freunde noch ihr verstorbener Gatte trank Scotch. Oder sie erzählte mir eine kleine Notlüge, damit ich den Eindruck gewann, die letzten zehn Jahre wären nur ein kleiner Misthaufen auf dem Weg zum lebenslangen Glück gewesen. Nichtsdestotrotz sagte ich: »Ist durch das Altern besser geworden.« Ich wollte noch hinzufügen: »Du ebenfalls«, aber bei Frauen muss man mit solchen Komplimenten vorsichtig sein.

»Inwiefern unterscheidet sich ein Pink Squirrel von Scotch on the rocks?«, fragte sie.

»Hauptsächlich durch die Schreibweise.«

Sie lächelte. »Es wird eine Weile dauern, bis ich mich wieder an deinen infantilen Humor gewöhnt habe.«

»Infantil? Ich werde dir –«

Sie küsste mich auf den Mund und sagte: »Herrgott, habe ich dich vermisst. Ich habe alles an dir vermisst.«

»Ich auch.«

Und so standen wir da, hielten Händchen, schauten auf den

sonnigen Garten und tranken. Irgendwann fragte sie mich: »Wie war ihr Haus?«

»Nicht übel, aber ich habe nicht beim Maklerbüro vorbeigeschaut.« Um auf ein vorheriges Thema zurückzukommen, fragte ich: »Hast du gewusst, dass Salvatore D'Alessio als Hauptverdächtiger bei dem Vorfall vor Giulio's galt?«

Sie warf mir einen kurzen Blick zu. »Nein. Du meinst … sein eigener Schwager?«

»Ganz recht. Du hast nie davon gehört?«

»Wo hätte ich das hören sollen?«

Nun ja, vom Betroffenen, dem Opfer in spe, deinem Geliebten. Aber ich erwiderte: »Aus der Zeitung.«

Sie antwortete ein paar Sekunden lang nicht, dann sagte sie: »Ich habe die Nachrichten nicht verfolgt.«

»Okay.« Ich meine mich sogar zu erinnern, dass sie ein paar Wochen später nicht einmal die größere Geschichte über Susan Stanhope verfolgt hatte – und das nicht etwa, weil sie es nicht ertragen konnte, darüber zu lesen; es lag eher an Susans grundsätzlichem Desinteresse und ihrer Abscheu gegenüber Nachrichten. Ihr Motto war die berühmte Feststellung, dass man, wenn man über *ein* Eisenbahnunglück gelesen hat, über alle Bescheid weiß. Wenn man natürlich bei einem Eisenbahnunglück dabei war, könnte man es interessant finden, etwas über dieses spezielle zu lesen. Ihr mangelndes Interesse an Nachrichten hing mit ihrer Herkunft aus einer Gesellschaftsschicht zusammen, in der man glaubte, der Name einer Frau sollte nur dann in den Zeitungen erscheinen, wenn sie geboren wurde, heiratete oder starb. Folglich blieb damit nicht viel Platz für Geschichten über den Mord am Geliebten übrig. Auf jeden Fall glaubte ich ihr, wenn sie sagte, sie hätte keine Ahnung, dass Salvatore D'Alessio der Mann gewesen war, der uns in Little Italy den Abend verdorben hatte. Auch ich hatte es ihr gegenüber niemals erwähnt.

»Wieso hast du das zur Sprache gebracht?«, fragte sie.

»Weil ich glaube, dass … Anthony Bellarosa seinem Onkel möglicherweise Übles will. Umgekehrt könnte es sein, dass sein Onkel mit Anthony das zu Ende bringen will, was er mit Frank vor Giulio's angefangen hat.«

Eine Zeitlang schwieg sie, dann stellte sie fest: »Aber sie … sie haben zusammen gegessen.«

»Nun ja, die D'Alessios sind nicht bis zum Essen geblieben, aber ich bin mir sicher, dass sie irgendwann schon mal gemeinsam gespeist haben.« Ich erklärte es mit Frank Bellarosas eigenen Worten: »Das eine hat mit dem andern nichts zu tun.«

»Na ja, aber natürlich, John. Wenn dieser Mann versucht hat –«

»Susan, *versuch* nicht mal, es zu verstehen.« Ich dachte daran, ihr als Beispiel einen von mir in Auftrag gegebenen Mord an ihrem Vater zu nennen, aber das wäre eher eine Phantasievorstellung als eine gute Analogie, deshalb sagte ich: »Meiner Meinung nach sieht es so aus, dass diese … Vendetta zehn Jahre lang geruht hat und sich möglicherweise bald zuspitzt. Folglich könnte Anthony eine Weile schwer beschäftigt sein, indem er versucht, am Leben zu bleiben, und gleichzeitig Pläne schmiedet, um seinen Onkel daran zu hindern.« Susan ging nicht darauf ein, deshalb schloss ich: »Zumindest glaube ich das.«

Sie starrte auf den Rosengarten und sagte: »Das ist unglaublich.«

»Ich wollte dir nur klarmachen, was geschehen kann.« Und dich ein bisschen wachrütteln. »Aber das betrifft uns nur insofern, als Anthony womöglich nicht mehr lange nebenan lebt.« Oder überhaupt noch lebt. »Damit ist das Thema beendet. Irgendwas Neues über Ethel?«

»Nein … John, was genau hast du zu Anthony gesagt, und was hat er zu dir gesagt?«

»Das erzähle ich dir beim Abendessen.«

»In Ordnung …«

»Was gibt's zum Essen?«

»Ich habe meine Spezialität gemacht«, teilte sie mir mit. »Eine Reservierung.«

»Klasse. Wann?«

»Um sieben.«

»Und wohin gehen wir?«

»Ich dachte, du würdest vielleicht gern im Seawanhaka essen. Der alten Zeiten wegen.«

Ich dachte über meinen ehemaligen Yachtclub nach und hatte, ehrlich gesagt, gemischte Gefühle. Andererseits waren mit dem Club schöne Erinnerungen verbunden – Partys, Hochzeitsfeiern, das alljährliche Grillfest am vierten Juli draußen auf dem Rasen, mit Blick auf Oyster Bay Harbor, und außerdem hatten Susan und ich uns dort anlässlich der Gast'schen Hochzeit kennengelernt. Und dann waren da noch die höchst angenehmen Erinnerungen an großartige Segeltörns mit meiner zehn Meter langen Morgan, der ursprünglichen *Paumanok,* an der ich so hing, dass ich sie lieber in der Bucht versenkte, als sie vom IRS wegen Steuerschulden beschlagnahmen zu lassen. Außer diesem letzten Törn mit der *Paumanok* waren keine schlechten Erinnerungen mit dem Yachtclub verbunden, aber ich wusste nicht, ob ich noch mal dorthin wollte; ich wollte es so lassen, wie es war.

»John? Ist dir das recht?«

»Vielleicht ein andermal.«

»Jetzt ist der richtige Zeitpunkt. Ich möchte, dass wir uns bis ans Ende unseres Lebens an diesen Tag erinnern, und ich möchte, dass wir bei Sonnenuntergang auf der hinteren Terrasse sitzen und einen Drink in unseren Händen halten, wenn er zu Ende geht.«

»Na schön … aber wenn jemand zu mir sagt: ›John, ich bin überrascht, dich hier zu sehen, nachdem du dein Leben ruiniert hast und davongelaufen bist‹, kriegt er meine Faust zu spüren.«

Susan lachte. »Wenn das irgendjemand sagt, verprügeln wir ihn zusammen.«

»Abgemacht«, sagte ich. »Nun ja, ich muss mich frisch machen.«

»Ich habe deine Sachen ausgepackt und deine Wäsche für die Putzfrau beiseitegelegt. Du musst morgen zur Reinigung gehen.« Dann stellte sie fest: »Du hast nicht genügend Sachen mit.«

»Danke.«

»Ich lasse Sophie – das ist meine Putzfrau, sie ist Polin, spricht aber gut Englisch –, ich lasse sie deinen schwarzen Anzug bügeln. Du wirst ihn bald brauchen.«

»Danke.« Ich war erleichtert, dass Susan in den letzten zehn Jahren nicht gelernt hatte, zu waschen oder zu bügeln; das hätte mein Bild von ihr zerstört.

»Aber zuerst müssen wir beim Fair Haven vorbeischauen«, erinnerte sie mich.

»In Ordnung.«

»Ich würde Elizabeth ja einladen, mit uns zu essen, aber ich bin mir nicht sicher, ob sie nicht weiter am Bett ihrer Mutter wachen will, und außerdem ist das unser erster gemeinsamer Abend.«

»Ja, natürlich.«

»Ich habe sie ganz unverblümt gefragt, ob letzte Nacht irgendetwas zwischen euch beiden gelaufen ist.«

»Und jetzt weißt du, dass sich nichts getan hat. Ich bin enttäuscht, dass du mir nicht geglaubt hast, und ich bin offen gestanden überrascht, dass du ihr diese Frage gestellt hast, aber –«

»Ich habe sie nicht gefragt, John.«

»Oh …«

»Wie kannst du nur ernsthaft glauben, ich hätte sie gefragt!«

»Was weiß ich?« – Über Frauen, sollte das heißen.

»Aber sie wollte mir erklären, weshalb sie über Nacht geblieben ist, und ich habe ihr versichert, du hättest das bereits angesprochen.«

»Gut. Dann wäre das also erledigt. Wieder mal.« Ich warf einen Blick auf meine Uhr und sagte: »Ich brauche nicht lange.«

»Ich komme mit dir hoch.«

Wir gingen ins Haus und stiegen die Treppe nach oben. Wir putzten uns am gleichen Waschbecken die Zähne, wie wir es so oft getan hatten, und Susan trug ihr Make-up auf, während ich mir die Casa Bellarosa von Händen und Gesicht wusch.

Ich fand ein halbwegs sauberes Hemd, das in meinem alten Kleiderschrank hing, und Susan schlüpfte in ein hübsches weißes Sommerkleid, das gut zu ihrer Bräune passte.

Ich dachte früher immer, dass Susan zu viel Zeit zum Fertigmachen brauchte, aber nachdem ich zehn Jahre lang auf andere Frauen gewartet hatte, war mir klargeworden, dass sie vergleichsweise flott war. Sie *ist* von Natur aus schön und steht nicht ewig vor dem Spiegel oder in ihrer Kleiderkammer. Mir kam der Gedanke, dass ich ihr diesmal mehr Wertschätzung zukommen lassen sollte. Zumindest in den ersten paar Wochen.

Sie war sogar zuerst fertig und fragte: »Bist du so weit?«

»Ich finde meinen Kamm nicht.«

»Er steckt in deiner Jacke, wie immer.«

Ich sah nach, und selbstverständlich war er da.

Und so gingen wir hinunter, verließen das Haus, und sie gab mir einen Schlüsselbund und sagte: »Das sind deine.«

»Danke.«

Ich schloss die Haustür ab, und sie bemerkte es, gab aber keinen Kommentar dazu ab.

Wir nahmen ihren Lexus, und ich fuhr. Als wir am Pförtnerhaus vorbeikamen, sagte Susan: »Ich habe Soheila angerufen, nur aus Höflichkeit, und ihr gesagt, dass du bei mir eingezogen bist.«

»Hat sie gesagt, du wärst eine gefallene Frau?«

»Nein, John. Sie hat mir viel Glück gewünscht.«

»Das ist nett, aber ich werde wieder ins Pförtnerhaus ziehen, wenn deine Eltern kommen.«

»Nein. Wenn es ihnen nicht passt, können *sie* sich eine andere Unterkunft suchen.«

»Ich möchte nicht, dass es meinetwegen zu einer Verstimmung zwischen dir und deinen Eltern kommt.«

Dazu fiel ihr keine Antwort ein, deshalb sagte sie: »Ich habe meinen Eltern und den Kindern gemailt, dass Ethel ins Koma gefallen ist.«

»In Ordnung.«

Ich stieß auf die Grace Lane und fuhr in Richtung Hospiz.

Susan drückte auf die CD-Taste, und Bobby Darin sang »Beyond the Sea«.

Wir fuhren schweigend und hörten der Musik zu.

Es waren nur noch elf Tage bis zur Sommersonnenwende, dem längsten Tag des Jahres, und die Sonne stand noch hoch am Horizont, die idyllische Landschaft war in den typischen sommerlichen Spätnachmittagssonnenschein getaucht, und eine angenehme Brise wehte vom Sund her.

Dies war der schönste und der schlimmste aller Tage gewesen. Aber wenn man alles gegeneinander abwog, war mehr Gutes als Schlechtes passiert. Es sei denn natürlich, man war Ethel Allard beziehungsweise Anthony Bellarosa. Aber für Susan und mich war es ein sehr guter Tag gewesen.

35

Susan rief Elizabeth per Handy an, daher wussten wir, dass sich Ethels Zustand nicht verändert hatte, als wir zum Fair Haven kamen. Elizabeth nahm uns im Foyer in Empfang. Sie trug ein hübsches blaues Leinenkostüm, das sie möglicherweise bereits in der Kirche angehabt hatte, nachdem sie den Anruf wegen ihrer Mutter erhalten hatte.

Wir umarmten und küssten uns, und Susan und ich drückten unser Bedauern über die jüngste Entwicklung der Dinge aus. Elizabeth wirkte gefasst und etwas philosophisch, was das bevorstehende Ableben ihrer Mutter anging, mit dem, wie sie uns mitteilte, nach Aussage von Dr. Watral wahrscheinlich innerhalb der nächsten achtundvierzig Stunden zu rechnen sei.

Ich hatte den Eindruck, dass Elizabeth zu Susan freundlicher war als zu mir, genau genommen sprach sie kaum mit mir. Nun ja, ich konnte das verstehen; wir hatten angenehme und sogar intime Stunden miteinander verbracht, und wir waren beide einsame Menschen gewesen, die dachten, dies wäre vielleicht der Anfang von etwas. Und dann kam das Schicksal dazwischen und richtete das Dreiecksverhältnis neu aus.

»Möchtet ihr sie sehen?«, fragte uns Elizabeth.

»Natürlich«, erwiderte Susan.

Wir fuhren mit dem Aufzug zu Ethels Zimmer hinauf, in dem eine Schwester auf einem Stuhl in der Ecke saß und einen Liebesroman las. Ethel war an ein paar mehr Schläuche angeschlossen als beim letzten Mal, wirkte jedoch friedlich.

Die Jalousien waren heruntergezogen, und im Zimmer war es dunkel, von der Leselampe der Schwester und der indirekten Beleuchtung über Ethels Bett einmal abgesehen.

Elizabeth sagte zu uns: »Der Arzt hat mir versichert, dass sie keine Schmerzen hat, und sie wirkt so friedlich.«

Susan ging zu Ethels Bett und beugte sich zu ihrem Gesicht hinab. »Gott schütze Sie, Ethel, und eine sichere Heimreise«, flüsterte sie. Sie küsste Ethel auf die Wange. »Danke für die heiße Schokolade und die Plätzchen.«

Ich atmete tief durch, trat an Ethels Bett, nahm ihre Hand und sagte: »Bestellen Sie George schöne Grüße von mir, wenn Sie ihn sehen.« Und Augustus ebenfalls. »Susan und ich sind wieder beisammen.« Ich wusste, dass sie tief im Koma lag, aber ich meinte zu spüren, wie sie meine Hand drückte. Ich küsste sie und sagte: »Wiedersehen.«

Nun ja, danach gab es nicht mehr viel zu sagen, daher gingen wir alle drei auf den Flur, und Elizabeth sagte zu uns: »Danke, dass ihr vorbeigekommen seid.«

Susan, die möglicherweise leichte Gewissensbisse hatte und wusste, dass Elizabeth nicht vom Bett ihrer Mutter weichen würde, erklärte: »Wir gehen im Seawanhaka essen. Wieso kommst du nicht mit?«

Elizabeth lächelte. »Das ist lieb von euch, aber ich muss hierbleiben. Ich habe ein paar Leute angerufen, die gesagt haben, dass sie vorbeikommen wollen.« Sie wandte sich an mich: »Deine Mutter kommt bald, falls du auf sie warten willst.«

Wollte ich nicht, deshalb erwiderte ich: »Würde ich ja, aber meine Mutter verliert oft jedes Zeitgefühl.« Wenigstens dachte ich daran, zu sagen: »Bestell ihr bitte, es tut mir leid, dass ich sie verpasst habe.«

Ich dachte schon, Susan wollte mir widersprechen, aber sie schwieg.

Ich wollte nicht länger bleiben und möglicherweise Harriet, Reverend Hunnings oder irgendjemand anders über den Weg laufen, den ich nicht sehen wollte, fand aber, dass ich Elizabeth noch etwas sagen musste. »Ich bin aus dem Pförtnerhaus ausgezogen.«

Sie nickte. »Ich weiß.«

»Du kannst also jederzeit ins Haus und dafür sorgen, dass die Möbel und persönlichen Gegenstände abgeholt werden. Ich spreche mit Nasim, damit er dir die entsprechende Zeit lässt, das Haus zu räumen.«

Sie nickte wieder, schaute mich an und sagte: »Danke. Und außerdem danke ich dir für alles, was du getan hast, John.«

Wir sahen uns kurz in die Augen.

»Ich kümmere mich um alles, was erledigt werden muss, und wenn du irgendetwas brauchst, ruf mich an.«

Susan fügte hinzu: »Ruf mich über Handy oder daheim an, dann reiche ich die Nachricht an John weiter. Und sag uns bitte Bescheid, wenn Ethel einschläft.«

»Mach ich.« Dann schaute sie uns an und sagte: »Ich freue mich sehr für euch beide.«

Ich war mir sicher, dass sie es genauso aufrichtig meinte wie Susan, als sie sie zum Essen eingeladen hatte.

Wir umarmten und küssten uns wieder, dann kehrte Elizabeth ins Zimmer zurück, um weiter am Sterbebett zu wachen, und Susan und ich fuhren hinab ins Foyer.

Auf dem Weg zum Parkplatz fragte Susan: »Bist du dir sicher, dass du nicht auf deine Mutter warten möchtest?«

Ich beschleunigte meinen Schritt und erwiderte: »Dann wären wir bis Sonnenaufgang hier.« Und ich fügte hinzu: »Ich brauche einen Drink.«

»Na schön … aber ich möchte, dass du sie anrufst und ihr sagst, dass wir wieder beisammen sind.«

»Wird gemacht, aber dann ruft sie dich an und versucht es dir auszureden.«

»John –«

Ich unterbrach sie: »Es war nett von dir, dass du Elizabeth zum Essen eingeladen hast.«

»Ich mag sie.«

Wenn sie ja gesagt hätte, hätte sie sie nicht mehr gemocht. Nichtsdestotrotz war es eine nette Geste. Susan war immer liebenswürdig zu ihren Freundinnen.

»Elizabeth ist eine der Letzten aus der alten Clique.«

Ich nickte und dachte an all die anderen Leute, die wir gekannt hatten und die gestorben waren, und an diejenigen, die weggezogen waren. »Das ist sie in der Tat«, erwiderte ich.

Susan fügte hinzu: »Wie ich feststellen musste, sind nicht mehr allzu viele übrig.«

»Nun ja, ich bin wieder da, und du bist wieder da. Wir werden in den Wohnanlagen neue Freunde finden.«

»Das glaube ich nicht.«

Wir hielten Händchen, als wir zum Auto liefen. Und das Glück war mir hold, denn wir erreichten den Wagen, ohne jemandem über den Weg zu laufen, den ich nicht treffen wollte. Aber mir war klar, dass ich sie spätestens bei Ethels Beerdigung alle sehen würde. Ironischerweise war Susan einer der Menschen, denen ich gestern noch ungern begegnet wäre. Und jetzt … tja, es stimmt – das Leben bietet eine Überraschung nach der anderen. Ein paar angenehme, ein paar nicht so angenehme.

Wir fuhren zur Centre Island, die eigentlich eine Halbinsel ist, aber wenn man in einem zehn oder zwanzig Millionen Dollar teuren Herrenhaus an der Oyster Bay oder dem Sund lebt, kann man sie nennen, wie man will.

Wir fuhren auf den Parkplatz vor dem Seawanhaka Corinthian Yacht Club, und wie erwartet sah das Clubhaus genauso aus wie bei meinem letzten Besuch und noch fast genauso wie im Jahr 1892, als es gebaut wurde. William Swan, ein guter Freund von Teddy Roosevelt, war einer der Gründer des Clubs und sein erster Kommodore gewesen, und wenn er heute in den Hafen segeln würde, könnte er das große, zweistöckige Clubhaus mit dem spitzen Giebel, den mit Schindeln verkleideten Wänden, den weißen Fensterrahmen und den schwarzen Fensterläden mühelos wiedererkennen. Und falls sich in meiner Abwesenheit nichts verändert hatte, würde er sich auch drin sofort wie zu Hause fühlen. Die Bekleidungsvorschriften hatten sich natürlich geändert, aber die Herren trugen noch immer Sakkos, auch wenn Krawatten nicht mehr grundsätzlich erforderlich waren. Und was die Damen anging, so kleideten sie sich zwar konservativ, aber die alten Jungs wären trotzdem schockiert darüber, wie viel Haut sie zeigten.

Der Club war bereits 1871 gegründet worden, womit er einer der ältesten Corinthian Yacht Clubs in Amerika war – »Corinthian« bedeutete, dass die Yachtbesitzer mit ihren eigenen Booten segelten und Regatten fuhren, ohne Hilfe von professionellen Seemännern, ganz im Geist der alten Korinther, die offenbar die ersten Menschen gewesen sind, die aus Spaß bei Amateurregatten miteinander wetteiferten. Den größten Spaß, den ich jemals beim Segeln hatte, erlebte ich eher zufällig, als ich William und Charlotte dabei zusah, wie sie sich bei einem Sturm auf dem Sund an Bord der *Paumanok* die Eingeweide aus dem Leib kotzten. Ich erinnere mich gern an diesen Tag.

»Worüber lächelst du?«, fragte Susan.

»Über dich, mein Schatz.«

Ich parkte auf dem mit Schotter bestreuten Platz und bemerkte, dass an diesem schönen Sommerabend eine Menge Autos – größtenteils SUV – dort standen, und Susan erklärte mir: »Heute Abend ist Salty Dog.«

Das ist ein Grillfest im Freien, und weil ich mir nicht sicher bin, woher der Name kommt, aß ich vorsichtshalber nie die Spareribs.

»Aber ich habe uns einen Tisch im Speisesaal reservieren lassen, damit wir allein sind.«

»Gut.« Als wir zum Clubhaus gingen, fragte ich: »Besitzen wir eine Yacht?«

Susan lächelte. »Nein. Ich wollte nur wieder in den Club eintreten. Aus gesellschaftlichen Gründen.«

Das konnte so viel heißen wie Leuten begegnen, manchmal auch Männer genannt. »In der guten alten Zeit wurden alleinstehende Frauen nicht aufgenommen«, erinnerte ich sie.

»Tja, Gott sei Dank sind diese Zeiten vorbei. Was würdet ihr ohne uns machen?«

»Ich kann es mir nicht mal vorstellen.«

Als wir uns dem Clubhaus näherten, kamen mir mit einem Mal Bedenken. Immerhin hatte man mich höflich, aber ohne genauere Angabe von Gründen aufgefordert, meine Mitgliedschaft aufzugeben, möglicherweise weil ich mein Boot versenkt hatte und öffentlich im Fernsehen als Mafia-Anwalt aufgetreten war, ganz zu schweigen davon, dass meine Frau meinen Mafia-Mandanten erschossen hatte. Andererseits war Susan wieder aufgenommen worden, und sie hatte nicht gezögert, hierher zu gehen. Daher hatte man vielleicht die ganzen Unannehmlichkeiten vergessen. Worüber also machte ich mir Gedanken?

»Liebe Ms Post, nun ja, ich bin wieder mit meiner Exfrau zusammen – derjenigen, die ihren Mafia-Geliebten umgebracht hat –, und sie möchte mich zum Essen in unseren ehemaligen Yachtclub ausführen. Vor einigen Jahren wurden wir wegen schlechten Benehmens (sie beging Ehebruch und Mord, ich wurde Mafia-Anwalt und habe außerdem meine Yacht versenkt, damit die Regierung sie nicht wegen Steuerschulden beschlagnahmen konnte) rausgeworfen. Glauben Sie, dass trotzdem eine Chance besteht, von den Clubmitgliedern wieder aufgenommen werden? (Unterzeichnet) Noch immer verwirrt auf Long Island.«

»Lieber … was auch immer, ich nehme an, einer von Ihnen

oder Sie beide sind wieder Mitglied. Wenn Sie sich also angemessen kleiden und verhalten und ihre Gebühren und Beiträge bezahlt sind, werden die anderen Mitglieder begeistert sein, mit solch interessanten Menschen sprechen zu können. Zwei Vorbehalte: Erstens, fangen Sie keine Gespräche über Mord, Ehebruch, die Tätigkeit als Mafia-Anwalt oder das Versenken des Bootes an; warten Sie darauf, dass andere dies zur Sprache bringen. Zweitens, versuchen Sie, jegliches kriminelle oder gesellschaftlich nicht akzeptable Verhalten zu vermeiden. Viel Glück (Unterzeichnet) Emily Post. PS: Sie beide haben Mut.«

Susan mag mein Zögern gespürt haben, denn sie nahm meine Hand und sagte: »Ich bin zweimal hier gewesen, seit ich wieder zurück bin, und es gab keinerlei Probleme. Das Mitgliedschaftskomitee hat weder hier noch im Creek Schwierigkeiten gemacht.«

»Das Niveau ist eindeutig gesunken.« Vielleicht könnte ich jetzt sogar Frank Bellarosa in den Creek kriegen – wenn er nicht tot wäre.

Wir betraten das Clubhaus, bogen nach rechts in den Barraum ab, wie wir es so oft gemacht hatten, und gingen zur Bar. Ich war nicht überrascht, dass sich nichts verändert hatte, der Barkeeper eingeschlossen, ein fröhlicher, kahlköpfiger Bursche namens Bennett, der zu Susan sagte: »Guten Abend, Mrs Sutter.« Er wandte sich an mich und sagte, ohne einen Moment zu stocken: »Guten Abend, Mr Sutter.«

»Hallo, Bennett.« Wir zögerten kurz und streckten dann die Hände aus, worauf er sagte: »Schön, Sie wiederzusehen.«

»Gleichfalls. Schön, wieder da zu sein.«

»Dunkel und stürmisch?«

»Bitte.«

Er wandte sich ab und mixte zwei Dunkle und Stürmische, die ich eigentlich nicht mag, aber es ist der Clubdrink und … na ja, warum das Universum durcheinanderbringen?

Ich lehnte mich mit dem Rücken an die Bar und blickte mich um. Ich erkannte ein älteres Paar an einem der Tische und bemerkte einige junge Paare, die gut hierher passten, auch wenn nicht alle Männer blaue Blazer und braune Hosen trugen. Außerdem zweifelte ich daran, dass ein paar von ihnen Backbord und Steuerbord unterscheiden konnten, aber soweit ich mich entsann, war mir das einst ebenso gegangen.

»Wie fühlt es sich an?«, fragte mich Susan.

»Gut.«

Bennett stellte die Drinks auf die Bar, und Susan unterschrieb die Rechnung.

Ich ließ den Blick noch einmal durch den Raum schweifen und bemerkte diesmal die Zinnbecher des Regattakomitees, die in einer Wandnische aufgereiht waren, darunter auch einer, der die Gravur meines Namens trug. Halbmodelle zierten eine weitere Wand, und an den übrigen Wänden hingen alte Bilder von Menschen, die längst tot und vergessen waren, aber hier bis zum Ende der Zeit verewigt blieben oder zumindest, bis die weiblichen Mitglieder ihren Kopf durchsetzten und alles umgestalten durften.

Susan reichte mir meinen Drink, wir stießen an, und sie sagte: »Willkommen daheim.«

Der Dunkle und Stürmische war gar nicht so übel, wenn man dunklen Rum und Ginger Ale im gleichen Glas mag, was bei mir nicht der Fall war.

Wir schlenderten zum großen Clubraum, der sich ebenfalls kaum verändert hatte und immer noch sehr nautisch wirkte mit den ganzen Privatwimpeln der Clubmitglieder, die von den Stuckleisten der Decke hingen, die den Raum umgaben, und dem Schrank voller Regattapokale, darunter auch ein paar, die ich gewonnen hatte.

Einige Leute saßen oder standen und tranken Cocktails, ein paar blickten zu uns und schauten ein zweites Mal her, und manche winkten, worauf wir zurückwinkten, aber niemand stand auf, um mit uns zu plaudern. Ich nahm an, sie waren überrascht, mich zu sehen beziehungsweise Susan und mich zusammen, und niemand wollte der Erste sein, der herkam und fragte: »Und, was soll das Ganze?« Ich wusste, dass sie sich den Mund zerreißen würden, nachdem wir durch den Raum gegangen waren, und möglicherweise würde einer damit beauftragt werden, die Sutters anzusprechen und für Aufklärung zu sorgen.

Tatsächlich tauchte eine Frau vor uns auf, noch ehe wir durch die Doppeltür gingen, die auf die Veranda führte, und ich erkannte, dass es sich um Mrs Althea Gwynn handelte, eine der großen Damen des alten Ordens, die sich, wenn ich mich richtig erinnerte, für eine Schiedsinstanz in Sachen gute Manieren und ordentliches Benehmen hielt. Ihr Mann Dwight war, wie ich mich ebenfalls entsann, ein anständiger Mann, der entweder einen Schlaganfall erlitten hatte oder nur so tat, damit er nicht mit ihr sprechen musste.

Jedenfalls lächelte Mrs Gwynn mich und Susan verkniffen an und sagte zu mir: »Ich hatte gehört, dass Sie zurück sind, John.«

»Bin ich auch.«

»Wie wunderbar. Und wo wohnen Sie?«

»Zu Hause.«

»Aha …«

»John und ich sind wieder zusammen«, teilte Susan ihr mit.

»Das ist ja wunderbar. Ich freue mich so für Sie beide.«

Das glaubte ich zwar nicht, aber ich erwiderte: »Danke.«

Mrs Gwynn schaute mich an und sagte: »Als ich Sie das letzte Mal gesehen habe, John – es muss etwa zehn Jahre her sein –, haben Sie und Susan im Creek mit … einem anderen Paar gespeist, das, glaube ich, neu in der Gegend war.«

»O ja, ich erinnere mich daran. Ich glaube, das waren Mr Frank Bellarosa und seine Frau Anna, vormals in Brooklyn wohnhaft.«

Mrs Gwynn schien ein bisschen überrascht zu sein, dass ich so offen war – ich hätte bloß sagen sollen: »Ist das schon so lange her?«

Susan sagte zu mir: »Es *waren* Frank und Anna. Ich kann mich daran erinnern.«

»Das stimmt«, erwiderte ich, an Susan gewandt. »Wir haben sie in der Nachbarschaft willkommen geheißen. Aber sie sind nicht lange geblieben.«

Mrs Gwynn wusste nicht recht, was sie sagen sollte, deshalb entschuldigte sie sich und ließ uns allein.

Susan hakte sich bei mir unter, und wir schlenderten weiter. »Das war sehr nett von Althea, dass sie uns begrüßt hat«, sagte sie.

»Sie ist eine wunderbare Frau«, pflichtete ich ihr bei, »setzt ihren fetten Arsch in Bewegung, um uns auszuhorchen.«

»Na, na, John. Sie wollte bloß anmerken, dass es zehn Jahre her ist, seit sie dich zum letzten Mal gesehen hat.«

»Richtig. Wir waren im Creek zum Essen mit … wer war das noch mal?«

»Die *Bellarosas*, mein Schatz, vormals in Brooklyn wohnhaft.«

Wir lachten.

Nun ja, es war ein bisschen komisch, und Mrs Gwynn gehörte einer aussterbenden Art an und war nicht so wichtig, wie sie dachte. Aber in ihrer Welt hatte sie das getan, wozu sie auf Erden da war. Und ich war beeindruckt von ihrer unerschütterlichen Hochnäsigkeit und ihrem Snobismus, zumal Susan eine Stanhope war.

Susan wechselte das Thema und sagte: »Ich habe deinen Wimpel, und wenn wir ein Boot kaufen, lasse ich ihn wieder aufhängen.«

Ich hatte keine Ahnung, was aus meinem Bootswimpel geworden war; was aus meinem Boot geworden war, wusste ich sehr gut, deshalb sagte ich: »Ich bin mir nicht sicher, wie mein Status hier ist.«

Sie dachte darüber nach und erwiderte: »Du darfst alle zehn Jahre dein eigenes Boot versenken.«

Ich lächelte, fragte mich aber, wie viele Liebhaber man umbringen durfte, bevor man für immer ausgestoßen wurde. Ich gab mir in Gedanken eine Ohrfeige dafür.

»Wenn wir verheiratet sind, wirst du Mitglied, und ich kaufe uns eine hübsche Zwölfmeteryacht, mit der wir in den Flitterwochen in die Karibik segeln.«

»Der Deal wird immer besser«, stellte ich fest, fragte mich aber, ob sie sich darüber im Klaren war, dass ihre sechsstelligen Unterhaltszahlungen infolge dieser Flitterwochen ernsthaft gefährdet waren.

Wir gingen hinaus auf die lange, rundum durch eine Plane geschützte Veranda, fanden zwei Sessel und setzten uns der Bucht zugewandt hin.

Es war Punkt neunzehn Uhr, und die Sonne ging über dem Land im Südwesten unter. Draußen auf dem Rasen, der zum Wasser hin abfiel, bauschte sich die an einem hohen Mast hängende amerikanische Flagge in einer sanften südlichen Brise, und das Grillfest war in vollem Gang. Ich bemerkte eine Menge junger Paare und Kinder – mehr, als ich von früher in Erinnerung hatte. Das Einheitsvillenvolk.

Susan und ich waren als Teenager mit unseren Eltern hierhergekommen, aber die Stanhopes und die Sutters kannten einander nicht, und weder Susan noch ich konnten uns entsinnen, uns jemals begegnet zu sein, und wenn, dann war es nicht erinnernswert.

Mein Vater hatte eine wunderschöne, fünf Meter lange Thistle besessen, und er brachte mir das Segeln bei, was eine meiner schönsten Erinnerungen an ihn ist.

William alias Kommodore Kotzbrocken, mein einstiger und künftiger Schwiegervater, hatte nicht mal ein eigenes Segelboot besessen; er konnte nicht segeln, besaß aber eine Reihe von Motoryachten, obwohl man hier im Club nicht gerade begeistert von Motoryachten war. William und Charlotte waren vor allem aus gesellschaftlichen Gründen Mitglied im Seawanhaka Corinthian, aber davon verstand er ebenso wenig.

Ich schaute auf die drei Bootsanleger des Clubs, die etwa dreißig Meter weit in die Bucht hinausragten. Auf dem Anleger des Junior Clubs tummelten sich lauter Halbwüchsige, Männlein wie Weiblein, die froh waren, ihren Eltern entronnen zu sein, und sich allem Anschein nach in Balzritualen ergingen. Ich entsann mich, dass ich das Gleiche gemacht hatte, als ich jung war, und ich entsann mich auch, dass die Jungs und sogar ein paar Mädchen jede Menge Blödsinn auf dem Steg machten und für gewöhnlich irgendjemand im Wasser landete. Ich fragte Susan: »Bist du jemals ins Wasser geworfen worden?«

»Mindestens einmal pro Woche. James Nelson, dieser garstige Junge, wollte mir immer seine pubertäre Zuneigung beweisen, indem er mich vom Steg warf.«

»Du hättest ihn heiraten sollen.«

»Hätte ich ja, aber ich habe befürchtet, dass er da nie rauswachsen wird. Hast du Mädchen vom Steg geworfen?«, fragte sie mich.«

»Schon möglich.«

»Hat dich jemand vom Steg geworfen?«

»Nur meine Mutter, und auch nur dann, wenn sie einen Anker gefunden hat, den sie mir an die Knöchel binden konnte.«

»John. Sei nicht so ekelhaft.«

Wir hielten Händchen und schauten nach Süden über das Wasser. Ich sah die Lichter von Oyster Bay, wo ich beinahe einen neuen Arbeitsplatz gehabt hätte, und fragte mich, ob Anthony dieses Haus immer noch kaufen wollte. Ich ärgerte mich natürlich, dass dieser Mann, dessen Vermögen so eng mit kriminellen Umtrieben verbunden war, so viel Geld besaß. Bei seinem Vater war es mir genauso gegangen. Aber ich sagte mir auch, dass solche Menschen nachts nicht gut schliefen. Und falls doch, wurden sie von Angst und Bangen heimgesucht, wenn sie wach waren. Und für gewöhnlich ereilte sie früher oder später das Gesetz oder eine Kugel. Ich hoffte, dass Anthony möglichst bald von einer Kugel ereilt wurde.

»Es ist so schön hier«, sagte Susan.

»Das ist es.« Die Sonne funkelte auf dem Wasser, ein paar Dutzend Segel- und Motorboote waren draußen in der Bucht, und Schönwetterwolken zogen langsam über den blauen Himmel. Ich schaute nach Südwesten, in Richtung Cove Neck, wo Teddy Roosevelts Haus Sagamore Hill jetzt eine nationale Gedenkstätte war und wo noch immer ein paar Roosevelts lebten, darunter auch alte Freunde von uns. Ich fragte Susan: »Hast du noch Kontakt mit Jim und Sally?«

»Bis vor ein paar Jahren«, erwiderte sie, »aber sie sind nach San Diego gezogen.«

»Was machen sie in Mexiko?«

»Südkalifornien. Hör auf, den Ostküstensnob zu geben.«

»Guck mal, wer da spricht.«

»Ich habe eine Entschuldigung – ich wurde als Snob *geboren*. Du musstest Nachhilfe nehmen.«

»Da ist was dran.«

»Wir sollten hineingehen.«

»Lass uns das Essen absagen und hier sitzen bleiben.«

»In Ordnung. Ich bin gleich wieder da.«

Susan stand auf und verschwand im Clubhaus. Ich betrachtete eine zwölf Meter lange Yacht, die mit vom Wind geblähten Segeln einlief, und konnte regelrecht das Ruder in meiner Hand und das sich krängende Deck unter meinen Füßen spüren.

Susan kehrte zurück und sagte: »Die Sutters trinken heute Abend nur.«

»Die Sutters sind Leute nach meinem Geschmack.«

Wir saßen da, blickten auf das funkelnde Wasser und das Land rund um die Bucht, auf den Himmel und die Boote, die jetzt ihre Positionslichter gesetzt hatten und ihre Liegeplätze ansteuerten, während der Himmel dunkler wurde.

Ich schaute hinaus auf den östlichen Rasen und sagte: »Dort haben wir uns kennengelernt. Genau da, wo das Hochzeitszelt aufgestellt war.«

»Ich finde es so süß, dass du dich daran erinnerst«, sagte Susan, meinte dann aber: »Ich glaube, es war näher bei der Terrasse hier. Ich kam gerade aus dem Clubhaus, und du wolltest hineingehen.«

»Ganz recht. Ich musste auf die Toilette.«

»Das ist ja so romantisch.«

»Na ja … jedenfalls habe ich dich gesehen – eigentlich hatte ich dich schon vorher gesehen und wollte rausfinden, ob du mit jemandem zusammen warst oder ob jemand wusste, wer du bist. Aber ich nehme an, das habe ich dir schon erzählt.«

»Erzähl's mir noch mal.«

Also gab ich die Geschichte zum Besten, wie ich ihr nachgestellt und herausgefunden hatte, dass sie nicht von einem Freund begleitet wurde, dass sie eine Stanhope und sagenhaft reich war, was mir natürlich nichts bedeutete, weil ich so gebannt war von ihrer Schönheit, ihrer Selbstsicherheit und so weiter und so fort. Jemand hätte mir einen Tipp geben und mich vor ihren Eltern warnen sollen, aber ich hatte ja nicht vor, zu heiraten; ich wollte … nun ja, vögeln.

Das jedenfalls haute hin, außerdem heiratete ich, und zur Strafe für meine ursprünglich ehrlosen Absichten bekam ich ihre Eltern.

»Wenn ich daran zurückdenke, war der Spruch, den ich benutzt habe, eine göttliche Eingebung.«

»Und was für ein Spruch war das, John?«

»Das weißt du doch. Ich habe in Bezug auf die Braut gesagt … wie war doch gleich ihr Vorname? Jedenfalls habe ich gesagt, sie sei ein Gast bei ihrer eigenen Hochzeit. Erinnerst du dich?«

Susan saß einen Moment lang schweigend da, bevor sie mir mitteilte: »Das war das dritte Mal, dass ich den Spruch an diesem Abend gehört habe.«

»Nein.«

»Und ich habe mir geschworen, dass ich dem nächsten Mann, der das zu mir sagt, erklären würde, dass er ein Idiot sei.«

»Wirklich?«

»Wirklich. Und das warst du.«

»Na ja … ich fand das lustig. Und du hast gelacht.«

»Ich habe gelacht. Und deshalb wusste ich, dass du etwas Besonderes warst.«

»Ich bin froh, dass du gelacht hast. Du warst die erste Frau an diesem Abend, die das getan hat.«

Die Bedienung kam mit zwei weiteren Dunklen und Stürmischen vorbei, außerdem brachte sie eine Platte Crudités und eine Platte Shrimps, die, wie ich vermutete, Susan bestellt hatte.

Und so saßen wir da, tranken, redeten und sahen zu, wie die Sonne unterging.

Bei Sonnenuntergang ertönte der Zapfenstreich, die Kanone auf dem Rasen donnerte los, und alle standen schweigend da und schauten zur Flagge, als sie eingeholt wurde.

Der Fahnenjunker faltete sie zusammen und trug sie fort, und Susan sagte zu mir: »Erinnere dich an diesen Tag.«

»Bis zu meinem Tod.«

»Ich auch.«

36

Susan und ich wachten im selben Bett auf, und nach zehn Jahren dauerte es ein paar Minuten, bis wir uns wieder darauf eingestellt hatten. Gott sei Dank hatte ich sie nicht mit einem anderen Frauennamen angeredet, und sie hatte auch meinen Namen auf Anhieb hinbekommen, aber um sechs Uhr morgens war es trotzdem ein bisschen irritierend.

Binnen einer halben Stunde jedoch kehrten wir wieder zu unserer alten Morgenroutine zurück, zogen uns an und gingen hinunter.

Nach einem herzhaften Holzfällerfrühstück, bestehend aus Joghurt, Müsli und Fischölkapseln, teilte ich Susan mit: »Wir fahren zum Polizeirevier, und du erstattest eine Anzeige.«

Sie ging nicht darauf ein, deshalb stand ich auf und sagte: »Lass es uns gleich machen.«

Sie blieb sitzen. »Er hat mir eigentlich gar nicht gedroht.«

»Hat er doch.«

Sie warf mir einen kurzen Blick zu, erhob sich und griff nach ihrer Handtasche. Ich zog meinen blauen Blazer an, dann verließen wir das Haus und stiegen in ihren Lexus.

Ich fuhr nach Süden, zum Zweiten Revier des Nassau County Police Department, das etwa eine halbstündige Autofahrt von Stanhope Hall entfernt war – und eine halbe Welt.

Die Kriminalpolizisten dieses Reviers waren es gewesen, die vor zehn Jahren zuerst auf die Meldung des FBI reagiert hatten, dass es in Alhambra eine Schießerei gegeben habe, und ich vermutete, dass es dort noch Leute gab, die sich an den Vorfall erinnerten. Wie könnten sie so etwas vergessen? Daher würde uns die nötige Aufmerksamkeit zuteilwerden, wenn auch nicht die Aufmerksamkeit, die wir wollten, was daran lag, dass das FBI dem Staat den Fall entrissen und das Justizministerium Susan trotz des Mordes freigesprochen hatte.

Vielleicht war die Bezirkspolizei inzwischen darüber hinweg, zumal sie durch unsere Anzeige die Gelegenheit bekam, Mr Anthony Bellarosa, dem Erben des bösen väterlichen Imperiums, ein paar Fragen zu stellen.

Wie dem auch sei, es war ein weiterer wunderschöner, sonniger Tag, und wenn diese dunkle Wolke nicht über uns gehangen hätte, wäre unsere Zukunft genauso strahlend gewesen wie der Himmel.

Ich warf einen kurzen Blick zu Susan und sah, dass sie in sich gekehrt wirkte. Ich sagte zu ihr: »Diese Sache wird nicht angenehm werden, aber als dein Anwalt und künftiger Ehemann habe ich das Gefühl, dass diese Vorsichtsmaßnahme notwendig ist.«

Sie antwortete nicht. Vielleicht dachte sie, ich wollte ihr die Vergangenheit unter die Nase reiben, aber das war gar nicht meine Absicht. Allerdings kümmerte ich mich um die möglichen Folgen ihrer zehn Jahre zurückliegenden Tat, und das musste sie ebenfalls tun.

Ich erklärte ihr kurz, was sie zu erwarten hatte und was sie sagen sollte, aber sie schien nicht zuzuhören. Ich persönlich hatte nur wenig Erfahrungen mit einer Anzeige bei der Polizei und war mir eigentlich auch nicht sicher, was genau geschehen würde, aber als Anwalt konnte ich das herausfinden, sobald ich dort war.

Susan schob eine CD in den Player, und wir fuhren dahin

und hörten Wagner, der aus einem Dutzend Lautsprecher schmetterte.

Wir näherten uns Woodbury, und ich entdeckte den Wegweiser zum Zweiten Revier. Ich bog nach rechts auf den Jericho Turnpike ab, dann nach links auf einen für Besucher ausgeschilderten Parkplatz neben dem Gebäude, warf Richard Wagner aus dem CD-Player und sagte zu Susan: »Das kann eine Stunde oder länger dauern. Dann sind wir fertig.«

»Wird die Polizei zu ihm gehen?«

»Ja, das wird sie.«

Sie wirkte ganz und gar nicht froh darüber, deshalb sagte ich: »Das ist reine Routine. Um eine Stellungnahme seinerseits einzuholen.« In Wahrheit würden die Detectives, die der Anzeige nachgingen, die Gelegenheit nutzen und Anthony Bellarosa das Leben schwermachen, ihm vor allem eine unmissverständliche Warnung zukommen lassen und ihm erklären, dass er unter Beobachtung stand. Und wenn uns das Glück wirklich hold war, würde er irgendetwas Belastendes äußern, womit sie einen Grund hatten, ihn festzunehmen. Aber selbst wenn sie ihn nicht festnahmen, würde Anthony ein stinksaurer *Paesano* sein, und deswegen machte sich Susan Sorgen. Nun ja, er war bereits stinksauer, und das musste jetzt zur Anzeige gebracht werden.

Wir stiegen aus und gingen zum Eingang. Das Reviergebäude war ein eingeschossiger Ziegelbau im Kolonialstil, mit weißen Fensterrahmen und -läden, und erinnerte mich an die Friendly's Eisdiele, an der wir gerade vorbeigekommen waren. Wir gingen durch den Vordereingang in ein Foyer, das zum öffentlichen Empfangsbereich führte.

Auf der anderen Seite des Raumes war ein langer Schalter, an dem zwei Polizisten in Uniform saßen. Der jüngere der beiden Polizisten, auf dessen Namensschild Anderson stand, musterte Susan, als wir näher kamen, wandte sich aber an mich, als er fragte: »Womit kann ich Ihnen behilflich sein?«

»Wir wollen eine Anzeige erstatten«, sagte ich.

»Okay. Was für eine Anzeige?«

»Es geht um eine Drohung, die gegenüber dieser Frau ausgesprochen wurde.«

Wieder schaute er Susan an und fragte sie: »Wer hat diese Drohung ausgesprochen?«

»Ein Nachbar«, erwiderte sie.

Ich führte ihre Antwort weiter aus: »Der Nachbar ist ein gewisser Anthony Bellarosa, der möglicherweise etwas mit dem organisierten Verbrechen zu tun hat.«

»Aha. Woher wissen Sie das?«

Offenbar kannte Officer Anderson den Namen nicht, und da ich wusste, dass Anthony sich bedeckt hielt, sagte ich: »Er ist der Sohn von Frank Bellarosa.«

Der junge Polizist konnte mit dem Namen allem Anschein nach immer noch nichts anfangen und sagte: »Okay. Und wer sind Sie?«

»Ich bin der Anwalt dieser Dame.«

Jetzt wurde er sichtlich aufmerksamer, schätzte die Lage ein, nahm, dessen bin ich mir sicher, unsere Kleidung und den Privatschulakzent wahr und schloss daraus vermutlich, dass es sich um etwas Interessantes handeln könnte. Für etwas Interessantes war er nicht zuständig, deshalb drehte er sich um und wandte sich an den ranghöheren Polizisten, der an dem Schreibtisch hinter ihm saß. »Hey, Lieutenant – haben Sie schon mal von einem Mafioso namens Anthony Bellarosa gehört?«

Der Lieutenant blickte von seinem Computer auf, warf Susan und mir eine Blick zu und erwiderte: »Ja. Warum?«

»Diese Frau ist eine Nachbarin von ihm, und sie sagt, er hat ihr gegenüber Drohungen ausgesprochen.«

Der Lieutenant stand auf, kam an den Schalter und fragte mich: »Ist das Ihre Frau, Sir?«

»In Bälde. Mein Name ist John Sutter, und das ist Susan Sutter, und ich bin als ihr Anwalt hier.« Und damit er nicht dachte, dass ich meine Schwester heiraten wollte, erklärte ich: »Wir waren früher schon mal miteinander verheiratet.«

»Okay.« Er sagte zu Officer Anderson: »Führen Sie sie in den Vernehmungsraum und nehmen Sie einen Fallbericht auf.«

Officer Anderson suchte ein paar Formulare, trat dann hinter dem Schalter hervor und geleitete uns in einen kleinen Raum auf der rechten Seite. »Nehmen Sie Platz und lassen Sie uns über den Vorfall reden«, sagte er.

Er fing an, ein polizeiliches Formular auszufüllen, das offenbar dazu diente, eine Meldung über jedwedes Vorkommnis aufzunehmen, das möglicherweise die Aufmerksamkeit einer Strafverfolgungsbehörde erregen könnte. Officer Anderson fragte nach unseren Namen, Adressen und ähnlichen Angaben, mit denen Susan als Klagestellerin in diesem Bericht ausgewiesen wurde, und bat dann um eine kurze Beschreibung des Vorfalls, einschließlich der Identität der beteiligten Parteien. Meistens, wenn nicht ganz und gar, redete ich im Namen meiner Mandantin.

Nachdem der Bericht ausgefüllt war, nahm Officer Anderson auf einem anderen polizeilichen Formular eine umfassende Aussage von uns bezüglich der Anzeige gegen Anthony Bellarosa und der näheren Einzelheiten entgegen. Wieder war ich Susans Sprachrohr, und ich umriss das Gespräch, das ich mit Anthony Bellarosa geführt hatte, und ging vor allem auf die Aussagen ein, die er hinsichtlich Susans Wohlbefinden gemacht hatte. Als Officer Anderson fertig war, reichte er mir das Formular, PDCN Formblatt 32A, das ich durchlas und dann zusammen mit meinem Stift an Susan weiterreichte. Ich sagte: »Unterschreibe hier.«

Sie unterschrieb es, ohne auch nur einen Blick darauf zu werfen, was sie immer macht. Sie hatte nicht einmal den Ehevertrag gelesen, den die Anwälte ihres Vaters aufgesetzt hatten. Aber warum sollte sie sich nach der Einleitung, in der es hieß: »Der Ehemann darf nichts außer dem Stift behalten, mit dem er dieses Dokument unterschreibt«, auch die Mühe machen?

Officer Anderson nahm die Formulare, stand auf und bat uns, zu warten, während er sich erkundigte, ob ein Detective frei war, der sich um die weiteren Ermittlungen in diesem Fall kümmern und eine umfangreichere Aussage entgegennehmen konnte, falls dies erforderlich sein sollte. Als er das Zimmer verlassen hatte, riet ich Susan: »Wenn dich jemand anders vernimmt, dann versuche bitte ein bisschen Interesse an dieser Sache zu zeigen.«

Sie zuckte die Achseln.

Ein paar Minuten später kam ein Mann in Zivil herein, der den Bericht in der Hand hatte und sich als Detective A. J. Nastasi vorstellte, worauf wir uns die Hand schüttelten.

Detective Nastasi war ein intelligent wirkender Mann, und er war über vierzig, also alt genug, um sich an den ursprünglichen Vorfall zu erinnern. Er trug einen sehr schicken Nadelstreifenanzug, der bestens zu meiner alten Anwaltskanzlei gepasst hätte. Er war allem Anschein nach ein wortkarger Mann – der besonnene, schweigsame Kriminalist –, und ich war mir sicher, dass er inzwischen alles Mögliche gehört hatte.

Detective Nastasi warf einen Blick auf den Bericht und sagte zu Susan: »Anthony Bellarosa hat Ihnen also gedroht?«

»Nein«, erwiderte sie.

»Okay … aber Sie glauben, dass er eine Gefahr für Sie darstellen könnte?«

»Ich bin mir nicht sicher.«

Detective Nastasi war sich auch nicht sicher, deshalb sagte ich: »Detective, ich bin derjenige, der diese, wie ich meine, Drohungen gehört hat, die Anthony Bellarosa in Bezug auf Mrs Sutter gemacht hat, und ich bin bereit, Ihnen eine dementsprechende Aussage zu liefern.«

»Gut«, sagte er. »Bitte folgen Sir mir.«

Susan und ich folgten Detective Nastasi durch das Foyer und

dann eine Treppe hinab in einen Ermittlungsraum der Kriminalpolizei, in dem hektisches Treiben herrschte – Zivilisten, die von Detectives befragt wurden oder Aussagen machten, dazu Telefongeklingel.

Wir durchquerten den stark frequentierten Raum, und Detective Nastasi öffnete eine Tür mit der Aufschrift DETECTIVE LIEUTENANT PATRICK CONWAY – COMMANDING OFFICER.

Er führte uns in das ruhige Büro, das nicht besetzt war. »Wir können dieses Zimmer benutzen«, sagte er. »Hier sind wir ungestört.«

Offenbar war jemand auf uns aufmerksam geworden, oder auf Anthony Bellarosa.

Detective Nastasi setzte sich hinter den Schreibtisch des Kommandeurs, und wir nahmen ihm gegenüber Platz. Er spielte eine Weile an seinem Computer herum, las den Text am Bildschirm und sagte schließlich: »Nur zu Ihrer Kenntnis, Anthony Bellarosa wurde nie einer Straftat beschuldigt, und bislang wurde auch keinerlei Anzeige gegen ihn erstattet.« Er schaute uns an. »Aber sehen wir den Tatsachen ins Auge. Er ist nicht der Mann, den jemand anzeigen würde.« Er blickte zu Susan und fügte hinzu: »Wenn Sie diese Sache also in die Wege leiten, sollten Sie sich darüber im Klaren sein, dass wir ihm einen Besuch abstatten und mit ihm über Ihre Vorwürfe sprechen werden. Okay?«

»Deswegen sind wir hier«, erwiderte ich.

Er schaute weiter Susan an. »Okay?«

Sie erwiderte nichts, und Nastasi lehnte sich zurück und fragte: »Wollen Sie diese eidesstattliche Anzeige zurückziehen?«

»Das will sie nicht«, erwiderte ich, »und ich spreche als ihr Anwalt.«

Sein Blick war nach wie vor auf Susan gerichtet und versuchte die Situation zu ordnen, aber da er keine Antwort bekam, wandte er sich wieder seinem Computer zu und haute in die Tasten.

Allmählich ärgerte ich mich ein bisschen über Susan. Immerhin versuchte ich, ihr Leben zu retten, und sie könnte wenigstens etwas dazu beitragen.

Während Detective Nastasi tippte, fragte ich mich, ob sie vor zehn Jahren schon einmal hier gewesen war, nachdem man sie in Handschellen aus Alhambra abgeführt hatte. Aber höchstwahrscheinlich hatte man sie gleich zur Mordkommission im Polizeipräsidium in Mineola gebracht, dem Sitz der Bezirksverwaltung. Wenn man jedoch einmal ein Polizeirevier von innen gesehen hat, hat man alle gesehen, deshalb wollte ich Rücksicht auf ihre Gefühle und die schlechten Erinnerungen nehmen. Aber ich musste sie auch hart rannehmen, damit diese mögliche Drohung nicht zur Realität wurde. Leider steht Susan auf Kriegsfuß mit der Realität. Um sie also wachzurütteln, sagte ich: »Na schön. Gehen wir.« Ich stand auf und sagte zu Detective Nastasi: »Wir müssen darüber nachdenken. Vorerst möchten wir die Anzeige zurückziehen.« Ich wandte mich an Susan und sagte noch mal: »Gehen wir.«

Sie stand auf, warf mir einen kurzen Blick zu und setzte sich dann wieder. »Bringen wir es hinter uns.«

Das schien Detective Nastasi zu freuen, und meiner Meinung nach verstand und schätzte er meinen Bluff. Er sagte zu Susan: »Ich glaube, Sie haben die richtige Entscheidung getroffen, Mrs Sutter. Überlassen Sie es uns, sich Gedanken zu machen, dann müssen Sie es nicht tun.«

»Ich mache mir keine Gedanken.«

»Okay.« Er wandte sich an mich: »Aber *Sie* machen sich Gedanken.«

»Durchaus.«

»In Ordnung. Erklären Sie mir, weshalb Sie sich Sorgen machen.«

»Detective«, erwiderte ich, »wie schon gesagt, bin ich derjenige, der diese, wie ich glaube, ernstzunehmenden Drohungen gehört hat, die Anthony Bellarosa in Bezug auf Mrs Sutter ausgesprochen hat. Mrs Sutter ist meine ehemalige Frau, und um Ihnen ein paar Hintergrundinformationen dazu zu geben, weshalb ich glaube, dass diese Drohungen ernst zu nehmen sind –«

»Nicht nötig, das weiß ich alles«, erklärte er uns. »Ich war in dieser Nacht dort.«

Ich musterte ihn, aber er kam mir nicht bekannt vor, wobei in dieser Nacht natürlich eine Menge Detectives der Bezirkspolizei, FBI-Agenten und Kriminaltechniker in Alhambra gewesen waren. Da ich Detective Nastasi für mich einnehmen wollte, sagte ich trotzdem: »Ja, ich erinnere mich an Sie.«

»Und ich erinnere mich an Sie«, erwiderte er. Er wandte sich Susan zu: »An Sie auch. Haben Sie diesen Staat verlassen?«

»Ja«, erwiderte sie.

»Und jetzt sind Sie wieder zurück und wohnen« – er tippte auf das Formular – »unter dieser Adresse?«

»So ist es.«

»Und Bellarosa hält sich auf dem alten Wohnsitz seines Vaters auf?«

»In gewisser Weise«, erwiderte ich. Ich klärte ihn über die Wohnanlage auf, ohne in Bezug auf die viele Millionen teuren Einheitsvillen abschätzig zu klingen.

Detective Nastasi zog seinen Computermonitor zu Rate. Dann sagte er zu mir: »Der Fall wurde nie vor einem staatlichen Gericht verhandelt.«

Weil ich annahm, dass er die Mordanklage gegen Susan Sutter meinte, erklärte ich: »Er wurde vor einem Bundesgericht verhandelt. Das … das Opfer war ein Zeuge der Regierung.«

Detective Nastasi nickte, bedachte Susan mit einem Blick und sagte zu mir: »Das ist inoffiziell, aber ich war darüber alles andere als begeistert. Aber okay, es ist geschehen, und jetzt müssen wir über das reden, was der damalige Vorfall für die aktuelle Situation bedeutet.«

Auch ich warf einen kurzen Blick zu Susan, die sich an einen Ort zurückgezogen hatte, den ich Susanland nenne, und die allem Anschein nach weder ungehalten noch aufgebracht über Detective Nastasis inoffizielle Aussage war, aber offenbar auch nicht zerknirscht wegen des Mordes oder gar verlegen, weil sie ungeschoren davongekommen war.

Um die Sache wieder in Gang zu bringen, sagte ich zu Detective Nastasi: »Ich bin jetzt bereit zu einer Aussage.«

»Normalerweise hören wir uns zuerst den Klagesteller an, aber … ich nehme erst einmal Ihre Aussage entgegen.« Er drehte sich mit seinem Stuhl wieder zur Tastatur und sagte: »Ich tippe schnell, brauche aber ab und zu eine Verschnaufpause.«

»Ich bin Anwalt«, erinnerte ich ihn.

»Okay, Herr Anwalt. Ich bin bereit.«

Nachdem ich zunächst angegeben hatte, wer ich war, wo ich wohnte und so weiter und so fort, begann ich meine Aussage mit dem Hinweis auf den Mord an Frank Bellarosa vor zehn Jahren, erklärte dann, dass ich den vergangenen sieben Jahren in London gelebt hätte, aber nach wie vor bei der New Yorker Anwaltskammer zugelassen sei. Detective A. J. Nastasi tippte, während ich sprach.

Dann berichtete ich von dem Abend, an dem mir Mr Anthony Bellarosa einen unangekündigten Besuch abgestattet hatte, und ohne auf alles einzugehen, was an diesem Abend gesagt wurde, kam ich zum Kern der Sache und gab das Gespräch bezüglich meiner Frau wieder.

Detective Nastasi tippte unablässig und wusste, wie ich hoffte, meine klare, sachliche Schilderung wie auch meine gute Grammatik und Ausdrucksweise zu würdigen.

Susan, die das eine oder andere zum ersten Mal hörte, reagierte nicht, sondern saß bloß da und starrte ins Leere.

Dann erzählte ich von meinem Essen mit Mr Bellarosa in Wong Lee's Restaurant und erwähnte sein Angebot, mich als einen seiner Anwälte zu engagieren.

Detective Nastasi schaute zum ersten Mal kurz auf, bevor er weitertippte.

Was eidesstattliche Aussagen angeht, bin ich natürlich gut, trotz allem, was zwei meiner inhaftierten Steuermandanten denken mögen, und ich hielt mich an die wesentlichen Gründe für die Anzeige –ließ alles weg, was man als Jobverhandlungen zwischen Anthony und mir hätte auslegen können. Dann kam ich zu der zufälligen Begegnung auf der Grace Lane, der Autofahrt nach Oyster Bay, unserer Besichtigung des Hauses, das Mr Bellarosa zu kaufen gedachte, und seinen weiteren Versuchen, mich dazu zu überreden, für ihn zu arbeiten.

Manches davon hatte nichts mit den Drohungen zu tun, aber ich merkte, dass Detective Nastasi von alldem fasziniert war. Susan indes schien ein bisschen ungehalten zu werden, vielleicht, weil ich mit dem Sohn ihres toten Geliebten geflirtet hatte. Ich konnte beinahe hören, wie sie sagte: »Bist du *wahnsinnig*?«

Fürs Protokoll erklärte ich, dass mir angesichts von Bellarosas Interesse an mir nicht ganz wohl gewesen sei, ich mir aber Sorgen um Susans Sicherheit machte und deshalb meinte, es sei eine gute Idee, wenn ich mich auf weitere Gespräche mit Mr Bellarosa einließ, damit ich das Ausmaß der Gefahr besser einschätzen und außerdem mein weiteres Verhalten danach ausrichten könnte.

Detective Nastasi unterbrach mich zum ersten Mal: »Sie und Mrs Sutter hatten zu diesem Zeitpunkt bereits beschlossen, wieder zu heiraten?«

»Nein«, erwiderte ich.

»Okay. Aber Sie haben darüber gesprochen?«

»Wir haben überhaupt nicht miteinander gesprochen«, erwiderte ich und fügte hinzu: »Wir hatten etwa drei Jahre lang nicht miteinander gesprochen.«

»Vier«, sagte Susan.

»Richtig, vier.« Ich war froh, dass sie zuhörte.

Detective Nastasi nickte, dann fragte er mich: »Und warum haben Sie sich dann diese Mühe gemacht?«

Ich warf Susan einen kurzen Blick zu, bevor ich erwiderte: »Ich … ich war ihr nach wie vor wohlgesonnen, und sie ist die Mutter unserer Kinder.« Außerdem zahlte ich ihr keine Alimente, folglich hatte ich keinen Grund, ihr den Tod zu wünschen.

Weil alle Anwesenden schwiegen, fuhr ich fort: »Da wir keine Liebesbeziehung hatten, wurden meine zunehmenden Sorgen, was Bellarosas Absichten in Bezug auf Mrs Sutter anging, durch keinerlei Gefühle beeinflusst. Jetzt, da sich das Verhältnis zwischen Mrs Sutter und mir geändert hat, konnte ich das mit ihr besprechen, und wir haben beschlossen, vorsichtshalber hierherzukommen.«

Nastasi nickte und fragte sich wahrscheinlich, inwieweit ich diese Sache für ihn und Susan zurechtfrisierte. Er sagte: »Ich glaube, ich verstehe, weshalb Sie mit Bellarosa sprechen wollten, Mr Sutter. Aber es ist keine gute Idee, mit einem Mann über Geschäftsbeziehungen zu reden, der ins organisierte Verbrechen verstrickt ist.«

»Danke für den Ratschlag, Detective. Aber wie Sie gesagt haben, ist er ebenso wenig vorbestraft wie vermutlich Sie.«

Detective Nastasi lächelte zum ersten Mal, dann wandte er sich wieder seiner Tastatur zu. »Bitte fahren Sie fort.«

Ich schloss mit meinem Besuch im Haus der Bellarosas und erwähnte, dass Mrs Sutter und ich inzwischen wiedervereint waren und dass sie mir von dem Sonntagsessen abgeraten hatte. Außerdem erwähnte ich, dass Mr Salvatore D'Alessio alias Sally Da-da kurz da gewesen war.

Detective Nastasi fragte: »Und Sie sind ihm vorher schon mal begegnet?«

»Ja. Vor zehn Jahren, während meiner juristischen Tätigkeit für Frank Bellarosa.«

»Verstehe. Das sind ziemlich üble Burschen, mit denen Sie

Ihr Sonntagsessen zu sich genommen haben, Mr Sutter«, stellte er fest.

»Ich bin nicht bis zum Essen geblieben.«

»Gut.« Er hörte auf zu tippen, und ich merkte, dass er über etwas nachdachte. »Hey, Sie waren bei dem missglückten Anschlag in Little Italy dabei«, sagte er schließlich.

Offenbar hatte er eine Verbindung zwischen Salvatore D'Alessio, Frank Bellarosa und dem versuchten Mord hergestellt. »Das ist richtig«, erwiderte ich.

»Sie haben Bellarosa das Leben gerettet.«

»Ich habe die Blutung gestillt. Ganz der gute Samariter.«

Er warf Susan einen kurzen Blick zu und dachte wahrscheinlich, was für eine Ironie des Schicksals es war, dass ausgerechnet ich dem Mann das Leben gerettet hatte, den sie später erschoss. Aber falls Detective Nastasi irgendetwas dazu zu sagen hatte oder über uns, behielt er es für sich und fuhr stattdessen fort: »Okay, und bei dieser Gelegenheit – gestern, in Anthony Bellarosas Haus – stieß Mr Bellarosa Drohungen gegen Mrs Sutter aus?«

»So ist es.« Ich gab einen Teil unseres Gesprächs im Vorgarten wieder und zitierte Anthony: »Er sagte in Bezug auf etwas, das ich gesagt hatte: ›Das ändert gar nichts an dem, was Ihre Frau gemacht hat. Bloß damit Sie's wissen.‹«

»Und das ist ein wörtliches Zitat?«

»Wort für Wort.«

»Okay. Und was haben Sie gesagt?«

»Ich habe ihn gefragt, ob das eine Drohung sei, worauf er erwiderte, ich zitiere: ›Fassen Sie's auf, wie Sie wollen.‹ Das Letzte, was er zu mir sagte, war: ›Sie glauben, Typen wie Sie müssten sich wegen Typen wie mir keine Gedanken machen. Tja, Anwalt, da irren Sie sich.‹«

Detective Nastasi tippte das, dann fragte er mich: »Haben Sie das als persönliche Drohung aufgefasst?«

»Ja.«

»Okay. Sonst noch irgendetwas?«

»Nur, dass ich diese Drohungen gegen Mrs Sutter – und mich – aufgrund dessen, was ich gehört habe, ernst nehme, zumal Mrs Sutter Anthony Bellarosas Vater getötet hat.«

Detective Nastasi gab das pflichtschuldig in seinen Computer ein, schaute Susan an und fragte: »Möchten Sie noch etwas zu Mr Sutters Aussage hinzufügen?«

»Nein.«

»Möchten Sie sich äußern, wie Ihnen aufgrund dieser möglichen Drohung zumute ist?«

Susan dachte einen Moment lang nach, dann erwiderte sie: »Na ja … nachdem ich all das gehört habe – manches davon zum ersten Mal –, glaube ich, dass möglicherweise eine Gefahr besteht.«

Detective Nastasi gab das kommentarlos ein, drehte sich schließlich zu uns um und sagte: »Normalerweise drohen diese Typen nicht. Sie handeln einfach. Daher ist das vielleicht nur Gerede.«

»Das ist mir klar«, erwiderte ich. »Aber dieser Typ ist jung. Er ist nicht wie sein Vater. Ich halte ihn für einen Hitzkopf.« Ich erzählte Nastasi nicht, dass ich ein paar Sachen gesagt hatte, die Anthony stinkwütend machten, weil ich hoffte, dass er eine zitierfähige Drohung ausstoßen würde. Und ebenso wenig erzählte ich, dass ich einen leichten Aussetzer bekommen und in Anthony Bellarosas Büro ein Bild zerschlitzt hatte – das spielte keine Rolle, außer für Anthony, der einen Schreikrampf kriegen würde, wenn er es entdeckte. Allerdings erklärte ich Nastasi: »Diese Drohung mag ernst gemeint sein oder auch nicht, aber sie wurde ausgesprochen, und das an sich kann man von Rechts wegen als Belästigung und Drohung auffassen.«

»Richtig. Das ist mir klar, Herr Anwalt. Mal sehen, was er sagt, wenn ich mit ihm rede.«

»In Ordnung. Und wie geht es weiter?«

Detective Nastasi betätigte die Drucktaste und sagte: »Lesen Sie das und unterschreiben Sie es.« Während die Seiten aus dem Drucker kamen, erklärte er uns: »Das wird dem Fallbericht hinzugefügt, und wir werden bei der genannten Partei nachhaken. Unterdessen rate ich Ihnen beiden, jeden Kontakt mit diesem Mann zu vermeiden.«

»Das versteht sich von selbst.«

»Natürlich. Aber ich muss es sagen. Ich rate Ihnen außerdem, ein paar normale Sicherheitsvorkehrungen zu treffen, aber ich überlasse Ihnen die Entscheidung darüber, wie diese Vorkehrungen aussehen.« Er schaute uns an. »Wenn ich mit ihm gesprochen habe, komme ich auf Sie zurück und sage Ihnen, wie Sie weiter vorgehen sollten.«

»Wann werden Sie mit ihm sprechen?«, fragte ich.

»So bald wie möglich.«

Meine Aussage war noch warm vom Drucker, als Detective Nastasi sie mir reichte und sagte: »Lesen Sie sie durch, und wenn alles in Ordnung ist, unterschreiben Sie.«

Ich überflog die Blätter, nahm meinen Stift und setzte meine Unterschrift an die Stelle, an der mein Name stand.

Detective Nastasi gab jedem von uns seine Karte. »Rufen Sie mich an, wenn Ihnen noch irgendetwas einfällt, falls Sie ihn in Ihrer näheren Umgebung sehen oder irgendetwas beobachten, das Ihren Argwohn erregt.« Und er fügte hinzu: »Oder rufen Sie die 9-1-1.«

Ich nickte und fragte: »Haben Sie vor, ihn observieren zu lassen?«

»Ich werde das mit meinen Vorgesetzten erörtern, nachdem wir mit Bellarosa gesprochen haben.«

Damit schien die Sache vorerst erledigt zu sein. Detective Nastasi begleitete uns durch den Ermittlungsraum und die Treppe hinauf in die große Empfangshalle. Ich sagte zu ihm: »Danke, dass Sie sich die Mühe gemacht und sich dieser Sache angenommen haben.«

Er ging nicht darauf ein, sagte stattdessen: »Sagen Sie uns bitte Bescheid, wenn Sie vorhaben, die Gegend aus irgendeinem Grund zu verlassen. Dass Sie hierhergekommen sind, war vollkommen richtig.«

Wir schüttelten uns die Hand, und Susan und ich verließen das Polizeirevier und gingen zum Auto. »Wir *haben* das Richtige getan, und alles wird gut werden«, sagte ich zu ihr.

»Können wir jetzt das Thema wechseln?«

»Klar. Worüber würdest du gern reden?«

»Über irgendetwas.«

Wir stiegen ins Auto und fuhren nach Hause. Wir schwiegen eine Weile, dann sagte Susan: »Danke.«

»Bitte sehr.«

»Machst du dir etwas aus mir oder aus meinem Geld?«

»Deinem Geld.«

»Aber du hast dir noch vor deinem Antrag Sorgen um mich gemacht.«

Hatte *ich* ihr einen Antrag gemacht? Ich erwiderte: »Ich habe mir immer etwas aus dir gemacht, Susan, selbst als ich dir am liebsten das Genick gebrochen hätte.«

»Das ist sehr lieb.« Sie dachte einen Moment lang nach, bevor sie sagte: »Das ist alles meine Schuld.«

»So ist es«, versicherte ich ihr. »Aber es ist *unser* Problem.«

»Ich wusste nicht, dass er dir gedroht hat.«

Ich antwortete nicht.

»Was hast du zu ihm gesagt, damit er das zu dir gesagt hat?«, fragte sie mich.

Ich habe ihm erzählt, dass sein Vater wegen Susan Sutter die ganze Familie sitzenlassen wollte, und es hat mir gutgetan.

»John? Was hast du zu ihm gesagt?«

»Ich habe nur sein Jobangebot abgelehnt, ohne ihm den nötigen Respekt zu erweisen.«

»Das rechtfertigt wohl kaum die Drohung, die er ausgesprochen hat.«

Ich wechselte das Thema. »Ich glaube, wir sollten gleich nach Ethels Beerdigung in Urlaub fahren.«

»Ich werde darüber nachdenken. Aber heute ist es so schön, und ich brauche eine Pause. Wieso fahren wir also nicht für einen Tag in die Hamptons?«

Wenn sie damit eine Pause zur geistigen Genesung meinte, müssten wir über ein paar Monate reden, aber ich erwiderte: »Gute Idee. Wir machen kurz halt und holen unsere Badesachen.«

»In Southampton gibt es einen Strand, an dem man keine Badesachen braucht.«

»Okay.« Ich änderte den Kurs, und innerhalb von zehn Minuten waren wir auf dem Long Island Expressway und fuhren in Richtung Osten, zu den Hamptons, zum Nacktbaden im Meer.

Ich hatte einst ein Sommerhaus in East Hampton besessen und meine Eltern ebenfalls, und die Familie Sutter verbrachte im Sommer so viel Zeit wie möglich drüben im Osten. Als meine Kinder noch klein waren und ich noch mit meinen Eltern sprach, waren das zauberhafte, barfüßige Sommer voller wundersamer Eindrücke für die Kinder gewesen und voller Liebe und Frieden für Susan und mich.

Ich hatte das Haus wegen meiner Steuerprobleme verkauft und war seit zehn Jahren nicht mehr in den Hamptons gewesen, deshalb freute ich mich jetzt darauf, einen Tag drüben im Osten zu verbringen und nicht mehr an diesen Morgen oder den morgigen Tag denken zu müssen.

»Das wird wie in alten Zeiten«, sagte Susan.

»Noch besser.«

»Und das Beste kommt erst noch.«

»So ist es.«

37

In den Hamptons gibt es keine offiziell ausgewiesenen Nacktbadestrände, aber wir fanden ein abgeschiedenes Stück Strand in Southampton, an dem man inoffiziell die Wahl hat, ob man Badekleidung tragen will oder nicht.

Ich stellte das Auto auf dem kleinen, dem Wind ausgesetzten Parkplatz ab, und wir stiegen aus. Der Strand war an diesem Montag Anfang Juni fast menschenleer, aber zwei Paare waren im Wasser, und als die Brandung ablief, stellten wir fest, dass sie nackt badeten.

Susan und ich rannten zu dem breiten weißen Sandstrand hinab, zogen uns aus und hechteten in das eisige Wasser. »Um Himmels willen«, rief Susan.

Es war kalt, aber wir blieben etwa eine halbe Stunde drin. Bevor wir uns jedoch eine Unterkühlung zuzogen, rannten wir zum Strand, und als wir die Kleidung über unsere nassen Leiber zogen, sagte Susan: »Ich kann mich noch daran erinnern, als wir zum ersten Mal zusammen hier waren. Ich hatte nie zuvor nackt gebadet und hielt dich für verrückt.«

»Verrückt vor Liebe.« Genau genommen gab es eine Menge Sachen, die Susan Stanhope noch nie gemacht hatte, bevor sie mich kennenlernte, und vielleicht hatte mich das an diesem behüteten Mädchen gereizt, das meine Eskapaden so tapfer mitmachte. Natürlich wollte ich sie beeindrucken, und sie wollte mir zeigen, dass sie genau wie alle anderen war. Irgendwann benahmen wir uns wieder wie normale Menschen und stellten erleichtert fest, dass wir einander immer noch mochten.

Wir joggten zurück zum Auto, fuhren ins einstmals idyllische, jetzt mit Boutiquen zugepflasterte Southampton und gönnten uns ein spätes Mittagessen in einem unserer alten Stammlokale, einem Pub namens Driver's Seat. Auf Susans dringende Empfehlung hin bestellte ich mir Salat mit gegrilltem Huhn und Mineralwasser, aber als ich aufstand, um auf die Herrentoilette zu gehen, änderte ich es in Bacon-Cheeseburger mit Pommes und Bier ab. Susan erinnerte sich offenbar an den Trick, und als sie zur Damentoilette ging, gab sie die ursprüngliche Bestellung auf. Ein guter Freund von mir hatte mal zu mir gesagt: »Heirate nie deine Exfrau.«

Nach unserem Salat unternahmen wir einen langen Spaziergang entlang der Job's Lane, die laut einer Tafel im Jahr 1664 angelegt worden war und heute von lauter angesagten Läden, Restaurants und abenteuerlustigen Siedlern aus Manhattan belebt wurde.

»Wollen wir nicht ein bisschen für dich einkaufen?«, sagte Susan.

»Ich habe genug Kleidung.«

»Komm schon, John. Nur ein paar neue Hemden.«

Und so schauten wir in ein paar Geschäften vorbei, kauften ein paar Oberhemden, ein paar Sporthemden, ein paar Krawatten, ein paar Jeans und ein paar andere Sachen, die ich meines Wissens nicht brauchte. Auch Susan kaufte sich das eine oder andere. Weil wir beschlossen, über Nacht in der Gegend zu bleiben, besorgten wir uns außerdem Trainingskleidung und Badesachen, und Susan rief im Gurney's Inn an, in der Nähe von Montauk Point gelegen, und reservierte ein Zimmer mit Meeresblick. Anschließend fuhren wir nach Osten, durch die verbliebenen Ortschaften der Hamptons, darunter auch East Hampton, wo wir einst ein Sommerhaus hatten, und ich fragte sie: »Möchtest du an unserem alten Haus vorbeifahren?«

Sie schüttelte den Kopf. »Zu traurig. Die Kinder haben dieses Haus geliebt und waren so gern dort.« Dann strahlte sie mich an und sagte: »Lass es uns zurückkaufen.«

»Du kannst nicht unsere sämtlichen alten Häuser zurückkaufen«, erwiderte ich.

»Wieso nicht?«

»Nun ja, zum einen wegen des Geldes.«

»Ich möchte ja nicht taktlos klingen, John«, erwiderte sie, »aber eines Tages werde ich meinen Anteil von hundert Millionen Dollar erben.«

Das war das erste Mal, dass ich hörte, was die Stanhopes tatsächlich besaßen, und der Wagen wäre fast von der Straße abgekommen. Bislang war das Stanhope'sche Vermögen, wenn es denn überhaupt erwähnt wurde, immer mit den Adjektiven »geschrumpft« oder »schwindend« verbunden gewesen, weshalb mir William und Charlotte sogar ein bisschen leidtaten. Na ja, nicht wirklich, aber ich hatte ihr Nettoguthaben auf etwa zehn bis zwanzig Millionen geschätzt, daher überraschte mich die Zahl. Jetzt war ich *richtig* verliebt. Ist bloß ein Witz.

Jedenfalls wusste ich, dass Edward und Carolyn, die einzigen Enkel, in Williams Testament stehen würden, und dann waren da noch Susans Bruder Peter, der Tagträumer, und natürlich Charlotte, falls sie William überlebte. Charlotte war jedoch keine Stanhope, deshalb würde ihr, die auf jeden Fall das Geld ihrer eigenen Familie hatte, der Großteil des Stanhope'schen Vermögens entgehen, und durch kluge Steuer- und Vermögensplanung würde das meiste Williams direkten Nachkommen zufallen. Auf diese Weise hatte William es von Augustus bekommen und Augustus von Cyrus.

Ein paar kurze Berechnungen ergaben, dass Susan Stanhope bei Williams Beerdigung eine Flasche Champagner köpfen sollte. Es sei denn natürlich, sie heiratete mich, deshalb erinnerte ich sie: »Dein Anteil könnte eher bei null liegen.«

Darauf hatte sie keine Antwort, aber ich bemerkte, dass sie allmählich auf den Boden der Tatsachen zurückkehrte.

Wir fuhren an Ortschaften vorbei und durch einen trostlosen Dünenstreifen. Irgendwann näherten wir uns der östlichsten Spitze von Long Island, an der das Montauk Point Lighthouse stand. Ich hatte den Leuchtturm vor zehn Jahren zum letzten Mal gesehen, vom Wasser aus, als ich das Kap auf meinem Segeltörn nach Hilton Head umrundet hatte, und ich habe mich schon zigmal gefragt, was geschehen wäre, wenn ich dort angelegt und sie getroffen hätte.

Ich glaube nach wie vor nicht, dass einer von uns zu einer Versöhnung bereit gewesen wäre, aber wenn wir miteinander gesprochen hätten, wäre ich, glaube ich, keine zehn Jahre weggeblieben. Aber wer weiß?

Bevor wir zum Kap kamen, tauchte Gurney's Inn auf der dem Meer zugewandten Straßenseite auf, und ich bog ab und hielt bei der Rezeption.

Wir bezogen unser Zimmer mit Meeresblick, schlüpften in unsere neu erstandenen Trainingssachen und verbrachten ein paar Stunden im Wellness- und Fitness-Bereich.

Susan hatte irgendeine Schönheitsbehandlung gebucht, und ich nutzte die Gelegenheit, um beim Federal Bureau of Investigation in Manhattan anzurufen.

Nach ein paar bürokratischen Umwegen erwischte ich jemanden von der Zielfahndungsgruppe für organisiertes Verbrechen und sagte zu ihm: »Mein Name ist John Sutter, und ich suche Special Agent Felix Mancuso.«

»Und worum geht es, Sir?«

»Er hat vor zehn Jahren einen Fall bearbeitet, in den ich verwickelt war«, erwiderte ich. »Ich würde gern mit ihm reden, wenn er da ist, weil es eine neue Entwicklung gibt.«

»Und er weiß, worum es geht?«

»Ja.«

»Na schön. Momentan ist er nicht zu sprechen, Sir, aber wenn Sie mir sagen, wie Sie zu erreichen sind, wird er sich bei Ihnen melden.«

»Bestens.« Ich gab ihm die Nummer vom Gurney's Inn, die, wie ich ihm sagte, bis morgen früh gültig sei, und nannte ihm dann die Nummer des Stanhope'schen Gästehauses als meine Privatnummer.

»Haben Sie auch eine Mobilnummer, über die wir Sie erreichen können?«

»Ich besitze kein Handy.«

Darauf antwortete er einen Moment lang nicht, und ich dachte schon, ich hätte irgendeine Straftat begangen, deshalb erklärte ich: »Ich bin gerade von London hierher gezogen. Ich werde mir bald eins zulegen.«

»In Ordnung, dann kann also jemand unter diesen Nummern eine Nachricht hinterlassen?«

»Ganz recht. Bestellen Sie Special Agent Mancuso bitte, dass es wichtig ist.«

»Wird gemacht.«

Ich legte auf und begab mich zu einer Paarmassage wieder in den Wellness-Bereich. Susan hatte für sich eine winzige Asiatin engagiert und für mich einen Masseur, der möglicherweise mal wegen Folter verurteilt worden war.

Als wir nebeneinander auf den Tischen lagen, sagte Susan zu mir: »Ich war im Geschäftsbüro und habe den Kindern und meinen Eltern gemailt, um sie wegen Ethels Zustand auf dem Laufenden zu halten, und ich habe ihnen mitgeteilt, dass sie sich darauf vorbereiten sollten, bald herzukommen.«

»Hast du deinen Eltern auch die gute Nachricht überbracht?«

»Nein, und die Kinder habe ich gebeten, niemandem etwas zu sagen, bis du es bekanntgibst.«

»Okay.« Wenn ich Mom und Dad die gute Nachricht überbrachte, fielen sie hoffentlich tot um, bevor sie ihre Tochter enterben konnten. *Hundert Millionen?* Vielleicht hätte ich netter zu ihnen sein sollen. Oder vielleicht sollte ich Sally Da-da anrufen und einen Deal mit ihm einfädeln.

Eigentlich kannte ich mehrere Leute an der Gold Coast und hier in den Hamptons, die Hunderte von Millionen schwer waren, sodass mich diese Zahl nicht völlig aus der Fassung brachte. Was mich aus der Fassung brachte, war, dass *William*, der immer so tat, als stünde er kurz vor der Obdachlosigkeit, so viel Geld besaß. Das stank mir wirklich. Ich meine, dieser geizige, knickrige Mistkerl … aber vielleicht hatte sich Susan bei der Zahl vertan. Es wäre nicht das erste Mal. Eigentlich, dachte ich, könnte es sogar *mehr* sein.

»Worüber denkst du nach?«, fragte Susan.

»Ach … darüber, wie ich deinen eingeölten Körper aufs Zimmer kriege.«

Die Masseurin kicherte, der Masseur gluckste, und Susan sagte: »John.«

Den Rest der Massage brachten wir schweigend hinter uns, dann schleppten wir uns aufs Zimmer. Das Nachrichtenlämpchen am Telefon leuchtete nicht, und wir liebten uns, machten ein Nickerchen, zogen uns an, gingen hinunter in die Cocktaillounge und betrachteten den Ozean und den dunkler werdenden Himmel.

Wir hatten einen Tisch fürs Abendessen reserviert und kamen zu spät und beschwipst ins Restaurant, als die Sonne endgültig unterging.

Susan schaute mich über den von Kerzen erleuchteten Tisch hinweg an und sagte: »Ich hätte nie gedacht, dass du mir noch einmal in einem Restaurant gegenübersitzen würdest.«

Ich nahm ihre Hand. »Wir haben viele schöne Jahre vor uns.«

»Das weiß ich.«

Ihr Handy klingelte. Sie warf einen Blick darauf und sagte

zu mir: »Ich muss nicht rangehen.« Sie stellte das Telefon ab und steckte es zurück in ihre Handtasche.

Ich war mir nicht sicher, ob ich fragen sollte, wer angerufen hatte – es hätten ihre Eltern sein können, oder unsere Kinder, die auf ihre E-Mail reagierten, oder Elizabeth mit schlechten Nachrichten. Es hätte aber auch ein Mann sein können. Und wenn ich es erfahren sollte, hätte sie es mir gesagt.

Weil sie nicht mehr ganz so fröhlich wirkte, fragte ich schließlich doch: »Wer war das?«

»Die Polizeidienststelle des Bezirks Nassau.«

»Spiel die Nachricht ab.«

»Später.«

»Jetzt.«

Sie holte ihr Handy heraus und reichte es mir. Ich drückte das Telefon ans Ohr und hörte: »Hallo, Mrs Sutter, hier spricht Detective Nastasi von der Polizeidienststelle des Bezirks Nassau. Ich wollte Ihnen nur Bescheid sagen, dass ich den Beschuldigten heute Abend zu Hause angerufen habe und seine Frau mir mitgeteilt hat, dass er für unbestimmte Zeit verreist ist. Rufen Sie mich zurück, wenn es Ihnen passt. Und geben Sie das bitte an Mr Sutter weiter.«

Ich drückte auf die Wiedergabetaste und reichte ihr das Telefon. Während sie zuhörte, überlegte ich, weshalb Anthony Bellarosa verreist sein könnte. Dass passte irgendwie nicht, denn angeblich musste er wegen John Gottis bevorstehendem Tod in der Nähe seines Hauses bleiben. Aber vielleicht hatte Onkel Sal vorzeitig losgeschlagen, und Anthony war irgendwo draußen im Ozean und fütterte die Fische, wie man so schön sagt. Wäre das nicht wunderbar? Aber wenn nicht, war Anthonys Verschwinden eher besorgniserregend als tröstlich.

Susan ließ ihr Telefon wieder in ihrer Tasche verschwinden.

»Wir rufen ihn morgen an«, sagte ich.

Sie wechselte das Thema. »Ich möchte, dass du etwas von der Wellness-Karte bestellst.«

»Warum? Was habe ich angestellt?«

»Man ist, was man isst.«

»Nun ja, dann muss ich mich in Hochrippe umbenennen.«

»Ich empfehle den gedünsteten Heilbutt.«

»Ich hatte Fischöl zum Frühstück.«

»Ich möchte dich noch lange bei mir haben.«

»Es wird mir sehr lange vorkommen, wenn ich diesen Mist essen muss.«

»Nur zu, dann bestell dir dein Steak und bring dich um.«

»Danke.«

Mit einer Flasche einheimischem Chardonnay war der Heilbutt gar nicht so übel.

Als wir wieder in unser Zimmer kamen, leuchtete das Nachrichtenlämpchen noch immer nicht.

Ich *musste* nicht mit Felix Mancuso sprechen, aber wenn es einen Ordnungshüter gab, der etwas von diesem Fall verstand, der nicht nur die Fakten und die Vorgeschichte kannte, sondern auch über die menschliche Seite dessen Bescheid wusste, was vor zehn Jahren vorgefallen war, war es dieser Mann. Er hatte nicht nur versucht, meine Seele vor dem Bösen zu retten, sondern ärgerte sich auch, dass sich seine Kollegen als Zuhälter für Don Bellarosa betätigten.

Es konnte natürlich sein, dass Mancuso im Ruhestand, versetzt oder tot war, aber wenn nicht, würde ich von ihm hören, das wusste ich.

Susan und ich gingen hinaus auf den Balkon und schauten aufs Meer. Am Horizont sah ich die Lichter der großen Ozeandampfer und Frachter, und über uns setzte ein Flugzeug zur Landung auf dem Kennedy Airport an oder befand sich auf dem Weg nach Europa oder in die übrige Welt.

»Meinst du, du wirst wieder segeln?«, fragte Susan.

»Nun ja, was ist ein guter Yachtclub ohne eine Yacht?«

Sie lächelte, sagte dann aber ernst: »Ich möchte, dass du nie wieder allein segelst.«

Ich war nicht ganz allein gewesen, aber ich verstand, was sie meinte, und erwiderte: »Ich werde nicht ohne dich segeln.«

Wir hörten der Brandung zu, die an die Küste schwappte, und ich starrte gebannt in den nächtlichen Himmel und den schwarzen Ozean.

»Wie war es?«

Ich schaute weiter in die dunkle Sternennacht und erwiderte: »Einsam.« Ich dachte einen Moment lang nach, bevor ich sagte: »Da draußen kann man sich bei Nacht mühelos vorstellen, dass man der einzige lebende Mensch auf Erden ist.«

»Das klingt schrecklich.«

»Manchmal. Aber meistens hatte ich das Gefühl ... als gäbe es nur mich und Gott. Ich meine, man kann da draußen ein bisschen verrückt werden, aber das ist nicht unbedingt schlecht. Man hat viel Zeit zum Nachdenken, und man lernt sich selbst kennen.«

»Hast du auch an mich gedacht?«

»Ja, das habe ich. Jeden Tag und jede Nacht.«

»Und was hat dich daran gehindert, auf Heimatkurs zu gehen?«

Darauf gab es viele Antworten – Wut, Stolz, Trotz und die völlige Freiheit, die man hat, wenn man freiwillig ins Exil geht und weder ein Heimatland noch einen Job hat. Aber zu Susan sagte ich: »Wenn ich es weiß, sage ich dir Bescheid.«

Wir fläzten auf den Clubsesseln und betrachteten den Himmel, irgendwann schliefen wir unter dem Sternenzelt ein.

Im Schlaf hörte ich den Ozean, spürte die Meeresbrise und roch die salzige Luft, und ich träumte, ich wäre wieder auf See. Aber diesmal war Susan bei mir.

DRITTER TEIL

Die Gegenwart ist die lebende Gesamtsumme der Vergangenheit

Thomas Carlyle
»Characteristics«

38

Tags darauf, am Dienstagmorgen, war es teilweise bewölkt, und nach einem Lauf zum Strand und einem die Seele stärkenden Wellness-Frühstück fuhren wir zurück nach Lattingtown und Stanhope Hall. Das ist eine etwa zweistündige Fahrt, und in dieser Zeit sprachen wir über die letzten zehn Jahre und versuchten den Zeitraum auszufüllen, den Susan als »die verlorenen Jahre« bezeichnete. Außerdem war bislang kein wichtiger oder unwichtiger Partner erwähnt worden, sodass es ein paar Lücken in den historischen Aufzeichnungen gab. Eine Art Schwarze Löcher. Allerdings erinnerte Susan mich: »Ruf Samantha an.«

Ich überlegte, ob ich sie fragen sollte, wann, wo und wie sie mit Frank Bellarosa angebandelt hatte, aber die Frage würde ihr nicht gefallen. Außerdem wurde mir klar, dass mir das nicht mehr zu schaffen machte, folglich kam ich vielleicht wirklich darüber hinweg oder zumindest damit zurecht.

Ich stieß durch das Tor von Stanhope Hall, und wir bemerkten einen Umzugslaster, der neben dem Pförtnerhaus stand. Außerdem sah ich Elizabeths SUV, deshalb hielt ich an, und Susan und ich stiegen aus und gingen ins Pförtnerhaus.

Elizabeth, die Jeans und ein T-Shirt trug, stand in der Diele und beaufsichtigte den Umzug. Sie sah uns und sagte: »Guten

Morgen. Ich habe am Gästehaus vorbeigeschaut, um euch zu sagen, dass ich das Haus räume, aber ihr wart nicht da. Ich dachte, es wäre gut, wenn das erledigt ist, damit wir nach der Beerdigung nicht mit Nasim wegen der Karenzzeit verhandeln müssen.« Sie wandte sich an mich und sagte: »John, ich hoffe, ich werfe dich nicht raus.«

Nun ja, nein, aber du schneidest mir meinen Rückzugsweg ab. Jetzt kann ich nirgendwohin, wenn die Stanhopes eintreffen.

»John?«

»Nein. Ich brauche das Haus nicht mehr.«

»Genau das hast du gesagt. Die Möbelpacker können deine Kartons und Akten zum Gästehaus bringen, wenn du willst.«

»Danke«, sagte ich, bevor sie auf ihr früheres Angebot zurückkommen konnte, mich und meine Akten in ihrem Haus unterzubringen.

»Wie geht es deiner Mutter?«, fragte Susan.

Elizabeth zuckte die Achseln. »Unverändert. Ich weiß, dass das Ende nah ist, und ich kann es kaum fassen … aber ich habe mich damit abgefunden.« Sie blickte sich im Pförtnerhaus um. »Sie waren über sechzig Jahre hier … und jetzt … tja, das Leben geht weiter.« An Susan gewandt sagte sie: »Ich habe John gefragt, ob Nasim es möglicherweise verkaufen will, aber Nasim möchte es für sich selbst. Wir hätten wieder Nachbarn werden können.«

»Das wäre wunderbar gewesen«, erwiderte Susan in einem Tonfall, der ziemlich ehrlich klang. »Ich wollte meine Putzfrau herschicken, und es tut mir leid, wenn John ein Chaos hinterlassen hat.«

John wollte sagen, dass Elizabeth ein größeres Chaos hinterlassen hatte, aber John weiß, wann er den Mund halten muss.

»Ach, mach dir darüber keine Gedanken.« Elizabeth winkte ab. »Ich bin hier raus, und Nasim kann tun, was er möchte. Er ist vorhin vorbeigekommen, und ich habe ihm gesagt, dass er das Haus sofort haben kann.« Mit einem Blick zu ihrem Anwalt fragte sie: »In Ordnung?«

»Du bist die Testamentsvollstreckerin«, erwiderte ich.

»Er wusste übrigens von seiner Frau, dass ihr wieder zusammen seid und gemeinsam im Gästehaus wohnt. Er wünscht euch beiden viel Glück.«

»Das ist sehr nett«, sagte Susan.

Immerhin konnte Mr Nasim jetzt Wachschutzleute im Pförtnerhaus unterbringen, allerdings würde ich ihm von Bell Security abraten. Er fragte sich jetzt vermutlich, wie sich diese neue Entwicklung auf seine Absicht auswirken würde, Susan zum Verkauf zu bewegen. Vielleicht sollte ich Nasim erklären, dass auch wir Sicherheitsprobleme hatten und ich eine Schrotflinte besaß, sodass wir unsere Kräfte vereinen und uns im Falle eines Angriffs gegenseitig Feuerschutz geben konnten.

Susan unterbrach meine taktischen Überlegungen und sagte zu Elizabeth: »Meinen Eltern haben wir noch nicht erzählt, dass wir wieder vereint sind. Erwähne es also bitte nicht, wenn du mit ihnen sprichst.«

»Alles klar.«

»Das Gleiche gilt für Johns Mutter und Pater Hunnings.«

»Ich erwähne es gegenüber keiner Menschenseele.«

»Danke. »Hast du etwas dagegen, wenn ich meine Kamera hole und ein paar Fotos mache, bevor alles ausgeräumt ist?«

»Das habe ich bereits getan«, erklärte Elizabeth, »und ich schicke dir Abzüge. Das war das einzige Zuhause, das ich in meiner Kindheit jemals kannte, und ich werde all die Erinnerungen vermissen, die immer hochkamen, wenn ich Mom besucht habe.« Sie warf mir einen kurzen Blick zu und lächelte, und ich dachte schon, sie würde Susan erzählen, dass sie als Halbwüchsige in mich verknallt gewesen sei. Aber Elizabeth ist keine Brunnenvergifterin, und sie schloss: »Das waren schöne Zeiten, als wir noch alle hier auf Stanhope Hall lebten.«

Susan, die ein sensibles Seelchen ist, schloss Elizabeth in die Arme, und beide bekamen feuchte Augen.

Ich weiß nie, was ich machen soll, wenn Frauen rührselig werden – soll ich mitmischen?

Die Damen fingen sich wieder, und Susan sagte: »Falls wir nicht daheim sein sollten, können die Möbelpacker die Kartons in meinem Büro abstellen. In Johns Büro. Die Tür ist nicht abgeschlossen.«

»Ich werde das beaufsichtigen«, erwiderte Elizabeth. Und sie erinnerte mich: »Ich habe immer noch den Brief, den Mom an dich geschrieben hat, aber ich habe das Gefühl, dass es nicht richtig wäre, ihn dir zu geben, bevor sie einschläft.«

»Da hast du recht«, versicherte ich ihr, auch wenn ich nicht glaubte, dass Ethel sich wieder berappeln, aufsetzen und fragen würde: »Darf ich den Brief noch mal sehen?«

Wir plauderten noch ein paar Minuten, bevor Susan und ich wieder in den Lexus stiegen und Susan fragte: »Was für ein Brief?«

»Ethel hat mir einen Brief geschrieben, der mir nach ihrem Tod ausgehändigt werden soll.«

»Wirklich? Was, glaubst du, steht drin?«

»Ihr Rezept für Holzapfelgelee.«

»Mal ernsthaft.«

»Ich weiß es nicht, aber es wird nicht mehr lange dauern, bis wir's erfahren.«

Beim Gästehaus angekommen, luden wir alles aus und verbrachten die nächste halbe Stunde damit, mich noch heimischer zu machen. Allmählich bekam ich das Gefühl, wieder daheim zu sein, und es tat gut.

Ich fragte Susan nach dem Code für das Telefon und ging ins Büro, aber für mich lagen keine Nachrichten vor, nur ein paar von ihren Freundinnen.

Susan gesellte sich zu mir und fragte: »Erwartest du einen Anruf?«

»Ja.«

»Wer weiß, dass du hier bist?«

»Die Polizei, unsere Kinder, Elizabeth. Mr und Mrs Nasim, Anthony Bellarosa und Felix Mancuso.«

»Wer ist Felix … o ja. Ich erinnere mich. Wieso hast du ihn angerufen?«

»Wegen Anthony Bellarosa.«

Sie zuckte die Achseln. »Tu, was du tun musst.«

»Mit deiner Hilfe und Unterstützung. Ich möchte, dass wir hier eine Alarmanlage installieren lassen.«

»Dieses Haus kommt seit einhundert Jahren ohne Alarmanlage aus, und ich gedenke auch jetzt nicht, eine einbauen zu lassen«, erklärte Susan.

»Tja, dann sollten wir zur Abwechslung mal die Türen abschließen und die Fenster verriegeln.«

»Ich verriegle sie abends.«

Meine verstorbene Tante Cornelia, die in einem viktorianischen Haus in Locust Valley wohnte, schloss weder die Türen noch die Fenster ab, außer nachts, falls sie daran dachte. Es ist eine generationsbedingte Sache, verbunden mit der Aussage: »Ich habe keine Angst und werde nicht anderer Leute wegen meine gewohnte Lebensweise ändern.« Das gefiel mir, aber es läuft der Realität zuwider. Wir alle haben zum Beispiel seit dem 11. September unsere Lebensweise geändert, und das muss uns nicht unbedingt gefallen, aber es bleibt uns nichts anderes übrig.

Susan indessen war auf diesem Nostalgietrip und versuchte ihr Leben von vor zehn Jahren wiederauferstehen zu lassen. Sie hatte ihr altes Haus zurückbekommen und ihren alten Ehemann, war wieder ihren Clubs beigetreten und dachte daran, unser ehemaliges Sommerhaus in East Hampton zu kaufen. Mit Geld kann man allerhand machen, aber man kann die Uhr nicht zurückdrehen. Und wenn man es versucht, ist das Ergebnis oftmals enttäuschend oder, wie in unserem Fall, gefährlich.

In diesem Sinne fragte ich Susan: »Wo, glaubst du, ist die Schrotflinte?«

»Ich *glaube,* sie ist im Keller, John. Ich weiß es nicht. Ich habe noch nicht alle Kisten ausgepackt.«

»Ich gucke später nach.«

»Mach die Kiste mit der Aufschrift ›Freunde‹ nicht auf.«

»Hast du deine alten Freunde in eine Kiste gesteckt?«

»Nur ihre Asche. Ich sehe später nach.«

Sie setzte sich an den Schreibtisch, rief ihre E-Mails ab und sagte: »Hier sind Antworten von Edward, Carolyn und meiner Mutter.« Sie las sie und verkündete: »Sie bestätigen nur, dass sie die Nachricht bekommen haben … und sagen, wir sollen ihnen Bescheid geben …«

»Deine Eltern denken, sie übernachten hier«, erinnerte ich sie.

»Mal sehen, wie es läuft.«

»Susan, sie werden in einem Mietwagen vor deiner Tür aufkreuzen.«

»Vor *unserer* Tür, mein Schatz.«

»Und sie werden ganz und gar nicht erfreut sein.«

»Dann können sie umkehren und woandershin gehen.«

»Meiner Meinung nach solltest du ihnen einen Tipp geben … einen Hinweis vielleicht. Wie zum Beispiel: ›Ich lebe mit einem Mann zusammen, mit dem ich früher mal verheiratet war.‹«

Sie hämmerte auf die Tasten ein und sagte: »Liebe Mom, lieber Dad … ich habe einen Freund, der fast genauso aussieht wie … nein, wie wär's damit … Aus Gründen, die ich jetzt nicht näher erklären kann, habe ich für Euch ein Zimmer reserviert … wo?«

»Motel Nummer sechs in Juneau, Alaska.«

»Hilf mir, John.«

»Sieh zu, ob im Creek ein Cottage frei ist. Als Mitglied kannst du sie dort unterbringen. In den Gästezimmern des Seawanhaka ebenfalls.«

Sie beendete die E-Mail und sagte zu mir: »Wenn ich die abschicke, werden sie anrufen und fragen, warum sie nicht hier wohnen können.«

»Sag ihnen, deine Unterhaltszahlungen decken die Ausgaben nicht, deshalb musstest du Pensionsgäste aufnehmen.«

Sie schaltete den Computer aus, ohne die E-Mail abgeschickt zu haben. »Lass sie herkommen, und wir befassen uns dann damit.«

»Das ist eine großartige Idee.« Und um in die richtige Stimmung für dieses Wiedersehen zu kommen, fügte ich hinzu: »Ich habe einen fröhlichen und beschwingten Spruch für den Moment einstudiert, da sie aufkreuzen.« Ich nahm sie an der Hand und führte sie zur Tür, öffnete sie und sagte: »Da sind sie ja, und bereits ausgestiegen.«

»John –«

Ich trat hinaus, riss die Arme hoch und rief: »Mom! Dad! Ich bin wieder dahaaa!«

Susan fand das komisch, erinnerte mich aber trotzdem: »Du bist ein Idiot.«

Wir gingen ins Büro zurück, wo ich die Karte von Detective Nastasi aus meiner Brieftasche holte. Ich wählte seine Büronummer und kam auf Anhieb durch. »Detective, hier ist John Sutter, ich sollte Sie zurückrufen.« Ich drückte auf die Lautsprechertaste, damit Susan mithören konnte.

»Stimmt«, sagte Detective Nastasi. »Nun, Sie haben meine Nachricht erhalten. Seine Frau sagt, er ist verreist.«

»Zu mir hat Bellarosa am Sonntag gesagt, er habe eine anstrengende Woche vor sich, weil man damit rechne, dass John Gotti bald stirbt, und er zu Totenwache und Beerdigung gehen müsse.«

»So? Nun, Gotti ist gestern Nachmittag im Gefängnishospital der Bundeshaftanstalt in Springfield gestorben. Es kam in den Zeitungen und Nachrichten.«

»Ich habe nichts mitbekommen«, erwiderte ich. Ich wollte

ihn fragen, ob Jenny Alvarez noch für die Mafia-Berichte zuständig war – sie könne ein paar Insiderinformationen haben –, überlegte es mir aber anders und sagte stattdessen: »Vielleicht ist Bellarosa nach Springfield gefahren.«

»Kann sein. Ich habe mich beim Wachschutzmann von Alhambra erkundigt, und der Typ sagt, er habe Bellarosa nicht mehr gesehen, seit er gestern früh weggefahren ist, und gerade habe ich noch mal im Schilderhaus angerufen, und ein anderer Typ sagte das Gleiche.«

»Nun ja, Sie sollten vielleicht wissen, dass Bell Security eine Tochterfirma von Bell Enterprises ist, deren Vorstands- und Aufsichtsratsvorsitzender sowie Hauptaktionär Anthony Bellarosa ist.«

»Tatsächlich? Wie wär's damit: Halten Sie das für einen Zufall?«

»Äh … nein.«

Nastasi lachte. »Ich habe Anthony Bellarosa heute durch einen Freund von mir bei der Bezirksstaatsanwaltschaft überprüfen lassen. Laut der Akte ist Bell Enterprises seine rechtmäßig eingetragene Firma in Rego Park – Wäscheservice, Restaurantbedarf, Müllabfuhr, Limousinenservice – das übliche Mafia-Zeug.«

Ich konnte nur hoffen, dass nichts über meine neue Anwaltskanzlei Sutter, Bellarosa und Roosevelt vorlag.

»Wir wissen also über Bell Security Bescheid«, versicherte er mir, bevor er fragte: »Woher wissen *Sie* das?«

»Er hat's mir gesagt.«

Ohne einen Kommentar dazu abzugeben, sagte Detective Nastasi: »Wissen Sie, als ich mit seiner Frau gesprochen habe, hatte ich den Eindruck, dass er wirklich weg ist, und ich habe auch seinen Escalade nirgendwo gesehen. Möglicherweise ist er also tatsächlich nach Springfield geflogen, um bei Gottis Familie zu sein.«

»Vielleicht können Sie das nachprüfen.«

»Vielleicht. Na gut, Mr Sutter, wir bleiben an der Sache dran, und sobald ich mit Bellarosa gesprochen habe, melde ich mich wieder bei Ihnen. Falls Sie ihn, da Sie ein Nachbar sind, unterdessen sehen oder etwas über seinen Verbleib hören sollten, dann rufen Sie mich an, aber machen Sie sich nicht auf die Suche nach ihm.«

»Das habe ich nicht vor.«

»Gut.« Dann sagte Nastasi: »Man hat das Herrenhaus abgerissen.«

»So ist es.«

»Das war vielleicht ein Haus. So was wird heute nicht mehr gebaut.«

»Nein.«

»Was glauben Sie, für wie viel diese Häuser weggehen?«

»Ich weiß es nicht …« Ich warf einen kurzen Blick zu Susan, die drei Finger hochhielt, und erwiderte: »Um die drei.«

»Im Ernst?«

»Vielleicht lohnt sich Verbrechen doch«, wandte ich ein.

»Wir haben nichts gegen ihn vorliegen.«

Ich wurde ungeduldig und sagte deshalb: »Sie müssen genauer hinsehen.«

»Tja, das ist die Aufgabe der Staatsanwaltschaft und der FBIler.«

»Als Anwalt weiß ich, dass das FBI im Fall einer Drohung und Belästigung nicht zuständig ist, aber vielleicht sollten Sie die Zielfahndungsgruppe für organisiertes Verbrechen anrufen und feststellen, ob man seine Unternehmungen dort aus anderen Gründen verfolgt.«

»Das FBI würde mir nicht mal was sagen, wenn mein Arsch in Flammen stünde.«

»Na schön … aber wenn sie ihn wegen anderer Dinge überwachen, sollten sie über diese Sache Bescheid wissen, nur für den Fall …«

»Okay. Ich kümmere mich darum.«

»Gut.«

»Irgendwelche weiteren Vorschläge?«

Seltsamerweise glaubte ich nicht, dass er es spöttisch meinte. Ich glaubte, er wolle sich nur absichern, falls Susan in seinem Dienstbereich umgelegt werden sollte. Ich erwiderte: »Ich bin davon überzeugt, dass Sie alles tun, was Sie können, aber ich wäre Ihnen sehr verbunden, wenn sämtliche Streifenwagen in der Gegend über meine Anzeige Bescheid wüssten.«

»Sie wurden bereits verständigt. Sobald ich mit Bellarosa spreche, werde ich die Situation und die entsprechende Reaktion darauf neu beurteilen.«

»In Ordnung. Danke, dass Sie an der Sache dranbleiben.«

»Einen schönen Tag noch und viele Grüße an Mrs Sutter.«

»Danke.«

Ich legte auf und schaute Susan an, die jetzt in einem Clubsessel saß, in einer Zeitschrift blätterte und nun sagte: »Ich glaube, er ist mit der Familie Gotti in Missouri, folglich müssen wir eine Zeitlang nicht an diese Sache denken.«

»Stimmt.« Leider lief es in diesen Kreisen anders. Sally Da-da war nicht einmal im Staat gewesen, als er versucht hatte, Frank umlegen zu lassen. Das war keine Aufgabe, die ein Don oder Capo persönlich übernahm; deswegen bezeichnete man es als Auftragsmord. Und deswegen war der Typ, der ihn in Auftrag gegeben hatte, in Florida, als er ausgeführt wurde.

Und *deswegen* musste man in der Nähe seiner Feinde bleiben; denn wenn man nicht wusste, wo sie waren, wurden sie umso gefährlicher.

Susan sagte: »Komm mit mir nach Locust Valley. Ich brauche ein bisschen Wein und Schnaps, und ich möchte ein paar Lebensmittel kaufen. Ich lasse dich ein Müsli aussuchen, das du magst.«

Eigentlich wollte ich auf Mancusos Anruf warten und die Schrotflinte suchen, aber weil ich fand, dass ich sie begleiten sollte, sagte ich: »Na schön. Klingt nach Spaß.«

»Mit dir einkaufen zu gehen macht alles andere als Spaß.«

Zum Thema die Exfrau nie wieder heiraten hatte mein Freund außerdem gesagt: »Sie kennen deinen Namen, den Dienstrang und die Seriennummer noch vom letzten Mal, als sie dich geschnappt haben.«

Nun ja, das war sehr zynisch, hatte aber den Vorteil, dass wiedervereinte Paare auf das lange, stressige Werben verzichten konnten und nicht ständig beste Manieren an den Tag legen mussten.

Wir stiegen in den Lexus, und Susan wollte fahren. Sie sagte: »Wir sollten deinen Mietwagen abstoßen.«

»Ich brauche ein Auto.«

»Kauf dir eines.«

»Susan, meine Süße, ich habe kein Geld und bekomme in diesem Land auch keinen Kredit.«

»Wirklich? Tja, ich schon.«

»Was glaubst du, wie viel mir dein Vater gibt, wenn ich wieder nach England gehe?«

»Einhunderttausend. Das ist sein übliches Angebot für inakzeptable Männer.«

»Ich wünschte, ich hätte das früher gewusst.«

»In deinem Fall hätte er es verdoppelt.«

»Ich teile es mit dir.«

Als wir uns dem Pförtnerhaus näherten, sahen wir Elizabeth davorstehen, deshalb hielt Susan an und Elizabeth kam zum Auto und beugte sich zu meinem Fenster. Sie trug den gleichen Fliederduft wie neulich. Susan sagte: »Hast du Lust, uns heute Abend beim Essen Gesellschaft zu leisten? Das bringt dich auf andere Gedanken.«

»Danke, aber ich möchte zurück zum Fair Haven.«

»Das kann ich verstehen«, sagte Susan. »Aber falls du deine Meinung ändern solltest – wir sind gegen sieben im Creek.«

Damit wurde mir erstmals klar, dass Susan nicht kochen wollte, und ich war erleichtert, selbst wenn sie in den letzten zehn Jahren gelernt haben sollte, wozu all die Sachen in der Küche gut waren. Andererseits war ich alles andere als froh darüber, dass wir in den Creek gehen wollten.

Elizabeth wandte sich an mich und sagte: »Ich habe eine Kiste Holzapfelgelee für dich.«

»Danke.«

»Das ist Johns Honorar für die Verwaltung des Nachlasses«, erklärte sie Susan.

Ich dachte schon, Susan würde sagen: »Kein Wunder, dass er pleite ist.« Stattdessen erwiderte sie: »Ruf an, wenn du doch auf einen raschen Drink in den Club kommen möchtest.«

»Danke.«

Dann waren wir unterwegs nach Locust Valley. »Eigentlich möchte ich nicht in den Creek gehen«, sagte ich.

»Bringen wir's hinter uns.«

»Wie könnte ich so eine Einladung ausschlagen?«

»Du weißt genau, was ich meine.«

Ich dachte darüber nach, dann erwiderte ich: »Na schön. Klingt nach Spaß. Vielleicht ist Althea Gwynn da.«

Wir fuhren nach Locust Valley und hielten beim erstbesten Wein- und Spirituosenladen, dann an einem Supermarkt, wo wir ein paar Frauen über den Weg liefen, die Susan kannte, und auch ein paar, die ich kannte. Wir ergingen uns jedes Mal im üblichen Supermarktgeplauder, und nur eine Frau, Beatrice Brown alias »Bee-bee«, sagte etwas Provokantes: »Ich bin überrascht, dass Sie wieder da sind, John.«

»Und ich bin überrascht, dass Sie immer *noch* da sind.«

Bee-bee wusste nicht recht, wie sie das auffassen sollte, krallte sich an ihren Einkaufswagen und zog ab.

»Du hättest sagen sollen: ›Es ist wunderbar, wieder da zu sein‹«, riet mir Susan.

»Es ist wunderbar, wieder da zu sein.«

»Geh nie direkt auf eine provozierende Äußerung oder eine Fangfrage ein.«

»Es ist wunderbar, wieder da zu sein.«

Eine halbe Stunde später hatten wir unsere Einkäufe erledigt und verstauten die Sachen im Kofferraum. Susan fragte: »Brauchst du noch irgendetwas? Toilettenartikel? Arzneimittel?«

»Es ist wunderbar, wieder da zu sein.«

Sie seufzte, setzte sich ans Steuer, und wir fuhren heim.

Unterwegs sagte sie: »Ich möchte, dass du heute deine Mutter anrufst.«

»Wenn ich sie anrufe, kann ich ihr aber nicht sagen, dass wir wieder zusammen sind, weil sie womöglich deine Eltern anruft.«

»Bitte Sie darum, es nicht zu tun. Sie muss erfahren, dass ihr Sohn jetzt mit seiner Exfrau zusammenlebt. Und sie muss es vor meinen Eltern erfahren, und vor der Beerdigung.«

»Woher kommen diese Regeln?«

»Das ist ein Gebot der Vernunft und des Anstands.«

»Was würde Emily Post dazu sagen?«

»Sie würde sagen, du sollst tun, was deine angehende Braut dir sagt.«

»Es ist wunderbar, wieder da zu sein.«

Sie streckte die Hand aus, kniff mich in die Wange und sagte: »Es ist wunderbar, dich wiederzuhaben.«

39

Beim Gästehaus angekommen, entluden wir den Lexus.

»Lass uns zum Sund joggen«, schlug Susan vor.

»Ich habe in meinem neuen Büro allerhand zu erledigen, und ich muss in meiner Sockenschublade Ordnung schaffen.«

»Okay, gute Idee, dann laufe ich allein. In etwa einer Stunde bin ich wieder da.«

»Ich möchte nicht, dass du auf der Grace Lane oder irgendwo außerhalb des Grundstücks joggst.«

»John –«

»Lauf auf dem Anwesen. Nicht jeder hat ein achtzig Hektar großes Grundstück«, erinnerte ich sie. »Vielleicht stoße ich später zu dir.«

Sie wirkte leicht ungehalten, als sie sagte: »Mir war nicht klar, dass ich so herumkommandiert werden würde.«

Damit waren wir schon zu zweit, aber ich erwiderte: »Tu mir einfach den Gefallen.«

»Tu ich doch immer. In Ordnung, wir sehen uns in etwa einer Stunde.«

»Nimm dein Handy mit und ruf mich an, oder ich rufe dich an.«

»Ja, Sir.«

»Und keine Shorts.«

Sie lächelte und ging nach oben, um sich umzuziehen. Ich betrat mein Büro und sah die Akten- und Umzugskartons sowie eine Kiste Holzapfelgelee, die an der Wand gestapelt waren.

Das Nachrichtenlämpchen am Telefon blinkte, und ich hörte die einzige Nachricht ab: »John Sutter, hier spricht Felix Mancuso. Sie baten um einen Rückruf.« Er nannte seine Handynummer, die ich auf die Rückseite von Detective Nastasis Karte schrieb, dann löschte ich die Nachricht.

Um die Zeit totzuschlagen, bis Susan aufbrach, blickte ich mich in meinem alten Büro um und dachte an die vielen Abende, an denen ich bis spätnachts am Schreibtisch gesessen und versucht hatte, die Steuer- und Vermögensprobleme anderer Leute zu lösen, die sie sich größtenteils selbst eingebrockt hatten.

Über der Couch entdeckte ich eine Neuerung – drei von Susans Ölgemälden von berühmten Ruinen der Gegend: die Kapelle von Laurelton Hall, Louis C. Tiffanys Art-nouveau-Villa; ein paar steinerne Säulen von den Überresten des Meudon, eines Palastes mit achtzig Zimmern, der dem Meudon Palace am Stadtrand von Paris nachempfunden war; und die Kolonnade eines Herrenhauses namens Knollwood, das einst die Heimstatt eines gewissen Zog gewesen war, des letzten Königs von Albanien, was mich daran erinnerte, dass Mr Nasim nicht der erste Ausländer war, der sich ein Stück Gold Coast gekauft hatte, und auch nicht der letzte sein würde.

Als ich mir die Bilder anschaute, wurde mir bewusst, dass Susan wirklich Talent hatte, und ich fragte mich, warum sie nicht mehr malte. Vielleicht, dachte ich, hatte es etwas mit ihrem letzten Werk zu tun, Alhambra, und all den schlechten Erinnerungen, die mit diesem Einzugsgeschenk für die Bellarosas verbunden waren. Und das erinnerte mich natürlich an meinen Vandalismus in Anthonys Herrenzimmer. Ich würde jede Wette eingehen, dass er stinksauer wurde, sobald er die Zerstörung sah. Darüber hinaus würde ich wetten, dass Sigmund Freud

Spaß daran hätte, mir mein destruktives Verhalten zu erklären. Und vielleicht käme er zu dem Schluss, dass ich, abgesehen von den unglückseligen Erinnerungen, die dieses Bild in mir auslöste, unterbewusst versuchte, Anthonys Aufmerksamkeit und Zorn von Susan auf mich abzulenken. Tja, Sigmund, so unterbewusst war das gar nicht.

Susan rief: »Bis später.«

Ich setzte mich an den Schreibtisch und blickte zum Telefon, zögerte jedoch. Ich hatte Felix Mancuso aus einer Intuition heraus angerufen, aber da ich wusste, wie die Polizei arbeitete, sagte ich mir, dass dies ein Verstoß gegen das Protokoll war, über den sich Detective Nastasi ganz und gar nicht freuen würde. Wie er erklärt hatte, würde ihm das FBI nicht einmal Bescheid sagen, wenn sein Arsch in Flammen stünde, und ich war mir sicher, dass er ihnen ebenfalls wichtige Informationen vorenthielt. Außerdem hatte er gesagt, *er* wolle sich mit dem FBI in Verbindung setzen.

Andererseits hatte ich einst eine persönliche Beziehung zu Felix Mancuso, und er war ein kluger und anständiger Mann, dem ich vertraute. Ich hatte ihm insgeheim einen Spitznamen gegeben, Heiliger Felix, aber er war nicht nur ein Weltverbesserer, sondern auch ein taffer Mann, der die kriminellen Umtriebe der Mafia aufgrund seiner italienischen Herkunft, dessen war ich mir sicher, zu persönlich nahm – seine *Paesanos* waren ihm peinlich und stanken ihm.

Schon deshalb musste ich mit ihm sprechen und um sicherzugehen, dass ich sämtliche Vorkehrungen traf. Denn wenn etwas passierte und ich der Hackordnung wegen nicht alles in meiner Macht Stehende getan hatte, dann … tja, es war müßig, weil ich alles in meiner Macht Stehende tun *würde*, um Susan zu beschützen. Einer von uns musste es tun.

Ich wählte Felix Mancusos Handynummer, und er meldete sich.

»Hallo, Mr Mancuso, hier spricht John Sutter.«

»Hallo, Mr Sutter. Was verschafft mir die Ehre Ihres Anrufs?«

Ich erinnerte mich, dass Felix Mancuso ein ziemlich förmlicher Mann war, was seine Manieren und seine Ausdrucksweise anging. Als Special Agent war er zugleich Anwalt, aber das machte ihn zu keinem üblen Kerl. Ich erwiderte: »Ich rufe Sie leider wegen nahezu der gleichen Sache an wie bei unserem letzten Gespräch.«

»Wirklich? Wie kann das sein?«

»Nun ja, es ist eine lange Geschichte. Aber zunächst so viel: Ich war in den letzten zehn Jahren außer Landes, bin seit etwa zwei Wochen wieder auf Long Island und werde auch hier bleiben.«

»Willkommen daheim.«

»Danke. Und ich bin wieder mit meiner Frau zusammen.«

Er zögerte, bevor er sagte: »Meine Glückwünsche. Und wie geht es Mrs Sutter?«

»Nicht schlecht, wenn man bedenkt, dass ich wieder in ihr Leben getreten bin.«

Er gluckste. »Verkaufen Sie sich nicht unter Wert, Mr Sutter. Sie darf sich glücklich schätzen, dass Sie wieder bei ihr sind.«

Er hätte auf Susans ruchlose Taten anspielen können und darauf, dass sie trotz allem auf freiem Fuß geblieben war. Und obwohl er es nicht tat, hoffte ich, dass Felix Mancuso keinerlei Vorbehalte gegen Susan hatte.

»Und wie kann ich Ihnen helfen, Mr Sutter?«, fragte er.

»Ich bin mir nicht sicher, ob Sie es können, aber hier hat sich eine Situation ergeben, die etwas mit den Geschehnissen von vor zehn Jahren zu tun hat«, sagte ich.

»Aha. Und wie sieht diese Situation aus?«

»Frank Bellarosas Sohn Anthony wohnt auf Alhambra – in einem der Häuser, die dort gebaut wurden –«

»Das weiß ich. Ironie des Schicksals, nicht wahr?«

»Ja, aber die Ironie ist nicht das Problem. Das Problem ist, dass Susan von Hilton Head hierher gezogen ist, das Haus auf dem Stanhope'schen Anwesen zurückgekauft hat und –«

»Ich verstehe.«

»Das dachte ich mir. Sie ist seit etwa zwei Monaten zurück, und ich bin gerade bei ihr eingezogen.«

»In Ordnung. Hat Anthony ihr gegenüber bestimmte Drohungen ausgesprochen oder Aussagen gemacht, aufgrund derer sie glaubt, er wolle ihr Übles oder habe vor … sagen wir mal, den Tod seines Vaters zu rächen?«

»Sie meinen eine Vendetta.«

»Das ist ein treffendes Wort. Und?«

»Genau genommen hat er nicht mit ihr gesprochen. Aber er hat mit mir gesprochen, und ich hatte den Eindruck, dass er möglicherweise die Rechnung begleichen will.«

»Verstehe. Wie kam es, dass Sie und Anthony Bellarosa miteinander gesprochen haben?«

Das war nicht die Frage, auf die ich mich gefreut hatte, wenn man bedachte, wie viel Zeit und Kraft Felix Mancuso aufgewandt hatte, um mich vor mir selbst und vor Frank Bellarosa zu retten.

»Mr Sutter?«

»Nun ja, Anthony hatte die Vorstellung, ich könnte meine Verbundenheit mit der Familie Bellarosa wieder aufnehmen wollen.«

»Ach, und wie ist er auf diese Idee gekommen?«

»Ich glaube, durch Jack Weinstein. Sie erinnern sich bestimmt an ihn.«

»In der Tat. Ein weiterer blitzgescheiter Anwalt, der vom Weg abgekommen ist.«

Ich brauchte wirklich keine Belehrung, aber ich brauchte einen Gefallen, deshalb schluckte ich das und fuhr fort: »Und Anthony höchstpersönlich hatte die Vorstellung – teilweise aufgrund dessen, was ihm sein Vater erzählt hat –, dass ich ein vertrauenswürdiges und wertvolles Mitglied seiner Organisation werden könnte, dass John Sutter die beste Verbindung von Köpfchen und Mumm habe, die er je erlebt hat.«

Ein paar Sekunden lang herrschte Schweigen, dann fragte Mr Mancuso: »Und?«

Ich wollte dieses Thema nicht unnötig vertiefen, deshalb erklärte ich: »Ich erwähne das nur in Zusammenhang mit Ihrer Frage, wie es zu dem Gespräch zwischen Anthony und mir kam. Eigentlich geht es darum, dass Anthony mir gegenüber Aussagen gemacht hat, die ich als auf Susan gemünzte Drohungen verstand.«

»Zum Beispiel?«

»Nun ja, zunächst sollten Sie wissen, dass meine Gespräche mit Anthony stattfanden, bevor Mrs Sutter und ich uns wieder vereinten. Zu dieser Versöhnung kam es erst vor zwei Tagen. Deshalb, glaube ich, hatte Anthony das Gefühl, er könne diese Bemerkungen über Susan machen, weil er dachte, ich würde wie die meisten Exgatten tagtäglich um das Ableben meiner ehemaligen Ehepartnerin beten.«

Mr Mancuso räusperte sich, bevor er erneut fragte: »Was hat er genau gesagt?«

Ich teilte ihm einiges von dem mit, was Anthony Bellarosa bezüglich Susan geäußert hatte, und er unterbrach mich und fragte: »Wie oft haben Sie mit ihm gesprochen?«

»Viermal.«

»Wow!«

Ich wartete darauf, dass er sagte: »Das war viermal zu oft«, aber er schwieg, und ich erklärte, dass man seine Freunde in der Nähe haben sollte, aber seine Feinde noch näher.

»Ich glaube, irgendein Schriftsteller oder Drehbuchautor hat das erfunden.«

Das war eine Enttäuschung – der Spruch klang wie eine echte italienische Volksweisheit.

»Meine letzte Begegnung mit ihm fand am Sonntag statt … in seinem Haus.«

»Sie machen Witze.«

»Er hat mich zum Essen eingeladen.«

»Soso.«

»Ich bin nicht bis zum Essen geblieben, habe aber die Gelegenheit genutzt, um ihm zu sagen, er soll zum Teufel gehen und mich und meine künftige Frau nicht mehr behelligen.«

»Und wie hat er darauf reagiert?«

»Nicht allzu gut.« Ich erzählte ihm von meinem Besuch in Anthonys Haus und schloss: »Anthonys letzte Bemerkung mir gegenüber lautete: ›Das ändert gar nichts an dem, was Ihre Frau gemacht hat. Bloß damit Sie's wissen‹.«

Mr Mancuso schwieg einen Moment, schließlich fragte er: »Sind Sie zur Polizei gegangen?«

»Ja. Gestern. Wir haben offiziell Anzeige erstattet.«

»Darf ich Näheres wissen über Ihren Besuch bei … das dürfte das Zweite Revier gewesen sein – richtig?«

»Ganz recht.« Ich berichtete ihm alle Einzelheiten, nannte ihm den Namen von Detective A. J. Nastasi und erwähnte, dass der Detective gestern bei Anthony Bellarosa geklingelt hatte, Anthony aber allem Anschein nach verreist war. Ich hätte auch meine Vermutung geäußert, dass sich Anthony möglicherweise bei der Familie Gotti in Springfield aufhielt, aber ich wollte nicht wie ein Mafia-Groupie klingen. Allerdings erwähnte ich, dass Detective Nastasi nach der Schießerei vor zehn Jahren in Alhambra gewesen war, sodass er meiner Meinung nach über das entsprechende Hintergrundwissen verfügte und Interesse an dem Fall hatte.

»Viele Angelegenheiten, die mit diesem Abend zusammenhängen, sind immer noch unerledigt«, bemerkte Mr Mancuso.

Ohne darauf einzugehen, sagte ich: »Ich bin mir nicht sicher, wie Detective Nastasi auf meinen Anruf beim FBI reagieren wird.«

»Machen Sie sich darüber keine Gedanken, Mr Sutter. Seit dem 11. September sitzen wir alle im gleichen Boot, und wir haben gelernt, Informationen auszutauschen und auf vielerlei Ebenen der Strafverfolgung zu kooperieren.«

Das entsprach nicht ganz dem, was Detective Nastasi mir gesagt hatte, aber ich erwiderte: »Wenigstens hatte diese Tragödie damit etwas Gutes. Jedenfalls werde ich ihm mitteilen –«

»Tun Sie das nicht. Überlassen Sie das uns.«

»Ich verstehe … nun ja, Detective Nastasi sagte heute Morgen auf meinen Vorschlag hin, er würde sich mit der FBI-Zielfahndungsgruppe für organisiertes Verbrechen in Verbindung setzen, um sie auf dieses Problem hinzuweisen. Wissen Sie irgendwas von einem solchen Anruf?«

»Nein. Aber ich werde mich umhören und mich wieder bei Ihnen melden.«

»Ich dachte, wir könnten uns vielleicht treffen.«

»Als Anwalt wissen Sie doch, dass das FBI in einem derartigen Fall nicht zuständig ist, denn hier handelt es sich offenbar um eine persönliche Drohung, die nichts mit Anthony Bellarosas Verbindung zum organisierten Verbrechen zu tun hat. Das ist Sache der örtlichen Polizei.«

»Das ist mir klar, aber –«

»Aber wir könnten die örtliche Polizei unterstützen. Und wir könnten feststellen, ob hier einige Bundesgesetze greifen.«

»Gut.«

»Übrigens bin ich nicht mehr bei der Zielfahndungsgruppe für das organisierte Verbrechen. Aber … da ich den Fall seinerzeit bearbeitet habe und Sie mich persönlich angerufen haben, kann ich darum ersuchen, mich mit Ihnen treffen zu dürfen. Dann kann ich Sie mit den richtigen Leuten zusammenbringen, wenn es angebracht ist. Ich habe nach wie vor ein persönliches Interesse an dem Fall.«

»Ja?«

»Seit jeher, Mr Sutter.«

Mir war klar, dass er ein persönliches Interesse an mir gehabt hatte, vielleicht im Zuge einer fortlaufenden Ausbildungsstudie darüber, wie integre Anwälte mit hohen Moralvorstellungen zu Mafia-Anwälten wurden. Aber vielleicht mochte er mich auch einfach. Sein anderweitiges Interesse an dem Fall, ob persönlicher oder beruflicher Natur, hatte etwas mit dem Verdacht zu tun, dass Bundesanwalt Alphonse Ferragamo Frank Bellarosa einen Mord angehängt hatte, den der nicht begangen hatte. Und zu guter Letzt konnte Mr Mancuso nicht zufrieden gewesen sein, als das Justizministerium – das große Rad im Mahlwerk der Justiz, in der Mr Mancuso ein Rädchen war – Susan nach Hause schickte und sie bat, nicht mehr zu sündigen.

»Der Fall hat mir seit jeher zu schaffen gemacht«, gab Mr Mancuso zu.

»Mir auch«, erklärte ich ihm. »Diesmal brauchen Sie meine Seele nicht zu retten.«

Er gluckste. »Ich habe meine Sache beim letzten Mal nicht allzu gut gemacht.«

»Besser, als Sie glauben.«

»Gut. Dann hoffe ich, Sie haben etwas daraus gelernt.«

»Das haben wir alle, Mr Mancuso. Sie eingeschlossen.«

Er dachte darüber nach und erwiderte schließlich: »Ja, wir alle haben etwas über uns gelernt und darüber, wie die Justiz funktioniert oder nicht funktioniert, Mr Sutter. Aber Ende gut, alles gut, und es freut mich zu hören, dass Sie und Mrs Sutter wieder vereint sind.«

Eigentlich wünschte er sich Mrs Sutter in den Knast – nichts Persönliches, rein dienstlich –, trotzdem erwiderte ich: »Danke.« Und im Interesse einer guten Partnerschaft fragte ich: »Und wie geht es Ihnen?«

»Sehr gut, danke. Ich war zwei Wochen vor der Pensionierung, als die Flugzeuge die Türme rammten. Jetzt bin ich bei der Antiterror-Task-Force.«

»Aha. Nun ja, ich nehme an, dort spielt heutzutage die Musik.«

»Leider ja. Das organisierte Verbrechen gehört noch lange nicht der Vergangenheit an, aber es hat nicht mehr den Stellenwert, den es einst hatte.«

»Für mich schon, Mr Mancuso.«

Er pflichtete mir bei. »Der Standort entscheidet über die Perspektive.«

»In der Tat. Nun ja, ich danke Ihnen für Ihren Anruf und Ihr Interesse an dieser Sache.«

»Und ich danke Ihnen, dass Sie an mich gedacht haben, Mr Sutter, und danke für Ihr Vertrauen in mich.«

»Tja, ich bin im Begriff, wieder Steuerzahler zu werden, Mr Mancuso, daher dachte ich, ich sollte ein paar Dienstleistungen der Regierung nutzen.«

Wieder gluckste er und erinnerte sich, dessen bin ich mir sicher, wie unterhaltsam ich sein konnte. »Haben Sie eine Handynummer, unter der ich Sie erreichen kann?«

»Es ist mir ja peinlich, aber leider nein«, erwiderte ich. »Ich muss erst ein Girokonto eröffnen und all das. Aber ich gebe Ihnen Mrs Sutters Handynummer.« Ich nannte sie ihm und sagte: »Ich habe ihr gegenüber erwähnt, dass ich Sie angerufen habe, und ich werde ihr auch sagen, dass wir miteinander gesprochen haben, damit sie nicht überrascht ist, wenn Sie anrufen, aber Sie werden möglicherweise feststellen, dass sie …«

»Verstört ist?«

»Was ist das Gegenteil von verstört?«

»Nun … wollen Sie damit sagen, dass Mrs Sutter wegen Anthony Bellarosas Nähe und seiner Aussagen Ihnen gegenüber nicht besorgt ist?«

»Genau das wollte ich andeuten. Aber *ich* mache mir Sorgen.«

»Und das zu Recht. Ehrlich gesagt … nun, ich möchte nicht, dass Sie sich noch mehr Sorgen machen, aber ich hatte zwanzig Jahre lang mit diesen Leuten zu tun, und ich glaube, ich kenne sie besser als sie sich selbst. Daher, ja, Anthony Bellarosa muss etwas unternehmen, ob er das Risiko eingehen will oder nicht. Er muss sich an den alten Kodex halten, sonst verliert er Respekt und schwächt seine Position. Es geht um eine persönliche Vendetta, aber es geht auch um Anthonys Führungsposition.«

»Ich verstehe. Und ich möchte, dass Sie das auch Mrs Sutter begreiflich machen. Ohne ihr Angst einzujagen.«

»Man muss ihr Angst machen.«

Ich ging nicht darauf ein, und Special Agent Mancusos Aussage versetzte mir einen Stich.

Er fuhr fort: »Aber bewahren Sie Ruhe, treffen Sie ein paar Sicherheitsvorkehrungen und bleiben Sie in Kontakt mit der örtlichen Polizei. Ich glaube, dass eine gewisse Gefahr besteht, aber ich glaube nicht, dass Sie unmittelbar bedroht sind.«

»Warum nicht?«

»Darüber können wir sprechen, wenn wir uns treffen.« Er schloss: »In Ordnung, ich versuche, morgen zu Ihnen zu kommen. Haben Sie Zeit?«

»Ja, ich bin arbeitslos und Mrs Sutter ebenfalls.«

»Bestellen Sie Ihr bitte meine besten Grüße.«

»Mache ich …« Ich wollte bereits auflegen, dann fiel mir noch etwas ein und ich sagte: »Ich habe möglicherweise noch mehr Arbeit für Sie, Mr Mancuso.«

»Vielleicht hätte ich doch in Pension gehen sollen.«

Ich lachte höflich, bevor ich sagte: »Es hat etwas mit Ihrem derzeitigen Dienst bei der Antiterror-Task-Force zu tun.« Weil er nichts erwiderte, fuhr ich fort: »Der Mann, der Stanhope Hall gekauft hat, Mr Amir Nasim, ist ein aus dem Iran stammender Gentleman, der letzte Woche bei einem Gespräch mit mir andeutete, dass er glaubt, er könnte womöglich das Ziel eines politischen Mordanschlags werden, der, glaube ich, von seinem Heimatland ausgeht.«

»Ich verstehe.«

Aus irgendeinem Grund schien Mr Mancuso das nicht übermäßig zu interessieren, deshalb sagte ich: »Na ja, wir können darüber sprechen, wenn Sie herkommen, falls Sie Lust dazu haben.«

»Fahren Sie bitte fort.«

»Na schön …« Ich lieferte ihm einen kurzen Bericht und schloss: »Nasim könnte paranoid sein, oder er hat andere Gründe dafür, dass er mir seine Sorgen anvertraut hat. Aber ich wollte das auf jeden Fall an Sie weitergeben.«

»Danke, ich werde mich der Sache annehmen. Wie wir heute allgemein kundtun: ›Wenn Sie etwas sehen, sagen Sie es uns.‹«

Ich nahm an, dass das auch für die Strafverfolgungsbehörden galt, deshalb erinnerte ich ihn: »Rufen Sie bitte Detective Nastasi an.«

Mr Mancuso wünschte mir noch einen schönen Tag und ich ihm ebenfalls.

Endlich hatte ich das Gefühl, dass ich sämtliche Sicherheitsvorkehrungen getroffen hatte – unter anderem auch die, einem FBI-Agenten von möglichen Terroraktivitäten in der Nachbarschaft zu berichten –, die Initiative ergriff und nicht nur reagierte und dass zumindest dieser kleine Winkel der Welt nun ein bisschen sicherer war als noch vor zwei Tagen.

Jetzt musste ich nur noch die Schrotflinte finden.

Deshalb ging ich in den Keller und trieb mich eine halbe Stunde zwischen Umzugskartons herum, die meisten beschriftet, aber keine mit »Schrotflinte« oder gar »Freunde – die Asche von ihnen«.

Allerdings stieß ich auf einen Karton mit der Aufschrift »John«. Ich nahm an, dass ich das war, aber Emily Post hätte mir geraten, ihn nicht zu öffnen. Mit dem gleichen Recht allerdings, mit dem Susan im Pförtnerhaus herumgeschnüffelt hatte … noch besser, die Schrotflinte konnte drin sein, auch wenn der Karton ein bisschen kurz dafür war. Trotzdem schnitt ich das Klebeband mit einem Teppichmesser durch und klappte den Deckel auf.

Im Innern waren stapelweise Briefe, Karten, Fotos und ein paar alberne Souvenirs, die ich Susan von Geschäftsreisen mitgebracht hatte. Außerdem lagen auf den älteren Sachen ein paar ausgedruckte E-Mails, und ich holte eine heraus, die Susan mir vor vier Jahren nach London geschrieben hatte.

Lieber John, habe zu meinem Bedauern von Tante Cornelia gehört. Ich werde zur Beerdigung nach N.Y. kommen, und Edward sagt, Du wirst ebenfalls da sein. Wollte Dir nur Bescheid sagen. Hoffe, Dich dort zu sehen, und hoffe, dass es Dir gutgeht. Susan.

Meine Antwort war beigefügt: *Ich werde da sein, wie Edward sagt.*

Kurz und nicht so freundlich.

Ich hatte keine Ahnung, warum sie das ausgedruckt hatte. Nun ja, ich hatte schon eine Ahnung, und seltsamerweise – oder vielleicht nicht so seltsamerweise – war es schmerzlich, die Zeilen zu lesen. Sie hatte versucht, mir die Hand zu reichen, aber ich war unerreichbar gewesen.

Aber wie Mr Mancuso und William Shakespeare sagten: Ende gut, alles gut. Selbst wenn wir alle ein paar Jahre verloren hatten, die wir nicht hätten verlieren müssen.

Und als ich so dastand – mit der E-Mail in der Hand, die Schrotflinte immer noch unauffindbar und Felix Mancusos besorgte Worte im Kopf, während die Vergangenheit einen langen Schatten über meine und Susans strahlende Zukunft warf –, kam mir plötzlich der Gedanke, dass ich Anthony Bellarosa umbringen musste.

40

Wenn Susan auf dem Anwesen joggte, kam sie immer durch den Rosengarten zurück, daher setzte ich mich mit einer kalten Wasserflasche und einem Handtuch auf den Patio und wartete. Sie war seit über einer Stunde weg, und auch wenn ich nicht direkt Angst um sie hatte, war ich nicht ganz unbesorgt. Mir kam der Gedanke, dass wir so nicht allzu lange leben konnten.

Ich hatte eines ihrer schnurlosen Telefone dabei und wählte ihre Handynummer. Es meldete sich ihre Mailbox, und ich hinterließ eine Nachricht und beschloss, sie zu suchen. Ich steckte das Telefon ein, das zwar nur eine begrenzte Reichweite hatte, aber besser als nichts war, und ging um das Haus herum zu meinem Taurus. Als ich einsteigen wollte, klingelte das Telefon, und ich meldete mich: »John Sutter.«

Ich war erleichtert, als ich Susans Stimme hörte. »Ich bin hier …« Sie war außer Atem und keuchte. »Auf dem Patio.«

»Ich bin gleich da.«

Ich kehrte auf den Patio zurück, und Susan stand auf dem Weg in den Rosengarten, vornübergebeugt, die Hände auf die Knie gestützt, und holte tief Luft. Bis auf ihre Laufschuhe war sie splitternackt.

»Wo ist deine Kleidung?«

Sie gönnte sich einen langen Atemzug, bevor sie erwiderte: »Oh … meine Turnsachen sind in der Wäsche, und du hast gesagt, ich soll keine Shorts anziehen, deshalb hatte ich nichts anderes.« Sie lächelte. »Das Laufen hat gutgetan.«

Ich kaufte ihr das nicht ganz ab, aber um mitzuspielen, sagte ich: »Gut gedacht. Wo hast du dein Telefon verstaut?«

»Frage nicht.«

Und ich fragte mich, ob es auf Vibrieren eingestellt war.

Sie legte ihr Handy auf den Tisch, wischte sich mit einem Handtuch den Schweiß von Gesicht und Körper und nahm einen tiefen Zug aus der Wasserflasche. Anschließend sagte sie: »Ich habe Nasim gesehen, und er hat sein Angebot verdoppelt.«

Ich lächelte und erwiderte: »Wenn ich an seiner Stelle wäre, würde ich dir was bezahlen, damit du bleibst.«

Sie platzierte das Handtuch und ihren blanken Hintern auf einem der Korbsessel und legte die Füße auf den Tisch. Sie bat mich, ihr die Laufschuhe auszuziehen, was ich tat, mitsamt der Socken. Sie wackelte mit den Zehen, was so viel hieß wie: »Massier mir die Füße«, was ich ebenfalls tat, während sie sich Wasser über den Kopf schüttete und einen weiteren großen Schluck trank. Sie warf den Kopf zurück, holte noch mal Luft und fragte dann: »Was hast du gemacht?«

»Pilates.«

Sie lächelte. »Es ist Cocktailzeit, und du bist mit dem Mixen dran.« Sie bestellte: »Grey Goose und Preiselbeersaft.«

»Darf ich dir etwas zum Anziehen mitbringen, wenn ich schon mal drin bin?«

»Nein. Ich bin gern nackt.«

Kein Widerwort. Ich ging in die Küche, mixte ihr einen Drink und machte einen Dewar's mit Soda für mich. Außerdem kippte ich eine Dose Erdnüsse in eine Schale, damit es so aussah, als ginge es nicht nur um Cocktails.

Es gab und gibt meiner Überzeugung nach noch immer

eine Horde harter Trinker in unserem herrlichen Garten Eden. Größtenteils ist es geselliges Trinken, kein Saufen, bis man vom Barhocker kippt, auch wenn ich mir sicher bin, dass es daheim und in aller Heimlichkeit genau darauf hinausläuft. Auf jeden Fall lagen Susan und ich eher in der unteren Tabellenhälfte des hiesigen wöchentlichen Alkoholkonsums, aber wenn es nach den Maßstäben des, sagen wir mal, trockenen Mittelwestens ginge, würden wir von Gerichts wegen zu den Anonymen Alkoholikern beordert und von der Kanzel herab angeprangert. Genauer gesagt, da unsere häusliche Alarmstufe gerade auf Rot gestiegen war, wären wir gut beraten, unseren Alkoholgenuss etwas einzuschränken.

Ich trug alles auf einem Tablett nach draußen und bemerkte, dass Susan ihre Trainingssachen irgendwoher geholt und auf einen Sessel geworfen hatte, auf den sie auch ihre Beine legte. Das Handtuch war um ihre Schulter drapiert und hing wohl des Anstands wegen über ihre Brüste.

Ich gab ihr ihren Drink, wir stießen an, und ich sagte: »Auf den Sommer.«

Ich setzte mich, und wir beide tranken und aßen Erdnüsse, genossen die Stille und die sanfte Brise, die durch die hoch aufragenden Bäume hinter dem Rosengarten strich.

»Ich war ein bisschen besorgt«, erklärte ich.

Sie schwieg ein paar Sekunden. Schließlich sagte sie: »Du machst dir zu viele Gedanken.«

Ich wusste, dass das kommen würde. »Es gibt einen Grund zur Besorgnis.«

»Ich weiß, aber … was können wir denn sonst noch tun?«

Es gab eine ganze Reihe von Dingen, die wir tun konnten, auf die sie aber keine Lust hatte. Ich sagte: »Ich habe im Keller nach der Schrotflinte gesucht, konnte sie aber nicht finden.«

»Vielleicht ist sie irgendwo anders.«

»Wenn wir sie bis morgen nicht gefunden haben, kaufe ich eine, oder ich kaufe ein Gewehr.«

»Ich kann gut mit einer Schrotflinte umgehen.«

Mit einer Pistole auch nicht allzu schlecht, aber das war ein heikles Thema. »Während du weg warst, habe ich mit Felix Mancuso gesprochen«, berichtete ich.

Sie nickte, und ich fuhr fort: »Er möchte sich mit uns treffen, möglicherweise morgen, und ich habe ihm deine Handynummer gegeben.«

»Es wird Zeit, dass du dir ein eigenes Handy zulegst.«

»Darum geht es nicht.«

»Du treibst meine Rechnung in die Höhe.«

»Susan … ich möchte, dass du den Kopf aus dem Sand ziehst und mir endlich hilfst.«

»Na schön, ich werde alles tun, was du mir sagst.«

Das war natürlich eine Ehefrauenformulierung für »Du bist ein Tyrann und ein absoluter Scheißkerl, und ich bin das unfreiwillige Opfer deiner dominanten Persönlichkeit, deshalb – was bleibt mir anderes übrig, als zu tun, was du mir sagst, mein Schatz?!«.

Sie fragte: »Habe ich mich nicht an deine Anweisung gehalten und bin auf dem Grundstück gelaufen, und habe ich nicht mein Handy mitgenommen und keine Shorts getragen? Schau mich an. Deinetwegen musste ich nackt auf dem Anwesen herumlaufen.«

Es ist schwierig, auf eine schöne nackte Frau wütend zu sein, dennoch wandte ich ein: »Wenn du dich an meine Anweisungen hältst, solltest du sie nicht zu wortwörtlich nehmen.«

Sie schwieg einen Moment, dann sagte sie mit ernsterem Tonfall: »Niemand mag den Überbringer schlechter Nachrichten. Du bist nur der Bote, und ich verstehe die Botschaft.«

»Das weiß ich.«

»Und ich liebe dich, weil du dir Sorgen um mich machst.«

Ich wollte ihr sagen, dass Felix Mancuso meine Bedenken teilte, aber das sollte sie lieber von ihm erfahren.

Wir gingen hinauf in unser Schlafzimmer, und Susan verkündete: »Nackt laufen macht mich spitz.«

Folglich kümmerten wir uns darum, dann duschten wir gemeinsam. Als wir uns für das Abendessen im Creek anzogen, klingelte Susans Handy, und sie schaute auf das Display und sagte: »Ich glaube, der Anruf ist für dich.«

Ich nahm das Telefon, und Felix Mancuso fragte: »Wie wäre es morgen früh um zehn?«

»Prima. Sie wissen ja, wo Sie uns finden.«

»So ist es.«

Er war schon zweimal dienstlich hier gewesen – einmal, als er mich nach dem versuchten Anschlag auf Frank Bellarosa heimgefahren hatte, und ein weiteres Mal, um mir mitzuteilen, dass meine Frau den Don nebenan gerade ermordet hatte. Ich sagte: »Bis dann«, und beendete das Gespräch. »Morgen früh um zehn«, informierte ich Susan. »Ich möchte, dass du dich bereithältst.«

»Natürlich, mein Schatz.«

Ich steuerte Susans Lexus über die lange Zufahrt und am Pförtnerhaus vorbei, das jetzt dunkel und verlassen wirkte. In etwa einem Tag konnte Nasim seine Leute dort untergebracht haben, es sei denn natürlich, er kam zu dem Schluss, dass ihn doch niemand meucheln wollte. Meine Sorgen hingegen waren begründet, daher störte es mich nicht, wenn ich den Checkpoint Nasim passieren musste, um zu meinem Haus zu gelangen. Jede Sicherheitsvorkehrung war hilfreich, auch wenn ich der Meinung war, dass Anthony Bellarosas Killer überall zuschlagen konnten.

Im Moment machte ich mir mehr Gedanken über den Wiedereintritt in den Creek Country Club. Das Gute daran war, dass dort noch nie jemand beim Abendessen umgelegt worden war, obwohl ich selbst schon daran gedacht hatte, wenn mich meine Tischgenossen zu Tode gelangweilt hatten. Ich sagte zu

Susan: »Fürs Protokoll, ich bin nicht wild darauf, in den Creek zu gehen.«

»Es wird schön werden«, erwiderte sie. »Du bist mit mir zusammen.«

»Richtig.« Ich verstand immer noch nicht, warum man Susan einen Mord durchgehen ließ, während ich mit einem Bann belegt wurde, weil ich einen Mafia-Don in den Creek eingeladen hatte. Das heißt, ich verstand es schon – sie hatte nur gegen das Gesetz verstoßen; ich hingegen hatte die ungeschriebenen Clubregeln verletzt. Außerdem war sie eine Stanhope. Es wunderte mich, dass man ihr nicht ein Jahr lang den Mitgliedsbeitrag erlassen hatte.

Mit dem Auto sind es von Stanhope Hall nur zehn Minuten bis zum Creek, und ehe ich mir einen guten Grund zum Umkehren ausdenken konnte, fuhren wir über die lange, von Bäumen gesäumte Zufahrt zum Clubhaus.

Der Creek ist ein sehr schöner Country Club mit einem Golfplatz, einem Strand mit Umkleidehäuschen, Tennisplätzen und Gästecottages, wo in Kürze entweder die Stanhopes oder ich wohnen würden. Das Clubhaus ist eine alte Villa, die noch immer Charme und Eleganz ausstrahlt, das Essen ist nach ein paar Cocktails ganz gut und wird nach ein, zwei Flaschen Wein besser. Nur der Service lässt manchmal etwas zu wünschen übrig, aber das gehört zum Reiz des Hauses, was ich Mr Frank Bellarosa hatte erklären wollen, als er und Anna dort unsere Gäste waren. Frank hatte die alte Tradition des mittelprächtigen Clubessens und der etwas verschrobenen Art der Bedienung nicht verstanden, was ihn als ungehobelten Flegel auswies. Bei seinem Besuch an diesem Abend gab es natürlich noch andere Probleme, unter anderem die Aufmachung seiner Frau, dass er Richard anpfiff, den alten Kellner, der seit Ewigkeiten dort arbeitete, und sein unrealistischer und unverständlicher Wunsch, Mitglied des Clubs zu werden. Aber Letzteres war uns Gott sei Dank erspart geblieben.

Ich hielt auf dem kleinen Parkplatz, und wir gingen hinein. Susan meldete uns an, und wir ließen Bar und Lounge, die überfüllt waren und lauter unangenehme Möglichkeiten boten, links liegen.

Die Hostess führte uns direkt zum Speisesaal, platzierte uns an einem Ecktisch für zwei Personen und nahm unsere Getränkebestellungen entgegen.

An diesem Abend speisten nicht viele Leute, aber ich sah dennoch ein paar bekannte Gesichter, allerdings keine ehemaligen Freunde oder Mandanten.

»Bist du glücklich, dass du wieder hier bist?«, fragte Susan.

»Wenn ich mit dir zusammen bin, mein Schatz, bin ich überall glücklich.«

»Gut. Wir nehmen meine Eltern einmal mit hierher.«

»Wenn sie sich dabei wohlfühlen, freue ich mich darauf.«

Sie wirkte skeptisch, sagte aber: »Sie lieben mich und möchten, dass ich glücklich bin.«

»Dann haben wir ja alle etwas gemeinsam.«

»Vielleicht sollten wir unseren Hochzeitsempfang hier ausrichten.«

»Ich möchte deinem Vater nicht noch mal diese Unkosten aufhalsen. Ich meine, der gleiche Mann und all das.«

»Diesmal geht es auf unsere Rechnung«, erklärte Susan.

Ich fragte mich, wer ihre Hochzeit mit Dan Wie-hieß-er-doch-gleich bezahlt hatte. »Ich würde den Rahmen klein halten«, sagte ich.

»Vielleicht könnten wir draußen beim Gästecottage feiern.«

»Vergiss nicht, die Nasims einzuladen. Die lieben Partys.«

»Unser Empfang auf Stanhope Hall war der Höhepunkt der Sommersaison«, sagte sie versonnen.

Susan hatte offenbar vergessen, dass es eine Themenparty gewesen war und dass das von ihrem Vater vorgegebene Thema »Lasst uns den Zweiten Weltkrieg noch einmal erleben« gelautet hatte – mit Essensrationierung, Alkoholknappheit und Verdunkelung nach zweiundzwanzig Uhr.

»Es war ein denkwürdiger Abend.«

Susan strahlte plötzlich. »John, wollen wir nicht im Seawanhaka feiern?!«, rief sie. »Dort haben wir uns kennengelernt, und du bist Segler, also wäre es ideal.«

Das Hochzeitsgerede machte mich hibbelig, und damit es ein Ende nahm, stimmte ich zu: »Ja, super.«

»Wunderbar. Ich rufe morgen an und frage, was zur Verfügung steht.«

»Ruf auch mich an und erkundige dich, ob *ich* zur Verfügung stehe.«

Sie nahm es mit Humor und lächelte.

Unsere Bedienung kam mit den Getränken – zwei wässrigen Weißweinen – und teilte die Speisekarten aus.

Susan und ich stießen an, und ich sagte: »Beim zweiten Mal ist es noch bezaubernder.«

»Du bist so süß.«

Ich überflog die Speisekarte, um festzustellen, ob sie ein italienisches Gericht aufgenommen hatten, nachdem der prominente Mafia-Don hier gespeist hatte. Kalb Bellarosa? Die berühmten Maschinenpistolen-Fleischklopse des Dons? Schrotflintenpasta mit echten Patronen?

»Bestell dir etwas Vernünftiges.«, sagte Susan.

»Ich dachte an Hähnchen Kevlar.«

»Wo steht das?«

»Entrées, das dritte von oben.«

Sie schaute nach und sagte: »Das ist Hähnchen *Kiew*.«

»Oh … richtig. Kiew.« Ich legte die Speisekarte beiseite und sagte: »Bei diesem Licht kann ich schlecht lesen. Bestell du für mich.«

Die Bedienung kehrte zurück, und Susan bestellte Salat für zwei und gedünsteten Dorsch. Mir lief beim bloßen Gedanken daran das Wasser im Mund zusammen.

Jedenfalls war es ein angenehmes und ereignisloses Essen im Creek, bei dem wir von niemandem gestört wurden, und ich war dankbar, dass an diesem Abend im Speisesaal nicht viel los war.

Auf dem Weg nach draußen warf ich einen kurzen Blick in die Bar und Lounge und sah eine Reihe von Leuten, die ich kannte, und ein paar von ihnen entdeckten Susan und mich. Ich bemerkte sogar eine Dame an einem der Tische, die mich an meine Mutter erinnerte. Genau genommen *war* es meine Mutter, die mit Frauen ihres Alters zusammensaß.

Sie hatte mich nicht gesehen, deshalb lief ich weiter in Richtung Tür.

Ich war meiner Mutter seit Tante Cornelias Beerdigung nicht mehr begegnet, aber wir hatten etwa einmal im Monat miteinander telefoniert und uns die entsprechenden Grußkarten geschickt. Ich hatte sie nach London eingeladen, aber wie viele aktive Senioren heutzutage war sie zu beschäftigt. Dabei verreiste sie oft mit Elderhostel – nicht nach London, sondern an exotische Orte mit Eingeborenen, die weise, nicht materialistisch und vermutlich unhygienisch waren. Daher wurde sie durch mein Angebot, sie ins Imperial War Museum mitzunehmen, nicht in Versuchung geführt.

Harriet war Gründungsmitglied der Conflicted Socialist Party gewesen und weigerte sich aus Prinzip, Privatclubs beizutreten, zögerte aber nicht, sich von mir oder jemand anders einladen zu lassen. Und jetzt, da mein Vater tot war, war sie offenbar vom Wein- und Winselclub der Witwen eingeladen worden, wie manche Clubmitglieder diese Tratschrunden bezeichneten. Ich hatte die Damen früher immer in der Cocktaillounge gesehen, wo sie ihren Wein oder Sherry tranken und mit einer Zuneigung von ihren verstorbenen Männern sprachen, die sie für ihre lebenden Gatten nie übriggehabt hatten.

Ich ging mit Susan zur Vordertür. Doch dann blieb ich stehen und sagte: »Es wird Zeit, sich der Bestie zu stellen.«

»Was meinst du damit?«

»Meine Mutter ist in der Lounge.«

»John, du bist abscheulich. Lass uns Hallo sagen.«

Wir machten kehrt und betraten die Lounge.

Harriet entdeckte uns, als wir hereinkamen, sprang auf und stieß einen Freudenschrei aus. »John! John!« Sie sagte zu ihren Freundinnen: »Mädels! Das ist mein Sohn John! Oh, welch gnädiges und gebenedeites Schicksal ist mir heute Abend hold.«

Okay, das waren nicht ihre *genauen* Worte. Um ehrlich zu sein, war sie so gerührt, dass sie gar keine Worte fand.

Ich folgte Susan, die die Initiative ergriff, zum Tisch, und sie beugte sich zu ihrer zukünftigen Schwiegermutter, umarmte sie und gab ihr einen Kuss. Ich tat es ihr gleich.

Harriet stellte uns ihren Freundinnen vor: »Meine Damen, das ist mein Sohn John, an den ihr euch, glaube ich, noch erinnert, und das ist seine ehemalige Frau, Susan Stanhope, die ihr bestimmt alle kennt, beziehungsweise ihre Eltern.« Dann stellte sie uns die vier Damen vor, und ich konnte mich tatsächlich an die fröhlichen Witwen oder ihre verstorbenen Ehemänner erinnern, von denen beim letzten Mal einige noch ganz lebendig gewirkt hatten.

Harriet trug ein schickes Bauernkleid aus den siebziger Jahren und wahrscheinlich dieselben Sandalen, die sie bei ihrer ersten Antikriegsdemonstration getragen hatte. Das war vor Vietnam gewesen, folglich musste es um einen anderen Krieg gegangen sein, aber um welchen, ist bis heute Harriets Geheimnis. Sie hat lange graue Haare, mit denen sie, glaube ich, geboren wurde, und der einzige Schmuck, den sie trägt, ist von Eingeborenen hergestellt, die von der westlichen Zivilisation verdorben wurden und sich jetzt für diesen Gefallen revanchieren.

Wir ergingen uns in müßigem Geplauder mit den Damen, und ich spürte, dass einige Leute an der Bar und an den Tischen über uns redeten. So viel Aufmerksamkeit war mir in einer Bar nicht mehr zuteilgeworden, seit ich hier vor zehn Jahren mit den Bellarosas Cocktails getrunken hatte.

Harriet bat uns nicht, Platz zu nehmen, deshalb nutzte Susan die Gelegenheit und sagte zu ihren Freundinnen: »Ich werde Harriet kurz entführen, wenn Ihnen das recht ist.«

Harriet entschuldigte sich und begleitete uns in die Lobby. Auch wenn sich meine Mutter vielleicht fragte, warum Susan und ich gemeinsam unterwegs waren, platzte sie doch nicht vor Neugier, sondern schaute Susan ausdruckslos an.

»John möchte dir etwas mitteilen«, sagte Susan zu ihr.

In der Tat wollte ich Harriet vieles mitteilen, aber ich widerstand dem Impuls und beschränkte mich auf: »Susan und ich haben uns wieder versöhnt.«

Harriet nickte.

»Und wir wollen wieder heiraten.« Dann überbrachte ich ihr die zweite gute Nachricht: »Ich ziehe von London wieder hierher.«

Sie nickte erneut und schaute Susan an, als wollte sie sich diesen Unsinn von ihr bestätigen lassen.

Susan sagte schlicht und einfach: »Wir haben nie aufgehört, uns zu lieben, und John hat mir vergeben.«

Harriet reagierte so, als hätte sie all das irgendwie schon gewusst und eine gute Erwiderung einstudiert. »Hast *du* ihm vergeben?«, fragte sie.

Das war eine Fangfrage, und eine patzige obendrein, aber Susan erwiderte: »Wir haben über all die Schmerzen gesprochen, die wir einander zugefügt haben, und wir haben es hinter uns gebracht und sind bereit, weiterzumachen.«

Harriet musterte uns beide, dann sagte sie: »Tja, Kinder« – so nannte sie uns –, »ich muss schon sagen, das kommt sehr plötzlich, und ich weiß nicht recht, was ich sagen soll.«

Komm schon, Harriet, sag einfach: »Leckt mich«, und geh wieder zu deinen Freundinnen.

»Ich möchte, dass du dich mit uns freust«, sagte Susan zu ihr.

Harriet wich aus: »Habt ihr mit William und Charlotte gesprochen?«

»Wir wollten, dass du es zuerst erfährst, aber wir haben Edward und Carolyn angerufen, und sie sind begeistert.«

»Davon bin ich überzeugt.«

»Wir wären dir verbunden, wenn du es niemandem gegenüber erwähnst, bis wir selbst die Gelegenheit dazu hatten.«

»Ich glaube nicht, dass deine Eltern das gutheißen, Susan.«

»Wir hätten gern ihre Zustimmung, aber wir sind bereit, es auch ohne sie durchzuziehen.«

»Ernsthaft?«

Bei Harriet hieß das natürlich so viel wie: »Seid euch im Klaren darüber, dass das Wort ›Zustimmung‹, in diesem Zusammenhang ›Geld‹ bedeutet.«

»John und ich haben über alles gesprochen«, erklärte Susan.

»Nun gut. Ich kann nur hoffen, dass sich deine Eltern durch diese Hochzeit nicht von ihren Enkeln entfremden.«

Die Definition von »entfremden«: *sie aus dem Testament streichen; deine Unterhaltszahlungen streichen; Schindluder mit deinem Treuhandfonds treiben*. Und das von einer Frau, die nichts von geerbtem Reichtum hielt, es sei denn, das schmutzige Geld des alten Räuberbarons ging an ihre Enkel. Harriet war ein Musterbeispiel an Widersprüchen und Scheinheiligkeit.

Susan sagte: »Ich wüsste nicht, inwiefern unsere Heirat sich auf die Beziehung meiner Eltern zu ihren erwachsenen Enkeln auswirken sollte.«

»Ich kann nur hoffen, dass es nicht so ist.«

Langsam ärgerte ich mich über dieses höfliche Drumherumgerede, deshalb sagte ich zu meiner Mutter: »Du musst dich weder für uns freuen noch uns deinen Segen geben oder gar zu unserer Hochzeit kommen. Aber du musst dich um deine eigenen Angelegenheiten kümmern.«

Harriet blickte mich an, als versuchte sie dahinterzukommen, wer ich war oder wie ich hierherkam. Sie sagte: »John, du bist rüde.«

Und ich war auch weiterhin rüde: »Herrgott noch mal, Harriet, das Leben ist verdammt zu kurz, als dass du einfach dastehen kannst ohne ein Lächeln, eine Umarmung oder ein nettes Wort für uns.«

Susan sagte leise: »John …«

»Wir gehen«, sagte ich. »Einen schönen Abend noch, Mutter.«

Ich ging zur Tür, und Harriet sagte: »John.«

Ich drehte mich um, und sie kam auf mich zu, blieb stehen und schaute mich an. Einen Moment lang starrten wir uns gegenseitig in die Augen, dann sagte sie: »Auch ich würde mich über ein Lächeln, eine Umarmung oder ein nettes Wort von dir freuen.«

Harriet versteht sich *sehr* gut darauf, blitzschnell von Aggressor auf Opfer, von Anklägerin auf Märtyrermami und von Eiskönigin auf Kuschelbärin umzuschalten. Deshalb reagierte ich so wie immer, seit ich sie als Kind zum ersten Mal durchschaut hatte, und schloss sie in die Arme, worauf wir uns küssten und versöhnten, bis sie mich das nächste Mal provozieren würde.

Susan lächelte, und wir waren alle nett zueinander und drückten und knutschten uns. Ich hätte in diesem Moment zwei Jahre meines Lebens für einen dreistöckigen Scotch gegeben und Harriet vermutlich ebenfalls.

Jedenfalls lächelten wir einander an, und schließlich sagte Harriet: »Eure Nachricht hat mich überrascht, und natürlich freue ich mich für euch.«

»Das weiß ich doch«, sagte Susan. »John ist der wunderbarste Mann auf der Welt und der einzige Mann, den ich jemals geliebt habe.«

Bei Letzterem war ich mir nicht so sicher, und Harriet schien Ersteres zu bezweifeln, aber sie sagte: »Das ist wunderbar.«

»Es ist wunderbar, wieder da zu sein«, sagte ich.

Susan warf mir einen säuerlichen Blick zu, bevor sie zu Harriet sagte: »Wir lassen dich jetzt wieder zu deinen Freundinnen gehen.«

»Ich nehme an, wir treffen uns demnächst alle im Bestattungsinstitut«, erwiderte Harriet.

»Ich weiß nicht, ob du es schon gehört hast«, sagte Susan, »aber Ethel ist ins Koma gefallen.«

Harriet nickte. »Ja, ich habe es gehört. Ich fürchte, das Ende ist nahe. Ethel ist eine großartige alte Dame.«

Nun ja, das denkt Harriet Sutter.

Wir wünschten uns gegenseitig eine gute Nacht, dann gingen Susan und ich zum Auto. Susan sagte: »Ich bin froh, dass wir das hinter uns haben.«

Ich war mir allerdings nicht sicher, ob sie das Essen im Club meinte oder mein Wiedersehen mit Lady Macbeth.

Susan seufzte. »Das wird nicht einfach werden, oder?«

Diese Gelegenheit sollte ich nutzen. Ich sagte: »Ich glaube, wir sollten wegziehen.«

»Das haben wir bereits getan. Jetzt sind wir wieder da.« Sie warf mir einen Blick zu. »Gemeinsam.«

»Es ist wunderbar, wieder da zu sein.«

»Deine Mutter sieht gut aus.«

»Sie macht ihr Make-up aus wiederaufbereiteten Medizinabfällen. Hauptsächlich Blut und Gallenflüssigkeit.«

»John.«

»Meinst du, wir beide wurden adoptiert?«

»Trotz all ihrer Fehler lieben sie uns.«

»Tja, du hast vor zwei Minuten eine Kostprobe dieser sonderbaren Liebe erlebt. Ich kann es kaum erwarten, bis deine Eltern das noch überbieten.«

Susan dachte einen Moment lang nach. »Vielleicht liegt es an uns«, sagte sie schließlich.

»Da könnte was dran sein.«

Wir stiegen ins Auto und fuhren zurück nach Stanhope Hall. Nach dem Gespräch mit Felix Mancuso konnte ich darauf verzichten, das Gästehaus bei Nacht zu betreten, aber Susan, die sich damit gar nicht befasste, plapperte sorglos über unsere Zukunft – während ich an die nächsten zehn Minuten dachte.

41

Die Nacht war dunkel, und der Mond versteckte sich hinter Regenwolken. Ich hatte Susan gebeten zu fahren, und als sie vor dem geschlossenen Tor von Stanhope Hall hielt, drückte ich auf die Fernbedienung, worauf die beiden Torhälften langsam nach innen schwangen. Wir rollten am Pförtnerhaus vorbei, und das Tor schloss sich hinter uns von selbst.

Die Zufahrt war schmal, kurvenreich, finster und von mächtigen Bäumen gesäumt, aber Susan betrachtete das immer eher als Herausforderung denn als Gefahr und gab Gas.

»Langsamer.«

»John –«

»Stopp!«

Sie trat auf die Bremse und fragte: »Was –?«

Ich griff zu ihr rüber, schaltete die Scheinwerfer aus und sagte: »Fahr weiter. Langsam.«

Sie schaute mich an, dann verstand sie und rollte langsam über die Zufahrt. Unter dem Schotter knirschten die Reifen. Susan sagte leise: »Ich kann nicht fassen, dass wir so etwas tun müssen.«

Wir fuhren weiter, ich bat um ihr Handy und tippte 9-1-1, ohne die Anruftaste zu betätigen. Das Gästehaus kam in Sicht, etwa hundert Meter entfernt, und ich konnte auch die Lichter von Stanhope Hall sehen, die sich etwa vierhundert Meter dahinter befanden. Wenn Nasim mit einem Fernglas Ausschau hielt, glaubte er womöglich, die Attentäter rückten an.

Als wir uns dem Cottage näherten, sah ich, dass ein paar Lichter im Haus und die beiden Außenlampen brannten – eine über der Tür und eine auf einer Steinsäule, die den Abzweig zu Stanhope Hall markierte. Susan bog vom Hauptweg ab, und ich sagte zu ihr: »Wende auf dem Vorplatz.«

Als wir auf den Hof vor dem Cottage stießen, drehte Susan, sodass der SUV in Richtung Zufahrt stand.

Ich drückte ihr das Handy in die Hand. »Ich überprüfe das Haus, und du bleibst hier und hältst dich bereit, sofort wegzufahren und die 9-1-1 anzurufen. Und drück auf die Notruftaste an deinem Schlüsselanhänger.«

»John, wenn du meinst, dass uns eine Gefahr droht, dann lass uns doch heute Nacht einfach in ein Hotel gehen.«

»Ich glaube nicht, dass uns eine Gefahr droht, aber ich glaube, wir sollten die normalen Vorsichtsmaßnahmen ergreifen.«

»Das ist nicht normal.«

»Jetzt schon.« Dann lächelte ich und sagte: »Bleib hier, und bleib wach.«

»John –«

Ich stieg aus, ging zur Haustür und überprüfte, ob sie abgeschlossen war, dann lief ich über den Seitenweg am Haus entlang, um festzustellen, ob irgendein Fenster offen oder eingeschlagen war. Vom Patio aus überprüfte ich die Fenster und Türen der Rückseite und spähte hinein. Dann setzte ich meinen Rundgang fort, und als ich um die Ecke bog, bewegte sich irgendetwas in der Dunkelheit, und ich erstarrte.

Ich hatte eine Lampe im Wohnzimmer angelassen, deren Lichtschein durch das Fenster auf ein Stück Zierrasen neben dem Haus fiel, und jemand trat ins Licht. Es war Susan. Sie entdeckte mich und sagte: »Hier sieht alles gut aus.«

»Ich habe dir gesagt, du sollst im Auto bleiben.«

»Ich bin im Auto geblieben. Dann bin ich ausgestiegen.« Sie zuckte die Achseln. »Du hast zu lange gebraucht.«

Ich war stinkwütend auf sie, aber gleichzeitig beeindruckte mich ihr Mut. Susan ist nicht ängstlich, nimmt nicht gern Befehle entgegen und hat nicht viel Geduld mit Männern, die sie beschützen wollen. Ich hatte das schon zigmal während eines Segeltörns erlebt und genauso oft bei Ausritten durchs offene Gelände. Deshalb sagte ich ruhig: »Ich habe beim Militär gelernt, dass wir alle Befehle befolgen müssen und nur das tun dürfen, was man uns aufträgt, damit niemand überrascht wird. Wenn ich eine Waffe gehabt hätte, hätte ich womöglich auf dich geschossen.«

»Warte, bis wir verheiratet sind.«

Logik half hier nicht weiter, deshalb gab ich auf, ging zur Küchentür und schloss sie auf. »Warte hier«, sagte ich.

Ich ging sofort in die Diele, um mich davon zu überzeugen, dass die Kellertür abgeschlossen war, dann lief ich kurz durchs Erdgeschoss und schaltete in sämtlichen Zimmern das Licht an. Es ist ein großes Haus, und ich hatte nicht vor, jedes Mal, wenn wir nach Hause kamen, sämtliche Zimmer zu durchkämmen. Aber vorerst – bis die Polizei mit Anthony Bellarosa und ich mit Felix Mancuso gesprochen hatte und bis wir eine Schusswaffe besaßen – würde ich es machen, zumindest bei Nacht. Außerdem sollte dieser Sicherheitscheck Susan zeigen, dass die Sache ernst war.

Susan wartete nicht draußen, sondern stand jetzt in der Diele, deshalb sagte ich: »Bleib *hier*«, stieg die Treppe nach oben und kontrollierte unsere fünf Schlafzimmer, kam anschließend wieder herunter und fand sie im Büro. Offenbar hatten wir ein Problem mit dem Wort »hier«.

Sie rief ihre E-Mails ab und ließ mich wissen: »Meine Eltern fliegen morgen …« Sie nannte mir die Einzelheiten von Williams und Charlottes Besenritt, dann sagte sie: »Edward kommt am Donnerstagabend, und Carolyn sagt, wir sollen ihr

Bescheid geben, wenn Ethel stirbt, dann kommt sie mit dem Zug zur Totenwache.«

»In Ordnung.« Ich bemerkte, dass das Nachrichtenlämpchen am Telefon blinkte, schaltete den Lautsprecher ein und rief die Nachricht ab. Elizabeths Stimme, die müde und angespannt klang. »Ich wollte euch nur Bescheid sagen, dass Mom heute Abend um Viertel nach acht eingeschlafen ist.« Sie stockte kurz. »Ich rufe morgen wegen der Vorbereitungen an. Vielen Dank noch mal für eure Güte und Freundschaft.«

Weder Susan noch ich sagten etwas, dann wählte Susan die Telefonnummer, und ich hörte Elizabeths Mailbox antworten. Susan sagte: »Elizabeth, unser herzliches Beileid. Aber du weißt, dass sie jetzt ihren Frieden hat, bei Gott ist. Wenn wir dir bei den Vorbereitungen in irgendeiner Weise behilflich sein können, dann ruf uns bitte an.«

Nun beugte ich mich zum Hörer. »Sag mir Bescheid, wenn du dich mit uns im Bestattungsinstitut treffen willst. Versuch nicht, alles allein zu erledigen. Wir möchten dir gern helfen.«

Susan legte auf. »Ich kann mich noch daran erinnern, als George gestorben ist und dass ich damals dachte, eine Ära ginge zu Ende … und dass auch ein kleines Stück von meiner Kindheit mit ihm ginge.« Sie seufzte.

Ich ging zur Bar und fragte: »Drink?«

»Bitte. Irgendetwas.«

Ich goss zwei Brandys ein, während Susan E-Mails verschickte und die entsprechenden Leute von Ethels Tod verständigte.

Nun ist Ethel Allard also tot, dachte ich. Und John Gotti, so fiel mir ein, ebenfalls, und sie waren binnen eines Tages gestorben. Abgesehen davon hatten sie meiner Überzeugung nach wenig gemeinsam. Und dennoch wirkten sich diese beiden Todesfälle auf mein Leben aus; Ethels Tod hatte mich nach Hause geholt und Gottis Tod eine Gefahr heraufbeschworen, die zehn Jahre lang im Zaum gehalten worden war.

Ich reichte Susan ein Glas, stieß mit ihr an, und sie sagte: »Auf Ethel.«

Ich vertraute ihr meinen Gedanken an: »Sie hat mich heimgeholt.«

Susan nickte. »Ich habe sie gebeten, mit dir über mich zu sprechen.«

»Ich weiß, und sie hat es getan.«

»Das war sehr selbstsüchtig von mir, eine sterbenden Frau um so was zu bitten.«

»Ich glaube, sie hat es gern getan.«

Susan pflichtete mir bei. »Das glaube ich auch.«

Wir nahmen unsere Drinks mit nach oben, zogen uns aus und gingen ins Bett. Wir redeten und lasen noch eine Weile, dann schlief Susan ein. Ich stand auf, ging in den Keller und suchte noch mal nach der Schrotflinte. Weil ich sie immer noch nicht finden konnte, holte ich ein langes Tranchiermesser aus der Küche, kehrte damit ins Schlafzimmer zurück, schloss die Tür ab und schob meine Kommode davor.

Ich saß aufrecht im Bett und dachte über all die Ereignisse nach, deren zufällige Abfolge mich dazu gebracht hatte, ein Küchenmesser auf meinen Nachttisch zu legen.

Nun gut, es hätte schlimmer kommen können; ich hätte auf See verschollen sein können. Oder, noch schlimmer, verheiratet. Andererseits hätte das Schicksal es auch besser mit mir meinen können; Frank Bellarosa hätte vor zehn Jahren das Restaurant in Glen Cove finden können und niemals einen Blick auf Alhambra geworfen oder auf Susan Sutter.

Aber so was geschah oder geschah nicht, Menschen lebten und Menschen starben; man musste aufhören, nach dem Warum zu fragen, und zusehen, dass man jedem, der einen um die Ecke bringen wollte, in Gedanken zumindest einen Schritt voraus war.

Ich schaltete die Lampe aus und hielt mich die ganze Nacht über halbwach.

42

Es regnete die ganze Nacht über, sodass man nur schwer hören konnte, ob jemand versuchte, ins Haus einzudringen.

Ich saß aufrecht im Bett und betrachtete Susan, die neben mir schlief; es war noch immer kaum zu glauben. Und noch schwerer zu glauben war es, dass Susan eine gezeichnete Frau war. Ich hatte sie an Frank Bellarosa verloren, aber ich würde sie nicht an Anthony Bellarosa verlieren.

Es wurde eine lange Nacht, und ich glaube, ich ärgerte mich über das, was Felix Mancuso gesagt hatte – *Man muss ihr Angst machen* –, und war froh, dass er am nächsten Morgen kommen wollte. Ich würde ihm sagen, dass ich seinetwegen die ganze Nacht aufgeblieben war. Susan konnte sich darüber nicht beschweren.

Ich bin kein paranoider Typ; als ich um die Welt segelte, war der einzige Skipper, dem ich an Bord ohne Gewehr begegnete, ich selbst, obwohl sich deswegen ein paar Männer geweigert hatten, bei mir anzuheuern.

Einmal allerdings, vor der somalischen Küste, hätte ich eine Waffe gebraucht, und ich musste mich mit einer Signalpistole begnügen. Es ging gut aus, aber es war knapp. Danach fand ich mich mit der Realität ab und besorgte mir in Aden ein AK-47, das leichter zu kaufen war als eine Flasche Scotch, und billiger.

Ich stellte fest, dass ich mit der Waffe an Bord nachts besser schlief, und ich fragte mich, wie ich so lange ohne ausgekommen war. Die Realität ist ätzend, aber wenn man sie ignoriert, kann das tödlich sein.

Die Morgendämmerung war grau und regnerisch, trotzdem war ich froh, als sie endlich anbrach. Natürlich können Menschen zu jeder Tageszeit ermordet werden, aber unser Urinstinkt rät uns, besonders wachsam zu sein, wenn wir eigentlich schlafen sollten; da draußen gehen des Nachts Räuber um, und sie jagen, während wir schlafen.

Ich stand auf, zog meinen Morgenmantel an und ging erneut hinunter in den Keller. Nach fünfzehnminütiger Suche war ich davon überzeugt, dass sich die Schrotflinte entweder auf Hilton Head befand oder die Möbelpacker sie gestohlen hatten. Na ja, ich konnte mir in einem hiesigen Sportwarengeschäft jederzeit und mühelos jede Schrotflinte oder Büchse kaufen, die ich haben wollte. Gott segne den zweiten Zusatzartikel zur Verfassung und alle Waffengeschäfte in Privatbesitz. In einem Souk in Aden könnte es nicht leichter sein.

Hier jedoch war es trotz meines verfassungsmäßigen Rechts, eine Waffe zu tragen, sehr schwer, eine Erlaubnis zum Besitz einer *verdeckten* Waffe zu bekommen – in dieser Gegend eine Faustfeuerwaffe –, und genau die brauchte ich, wenn Susan und ich das Haus verließen. Ich war mir ziemlich sicher, dass Anthony Bellarosa und La Cosa Nostra dieses Problem nicht hatten.

Als ich nach oben kam, saß Susan in ihrem weißen Teddyplüsch, der sehr knapp geschnitten war und ihre Bräune betonte, am Küchentisch. Sie las eine Fitnesszeitschrift für Frauen, warf sich geistesabwesend Vitamine in den Mund und spülte sie mit Karottensaft hinunter, der farblich zu ihren Haaren passte.

Sie blickte von ihrer Zeitschrift auf. »Guten Morgen.«

Ich war ein bisschen übernächtigt, ungehalten wegen der

Schrotflinte und an diesem grauen Morgen nicht in bester Stimmung, daher erwiderte ich nichts.

»Was hast du im Keller gemacht?«

»Ich habe deine Winterkleider anprobiert.«

»John, es ist zu früh.«

Ich bemerkte eine Kanne mit heißem Kaffee und goss mir eine Tasse ein.

»Trink etwas Karottensaft«, schlug Susan vor.

»Danke, aber ich habe mir bereits einen Schuss Granatapfelsaft gesetzt.«

»Es ist *wirklich* zu früh dafür.«

»Bist du dir sicher, dass du die Schrotflinte von Hilton Head mitgenommen hast?«, fragte ich.

»Ja. Und mir ist auch eingefallen, wo ich sie verstaut habe.«

»Gut. Und wo ist das?«

»Auf dem Dachboden.«

»Du hast gesagt, sie ist im Keller, Susan.«

»Keller, Dachboden. Das ist doch das Gleiche.«

»Ach ja? Okay … wenn ich also auf den Dachboden gehe –«

»Ich war schon oben.« Sie deutete auf die Besenkammer und sagte: »Sie ist da drin.«

»Natürlich.« Ich öffnete die Besenkammer, und siehe da, an der Wand, zwischen einem Wischmopp und einem Besen – dort, wo die langen Teile aufbewahrt werden –, lehnte ein Gewehrkoffer. Ich holte ihn aus der Kammer, nahm die Schrotflinte heraus und überzeugte mich davon, dass sie gesichert war. Es war eine in Italien hergestellte, doppelläufige zwölfer Beretta. Auf der Walnussschäftung befand sich ein Messingschild mit der Gravur *Susan Stanhope Sutter*, und das vernickelte Verschlussgehäuse war mit kunstvollen Blumenmustern verziert, die teils graviert, teils in Gold eingelegt waren. Wenn ich schätzen müsste, wie viel dieses Modell gekostet hatte, würde ich sagen, um die zehntausend Dollar. Vielleicht war es ein Geschenk von Sally Da-da, mit bestem Dank an Susan, weil sie Frank Bellarosa umgenietet hatte.

Susan klärte mich diesbezüglich auf: »Dan hat sie mir geschenkt, als ich einem örtlichen Schützenverein beitrat.«

Offenbar hatte Dan nicht gewusst, was ihrem letzten Freund widerfahren war.

»Du kannst sie verkaufen und eine andere besorgen, wenn du möchtest. Er hat nicht geschossen. Nur ich. Er hat Golf gespielt.«

»Wir können sie behalten. Dein Name steht drauf.«

Sie zuckte die Achseln und widmete sich wieder ihrer Zeitschrift.

Ich klappte die Waffe auf, um sicherzugehen, dass Susan keine Patronen in den Kammern gelassen hatte, und blickte durch die Läufe, die halbwegs sauber waren. Aber wahrscheinlich konnte es nichts schaden, die ganze Waffe zu reinigen und einzuölen. »Wann hast du zum letzten Mal damit geschossen?«, fragte ich.

Ohne von ihrer Zeitschrift aufzublicken, erwiderte Susan: »Vor etwa zwei Jahren.«

»Es wäre schön gewesen, wenn wir sie letzte Nacht gehabt hätten.«

Darauf erwiderte sie nichts.

»Hast du Reinigungsbesteck?«

»Ich konnte es nicht finden.«

»Patronen?«

»Ich suche sie.«

Okay, die Schrotflinte hätte letzte Nacht nicht viel genützt. »Ich fahre heute einfach zu einem Sportwarengeschäft«, sagte ich.

Sie schwieg.

Ich legte die Schrotflinte zurück in den Koffer und sagte: »Ich glaube, wir sollten uns einen Hund besorgen.«

»Ich hatte einen Hund.«

»Ist er auf dem Dachboden?«

»Hunde machen viel Arbeit. Wieso möchtest du einen Hund?«

Offenbar bewegten wir uns auf verschiedenen Ebenen. »Zur Sicherheit«, erklärte ich.

»Oh … nun … na schön. Aber lass uns bis nach der Beerdigung warten, wenn alle weg sind. Meine Eltern mögen keine Hunde.«

»Sie wohnen vermutlich nicht hier.«

»Würde es dich stören, wenn doch?«

»Ich würde mich wundern.«

Sie warf die Zeitschrift beiseite und sagte: »John, ich glaube nicht, dass sie so negativ reagieren werden, wie du meinst.«

»Ich lasse mich gern vom Gegenteil überzeugen.«

»Habe ich recht gehört?«

Mir kam der schreckliche Gedanke, dass heute der erste Tag meines restlichen Lebens war. »Schränk deine Vitaminzickentabletten ein«, schlug ich vor.

Ich ging zum Kühlschrank, um nachzusehen, was es zum Frühstück gab, aber bevor ich die Tür öffnen konnte, sagte sie: »Für *diese* Bemerkung musst du *das* hier frühstücken.«

Ich blickte über die Schulter und sah, dass Susan auf dem Tisch lag, die gespreizten Beine über die Kante hängen ließ und ihren Teddy bis zu den Brüsten hochgeschoben hatte. Meine Güte!

Nun ja … ich hatte an ein englisches Muffin gedacht, aber …

Nach meinem Heldenfrühstück marschierten Susan, ich und die Schrotflinte nach oben ins Schlafzimmer, und Susan fragte: »Sophie kommt heute. Wieso stellen wir die Flinte also nicht in deinen Kleiderschrank?«

»Na schön.« Ich brachte sie in meinen begehbaren Kleiderschrank und lehnte sie hinter der offenen Tür an die Wand. Ich sagte Susan, wo sie war, dann ging ich unter die Dusche.

Sie öffnete die Tür und gesellte sich zu mir, worauf ich ihr den Rücken mit einem Luffaschwamm abschrubbte, und als sie mir den Rücken abschrubbte, sagte ich: »Sex einzusetzen, um mich zu beherrschen oder mein Verhalten zu ändern, ist nicht fair.«

»In der Liebe und im Krieg ist alles erlaubt, John.«

»Na schön. Denk dran, dass du das gesagt hast.«

»Außerdem klappt es.« Sie griff mir zwischen die Beine, zupfte kurz an John und stieg aus der Dusche.

Als wir uns anzogen, fragte sie: »Was ist der Grund für Felix Mancusos Besuch?«

»Festzustellen, ob sich das FBI für unsere Angelegenheit interessiert oder zuständig ist.«

Sie schwieg einen Moment, dann sagte sie: »Er mag mich nicht.«

»Es geht um nichts Persönliches. Es ist rein dienstlich.«

»Ich glaube, es geht um etwas Persönliches.«

Es wurde Zeit, die schmutzige Vergangenheit auszugraben, denn Felix Mancuso würde es sowieso machen, und Susan musste darauf vorbereitet sein, deshalb erinnerte ich sie: »Du hast seinen Kronzeugen im FBI-Verfahren gegen das organisierte Verbrechen umgebracht, und es kommt nicht oft vor, dass das FBI einen Mann wie Frank Bellarosa zum Singen bringt.« Weil sie schwieg, fuhr ich fort: »Den Zeugen eines Mordes zu verlieren, während er Dienst hatte, war für die Karriere von Special Agent Mancuso nicht unbedingt förderlich.«

Wieder schwieg Susan, bevor sie erklärte: »Er war gegen meine Besuchserlaubnis.«

Das wusste ich, aber ich wunderte mich, dass sie es ebenfalls wusste beziehungsweise bereit war, darüber zu sprechen. Aber ich nehme an, für sie wurde es Zeit, alles rauszulassen. Was Felix Mancusos Unmut darüber anging, dass man Frank und Susan gewähren ließ, so beruhte der sowohl auf seinen beruflichen Wertvorstellungen als auch auf seinem persönlichen

Sinn für Moral und Anstand, und vielleicht auch auf seiner positiven Einstellung mir gegenüber, die nicht jeder in seiner Umgebung teilte.

Und daher hatte Susan in dieser Hinsicht recht; es war etwas Persönliches. Auf jeden Fall war das, was geschehen war, nicht Mancusos Schuld – niemand konnte vorhersehen, dass Susan Don Bellarosa erschießen würde –, aber ich hatte den Eindruck, dass Mancuso seinerzeit trotzdem der Sündenbock gewesen war. Warum? Weil der Typ, der hinterher mit einem »Ich hab's euch gleich gesagt« ankommt, immer von allen anderen reingeritten wird.

Aber statt Susan zu erklären, dass der heilige Felix sie grundsätzlich für ein Mafia-Groupie und Flittchen hielt, brachte ich das Gespräch wieder auf die professionellen Gesichtspunkte und sagte: »Mancuso war auch nicht begeistert darüber, dass du der Mordanklage entgangen bist.«

Sie überraschte mich, als sie sagte: »Das war die Schuld seiner Vorgesetzten. Ich war bereit, dafür zu büßen.«

Ich warf ihr einen Blick zu und war davon überzeugt, dass sie es ernst meinte. Und sie hatte recht – es war nicht ihre Schuld, dass die Regierung bei diesem Fall gekniffen hatte; die Waagschalen der Justiz senken sich immer so, wie es der Regierung am besten passt, und manchmal heißt das, dass man unangenehme oder peinliche Fakten vertuscht und den Schuldigen laufenlässt. Mir kam der Gedanke, dass sie jetzt in etwa rauskäme, wenn sie angeklagt worden wäre und sich des Totschlags für schuldig bekannt hätte. Und ich bin mir ziemlich sicher, dass ich mich nicht von ihr hätte scheiden lassen und auf sie gewartet hätte. Auch wenn ich womöglich dennoch um die Welt gesegelt wäre.

Als ich angezogen war, schnitt ich ein weiteres ungenehmes Thema an und erinnerte sie: »Die nächsten Tage werden stressig«, was heißen sollte, dass wir nicht nur zu Ethels Totenwache und Beerdigung gehen und außerdem versuchen mussten, unsere eigene Beerdigung zu vermeiden, sondern dass auch ihre Eltern irgendwo in diesem Landstrich auftauchten. »Wir müssen … miteinander kommunizieren.«

Susan nickte. »Ich hatte einen sehr traurigen Traum über Ethel … sie saß allein da und weinte … und ich habe sie gefragt, weshalb sie so traurig ist. Und sie sagte zu mir: ›Alle sind tot.‹ Deshalb wollte ich sie trösten … aber sie hat immer weiter geweint, und ich habe geweint und hatte das … unerträgliche Gefühl, ganz allein zu sein … dann habe ich gesagt: ›Ich rufe John an.‹«

Sie blickte zu mir, und ich sah, dass sie den Tränen nahe war, deshalb nahm ich sie in die Arme, und wir drückten uns. »Du bist nicht allein«, sagte ich.

»Ich weiß. Aber ich war es so viele Jahre, und es ging mir nicht gut.«

Wir setzten uns in die Küche und lasen die *Times*, tranken Kaffee und warteten auf die Putzfrau Sophie, Felix Mancuso, William und Charlotte Stanhope und auf wen und was auch immer der Tag für uns auf Lager hatte.

43

Sophie kam um acht, und Susans Privattrainer, ein androgyner Bursche namens Chip, traf um halb neun ein. Die Gärtner kreuzten auf, um im Regen zu arbeiten, UPS lieferte um neun irgendwas ab, der Postbote kam um Viertel nach neun, die Reinigung stand um halb zehn vor der Tür, um etwas zu bringen und mitzunehmen. Mir kam der Gedanke, dass der Mafia-Killer nur in der Diele warten musste, bis er an der Reihe war.

Ständig klingelte das Telefon, und nachdem Susan mit ihrem Trainer fertig war, saß sie eine Zeitlang im Büro und nahm Anrufe und E-Mails entgegen. Ein Gutteil dieser Kommunikation hatte etwas mit Ethels Totenwache und Beerdigung zu tun, und Susan sprach ein paarmal mit Elizabeth, außerdem sprach sie mit dem Bestattungsinstitut, dem Floristen und einigen Limousinenfirmen – nimm *nicht* Bell Car Service –, und sie erwischte die Wärter des Stanhope'schen Friedhofs. Ich wollte ihr vorschlagen, zwei zusätzliche Löcher für William und Charlotte buddeln zu lassen, wenn sie schon mal dabei war, aber das hätte sie falsch auffassen können. Was dieses Thema anging, hatte ich eine Frage für sie: »Was macht man, wenn man seine Schwiegereltern nicht trifft? Man lädt durch und schießt noch mal.«

Ich stellte ihr die Frage nicht, aber das erinnerte mich daran, dass ich Schrotpatronen kaufen musste, und darüber hinaus erinnerte es mich daran, Susan zu sagen: »Reserviere im Creek ein Cottage für deine Eltern.«

»Lass uns erst sehen, ob sie bei uns bleiben wollen.«

»Wann kommen sie an?«

»Das habe ich dir doch schon fünfmal gesagt – sie sind um Viertel nach drei am La Guardia und sollten gegen fünf hier sein. Wir trinken Cocktails und besprechen … alles.«

»Na schön.« Wo bewahrst du das Rattengift auf? »Wann ist heute Abend die Aussegnung?«

»Das habe ich dir doch auch schon gesagt. Von sieben bis neun.« Sie informierte mich über den Ablauf, und offenbar hatte Ethel Anweisungen für ein längeres Engagement im Bestattungsinstitut hinterlassen, sodass niemand eine Ausrede hatte, ihren letzten Akt zu verpassen. Susan schloss: »Der Trauergottesdienst ist am Sonnabend um zehn. Soll ich dir das aufschreiben?«

»Nein. Ich habe ja dich, mein Schatz.«

Des Weiteren teilte sie mir mit: »Diesen Sonntag ist Vatertag. Laut den E-Mails meiner Eltern und von den Kindern sind wir am Sonntag alle hier, deshalb habe ich ein Festessen zu Hause vorgeschlagen.«

Susan war allem Anschein nach optimistischer als ich, was das Wiedersehen anging. Ich sagte: »Das ist sehr aufmerksam von dir. Wissen deine Eltern, dass ich hier bin?«

»Sie haben von den Kindern erfahren, dass du zur Beerdigung kommst und im Pförtnerhaus wohnst.«

»Was nicht stimmt.«

»Sie wurden diesbezüglich noch nicht auf den neuesten Stand gebracht.«

»Okay. Und sie haben auch nichts dagegen, wenn ich zum Vatertagsessen hier bin?«

»Sie haben Verständnis dafür, dass Edward und Carolyn

dich am Vatertag bei uns haben wollen. Und ich habe ihnen mitgeteilt, dass ich das gut finde.«

»Aha. Und wann teilen wir deinen Eltern mit, dass ich hier wohne und mit dir schlafe?«

»Wenn sie eintreffen. Es ist besser, wenn wir sie vor vollendete Tatsachen stellen.«

Was hoffentlich zu einem schweren epileptischen Anfall führen würde, worauf ich ihnen mit der Schrotflinte den Gnadenschuss verpassen musste. »Na schön. Mach es, wie du willst.«

Sie wechselte das Thema und fragte: »Meinst du, ich sollte deine Mutter einladen, oder wäre das zu traurig für sie, da dein Vater tot ist?«

Ich antwortete mit übertriebenem Enthusiasmus: »Harriet wäre begeistert, wenn sie dabei sein dürfte, und ich freue mich auf ein Essen mit ihr *und* deinen Eltern.«

Susan warf mir einen prüfenden Blick zu. »Kommst du damit klar?«

»Die Antwort heißt: Martinis.«

Dazu gab sie keinen Kommentar ab, sondern sagte nur: »Ich verlasse mich darauf, John, dass du Edward und Carolyn ein gutes Beispiel geben wirst.«

»Du kannst dich auf mich verlassen, meine Süße.« Ich hatte ernsthaft vor, mein Bestes zu tun, um wieder etwas Spaß in die gestörten Verhältnisse zu bringen, und schlug vor: »Dein Vater und ich sitzen uns an den beiden Tischenden gegenüber und singen im Duett ›O mein Papa‹.«

Weil Susan aus irgendeinem Grund noch immer skeptisch wirkte, fügte ich hinzu: »Ich werde deinen Vater an diesem besonderen Tag ehren, Susan, weil er mir dich geschenkt hat.«

»Das ist sehr lieb von dir, John. Wir machen das für Edward und Carolyn, und wenn du dir ein paarmal auf die Zunge beißen musst, werden sie dich umso mehr dafür achten. Und wenn mein Vater nicht freundlich ist, dann ist das sein Problem.«

»Schon immer gewesen.«

»Und mach es bitte nicht so wie bei unserem letzten gemeinsamen Essen, als du still vor dich hin gekocht hast, bis du in die Luft gegangen bist und ihn einen … was auch immer genannt hast.«

»Ein ehrloses Arschloch, einen –«

»In Ordnung, John. Und du hast versprochen, dich dafür zu entschuldigen.«

»Ich kann es kaum erwarten.«

Sie musterte mich eingehend. »John, es ist der Kinder wegen … und ich meine nicht ihr seelisches Wohlergehen – ich meine ihr finanzielles Wohlergehen.«

»Ich weiß genau, was du meinst. Aber du glaubst ja nicht, dass deine Eltern ihre Enkelkinder unseretwegen bestrafen werden.« Ich konnte mir nicht verkneifen, hinzuzufügen: »Niemand wäre so rachsüchtig.«

»Lass uns nicht die Probe aufs Exempel machen.«

»Ich habe dich gehört. Beehrt uns zu diesen traurigen und fröhlichen Anlässen auch dein Bruder mit seiner Gesellschaft?«

»Zu Ethels Beerdigung wird Peter nicht da sein«, erwiderte sie. »Aber er versucht, zum Vatertag zu kommen.«

»Wunderbar. Und wo arbeitet Peter dieser Tage?«

»Auf den Bahamas.«

»Was macht er da?«

»Er surft.«

»Richtig. Tja, wenn er jetzt anfängt und ein paar gute Wellen erwischt, kann er bis Sonntag hier sein.«

Ich dachte, das würde sie ärgern, aber sie lächelte. »Die Stanhopes entlocken dir deinen ganzen Witz.«

Du hast noch nichts davon erlebt, meine Gute. Ich wechselte das Thema und erinnerte sie: »Felix Mancuso wird in Kürze hier sein. Ich verlasse mich auf *dich*, Susan, dass du jegliche negative Einstellung, die du möglicherweise ihm gegenüber hast, hintanstellst und freundlich und zuvorkommend bist. Genauso, wie ich es bei deinen Eltern halten werde.«

»In Ordnung. Ich habe verstanden.« Sie dachte einen Moment lang nach, bevor sie sagte: »Das ist für alle die Gelegenheit, die Vergangenheit wiedergutzumachen. Oder sie zumindest ruhen zu lassen.«

»Genau so ist es.«

Ich dachte an das Gespräch, das ich am Sterbebett mit Ethel geführt hatte, die, wie ich aufrichtig hoffte, ähnliche Gespräche mit jedem gehabt hatte, der sie besuchte. Nicht allen von uns ist ein langes Abschiednehmen vergönnt, deshalb verpassen wir oft die Gelegenheit, die Dinge ins Lot zu bringen, bevor wir nicht mehr atmen und reden können.

Vielleicht sollten wir also vorsichtshalber für jeden einen Brief hinterlassen, falls wir nicht die Gelegenheit bekommen, zu sagen: »Tut mir leid, dass ich so ein Arschloch war«, und ich vermutete, dass Ethels Brief an mich auf so etwas hinauslief. Und um ehrlich zu sein, gab es drei solche Briefe von mir, die bei meinem Notar in England lagen; je einer an Edward und Carolyn und einer an Susan. Der Brief, der am leichtesten zu schreiben ist, fängt mit den Worten an: »Wenn Du das liest, heißt das, dass ich tot bin …« Vielleicht sollte ich auch William und Charlotte einen schreiben: *Liebe Arschlöcher …*

»Worüber denkst du nach?«, fragte Susan.

»Darüber … was für ein Glück wir haben … du und ich … und wie viel Glück ich habe, dass du das hier ermöglicht hast … und dass wir diese gemeinsame Zeit haben, egal was als Nächstes geschieht.«

Special Agent Felix Mancuso klingelte um zehn Uhr, und ich öffnete ihm die Tür.

Wir schüttelten uns die Hand und begrüßten uns, und als ich ihn in die Diele führte, nahm er seinen Regenhut ab, und ich sah, dass seine Glatze in den letzten zehn Jahren nicht groß fortgeschritten war, aber die Überreste seiner einstmals schwarzen Haare grau meliert waren. Als er noch gegen La

Cosa Nostra ermittelt hatte, trug Special Agent Mancuso grundsätzlich bessere italienische Anzüge als seine Gegner; aber jetzt fiel mir auf, dass sein grauer Anzug, das Hemd und der Schlips nichts Besonderes waren und er sich auf den Straßen von New York bestens anpassen konnte, wenn er Terroristen quer durch die Stadt verfolgte – oder was immer er bei der Antiterror-Task-Force machte. Außerdem fiel mir auf, dass er einen Flaggensticker am Revers trug, damit er in New York nicht auffiel.

Susan war in der Küche, und ich hatte sie gebeten, mir zehn Minuten Zeit mit Mancuso zu lassen, daher führte ich ihn in mein neues altes Büro und bat ihn, auf meinem alten ledernen Clubsessel Platz zu nehmen. Er blickte sich kurz im Zimmer um, als ich mich auf meinen Schreibtischstuhl setzte und die Telefonklingel abstellte.

»Sie haben hier ein sehr schönes Haus«, sagte er zu mir und fragte: »Und das war das Anwesen der Familie Ihrer Frau?«

»Wir bezeichnen es gern als unseren Stammsitz.«

Er erkannte, dass ich witzig sein wollte, und lächelte.

Ich klärte ihn auf: »Ihr gehören das Gästehaus und vier Hektar Land. Den Großteil der verbliebenen Ländereien und das Herrenhaus besitzt jetzt Mr Amir Nasim, der, wie ich erwähnte, seinerseits ein paar Probleme hat, die Sie vielleicht interessieren.«

Mr Mancuso ging nicht darauf ein. Stattdessen sagte er: »Ich wünsche Ihnen hier viel Glück. Es muss schön sein, wieder daheim zu sein.«

»Ist es auch, wenn man von meinem Nachbarn in Alhambra mal absieht.«

Er nickte.

Wie schon gesagt, war er bereits zweimal hier gewesen. Und was das Thema anging, musste ich für etwas Klarheit sorgen. »Mrs Sutter hat mir gesagt, dass Sie ihrer Meinung nach etwas negativ gegen sie eingestellt sein könnten«, begann ich.

Seine Antwort war offen und ehrlich: »Das war ich. Aber ich bin seit unserer letzten Begegnung realistischer geworden.«

Und vermutlich weniger idealistisch, dachte ich. Vor allem, nachdem er einen Karriereknick wegen etwas hinnehmen musste, das nicht seine Schuld war. Letzten Endes war Susan besser davongekommen als Special Agent Mancuso, was wieder einmal bewies, dass das Leben nicht gerecht ist. »Ich glaube, Mrs Sutter kann Ihnen diesmal mehr helfen«, sagte ich.

Wahrscheinlich fragte er sich, ob sie ihm weniger helfen könnte als beim letzten Mal, aber er erwiderte: »Das hört man gern. Und meine persönliche Einstellung, Mr Sutter, hat mich bei der Ausübung meines Berufes noch nie beeinflusst.«

Um ebenfalls offen und ehrlich zu sein, sagte ich: »Sie wissen, dass das nicht stimmt. Aber das könnte auch was Gutes für sich haben. Ich war Ihnen zum Beispiel dankbar für Ihre persönliche Besorgnis wegen meiner Beziehung zu Frank Bellarosa. Und Mrs Sutter hätte ebenfalls von Ihrem Rat profitieren können.«

Er dachte darüber nach. Schließlich gab er zu: »Ein gutes Argument. Aber offen gesagt … na ja, das war *Ihre* Aufgabe.«

»Ebenfalls ein gutes Argument. Und ich habe noch ein Besseres: Sie hätte darauf bestehen sollen, dass ich mich nicht mit Frank Bellarosa einlasse, aber stattdessen hat sie mich dazu ermuntert.«

Diese Enthüllung schien ihn nicht zu überraschen, da er wahrscheinlich schon seit langem die Dynamik der Dreiecksbeziehung zwischen John, Susan und Frank erkannt hatte. »Es gab einen Punkt, als … nun, als es nicht mehr nur einfach Spaß am Tabubruch war oder was immer es für Sie beide gewesen sein mag. An diesem Punkt hätten Sie beide einander retten müssen – und Ihre Ehe.«

»Vergessen Sie unser Seelenheil nicht. Aber als uns das klarwurde, Mr Mancuso, war es schon viel zu spät.«

»Das ist es für gewöhnlich immer.«

Ich konnte ihm mit einer guten Nachricht dienen: »Mrs Sutter war strikt dagegen, dass ich mit Anthony Bellarosa auch nur spreche.«

Ich wusste, was er darauf erwidern würde. »Freut mich, dass jemand seine Lektion gelernt hat.« Er lächelte und zeigte mir seine Zähne, die mich an eine Reihe kleiner weißer Kaugummis erinnerten.

»Wir *alle* haben unsere Lektion gelernt.«

Die Gegensprechanlage am Telefon summte, und ich nahm ab. »Soll ich meinen großen Auftritt machen?«, fragte Susan.

Ich war froh, dass ich nicht auf die Lautsprechertaste gedrückt hatte, was ich nie tun würde, wenn Susan am Apparat ist. »Ja, und lass bitte einen der Diener Kaffee bringen«, erwiderte ich.

»Der letzte Diener ist vor dreißig Jahren gegangen, aber ich sehe zu, was ich tun kann.«

»Danke. In etwa fünf Minuten.« Ich legte auf und sagte zu Mr Mancuso: »Wir haben im Moment keine Diener, aber Mrs Sutter bringt Kaffee.«

Wieder lächelte er, dann nutzte er die Gelegenheit und sagte: »Ich habe nie verstanden, wie sich zwei Menschen aus Ihrer Welt mit Frank Bellarosas Welt einlassen konnten.«

Ich musste darüber nachdenken und erwiderte schließlich nur: »Nun ja, wenn das die Frage ist, fällt mir keine Antwort dazu ein.«

»Ein Teil der Antwort könnte lauten, dass das Böse verführerisch ist«, meinte er. »Ich glaube, das habe ich Ihnen schon mal gesagt.«

»In der Tat. Nehmen Sie innere Unruhe und Langeweile dazu, dann haben Sie zumindest einen Teil der Antwort auf Ihre Frage. Aber ich kann nur für mich sprechen. Ich bin mir nicht ganz sicher, was Mrs Sutter zu ihren Taten bewogen hat.«

»Haben Sie nachgefragt?«

»Nicht direkt. Aber Sie können sie fragen, wenn es Sie beschäftigt. Es könnte möglicherweise etwas mit Sex zu tun gehabt haben.«

Er wirkte nicht schockiert, doch er wäre es womöglich gewesen, wenn ich ihm gesagt hätte, dass Liebe im Spiel war. Aber das ging ihn nichts an.

Er dachte einen Moment lang nach, bevor er erwiderte: »Ehebruch ist das Symptom eines viel größeren Problems.«

»Manchmal. Aber um es frei nach Freud zu umschreiben: Manchmal ist Ehebruch einfach Ehebruch. Und was spielt das jetzt noch für eine Rolle?«

»Weil Wissen und Verstehen der erste Schritt zu einer wirklichen Versöhnung sind, Mr Sutter. Vor allem aber ist es absolut wichtig, dass Sie wissen, wer Sie sind, wer sie ist und was Sie vergeben.«

Allem Anschein nach praktizierte Mr Mancuso immer noch Psychologie und gab nach wie vor seelsorgerische Ratschläge. Zusätzlich musste er Eheberatung in sein Repertoire aufgenommen haben. »Ich will nicht … respektlos sein, aber haben Sie irgendeine Berufsausbildung, von der Jurisprudenz und der Strafverfolgung einmal abgesehen?«

Er wirkte nicht eingeschnappt, als er erwiderte: »Ich war zwei Jahre auf dem Priesterseminar, bevor ich zu dem Schluss kam, dass das nicht meine Berufung ist.«

Das überraschte mich nicht besonders. Ich hatte eine Reihe katholischer Anwälte und Richter und auch ein paar Männer in der Strafverfolgung kennengelernt, die einst im Priesterseminar gewesen waren. Es schien da einen gewissen Zusammenhang zu geben, aber worin der bestand, war mir nur teilweise klar. »Was hat Sie zu dem Schluss gebracht, dass Sie nicht zum Priester berufen sind?«

Ohne jede Verlegenheit erwiderte er: »Die Versuchungen des Fleisches waren zu groß.«

»Tja, das kann ich nachvollziehen.« Ich überlegte, ob ich ihm vorschlagen sollte, Episkopale zu werden und es noch mal mit dem Priestertum zu versuchen, aber er wechselte das Thema. »Wenn ich eine abschließende Feststellung zu dem machen darf, was vor zehn Jahren geschehen ist … in all den Jahren, in denen ich mit Kriminalität zu tun hatte, ob organisiert oder anderweitig, ist mir selten ein Mann mit dem soziopathischen Charme und Charisma eines Frank Bellarosa begegnet. Wenn Ihnen dadurch wohler zumute ist, Mr Sutter, dann lassen Sie sich gesagt sein, dass Sie und Ihre Frau von einem meisterhaften Manipulator verführt wurden.«

»Mir ist schon viel wohler zumute.«

»Nun, ich würde es nicht sagen, wenn es nicht wahr wäre.«

Felix Mancuso glaubte anscheinend, dass die Geschichte der Menschheit am ehesten als Kampf zwischen Gut und Böse zu verstehen war, mit Frank Bellarosa als dem personifizierten Satan. Aber das erklärte Frank Bellarosas nur allzu menschliche Liebe zu Susan Sutter nicht und auch nicht seine letzte gute und ehrenhafte Tat mir zuliebe, die ihn das Leben gekostet hatte.

Um zu meinem derzeitigen Problem zu kommen, erklärte ich: »Anthony Bellarosa ist nicht so komplex oder charmant oder gar so intelligent wie sein Vater.«

»Nein, das ist er nicht. Und deswegen ist es weitaus wahrscheinlicher, dass er Gewalt anwendet, wenn er frustriert ist oder von jemandem herausgefordert wird.«

»Stimmt. Er ist kein Machiavellist. Er ist eher wie Caligula.«

Mr Mancuso lächelte und nickte. »Hinter seinem Rücken nennen sie ihn Little Caesar. Und ich glaube, das Adjektiv ›little‹ würde ihn auf die Palme bringen. Nicht das Wort ›Caesar‹.«

»Anthony und ich haben ein paar Gespräche über den Untergang des römischen Reiches geführt.«

Mancuso gab keinen Kommentar dazu ab, was mich wunderte. Ich fuhr fort: »Beim Essen in einem chinesischen Restaurant in Glen Cove.« Und weil Mancuso auch dazu schwieg, fragte ich: »Hatten wir dort Gesellschaft?«

»Ich hatte die Gelegenheit, die Aussage zu lesen, die Sie bei der Polizei gemacht haben.«

»Aha.« Diesen Punkt hatte ich in der Aussage allerdings nicht erwähnt.

Tja, es muss die Bedienung gewesen sein. Nur eine Regierungsbedienstete konnte so unfähig sein. Scherz beiseite. Ich war nicht gerade begeistert von der Vorstellung, dass möglicherweise eine Wanze in meiner Wantansuppe geschwommen hatte. Aber Mr Mancuso bestätigte es weder, noch leugnete er es – er berief sich auf sein Recht zu schweigen.

Also wechselte ich das Thema. »Ihre Äußerung mir gegenüber, dass man Susan Angst machen muss, hat mir eine schlaflose Nacht bereitet.«

»Nun, ich wollte nicht, dass Sie diese Sache leichtnehmen. Ich hoffe doch, ich habe Mrs Sutter nicht beunruhigt.«

»Sie ist sich glücklicherweise nicht bewusst, dass Anthony Bellarosa ein Psychopath ist oder sein könnte. Es wäre mir lieb, wenn Sie ihr klarmachen würden, dass durchaus Grund zur Sorge besteht … ohne es zu übertreiben.«

»Ich verstehe. Aber ich verstehe nicht, weshalb sie noch nicht richtig besorgt ist.«

»Das liegt an ihrer Art und an ihrer Herkunft«, erwiderte ich.

»Was soll das heißen?«

»Es ist ein bisschen kompliziert, aber grundsätzlich läuft es darauf hinaus, dass sie ein behütetes und privilegiertes Leben geführt hat – so wie zum Beispiel … na ja, ein Dodo auf einer abgelegenen Insel – und daher nicht weiß, wie Gefahr aussieht, klingt oder riecht.«

Er dachte eine Weile darüber nach, bevor er schließlich feststellte: »Bis September letzten Jahres war das ganze Land so.«

»Interessante Analogie.«

»Ich hatte die Gelegenheit, das psychiatrische Gutachten des Justizministeriums über Mrs Sutter sowie die von den Psychiatern der Familie zur Verfügung gestellte Analyse zu lesen, und beides ist … interessant.«

Dessen war ich mir sicher, wusste jedoch, das er nicht näher darauf eingehen durfte. Ich sagte: »Ihr Geisteszustand vor zehn Jahren macht mir keine Sorgen. Was mir Sorgen macht, ist ihre derzeitige Haltung gegenüber der offensichtlichen Gefahr, in der sie schwebt – und das Problem dabei ist, glaube ich, eher ihr Charakter als irgendwelche psychologischen Konflikte oder unterbewusste … was auch immer. Und deshalb würde ich sie gern zur Besinnung bringen.«

Mancuso nickte. »Ich werde ihr die Fakten nennen und außerdem meine Meinung zum Ausmaß der Gefahr sagen.«

»Gut. Sie können unsere neuen Farbcodes benutzen, das ist vielleicht einfacher für Sie«, schlug ich vor.

Er rang sich ein Lächeln ab. »Ich muss erst hören, was Sie und Mrs Sutter zu sagen haben, bevor ich eine Farbe wähle.«

Vermutlich, weil Susan noch nicht erschienen war, vertraute mir Mr Mancuso an: »Vielleicht interessiert es Sie, dass ich über diesen Fall an der Akademie gelehrt habe.«

»Wirklich? Hoffentlich waren Sie nicht zu hart zu den Sutters.«

Er wich der Antwort aus, sagte aber: »Die Zuhörer hatten immer mehr Fragen, als mir Antworten einfielen.«

»Das geht mir genauso.«

Er warf mir einen Blick zu und sagte: »Ich freue mich über die Gelegenheit, mich noch einmal mit einigen dieser Themen und Fragen auseinandersetzen zu können.«

»Nun, ja, Mr Mancuso, ich nicht, aber es passiert nun mal.«

Er pflichtete mir bei. »Gottes Mühlen mahlen langsam.«

Bevor ich mich dazu äußern konnte, öffnete Susan die Tür und sagte: »Hier kommt das Mehl.«

44

Felix Mancuso und ich standen auf, und ich sagte: »Susan, erinnerst du dich noch an Special Agent Mancuso?«

Sie lächelte freundlich, bot ihm die Hand zum Gruß und sagte: »Natürlich. Danke, dass Sie gekommen sind.«

»Ich freue mich, Ihnen wieder zu Diensten sein zu können«, erwiderte er.

Ich glaubte nicht, dass sie beim letzten Mal glücklich mit seinen Diensten gewesen war, und sie mussten vermutlich beide daran denken.

Nachdem die Freundlichkeiten ausgetauscht waren, winkte Susan Sophie zu, die mit einem Servierwagen vor der Tür stand, ihn auf Susans Zeichen hereinschob und dann wieder ging und die Tür schloss.

Susan forderte uns auf, uns zu bedienen, wir kamen ihrer Bitte nach, und sie setzte sich auf die Couch, und Mr Mancuso und ich kehrten auf unsere Plätze zurück.

Susan trug eine braune Hose, eine weiße Bluse und einen maßgeschneiderten blauen Blazer, eine züchtige und traditionelle Aufmachung. Ich hätte gern ein Kreuz an ihrem Hals gesehen, aber das wäre vielleicht zu viel des Guten gewesen.

Möglicherweise reagierten wir beide etwas übertrieben auf Felix Mancusos katholische Mittelschichtmoral und seine Meinung über Susans einstigen Ehebruch und Mord sowie meine Tätigkeit für die Mafia; aber seine Ansichten schienen aufrichtig zu sein, und ich war davon überzeugt, dass Susan und ich viele seiner sittlichen Überzeugungen ebenso teilten wie seine geringe Meinung über unser früheres Verhalten. Trotzdem war es an der Zeit, dass wir uns neuen Problemen zuwandten.

»Habe ich irgendetwas Wichtiges versäumt?«, erkundigte sich Susan.

»Eigentlich nicht«, erwiderte ich. »Wir haben bloß noch mal darüber gesprochen, wie du und ich unser Leben verhunzt haben.«

»Tja, dann bin ich ja froh, dass das nichts allzu Wichtiges ist.«

Wir lächelten alle.

Mr Mancuso sagte zu ihr: »Ich wünsche Ihnen und Mr Sutter alles Gute und viel Glück in Ihrer neuen Ehe.«

»Danke«, erwiderte sie. »Das ist sehr liebenswürdig von Ihnen.«

Susan, das merkte ich, zog ihre Lady-Stanhope-Nummer ab, was im Umgang mit Felix Mancuso vielleicht genau das Richtige war, vielleicht aber auch nicht. Möglicherweise war ihr Verhalten eine Reaktion auf die letzte Begegnung mit ihm, denn sie hatte zwar ein hübsches Reitkostüm getragen, war aber mit Handschellen gefesselt gewesen, Tränen waren ihr Gesicht heruntergelaufen, und eine Polizistin hatte sie herumkommandiert. Mancuso wiederzusehen war für sie also durchaus schwierig und peinlich und brachte sie wahrscheinlich dazu, sich in ihre Lady-Tour zu flüchten.

Er sagte: »Wie ich Mr Sutter am Telefon erklärt habe, bin ich nicht mehr bei der Zielfahndungsgruppe für organisiertes Verbrechen, aber da ich früher mit dem Fall zu tun hatte und da Mr Sutter mich persönlich angerufen hat, wurde ich beauftragt, diese Angelegenheit zu beurteilen und Empfehlungen abzugeben, wie das FBI weiter vorgehen soll. Allem Anschein nach ist dies eine Angelegenheit des Staates – eine persönliche Drohung ohne unmittelbaren Bezug zum organisierten Verbrechen, abgesehen von Mr Bellarosas mutmaßlicher Verbindung dazu –, aber seien Sie versichert, dass das FBI den örtlichen Behörden jegliche Unterstützung und Information anbieten wird, um die sie bitten.«

Mir rutschte heraus: »Jemand von der Bezirkspolizei hat mir erklärt, dass ihm das FBI nicht mal Bescheid sagen würde, wenn sein Arsch in Flammen stünde.«

Mr Mancuso lächelte und versicherte mir: »Ungeachtet dieser Ansicht haben wir seit dem 11. September viele Kommunikationslinien eröffnet. Wir verfolgen hier alle das gleiche Ziel, nämlich Mr Anthony Bellarosa für die Zeit seines Lebens hinter Gitter zu bringen, und mir persönlich ist es egal, ob er in einem Bundes- oder Staatsgefängnis einsitzt.«

Allerdings zöge Mr Mancuso ein Bundesgefängnis natürlich vor. *Ich* würde Anthonys Tod vorziehen. »Unser Hauptanliegen ist es, sicherzustellen, dass Mrs Sutter nichts passiert«, erinnerte ich ihn.

»Das versteht sich von selbst.«

Susan warf ein: »Nur zur Kenntnisnahme, ich bin besorgt, aber nicht paranoid. Mein Ziel, falls das jemanden interessiert, ist es, ein normales Leben zu führen.« Sie wandte sich an Mr Mancuso: »Es ist wie beim Terrorismus. Wenn man Angst hat und seine Lebensweise ändert, haben die Terroristen gewonnen. Tja, sie werden nicht gewinnen. *Er* wird nicht gewinnen.«

Mancuso musterte Susan abschätzend, bevor er sagte: »Ich bewundere Ihren Mut.«

Susan ignorierte das Kompliment, daher wandte sich Mancuso einem anderen Thema zu. »Wie ich gegenüber Mr Sutter erwähnt habe, hatte ich die Gelegenheit, die Aussagen durchzugehen, die Sie bei der Polizei gemacht haben. Daher habe ich eine allgemeine Vorstellung von dem, was sich in den letzten

Wochen ereignet hat, und ich verstehe, weshalb Sie beide besorgt sind.«

»Sie schienen ebenfalls besorgt zu sein«, erinnerte ich ihn.

Er nickte. »Ich habe im Laufe der Jahre ein paar Ermittlungen über Anthony Bellarosas kriminelle Unternehmungen angestellt. Zwar hatte ich keinen direkten Kontakt zu ihm, aber zu einer Reihe seiner Kumpane sowie zu einer Reihe von Menschen, die meiner Ansicht nach ihm und seiner Organisation zum Opfer fielen. Und ich habe mit einer Reihe von Kollegen gesprochen, die direkten Kontakt zu Bellarosa hatten, und daraus ergibt sich das Bild eines Mannes, der gewalttätig, aber vorsichtig ist.«

»Ich halte ihn für einen Hitzkopf«, warf ich ein, »folglich dürfte er nicht immer so vorsichtig sein.«

Mancuso nickte und erklärte uns: »Anthony Bellarosa steht für die neue Mafia, die sich aus Angehörigen der in Stadtrandgebieten wohnenden Mittelschicht rekrutiert. Diese Männer sind Italo-Amerikaner der dritten und vierten Generation und teilweise nicht einmal mehr zu hundert Prozent Italiener. Viele von ihnen heiraten keine Italienerinnen, so wie Anthony Bellarosa. Ich will damit sagen, dass das Klischee nicht mehr zutrifft und das Ausmaß an Gewalt niedrig ist, aber unterschwellig ist sie vorhanden und stellt für diese Leute stets eine Option dar.« Er blickte von mir zu Susan. »Vor allem, wenn es um eine persönliche Sache geht.«

Ich wusste das alles, und ich stellte mir Anthony einmal mehr als jungen Tiger vor, seit drei, vier Generationen der Wildnis entrissen, augenscheinlich domestiziert, der aber dennoch nach primitiven Instinkten reagierte, wenn man ihn reizte. »Die Polizei sagt, er ist nicht vorbestraft«, sagte ich.

»Wir glauben, dass er mindestens vierzehn Menschen verprügeln ließ, aber wir können ihn nicht mit irgendeinem Tötungsdelikt in Verbindung bringen, weder direkt noch mit einem Auftrag.«

Ich entsann mich an ein paar Mafia-Bräuche und sagte: »Er hat sich seine Sporen also noch nicht verdient?«

»Ich bin mir sicher, dass er das getan hat«, erwiderte Mr Mancuso, »sonst stünde er nicht da, wo er in der Organisation steht, aber es ist uns nie aufgefallen, und er macht es sich nicht zur Gewohnheit.«

»Ich glaube, ich habe etwas nicht mitbekommen«, sagte Susan. »Bezüglich der Sporen.«

Ich überließ Mr Mancuso die Erklärung. »Das heißt so viel wie ›persönlich einen Mord begehen‹. Im Gegensatz zu ›einen Mord in Auftrag geben‹.«

»Entschuldigen Sie die Frage.«

Mancuso holte ein Notizbuch aus seiner Tasche und sagte zu uns: »Ich möchte, dass Sie mir beide, ganz gleich, in welcher Reihenfolge, alles berichten, was Sie in Ihrer Aussage bei der Polizei vorgebracht haben. Das können Meinungen, Eindrücke und Gefühle sein, zusätzlich zu Beobachtungen und Kleinigkeiten, die Ihnen nicht wichtig vorgekommen sein mögen, aber für mich in größerem Zusammenhang etwas bedeuten beziehungsweise später wichtig werden könnten.«

Das schien mir weitaus mehr Spielraum als bei der Polizei zu geben, und es eröffnete mir die Möglichkeit, mich bei meiner Beschreibung des Sonntags bei den Bellarosas ein bisschen zu amüsieren. Andererseits war es eine ernste Angelegenheit, und ich wollte nicht, dass Mr Mancuso auf die Idee kam, ich hielte seine *Paesanos* für unfreiwillig komisch. Susan bedeutete mir, dass ich anfangen sollte, und so begann ich mit dem Abend, an dem es an meiner Tür geklingelt hatte und Mr Anthony Bellarosa über meine Schwelle getreten war.

Nach einer Weile goss ich mir einen weiteren Kaffee ein und kam auf das Essen bei Wong Lee's zu sprechen, berichtete von meinem Telefongespräch mit Anna und wiederholte Anthonys Witze über Mama, was Mr Mancuso ein Lächeln entlockte, vielleicht, weil er sich an seine eigene Mutter erinnerte.

Ich kam zu Anthonys Pöbelei gegenüber der chinesischen Bedienung, um allen eine weniger amüsante Vorstellung von Anthony Bellarosa zu vermitteln. Dann fuhr ich mit dem weiteren Gespräch fort und schloss mit meinem jähen und wütenden Aufbruch. »Liefere ich Ihnen zu viele Informationen?«

»So etwas wie zu viele Informationen gibt es nicht, wenn man im Informationsgeschäft tätig ist«, versicherte mir Mancuso. »Wir erstellen Persönlichkeitsprofile von diesen Leuten, und jeder, der, wie Sie zum Beispiel, engen Kontakt mit so einem Menschen hat, kann uns wertvolle Einblicke darüber vermitteln, wie sie denken, sich verhalten, reden und reagieren.«

»Okay.« Also erzählte ich ihm von Anthonys Witzen über Chinesinnen, aber diesmal lächelte er nicht. Ebenso wenig Susan, die nur »Widerwärtig!« sagte.

Das mochte die Grenzen der zweckdienlichen Information überschritten haben, deshalb wandte ich mich den näheren Einzelheiten meiner zufälligen Begegnung mit Anthony an der Grace Lane und der Fahrt nach Oyster Bay zu. Ich erzählte offen und ehrlich, und wie Mancuso vorgeschlagen hatte, äußerte ich hin und wieder meine eigene Meinung.

Er nickte ein paarmal und zog an den passenden Stellen die Augenbrauen hoch, um mir kundzutun, dass er mein mögliches Interesse, Anthonys *Consigliere* zu werden, trotz meiner Erklärung, dass ich mir Sorgen um Susan machte, nicht guthieß. Ab und zu machte er sich eine Notiz.

Als ich mit der Episode in Oyster Bay fertig war, meinte Susan: »Tja, er hat sich mit Sicherheit den Richtigen ausgesucht, der ihm Bescheid sagt, wenn er größenwahnsinnig wird.«

Das sollte komisch sein, daher kicherte ich, und selbst Mr Mancuso lächelte. Allerdings wandte ich ein: »Überlassen wir doch die Meinungsäußerungen mir, mein Schatz, bis du an der Reihe bist.«

Mr Mancuso drängte mich fortzufahren, und ich machte beim Sonntagmorgen und meinem Besuch bei Susan weiter, um den Zeitpunkt unserer Versöhnung klarzustellen. Ich trug dabei ein bisschen dick auf, erwähnte Susans Reue wegen dem, was sie getan hatte, und versicherte Mr Mancuso, dass Susan, genau wie Maria Magdalena, ihre Sünden eingesehen habe, was zu ihrer Erlösung und möglichen Aufnahme in die Gemeinschaft der Heiligen führte.

Nun ja, ganz so weit ging ich nicht, aber ich wollte Mr Mancuso klarmachen, dass die Susan Sutter, die jetzt hier saß, nicht mehr die gefallene Frau war, die sie vor zehn Jahren gewesen war, und dass sie Schutz verdiente. Er durfte nicht einmal unterbewusst den Gedanken hegen, dass der Tod der Sünde Lohn sei oder Susan es sich selbst zuzuschreiben habe, wenn ihr etwas zustieß.

Mr Mancuso unterbrach meine Kanonisation und sagte: »Wenn ich mal persönlich etwas ... Ich kann nicht ganz nachvollziehen, wie Sie sich nach zehnjähriger Trennung so schnell versöhnen konnten.«

Nun ja, Susan Stanhope Sutter ist eine der großartigen Bettgenossinnen meines Lebens. Nein – die *großartigste.*

»Mr Sutter?«

»Na ja ... es war, als wäre da ein Damm gebrochen, sodass die ein Jahrzehnt lang angestaute Wut, der Schmerz, die Enttäuschung und die Sturheit freigesetzt wurden. Und als die Flut verebbte, blieb ein tiefer, ruhiger See der ... tja, Liebe zurück.«

Ich meinte Susan ächzen zu hören, aber Mr Mancuso nickte und sagte: »Fahren Sie bitte fort.«

Ich berichtete von meiner Fahrt nach Alhambra, den Bell Security Service am Tor eingeschlossen, von meiner Begegnung mit Megan Bellarosa und dem Wiedersehen mit Anna. Dabei hätte ich Schwierigkeiten mit Mr Mancuso bekommen können, wenn ich mich über eine italienische Mutter lustig machte, deshalb spielte ich Annas Herrschsucht gegenüber ihrem Sohn herunter und hob ihre positiven Eigenschaften hervor, ihre Liebe,

Wärme, Gastfreundschaft und Fröhlichkeit. Ich schloss diesen Teil der Geschichte mit den Worten ab: »Ich wünschte, ich hätte so eine Mutter.« Mir wurde klar, dass ich nicht ganz unehrlich war, daher klang alles richtig, und Mr Mancuso lächelte.

Bislang hatte ich mich ziemlich gut gehalten und die heiklen Sachen hinter mich gebracht, zum Beispiel mein Gespräch mit Anthony über neue Berufsaussichten, und von da an setzte mich die Geschichte in ein besseres Licht, vor allem aber kam ich zu den kaum verhohlenen Drohungen hinsichtlich Susan.

Ich berichtete in allen Einzelheiten von meinem Wiedersehen mit Onkel Sal und vertraute Mr Mancuso meine Gedanken und Feststellungen bezüglich der Beziehung zwischen Sal und Anthony an, dann kam ich zu meinem weiteren Einstellungsgespräch mit dem Vorstandsvorsitzenden von Bell Enterprises und hob dabei hervor, dass Anthony zu dämlich war, um zu begreifen, warum ich nicht auf sein Angebot einging. Außerdem gab ich meinen Eindruck wieder, dass die Frauen in Anthonys Leben ihn nicht wie den *Padrone* behandelten. Mr Mancuso lächelte, als ich das italienische Wort gebrauchte, und nickte. Ich erwähnte außerdem, dass ich Anthony erzählt hatte, meine Tochter sei stellvertretende Bezirksstaatsanwältin in Brooklyn.

»Ein Mitglied Ihrer Familie ist also in der Strafverfolgung tätig«, kommentierte Mr Mancuso.

Susan, ganz die stolze Mama, schaltete sich ein: »Sie liebt ihren Job und arbeitet zwölf Stunden am Tag. Ich bin sehr stolz auf sie.«

Mr Mancuso lächelte erneut und dachte wahrscheinlich: *Wenigstens* ein *Mitglied dieser Familie ist auf dem rechten Weg geblieben.*

Weil es gut lief und ich mich auf der Zielgeraden befand, berichtete ich von Anthonys Herrenzimmer und meinen Telefongesprächen mit Elizabeth und Susan. Das Gespräch mit Elizabeth wollte ich eigentlich nicht einmal erwähnen, aber Mr Mancuso hatte wahrscheinlich die Aufzeichnung dieses sowie meines Telefonats mit Susan gehört. Und als Anwalt weiß ich, dass die Glaubwürdigkeit in Bezug auf andere Dinge in Frage gestellt wird, wenn man etwas auslässt, und sei es auch nur eine Kleinigkeit.

Mr Mancuso schien sich für Anthonys Herrenzimmer zu interessieren und bat mich, es zu beschreiben. Ich erwähnte Anthonys geerbte Bücher von der La Salle Military Academy und dass er eine Literatursammlung von Römern oder über Römer besaß.

Mancuso nickte und sagte: »Wie ich bereits erwähnt habe, bevor Mrs Sutter zu uns stieß, hat Anthony Bellarosa möglicherweise einen Cäsarenkomplex.« Er lächelte und fügte hinzu: »Das geht vielen so. Fahren Sie bitte fort.«

»Na schön.« Ich beendete meine Beschreibung des Herrenzimmers mit dem Bild über dem Kamin – der Reproduktion von Rubens' *Raub der Sabinerinnen*. Nun kam ich zu der Stelle, an der ich gestehen musste, dass ich Susans Ölgemälde von Alhambra gesehen und zerschlitzt hatte. In meiner Aussage bei der Polizei hatte ich das nicht erwähnt, daher wusste Susan nichts davon, und ich konnte nur vermuten, was sie davon halten oder dazu sagen würde. Außerdem war mir nicht klar, ob mich diese Tat zum harten Mann machte oder zum Spinner. Ohne irgendetwas auszuschmücken, sagte ich deshalb einfach: »Auf einer Staffelei in Anthonys Herrenzimmer stand ein Ölgemälde, und ich erkannte, dass es sich um das Bild handelte, das Susan vom Palmenhof von Alhambra gemalt –«

Mr Mancuso unterbrach mich: »In jener Nacht haben Sie mit der Faust hindurchgeschlagen.«

»Ja, das stimmt, aber jemand hat es restauriert.«

Susan, die nicht gewusst hatte, dass ihr Gemälde meiner Faust zum Opfer gefallen war, warf mir einen Blick zu, sagte aber nichts.

Also kam ich zur Sache: »Ich habe einen Brieföffner genommen und das Bild zerschlitzt.«

Mancuso und Susan schwiegen, und ich goss ich mir eine weitere Tasse Kaffee ein.

»Warum?«, fragte Mr Mancuso schließlich.

Gute Frage. »Es war ein symbolischer Akt mit tiefem psychologischen Unterton«, erwiderte ich, »verbunden mit einem urtümlichen Glauben, dass mein Feind nichts besitzen sollte, das in irgendeiner Verbindung mit meiner einstigen und künftigen Frau steht beziehungsweise von ihr geschaffen oder berührt wurde.«

Mr Mancuso wirkte tief in Gedanken versunken, so als erstelle er im Geiste bereits ein psychologisches Profil von mir.

Susan, das spürte ich, schaute mich an, deshalb fing ich ihren Blick auf.

Mir war bewusst, dass meine Erklärung ein bisschen sonderbar war, deshalb versuchte ich es noch einmal und sagte: »Ich war sauer auf ihn und nehme an, dass ich ihm eine Nachricht hinterlassen wollte.«

»Nun, ich bin davon überzeugt, dass er die Nachricht verstanden hat, Mr Sutter«, erwiderte Mr Mancuso. »Und da ich diesen Typ kenne, bin ich mir außerdem sicher, dass er seinerseits eine Nachricht für Sie vorbereitet.«

»Ganz bestimmt.«

Ich schloss meinen Bericht damit ab, dass ich nahezu wortwörtlich, so wie bei Detective Nastasi, von unserer Auseinandersetzung im Vorgarten berichtete. Allerdings verriet ich weder Mr Mancuso noch Susan, dass ich Anthony erzählt hatte, sein Vater und meine Frau hätten sich geliebt und gemeinsam durchbrennen wollen – und dass sie es auch getan hätten, wenn Frank mir nicht einen Gefallen schuldig gewesen wäre.

Ich endete mit etwas, das ich Detective Nastasi nicht gesagt und mit dem ich mich vorher auch noch nicht eingehender befasst hatte. »Anthony Bellarosas Augen, seine Miene und sein Tonfall … Wenn wir nicht in seinem Vorgarten gewesen wären und wenn er eine Schusswaffe gehabt hätte, hätte er mich, glaube ich, umgebracht.«

Susan stand auf, kam zu mir und nahm meine Hand.

Mr Mancuso gab keinen Kommentar dazu ab, stand aber ebenfalls auf und sagte: »Ich glaube, wir sollten eine Pause machen.«

45

Felix Mancuso blieb in meinem Büro, während Susan und ich uns in den oberen Salon zurückzogen, der vor langer Zeit in einen größeren Wohnraum umgemodelt worden war. Früher, als Edward und Carolyn noch klein waren, hatten wir hier zusammen ferngesehen. Ich weiß nicht, wie die früheren Besitzer dieses Zimmer genutzt hatten, aber nach ihrem Wiedereinzug hatte Susan das Ambiente, wenn auch nicht die Einrichtung, originalgetreu wiederhergestellt, einschließlich einiger alter Filmplakate. *Der Pate* fehlte allerdings.

Susan öffnete zwei Flaschen Mineralwasser und gab mir eine. Wir blieben stehen und schauten aus dem Fenster in den Regen.

»Ich habe jetzt ein viel klareres Bild davon, was zwischen dir und Anthony Bellarosa vorgefallen ist«, sagte Susan.

»Ich hoffe vor allem, dass du dir jetzt darüber im Klaren bist, was für eine Gefahr er für dich darstellt«, erwiderte ich.

»Und für dich.«

»Er ist wütend auf mich und vielleicht enttäuscht«, gab ich zu. »Aber er wird drüber wegkommen. Hier geht es um dich.«

»Er hat dir *gedroht*, John.«

Ich schwieg.

»Wieso, um alles auf der Welt, hast du dieses Gemälde zerschlitzt?«

»Das habe ich dir doch gesagt.«

»Aber … wieso wolltest du ihn noch wütender machen?«

Ich wandte mich vom Fenster ab und sah sie an. »Wenn du es wirklich wissen willst, Susan, dieses verfluchte Bild hat mich daran erinnert, wie viel Zeit du in Alhambra zugebracht hast, an dein Verhältnis mit –«

»Na schön. Ich glaube, du hast überreagiert, aber –«

»Deswegen habe ich vor zehn Jahren die Faust durchgedroschen, und diesmal wird es niemand mehr restaurieren lassen.«

Sie schwieg einen Moment, dann sagte sie: »Ich verstehe.«

Eine Zeitlang sagte keiner von uns etwas, dann ergriff Susan wieder das Wort: »Aber was ich nicht verstehe, ist … Ich verstehe nicht, weshalb Anthony Bellarosa in die Luft gegangen ist … er mochte dich offenbar und hielt sehr viel von dir … und dann wendet er sich gegen dich und droht dir. Wieso?«

Ich trank mein Wasser aus und erwiderte: »Wie ich schon zu Detective Nastasi und gerade eben zu Mancuso gesagt habe – ich habe Anthony erklärt, dass du und ich wieder zusammen sind und dass er und ich miteinander fertig wären. Stell es dir als … nun ja, ein Dreiecksverhältnis vor.« Ich wollte sagen: »Darüber weißt du doch Bescheid«, sagte aber stattdessen: »Er ist es nicht gewohnt, dass man ihm etwas ausschlägt. Und richtig ausgerastet ist er erst, als ich ihm erzählt habe, dass sein Vater gegenüber dem FBI aus vollem Hals gesungen hat.«

Sie nickte, aber ich sah, dass sie mit meiner Erklärung noch nicht zufrieden war. Susan hatte trotz aller Abgehobenheit und gelegentlicher Versponnenheit eine geradezu unheimliche Fähigkeit, Blödsinn zu erkennen. Vor allem, wenn er von mir kam.

Sie sah mich an. »Erzählst du mir auch alles?«

Ich fragte sie im Gegenzug: »Erzählst du *mir* alles? Über Frank und dich?«

Sie blickte mir in die Augen und erwiderte: »Das habe ich getan. Ich habe dir gesagt, dass ich ihn geliebt habe und dass ich ihn getötet habe, weil er mir sagte, es wäre vorbei und dass er mich nur benutzt hätte, aber niemals geliebt, und dass er mit Anna nach Italien gehen wollte. Und ich habe dir auch erzählt, dass ich ihn nicht unseretwegen getötet habe – das war eine Lüge. Was soll ich dir denn sonst noch sagen?«

Ich holte tief Luft und erwiderte: »Nichts.«

»Erzählst du *mir* alles?«, fragte sie erneut.

Wir standen eine Weile schweigend da, und mir wurde klar, dass der Zeitpunkt gekommen war. Eigentlich hatte ich nie vorgehabt, ihn kommen zu lassen, aber diese Sache machte mir mehr zu schaffen, als mir bewusst war, und sie war ehrlich zu mir gewesen, deshalb musste ich es genauso halten, und wenn sie schlecht darauf reagierte, dann würden wir beide etwas Neues übereinander erfahren.

Ich schlug vor, dass wir uns setzen sollten, aber sie blieb stehen, deshalb tat ich es ihr gleich. »Na schön …«, sagte ich, »hier kommt der fehlende Teil – hier kommt der Grund dafür, weshalb Anthony die Beherrschung verloren hat: Ich habe ihm erzählt, dass du und sein Vater verliebt wart und dass ihr beide vorgehabt habt, eure Familien im Stich zu lassen und gemeinsam nach Italien zu gehen. Er hat mir nicht geglaubt und darauf beharrt, dass sein Vater bloß – ich zitiere – aus Jux und Tollerei mit dir gefickt hat. Aber ich habe ihn davon überzeugt, dass sein Vater bereit war, zu seiner Frau und seinen Söhnen *arrivederci* zu sagen.«

Sie nickte, und ich hätte es dabei belassen können, weil es Anthonys jähen Sinneswandel gegenüber John Sutter erklärte, dem Überbringer unerwünschter Nachrichten. Aber da ich nun schon mal angefangen hatte, musste ich es auch zu Ende bringen. »Es kommt noch mehr. Und es ist etwas, das du nicht hören willst.«

»Daran bin ich inzwischen gewöhnt.«

»Na schön.« Und so erzählte ich ihr das, was ich am Sonntag bereits Anthony erzählt hatte – dass Frank Bellarosa angeboten hatte, mir jeden Gefallen zu tun, soweit das in seiner Macht stünde, weil ich ihm das Leben gerettet hatte. »Der Gefallen, um den ich ihn bat, war ... dir zu sagen, dass es aus wäre, Susan, und dass er dich nie geliebt, dass er dich nur benutzt hätte, um an mich ranzukommen, und dass er dich nicht nach Italien mitnehmen würde.« Nach einer kurzen Pause fügte ich hinzu: »Offensichtlich hat er das getan. Für mich.«

Ich schaute sie an, und sie erwiderte meinen Blick. Ich sah, dass es ihr schwerfiel, meine Worte zu begreifen, aber ihr schien klarzuwerden, dass alles, was Frank Bellarosa in dieser Nacht zu ihr gesagt hatte, aus meinem Mund gekommen war und nicht aus seinem Herzen. Und dass sie deshalb den Mann erschossen hatte, den sie liebte und der sie immer noch lieben würde.

Susan setzte sich auf die Couch und starrte mit ausdrucksloser Miene die Wand an.

Ich sagte zu ihr: »All das habe ich Anthony erzählt – dass sein Vater ihn, seine Mutter und seine Brüder verlassen wollte und dass er es nur deshalb nicht tat, weil er mir sein Leben verdankte. Ich hätte es Anthony nicht sagen müssen, aber ... ich war wütend auf ihn und wollte ihm bewusst machen, dass sein geheiligter Vater nicht nur ein Regierungsspitzel war, sondern außerdem gar kein so toller Papi und Ehemann.« Außerdem wollte ich Anthony von Susan auf mich ablenken, aber wenn ich das sagen würde, klänge es eigennützig, also schloss ich: »*Deswegen* ist Anthony ausgerastet und hat mir gedroht.«

Susan starrte weiter gegen die Wand, sodass ich ihre Miene nicht deuten konnte.

Ich musste ihr jetzt etwas sagen, das ich Anthony nicht gesagt hatte, etwas, mit dem ich nie richtig ins Reine gekommen war. »Als ich Frank bat, dir zu erklären, dass es aus sei, dachte oder hoffte ich, du würdest über ihn wegkommen … aber vielleicht dachte ich auch, du würdest es ihm heimzahlen.« Ich holte tief Luft. »Aber vielleicht kam mir der Gedanke erst hinterher, weil … na ja, nachdem du ihn umgebracht hattest, war ich mir selbst nicht sicher, ob ich das gewollt oder erhofft hatte, als ich die Sache in Gang setzte … ich war mir nicht sicher, ob ich mir ein Verdienst an seinem Tod zuschreiben oder ob ich ein schlechtes Gewissen haben und einen Teil der Schuld auf mich nehmen sollte … und selbst heute bin ich mir dessen nicht sicher.«

Nun blickte Susan zu mir, aber ihre Miene war nach wie vor nichtssagend.

»Ich wollte dich wiederhaben, und ich wollte nicht, dass du ihn liebst … obwohl ich mir nicht sicher bin, ob ich nicht wollte, dass er tot ist. Aber wenn ja, dann hattest du diesbezüglich recht – ich hätte ihn selbst umbringen sollen.«

Sie blieb sitzen. Und ich sah, dass sie den Schock überwunden hatte, und ich war mir sicher, dass sie über die Ermordung eines Mannes nachdachte, der sie nach wie vor geliebt hatte, der sie nicht betrogen, sondern sich nur an meine Anweisungen gehalten hatte, um einen Gefallen zu vergelten – eine Ehrensache.

Ich konnte nicht einmal ansatzweise ermessen, wie ihr jetzt zumute war oder was sie von mir hielt.

Es gab nicht mehr viel hinzuzufügen, deshalb sagte ich: »Ich bin mir nicht sicher, ob ich mich bei dir dafür entschuldigen muss, dass ich ihn gebeten habe, dich anzulügen – ihr beide habt mich oft genug belogen –, und ich werde dich bestimmt nicht darum bitten, mir zu vergeben. Aber ich möchte dir klarmachen, dass ich einen Teil der Schuld auf mich nehme.«

»Ich habe ihn umgebracht. Nicht du.«

»In Ordnung. Aber – wenn du über all das nachdenkst –«

»Ich glaube, er hat dich mehr geliebt als mich.«

»Er war mir einen Gefallen schuldig.«

Sie holte tief Luft und fuhr fort: »Er hat ständig von dir geredet, und mir war dabei unwohl, und ich … wurde wütend … und –«

»In Ordnung. Ich muss das nicht hören. Du hast allerhand zu bedenken, bevor du dich entscheidest … wie dir zumute ist. Ich bringe die Sache mit Mancuso zu Ende. Du musst nicht dabei sein.«

Ich ging zur Tür.

»John.«

Ich schaute zu ihr zurück, und sie fragte mich: »Wolltest du mich wirklich wiederhaben?«

»Ja.«

»Warum hast du mich dann nicht wieder zu dir genommen, als er tot war?«

»Ich hatte meine Meinung geändert.«

»*Wieso?*«

»Weil … mir hinterher klarwurde, dass … Ich wollte, dass du ihn verlässt, weil du ihn verlassen *wolltest* – ich wollte, dass du zu mir zurückkommst, weil du mich mehr liebst als ihn … dass er dich verlassen hatte und tot war, war nicht ganz das, was ich mir wünschte.«

Sie schwieg.

Ich wollte mich umdrehen und gehen, aber wieder sagte sie: »John.«

»Ich muss los.«

»Du musst mir erklären, wieso wir nicht wieder zusammengekommen sind, nachdem ich ihn getötet hatte.«

»Das habe ich dir doch gerade erklärt.«

»Nein, hast du nicht.«

Wie schon gesagt, Susan kennt mich, und ich kann zwar davonlaufen, aber verstecken kann ich mich nicht. Deshalb sagte ich: »Na schön. Ich war … blamiert. In aller Öffentlichkeit. Wenn nur wir drei von deinem Verhältnis mit ihm gewusst hätten – und natürlich das FBI –, hätte ich dir vergeben können. Aber als landesweit in den Nachrichten darüber berichtet wurde, als man sich in der Boulevardpresse und in Umkleideräumen darüber lustig gemacht hat, da …« Ich schaute sie an und sagte: »Und du fragst dich, warum ich in mein Boot gestiegen und schleunigst von hier abgehauen bin? Für was für einen Mann hältst du mich eigentlich?«

Sie schlug die Hände vors Gesicht, und ich hörte, dass sie weinte. Ich war mir nicht sicher, *weswegen* sie weinte – wegen des Mordes an Bellarosa, der nicht so gerechtfertigt gewesen war, wie sie bislang gedacht hatte? Oder weinte sie vielleicht, weil sie endlich begriff, in was für ein Chaos sie alle Menschen in ihrem Umfeld gestürzt hatte? Aber möglicherweise wurde ihr auch bewusst, dass mich Bedenken quälten, was unser erneutes Beisammensein anging.

Ich drehte mich um und verließ das Zimmer.

46

Felix Mancuso saß noch in meinem Büro und telefonierte mit seinem Handy.

Ich wartete, bis er fertig war, und sagte: »Mrs Sutter fühlt sich nicht wohl, deshalb sollten wir diese Sache vertagen. Ich kann morgen in Ihr Büro kommen, wenn Ihnen das recht ist.«

Er warf mir einen Blick zu, bevor er fragte: »Ist alles in Ordnung?«

»Sie ist etwas durcheinander.«

Er nickte. »Das ist eine große Belastung für sie. Aber Sie müssen noch zehn Minuten für mich erübrigen. Und ich muss mit ihr sprechen, sobald sie dazu bereit ist.«

»Ich glaube, sie kann dem, was ich gesagt habe oder was Sie bereits wissen, nicht mehr viel hinzufügen«, erwiderte ich. »Aber das ist Ihre Entscheidung. Sie können Sie auch anrufen.« Ich setzte mich an meinen Schreibtisch und sagte: »Fahren Sie bitte fort.«

»Zunächst einmal sollten Sie wissen, dass Anthony Bellarosa allem Anschein nach verschwunden ist. Wir wissen nicht genau, ob das etwas mit dieser Sache, mit seinen eigenen Problemen oder mit John Gottis Tod zu tun hat oder ob es sich um ein ganz normales Untertauchen handelt. Viele von diesen Leuten verschwinden einfach eine Zeitlang. Manchmal geht es um Geschäfte, häufiger ums Vergnügen.«

Ich war nicht ganz bei der Sache, weil ich mich in Gedanken immer noch mit Susan beschäftigte, aber ich fragte: »Könnte er tot sein?«

»Könnte sein«, erwiderte Mr Mancuso. »Aber davon haben wir nichts gehört, und nach Aussage von Detective Nastasi wirkte Bellarosas Frau Megan nicht besonders beunruhigt darüber, er habe ihr lediglich erklärt, er müsse auf Geschäftsreise gehen.«

»Vielleicht wäre es ihr auch lieber, wenn er tot wäre«, wandte ich halb im Scherz ein.

Mancuso ging nicht darauf ein, sagte aber: »Die Polizei hätte gern mit ihm gesprochen, um ihn davon zu unterrichten, dass Sie eine Anzeige erstattet haben, und um ihm klarzumachen, dass er unter Beobachtung steht. Und natürlich hätte man gern eine belastende Aussage von ihm, damit man ihn festnehmen kann. Aber leider ist er aus unbekannten Gründen verschwunden.«

Wenn ich sein *Consigliere* gewesen wäre, hätte ich ihm geraten, für die Polizei erreichbar zu sein und in aller Höflichkeit zu erklären, dass er ohne einen Anwalt keine Fragen beantworten werde. In meiner Welt macht man das so – aber in seiner Welt ließ man sich nicht mit der Polizei ein. Daher war es ziemlich gerissen, einfach abzutauchen, bevor einen die Polizei dazu anhalten konnte, sie über seinen Aufenthaltsort auf dem Laufenden zu halten. Außerdem ist es nicht verboten, sein Haus zu verlassen. »Können Sie oder die Polizei einen Haftbefehl erwirken?«

»Wir beschäftigen uns mit mehreren Möglichkeiten, wie wir das einem staatlichen oder einem Bundesrichter nahelegen können«, erwiderte Mr Mancuso. »Aber abgesehen davon, dass wir ihn gern vernehmen würden, und zwar ausschließlich aufgrund Ihrer Anzeige, haben wir nicht allzu viel, um einen Richter zu überzeugen. Aber wir werden es versuchen.« Er seufzte. »Ich stelle immer wieder fest, dass mein neuer Job bei der Antiterror-Task-Force einfacher ist, wenn es darum geht, was die Gerichte und der Gesetzgeber erlauben, aber Anthony Bellarosa ist kein mutmaßlicher Terrorist. Er ist ein Mafioso alter Schule, für den sämtliche Bürgerrechte gelten.«

»Habe ich erwähnt, dass ich in seinem Herrenzimmer ein signiertes Foto von Osama bin Laden gesehen habe?«, fragte ich.

Mr Mancuso lächelte. »Auch wenn Anthony Bellarosas Verschwinden nicht ungewöhnlich ist, in Zusammenhang mit dieser Sache ist es auf jeden Fall beunruhigend und in Anbetracht der Probleme innerhalb der Organisation möglicherweise interessant.«

»Meinen Sie, er hat Probleme mit Salvatore D'Alessio?«

»Möglicherweise. Wir werden ja sehen, ob Anthony Bellarosa bei John Gottis Beerdigung auftaucht.«

»Nun ja«, sagte ich, »ich kann nur hoffen, dass jemand seine Leiche findet, damit ich nachts wieder ruhig schlafen kann.«

»Besitzen Sie eine Schusswaffe?«

»Wir haben eine Schrotflinte.«

»Können Sie damit umgehen?«

Ein wenig kühl antwortete ich: »Man schiebt in jede Kammer eine Patrone, entsichert und drückt ab. Ich war beim Militär, und Mrs Sutter hat auf Tontauben und Vögel geschossen. Es ist ihre Schrotflinte.«

»In Ordnung. Weder das FBI noch die Polizei rät der Zivilbevölkerung dazu, einen Eindringling zu stellen beziehungsweise eine Waffe zu besitzen oder zu kaufen, damit –«

»Mr Mancuso, das ist mir klar. Ich kann Ihnen versichern, dass weder ich noch Mrs Sutter ihm in seinem Vorgarten auflauern werden, aber wenn er dieses Haus mit der Absicht betritt, jemandem etwas zuleide zu tun, dann werden wir die entsprechenden Maßnahmen ergreifen. Ich kenne die Gesetze.«

»Das weiß ich. Wenn Anthony Bellarosa nach Hause zurückkehrt oder wir feststellen, wo er sich aufhält, dann wird jemand von uns oder der hiesigen Polizei Sie verständigen.«

»Das will ich doch hoffen.«

»Ich habe mir vom Zweiten Revier bestätigen lassen, dass sämtliche Streifenwagenbesatzungen auf diese Situation hingewiesen wurden. Möglicherweise ist auch das FBI in der Gegend präsent.«

Ich nickte, worauf er noch ein paar weitere Punkte vortrug und mich bat, einige meiner vorherigen Aussagen weiter auszuführen oder klarzustellen. Er verfügte allem Anschein nach über ein gutes Kurzzeitgedächtnis, denn er hatte sich alles gemerkt, was ich gesagt hatte. Dass er auch ein gutes Langzeitgedächtnis besaß und sich an zehn Jahre zurückliegende Ereignisse erinnern konnte, wusste ich bereits. In dieser Hinsicht hatten wir etwas gemeinsam.

Ich war nach dem, was ich Susan gerade erzählt hatte, noch immer nicht ganz bei mir. Einerseits war ich erleichtert, dass ich mir diese Sache endlich von der Seele geredet hatte, andererseits wurde mir aber auch bewusst, dass ich schlecht gelaunt war, weil ich alles wieder ausgraben musste. Und zusätzlich zu meinem umfassenden Geständnis Susan gegenüber musste ich mich auch noch einmal mit der Blamage auseinandersetzen, dass ich Amerikas Hahnrei der Woche gewesen war.

»Mr Sutter?«

Ich schaute Mancuso an.

»Ich habe gefragt, ob sonst noch jemand in diesem Haus wohnt?«

»Nein … nun ja, eine alte Freundin der Familie ist gerade gestorben – Mrs Allard –, und wir erwarten zur Beerdigung Gäste.«

»Wer wird das sein?«

»Unsere Kinder, Edward und Carolyn.« Ich nannte Mancuso ihr Alter, und er notierte sich das. »Möglicherweise werden sich auch Mrs Sutters Eltern, William und Charlotte Stanhope, hier aufhalten, aber eventuell wohnen die auch woanders. Zum Vatertag kommt außerdem womöglich auch Mrs Sutters Bruder Peter.«

Mancuso nickte. »Okay. Das ist der kommende Sonntag. Kaum zu glauben, wie schnell der Monat vergeht.«

»Für mich nicht.«

Ohne etwas darauf zu erwidern, fragte Mancuso: »Wohnt jemand in dem kleinen Haus am Tor?«

»Das ist das Pförtnerhaus. Die unlängst verstorbene Mrs Allard wohnte dort, und bis letzten Sonntag habe ich die Räumlichkeiten genutzt.«

»Aha. Ist jetzt jemand dort?«

»Das Pförtnerhaus ist mit dem Tod von Ethel Allard in den Besitz von Amir Nasim übergegangen.«

»Hat sie es Amir Nasim hinterlassen?«

Es hätte zu lange gedauert, Mancuso die Sache mit Ethel Allard und Augustus Stanhope und dem lebenslangen Wohnrecht zu erklären, auch wenn er die Rechtslage verstehen würde; als ehemaliger Priesteranwärter würde er vermutlich nicht gern hören, dass der Sünde Lohn ein sechzigjähriges mietfreies Wohnen gewesen war. Deshalb sagte ich nur: »Mrs Allard hatte lebenslanges Wohnrecht. Meines Wissens will Mr Nasim seine Sicherheitsvorkehrungen verstärken und dazu möglicherweise ein paar Leute dort unterbringen.«

Mr Mancuso nickte und fragte: »Wissen Sie irgendetwas über die Situation in Mr Nasims Haus?«

»Ich weiß, dass das Haus fünfzig Zimmer hat und ein Attentäter eine Woche brauchen würde, um alle abzuklappern.« Damit es nicht ganz so flapsig klang, fügte ich hinzu: »Soweit ich weiß, wohnt er mit seiner Frau allein dort, aber sie könnten auch eine Haushaltshilfe bei sich haben. Ich habe eine Dienstbotin gesehen. Sie können Mrs Sutter fragen. Sie kennt sich mit den häuslichen Gegebenheiten in Stanhope Hall besser aus.«

Mr Mancuso notierte sich das, dann stellte er mir ein paar

Fragen bezüglich unserer Lebensgewohnheiten, möglicher Reisepläne und so weiter und so fort. »Vielleicht sollten Sie über eine Alarmanlage oder einen Hund nachdenken«, schlug er vor.

»Wir befassen uns damit.«

»Sofern Sie die Mittel haben, sollten Sie ernsthaft in Betracht ziehen, die Dienste eines privaten Wachschutzunternehmens in Anspruch zu nehmen.«

»Wie wär's mit Bell Security?«

Mancuso rang sich ein Lächeln ab. »An dieser Stelle würde ich sagen, die Alarmstufe steht bei Gelb, aber sie bewegt sich in Richtung Orange.«

»Aber nicht Rot?«

»Wir sollten uns nicht zu sehr auf das Ausmaß der Gefahr konzentrieren«, erwiderte er. »Wichtig ist, dass die Gefahr besteht, und ich werde noch mal mit der Polizei und den zuständigen Leuten in meiner Dienststelle sprechen. Wir werden die Situation beurteilen und Sie auf dem Laufenden halten.«

Ich nickte und fragte: »Warum haben Sie am Telefon zu mir gesagt, dass Ihrer Meinung nach keine unmittelbare Gefahr besteht?«

Ein paar Sekunden lang antwortete er nicht, dann sagte er: »Es ist ein bisschen kompliziert, aber es hat etwas mit John Gottis Tod zu tun, mit Salvatore D'Alessio und ein paar Veränderungen, die sich in den nächsten Wochen ergeben werden.«

»Mit anderen Worten, Anthony Bellarosa ist anderweitig beschäftigt.«

»So sieht es aus. Anthony Bellarosa hat seinerseits ein paar Sicherheitsprobleme, und das ist möglicherweise der Hauptgrund für sein Verschwinden. Es geht das Gerücht, dass sich einer von ihnen – Bellarosa oder D'Alessio – innerhalb von ein paar Wochen zurückziehen wird. Die Tradition will es, dass eine Vendetta während der Totenwache und der Beerdigungsfeierlichkeiten ruht.«

»Ein sehr zivilisierter Brauch. Bezieht sich das auch auf irgendwelche Vendettas wider die Sutters?«

»Nein. Aber es beschert Anthony und Sal eine ruhige Woche im Umgang miteinander.«

»Das freut mich zu hören. Warum wurde diese Sache nicht vor zehn Jahren beigelegt?«

»Auch das hat etwas mit Gottis Tod zu tun und mit dem Waffenstillstand, den er nach dem Vorfall vor Giulio's aushandelte«, erwiderte Mancuso und erklärte: »Dem organisierten Verbrechen geht es ums Geldverdienen – nicht um Bandenkriege, Schlagzeilen oder bunte Bilder im Fernsehen, die die Allgemeinheit beunruhigen. Und deshalb haben Anthony und sein Onkel all die Jahre koexistiert. Aber jetzt ... nun, es ist genauso wie bei Ihnen, Mr Sutter. Gottes Mühlen mahlen langsam, aber sie mahlen.«

Ich erwiderte nichts.

Mr Mancuso fügte seiner Erklärung einen weiteren Vergleich aus der Landwirtschaft hinzu: »Was wir säen, das ernten wir auch.«

Das war nicht genau das, was ich von Felix Mancuso hören wollte, den ich eher für einen weißen Ritter hielt als für den Sensenmann. Aber vielleicht bezog er sich nur auf Anthony und Onkel Sal, nicht auf Susan und mich.

Er schloss seine Erklärung zum derzeitigen Stand der Dinge mit den Worten ab: »Sie und Mrs Sutter haben für Anthony nicht die höchste Priorität, vielleicht nicht einmal die zweithöchste. Aber wenn er sich um seine anderen Angelegenheiten mit Freunden und Verwandten gekümmert hat – oder sie sich um ihn gekümmert haben –, dann muss er die Rechnung mit Mrs Sutter begleichen. Das ist etwas Persönliches, aber im Hinblick auf sein Ansehen ist es auch etwas Geschäftliches.« Ich dachte schon, er würde fragen: *»Capisce?«*, aber er sagte: »So sieht unserer Meinung nach derzeit die Lage aus.«

»Aha.« Ich dachte einen Moment nach, bevor ich sagte: »Aber Sie könnten sich auch irren.«

»Möglicherweise, deshalb sollten Sie nicht nachlässig werden.«

»Das hatte ich nicht vor.«

»Gut. Und noch etwas … falls Salvatore D'Alessio verschwinden oder ermordet werden sollte, dann sollte das für uns alle ein Zeichen sein, dass Anthony Bellarosa am Leben ist und ein paar Rechnungen begleicht. Und falls Anthony tot aufgefunden wird, dann können Sie, Salvatore D'Alessio und ein paar andere durchatmen.«

»Ich verstehe. Ich drücke Sally Da-da die Daumen.«

Mr Mancuso gab keinen Kommentar dazu ab.

Ich dachte über all das nach und sagte: »Tja, aus naheliegenden Gründen müssen wir diese Woche hier bleiben, aber –«

»Ich würde Ihnen raten, diese Woche Ihren ganz normalen Angelegenheiten nachzugehen. Sie haben Besuch und werden bei Totenwache und Beerdigung unter Leuten sein, und wie schon gesagt, erst müssen Anthony Bellarosa und sein Onkel ihre Meinungsverschiedenheiten beilegen. Das ist die einzig sinnvolle Strategie.«

»Okay.« Aber ich war mir sicher, dass niemand Anthony bezichtigte, er wäre ebenso logisch und intelligent wie sein Vater. Ich fragte Mancuso: »Sie glauben also nicht, dass irgendeine Gefahr für meine Hausgäste besteht … meine Kinder?«

»Ich kann das nicht mit hundertprozentiger Gewissheit sagen, aber ich bezweifle ernsthaft, dass Anthony irgendetwas tun würde, das die Allgemeinheit schockiert, ihn die ganze Macht des Gesetzes spüren lässt oder, was noch wichtiger ist, seine Freunde und Komplizen so verärgert, dass sie sich gegen ihn wenden. Und Ihre Tochter ist stellvertretende Bezirksstaatsanwältin. Damit ist sie unantastbar. Er hat es auf Mrs Sutter abgesehen und möglicherweise auch auf Sie, und nur dafür hat er die Erlaubnis der Organisation. Wer immer den

Auftrag für Frank Bellarosas Tod erteilt hat – sagen wir mal, es war sein Schwager –, wollte nicht, dass Ihnen, Mrs Sutter oder Mrs Bellarosa etwas angetan wird, deswegen sind wir jetzt hier. Das sind Profis – keine Straßenräuber.«

»Das hört man doch gern.« Vielleicht sollte ich also William und Charlotte unser Schlafzimmer anbieten und William meinen Regenmantel und Hut leihen.

Ich sagte zu Mr Mancuso: »Mrs Sutter und ich verreisen nächste Woche möglicherweise, wenn unsere Gäste wieder weg sind.«

»Das ist Ihre Entscheidung«, erwiderte er. »Aber behalten Sie Ihr Ziel für sich. Verraten Sie es nicht einmal Ihren Freunden und Verwandten, und schreiben Sie keine Ansichtskarten, bis Sie an einen neuen Ort gezogen sind.«

»Verstanden.« Seit einer Viertelstunde war ich mir nicht mal sicher, ob Susan oder ich gemeinsam irgendwohin fahren würden.

Mancuso schloss seine Anweisungen mit den Worten: »Ich weiß, dass Sie und sicherlich auch Mrs Sutter als gute, gesetzestreue Bürger nicht ganz fassen können, dass Ihnen so etwas widerfährt, und möglicherweise sind Sie der Meinung, dass die Sicherheits- und Ordnungskräfte mehr zu Ihrem Schutz tun sollten, aber seien sie versichert, dass wir alles in unserer Macht Stehende tun werden, damit Ihnen nichts zustößt, und dass wir diese Sache sehr ernst nehmen und uns außerdem bewusst sind, dass Ihr Problem als ein Teil unserer gesamten Auseinandersetzung mit dem organisierten Verbrechen behandelt werden muss.«

Ich hätte zu mehreren Punkten von Mr Mancusos Routineansprache einen Kommentar abgeben können, beschränkte mich aber auf ein »Danke«.

Wir standen beide auf, und ich begleitete ihn zur Haustür. »Werden Sie auch Amir Nasim einen Besuch abstatten?«, fragte ich.

»Das wäre sinnvoll, wenn ich schon mal da bin. Und ich werde Mr Nasim darauf hinweisen, dass Sie und Mrs Sutter sich Sorgen um Ihre Sicherheit machen, so wie er, und ihn bitten, sich mit der hiesigen Polizei in Verbindung zu setzen, falls er irgendetwas Ungewöhnliches oder Verdächtiges sieht.«

»Darum hat er mich auch gebeten.«

»Gut. Dann sollte diese Anlage sehr sicher sein.«

Ich hatte Stanhope Hall nie für eine Festungsanlage gehalten, aber ich erwiderte: »Wir können uns gegenseitig Schutz bieten. Vielleicht sollten wir ein Abkommen unterzeichnen.«

Mr Mancuso lächelte. »Seien Sie einfach gute Nachbarn.«

»Liegt in Ihren Akten irgendwas über Amir Nasim vor?«

»Dazu darf ich nichts sagen.«

»Ich weiß, aber als seinem Nachbarn können Sie mir doch verraten, ob irgendeine Gefahr für ihn besteht.«

Mr Mancuso dachte einen Moment lang nach, dann sagte er: »Ganz im Vertrauen werde ich Ihnen sagen, dass Amir Nasim ein gefährliches, aber lukratives Spiel treibt, bei dem er jeden, der sich seine Dienste leisten kann, mit Informationen und logistischen Mitteln versorgt. Deshalb hat er sich viele Freunde, aber auch viele Feinde gemacht, und das Problem ist, dass er sie nicht auseinanderhalten kann.«

»Warum nehmen Sie ihn nicht fest?«

Dazu schwieg Mr Mancuso, gab mir aber eine letzte Warnung mit auf den Weg: »Seien Sie überaus vorsichtig, wenn Sie dieses Anwesen verlassen, und zögern Sie nicht, die 9-1-1 zu rufen, sobald Sie das Gefühl haben, dass man Sie beobachtet, verfolgt oder Ihnen nachstellt.«

Ich nickte und überlegte, ob ich mir eine Waffe zu meiner persönlichen Verteidigung für unterwegs kaufen sollte.

»Es wird nicht Anthony Bellarosa sein – ist Ihnen das klar?«

»Es ist mir klar«, erwiderte ich, »aber ... in diesem Fall handelt es sich um etwas so Persönliches, dass ich mich frage, ob er nicht –«

»Nie und nimmer. Und wenn seinem Onkel irgendetwas zustoßen sollte, wird Anthony mindestens tausend Meilen entfernt sein, obwohl auch das eine persönliche Angelegenheit ist.«

»Was ist aus der persönlichen Vendetta und der Familienehre geworden?«, fragte ich.

»Die gibt es noch, aber sie sind heutzutage ausgelagert.«

Er gab mir zwei seiner Karten, dann schüttelten wir uns die Hand, und ich dankte ihm fürs Kommen. Er bat, Mrs Sutter einen Abschiedsgruß von ihm zu bestellen und ihr auszurichten, dass sie ihn anrufen solle, wenn sie dazu bereit sei.

Ich sah zu, wie er ins Auto stieg, zur Hauptzufahrt fuhr und in Richtung Stanhope Hall abbog.

Da hatte ich wohl einiges am Hals: Totenwache, Beerdigung, Schwiegereltern und Kinder im Anrücken, ein falscher iranischer Fuffziger im Herrenhaus, die Polizei, das FBI und nicht zuletzt Anthony Bellarosa, der einen Mordauftrag gegen mich und Susan aushandelte. In Anbetracht all dessen waren die Piraten vor der somalischen Küste ein weitaus kleineres Problem gewesen.

Und dann war da natürlich noch Susan. Das Gefühl, dass ich sie beschützen musste, war jetzt noch stärker, und mir wurde klar, dass ich damit langfristig eingespannt war. Aber ich hatte keine Ahnung, was *sie* im Moment empfand, deshalb sollte ich vielleicht nach oben gehen und es herausfinden, oder ich sollte mich in mein Auto setzen und ein bisschen herumfahren, um einen klaren Kopf zu kriegen und mein Waffenarsenal aufzustocken.

Ich ging ins Haus und stieg die Treppe zum ersten Stock empor. Die Tür zum Wohnraum war geschlossen, und ich zögerte kurz, bevor ich sie öffnete.

Susan saß noch immer auf der Couch, aber sie hatte sich in einer Ecke zusammengerollt und von Kissen umgeben. Ich weiß, was diese Haltung und die Körpersprache bedeuten, nämlich nicht »Komm her, nimm mich in die Arme und gib mir einen Kuss«.

»Ich fahre zum Sportwarengeschäft«, sagte ich zu ihr.

Sie antwortete nicht.

»Gibt es den Laden in Glen Cove noch?«

Keine Antwort.

Ich wurde sofort ungehalten, was einer meiner vielen Charakterfehler ist. »Ich bleibe im Haus, aber wenn du willst, kannst du meine Sachen ins Gästezimmer bringen, oder ich mach's selber.«

Sie schaute mich an, erwiderte aber nichts.

Ich verließ den Raum, ging nach unten, schlug im Telefonbuch im Büro nach und stellte fest, dass es das Sportwarengeschäft immer noch gab und es auch nicht umgezogen war.

Ich ging hinaus in den Regen, stieg in mein Auto, fuhr über die lange Zufahrt und stieß auf die Grace Lane.

Nicht unbedingt einer meiner besseren Tage, aber das Gute daran war, dass ich jetzt vielleicht nicht nett zu William und Charlotte sein musste.

Ich ließ mir auf der Fahrt nach Glen Cove Zeit und nutzte sie, um über heute, morgen und die kommenden Tage nachzudenken. Mir kam der Gedanke, dass mich hier nichts als Freudlosigkeit und schlechte Erinnerungen erwarteten. Deshalb würde ich nach London zurückfliegen, sobald ich hier mit allem fertig war. Susan, die durchaus dazu fähig war, würde ihre eigenen Entscheidungen fällen und auf sich selbst aufpassen müssen. Ich würde ihr raten, nach Hilton Head zurückzukehren, aber darüber hinaus fühlte ich mich ihr gegenüber zu nichts weiterem verpflichtet und wollte auch nicht an ihrem Leben teilhaben.

Das stimmte natürlich nicht, aber es würde mein Abschiedsspruch sein, wenn ich meine Taschen packte – dann könnten wir es vielleicht in zehn Jahren noch mal versuchen.

47

Ich erinnerte mich noch an den Besitzer des Sportwarengeschäfts, einen Mr Roger Bahnik, der immer hilfreich und geduldig gewesen war, wenn ich Edward oder Carolyn wegen diverser Camping- und Sportartikel mitgebracht hatte. Ich war auch allein hergekommen, um mir Hochseeanglerzubehör oder anderen nautischen Krimskrams zu besorgen, deshalb überlegte ich, ob ich mich vorstellen sollte. Aber möglicherweise konnte er sich noch daran erinnern, dass Susan Schindluder mit einer Schusswaffe getrieben hatte, und da ich mir hier eine neue Waffe und Munition kaufen wollte, hielt ich es für besser, anonym zu bleiben, bis ich meinen Ausweis vorlegen musste.

Ich erklärte ihm, was ich wollte, und tat so, als verstünde ich nur wenig von Schusswaffen oder Munition, obwohl ich nicht glaubte, dass mein Täuschungsmanöver notwendig war. Mr Bahnik führte mich in die Waffenabteilung für die großen Jungs im hinteren Teil des Ladens und fragte mich, ob ich auf Tontauben oder Vögel schießen wolle, und falls auf Vögel, dann auf welche.

»Sehr große Vögel«, erwiderte ich.

Mr Bahnik riet zu schwerer Jagdmunition, und ich kaufte außerdem eine Schachtel Flintenlaufgeschosse für Rotwild, die ein sehr großes Loch in einen Menschen reißen können.

Mr Bahnik trug ein Holster mit einer Faustfeuerwaffe, wie es vorgeschrieben ist, wenn man Waffen verkauft, und ich hätte gern zwei von seinen Knarren gekauft – eine für mich und eine für Susans Handtasche –, aber wie schon gesagt, fehlte mir die Sondererlaubnis zum Tragen einer verdeckten Waffe; möglicherweise könnte ich sie bekommen, aber es würde etwa sechs Monate dauern, und das waren sechs Monate zu viel. Und ich bezweifelte, dass die Behörden Susans Antrag auf einen Waffenschein bewilligen würden.

Weil ich trotzdem eine Waffe zu meiner persönlichen Verteidigung brauchte, wenn ich unterwegs war, fragte ich, ob ich mir ein paar Karabiner ansehen dürfe, die mir Mr Bahnik gern zeigte.

Er schloss den Waffenschrank auf und legte ein paar kleine Karabiner auf den Ladentisch. Ich untersuchte einen alten M1 Winchester vom Kaliber .30, der aus dem Zweiten Weltkrieg stammte und mit dem ich bei der Army geschossen hatte. Diese Gewehre sind nur knapp einen Meter lang und passen bestens unter einen Autositz und vielleicht sogar in eine der großen Handtaschen, wie sie Frauen tragen.

Mr Bahnik wies mich kurz ein. »Der M1 ist auf etwa dreihundert Meter schussgenau und fällt einen Hirsch, aber er wird hauptsächlich für Kleinwild benutzt und außerdem zur persönlichen Verteidigung. Wozu wollen Sie ihn benutzen?«

Ich wollte ihm nicht sagen, dass ich ihn ins Auto legen wollte, weil die Mafia hinter mir her war, deshalb erwiderte ich: »Um mein Haus zu beschützen.«

»Ah. Auszeichnet. Die Gemahlin wird ihn mögen – leicht, nur knapp über zwei Kilo, halbautomatisch und kein starker Rückschlag.«

»Sie wird ihn lieben. Er ist ein Geschenk zum Hochzeitstag.«

Mr Bahnik war klar, dass ich einen Witz machte – oder er hoffte es zumindest –, und lachte.

Ich besorgte mir eine Schachtel 30er Patronen, Reinigungsbesteck für den Karabiner und eines für die Schrotflinte daheim, und Mr Bahnik legte einen Aufnäher mit der amerikanischen Flagge dazu, den ich mir auf meine Jagdjacke oder meinen Pyjama nähen konnte.

Ich bemerkte einen orangefarbenen ABC-Schutzanzug, der neben einer hübschen Auswahl an Gasmasken an der Wand hing. Diese Gegenstände waren seit meinem letzten Besuch allem Anschein nach neu hinzugekommen, und ich fragte: »Verkaufen Sie viele Gasmasken und Schutzanzüge?«

Mr Bahnik warf einen Blick zu den Ausstellungsstücken an der Wand und erwiderte: »Ich verkaufe ein paar Gasmasken … aber die Schutzanzüge haben noch keinen Abnehmer gefunden. Allerdings verkaufe ich viele gefriergetrocknete Rationen und Feldflaschen für Wasser. Und ein paar Geigerzähler.«

»Und Waffen?«

»Das Geschäft hat zugenommen. Dazu Kerzen, Karbidlampen, Taschenlampen … und dergleichen mehr.« Er scherzte: »Uns geht's sonst nicht mal in der Hurrikansaison so gut.«

Ich schwieg, freute mich aber, dass es Mr Bahnik gutging und die Gold Coast auf alles vorbereitet war. Das Leben in den USA hatte sich mit Sicherheit verändert.

Mr Bahnik rechnete meinen Einkauf zusammen, während ich ein paar Papiere für den Karabiner und die Munition ausfüllte. In den Formularen der Regierung wurden nicht allzu viele alberne Fragen gestellt, und für das Ausweisfoto benutzte ich meinen Pass. Meine American-Express-Karte funktionierte noch, obwohl ich meiner Meinung nach schon eine Zeitlang keine Rechnung mehr bezahlt hatte, und wir erledigten die Transaktion.

Mr Bahnik wickelte den M1-Karabiner in einfaches braunes Papier, damit ich ihn zum Auto tragen konnte, ohne Passanten oder Ordnungshüter zu erschrecken, und packte meine anderen Errungenschaften in eine große Einkaufstüte mit der Aufschrift »Sportwaren – Campingausrüstungen – Schusswaffen«. Kein Wort von Gasmasken.

Mein Name, vielleicht auch meine Adresse auf den Formularen sowie mein Gesicht schienen Mr Bahnik mit einem Mal bekannt vorzukommen, und ich sah, dass er sich an etwas erinnerte – vielleicht an meine fröhlichen Einkäufe mit den Kindern hier in seinem Laden. Aber wahrscheinlich fiel ihm irgendetwas ein, das er vor zehn Jahren gelesen oder im Fernsehen gesehen hatte. Er schaute mich an und sagte wie zu sich selbst: »Oh … ja.«

Ich dankte ihm für seine Hilfe, und als ich zur Tür ging, sah ich, wie er mir hinterherschaute und vielleicht befürchtete, dass er mich und Mrs Sutter wieder in den Abendnachrichten sehen würde. Nun ja, schon möglich.

Es hatte aufgehört zu regnen, aber der Himmel war dunkel, und in der Ferne hörte ich es donnern und wusste, dass es wieder anfangen würde.

In Stanhope Hall angekommen, hatte ich das Glück, auf Amir Nasim zu stoßen, der vor seinem frisch übernommenen Pförtnerhaus stand und mit zwei Männern in Anzügen sprach. Innenarchitekten? Eher nicht. Ich hielt an und stieg aus meinem Taurus, worauf sich Mr Nasim bei seinen Begleitern entschuldigte und zu mir kam.

Wir begrüßten einander, und er war mir gegenüber ein bisschen kühl, was daher rühren konnte, dass ich Susan nicht überredet hatte, ihm das Haus zu verkaufen. Außerdem war ihm vermutlich klargeworden, dass ich mich langfristig auf dem Grundstück niederzulassen gedachte. Anderseits hatte er sein Pförtnerhaus früher bekommen, als einer von uns hätte voraussehen können.

Vielleicht war er auch wegen Felix Mancusos Besuch aufgebracht, denn es gab zwei Gründe, weshalb ihm das Auftauchen eines FBI-Agenten unangenehm sein könnte: Erstens wollte er nicht vom FBI besucht werden; und zweitens hatte Mancuso ihm von den Problemen erzählt, die die Mafia den Sutters bereiteten. Oder ihn ärgerte alles zusammen.

Aber Mr Nasim war ein höflicher Bursche, der sich immerhin ein Lächeln abrang, als er zu mir sagte: »Wenn ich recht verstanden habe, darf ich Ihnen und Mrs Sutter also gratulieren.«

Ich wollte ihm seine Glückwünsche nicht durch die neueste Nachricht verderben, dass Mrs Sutter und ich im Moment nicht miteinander sprachen, daher erwiderte ich: »Danke.«

»Haben Sie vor, weiterhin hier zu wohnen?«

Ich wusste ehrlich gesagt nicht, ob ich weiterhin hier wohnen würde, bis ich im Gästehaus gewesen war und festgestellt hatte, ob meine Taschen gepackt waren. Und wenn ich ihm gegenüber äußerte, dass wir ans Wegziehen dachten, würde er mit seinem Angebot heruntergehen, und ich würde zudem meine zehnprozentige Provision verlieren. Also erwiderte ich ernst: »Wir lieben unser Haus.«

»Nun ... Sie werden mir aber Bescheid sagen, wenn sich Ihre Pläne ändern sollten.«

»Sie werden der Erste sein, der es erfährt.«

Mr Mancusos Besuch wollte Nasim anscheinend nicht zur Sprache bringen, aber er sagte bezüglich der beiden Gentlemen, die um das Pförtnerhaus herumliefen: »Ich habe die Dienste eines privaten Wachschutzunternehmens in Anspruch genommen, das meine Bedürfnisse überprüft und Empfehlungen macht, wie ich die Sicherheit hier verbessern kann.«

»Gute Idee.« Ich nickte und riet ihm: »Aber nehmen Sie nicht Bell Security. Das ist eine Mafia-Firma.«

Ich konnte nicht erkennen, ob er mich ernst nahm oder dachte, ich wollte einen Witz machen, aber er versicherte mir: »Es ist nicht diese Firma.«

»Gut. Und was dieses Thema angeht, nehme ich an, dass Sie heute Morgen mit Special Agent Felix Mancuso vom FBI gesprochen haben.«

»Ja, in der Tat. Er sprach von Ihrer und Mrs Sutters Besorgnis wegen eines möglich Problems in Zusammenhang mit Vorkommnissen, die einige Jahre zurückliegen.«

»Ganz recht. Allem Anschein nach haben wir also alle ein paar Sicherheitsprobleme, und ich wäre sehr froh, wenn wir unsere diesbezüglichen Vorkehrungen absprechen könnten.«

Er dachte darüber nach und kam vermutlich zu dem Schluss, dass ich es auf kostenlosen Wachschutz anlegte. »Natürlich können wir das tun«, erwiderte er schließlich. »Immerhin handelt es sich um das gleiche Grundstück, und wir teilen uns den gleichen Zugang, deshalb müssen wir absprechen, welchen Besuchern der Zutritt erlaubt wird.« Er warf mir einen Blick zu. »Genau so, wie man es bei den Alhambra-Anlagen nebenan hält.«

Ein schlechter Vergleich, aber ich erwiderte: »Stimmt.«

»Zuallererst, nämlich ab sofort, werde ich im Pförtnerhaus zwei uniformierte Wachmänner einquartieren, die in Kürze eintreffen werden. Ich lasse die Frequenz der Fernbedienung wie auch den Zugangscode ändern, und ich will dafür sorgen, dass das Tor öfter verschlossen als geöffnet ist. Aber natürlich werde ich Ihnen und Mrs Sutter die neuen Codes und Fernbedienungen zukommen lassen.«

»Danke.« Mr Nasim machte das Leben der Sutters gewiss etwas sicherer, aber es bereitete ihm auch ein gewisses Vergnügen, uns das Kommen und Gehen ein bisschen schwerer zu machen. Okay, das war sein gutes Recht – das Gästehaus befand sich mitten auf seinem Grundstück, und laut Grundbucheintrag hatten die Besitzer des Gästehauses zwar ein Wegerecht für die Zufahrt, aber das Tor fiel unter Amir Nasims Zuständigkeit und damit auch der Zugang zu dem Weg, den sie nutzen durften. Wenn wir nicht alle ähnliche Sicherheitsprobleme gehabt hätten – Leute, die uns umbringen wollten –, hätte ich bestimmt binnen eines Monats mit Mr Nasim vor Gericht gestanden. Aber vorerst waren wir uns einig, was unsere

Bedenken bezüglich der Sicherheit anging, daher war es für die Sutters eine glückliche Fügung, dass Amir Nasim glaubte, bestimmt Leute wollten ihn umlegen. Wenn man von Glück reden will.

Zum Thema Besucher fragte er mich: »Erwarten Sie irgendwelche Gäste, Mr Sutter? Oder irgendjemanden, dem Sie keinen Zutritt gewähren wollen?«

»Um ehrlich zu sein, habe ich heute noch keine Anrufe von der Mafia erhalten.«

Er wirkte verblüfft über meine direkte Antwort, aber vielleicht war er auch überrascht, weil ich einen kleinen Witz über etwas gemacht hatte, das er vermutlich nicht besonders komisch fand. Was unerwünschte Besucher anging, überlegte ich, ob ich ihm William und Charlotte beschreiben und ihn bitten sollte, sie anhalten und im Pförtnerhaus einer Leibesvisitation unterziehen zu lassen. Aber das würde auf Susan zurückfallen, und sie würde nicht verstehen, dass es bloß ein Scherz gewesen war, den Mr Nasim nicht kapiert hatte.

Ich sagte stattdessen: »Aufgrund von Mrs Allards Tod erwarten wir ein paar Besucher.« Ich unterrichtete ihn davon, dass die Stanhopes gegen siebzehn Uhr einträfen und dass morgen Abend Edward und Carolyn entweder mit dem Auto oder einem Taxi kommen würden. Peters eventuelle Ankunft am Samstag oder Sonntag vergaß ich zu erwähnen, und mit etwas Glück würden die Wachmänner den Nichtsnutz im Keller des Pförtnerhauses einsperren. Ich erwähnte allerdings Elizabeth Allard, die er kannte, und meine Mutter, die ich ihm als liebenswürdige alte Dame beschrieb. Außerdem erwähnte ich die kleine Heerschar von Dienstpersonal und Händlern, die Susan engagiert hatte.

Mr Nasim nickte, als ich ihm das mitteilte, und sagte: »In Ordnung, vielleicht können Sie mir eine Liste mit diesen Leuten zukommen lassen, dann werde ich die Wachmänner davon in Kenntnis setzen.«

»Wir werden uns eine Regelung einfallen lassen müssen, die für mich und Mrs Sutter nicht allzu lästig ist«, sagte ich.

»Natürlich.«

»Ich muss in Kontakt mit Ihren Wachschutzleuten stehen, und sie müssen Kontakt zu mir haben. Außerdem müssen Mrs Sutter und ich ihnen Anweisungen geben dürfen.«

Das schien Nasim ganz und gar nicht zu passen, aber er erwiderte: »Ich bin mir sicher, dass wir all das absprechen können, Mr Sutter.«

»Prima.« Ich gab ihm einen Tipp: »Die drei Meter hohe Mauer, die sich über vierhundert Meter entlang der Grace Lane erstreckt, wird für fest entschlossene Eindringlinge kein Hindernis sein. Außerdem sind die übrigen Grenzen offen, wenn man von dem Palisadenzaun hinter Ihrem Grundstück und den Baumreihen zu beiden Seiten einmal absieht. Daher mag zwar das Tor bewacht sein, aber Sie haben eine fast eine Meile lange unbewachte Grenze rund um das Grundstück.«

»Wir sprechen im Moment über Sensoren«, erklärte er mir. »Und ich sollte Ihnen vielleicht mitteilen, dass während der Abendstunden ein Geländefahrzeug mit einem Wachmann und einem Hund auf dem Anwesen patrouillieren wird. Ich werde Sie auf dem Laufenden halten.«

»Bitte tun Sie das. Werden diese Wachschützer bewaffnet sein?«

»Natürlich.«

Bei diesen Typen handelte es sich meistens um Polizisten, die schwarz arbeiteten oder pensioniert waren, oder um ehemalige Militärs, und man konnte ihnen eine Waffe anvertrauen. Aber ich hatte den Eindruck, dass Wachschutz heutzutage in Amerika zu den Wachstumsindustrien zählte, und das lief immer darauf hinaus, dass man randständige Leute anheuern musste, um den Bedarf zu decken, so wie es die Flugaufsichtsbehörde an den Flughäfen machte. Ich gab Mr Nasim einen weiteren Rat: »Überzeugen Sie sich davon, dass diese Wachschützer eingehend überprüft werden, dass sie eine Faustfeuerwaffe mit sich führen dürfen und dass in jeder Schicht mindestens zwei aktive oder pensionierte Ordnungshüter mit von der Partie sind. Lassen Sie sich das schriftlich geben.«

»Ich bin froh, dass ich mit Ihnen gesprochen habe.«

»Ganz meinerseits.« Und da ich ein guter Nachbar sein und mich erkenntlich dafür zeigen wollte, dass ich durch die Befestigung von Stanhope Hall profitierte, bot ich an: »Ich würde gern einen entsprechenden Anteil Ihrer Unkosten übernehmen.« Genau gesagt würde Susan das tun.

»Mir entstehen infolge Ihres Aufenthalts hier keine zusätzlichen Kosten, und ich beziehe das Gästehaus und Ihr Grundstück gern in meine Sicherheitsvorkehrungen ein.«

»Danke, aber wie man bei uns sagt, bekommt man das, wofür man bezahlt, daher muss ich darauf bestehen, dass ich bei Ihrem Vertrag mit von der Partie bin und meinen Anteil aufgrund meiner vier Hektar direkt an die Wachschutzfirma zahle.«

Er lächelte. »Ah, Sie sind ganz der Anwalt, Mr Sutter, und ein Mann, der seine Zahlen kennt.«

»Sind Sie damit einverstanden – oder sollte ich meinen eigenen Wachschutz hinzuziehen, was womöglich für Verwirrung und Unannehmlichkeiten sorgen könnte?«

Er hatte Verständnis für mein Anliegen wie auch für meine Machtspiele, daher nickte er und stimmte zu. »In Ordnung. Vielleicht können Sie mich bezüglich des Vertrags rechtlich beraten.«

»Sie können davon ausgehen, dass *unser* Vertrag mit dem Wachschutzunternehmen meinen Maßstäben entsprechen wird.«

Jetzt war er mit den Machtspielen an der Reihe, und er sagte: »Diese Hecken, die Ihre vier Hektar umgeben, sind möglicherweise problematisch, was meine Sicherheit wie auch die Ihre angeht. Daher sollten Sie vielleicht in Betracht ziehen, sie entfernen zu lassen.«

»Das würde ich ja tun, aber Mrs Sutter sonnt sich gern nackt, und ich nehme an, das wollen Sie nicht sehen.«

Mr Nasim dachte womöglich, ich wollte ihn provozieren oder aufziehen, denn er erwiderte kurz und knapp: »Ich bin der Meinung, die Sicherheit sollte Vorrang haben, daher sollten Sie Mrs Sutter vielleicht bitten, die Hecken durch eine kleine Umfriedung für ihre … Sonnenbäder zu ersetzen.«

Sehr gut, Amir. Und eigentlich ganz vernünftig. »Ich werde mit ihr darüber sprechen.«

»Danke.« Er überlegte einen Moment lang, dann sagte er: »Wenn Ihnen und Mrs Sutter die Situation nicht angenehm ist, dann sollten Sie vielleicht noch einmal über mein Angebot bezüglich des Kaufs Ihrer Immobilie nachdenken.«

Ich vielleicht. Aber es war nicht meine Immobilie. Außerdem war mir klar, dass Susans Haus und Grundstück – umgeben von Territorium in ausländischer Hand, dessen paranoider oder vielleicht zu Recht ängstlicher Besitzer bewaffnete Wachschützer mit Hunden anheuerte – keine erstklassige Immobilie mehr war. Selbst die hiesigen Immobilienmakler, die einem Ehepaar mit Kindern eine Giftmülldeponie andrehen konnten, würden das hier für einen schweren Brocken halten. *Und dieses herrliche englische Cottage liegt mitten in einem großen Anwesen, das einem wunderbaren iranischen Ehepaar gehört, das in Lebensgefahr schwebt, daher sehen Sie womöglich ein paar Hunde und bewaffnete Männer auf den sehr gepflegten Ländereien, aber die Hunde sind friedlich, und die Männer schießen tagsüber nicht. Für drei Millionen im Angebot.*

»Mr Sutter?«

»Tja … das muss Mrs Sutter entscheiden, und ich glaube, Sie haben ihre Entscheidung bereits gehört. Aber ich werde …« Wenn es mir irgendwie gelang, dass William und Charlotte erschossen oder von den Hunden gefressen wurden, dann könnte

Susan mit ihrem Erbteil vielleicht das ganze Anwesen zurückkaufen. Aber die Unterhaltungskosten … ich überschlug ein paar Zahlen, während Mr Nasim geduldig darauf wartete, dass ich meinen Gedanken zu Ende brachte. »Ich werde sie noch mal darauf ansprechen, aber nur, weil Sie darum gebeten haben.«

»Mehr verlange ich gar nicht. Und vielleicht sollten Sie gegenüber Mrs Sutter auch erwähnen, dass ich ihr gern ein gewisses Maß an Schutz biete in diesen … unsicheren Zeiten, aber dass dieser Schutz leider mit gewissen Unannehmlichkeiten verbunden ist.« Er nannte mir ein weiteres Beispiel: »So muss ich auf Anraten meines Sicherheitsberaters leider Ihre Nutzung meines Grunds und Bodens einschränken.«

Wieder Blödsinn, aber er machte seine Sache nicht schlecht, wenn er es darauf anlegte, dass wir ihm das Haus zu einem niedrigeren Preis verkauften.

»Nur ein Beispiel für meine Bedenken: Ich habe Mrs Sutter gestern joggen gesehen, und ich bin mir nicht sicher, ob das angesichts von Hunden und Patrouillen ratsam wäre.«

»Sind Sie sicher, dass sie es war?«, fragte ich. »Was hatte sie an?«

»Nun … sie war sittsam gekleidet, aber darum geht es nicht.«

»Okay. Ich verstehe.« Ich *wusste* doch, dass sie nicht nackt gelaufen war.

Er kam zum Schluss seiner Ansprache: »Ich hoffe zwar aufrichtig, dass Mrs Sutters Schwierigkeiten rasch und zufriedenstellend aus dem Weg geräumt werden, aber meine Situation ist leider von längerer Dauer. Daher glaube ich nicht, dass auf diesem Anwesen in naher Zukunft wieder Frieden und Ruhe einkehren werden.«

»Das war laut und deutlich, Mr Nasim.«

»Ja? Gut. Nun, dann richten Sie bitte Mrs Allards Angehörigen mein Beileid aus, und vielleicht habe ich das Vergnügen, in den nächsten Tagen Ihre Verwandten kennenzulernen.«

Ich dachte daran, ihn zu fragen, ob er ein Schlafzimmer für William und Charlotte übrig hatte – immerhin hatte er zwanzig –, war mir aber nicht sicher, ob die Stanhopes und die Nasims miteinander klarkommen würden. Ich meine, es wäre möglich – William könnte Amir etwas über die Geschichte des Hauses erzählen und die Mohren erklären, und Charlotte könnte Soheila zeigen, wie man einen trockenen Martini schüttelt.

Wie dem auch sei – zu Mr Nasim sagte ich: »Vielleicht können wir uns alle zum Tee treffen.«

»Sagen Sie mir Bescheid.«

»Mach ich. Setzen Sie mich unterdessen über Ihre Sicherheitsvorkehrungen in Kenntnis, und ich fasse den Vertrag in unser beider Namen ab.«

»Wir verabschiedeten uns per Handschlag, worauf ich in mein Auto stieg und zum Gästehaus fuhr.

Ich sah kein Gepäck im Vorgarten, was ein gutes Zeichen war, aber ich wusste natürlich nicht, was mich drin erwartete.

Man konnte das, was ich vor zehn Jahren getan hatte, um Susans glückliches Verhältnis mit Frank zu beenden, auf zweierlei Art und Weise sehen: Erstens, ich hatte es getan, damit ich Susan zurückbekam; und zweitens, ich tat es aus Boshaftigkeit und Wut, weil ich sie beide hasste. Möglicherweise war es die übliche Mischung von beidem, und ich bin mir sicher, dass sich Susan darüber im Klaren war, aber sie liebte mich und war bereit zu glauben, dass ich es eher aus Liebe als aus Hass getan hatte. Und sie hatte recht.

Ich bin mir sicher, dass wir alle wünschten, Susan hätte nicht auf Frank geschossen, allen voran Frank selbst – vor allem jetzt, da Mr Mancuso so freundlich war, darauf hinzuweisen, dass Gottes Mühlen immer noch mahlten.

48

Ich trug die Einkäufe in mein Büro, wo Susan am Computer saß, telefonierte und sich gleichzeitig auf einem Block Notizen machte. Sie schenkte mir ein zerstreutes Lächeln, setzte ihr Telefongespräch fort und tippte eine E-Mail. Ich wickelte den Karabiner aus und legte ihn auf den Kaffeetisch. Während ich Patronen ins Magazin schob, beendete Susan das Telefonat und fragte:

»Wozu ist das Gewehr da?«

»Fürs Auto.«

Sie erwiderte nichts.

Ich legte das geladene Magazin neben den Karabiner und kam sofort zum Punkt. »Wo schlafe ich?«

»In unserem Schlafzimmer.«

»Gut.«

»*Ich* schlafe im Gästezimmer.«

Ich sah, dass sie nur scherzte. »Ich würde es dir nicht übelnehmen, wenn du etwas Bedenkzeit haben willst wegen dem … was ich gesagt und getan habe.«

»Ich habe darüber nachgedacht.«

»Und?«

»Und … ich verstehe, weshalb du es getan hast, und ich glaube wirklich nicht, dass du gewollt hast … dass geschieht, was geschehen ist.« Sie holte tief Luft. »Ich hatte eine Affäre, und ich habe ihn getötet. Nicht du.«

»In Ordnung.«

»Ich weiß, dass du mich nur zurückhaben wolltest.«

»Richtig. In der Liebe und im Krieg ist alles erlaubt.«

Sie entsann sich, wo sie das gehört hatte, und sagte: »Das … stimmt. Und heute können wir überhaupt nicht mehr nachvollziehen, was wir vor zehn Jahren gedacht und empfunden haben, deshalb sollte keiner von uns den anderen wegen der seinerzeitigen Geschehnisse verurteilen.«

»Einverstanden.«

»Dir ist vor mir bewusst geworden, dass es mit Anthony Probleme geben könnte, und du hättest deine Zelte abbrechen und davonlaufen können, aber stattdessen wolltest du mir helfen, noch bevor wir wieder zusammen waren, und jetzt hast du meine Probleme zu deinen gemacht und dich in Lebensgefahr gebracht.«

Ich hätte es nicht besser ausdrücken können, und wenn ich gerade John Sutter begegnet wäre und das gehört hätte, würde ich sagen, er sei ein Teufelskerl. Oder ein Idiot. »Ich liebe dich«, sagte ich zu Susan.

Sie stand auf, und wir umarmten uns, und ich spürte ihre Tränen an meinem Hals.

»Ich liebe *dich*«, sagte sie. »Und ich brauche dich.«

»Zusammen sind wir unschlagbar.«

»Ja, das sind wir.«

Sie fasste sich wieder, schaute mir in die Augen und sagte: »Damit ist es zu Ende. Ich möchte nie wieder darüber reden, was seinerzeit geschehen ist. Nie mehr.«

»Einverstanden. Dazu gibt's auch nichts mehr zu sagen.«

»Ganz recht.« Sie atmete tief durch. »Wie ich sehe, hast du das Sportwarengeschäft gefunden.«

»Ja, und der Inhaber hat sich an mich erinnert, und er hat sich daran erinnert, dass wir Ende des Monats Hochzeitstag haben, deshalb hat er vorschlagen, dir dieses kleine Gewehr zu kaufen, das sich Karabiner nennt, damit wir runter zur Müllkippe fahren und gemeinsam Ratten schießen können.«

Sie alberte mit und sagte: »Wie lieb.« Und mit einem Blick auf das Gewehr rief sie: »Du hättest doch nicht so übertreiben müssen, John.«

»Ach, das ist doch gar nichts.«

Ich nahm den Karabiner und erklärte die Bedienung und seine vielen Vorzüge, dann reichte ich ihn ihr und sagte: »Schau mal, wie leicht er ist.«

Sie nahm das Gewehr, wog es in den Händen und pflichtete mir bei. »Ich könnte es nach Locust Valley mitnehmen und den ganzen Tag damit herumlaufen.«

»Und es passt gut unter einen Autositz.«

»Das sehe ich.«

Ich nahm ihr das Gewehr ab, setzte das Magazin ein, überprüfte die Sicherung und lud durch. »Du entsicherst es einfach, zielst und drückst ab. Es ist halbautomatisch, schießt also jedes Mal, wenn du abdrückst – fünfzehn Schuss. Okay?«

Susan nickte.

Dann zeigte ich ihr, wie man aus der Hüfte auf Nahziele schoss, drückte das Gewehr anschließend an meine Schulter und sagte: »Für einen Schuss über, sagen wir mal, mehr als fünf Meter Entfernung zielst du genauso wie mit einer Schrotflinte auf Tontauben, aber du musst nicht vorhalten und –«

Unglücklicherweise tauchte Sophie in diesem Moment in der Tür auf, schrie und stürmte davon. Ich wollte ihr hinterherlaufen – ohne das Gewehr –, aber Susan hielt mich zurück. »Das mache ich«, sagte sie, »ich bin gleich wieder da«, und heftete sich an Sophies Fersen.

Ich nutzte die Zeit und mixte uns zwei leichte Wodkas mit Tonic. Ich fand es gut, dass Susan und ich die Vergangenheit endlich vollständig hinter uns gelassen hatten, außerdem fand ich es gut, dass ich das Gewehr und die Schrotflintenmunition gekauft hatte, und es war auch gut, dass sich Felix Mancuso mit dem Fall befasste.

Gut war obendrein, dass Amir Nasim beschlossen hatte, umfassende Sicherheitsvorkehrungen zu treffen, was er, wenn er sich wirklich Sorgen machte, schon vor einiger Zeit hätte tun sollen. Dann kam mir der Gedanke, dass Felix Mancuso möglicherweise die Gelegenheit genutzt und Nasim eine Heidenangst eingejagt hatte, indem er ihm erklärte, das FBI habe herausgefunden, dass er tatsächlich in unmittelbarer Lebensgefahr schwebte. Alarmstufe Rot, Amir.

Aber hätte Mancuso Nasim derart erschreckt, nur damit der den Sutters einen Wachschutz rund um die Uhr bezahlte? Oder war es lediglich ein Zufall, dass Nasim nach Mancusos Besuch mit diesen Sicherheitsberatern sprach? Möglicherweise hatte Nasim sie angerufen, sobald er erfahren hatte, dass sich das Pförtnerhaus in seinem Besitz befand. Auf jeden Fall wurde ich das Gefühl nicht los, dass Mancuso Nasim den gleichen Rat gegeben hatte wie mir: Heuern Sie ein paar Revolvermänner an.

Susan kehrte zurück und sagte: »Ich habe ihr eine Gehaltserhöhung gegeben.«

»Reinigt sie meine Waffen?«

»Nein, John, aber ich habe ihr versichert, dass du einigermaßen normal bist, und die Gehaltserhöhung habe ich ihr gegeben, weil jetzt eine weitere Person im Haus lebt.«

»Gut. Hast du ihr gesagt, dass die Mafia hinter uns her ist?«

»Nein, habe ich nicht. Aber ich werde sie darauf hinweisen, dass sie Fremden nicht die Tür öffnen soll.«

»Viele Fremde werden uns nicht besuchen. Nasim hat ein neues Regime für Stanhope Hall eingeführt.«

»Was meinst du damit?«

Ich reichte ihr den Wodka mit Tonic und sagte: »Ich bin ihm gerade über den Weg gelaufen, als er mit Sicherheitsberatern geredet hat.« Ich prostete ihr zu. »Auf ein neues iranisch-amerikanisches Verteidigungsbündnis.«

Ich berichtete Susan von meinem Gespräch mit Nasim, worauf sie meinte: »Das wird sehr unangenehm sein … und es beeinträchtigt meine Lebensqualität.«

»Umgebracht werden ebenfalls«, wandte ich ein.

Sie dachte darüber nach. »Mit so etwas hatte ich nicht gerechnet, als ich zurückgekehrt bin.«

»Bestimmt nicht. Aber … tja, aus Sicherheitsgründen müssen wir alle ein bisschen Freiheit aufgeben.«

»Nein, müssen wir nicht.«

Es war eine alte Diskussion über eine reine Ermessenssache – wie viel Freiheit wollen wir aufgeben, und wie viel Angstfreiheit bekommen wir dafür? »Mal sehen, wie es funktioniert«, sagte ich. »Unterdessen wird nicht mehr nackt auf dem Grundstück rumgelaufen.«

Sie lächelte.

Außerdem erklärte ich ihr: »Nasim würde zu unser beider Sicherheit gern die Hecken rausreißen lassen. Aber ich habe ihm gesagt, dass wir Wert auf unsere Privatsphäre legen.«

Susan dachte darüber nach und sagte: »Wenn er nicht solche Probleme mit den Bekleidungsvorschriften hätte … beziehungsweise den Entkleidungsvorschriften … tja, ich glaube, Nasim will uns nur unter Druck setzen, damit wir verkaufen.«

»Das spielt sicher eine Rolle.« Ich warf ihr einen Blick zu. »Du solltest darüber nachdenken.«

»Mache ich nicht.«

»Dann kauf das Anwesen von ihm zurück.«

»Und woher soll ich das Geld nehmen?«

Mein Blick wanderte unwillkürlich zu dem Karabiner auf dem Kaffeetisch.

Sie begriff den Zusammenhang und schaute mich streng an. »Das ist nicht komisch.«

»Was?«

Sie wechselte das Thema. »Worüber hat Mancuso mit dir geredet?«

Ich berichtete ihr von dem Gespräch über Anthony Bellarosas Verschwinden und die möglichen Szenarien, die sich in den nächsten ein, zwei Wochen ergeben könnten. Außerdem sprach ich mit ihr über Felix Mancusos Beteuerungen bezüglich unserer Hausgäste und Kinder.

Zu diesem Thema stellte sie mir allerhand Fragen, deshalb gab ich ihr Mancusos Karte.

»Er möchte, dass du ihn anrufst, und dabei solltest du ihm deine sämtlichen Fragen stellen und die Sorgen äußern, die du hast.«

»In Ordnung. Ich erledige das noch heute.«

»Gut. Außerdem solltest du wissen, dass Special Agent Mancuso Mr Nasim einen Besuch abgestattet und möglicherweise die Befestigung von Stanhope Hall angeregt hat.«

Susan seufzte. »Wie sind wir nur in all das hineingeraten? All diese Leute …«

Ich konnte nur hoffen, dass es eine rhetorische Frage war, deshalb erwiderte ich lediglich: »Das geht vorüber.«

Sie schaute mich an. »Was hätte ich nur ohne dich getan?«

Mir lag eine ähnliche Frage auf der Zunge, aber … nun ja, ich hatte diese Entscheidung aus ganzem Herzen getroffen, nicht mit dem Kopf, daher … sollte ich mir nicht zu viele Fragen stellen.

Susan wandte sich wichtigeren Themen zu. »Ich lasse einen Partyservice kommen, der mir die ganze Woche über beim Einkaufen und Kochen hilft, und ich habe Sophie die ganze Woche hier. Wir müssten genügend Wein, Bier, Mixgetränke, Wodka, Scotch und alles andere im Haus haben. Aber Mom und Dad trinken Gin-Martini, und wir haben keinen Gin. Sie trinken diesen Boodles. Könntest du vielleicht losfahren und welchen besorgen?«

»Ich habe gerade Waffen besorgt.«

»Bitte, John.«

»Okay. Mal sehen ob ich die Erlaubnis zum Verlassen der Grundstücks bekomme.«

Ohne darauf einzugehen, fragte sie: »Soll ich meine Eltern anrufen und sie auf den neuen Wachschutz am Tor hinweisen?«

»Das wäre wahrscheinlich nicht schlecht. Sag ihnen, es hat etwas mit Nasim zu tun, nicht mit uns.«

»Natürlich. Und ich sage Edward und Carolyn Bescheid. Peter ebenfalls.«

»Und Nasim möchte die Namen unserer Gäste schriftlich haben. Also kümmere dich bitte darum.«

»Mache ich.«

»Vergiss das Haushaltspersonal, die Leute vom Partyservice und die Lieferanten nicht.«

»Ich werde mich darum kümmern«, versprach sie. »Das nervt.«

»Ja, schon. Okay, ich bin in einer Stunde wieder da. Bring unterdessen die Schrotpatronen nach oben und stell den Karabiner in den Flurschrank.«

»Willst du den Karabiner nicht mitnehmen?«

»Nein, ich nehme den Taurus.«

»Ich meine … kannst du fassen, dass wir dieses Gespräch führen?«

Ich ignorierte das. »Bis später.«

Sie wollte mich unbedingt zum Auto begleiten, und bevor ich in den Taurus stieg, gab sie mir ihr Handy und sagte: »Ruf mich an.« Dann umarmte sie mich und gab mir einen Kuss. »Sei vorsichtig.«

Ich stieg ins Auto und fuhr die Zufahrt entlang in Richtung Tor. Es war noch offen und unbemannt, und ich bog nach rechts auf die Grace Lane ein. Kurze Zeit später begegnete ich einem schwarzen Escalade, der langsamer wurde, als er sich näherte. Durch die getönten Scheiben konnte ich nichts sehen, und er war zu weit weg, als dass ich das Nummernschild hätte erkennen können, aber offensichtlich bremste der Escalade aus einem bestimmten Grund. Jetzt bedauerte ich, dass ich den Karabiner nicht mitgenommen hatte.

Der Escalade hielt etwa zehn Meter vor mir mitten auf der Straße an, und als ich näher kam, sah ich den Aufkleber mit der amerikanischen Flagge am Seitenfenster, und ich registrierte außerdem, dass er das gleiche Nummernschild wie Anthonys Wagen hatte.

Aber saß Anthony in dem Auto? Und wäre er mit seinem eigenen Auto unterwegs, um John Sutter umzulegen? Er war blöde, aber hier ging es um das kleine Einmaleins des Mafia-Mordes – setze nie dein eigenes Auto und deine eigenen Leute ein und lege niemanden aus deiner Nachbarschaft um.

Ich konnte an dem Escalade vorbeirasen oder eine Kehrtwendung machen, aber aus den genannten Gründen und weil ich neugierig war, wer mich sprechen wollte, rollte ich neben den Escalade und hielt an.

Das Fenster auf der Fahrerseite senkte sich, und Tony grinste mich an. Ich ließ mein Fenster ebenfalls herunter, worauf er zu mir sagte: »He, Mr Sutta. Hab ich mir doch gedacht, dass Sie das sind. Wie geht's Ihnen?«

»Mir geht es sehr gut. Und wie geht's Ihnen?«

»Prima.«

Ich sah, dass sich auf dem Rücksitz etwas bewegte, und hielt mich fahrbereit, den Fuß über dem Gaspedal. Aber wenn ich den Karabiner auf dem Schoß gehabt hätte, wäre mir wohler gewesen.

»Was ham Se vor?«

Dieser Idiot stellte immer dieselben blöden Fragen, und ich erwiderte: »Den üblichen Mist.«

»So? Wie geht's Mrs Sutta?«

Fast hätte ich »Leck mich« gesagt, aber stattdessen fragte ich: »Wo ist Ihr Boss?«

Tony lächelte, und wenn wir einander näher gewesen wären, hätte ich ihm meine Faust ins Gesicht gedroschen. Sein Grinsen wurde noch breiter, als er erwiderte: »Weiß ich nicht. Warum wolln Se das wissen?«

Ich achtete teils auf Tony, teils auf die Bewegungen hinter ihm. »Bestellen Sie ihm, dass ich ihn suche.«

»Aha? Und warum suchen Se ihn?«

Ich erinnerte mich, dass diese Gespräche mit Tony schon seinerzeit, als er noch unter Anthony firmierte, nie sehr aufschlussreich oder sinnvoll gewesen waren. »Mir sind ein paar alte Sachen über seinen Vater eingefallen, die ich ihm erzählen wollte«, erwiderte ich.

»So? So was hört er gern. Ich auch. Erzähln Se's mir.«

Nun ja, er hatte darum gebeten, also sagte ich: »Wenn Frank ein bisschen länger gelebt hätte, hätte er Sie an die FBIler verpfiffen, und Sie säßen immer noch im Knast.«

»Hey, leck mich.«

»Nein, Sie können *mich*, Tony. Und Ihr Boss ebenfalls, und zwar kreuz…«

Die getönte hintere Scheibe senkte sich, und ich hätte um ein Haar das Lenkrad herumgerissen und den Escalade gerammt, aber es war Kelly Ann, die sagte: »Sie haben geflucht! Nicht fluchen!«

Ich atmete tief durch, bevor ich erwiderte: »Tut mir leid, meine Süße.« Ich wandte mich an Tony. »Bestellen Sie Ihrem Boss, er soll sich nicht verstecken, sondern wie ein Mann benehmen.«

Tony hätte »Leck mich« gesagt, aber Kelly Ann lag auf der Lauer, und ich hörte, wie Frankie, der neben ihr saß, seine ältere Schwester nachäffte. »Nicht fluchen! Nicht fluchen!«

»Ich bestell ihm, was Sie gesagt ham.«

»Das ist sehr freundlich von Ihnen. Aber ich würde es ihm gern persönlich sagen.«

»Yeah. Wir befassen uns damit.«

»Gut. Und schönen Gruß an die künftige Witwe.«

Das brachte ihn sichtlich durcheinander, dann kapierte er es und sagte: »Yeah, Ihrer auch«, was nicht ganz die richtige Antwort war, aber ich kapierte es.

Wir fuhren unsere Fenster hoch und gingen unserer Wege.

Stellte sich die Frage: »Warum machst du alles noch schlimmer?« Und die Antwort lautete: »Schlimmer kann es gar nicht werden, folglich spricht nichts dagegen, den Typen ordentlich anzupissen, der dich ohnehin umbringen will.« Mir war sogar wohler zumute, und möglicherweise ließ er sich zu einem Fehler verleiten. Und mehr wollte ich nicht – einen Fehler seinerseits, damit ich ihn meinerseits umbringen konnte.

VIERTER TEIL

Du sollst deinen Vater und deine Mutter ehren.

2. Mose 20.12

Ich sage Ihnen, zwischen Eltern und Kind
ist eine Wand, zehn Fuß dick und zehn Meilen hoch.

George Bernard Shaw
Falsch verbunden

49

Es war zehn nach fünf, und der Regen hatte sich eingestellt, die Stanhopes hingegen noch nicht. Aber Susan versicherte mir: »Sie haben vor zehn Minuten angerufen und kommen gerade von der Schnellstraße.« Sie nannte mir die ungefähre Ankunftszeit, worauf ich mir einen zweiten Dewar's mit Soda genehmigte.

Susan und ich waren in der Küche, und Sophie hatte auf der Kochinsel Horsd'œuvres angerichtet, die ich nicht anrühren durfte. Außerdem war die Frau vom Partyservice eingetroffen und hatte mit Susan ein paar Menüs für die Tage bis zum Wochenende abgesprochen. Zudem sollte Sophie in den nächsten fünf Tagen unten im Dienstmädchenzimmer wohnen. Das war für Susan natürlich praktisch, und zugleich hatten William und Charlotte dadurch jemanden, den sie außer ihrer Tochter herumkommandieren konnten, und es stellte sicher, dass wir die Stimme senken mussten, wenn es zu einem Wettschreien kam.

Das Telefon klingelte, und Susan sprach mit jemandem und sagte: »Ja, wir erwarten sie.« Sie legte auf. »Es ist der Florist, endlich.« Und sie teilte mir mit: »Am Tor sind jetzt Wachmänner.«

Ich gab keinen Kommentar dazu ab. Soweit ich mich aus

meinem letzten Leben entsann, nahmen William und Charlotte weder wahr, was Susan alles für sie tat, wenn sie zu Besuch kamen, noch zeigten sie sich dafür erkenntlich. Obwohl sie anspruchsvolle Eltern waren, sprachen sie über Peter, als wäre *er* das ideale Kind. Dabei war er ein nichtsnutziger Scheißkerl; aber er wusste, wie man Mom und Dad Honig ums Maul schmierte und woher sein Brot kam.

Darüber hinaus fand ich, dass Susan viel zu optimistisch war, was die Unterkunft ihrer Eltern anging. Sie hatte ihr altes Gästezimmer putzen und mit Mineralwasserflaschen und Snacks ausstatten lassen, und ich war mir sicher, dass die Blumen auch dafür gedacht waren. Ich schaute Susan an, und obwohl ich nicht wollte, dass ihre Eltern hier wohnten, wollte ich genauso wenig, dass sie enttäuscht oder verletzt wurde. Ich sagte zu ihr: »Schau, Susan, warum sollte ich nicht in ein Hotel –?«

»Nein. Du bist mein zukünftiger Ehemann und der Vater unserer Kinder. Du bleibst hier bei mir, Edward und Carolyn.«

»Aber –«

»Aber ich möchte, dass du verschwindest, bis ich ihnen einen Drink in die Hand gedrückt habe. Warte im Büro, bei verschlossener Tür, und ich summe dich per Gegensprechanlage an. Etwa fünfzehn bis zwanzig Minuten nach ihrer Ankunft.«

»Sie sehen mein Auto, wenn sie vorfahren.«

»Ich sage ihnen, es ist mein Zweitwagen.«

»Sie werden sehen, dass im Pförtnerhaus Wachmänner sind und ich deswegen nicht dort wohnen kann.«

»Na schön, möchtest du sie mit mir begrüßen?«

»Nein, Susan, ich möchte *weg*. Ich komme wieder –«

»Du wirst *nicht* weggehen. Du versteckst dich nur eine Weile.«

»Na schön.« Also schnappte ich mir eine Serviette voller Horsd'œuvres und meinen Scotch, warf Susan einen Blick zu und sagte: »Viel Glück.«

»John, denk nur an eines.«

»An was denn?«

»Die Hälfte von hundert Millionen Dollar.«

Ich lächelte, nahm meine Notration mit in mein Büro und schloss die Tür. Die Jalousien waren hochgezogen, und ich sah den Kombi des Floristen vorfahren. Ich schaute zu, wie zwei Männer so viele Blumenarrangements ausluden, dass man ein italienisches Bestattungsinstitut darunter begraben konnte.

Ich zog die Jalousien herunter, damit William und Charlotte ihren künftigen Schwiegersohn nicht entdeckten, setzte mich an den Schreibtisch, ging meine E-Mails durch, aß Horsd'œuvres und trank Scotch.

Susan hatte Mr Mancuso angerufen und mir mitgeteilt, dass er ihr ein paar Zusicherungen, Ratschläge und darüber hinaus die gleichen Hinweise zu Anthonys Verschwinden gegeben hatte wie mir. Außerdem hatte er ihr gesagt, dass er von ihrem Mut beeindruckt sei, den sie aber mit besonderer Wachsamkeit aufwiegen müsste, und so weiter und so fort. Laut Susan waren sie jetzt offenbar gut Freund, was mich freute.

Ich hatte Susan nicht erzählt, dass ich Tony begegnet war, weil sie genug um die Ohren hatte, aber gleich nach dem Vorfall hatte ich mit Susans Handy Felix Mancuso angerufen und ihm eine Nachricht auf der Mailbox hinterlassen, in der ich ihm meine unbeherrschten Äußerungen gegenüber Anthonys Fahrer beichtete. Ich schlug vor, dass er oder jemand von seiner Dienststelle Tony nach dem Verbleib seines Bosses fragen sollte, falls sie es nicht schon getan hatten. Außerdem hatte ich Mancuso mitgeteilt, dass Amir Nasim dabei war, umfassende Sicherheitsvorkehrungen für Stanhope Hall zu treffen, die mit allem mithalten konnten, was sie an der Federal Plaza Nummer 26 hatten, wie die Adresse auf Special Agent Mancusos Karte lautete. Außerdem schlug ich vor, dass er daran denken sollte, Detective Nastasi auf dem Laufenden zu halten, sonst würde ich es tun.

Ich bin gut, wenn es darum geht, mich nach allen Seiten abzusichern, und mein Verstand funktioniert bestens, wenn ich in Lebensgefahr bin.

Ich las die E-Mails aus fast zwei Wochen, größtenteils von Mandanten in London, die anscheinend nicht begriffen, dass ich mir eine längere Auszeit genommen hatte, was mich daran erinnerte, dass ich meine Kanzlei von meinem Entschluss, zu kündigen, verständigen musste. Und ich musste Samantha den Laufpass geben.

Ich sollte anrufen, aber in London war es bereits nach dreiundzwanzig Uhr, deshalb sollte ich vielleicht nur mailen und die Sache hinter mich bringen, aber das gehörte sich nicht … und vielleicht sollte ich erst mal abwarten, was in der nächsten halben Stunde passierte. Immerhin könnte es ekelhaft werden, auch wenn ich wusste, dass Susan ihre Prioritäten setzen würde, wie sie gesagt hatte. Das Problem war, dass sie mehrere Prioritäten hatte: mich, die Kinder und das Geld, und das eine könnte das andere ausschließen.

Folglich musste möglicherweise ich die Prioritäten setzen, und damit meine ich, dass ich mich empfehlen würde, wenn es auf John oder die Hälfte der hundert Millionen hinauslief. Vom Treuhandfonds der Kinder und Susans Unterhaltszahlungen gar nicht zu sprechen.

Während ich daran dachte, edel und selbstlos zu sein, hörte ich die Floristen durch die Haustür ein und aus gehen. In einem Oberschichttonfall, der höflich, aber zweifellos gebieterisch klang, erteilte Susan ihnen Anweisungen.

Wie, fragte ich mich, wollte diese Frau ohne Geld leben? Diese Scheißblumen kosteten mehr, als die meisten Menschen im Monat verdienen. Von den dämlichen abgehobenen Horsd'œuvres, dem Partyservice und Sophie ganz zu schweigen … tja, warum jetzt darüber nachdenken? Wir hatten größere Probleme, zum Beispiel, am Leben zu bleiben.

Ich schickte ein paar E-Mails an Freunde in London, erwähnte aber weder, dass ich meinen Job aufgeben, wieder nach New

York ziehen und meine Exfrau heiraten wollte, noch dass mir die Mafia nach dem Leben trachtete. Die Kanzlei könnte etwas davon erfahren, oder Samantha. Ich war zwar bereit, sämtliche Brücken abzubrechen, aber wenn jemand fand, dass ich den großen Teich noch einmal überqueren sollte, brauchte ich diese Brücke.

Ich hatte meiner Schwester Emily gemailt, die noch immer mit Freund Nummer vier oder fünf an einem Strand in Texas lebte. Emily und ich stehen uns sehr nahe, trotz der geographischen Trennung während der letzten zwölf Jahre. Ich hatte ihr von Ethels Tod berichtet und die gute Nachricht über Susan und mich mitgeteilt.

Ich las ihre Antwort. *Wunderbar. Alles Liebe, Emily. PS: Wunderbar. PPS: Ich werde Ethels Beerdigung verpassen, aber Johns und Susans Hochzeit werde ich nicht verpassen. Lass uns telefonieren, sobald Du Zeit hast.*

Ich antwortete: *Du bist wunderbar. Das Leben ist wunderbar. Rufe dich an, wenn ich kann. Alles Liebe, John. PS: Die Stanhopes werden jeden Moment eintreffen. Nicht so wunderbar. Aber vielleicht gut für ein paar Lacher.*

Und schon klingelte es an der Tür. Ich spähte durch die Jalousie und sah neben meinem blauen Taurus einen weiteren blauen Taurus stehen, bei dem es sich bestimmt um den Mietwagen der Stanhopes handelte. Ich hatte eine *wunderbare* Vision von William und Charlotte, die mit ihrem blauen Taurus durch das Tor auf die Grace Lane fahren wollen, als ihnen ein Hagel Maschinenpistolenfeuer entgegenschlägt.

»Willkommen!«, hörte ich Susan ausrufen.

Und William der Schreckliche sagte: »Der verdammte Verkehr in New York – wie kannst du hier leben?«

»Es ist *wunderbar*, dich zu sehen, mein Schatz!«, flötete Charlotte.

Und so weiter und so fort.

Die fröhlichen Stimmen verklangen am anderen Ende des

Flurs, und ich wandte mich wieder der Tastatur zu und tippte eine E-Mail an Edward und Carolyn: *Hi! Eure Großeltern sind leider gerade heil angekommen* … lösch das … *Oma und Opa sind gerade eingetroffen, und ich verstecke mich* … löschen … *O und O sind gerade gekommen, und ich habe sie noch nicht begrüßt, deshalb werde ich mich kurz fassen. Wenn ihr herkommt, denkt daran, dass eure Mutter und ich euch sehr lieben, und wir lieben einander, und wir alle werden versuchen, Opa und Oma das Gefühl zu geben, dass sie willkommen sind und geliebt werden, und selbst Onkel Peter, dieser nichtsnutzige* … löschen … *der möglicherweise zu uns stößt. Eure Mutter und ich versuchen euch morgen anzurufen und Bescheid zu sagen, wie alles läuft, aber ihr könnt auch uns anrufen. Edward, einen angenehmen Flug, falls wir uns nicht sprechen sollten. Carolyn, sag uns Bescheid, welchen Zug Du nimmst. Alles Liebe, Dad. PS: Eure Großeltern sind tot hundert Millionen Dollar wert* … löschen.

Ich las die E-Mail und war mir nicht sicher, ob ich sie abschicken sollte. Aber hey, Edward und Carolyn wussten, dass es zu Reibereien zwischen mir und ihren Großeltern kommen würde, und sie waren erwachsen, deshalb sollte ich sie dementsprechend behandeln und sie aufmuntern. Mein Brief klang positiv, aber sie würden die unterschwellige Andeutung verstehen, dass es Probleme geben könnte. Ich hatte keine Ahnung, was Susan ihnen zu diesem Thema gesagt hatte, wenn überhaupt etwas, aber ich musste die Initiative ergreifen, deshalb drückte ich auf die Sendetaste, und das Ding ging in den Cyberspace.

Um die Zeit totzuschlagen, surfte ich im Internet, gab *Schwiegereltern, perfekter Mord an* ein und landete sogar ein paar Treffer.

Danach rief ich eine Webseite auf, auf der man sich Luftaufnahmen von Häusern und Gewerbegebieten im ganzen Land anschauen konnte. Im Zuge meiner Arbeit für einen amerikanischen Mandanten war diese Seite einmal nützlich gewesen, und im Zuge eines Nostalgieanfalls hatte ich mir vor ein paar Wochen Stanhope Hall und Alhambra angesehen.

Binnen einer Minute präsentierte sich mir ein Luftbild von Stanhope Hall, das vergangenen Winter aufgenommen worden war und das riesige Herrenhaus zeigt. Ich sah das Heckenlabyrinth, den Liebestempel, den Tennisplatz, den Obstgarten und selbst die überwucherte und ausgebrannte Ruine von Susans Spielhaus aus Kinderzeiten, das etwa halb so groß gewesen war wie ein echtes Cottage.

Ich zoomte aufs Pförtnerhaus, aufs Gästehaus und schließlich auf die nahe Stallung. Dann schwenkte ich zu Alhambra hinüber, sah die schnurgerade Reihe der Weymouthskiefern, die die Grundstücke voneinander trennte, und dachte an Susans Ausritte von Stanhope Hall zur benachbarten Villa.

Auf diesem unlängst aufgenommenen Foto war Bellarosas geschleifte Villa natürlich ebenso wenig zu sehen wie die nachgemachten römischen Ruinen oder der spiegelnde Teich; man sah die roten Ziegeldächer der Minivillen, die angelegten Grundstücke und die Straßen, die sie miteinander verbanden.

Ich zoomte auf Anthonys Haus mit dem großen Patio und dem überdimensionalen Pool, dann kehrte ich zu den Kiefern, dem Stanhope'schen Anwesen und dem Gästehaus zurück.

Notiz an mich selbst: Wenn ich querfeldein zu Anthony Bellarosas Haus joggen würde, wäre ich in knapp fünf Minuten da; und Anthony Bellarosa bräuchte genauso lange, wenn er hierherkommen wollte.

50

Die Gegensprechanlage summte, und ich nahm den Hörer ab und fragte: »Sind sie in Ohnmacht gefallen oder gegangen?«

»Weder noch. Aber sie haben den ersten Schock überwunden.«

»Sind sie bereit für den nächsten, wenn ich ihnen sage, dass wir keinen Ehevertrag abschließen?«

»Wir wollen es bei einem Schock pro Tag bewenden lassen. Du bist morgen dran.«

»Na schön. Wo bist du?«

»In der Küche, mache Martini Nummer zwei, aber in einer Minute bin ich im Wohnzimmer. Ich habe dir einen steifen Drink gemacht.«

»Gut. Bis gleich.«

Ich verließ das Büro und ging in die Diele. Ich nahm mir eine Minute Zeit, um mich an ihren geballten Blödsinn im Lauf der letzten zwanzig Jahre zu erinnern, und betrat dann das Wohnzimmer.

William und Charlotte saßen auf zwei nebeneinanderstehenden Sesseln, und Susan saß ihnen auf einem Zweisitzer gegenüber. Zwischen ihnen stand ein Kaffeetisch voller Platten mit Horsd'œuvres, und ich sah, dass William und Charlotte frische Martinis vor sich stehen hatten und Susan Weißwein trank.

Ich dachte daran, mit ausgestreckten Armen auf sie zuzustürmen und »Mom! Dad!« zu brüllen, sagte aber stattdessen einfach »Hallo« und ging zu ihnen.

Susan stand auf, dann erhoben sich William und Charlotte, wirkten aber ganz und gar nicht begeistert. Um die alten Herrschaften zu ärgern, küsste ich zuerst Susan, dann bot ich Charlotte die Hand zum Gruß, worauf sie mir eine nasse Nudel gab, und anschließend William, der mir einen kalten Thunfisch reichte. »Hattet ihr einen angenehmen Flug?«, fragte ich.

»Einigermaßen«, erwiderte William.

»Setz dich hierher, John, neben mich«, sagte Susan. »Ich habe dir einen Wodka mit Tonic gemacht.«

»Danke.« Ich setzte mich neben sie auf den Zweisitzer, und sie nahm meine Hand, was Mom und Dad zusammenzucken ließ.

Im Hintergrund lief leise Schubert, und das Zimmer war mit Blumen geschmückt und von Kerzen erleuchtet. Ähnlich wie in einem Bestattungsinstitut.

Ich nippte an meinem Drink und stellte fest, dass es pures Tonic war.

William der Farbenblinde trug eine alberne grüne Hose, ein scheußliches gelbes Golfhemd und ein quietschrosa Leinensportsakko. Charlotte hatte eine hellrosa Hose und eine kotzgrüne Bluse an, und beide trugen diese entsetzlichen weißen orthopädischen Laufschuhe. Ich wunderte mich, dass man sie ins Flugzeug gelassen hatte.

William, so stellte ich fest, war in den letzten zehn Jahren kaum älter geworden, er hatte volles Haar und benutzte immer noch das gleiche Färbemittel. Charlottes Gesicht dagegen war sehr gealtert und von einem Netz tiefer Runzeln durchzogen, die aussahen wie Risse in einer Fassade. Sie hatte ihre Haare naturhellrot färben lassen und trug Ohrringe, eine Halskette und ein Armband, alles aus Korallen und Muscheln, sodass sie aussah wie ein trockengelegtes Aquarium. Keiner von beiden hatte viel zugenommen, und für Golfer waren sie beide erstaunlich bleichgesichtig, so als ob sie Tünche als Sonnencreme benutzten.

»Ihr beide seht sehr gut aus«, sagte ich zu ihnen.

William erwiderte das Kompliment nicht, sondern sagte: »Danke. Uns geht es gut.«

An dieser Stelle erstattet einem der Senior für gewöhnlich einen vollständigen medizinischen Bericht, was mich in der Regel zu Tode langweilt, aber in diesem Fall wollte ich unbedingt etwas über irgendwelche Gebrechen hören, egal wie geringfügig oder unbedeutend; in dem Alter kann man nie wissen, ob nicht etwas Tödliches daraus wird. Aber sie vertrauten mir keinerlei medizinischen Befund an, wenn man mal davon absah, dass Charlotte sagte: »Unser Internist sagt, wir können hundert werden.«

Der Mistkerl.

Susan sprach das große Thema an: »John, ich habe Mom und Dad erzählt, dass wir wieder heiraten werden, und ich habe ihnen auch erzählt, wie sehr sich Edward und Carolyn für uns freuen.«

»Meine Mutter ist ebenfalls entzückt«, sagte ich zu Mom und Dad. »Und Ethel hat, kurz bevor sie starb, zu uns gesagt: ›Jetzt kann ich in Frieden gehen, da ich weiß –‹« Ich spürte, wie sich Susans Fingernägel in meine Hand gruben, deshalb ließ ich es sein und sagte: »Susan und ich haben lange und eingehend darüber nachgedacht« – seit wir am Sonntag miteinander geschlafen haben –, »und wir haben über sämtliche Gesichtspunkte einer Wiederverheiratung gesprochen; wir sind uns sicher, dass wir genau das wollen.«

»Und wir lieben uns, John«, erinnerte mich Susan.

»Und wir lieben uns«, sagte ich.

Weder Mom noch Dad hatten dazu irgendwas zu sagen, daher fuhr Susan fort: »Wie ich euch schon sagte, bevor John zu uns stieß, ist mir klar, dass das für euch überraschend kommt, und mir ist auch klar, dass ihr gewisse Zweifel und Vorbehalte habt, aber wir sind uns unserer Liebe zueinander sicher.«

William und Charlotte saßen da, als hätten ihre Hörgeräte den Geist aufgegeben, und sie griffen beide gleichzeitig zu ihren Martinis und tranken einen tüchtigen Schluck.

»John und ich haben über alles gesprochen, was in der Vergangenheit geschehen ist, und wir hoffen, dass wir alle vorankommen. Wir haben das Gefühl, dass uns die Vergangenheit gelehrt hat, was wichtig ist, und die Fehler, die wir gemacht haben, haben uns eine unbezahlbare Lektion erteilt, die unserer Liebe und Familie frische Kraft verleihen wird.«

William und Charlotte tranken ihre Martinis aus.

Ich nahm an, dass ich jetzt an der Reihe war, also sagte ich: »Ihr wollt doch sicher, dass Susan glücklich ist, und ich glaube, ich kann sie glücklich machen.« Vermutlich wurde es Zeit für mein *mea culpa*. »Ich habe im Verlauf unserer Ehe viele Fehler gemacht und nehme den Großteil der Schuld an allem, was zwischen uns vorgefallen ist, auf mich, aber ihr sollt wissen, dass ich menschlich gewachsen bin und mehr Verständnis für Susans Wünsche und Bedürfnisse habe, und ich komme besser mit Schwierigkeiten zurecht und habe gelernt, meine Wut zu bezähmen und –« Wieder die Nägel in meiner Hand. Also schloss ich: »Ich könnte euch *hundert Millionen* Gründe dafür nennen« – oder halb so viele –, »weshalb ich glaube, dass ich Susan ein guter Ehemann sein kann, und hundert Millionen Gründe, weshalb –«

»John.«

»Was?«

»Ich glaube, Mom und Dad möchten, dass du auf das zu sprechen kommst, was beim letzten Mal geschehen ist, als wir alle zusammen waren.«

»Natürlich. Dazu wollte ich gerade kommen.« Soweit ich mich entsinnen konnte, waren wir in einem italienischen Restaurant in Locust Valley gewesen, und William, der Stanhope

Hall gerade an Frank Bellarosa verkauft hatte, bat mich, den Kaufvertrag abzufassen, gratis natürlich, und anschließend wollte er mich auf der Restaurantrechnung sitzenlassen, so wie immer, und ich hatte keine Lust mehr, mir von ihm irgendwelchen Mist bieten zu lassen, deshalb hatte ich ihn als –

»John.«

»Richtig.« Ich schaute William an, dann Charlotte und sagte: »Was ich mit am meisten in meinem Leben bedauere, sind die Worte, die ich zu dir gesagt habe, William, als wir gemeinsam essen waren. Mein Ausbruch war völlig inakzeptabel und grundlos. Die Worte, die meinem Mund entwichen wie … nun ja, das war der böse Fra Diavolo … jedenfalls, wenn ich diese Worte zurücknehmen könnte – oder verschlucken –, würde ich es tun. Aber ich kann es nicht, daher möchte ich dir und Charlotte meine aufrichtigste und untertänigste Entschuldigung dafür anbieten, dass ihr euch diesen Schwall unflätiger Obszönitäten anhören musstet, und Susan ebenfalls, weil sie miterleben musste, wie die drei Menschen, die sie am meisten liebt …« Ich verlor den Faden, daher schloss ich: »Bitte nehmt meine Entschuldigung an.«

Ein paar Sekunden lang herrschte Schweigen, schließlich sagte William: »So hat mein ganzes Leben lang noch niemand mit mir gesprochen.«

Wirklich?

»Das war so verletzend«, sagte Charlotte.

Vielleicht brauchten sie noch einen Martini. Ich hatte Susan versprochen, dass ich mich entschuldigen würde, und ich hatte es getan, aber die beiden Scheißtypen wollten nichts davon wissen. Nichtsdestotrotz versuchte ich es mit dem alten Yale-Trick und sagte: »Ihr wisst ja nicht, wie oft ich mich hingesetzt habe und euch einen Entschuldigungsbrief schreiben wollte, aber ich konnte die Worte, die mir auf dem Herzen lagen, nicht zu Papier bringen. Aber jetzt, da ich euch diese Worte persönlich überbringen kann – aus dem gleichen Mund, der diese groben, vulgären, rüden und lästerlichen Ausdrücke absonderte … jetzt hoffe ich, dass ihr sehen und hören könnt, dass meine Entschuldigung von ganzem Herzen kommt.« Ich deutete auf mein Herz.

Ich sah, dass William trotz der zwei Martinis in seinem Döskopf spürte, dass ich mich lustig machte. Charlotte, die wahrhaft dämlich ist, nimmt alles wortwörtlich.

Schließlich sagte William: »Ich war fassungslos, John, dass mein Schwiegersohn, dessen Eltern ich achte, derartige Ausdrücke in den Mund nimmt – an einem öffentlichen Ort oder egal wo, und noch dazu im Beisein von Damen.« Und so weiter und so fort.

Ich ließ den Kopf hängen und hörte mir seiner Leier an. Offensichtlich hatte William nur auf diesen Tag gewartet, und er würde ihn genießen und jedes noch so kleine Vergnügen herausquetschen.

Schließlich unterbrach ihn Susan und sagte: »Dad, John hat dich gebeten, seine Entschuldigung anzunehmen.«

William schaute sie an, dann mich und sagte: »Charlotte und ich werden darüber sprechen. Und sei dir bewusst, John, dass ich nicht so einfach und leichthin vergebe, wie es heutzutage viele junge Menschen tun. Man kann um Vergebung bitten, aber man muss sie sich auch verdienen.«

Ich holte tief Luft und erwiderte: »Ich hoffe, ich kann mir deine Vergebung verdienen.«

»Es kommt nicht aufs *Hoffen* an, John, man muss daran arbeiten.«

Na schön, Bumskopf. »Genau das habe ich gemeint.«

Susan sagte: »Lasst mich eure Drinks auffrischen.« Sie nahm ihre Gläser. »Geh mir kurz zur Hand, John.«

Ich stand auf und folgte ihr in die Küche.

»Danke«, sagte sie zu mir.

Ich erwiderte nichts.

»Ich weiß, dass es schwer war, aber du hast es getan.«

»Es kam von Herzen.« Ich deutete auf mein Herz.

»Ich glaube, es kam von deinem Spleen.«

»Ich dachte, sie wären abgeklärt.«

»Nein, ich habe dir doch *gesagt*, dass ich gelogen habe.«

»Stimmt.«

Susan holte den Boodles aus dem Eisfach und sagte: »Das Zeug wirkt nicht.«

»Das kommt schon noch. Ein Martini, zwei Martinis, drei Martinis, Boden«, sagte ich. »In meinem Tonic ist allerdings kein Wodka.«

»Dafür wirst du mir noch dankbar sein.«

»Ich brauche bloß noch einen, um das durchzustehen.«

»Du machst das großartig.«

»Wirklich?«

»Ja. Aber übertreib's nicht. Du bist hart an der Grenze zum Sarkasmus.«

»Ich? Würden wir uns das antun, wenn sie nicht reich wären?«

Susan goss Gin in zwei Gläser und erwiderte: »Wenn sie nicht reich wären, wären sie nicht so schwierig.«

»Wir werden's nie erfahren.«

»Und benutze bitte nicht noch mal die Worte ›hundert Millionen‹.«

»Ich wollte bloß ausdrücken, wie viele –«

»Denk an die Kinder. Mir geht es nicht um uns, sondern um sie.«

Ich dachte einen Moment lang nach, bevor ich sagte: »Ich will nicht, dass unsere Kinder wegen einem Haufen Gold ihre Selbstachtung oder ihr Seelenheil verlieren.«

»Nein. Das ist unsere Aufgabe.«

»Wo schlafen Mom und Dad heute Nacht?«

»Darüber haben wir noch nicht gesprochen.«

»Wissen sie, dass ich hier bei dir schlafe?«

»Nun … Dad hat eine Bemerkung über die Wachmänner im

Pförtnerhaus gemacht, aber ich glaube, er hat noch nicht eins und eins zusammengezählt. Wenn der Zeitpunkt gekommen ist, sollten wir ihnen einfach gute Nacht sagen und keine große Sache daraus machen.«

»Na schön. Und wie sehen deine Pläne fürs Abendessen aus?«

»Nun, wir gehen alle zum Bestattungsinstitut, danach schlage ich vor, dass wir zu einem leichten Abendbrot hierher zurückkommen. Es sei denn, sie wollen lieber in ein Restaurant.«

»Wie wär's mit dem italienischen Restaurant in Locust Valley, wo wir unser letztes Abendmahl hatten?«

Sie lachte und sagte: »Okay, aber diesmal drückst du dich nicht um die Rechnung.«

»Ah! *Deswegen* ist er immer noch sauer.«

Susan goss einen Schuss trockenen Wermut in jedes Glas und gab eine Olive dazu. »Lass uns zurückgehen, sonst denken sie, wir reden über sie.«

»Sie reden über uns.«

Sie stellte die beiden Gläser auf ein silbernes Tablett, reichte es mir und sagte: »Du hast die Ehre.«

Ich ging zur Tür, blieb dann aber stehen. »Wenn es bis Sonntag nicht hinhaut, will ich die beiden nie wieder sehen. Verstanden?«

»Es wird klappen. *Du* wirst dafür sorgen.«

Ich öffnete die Tür und ging durch die Diele ins Wohnzimmer, wo ich frohgemut sagte: »Da wären wir! Und dort, wo die herkommen, gibt's noch mehr.«

Sie nahmen ihre Gläser, kosteten die Martinis, und William sagte: »Susan macht perfekte Martinis.«

»Und ich habe keinen Tropfen verschüttet«, sagte ich stolz.

Susan hob ihr Weinglas. »Ich möchte noch einmal sagen, wie froh ich bin, dass ihr hier seid, wo wir alle einst im herrlichen Stanhope Hall gelebt haben, und auch wenn es ein trauriger

Anlass ist, weiß ich doch, dass Ethel auf uns herabblickt und lächelt, weil sie uns alle wieder beisammen sieht.«

Das hätte mir fast eine Träne ins Auge getrieben, und ich sagte: »Hört, hört.«

Wir stießen nicht an, aber wir hoben die Gläser und jeder trank.

Ich wurde das Gefühl nicht los, dass William und Charlotte sich in den letzten fünf Minuten dazu beglückwünscht hatten, solche Arschlöcher zu sein, und vermutlich hatten sie außerdem ihre nächste Attacke auf John abgesprochen.

Dementsprechend wandte sich William an seine Tochter: »Ich habe neulich Dans Sohn Bob im Club gesehen, und er lässt dir Grüße bestellen.«

»Das ist nett«, entgegnete Susan.

»Er hat mir noch mal gesagt, wie glücklich du seinen Vater in seinen letzten Lebensjahren gemacht hast.«

Susan ging nicht darauf ein.

Jetzt war Charlotte an der Reihe. »Wir alle vermissen Dan so sehr. Er war der Mittelpunkt bei jeder Party.«

William gluckste. »Und wie er das Golfen geliebt hat. Und er hat dich das Spiel ebenfalls lieben gelehrt, Susan. Du warst schon ganz gut. Spielst du hier auch Golf?«

»Nein.«

»Tja, wenn man's einmal im Blut hat – ich gehe jede Wette ein, dass er da droben zweimal am Tag golft.«

»Du hast diese herrlichen Schläger zurückgelassen, die er dir gekauft hat«, sagte Charlotte. »Soll ich sie dir schicken?«

»Nein, danke.«

Ich hätte ihnen am liebsten das dürre Genick gebrochen, aber ich verhielt mich still und hörte ihnen zu, während sie Susan die neuesten Nachrichten von Hilton Head überbrachten und fortwährend Dans Namen fallenließen.

Susan hätte darauf hinweisen sollen, dass ich möglicherweise nichts über ihren lieben verstorbenen Gemahl hören wollte, aber die beiden waren so neben der Spur, dass es vermutlich keine Rolle gespielt hätte. Außerdem hob es natürlich ihre Stimmung, wenn ich den ganzen Scheiß, den sie auftischten, in mich reinfraß.

Meine einzige Sünde bestand darin, dass ich mir ihren Mist ein einziges Mal nicht mehr hatte bieten lassen, während ihre Tochter Ehebruch und einen Mord begangen hatte. Trotzdem war ich es, der sich entschuldigen musste – dafür, dass ich William ein ehrloses Arschloch, einen widerlichen, zynischen Mistkerl, einen kapitalen Drecksack und ein hinterhältiges Schwein genannt hatte. Oder war es erst Schwein und dann Drecksack? Was auch immer, es stimmte.

Weil Susan spürte, dass ich kochte und jeden Moment hochgehen konnte, so wie vor zehn Jahren in dem Restaurant, unterbrach sie ihren Vater: »Edward und Carolyn werden morgen Abend hier sein, und sie sind so gespannt darauf, euch zu sehen.«

»Wir freuen uns schon auf sie«, sagte Charlotte. Dann dachte sie daran, zu fragen: »Wie geht es ihnen?«

Ist dir das nicht schnurzegal? Ich war davon ausgegangen, dass sie sich bereits darüber unterhalten hatten, aber jetzt stellte ich fest, dass sie sich nicht mal nach ihren einzigen Enkelkindern erkundigt hatten. Was für Schweine.

Susan informierte sie über Edward und Carolyn, aber ich sah, dass Oma und Opa nur gelinde interessiert waren, so als spräche sie über anderer Leute Enkel.

Als Susan das Thema schließlich beendete, wandte sich William an mich und fragte: »Was ist mit dir, John? Wie kommst du in London zurecht?«

Er scherte sich eigentlich keinen Pfifferling darum, wie ich in London zurechtkam, und ich erkannte aus langer Erfahrung, dass die Frage ein Vorspiel zu etwas war, das nur wenig mit interessierter Höflichkeit zu tun hatte.

»London ist prima«, erwiderte ich.

»Arbeitest du?«, fragte er.

»Ich habe immer gearbeitet.«

»Du bist drei Jahre um die Welt gesegelt«, erinnerte er mich, bevor er großmütig einräumte: »Nun, ich nehme an, das ist eine Menge Arbeit.«

Am liebsten hätte ich ihn zu einem langen Segeltörn mit mir eingeladen, aber vermutlich ahnte er, dass er nicht zurückkommen würde. »Es war eine Herausforderung.«

»Davon bin ich überzeugt.« Er lächelte. »Und, hattest du in jedem Hafen eine Frau?«

»Diese Frage gehört sich nicht im Beisein deiner Tochter.«

Tja, damit war die Show gewissermaßen zu Ende, aber Susan mischte sich ein und sagte: »Dad, die Vergangenheit liegt hinter uns.«

William machte einen Rückzieher, wie alle Feiglinge. »Nun, ich wollte kein heikles Thema anschneiden.«

»Das ist kein heikles Thema«, versicherte ihm Susan. »Dieses Thema ist beendet.«

»Natürlich«, sagte Mr Verständnisvoll. Dann besaß er die Frechheit, mich zu fragen: »Wie kommt es, dass du in all den Jahren nicht wieder geheiratet hast, John?«

»Ich bin nur mit verheirateten Frauen gegangen.«

William fand das nicht so komisch, aber Charlotte schien sich mit meiner Erklärung zufriedenzugeben, auch wenn sie meinte: »Das klingt so, als ob du all die Jahre mit Frauen vergeudet hast, die nicht in Frage kamen.«

»Darf ich euch beiden noch einen Drink bringen?«, fragte Susan.

Mom und Dad schüttelten den Kopf, und William teilte uns mit: »Wir trinken nie mehr als drei Martinis.«

Hä? »Ihr hattet erst zwei«, wandte ich ein.

»Wir hatten einen, bevor du gekommen bist.«

»Das zählt nicht«, sagte ich und fügte hinzu: »Ich trinke nicht gern allein.«

»Tja … na schön.«

Ich stand auf und wollte davonlaufen, um noch zwei zu machen, aber in diesem Moment steckte Sophie den Kopf durch die Tür und fragte Susan: »Brauchen Sie noch etwas?«

William, der Haushaltshilfen wie Leibeigene behandelt, erwiderte: »Noch zwei Martinis, und räumen Sie die Platten weg, und bringen Sie frische und saubere Servietten.« Er wandte sich an Susan: »Zeig ihr, wie man einen Martini macht.«

Susan stand auf, Sophie räumte die Platten weg, dann verließen sie gemeinsam das Wohnzimmer. Charlotte entschuldigte sich, um auf die Toilette zu gehen, und mit einem Mal war ich mit William allein.

Wir schauten einander an, und ich sah, wie seine gelben Augen schmaler wurden und Hörner durch die Haare spitzten. Rauch drang aus seinen Nasenlöchern, und seine orthopädischen Schuhe platzten auf und Hufe kamen zum Vorschein. William griff hinter sich und spielte mit seiner spatenförmigen Schwanzquaste.

Vielleicht bildete ich mir das nur ein. Seine Augen wurden allerdings tatsächlich schmaler.

Keiner von uns sagte etwas, bis er mich schließlich ansprach: »Das macht uns gar nicht glücklich, John.«

»Tja, das tut mir leid. Aber deine Tochter ist glücklich.«

»Sie *meint* vielleicht, sie sei glücklich. Susan war nach Dans Tod einsam, und sie war nach den Terroranschlägen ziemlich beunruhigt, und in den letzten Monaten hat sie sich mit der Vergangenheit beschäftigt.«

Ich schwieg, und er fuhr fort: »Ich will dir damit sagen, John, dass sie nicht ganz bei sich ist, und was du jetzt siehst, ist möglicherweise nicht das, was du in ein paar Monaten siehst.«

»Ich weiß es zu schätzen, dass du mich von einem Fehler abhalten willst«, erwiderte ich, »und ich bin tief gerührt, dass du dir Sorgen um meine Zukunft machst.«

Seine Augen verengten sich erneut. »Du bist uns eigentlich gleichgültig.«

»Habe ich irgendwas Falsches gesagt?«

»Und wir glauben, dass es Susan genauso geht. Sie ist durcheinander. Wir kennen unsere Tochter und glauben, dass es nur eine Phase ist, die vergehen wird.«

»Dann solltest du ihr sagen, was du von ihrem Geisteszustand hältst. Sonst mache ich es.«

Er beugte sich zu mir und sagte leise: »Wir müssen das besprechen, John, unter Männern.«

»Von mir aus gern.« Aber bring deinen eigenen Mann mit, du Scheißkerl; ich besorge keinen für dich.

William kam zum Kern der Sache. »Menschen in unserer Position – ich meine, Charlotte und ich – müssen sehr vorsichtig sein, was akzeptable Partner für unsere Tochter angeht. Kannst du mir folgen?«

»Natürlich. Ich möchte, dass sie glücklich ist.«

»Nein – tja, ja, wir natürlich auch. Aber ich spreche von … na ja, Geld.«

»Geld? Was hat das denn mit Geld zu tun? Wir bezahlen unsere Hochzeit selbst.«

Meine Beschränktheit wurmte ihn sichtlich, aber er fuhr geduldig fort: »Ich habe keine Ahnung, wie du finanziell dastehst, aber ich bin mir sicher, dass Susans jährliche Unterhaltszahlung und ihre künftige Erbschaft deine Haltung beeinflussen. Nun, versteh das nicht falsch, John. Ich bin mir sicher, dass du sie gernhast, aber offen gestanden, glaube ich, dass ihr euch aus dem richtigen Grund habt scheiden lassen – ihr habt nicht zueinander gepasst –, und deswegen habt ihr euch zehn Jahre voneinander ferngehalten. Folglich lautet jetzt die Frage, warum du ihr wieder den Hof machst und warum du ihr einen Heiratsantrag gemacht hast.«

Es war eher umgekehrt abgelaufen, aber ich war zu sehr Gentleman, um das zu sagen. »William, wenn du mir damit unterstellen willst, dass ich ein Heiratsschwindler bin, bin ich wirklich beleidigt.«

»John, das behaupte ich nicht. Ich will nur sagen, dass dein Denken und deine Gefühle möglicherweise von solchen Überlegungen beeinflusst sind – unterbewusst natürlich.«

»Hm, du sprichst da einen interessanten Punkt an … du meinst also, unterbewusst … nun ja, ich glaube, darüber muss ich nachdenken. Ich möchte nicht der *Meinung* sein, aus Liebe zu heiraten, wenn es insgeheim nur des Geldes wegen geschieht.«

Möglicherweise war ich in puncto Sarkasmus zu weit gegangen, aber William ließ es mir durchgehen, beugte sich noch weiter vor und sagte unverblümt: »Vielleicht könnten wir über eine finanzielle Regelung sprechen, die dich dazu bewegt, wieder nach London zu ziehen.«

Wenn er sich auf die mickrigen hunderttausend Dollar bezog, die er Susans sämtlichen Freiern anbot, dann war ich beleidigt. Selbst zweihunderttausend Dollar wären eine Beleidigung. Es musste schon siebenstellig sein.

»John?«

Ich schaute ihn an, und mir wurde klar, dass der Rest der Woche ein bisschen schwierig werden könnte, wenn ich ihm sagte, er könne mich kreuzweise. Wenn ich jedoch mitspielte, wäre er ein glücklicher Hausgast, und wenn wir unser Vatertagsessen hinter uns hatten, könnte ich ihm immer noch sagen, er könne mich mal. Vielleicht sollte ich auch warten, bis Edward am Montagmorgen abgereist war. Ein »Leck mich« muss zum richtigen Zeitpunkt kommen.

»Ich hoffe doch, dass du darüber nachdenkst«, sagte er.

»Mach ich. Ich meine, nicht wegen der finanziellen … sondern wegen dem, was du in Bezug auf Susan gesagt hast, dass sie möglicherweise durcheinander und nicht ganz bei sich ist.«

Ich tat so, als wäre ich tief in Gedanken versunken, dann nickte ich mir zu und kam zu einer widerwilligen Schlussfolgerung.

Ich sagte: »Ich will nicht, dass sie einen Fehler macht, wenn wir wieder heiraten ... und dann unglücklich ist.«

»Nein, John, das wollen wir nicht.«

»Daher ... nun ja, dann sollten wir vielleicht« – glänzende Idee – »erst einmal zusammenleben.«

Armer William. Er dachte vermutlich, dass die Walzen meines persönlichen Spielautomaten nur bei drei Zitronen stehenbleiben konnten und dass ich resigniert aufstehen und heimgehen würde. Er räusperte sich. »Ich habe von einem finanziellen Anreiz gesprochen, wenn du nach London zurückkehrst.«

»Oh ... richtig. Nun ja ... ich möchte Susan nicht wehtun, indem ich weggehe ... aber ich möchte ihr auch nicht wehtun, indem ich mich auf eine zum Scheitern verurteilte Ehe einlasse.«

»Langfristig wärt ihr beide viel glücklicher, wenn ihr euch jetzt trennt«, versicherte mir William. »Es muss kurz, schmerzlos und endgültig sein.«

Das erinnerte mich an den Deal, den ich mit Frank Bellarosa eingegangen war. Jedenfalls holte ich tief Luft – eigentlich war es ein Seufzer – und sagte: »Ich muss darüber nachdenken.«

William witterte einen Deal. »Ich hätte deine Antwort gern bis Sonntag oder spätestens Montagmorgen, wenn wir abreisen.«

»In Ordnung.« Verlegen fragte ich: »Was den finanziellen Anreiz angeht ...«

»Darüber können wir sprechen, sobald ich deine Antwort erhalten habe.«

»Na ja ... es wäre ganz hilfreich, wenn ich jetzt schon wüsste, wie groß dieser Anreiz ist.«

William wusste anscheinend selbst nicht, wie viel er ausgeben wollte, um das Glück seiner Tochter zu garantieren. Und er wusste ebenso wenig, wie hoch der Preis war, damit ich mich von der Liebe meines Lebens losriss. Er *wusste* jedoch, dass ich mir darüber im Klaren war, dass er Susans Unterhaltszahlungen kappen und sie enterben konnte. Folglich minderte das ihren Wert und senkte damit den Preis für mein Verschwinden.

Ich sah, wie er mit sich kämpfte, unglaublich wütend darüber, dass Susan ihn einen Batzen Kohle kosten würde. Und auf mich war er natürlich aus vielerlei Gründen sauer, unter anderem, weil ich überhaupt Geld von ihm kriegen sollte. Vielleicht kürzte er ihre Unterhaltszahlungen, um das Schmiergeld zu amortisieren.

»Was stellst *du* dir denn vor?«, fragte er schließlich.

»Wie wär's mit zwei Millionen?«

Ich dachte, er würde mit dem Gesicht voran in den gebackenen Brie fallen, aber er erholte sich, atmete tief ein und murmelte: »Vielleicht können wir uns auf die Hälfte einigen – aber zahlbar in zehn Jahresraten, damit der Anreiz bestehen bleibt.«

»Ah, ich verstehe, worauf du hinauswillst. Aber auch wenn ich alles im Voraus bekäme, würde ich die Abmachung nicht brechen. Ich gebe dir mein Wort darauf.«

»Ich möchte einen schriftlichen Vertrag.«

»Okay. Eine Art Nichtehevertrag.«

»Und keine eheähnliche Gemeinschaft.«

»Natürlich nicht.« Weil ich Kuhhandel liebe, sagte ich: »Aber wenn ich alles im Voraus kriege, gewähre ich dir einen Abschlag auf die zwei Millionen.«

»Ich glaube, wir müssen über diese Summe sprechen, und über die Bedingungen. Später.«

»Was machst du nach dem Abendessen?«

Bevor er antworten konnte, kehrten Susan und Sophie zurück, und William, ganz der Gentleman, der er ist, stand auf und schnappte sich, da er sich schon mal erhoben hatte, einen Martini von Susans Tablett.

Sophie brachte den Kaffeetisch in Ordnung und ging. Susan setzte sich. »Wo ist Mom?«

»Sie macht sich frisch«, sagte William.

Susan schätzte kurz die Lage ein, dann lächelte sie. »Hattet ihr ein gutes Gespräch unter Männern?«

»Wir haben gerade darüber gesprochen, was hier in Stanhope Hall vor sich geht«, erwiderte William.

Ich schaute William an und sah, dass er jetzt ein bisschen gelöster war, sich vielleicht sogar Hoffnung machte, dass der schlimmste Albtraum vorüber sein könnte, bevor er anfing. Ich überlegte, ob ich ihm zuzwinkern und zwei Finger zeigen sollte – ein Siegeszeichen; sein Seelenfrieden würde William keine beliebige Summe kosten, nur zwei Millionen.

Charlotte kehrte zurück, setzte sich und griff nach ihrem Martini.

Susan war offenbar der Meinung, sie sollte mit dem Thema Stanhope Hall fortfahren, denn sie sagte: »Wie ich in meiner E-Mail schon erwähnt habe, macht sich der Besitzer, Amir Nasim, Sorgen wegen seiner Sicherheit, deshalb hat er eine Wachschutzfirma engagiert, damit sie ihm rät, was er tun soll.«

»Was für Sorgen wegen der Sicherheit?«, erkundigte sich William.

Susan erklärte es ihm: »Er stammt aus dem Iran, und seine Frau hat mir gesagt, dass er in diesem Land Feinde hat, die ihm möglicherweise etwas antun wollen.«

Charlotte, die den Boden ihres Martiniglases ableckte, hielt mitten in der Bewegung inne und sagte: »Oje.«

William der Egoist fragte mich: »Glaubst du, wir schweben in Gefahr?« Er meinte sich.

Ich erwiderte: »Wahrscheinlich wird niemand das Gästehaus irrtümlich für Stanhope Hall halten oder Mr und Mrs Nasim für einen von uns.«

William pflichtete mir bei und sagte dämlicherweise: »Tja, vielleicht erleben wir hier etwas Aufregendes.«

Niemand lachte oder schlug sich auf die Schenkel, aber ich sagte: »Wenn du dich anderswo wohler fühlst, kann sich Susan nach den Cottages im Creek erkundigen.«

»Ich glaube, wir sollten nicht überreagieren, John«, schaltete sich Susan ein.

Ich erwiderte nichts, stellte aber fest, dass weder William noch Charlotte irgendwelche Sorgen wegen ihrer Tochter oder Enkel äußerten.

Allerdings sagte William: »Als wir in Stanhope Hall gewohnt haben, mussten wir nie die Türen abschließen.« Er schaute seine weggetretene Frau an. »Nicht wahr, meine Liebe?«

»So ist es«, pflichtete ihm Charlotte bei, vermutlich ohne zu wissen, was er gesagt hatte.

Plötzlich war ich froh, dass ich hundertprozentiges Tonic trank, weil ich William und Charlotte mit klarem Kopf besser einschätzen konnte.

Susan erinnerte sie daran, weshalb sie in New York waren: »Ich bin so traurig wegen Ethel. Kaum zu glauben, dass sie tot ist.«

»Der arme Schatz«, bemerkte Charlotte. »Ich hoffe nur, sie musste am Ende nicht leiden.«

Und so sprachen wir ein paar Minuten über die Entschlafene, ergingen uns in vielen guten Erinnerungen und dachten natürlich nicht daran, dass sie eine Nervensäge gewesen war. Charlotte sagte allerdings mit einem Lächeln: »Sie war eine starrsinnige Frau. Manchmal habe ich mich gefragt, wer die Herrin und wer die Dienerin ist.«

»Diese Worte benutzen wir nicht mehr, Mutter.«

»Ach, Susan, dass stört doch niemanden.«

Mir fiel auf, dass William nichts über Ethel zu sagen hatte, sei es etwas Gutes oder etwas Schlechtes, sondern nur dasaß und vielleicht darüber nachdachte, dass sein Vater mit ihr gefickt hatte und umgekehrt.

Ich dachte, das wäre vielleicht der richtige Zeitpunkt, um die Sache mit der Gebieterin zu klären – dass Ethel zwar Augustus' Gebieterin im Bett gewesen war, aber deswegen noch lange nicht die Gebieterin von Stanhope Hall. Ich meine, sie war tot, und Augustus ebenfalls. Daher und um das Gespräch etwas aufzupeppen, sagte ich zu William und Charlotte: »Ich bin Ethels Papiere durchgegangen und habe einen Vertrag über ein lebenslanges kostenloses Wohnrecht gefunden, worauf ich mich gefragt habe, warum Augustus zwei jungen Bediensteten, die –«

John«, sagte Susan, »ich glaube, wir sollten uns fertig machen.« Sie schaute auf ihre Uhr. »Ich möchte um sieben im Bestattungsinstitut sein.« Sie stand auf.

Okay, vielleicht sollte ich mir das aufheben, bis mehr Leute da waren, die es zu würdigen wussten, deshalb stand auch ich auf, und Mom und Dad, die ein bisschen schwankten, erhoben sich ebenfalls.

»Moms und Dads Gepäck ist noch im Wagen«, sagte Susan zu mir. »Würde es dir etwas ausmachen, es zu holen?«

»Ganz und gar nicht, mein Schatz.«

William hatte bereits die Schlüssel in der Hand, gab sie mir und sagte: »Danke, John.« Ich nehme an, das hieß, dass er mir nicht helfen würde. Gut, dann gab es eben keinen Abschlag auf die zwei Millionen.

Ich ging hinaus in den Regen, holte ihr billiges Gepäck, das aussah wie ein Werbegeschenk von der Bank, schleppte es die Treppe hinauf und brachte es in ihr Zimmer. Sie waren noch nicht dort, daher bekam ich kein Trinkgeld, und ich ließ das Gepäck auf zwei Ablagen stehen, die Susan dafür aufgebaut hatte. Dann ging ich in unser Schlafzimmer, wo Susan sich gerade auszog, und fragte: »Haben wir noch Zeit für einen Quickie?«

Sie lächelte. »Spricht der Alkohol aus dir?«

»Sehr komisch«, erwiderte ich und stellte fest: »Die beiden haben eine halbe Flasche Gin weggeputzt.«

»Sie waren sehr angespannt und bestürzt, glaube ich. Aber Dad wirkte weit weniger bestürzt, als er den Dritten intus hatte.«

»Wirklich wahr?«

»Worüber habt ihr zwei geredet?«

Ich überlegte, ob ich ihr erzählen sollte, dass ihr Vater versucht hatte, mich zu schmieren, und ich *würde* es ihr auch erzählen … aber wenn ich es jetzt machte, war *sie* womöglich bestürzt. Ich hielt es für besser, sie im Glauben zu belassen, dass die bessere Laune ihres Vaters alkoholbedingt war. Und wenn sie morgen sah, dass Dad und ich einigermaßen miteinander auskamen – ohne Martinis –, würde sie froh und glücklich sein, und ihr Glück würde wie Sonnenschein auf uns alle fallen, Edward und Carolyn eingeschlossen.

Und dann, nach dem Sonntagsessen oder am Montagmorgen, wenn die Kinder wieder weg waren und bevor Onkel Dagobert gen Süden aufbrach, würde ich Susan fragen, was sie für einen angemessenen Preis hielt, um mich auf das Angebot ihres Vaters einzulassen und nach London zurückzukehren. Ich könnte es auch anders formulieren, wie zum Beispiel: »Dein Vater hatte die *Stirn*, mir Bestechungsgeld anzubieten, damit ich dich verlasse. Ich bin noch *nie* in meinem Leben so beleidigt worden.« Und so weiter und so fort.

Wenn sie über den ersten Schock hinweg war, würde ich ihr erzählen, dass er mir zwei Millionen Dollar angeboten hatte, dass ich sie für weniger als fünf aber nicht verlassen würde. Ich meine, *das* ist richtiges Geld. Ich könnte sogar von den Zinsen leben, so wie die Stanhopes.

Susan saß an ihrem Schminktisch und tupfte sich irgendwas aufs Gesicht. »Es lief sogar besser, als ich erwartet hatte«, sagte sie. »Und ich danke dir noch mal dafür, dass du so … nett warst.«

»Zu netten Leuten nett zu sein ist einfach.«

Sie hielt das für komisch, riet mir aber: »Lass den grenzwertigen Sarkasmus sein. So dämlich sind sie nicht.«

»Meinst du?«

»Und bring Ethel Allards lebenslanges Wohnrecht im Pförtnerhaus *nicht* mehr zur Sprache. Wieso hast du das überhaupt getan?«

»Mir war nicht klar, dass es ein heikles Thema ist.«

»Das weißt du doch. Wenn du dich amüsieren willst, dann tu das auf eine nicht ganz so unausstehliche Art und Weise.«

»Okay. Wie wär's mit einem Quickie?«

»John, wir gehen zu einer Totenwache.« Sie warf einen Blick auf ihre Uhr. »Wie quick?«

51

Da William und Charlotte die Skala des Alkomaten gesprengt hätten, fuhr ich. Ich ließ den Karabiner daheim, damit die Stanhopes ihn nicht sahen und ich nicht in Versuchung kam, sie zu erschießen.

Susan, die neben mir saß, sah in Schwarz gut aus, aber sie war in einer schweigsamen postkoitalen Stimmung, die durch den bevorstehenden Besuch im Bestattungsinstitut zusätzlich gedämpft wurde.

Die Stanhopes, die hinten im Lexus saßen, hatten ihre Tropenvogelkostüme abgelegt und trugen ebenfalls Schwarz, was ihnen das Aussehen von Geiern verlieh. Das Auto roch nach Gin, und ich wurde ein bisschen beschwipst.

Ich war davon überzeugt, dass William seiner Frau von unserem Privatgespräch erzählt, sich selbst ins rechte Licht gerückt hatte und sie jetzt in ihren kleinen, alkoholgeschwängerten Hirnen über die Sache nachdachten.

Immerhin drei von uns wussten, dass wir um Susan Stanhope Sutter verhandelt hatten, die nicht ahnte, dass sie zum Verkauf stand.

Trotz eines langen und anstrengenden Tages und des bevorstehenden vermutlich nicht weniger langen Abends war ich munter und aufgekratzt. Vielleicht taten mir Gefahr, Konflikte und Blödsinn gut. Außerdem hatte ich natürlich gevögelt. Und ich hatte nicht mit *irgendjemandem* gevögelt – nein, ich hatte mit Mr und Mrs Stanhopes Tochter geschlafen, was das Ganze noch genüsslicher machte. Das ist ein bisschen pervers, ich weiß, aber zumindest bin ich mir darüber im Klaren, dass es selbst nach spleenigen Maßstäben ziemlich armselig ist.

Wenn Mom und Dad aufgepasst hatten, war ihnen natürlich aufgefallen, dass ich mit ihrer Tochter das Schlafzimmer teilte. Und wenn sie vor der Tür herumgelungert hatten, wussten sie auch, warum wir eine Viertelstunde zu spät dran waren.

Niemand schien viel zu sagen zu haben, daher versuchte ich, die Stimmung etwas aufzuheitern: »Ich lade euch heute Abend zum Essen ein. In Locust Valley gibt es ein nettes italienisches Lokal, in dem ich seit zehn Jahren nicht mehr gewesen bin.«

»John.«

»Ja, mein Schatz?«

»Mom und Dad haben einen langen Tag hinter sich, deshalb nehmen wir zu Hause ein ruhiges Abendessen ein.«

»Ausgezeichnete Idee, meine Süße. Tut mir leid, dass mir das Memo entgangen ist.«

»Jetzt weißt du es.«

William und Charlotte kamen mir ungewöhnlich schweigsam vor, deshalb warf ich einen Blick in den Rückspiegel und sah, dass sie eingenickt waren und mein großzügiges Angebot, sie zum Abendessen bei meinem Lieblingsitaliener einzuladen, nicht mitbekommen hatten. Ich fragte Susan: »Wie hieß das Lokal? Vaffanculo?«

Sie beugte sich zu mir und flüsterte: »Benimm dich. Das hier ist zu wichtig, als dass du es mit deinem kindischen Humor vermasseln darfst.«

»Tut mir leid.«

»Du hast dich so gut gehalten. Kannst du dich nicht zusammennehmen?«

»Ich versuch's, aber ich kann einfach nicht widerstehen –«

»Hier geht es nicht um *dich*. Es geht um Edward und Carolyn. Und um *uns*.«

Susan wusste natürlich nicht, dass ich jetzt eine gewisse Macht über den lieben Dad hatte, aber diese Macht würde sich in Wohlgefallen auflösen, sobald ich William erklärte, dass er sein Angebot nehmen und es sich in seinen *culo* stecken könne. Deshalb freute ich mich darauf, dass ich ihn in den nächsten Tagen ein bisschen triezen konnte. Allerdings musste ich aufpassen, dass Susan nicht in der Nähe war.

»John? Verstehst du das?«

Ich hielt zwei Finger hoch, was sie als Friedenszeichen auslegte. »Danke.« Am Montag würde ich ihr erklären, dass es zwei Millionen bedeutete.

Um ein bisschen objektiv zu sein: Mir war klar, dass William glaubte, als Vater nur das Beste für seine Tochter im Sinn zu haben. Aber er war ein Kontrollfreak und hatte keine Ahnung, was das Beste für Susan war. Außerdem hasste er mich natürlich ohne jeden Grund. Nun ja … wir hatten uns einfach nie verstanden. Folglich ging es hier um ihn. Und statt erst mit Susan und dann mit mir zu sprechen, hatte er mir gleich Geld angeboten, damit ich die Biege machte. Und warum dachte er, John Whitman Sutter würde sein Geld nehmen? Auch nach all den Jahren hatte er keine Ahnung, wer ich war.

Was das Thema anging, so würde ich auf einem Ehevertrag *bestehen*, durch den ich nicht mehr bekam, als ich in die Ehe mitbrachte, also nichts. Das sollte den alten Mistkerl freuen, vor allem aber freute es mich, weil ich wusste, dass ich Susan aus dem richtigen Grund heiratete. Aus Liebe. Okay … vielleicht auch wegen eines neuen Bootes. Für den Fall, dass ich wieder abhauen musste.

Jedenfalls fühlte ich mich moralisch in höchstem Maße erhaben; mein Herz war rein und meine Brieftasche leer. Daher sollte man mir wenigstens ein bisschen Spaß mit den Stanhopes gönnen.

Ich betrachtete die beiden im Rückspiegel. Vielleicht waren sie tot. In diesem Fall waren wir wenigstens zum richtigen Ort unterwegs.

Als wir uns dem Bestattungsinstitut näherten, sagte Susan: »Ich weiß, dass du Totenwachen nicht magst. Niemand tut das, aber –«

»Kommt drauf an, wer im Sarg liegt.«

»Aber lass dir bitte nicht anmerken, wie gelangweilt du bist, und versuche dich anständig zu verhalten.«

»Ich bin in den letzten zehn Jahren viel erwachsener geworden.«

»Dann ist das genau der richtige Zeitpunkt, dies zu zeigen.«

»Du wirst stolz darauf sein, dass du mit mir zusammen bist.«

Sie lächelte und nahm meine Hand. »Ich war immer stolz auf dich, selbst wenn du dich wie ein Idiot benommen hast.«

»Das ist sehr lieb.«

Sie beugte sich zu mir und küsste mich auf die Wange. »Du siehst so schmuck aus in dem schwarzen Anzug.«

Ich stieß auf den Parkplatz des Bestattungsinstituts und sagte: »Danke. Vielleicht bieten sie mir hier ja einen Job an.«

Ich bemerkte, dass die Stanhopes aufgewacht waren, und fragte mich, wie viel sie von unserem Gespräch mitbekommen hatten. Sie zählten nicht unbedingt zu den hoffnungslosen Romantikern, aber sie konnten eindeutig erkennen, dass Susan und ich verliebt waren – trotz ihrer Kritik an meinem Charakter. Tja, Willie, wenn du's nicht kapierst, tust du mir leid, und Charlotte ebenfalls. Sie könnten sich das Leben wirklich leichter machen und uns auch, wenn sie einfach sagen würden: »Wir freuen uns für euch und wünschen euch ein wunderbares Leben.«

Aber genau wie ich schleppten sie zu viel Groll und Ingrimm mit sich herum – doch im Gegensatz zu mir waren sie von

Grund auf mies und knickrig. Und am Ende des Tages endet alles hier – im Bestattungsinstitut.

Das Walton's Funeral Home im noblen Locust Valley sieht genauso aus wie das Campbell Funeral Home an der Upper East Side von Manhattan – eine sehr gute letzte Anlaufstelle.

Hier war vor zehn Jahren George Allard aufgebahrt gewesen, und auch meine Tante Cornelia und mein Vater und zu viele andere Verwandte und Freunde.

Das Walton's befindet sich in einem hübschen, alten viktorianischen Haus, so ähnlich wie meine ehemalige Kanzlei und nicht weit davon entfernt, und ich nehme an, wenn ich in New York bliebe, würde ich eines Tages ebenfalls hier landen, denn diese Läden machen allem Anschein nach nie dicht. Ich mag Salon B.

Ethel lag allerdings in Salon A, der klein und für gewöhnlich den Älteren vorbehalten ist, die den Großteil der potenziellen Trauergäste überlebt haben – oder den wirklich Unbeliebten. Wie den Stanhopes.

Ich konnte die Orgelmusik kaum hören, als ich mich ins Gästebuch eintrug, deshalb bat ich den Typen in Schwarz, sie ein bisschen lauter zu drehen und die Höhen zu überprüfen. Schließlich betraten wir den Salon.

Entlang der Wände lagen allerhand Blumengebinde, aber auf den Stühlen saßen nicht viele Leute. Die Familie Allard nahm den Großteil der ersten Reihe in Beschlag, und wir vier standen da und betrachteten Ethel Allard.

Sie wirkte friedlich, und die Leichenbestatter hatten mit ihren Haaren und dem Make-up gute Arbeit geleistet. Sie trug ein hübsches, lavendelfarben und weißes Spitzenkleid, das aussah, als stammte es aus einer anderen Ära. Gute Wahl, Ethel.

»Sie ist so schön«, flüsterte Susan.

Ich pflichtete ihr bei. »Sie sieht gut aus.« Für jemanden, der alt und tot ist.

William und Charlotte merkten an, dass Ethel in den letzten zehn Jahren nicht sehr gealtert sei. Genau genommen sah sie besser aus als Charlotte, die am Leben war.

Ich sprach ein stilles Gebet für Ethel, bevor ich die Initiative ergriff, mich umdrehte und uns vom Sarg weg zu Elizabeth führte. Sie stand auf, und das Schwarz kleidete sie ausgesprochen gut. Wir küssten uns auf die Wange, und sie sagte: »Danke, dass ihr gekommen seid.«

»Sie war eine bemerkenswerte Frau, und ich werde sie vermissen«, sagte ich.

Susan trat neben mich, worauf sie und Elizabeth ebenfalls Küsschen tauschten und die passenden Worte wechselten. »Wie geht es dir?«, fragte Susan.

Elizabeth nickte und erwiderte: »Ich bin froh, dass sie jetzt bei Dad ist.«

Tja … wer weiß, wo sie ist und bei wem.

Danach begrüßten die Stanhopes Elizabeth, aber ich spürte eine gewisse Distanziertheit auf beiden Seiten. Die Stanhopes waren vorgeblich aus Pflichtbewusstsein hier, in Wirklichkeit aber, um ihre Tochter, ihre wenigen Freunde in New York und hoffentlich auch ihre Enkel zu sehen. Dass sie auch mir in New York begegneten, war eine Dreingabe für sie.

Tatsächlich hatten William und Charlotte ein paar Probleme mit Ethel gehabt, bei denen es größtenteils um Ethels lebenslanges Wohnrecht und um den Grund für dieses Wohnrecht ging. Ganz davon zu schweigen, dass Ethel nicht gewusst hatte, was sich für sie gehörte – wie Charlotte vorhin nachdrücklich betont hatte. Ich nehme an, William war froh, dass die Mätresse seines Vaters tot war.

Elizabeth, darauf wette ich, machte sich ihrerseits nichts aus William und Charlotte – wer tat das schon? –, war aber im Lauf der Jahre darauf gedrillt worden, nett zu ihnen zu sein, und natürlich war sie jetzt sehr nett und dankte ihnen, dass sie die Reise von Hilton Head extra auf sich genommen hatten. Vielleicht konnte sie sich nicht recht daran erinnern oder nicht einschätzen, wie die Stanhopes zu ihrem einstigen und künftigen Schwiegersohn standen, denn sie sagte zu ihnen: »Ist das mit Susan und John nicht wunderbar?«

Man würde vermutlich nicht meinen, dass Gesichter erstarren und gleichzeitig zucken können, aber genau das geschah. Und Elizabeth ordnete diese Reaktion auf Anhieb richtig ein und sagte: »Darf ich Ihnen meine Kinder vorstellen.«

Sie machte uns mit Tom junior und Betsy bekannt, die wir alle noch als kleine Rangen kannten und die jetzt gutaussehende junge Erwachsene waren, sehr gut gekleidet, und beste Manieren hatten. Vielleicht sollte ich versuchen, sie mit Edward und Carolyn zu verkuppeln. Wir könnten eine Dynastie gründen. Aber vorerst sprachen wir ihnen unser Beileid zum Tod ihrer Großmutter aus.

Dann stellte uns Elizabeth ein paar weiteren Angehörigen in der ersten Reihe vor, an deren Ende Elizabeths Ex, Tom Corbet, saß, an den ich mich noch erinnerte. Tom machte uns mit einem gutaussehenden Mann namens Laurence bekannt, seinem Partner, wie er sagte.

Tja, was soll ich sagen? Solche Situationen sind immer etwas unangenehm, wenn sich ehemalige Eheleute mit ihren neuen Liebsten im gleichen Raum aufhalten, und dabei spielt es keine große Rolle, ob die neuen Liebsten gleichen oder anderen Geschlechts sind. Außerdem kam mir der Gedanke, dass möglicherweise ich jetzt neben Elizabeth säße, wenn die Sache am Samstagabend oder Sonntagmorgen anders gelaufen wäre, und Susan, William und Charlotte mit kühler, an Feindseligkeit grenzender Teilnahmslosigkeit begrüßen würde. Da sieht man's mal wieder.

Weil Tom Laurence als seinen Partner vorgestellt hatte, fühlte sich William natürlich zu der Frage bemüßigt: »In welchem Geschäft sind Sie beide?«

Tom erwiderte: »Wall Street«, und Laurence: »CBS News.«

Das verwirrte William offenbar, denn er hakte prompt nach: »Ich dachte, Sie wären Partner.«

Elizabeth klärte das nur zu gern auf, und alle gluckstеn ein bisschen, bis auf William, der die neue Bedeutung eines alten Wortes, nachdem er sie gelernt hatte, gar nicht wissen wollte. Charlotte weiß nicht mal nüchtern, worüber jemand redet.

Susan, Heilige, die sie ist, erklärte Elizabeth, dass wir bis zum Schluss bleiben würden, und sie solle ihr bitte Bescheid sagen, wenn sie oder John irgendetwas tun könnten. John bestätigte das, obwohl John keine Ahnung hatte, wie er in einem Bestattungsinstitut helfen konnte. Die Blumen gießen? Die Orgelmusik lauter stellen? Mit etwas Glück wurden William und Charlotte noch vor einundzwanzig Uhr müde. Damit könnten sie *mir* etwas Gutes tun.

Elizabeth dankte uns für alles, was wir bereits getan hatten, und fügte hinzu: »Ich liebe euch beide.«

Das war herzig. Und um das Fest der Liebe fortzusetzen, sagte ich: »Ein Jammer, dass es einer Beerdigung bedarf, um uns alle zusammenzubringen – dich, Susan und mich und William und Charlotte, die wir all die Jahre fürchterlich vermisst haben.«

Ich meinte ein leises Quieken von Charlotte zu hören, der *das* nicht entgangen war, und William schnaubte eindeutig. Kommt schon, Leute. Seid locker und lasst die Liebe in eure Herzen.

Susan schlug vor, dass wir uns setzen sollten, und so nahmen wir hinter Elizabeth und ihren beiden Kindern Platz.

Manche Totenwachen sind besser als andere, was, wie ich schon sagte, teilweise davon abhängt, wer im Sarg liegt. Man bekommt Leute zu Gesicht, die man eine Weile nicht gesehen hat, und man kann einander versprechen, sich bei fröhlicheren Anlässen wiederzusehen. Diese Totenwache jedoch verhieß tödlich zu werden. Na schön, na schön.

Ich meine, ich kannte hier allem Anschein nach niemanden

der Anwesenden oder Neuankömmlinge. Vielleicht sollte ich zu Salon B rübergehen und nachsehen, was dort vor sich ging.

Susan allerdings kannte einige Leute, und sie stand ein paarmal auf und begrüßte eintreffende Trauergäste, und ab und zu schleppte sie jemanden her, damit er zu mir und ihren Eltern Hallo sagen konnte.

Auch William und Charlotte kannten ein paar ältere Leute, und sie standen auf und begrüßten einige, bevor sie sich in den hinteren Teil des Salons verzogen, wo sich die Senioren versammelt hatten, abseits vom Sarg, der sie vermutlich beunruhigte.

Ich erinnerte mich, dass sich bei Georges Beerdigung vor zehn Jahren die Runde der alten Knaben beziehungsweise das, was damals noch davon übrig gewesen war, in stattlicher Zahl im Walton's eingefunden hatte, um einem der Ihren die letzte Ehre zu erweisen. Ich entsann mich außerdem, dass selbst ein paar Vertreter des alten Geldadels samt ihren Damen erschienen waren. Aber jetzt sah ich niemanden, der aus einer dieser so unterschiedlichen und doch zusammengehörigen Schichten stammen könnte, und das machte mir mehr als alles andere klar, dass die alte Welt, die bereits im Sterben lag, als ich geboren wurde, tatsächlich tot und begraben war.

Und dann tauchte unter der Tür eine alte Dame in einem Rollstuhl auf, der von einer Schwester in weißer Tracht geschoben wurde. Susan sah sie und sagte zu mir: »Das ist Mrs Cotter, unsere alte Chefhaushälterin. Kannst du dich noch an sie erinnern?«

Ich konnte mich nicht einmal daran erinnern, dass wir überhaupt eine Haushälterin hatten, ob Chef oder sonst wie, daher nahm ich an, dass Susan sich auf Stanhope Hall und ihre Eltern bezog. »Ich glaube schon«, erwiderte ich.

Mrs Cotter wurde von der Schwester zum Sarg geschoben, wo sie eine Zeitlang verweilten, schließlich kehrtmachten und sich zu Elizabeth begaben.

Susan stand auf, nahm meine Hand und zog mich zu Elizabeth und Mrs Cotter hinüber, die sich jetzt gegenübersaßen. Elizabeth hielt die Hand der alten Dame, und beide schluchzten und sprachen unter Tränen miteinander.

Mrs Cotter war gebrechlich, aber sie wirkte scharfsinnig und erkannte Susan auf Anhieb. Susan kniete sich neben sie, worauf noch mehr Tränen flossen, als sich die drei Frauen über Ethel und George und die Vergangenheit ausließen und das Leben aufarbeiteten.

Das schien alles zu sein, was von den glorreichen Tagen von Stanhope Hall übrig war – der ehemalige Herr und die Herrin, die im hinteren Teil des Salons ihre Martinis ausrülpsten; ihre Tochter, die die ehemals besseren Zeiten zumindest teilweise wiedererstehen lassen wollte; Mrs Cotter, die, soweit ich mich entsann, über ein schwindendes Personal in einem Haus regiert hatte, in dem ein Zimmer nach dem anderen abgeschlossen worden war; Elizabeth, die Göre vom Anwesen; und Ethel, die in der beneidenswerten Lage war, nie mehr an einer Beerdigung teilnehmen zu müssen.

Susan sagte zu Mrs Cotter: »Sie erinnern sich doch noch an meinen Mann, John Sutter.«

Mrs Cotter rückte ihre Zweistärkenbrille zurecht und sagte: »Ich dachte, Sie wären mit einer anderen Frau durchgebrannt.«

Die Alten, Gott schütze sie, dürfen sagen, was sie wollen, auch wenn sie manchmal nicht ganz richtigliegen. »Ich bin wieder da«, erwiderte ich höflich.

»Tja, Sie hätten gar nicht erst weggehen sollen. Miss Stanhope hatte alle Freier, die sie wollte, darunter einige aus den besten Familien.«

Alle verkniffen sich ein Lächeln, und Mrs Cotter, die sich über die Gelegenheit freute, sich für Susan einsetzen zu können, fügte hinzu: »Sie ist eine schöne junge Dame, und ich hoffe, Sie wissen das zu schätzen.«

»Durchaus.«

Mrs Cotter gab sich damit offenbar zufrieden, und Susan sagte zu ihr: »Meine Eltern sind hier, Mrs Cotter, und ich weiß, dass sie Ihnen Hallo sagen wollen.«

Darauf erwiderte Mrs Cotter etwas Seltsames: »Danke, aber ich möchte nicht mit Mr Stanhope sprechen.«

Damit war die Show zu Ende, und Mrs Cotter wies die Schwester an: »Wir können jetzt gehen.«

Elizabeth begleitete sie ins Foyer, und Susan und ich kehrten zu unseren Plätzen zurück.

Weil ich nicht wusste, was ich sagen sollte, schwieg ich. Aber ich dachte mir, dass William ein besonders schwieriger Arbeitgeber gewesen sein musste, knickrig bis zum Gehtnichtmehr und nicht allzu großzügig bei der Abfindung. Ich war froh, dass meine ausgesprochen geringe Meinung über ihn von Mrs Cotter im Beisein seiner Tochter bestätigt worden war.

»Ich meine mich zu erinnern, dass es zwischen Dad und Mrs Cotter Reibereien gab«, bemerkte Susan.

Um die Situation etwas aufzulockern, sagte ich: »Mich hat sie mit Sicherheit zurechtgestutzt.«

Susan lächelte. »Sie kann sich nicht mehr erinnern, aber sie mochte dich. Sie hat mir geraten, dich zu heiraten.«

Dabei beließen wir es, und ich wandte mich abwechselnd meiner Uhr und den eintreffenden Trauergästen zu. Ich bemerkte jetzt ein paar Leute, Männlein wie Weiblein, die offensichtlich Freunde von Elizabeth waren, und auch ein paar Frauen, die so schlecht gekleidet waren, dass sie Kundinnen von ihr hätten sein können. Ich nehme an, ich bin von Kindheit an gewohnt, auf die Neureichen herabzuschauen, aber sie machen es Leuten wie mir auch leicht, sich über sie lustig zu machen. Immerhin sind sie eine schlechte Mischung aus Geld ohne Geschmack und hemmungslosem Konsum aus Prestigegründen. Und allem Anschein nach übernahmen sie gerade diesen Teil des Planeten.

Nach etwa einer halben Stunde langweilte ich mich zu Tode,

deshalb fiel mir nicht auf, dass meine Mutter eingetroffen war, bis ich sie in der ersten Reihe mit Susan und Elizabeth sprechen sah.

Harriet schaute mich an und sagte: »Willst du nicht Hallo sagen, John?«

Miststück. Ich stand auf und entschuldigte mich: »Tut mir leid, Mutter. Ich war im Gebet versunken.«

Sie lächelte doch tatsächlich darüber, dann plauderten sie, Susan und Elizabeth weiter.

Harriet trug ein kunterbuntes raues Baumwollkleid, und ich war davon überzeugt, dass es sich um die Trauertracht irgendeines beschissenen Stammes handelte, der in irgendeinem beschissenen Dschungel irgendwo in einem beschissenen Land lebte. Harriet war schon multikulti gewesen, bevor es modisch wurde, und für sie tat es jede Kultur, solange es nicht ihre eigene war.

Daher verdrückte ich mich, bevor sie anfing, um den Sarg zu tanzen und brennende Bananen oder irgendwas anderes in die Luft zu werfen, und flüchtete in den Warteraum. Tom und Laurence gönnten sich ebenfalls eine Pause, und ich setzte mich zu ihnen. »Erklärt mir noch mal, wie ihr Partner sein könnt, ohne im gleichen Geschäft zu sein.«

Darüber kicherten wir alle, und Tom gestand: »Ich dachte, ich hätte eine Schwiegermutter, die der Hölle entstiegen ist, Gott schenke ihrer Seele Frieden, aber Ihre beiden kommen geradewegs aus dem Inferno.«

»Ach, so übel sind sie gar nicht.«

Tom sagte: »Tja, ich beziehe mich nur auf das, was Elizabeth mir immer erzählt hat, und sie weiß das größtenteils von Ethel. Tut mir also leid, wenn ich etwas Falsches gesagt habe.«

»Sie sind nicht unbedingt die liebenswürdigsten Menschen«, räumte ich ein. »Aber sie haben auch ein paar gute Eigenschaften.« Da mir alles schnurzegal war, erklärte ich: »Sie sind reich und alt.«

Das sorgte für ein paar kräftige Lacher, und Tom sagte: »Tja, *dicke* Glückwünsche zu Ihrer bevorstehenden Hochzeit.«

Und so saß ich eine Weile da, plauderte mit Tom und Laurence und war froh über ihre Gesellschaft. Irgendwann betrat William mit einem älteren Knaben den Warteraum und schaute zu mir, ohne mich jedoch zur Kenntnis zu nehmen. Okay ... das sollte *mich* allerdings nicht davon abhalten, höflich und zuvorkommend zu meinem künftigen Schwiegervater zu sein, deshalb hob ich die Hand und zeigte ihm zwei Finger.

William wandte sich ab und setzte sich mit seinem Freund hin.

»Wollen Sie gehen?«, fragte mich Tom.

»Nein.«

»Oh, ich dachte nur, Sie hätten William die zweiminütige Vorwarnung zukommen lassen.«

»Nein. Ich habe ihm das Friedenszeichen gezeigt«, erklärte ich. »Manchmal zeige ich ihm nur den Mittelfinger.«

Weil Tom und Laurence das komisch fanden, erläuterte ich ihnen den Zusammenhang: »Als ich mit Susan ging, haben William und ich uns immer über den Vietnamkrieg gestritten, und ich habe ihm das Friedenszeichen gezeigt, worauf er mir das Siegeszeichen zeigte, was das Gleiche ist. Richtig? Nun ja, wir haben darüber gelacht, und dann habe ich ihm den Mittelfinger gezeigt, was er nicht so komisch fand, weshalb er mir mit dem Zeigefinger vor dem Gesicht herumfuchtelte, um mir zu zeigen, dass er sauer war, worauf ich dann mit meinem kleinen Finger gewackelt habe – etwa so –, um mich über seinen kleinen Schwanz lustig zu machen.«

Tom und Laurence lachten, und einige Leute wurden auf uns aufmerksam, unter anderem William, aber auch Reverend James Hunnings, den ich gerade entdeckte und der mir einen Blick zuwarf, als wollte er mir mit dem Zeigefinger drohen. Jedenfalls fand ich, dass ich gehen sollte, und entschuldigte mich.

Ich begab mich zurück in Salon A, setzte mich in eine der hinteren Reihen, verfolgte das ständige Kommen und Gehen und klinkte mich mehr oder weniger aus. Der Blumengeruch war überwältigend, und von dem dämlichen Flackern der Wandleuchter konnte man einen Schlaganfall kriegen.

Meine Gedanken schweiften wieder zu Georges Beerdigung, und mir fiel ein, dass sogar Frank Bellarosa aufgekreuzt war, was für eine gewisse Unruhe unter den Versammelten gesorgt hatte. Man hat schließlich nicht jeden Tag einen Mafia-Don im Walton's, und ich fragte mich, ob die Trauergäste wussten, dass er meinetwegen erschienen war. Und wegen Susan natürlich. Ich konnte nur hoffen, dass alle dachten, Bellarosa wäre lediglich gekommen, weil er auf dem Nachbaranwesen wohnte.

Jedenfalls traf Frank mit Anna ein, und sie knieten nach katholischem Brauch vor dem Sarg nieder, bekreuzigten sich und senkten ihre Köpfe zum Gebet. Ich hätte schwören können, dass ich sah, wie George sich umdrehte. Nachdem sie dem Verstorbenen ihre Achtung bezeugt hatten, drehten sich die Bellarosas um, schüttelten allen Leuten in der ersten Reihe die Hand, sprachen ihnen ihr Beileid aus und gingen Gott sei Dank wieder.

Ich hatte keine Ahnung, warum sie überhaupt aufgekreuzt waren, wenn man mal davon absah, dass sich Italiener meines Wissens keine Beerdigung entgehen ließen, egal, um wie viele Ecken sie mit dem Verstorbenen verwandt waren. Vermutlich überfliegen sie jeden Morgen die Todesanzeigen, telefonieren anschließend herum, um festzustellen, ob irgendjemand Angelo Cacciatore oder wen auch immer kannte, und kommen danach zu dem Schluss, dass sie zu der Totenwache gehen sollten, was hauptsächlich darauf beruht, dass sie die Familie nicht beleidigen wollen. Auch wenn es nicht ihre Familie ist.

Zumindest Frank Bellarosa hatten noch andere Motive dazu bewogen, eine halbe Stunde seines geschäftigen kriminellen Daseins zu opfern, um zu George Allards Totenwache zu kommen und ein riesiges Blumenarrangement zu schicken – er wollte sich bei mir und Susan einschmeicheln. Immerhin legte er ja schon einen von uns aufs Kreuz, und zu dem Zeitpunkt war ich das noch nicht.

Aber ich hatte Susan versprochen, nicht mehr daran zu denken, deshalb dachte ich an Erfreulicheres, wie zum Beispiel, dass ich Edward und Carolyn bald sehen würde, wieder mit Susan zusammen war und an die glitschige Wanne im Gästebadezimmer der Stanhopes.

Etwa zwanzig Minuten später stand ich auf und sah mir die Blumengebinde entlang der Wand an. Ich kannte viele der Absender, darunter auch meine alten Freunde Jim und Sally Roosevelt, die meines Wissens nicht zu Ethels Beerdigung nach New York kommen wollten, obwohl sie die Allards seit vierzig Jahren kannten. Desgleichen meine Schwester Emily, deren Kommen ich mir gewünscht hatte, und sei es nur um des Wiedersehens willen, aber Emily wollte so wenig wie möglich mit der Welt an der Golden Coast zu tun haben, nachdem sie schon vor langem zu dem Schluss gelangt war, dass unsere Mutter verrückt und jeder, der hier lebte, in einer unbekömmlichen Vergangenheit steckengeblieben war.

Apropos Harriet. Ich hatte mir gleich gedacht, dass die Topfgeranie, die auf einem Hocker stand, von ihr stammte. Harriet ist sehr grün eingestellt, daher verschenkt sie niemals Schnittblumen. Bei bestimmten Anlässen bringt oder schickt sie für gewöhnlich Blumentöpfe mit Petersilie, Dill oder was auch immer. Sie spinnt zwar, aber wenigstens hatte sie keine Tomatenstaude ins Walton's Funeral Home mitgebracht.

Ich sah ein sehr großes Gebinde, das laut Karte von John, Susan, Carolyn, Edward, William, Charlotte und Peter stammte. Ich wusste, warum die Vornamen auf der Karte standen, aber mir war nicht klar, warum der geizige Willie, die dusselige Charlotte und der nichtsnutzige Peter nicht ihre eigenen Blumen schicken konnten. Ich bekam schon Magenkrämpfe, bloß weil ich auf der gleichen Karte wie sie stand. Wie sollte ich jemals nett zu William sein können, solange er noch lebte?

Ich betrachtete die anderen Blumenarrangements, und es war schön, die vielen Namen aus alten Zeiten zu lesen, teilweise von Leuten, die weggezogen waren, aber von Ethels Tod erfahren hatten. Trotz aller Fehler war sie eine getreue Kirchgängerin gewesen, eine gute Freundin für ein paar wenige Auserwählte und eines der letzten Bindeglieder zur Ära der großen Anwesen mit den dazugehörigen Damen und Herren – einer Welt, die Ethel verabscheute, aber an der sie, wie es die Ironie des Schicksal wollte, mehr teilgehabt hatte, als ihr klar gewesen war.

Ich warf einen Blick auf die Karten an ein paar anderen Blumengebinden, bis mir plötzlich eine kleine Karte auffiel, die an einen riesengroßen Strauß weißer Lilien geheftet war. Dort stand: *Unser tiefstes Beileid*, und unterzeichnet war sie mit *Anthony, Megan, Anna und Familie*.

52

Wir blieben, bis nur noch Ethel in Salon A weilte.

Wir brachten Elizabeth samt Sohn und Tochter zu ihrem Auto, und Susan fragte sie: »Hast du Lust, auf ein spätes Abendessen mit zu uns nach Hause zu kommen?«

Elizabeth lehnte ab, aber ich bedrängte sie, weil ich Gesellschaft brauchte, um nicht mit den Stanhopes sprechen zu müssen. Elizabeth ahnte das wohl, erklärte uns aber, dass Tom und Laurence bei ihr vorbeischauen wollten, was ich sehr zivilisiert fand, deshalb luden wir sie ebenfalls ein. Elizabeth rief Tom über dessen Handy an, und er und Laurence wollten gern zu uns stoßen. Weil ich spontane Partys liebe, schlug ich Elizabeth vor: »Lass uns auch Onkel … wie war doch gleich der Name deines Onkels?«

»Wir wollen Sophie nicht überfordern«, warnte mich Susan.

Die Stanhopes schienen sich über die Gesellschaft nicht zu freuen, was wiederum mich freute.

So fuhren wir alle los und näherten uns gegen einundzwanzig Uhr dreißig dem Tor von Stanhope Hall. Meine Fernbedienung funktionierte noch, aber als wir durch das sich öffnende Tor fuhren, trat ein junger Mann in einer albernen himmelblauen Uniform aus dem Pförtnerhaus – jetzt das Wachhaus – und hob die Hand.

Ich hielt an, und er fragte: »Wen wollen Sie besuchen?«

»Mich«, erwiderte ich. »Wen wollen *Sie* besuchen?«

Ich klärte ihn auf und sagte ihm, er solle das Tor für die nächsten beiden Fahrzeuge offen lassen, dann fuhr ich auf der dunklen Zufahrt weiter.

»Das ist ja ein starkes Stück«, empörte sich William. »Dass man nicht mal mehr seinen eigenen Grund und Boden betreten darf. In unserer Gemeinde, Palmetto Shores, kennt jeder Wachmann sämtliche Einwohner und ihre Autos. Ist es nicht so, Susan?«

»Mr Nasim hat gerade erst mit dem Wachschutzdienst angefangen, Dad.«

Doch William fuhr fort und sang weitere Lobeslieder auf sein, Charlottes und vermutlich auch Susans bewachtes Paradies. Ich brauchte schnellstens einen Drink. Vor allem aber, glaube ich, hatte Susan Mom und Dad bereits satt, und sie waren erst seit vier Stunden da. Um nett zu sein, sagte ich zu allen: »Ich freue mich wirklich darauf, mit Susan nach Hilton Head zu kommen. Palmetto Shores klingt großartig.«

Im Fond des Wagens herrschte Schweigen, und ich fuhr weiter, parkte dann das Auto, und wir gingen hinein.

Susan hatte Sophie vorher angerufen, die jetzt in der Küche stand und versuchte, genügend Fressalien für neun Personen zusammenzukratzen – zehn, wenn wir Onkel Wie-hieß-er-doch-gleich erreichten.

Ich übernahm meine Hausherrenpflicht und baute auf der Kochinsel eine hübsche Bar auf, während Susan Sophie half. Nur William und Charlotte waren wie üblich zu nichts zu gebrauchen und setzten sich mit Martini Nummer fünf ins Wohnzimmer.

Elizabeth, die mit Tom junior und Betsy eintraf, fragte: »Was geht im Pförtnerhaus vor sich?«

Susan erklärte es ihr, während ich für alle Drinks machte. »Das ist ja traurig«, sagte Elizabeth, »aber ich habe noch immer schöne Erinnerungen an die Zeit, als ich dort wohnte.« Dann fragte sie, ob ich einen toskanischen Roten hätte, was mich an unser erstes und letztes Rendezvous erinnerte. Ich bat ihre Kinder, die rechte Hand zu heben und zu schwören, dass sie einundzwanzig seien, was ihnen und ihrer Mutter ein Lächeln entlockte.

Mir kam eine großartige Idee, und ich ging ins Wohnzimmer, um ein gerahmtes Foto von Carolyn und Edward zu holen. Ich zeigte es den jungen Allards. »Sie kommen morgen Abend. Vielleicht könnt ihr vier ausgehen.«

»John«, sagte Susan.

Das bedeutet jedes Mal etwas anderes, aber für gewöhnlich bedeutet es: »Halt den Mund.«

Elizabeth erwiderte jedoch: »Das wäre schön.«

Tom und Laurence kreuzten auf, und ich musste ihnen erklären, dass die Wachmänner wegen des paranoiden Iraners da waren. Die beiden fanden das aufregend, aber ich sah, dass Elizabeth allmählich dachte, es ginge um mehr, und erst Susan einen kurzen Blick zuwarf, dann mir, worauf ich nickte.

Dadurch kam mir eine weitere großartige Idee, und ich sagte zu Susan: »Lass uns die Nasims anrufen und sie bitten rüberzukommen.«

»Ich weiß nicht genau, was sie essen oder trinken dürfen.«

»Ich sage ihnen, sie sollen sich etwas mitbringen. Mr Nasim würde bestimmt gern mit deinem Vater über Stanhope Hall sprechen.«

»Ich glaube nicht, dass meine Eltern Lust auf noch mehr Gesellschaft haben.«

Deswegen wollte ich die Nasims ja einladen. »Amir und Soheila könnten verletzt oder beleidigt sein, wenn wir sie nicht in unsere Feiern einbeziehen«, sagte ich und fragte Elizabeth: »Hättest du was dagegen?«

»Ganz und gar nicht«, erwiderte sie und fügte hinzu: »Sie kannten Mom seit Jahren und waren immer nett zu ihr.«

»Gut.«

Laurence, der das Gespräch verfolgt hatte, sagte: »Dürfen wir ihn fragen, wer ihn umbringen will und warum?«

»Natürlich«, erwiderte ich. »Er ist diesbezüglich ganz offen.«

Ich spürte, wie sich die Waage zu meinen Gunsten neigte, aber dann sagte Susan: »Nein. Ein andermal.«

Folglich mussten die Stanhopes auf ein multikulturelles Erlebnis verzichten. Vielleicht sollte ich die Nasims zum Abendessen einladen und meine Mutter dazubitten. Sie schwärmt für Leute aus der Dritten Welt und wäre stolz auf mich, weil ich iranische Freunde hatte.

Um halb elf waren wir alle leicht angeheitert, und wir setzten uns ins Esszimmer und reichten Platten mit heißen und kalten Salaten herum, die, wie ich befürchtete, möglicherweise auch William und Charlotte zusagten. Ich bestand darauf, dass sie an den beiden gegenüberliegenden Enden des Tisches saßen, und um sicherzugehen, dass sie niemanden zum Reden hatten, platzierte ich Susan, mich und Elizabeth in die Mitte, wies Tom und Laurence die Plätze links und rechts von William zu und setzte Tom junior und Betsy links und rechts von Charlotte. So was kann ich.

Wie ich beabsichtigt hatte, entschuldigten sich William und Charlotte frühzeitig, und nachdem um Mitternacht alle gegangen waren, räumten Susan, Sophie und ich auf.

»Das war schön«, sagte ich zu Susan. »Anscheinend haben sich alle gut amüsiert.«

»Das war *sehr* schön«, pflichtete sie mir bei.

»Deine Eltern kamen mir ein bisschen still vor.«

»Sie waren müde.«

»Ich glaube, uns ist der Gin ausgegangen.«

»Ich besorge morgen welchen.« Sie schaute mich an. »Das ist wie in alten Zeiten.«

»So ist es.« War es aber nicht.

Wir umarmten und küssten uns, was Sophie zum Lächeln

brachte, und Susan sagte zu mir: »Ich bin so glücklich, John, aber auch traurig.«

»Ich weiß.«

»Aber ich bin mir sicher, dass wir all die verlorenen Jahre wiedergutmachen können.«

»Wir bleiben einfach jede Nacht zwei Stunden länger auf.«

»Und halten einander niemals für selbstverständlich, rufen uns zweimal am Tag an, machen keine Überstunden in der Kanzlei und treiben uns nachts nicht irgendwo mit dummen Mädchen –«

»Meinst du dich oder mich?«

»Ganz im Ernst. Und wir laden deine Mutter einmal pro Woche zum Abendessen ein –«

»Moment.«

»Und treffen uns mit Carolyn zum Essen und zu einer Show in der Stadt, fliegen einmal im Monat nach L. A. und besuchen Edward.«

»Du hast Hilton Head vergessen.«

»Dorthin fahren wir ebenfalls. Und du wirst sehen, John, dass meine Eltern dich akzeptieren werden. Sie werden dich nie so lieben, wie ich dich liebe, aber sie werden dich respektieren, und wenn sie sehen, wie glücklich ich bin, werden sie froh sein.«

Ich erwiderte nichts.

»Gib zu, dass es heute Abend nicht so schlimm war, wie du prophezeit hast.«

»Bei den Cocktails wurde es ein bisschen schwierig, und vielleicht hätten wir nicht so viel von Dan hören müssen, und ich hätte auch auf die Ausfragerei verzichten können oder die Lektion, dass man arbeiten muss, damit einem vergeben wird … aber ansonsten war es ein angenehmes Wiedersehen.«

»Es hätte schlimmer kommen können«, sagte Susan. »Morgen wird es besser.«

»Und am Montag wird es noch besser.«

Sie küsste mich. »Ich gehe hoch.«

»Ich überprüfe die Türen.«

Ich überzeugte mich davon, dass sämtliche Türen und Fenster geschlossen und die Außenlichter an waren. Dann wünschte ich Sophie eine gute Nacht, holte den Karabiner aus dem Schrank in der Diele und ging ins Schlafzimmer.

Susan, die im Bett lag und las, warf einen kurzen Blick auf das Gewehr, gab aber keinen Kommentar dazu ab.

Die Schrotflinte hatte ich vorher schon geladen, einen der Läufe mit schweren Rehposten, den anderen mit einem Flintenlaufgeschoss für Rotwild. Ich holte sie aus meinem Schrank und fragte Susan mit einem Gewehr in jeder Hand: »Möchtest du lieber mit Mr Beretta oder mit Mr Winchester schlafen?«

Ohne von ihrer Zeitschrift aufzusehen, sagte sie: »Ist mir egal.«

Ich lehnte den Karabiner an ihren Nachttisch und die Schrotflinte an meine Bettkante. »In etwa einer Woche werden sämtliche Grundstücksgrenzen überwacht«, versprach ich.

Weil sie nicht darauf einging, wechselte ich das Thema und fragte sie: »Hast du dir die Blumenarrangements angeschaut?«

»Ja.«

»Okay. Und?«

»Ich habe es gesehen.«

»Ich würde nicht zu viel hineindeuten«, sagte ich und erklärte: »Als ich am Sonntag dort war, habe ich erwähnt, dass Ethel krank ist, und Anna hat sich an sie erinnert. Außerdem ist Anthony gar nicht daheim. Deshalb glaube ich, dass es nur eine nette Geste von Anna und Megan war.«

»Vielleicht auch ein Dankeschön dafür, dass du das Gemälde zerschlitzt hast.«

Ich dachte darüber nach. »Ich bin mir sicher, dass Anthony es zuerst gesehen und entsorgt hat.«

Sie gab keine Antwort. Deshalb zog ich mich aus und schlüpfte in mein Yale-T-Shirt.

»Muss ich mir das jede Nacht ansehen?«, fragte Susan.

»So bin ich nun mal.«

»Gott helfe dir.«

Ich nehme an, das war ein Scherz. Aber es grenzte auch an Blasphemie.

Ich legte mich ins Bett und las eines der Klatschblätter, die Sophie jeden Morgen mitbrachte, um ihr Englisch zu verbessern, was meiner Meinung nach einige ihrer Probleme mit der Sprache erklärte.

Ich suchte nach einem Artikel über John Gotti und fand einen kleinen Beitrag, in dem berichtet wurde, dass Mr Gottis Leichnam aus Missouri eingetroffen war und in einem offenen Sarg im Papavero Funeral Home in Maspeth lag, einem Stadtteil von Queens. In dem Artikel wurde angedeutet, dass allem Anschein nach keine öffentliche Aussegnung stattfinden sollte und die Pläne für die Beerdigung noch unklar waren, weil die Diözese Brooklyn Mr Gotti eine öffentliche Totenmesse verwehrte.

Das passte meiner Meinung nach nicht recht zur Botschaft Christi von der Vergebung der Sünden, aber hey, es war ihre Kirche, und sie konnten machen, was sie wollten. Dennoch fand ich, dass es sich, was die Öffentlichkeitsarbeit anging, um einen schlecht durchdachten Schritt handelte, der wahrscheinlich nach hinten losgehen und John Gotti allgemeines Mitgefühl eintragen würde.

Vor allem aber kam es mir so vor, als würde es keine lange Totenwache und -messe geben, sodass Anthony Bellarosa es möglicherweise nicht für nötig hielt, diese Woche öffentlich aufzutreten. Vielleicht sollte ich der Diözese Brooklyn eine E-Mail schicken und ihr erklären, dass ich, das FBI und die Polizei von New York sämtliche *Paesanos* sehen wollten, die bei der Totenwache und der Messe aufkreuzten. Was ritt den Kardinal? Hatte er *Der Pate* nicht gesehen?

Die Pläne für Mr Gottis sterbliche Überreste und seine unsterbliche Seele lagen also auf Eis, bis weitere Verhandlungen stattfanden. Vielleicht sollte jemand der Diözese eine große Spende anbieten. Vielleicht hatte es jemand getan, und der Kardinal wollte mehr.

Bei Frank Bellarosa hatte es übrigens keine solchen Probleme gegeben. Ich war mir sicher, dass seine Seele ebenso viele schwarze Flecken wie Mr Gottis hatte, aber Frank hatte vorausgedacht. Ich glaube auch, dass er seinen bevorstehenden Tod ahnte, wenn auch nicht die Art und Weise, wie er ihn ereilte.

Ich konnte mich noch ganz genau an den Tag nach unserer Mafia-Themenparty im Plaza erinnern, als Frank und ich mit Lenny und Vinnie in einem großen schwarzen Cadillac den East River nach Williamsburg überquert hatten, einem Stadtteil von Brooklyn, in dem Frank aufgewachsen war. Wir fuhren zu Santa Lucia, der Kirche, in die er als Junge gegangen war, und tranken Kaffee mit drei älteren italienischen Priestern, die uns erklärten, wie schwer der Unterhalt der alten Kirche in einer sich wandelnden Gegend sei, und so weiter und so fort. Es lief darauf hinaus, dass Frank einen Scheck über fünfzig Riesen ausstellte, und ich nehme an, der Scheck war gedeckt, denn als Frank ein paar Monate später die Stunde schlug, gab es keinerlei Probleme mit der Totenmesse in Santa Lucia.

Aber die Zeiten ändern sich, und die katholische Kirche hatte es offenbar satt, Totenmessen für ihre weniger begehrten Schäflein auszurichten, auch wenn die natürlich das Sakrament am nötigsten hatten.

Ich dachte auch an Ethels Totenwache im Walton's, ihren bevorstehenden Trauergottesdienst in St. Mark's, der von Reverend Hunnings geleitet werden würde, und ihre Bestattung auf dem Stanhope'schen Privatfriedhof. Anders als bei Gotti oder Frank würde Ethels Tod nicht landesweit in den Nachrichten erwähnt werden.

Das war natürlich nachvollziehbar, auch wenn es mir nicht

gerecht vorkam; wenn man im Leben groß ist, stirbt man auch groß. Aber falls es eine höhere Macht gibt, die an der Pforte Fragen stellt und die Zeitungsausschnitte überprüft, dann wird wenigstens dort alles geklärt.

Susan sagte »Gute Nacht« und schaltete ihre Nachttischlampe aus.

Ich las noch eine Weile in der Boulevardpresse, bevor ich meine schlafende Schöne küsste, die Schrotflinte tätschelte und mein Licht ebenfalls ausmachte.

53

Der Donnerstagmorgen dämmerte grau und nieselig. Ich hoffte auf besseres Wetter, damit die Stanhopes ausgehen und fünf Runden Golf spielen konnten.

Susan, ganz die perfekte Gastgeberin und liebevolle Tochter, war bereits unten, und ich stellte fest, dass sie das Waffenarsenal irgendwo anders hingebracht hatte, damit es die Hausgäste nicht beunruhigte oder das Personal, das möglicherweise unsere Betten machen oder das Badezimmer putzen wollte. Ich musste Sophie die Angst vor Waffen austreiben. Vielleicht sollte ich sie in Waffenkunde unterrichten und ihr die fünf Grundstellungen beim Schießen beibringen.

Ich duschte, zog mich an und ging hinunter in die Küche, wo Susan eine Kanne Kaffee zubereitet und auf der Kochinsel ein europäisches Frühstück angerichtet hatte. Wir küssten und umarmten uns, dann fragte ich: »Sind deine Eltern laufen?«

»Sie sind noch nicht heruntergekommen, aber ich habe sie gehört.«

»Soll ich ihnen ein paar Martinis bringen?«

Ohne darauf einzugehen – was ich ihr nicht verübeln kann –, sagte sie: »Ich habe meine E-Mails abgerufen. Carolyn kommt mit dem Zug um achtzehn Uhr fünf und nimmt vom Bahnhof aus ein Taxi.«

Dann informierte sie mich über Edwards Reisepläne und ein paar andere Sachen, die ich wissen musste, und zu meiner Freude erfuhr ich, dass wir die nachmittägliche Aussegnung im Walton's schwänzen würden. Ich war mir sicher, dass Ethel am liebsten ihre ganze Beerdigung schwänzen würde, aber sie musste dabei sein, wir dagegen nicht, und ich wusste, dass es ihr nicht auffallen würde.

Ich goss mir und Susan Kaffee ein, und sie wollte mir ihre Vitamine aufdrängen, die ich höflich ablehnte. Allerdings grub ich meine Zähne in ein Müsli-Muffin.

Und so saßen wir am Tisch, lasen die drei Klatschblätter, die Sophie besorgt hatte, und ich sah, dass Mr Gotti immer noch im Papavero Funeral Home lag. Der Sarg war nach wie vor geschlossen, und nur die Familie durfte ihn besichtigen. Allerdings gab es Gerüchte über eine *private* Totenmesse in der Friedhofskapelle – nur für geladene Gäste. Datum, Zeitpunkt und Ort mussten noch festgelegt werden. Nun ja, das war ein Schritt in die richtige Richtung. Vielleicht war die Diözese Brooklyn von der Liga wider die Diffamierung von La Cosa Nostra unter Beschuss geraten. Ich fragte mich, ob Anthony Bellarosa und Salvatore D'Alessio eingeladen waren.

Ich stand auf und ging zum Wandtelefon.

»Wen willst du anrufen?«, fragte Susan.

»Felix Mancuso.«

»Weshalb?«

»Um mich auf den neuesten Stand der Dinge bringen zu lassen.« Ich wählte Mr Mancusos Handynummer, und er meldete sich. »Hi, John Sutter«, sagte ich.

»Guten Morgen.«

»Gleichfalls. Hören Sie, ich will Sie ja nicht nerven, aber ich habe mich gefragt, ob Sie irgendetwas über Anthonys Verbleib oder irgendwelche anderen Neuigkeiten gehört haben, die für mich von Nutzen sind.«

»Ich hätte Sie sowieso angerufen«, erwiderte er. »Aber ich

bin froh, dass Sie anrufen. Ich habe Ihre Nachricht über die zufällige Begegnung mit Bellarosas Fahrer erhalten, Tony Rossini – so lautet sein Nachname –, und wir gehen der Sache nach.«

Das war in etwa alles, was ich von Felix Mancuso erfahren würde, und in Susans Gegenwart wollte ich nicht weiter nachhaken, deshalb erzählte ich ihm etwas, das er noch nicht wusste: »Ich war gestern Abend bei der Totenwache von Ethel Allard, von der ich Ihnen erzählt habe, und an einem der Blumengebinde dort – einem hübschen Strauß weißer Lilien –, war eine von Anthony, Megan, Anna und Familie unterschriebene Karte.«

Mr Mancuso schwieg einen Moment, bevor er sagte: »Die Namen seiner Frau und seiner Mutter stehen auf der Karte. Deshalb würde ich da nicht zu viel hineindeuten.«

Das war auch meine Meinung, und ich war froh, dass er sie bestätigte. Aber damit ich die Unterweltraffinesse dieser Geste richtig einschätzen konnte, sagte ich: »Erklären Sie das bitte.«

»Nun, wäre sie nur mit Anthonys Namen unterzeichnet worden, dann würde er Ihnen und Ihrer Frau eine Nachricht zukommen lassen.«

»Es war nicht unsere Totenwache.«

»Nun, das ist die Nachricht.«

»Und wie lautet sie?«

»Das wissen Sie doch. Denken Sie nicht mehr darüber nach.«

»Okay.« Ich war wirklich froh, dass ich Felix Mancuso hatte, der mir kulturelle Interpretationen liefern konnte. »Haben Sie meine Nachricht bekommen, dass Amir Nasim hier einen umfassenden Wachschutz einrichtet?«, fragte ich.

»Ja. Das ist für alle gut.«

»Nun ja, für iranische oder italienische Killer ist es nicht gut.«

»Nein, für die ist es nicht gut.«

»Haben Sie Nasim dazu gedrängt?«

»Er hat seine eigenen Schlussfolgerungen gezogen.«

»Okay … aber schwebt er wirklich in Gefahr?«

»Er hat Feinde.«

Es hatte keinen Sinn, weiter nachzuhaken, deshalb brachte ich Mr Mancuso auf den neuesten Stand der Dinge: »Susans Eltern sind eingetroffen und wohnen im Haus.«

»Haben Sie ihnen von Ihren Sorgen berichtet?«

»Nein. Wir haben ihnen gesagt, dass die Sicherheitsvorkehrungen wegen Nasim getroffen wurden.«

»In Ordnung. Man muss sie nicht beunruhigen.«

»Sie schlagen also vor, dass sie woanders wohnen sollten?«, fragte ich.

»Nein. Das habe ich nicht gesagt.«

»Nun ja, ich bespreche das mit Mrs Sutter.«

Nach ein paar Sekunden kicherte Mr Mancuso. »Sie sollten für uns arbeiten.«

»Danke. Ich gebe das weiter.«

»Ich hatte gestern ein sehr nettes Gespräch mit Mrs Sutter.«

»Sie hat davon erzählt.«

»Ich glaube, sie ist sich über die Situation im Klaren und entsprechend wachsam, aber nicht beunruhigt.«

»Gut. Haben Sie ihr gesagt, dass ich einen Hund anschaffen will?«

Wieder kicherte er. »Ich bitte meine Frau schon seit zwanzig Jahren darum, mir einen Hund zulegen zu dürfen.«

»Sie will keiner umbringen.«

»Genau genommen doch. Aber das gehört zu meinem Beruf – zu Ihrem nicht.«

»Hoffentlich nicht.«

»Ich bin von Mrs Sutter beeindruckt.«

»Gut. Ich auch. Und sie von Ihnen.«

»Gut. Nun, kann ich irgendetwas für Sie tun?«

»Ja. Ich habe in der Boulevardpresse etwas über John Gotti,

die Diözese Brooklyn und all das gelesen. Haben Sie es gesehen?«

»Ja.«

»Und wie wirkt sich das auf Anthonys eventuelles Auftauchen bei der Totenwache und der Beerdigung aus?«

»Nun, es gibt keine öffentliche Totenwache, daher sind Mr Gottis Freunde und Geschäftspartner entschuldigt. Aber kommenden Samstag findet gegen Mittag in der Kapelle des Saint John's Cemetery – das ist eine Art Mafia-Walhalla – eine private Totenmesse statt. Wir werden also sehen, wer dort auftaucht.«

In den Zeitungen hatte nichts über die Uhrzeit, den Ort oder das Datum gestanden, aber ich nehme an, Special Agent Mancuso hatte bessere Quellen als die *New York Post.* »Wie es der Zufall will, gehe ich am Samstag zu Mrs Allards Trauergottesdienst hier in Locust Valley«, sagte ich. »Ich kann also leider nicht an John Gottis Verabschiedung teilnehmen.«

»Ich glaube nicht, dass man Sie einladen würde, Mr Sutter.«

»Eigentlich bin ich eingeladen. Von Anthony.«

»So? Nun, ich bin da, als ungeladener Gast, und wenn ich dort irgendwen sehe, den Sie kennen, spreche ich ihn in Ihrem Namen an.«

»Danke. Und vergessen Sie nicht, mich anzurufen.«

»Natürlich nicht.«

»Da wir gerade von den Toten sprechen«, sagte ich, »Anna Bellarosa hat mir erzählt, dass sie und ihre drei Söhne an jedem Vatertag das Grab des toten Papas besuchen.« Ich warf einen kurzen Blick zu Susan, die mein Gespräch mit angehört hatte, sich jetzt aber wieder der Zeitung widmete. »Das könnte also ein guter Zeitpunkt und Ort sein, um nach Anthony Ausschau zu halten.«

»Gute Idee«, erwiderte Mr Mancuso. »Außerdem verdoppeln wir am Vatertag unsere Observationsposten vor Bellarosas Haus und dem Haus seiner Mutter in Brooklyn.«

Das *wäre* gut, dachte ich, falls Anthony das Gefühl haben sollte, er müsste am Vatertag zum Grab seines Vater gehen – vielleicht, um sich Anregungen zu holen oder um einem Anpfiff von Seiten seiner Mutter zu entgehen. Und natürlich würde es bei ihm oder in Mamas Haus ein großes Essen geben. Aber eigentlich war Anthony nicht so blöde, nach Hause oder zu Mama zu gehen – aber *vielleicht* auf den Friedhof. »Es ist der Friedhof von Santa Lucia«, erinnerte ich Mr Mancuso.

»Ich weiß. Ich war dort.« Er schwieg einen Moment, dann war er so aufmerksam, mich zu erinnern: »Sie waren bei Frank Bellarosas Totenmesse und Beerdigung.«

»Stimmt.«

»Warum?«

»Wir sollten eines Abends ein paar Bier trinken.«

»Gern.«

»Gut. Stehen Sie und die Bezirkspolizei miteinander in Verbindung?«

»Ich habe gestern Abend mit Detective Nastasi gesprochen.«

»Das freut mich. Und Sie sind nach wie vor mit dem Fall betraut?«

»Bis er gelöst ist.«

»Großartig. Wie läuft's im Krieg gegen den Terror?«

»Heute ziemlich gut.«

»Nun ja, es ist noch früh.«

»Jeder Tag, an dem nichts passiert, ist ein guter Tag«, erklärte er mir.

»Das Gefühl kenne ich.«

Wir verabschiedeten uns mit dem Versprechen, in Kontakt zu bleiben. Danach setzte ich mich hin und betrachtete mein Müsli-Muffin. »Das schmeckt komisch«, sagte ich zu Susan.

»Es wird mit Joghurt gemacht. Was hat er gesagt?«

Ich berichtete es ihr, beschloss aber, Mr Mancusos Vorschlag, dass ihre Eltern ausziehen sollten, nicht zu erwähnen. Oder war das meine Idee gewesen? Jedenfalls dachte ich, ich sollte damit hinter dem Berg halten und erst darauf zurückkommen, wenn die Stanhopes unerträglich wurden. Und natürlich wollte ich nicht alle beunruhigen, vor allem Edward und Carolyn nicht.

Aber Susan fragte mich: »Was hat er über meine Eltern gesagt?«

»Ach, er meinte, wenn er irgendwas hört, durch das sich unsere Alarmstufe hier ändert, verständigt er uns, und wir sollen deine Eltern bitten, sich eine andere Unterkunft zu suchen.«

Sie dachte darüber nach, dann sagte sie: »Ich wäre sehr traurig, wenn ich Edward und Carolyn von unserem Problem erzählen und sie bitten müsste, woanders zu schlafen.«

»Kein Problem. Mancuso sagt, die Kinder sind hier gut aufgehoben. Nur deine Eltern müssten ausziehen.«

»Ich verstehe nicht ...« Dann verstand sie doch. »John, das ist nicht komisch und auch nicht nett.«

»Tut mir leid. Es ist mein As im Ärmel. Denk drüber nach: Weniger Reibungsflächen. Bessere Beziehung.«

Sie schien tatsächlich darüber nachzudenken und sagte: »Mal sehen, wie es heute läuft.«

»Okay. Ich hatte den Eindruck, dass *du* gestern ein bisschen ungehalten über sie warst.«

»Es war ein langer, anstrengender und aufwühlender Tag.«

Ich erwiderte nichts, was gut war, da ich SIE auf der Treppe hörte.

William und Charlotte kamen in die Küche, und Susan küsste ihre Eltern, während ich mich mit einem »Guten Morgen« beschied.

William mochte, soweit ich mich entsann, morgens seine Getreideflocken, und Susan hatte sechs Schachteln mit den scheußlichen Zuckerflakes auf der Anrichte aufgebaut. William nahm irgendwas mit Kokos, das ich nicht mal an Schweine verfüttern würde.

Charlotte frühstückt nicht und trinkt keinen Kaffee, daher

hatte Susan verschiedene Kräutertees bereitgestellt und kochte Wasser für die alte Scheuche.

Puh, es war noch nicht mal acht, und ich war schon geschafft.

Mich beeindruckte allerdings, dass man bei ihrem Anblick nicht einmal auf die Idee kam, sie könnten genug Gin und Wein geschluckt haben, um ein kleines Boot darin schwimmen zu lassen. Erstaunlich. Vielleicht ließen sie sich alljährlich eine neue Leber einpflanzen.

Wir saßen alle vier um den Küchentisch und plauderten zwanglos, bis William mit einem Mal zu mir sagte: »Susans E-Mails und Anrufen konnte ich nicht entnehmen, dass du hier wohnst.«

»Na ja, ich bin erst vor etwa einem Tag eingezogen«, erwiderte ich und erklärte: »Nach Ethels Tod konnte Mr Nasim, wie du weißt, das Pförtnerhaus für sich in Anspruch nehmen, und er wollte seine Wachschutzleute dort unterbringen – wie du gesehen hast –, deshalb war ich obdachlos, und Susan war so freundlich, mich mein altes Schlafzimmer hier benutzen zu lassen.«

Er dachte darüber nach, dann wandte er ganz richtig ein: »Es ist auch ihr Schlafzimmer.«

»Wir schlafen zusammen«, erklärte Susan unnötigerweise.

William wusste das inzwischen natürlich. Hallo? William? Aber ich nehme an, er wollte es von den Sündern persönlich hören. Und ich war mir sicher, dass er und Charlotte nicht so pingelig gewesen waren, während Susan auf Hilton Head wohnte und mit Männern ausging. Ich meine, also wirklich, Susan ist erwachsen, und ich habe Erwachsenenanwandlungen, und was wir hinter geschlossenen Türen machen, geht sie nichts an. Immerhin waren wir miteinander verheiratet und hatten zwei Kinder, Herrgott noch mal. Aber wie schon gesagt, William ist ein Kontrollfreak, außerdem ging es hier natürlich um John Sutter, nicht um Anstand.

Wir ließen das Thema fallen, und William schaufelte sich löffelweise milchgetränkte Kokosflocken in den Mund, während Charlotte ihren Tee trank, der aus Himalaja-Stinkwurz oder so was Ähnlichem bestand.

Ich dachte über einen Vorwand nach, um mich entschuldigen zu können, als William wunderbarerweise zu Susan sagte: »Deine Mutter und ich haben uns überlegt, dass du hier genug Gäste hast, wenn Edward und Carolyn kommen – und John hier wohnt –, deshalb haben wir beschlossen, im Creek abzusteigen.«

Danke, lieber Gott.

Susan erhob Einspruch, und ich trug meinen Teil dazu bei, indem ich sagte: »Wollt ihr euch das nicht noch mal überlegen?« Vielleicht solltet ihr heimfahren.

Es ging hin und her, und als ich mir sicher war, dass sie nicht nachgeben würden, sagte ich: »Vielleicht könntet ihr ja noch eine Nacht hierbleiben.«

»Tja …«

O mein Gott. Was habe ich getan?

Doch William stand schließlich zu seinem Wort und sagte: »Susan, ruf bitte im Creek an und erkundige dich, ob ein Cottage frei ist.«

»Wir haben den Aufenthalt dort sehr genossen«, trällerte Charlotte dazwischen, »und es hat nichts mit deiner wunderbaren Gastfreundschaft zu tun, mein Liebes.«

»Das ist mir klar«, erwiderte ich.

Charlotte warf mir einen Blick zu und sagte: »Ich habe mit Susan gesprochen.«

»Natürlich.«

Susan rief im Creek an, reservierte ein Cottage für Mr und Mrs Stanhope, ihre Eltern, und wies den Club an, sämtliche Kosten auf ihre Rechnung zu setzen, Essen, Getränke und alles Weitere eingeschlossen. William war selig. Mir war schwindlig.

»Sie zu, ob du für Mom und Dad Sonderrechte fürs Golfspielen rausholen kannst. Und vergiss das Umkleidehäuschen nicht. Und vielleicht Tennisunterricht«, sagte ich zu Susan.

Ohne mich zu beachten, traf sie ihre Vereinbarungen, legte dann auf und sagte: »Für euch ist bis Montag reserviert.«

Das war also geklärt. Ich nahm an, die Stanhopes wollten nicht mit mir in einem Haus wohnen, und wahrscheinlich hatten sie auch Angst vor weiteren spontanen oder geplanten Zusammenkünften, außerdem war ich mir sicher, dass sie die Wachmänner am Tor lästig fanden. Von der Möglichkeit, dass sich iranische Attentäter im Gebüsch versteckten, gar nicht zu reden.

Aber offiziell waren sich alle einig, dass es besser klappen könnte, wenn Mom und Dad ihre eigenen vier Wände hatten, ganz in der Nähe, aber nicht zu nah, obwohl wir natürlich alle ein bisschen enttäuscht waren.

»Kann ich euch beim Packen helfen?«, fragte ich.

William versicherte mir, dass sie das allein könnten, aber er fragte, ob ich ihr Gepäck zum Auto tragen würde.

»Wann immer ihr so weit seid«, erwiderte ich.

Charlotte beging einen Fehler, als sie sagte: »Wir haben bereits gepackt.«

»Nun ja, wenn das so ist« – ich stand auf –, »gehe ich eure Sachen holen.«

Und weg war ich, nahm vier Stufen auf einmal.

Binnen einer halben Stunde waren William, Charlotte, Susan und ich draußen und sagten *ciao*, aber nicht *arrivederci*.

William teilte mit, dass er und Charlotte ein paar alte Freunde sehen, vielleicht mit ihnen Golf spielen und zu Mittag und Abend essen wollten. Daher könnten sie heute Nachmittag oder am Abend nicht zu Ethels Aussegnung kommen, und es täte ihnen leid, dass sie Edward und Carolyn heute verpassen würden, und so weiter und so fort.

Aber am Freitagabend kämen wir alle im Bestattungsinstitut

zusammen und könnten uns dann absprechen – was immer das heißen sollte. Hoffentlich, dass wir sie bis zum Trauergottesdienst am Samstagmorgen nicht mehr sehen würden, wenn überhaupt. Aber wir waren alle zum Vatertag verabredet, und ich erinnerte William *sotto voce* daran, dass wir spätestens am Montagmorgen miteinander sprechen mussten. Ich zwinkerte ihm zu, aber er zwinkerte nicht zurück.

Susan und ich standen auf dem Vorhof und winkten, als sie wegfuhren. Ich zeigte William das V-Zeichen, aber ich glaube nicht, dass er es gesehen hat.

Susan und ich gingen zum Haus zurück, und sie sagte: »Tja, ich bin ein bisschen enttäuscht, aber auch ein bisschen erleichtert.«

»Ich weiß genau, wie dir zumute ist.«

»Komm schon, John. Du hast sie praktisch aus der Tür geschubst.«

»Habe ich nicht. Er ist gestolpert.«

Wir begaben uns wieder in die Küche, und ich probierte ein anderes Muffin. »Das riecht und schmeckt wie Mist.«

»Das ist Kleie«, sagte Susan. »Tja, du hast es ein ums andere Mal versucht, aber ich glaube, sie haben sich unter diesen Umständen einfach nicht wohlgefühlt.«

»Wie kommst du darauf?«

Sie dachte einen Moment lang nach, bevor sie sagte: »Tja, das ist *ihr* Problem.«

»So ist es. Und lass dir von ihnen keine Schuldgefühle einreden. Du bist eine gute Tochter, aber sie sind manipulativ, narzisstisch und egozentrisch.« Außerdem sind sie Arschlöcher. »Und sie legen keinen Wert darauf, ihre Enkel zu sehen.«

Susan saß am Tisch, und weil sie bedrückt wirkte, sagte ich: »Wir werden alle einen schönen Vatertag haben. Ich verspreche es.«

Sie rang sich ein Lächeln ab.

Ich zögerte, dann ergriff ich ihre Hand. »Wenn ich gehe … ich meine, für immer, wird das –«

»Wenn du das noch einmal sagst, werfe ich dich raus.«

Ich stand auf, schloss sie in die Arme und sagte: »Dein Vater und ich müssen am Sonntagabend oder Montagmorgen etwas besprechen.«

Sie dachte darüber nach. »Ich will nicht, dass man über mich spricht, als wäre ich eine schamhafte Jungfrau«, sagte sie schließlich.

»Du bist keine Jungfrau.«

»Worüber wollt ihr reden?«

»Nun ja, über den Deal. Wir brauchen einen Ehevertrag«, erklärte ich ihr. »Damit der Deal klappt.«

»Das ist kein *Deal*. Es ist eine Ehe.«

»Nicht, wenn man eine Stanhope ist. Und das ist dein Problem, nicht meines.«

»Na schön. Rede mit ihm. Sieh zu, dass du meine Unterhaltszahlung und mein Erbteil nicht vermasselst.«

»Liegt dir was daran?«

»Nein. Aber mir liegt etwas an den Kindern.«

»Wird gemacht. Koste es, was es wolle.«

Dann sagte sie etwas, das mich nicht im Mindesten schockierte: »Gott vergebe mir, aber ich hasse sie.«

Sie war ein bisschen weinerlich, deshalb legte ich die Arme um sie und sagte: »Wir haben uns von der Vergangenheit gelöst, und jetzt musst du dich von deinen Eltern lösen.«

»Ich weiß«, sagte sie. »Sie tun mir leid.«

Es fällt mir schwer, Mitleid mit jemandem zu haben, der hundert Millionen Dollar schwer ist, vor allem, wenn es sich um Arschlöcher handelt, aber weil ich nett sein wollte, sagte ich: »Ich weiß, was du meinst … mir tut Harriet leid, und mir hat mein Vater leidgetan … und ich glaube, als er gestorben ist, hat er sich selbst leidgetan. Aber … wir werden nicht wie sie werden.«

Sie nickte, stand auf und sagte: »Lass uns heute etwas Lustiges unternehmen.«

Nun ja, ich hatte gerade die Stanhopes aus der Tür geschubst, und etwas Lustigeres gibt es nicht. »Was würdest du denn gern unternehmen?«

»Lass uns in die Stadt fahren, zu Mittag essen und anschließend in ein Museum oder einkaufen gehen.«

»Einkaufen?«

»Wann warst du das letzte Mal in Manhattan?«

»Letztes Jahr im September.«

Sie schaute mich an und nickte. »Ich war nie am Ground Zero.« Sie dachte einen Moment lang nach, dann fragte sie: »Sollten wir das tun …?«

»Es ist nicht gerade lustig.«

»Ich weiß … aber du warst dort … können wir das heute tun?«

»Du kannst mir ja sagen, wie dir zumute ist, wenn wir unterwegs sind.«

»In Ordnung …« Sie nahm meine Hand. »Ich fühle mich geborgen, wenn ich neben dir stehe.«

»Du bist sehr lieb«, sagte ich. »Weißt du, letzten September war ich völlig deprimiert. Ich habe mich noch nie so allein gefühlt wie damals in New York.«

»Carolyn kam nach Hilton Head und sagte zu mir: ›Mom, ich wünschte, Dad wäre hier.‹ Und ich habe zu ihr gesagt: ›Ich auch.‹«

»Nun ja, jetzt bin ich hier«, erwiderte ich.

54

Als wir in Richtung Manhattan fuhren, blickte Susan auf die Skyline und stellte fest: »Es ist so seltsam, die Türme nicht zu sehen …« Dann sagte sie: »Ich möchte wirklich mit dir zu Ground Zero gehen.«

Ich warf ihr einen kurzen Blick zu. »Na schön.«

Also fuhren wir nach Lower Manhattan und standen eine Zeitlang schweigend auf der Aussichtsplattform mit Blick auf die ausgeschachteten Ruinen. Es war schwer, die Tragödie zu begreifen, und noch schwerer, den sinnlosen Tod so vieler Menschen zu verstehen, darunter auch Leute, die wir gekannt hatten. Der graue, nieselige Tag trug ein Übriges zu unserer düsteren Stimmung bei.

Wir machten einen Spaziergang durch die Straßen von Lower Manhattan. Als ich hier gearbeitet hatte, war dies ein sehr geschäftiger und hektischer Teil der Stadt gewesen, aber jetzt wirkten die Straßen und Gehsteige menschenleer, und ich wusste, dass es etwas mit dem 11. September zu tun hatte. Vielleicht würde ich wieder hier arbeiten, aber natürlich in einer anderen Kanzlei – einer, die meine kecken beruflichen Entscheidungen, meine Segelabenteuer und meine frühere Verbindung zum organisierten Verbrechen zu schätzen wusste. Es würde nicht so leicht werden, einen Job zu finden – von Anthonys großzügigem Angebot einmal abgesehen –, und da ich möglicherweise der Einzige war, der mich zu dem verlangten Gehalt einstellen würde, sollte ich vielleicht für mich selbst arbeiten. Mein künftiger Schwiegervater würde mir meine neue Kanzlei bestimmt liebend gern finanzieren, und Carolyn könnte bei mir einsteigen, dann wären wir Sutter & Sutter: Steuerrecht, Umweltexperten und Frauenrechtler.

»Worüber denkst du nach?«, fragte Susan.

Ich sagte es ihr, und sie lächelte: »Welches dieser Fachgebiete würde dir am besten gefallen?«

Wir gingen die Chambers Street entlang und betraten das Ecco-Restaurant, in das ich früher regelmäßig Mandanten mitgenommen hatte. Nachdem man uns Plätze zugewiesen hatte, betrachtete ich die anderen Mittagsgäste, größtenteils Wall-Street-Typen, die für mich leicht auszumachen waren, auch wenn ich kein bekanntes Gesicht sah. Zur Klientel bei Eccos gehörten auch teure Strafverteidiger, die in den nahen Gerichten tätig waren, dazu ein paar ranghohe Ordnungshüter von den ebenfalls in der Nähe gelegenen Police Plaza und Federal Plaza. Ich hielt Ausschau nach Mr Mancuso, nahm aber nicht an, dass er sechzig Dollar für ein Mittagessen verplemperte, auch wenn wir hier vielleicht eines Abends nach der Arbeit unsere Biere trinken würden.

»Siehst du jemanden, den du kennst?«, fragte Susan.

»Nein. Und es ist erst zehn Jahre her.«

»Zehn Jahre können eine lange Zeit sein.«

»In der Tat.«

Wir gönnten uns ein gutes Mittagessen, dazu eine Flasche Rotwein, um die Kälte aus den Knochen zu kriegen, hielten Händchen und redeten.

Nach dem Mittagessen unternahmen wir einen Spaziergang zu meinem alten Kanzleigebäude an der Wall Street Nummer 23, und wie üblich wies ich Susan auf die Schrammen im Stein hin, die durch eine Anarchistenbombe um die Wende zum letzten Jahrhundert verursacht worden waren. Sie war so nett, mich nicht daran zu erinnern, dass ich ihr das schon zwanzig Mal gezeigt hatte.

Ich wollte die große, prachtvolle Lobby betreten und mich umsehen, bemerkte aber, dass nahe der Tür eine Sicherheitsschleuse samt Metalldetektoren und Tischen war, wo man seine Taschen leeren musste. Das war ein bisschen unangenehm und auch deprimierend, deshalb zogen wir weiter – nicht dass ich mit dem Aufzug zu Perkins, Perkins, Sutter und Reynolds hochfahren wollte, um meine ehemaligen Partner zu umarmen und zu küssen.

Ich war bereit, das Reich der Erinnerungen zu verlassen und mit der U-Bahn oder einem Taxi hoch nach Midtown zu fahren und auf große Einkaufstour zu gehen, aber Susan sagte zu mir: »Lass uns nach Little Italy gehen.«

Ich schwieg.

»Wir *müssen* da ebenfalls hin«, beharrte sie.

Ich dachte darüber nach, schließlich stimmte ich zu. »Na schön.«

Also liefen wir im Nieselregen nach Little Italy und landeten in der Mott Street, die sich in den letzten zehn Jahren nicht groß verändert hatte, ebenso wenig wie in den letzten hundert Jahren.

Eine Minute später standen wir vor Giulio's Ristorante. Hier hatte sich in den letzten hundert Jahren ebenfalls nicht viel verändert, auch wenn ich wusste, dass man die Schaufensterscheibe und die roten Cafévorhänge vor zehn Jahren ausgetauscht hatte – kurz nachdem Frank Bellarosa eine doppelte Schrotladung auf seine Kevlarweste abbekam, rückwärts über den Gehsteig flog und durchs Fenster im Giulio's landete.

Ich betrachtete den Gehsteig, auf den Vinnie gestürzt war, nachdem ihn eine einfache Schrotladung aus knapp zwei Metern Entfernung mitten im Gesicht getroffen hatte. Die Schützen, zwei Mann, hatten auf der anderen Seite von Franks

Limousine gekauert, die am Straßenrand stand … dann sah ich, wie beide Männer aufstanden und ihre Arme und die Flinten auf dem Autodach abstützten … dann schossen sie … zwei für Frank und eine für Vinnie, und das Knallen der Schüsse war ohrenbetäubend.

Danach blickte mir der Typ, der nur einen Schuss abgegeben hatte, in die Augen.

Susan fragte: »John … was ist passiert?«

Ich schaute sie an. Sie war im Restaurant gewesen, hatte mit Anna am Tisch gesessen, und mir wurde klar, dass ich ihr nie genau erzählt hatte, was draußen vor sich gegangen war.

Ich zögerte, dann berichtete ich, was mit Frank und Vinnie passiert war, und fuhr fort: »Der Schütze schaut also von mir weg, dann schaut er wieder auf Frank, der teils draußen, teils im Fenster liegt … Vinnie ist eindeutig erledigt … daher nehme ich an, dass der Typ meinte, er müsse sich noch um Frank kümmern, aber er hat kein freies Schussfeld auf ihn … nur auf seine Beine … folglich schaut er wieder zu mir – als wenn er … sich nicht sicher wäre, was er mit mir machen soll.«

»O mein Gott«, flüsterte Susan. Dann fragte sie: »Wieso bist du nicht weggelaufen?«

»Na ja, es ging so schnell … innerhalb von etwa zehn Sekunden. Aber … ich war mir nicht sicher, weshalb er zögerte … dann dachte ich, vermutlich stehe ich nicht auf seiner Liste … aber er hat mich angeschaut und hatte immer noch die Schrotflinte in der Hand … und ich dachte mir, ich bin ein Zeuge, deshalb sollte ich ihm vielleicht nicht ins Gesicht sehen.«

Susan ergriff meinen Arm. »Komm, wir gehen weiter.«

Ich blieb jedoch an der Stelle stehen, an der ich zehn Jahre zuvor gestanden hatte, und fuhr fort: »Ich kam also zu dem Schluss, dass ich nicht auf den Schuss warten wollte – deshalb habe ich ihm den Finger gezeigt, und er hat gelächelt, die Flinte wieder auf Frank gerichtet und den letzten Schuss auf Franks Beine abgegeben.«

Sie schwieg einen Moment. »*Was* hast du getan?«

»Ich habe ihm den Finger gezeigt. Etwa so –« Ich streckte den Mittelfinger zu einem ganz passablen italienischen Gruß hoch.

Susan schwieg, bevor sie sagte: »Das war Wahnsinn.«

»Nun ja … vielleicht. Aber hier bin ich.«

Sie zog mich am Arm und sagte noch mal: »Komm, wir gehen weiter.«

»Nein … wir gehen rein.«

»Nein, John.«

»Bitte. Wir sind hier, es regnet, und ich brauche eine Tasse Kaffee.«

Sie zögerte, aber schließlich nickte sie. »Na schön.«

Also betraten wir Giulio's Ristorante.

Es sah noch genauso aus, wie ich es in Erinnerung hatte, mit einer hohen Blechdecke, drei Ventilatoren, einem weißen Keramikfliesenboden, karierten Tischdecken und billigen Drucken vom sonnigen Italien an den Rauputzwänden. Das Lokal machte optisch nicht viel her, war aber makellos sauber, und es war authentisch – ein Überbleibsel der italienischen Einwandererkultur des letzten Jahrhunderts. Ich entsann mich, dass es hier außerdem authentisches italienisches Essen gab – kein amerikanisch-italienisches, deshalb musste man bei der Bestellung vorsichtig sein, es sei denn, man mochte zum Beispiel *trippa*, was, wie ich auf die harte Tour erfuhr, gewürfelter Schweinemagen ist, und der Schafkopf – *capozella* – ist auch nicht gerade ein Leckerbissen.

Authentisch war, soweit ich mich entsann, auch die Klientel, größtenteils Einheimische aus der schrumpfenden italienischen Nachbarschaft sowie unlängst eingetroffene italienische Einwanderer, die echte Hausmannskost suchten.

Und dann gab es noch einen anderen Kundenkreis – Gentlemen, die teure Anzüge und Ringe am kleinen Finger trugen und kaum lächelten. Ich konnte mich noch deutlich an diese Männer erinnern, die an den Nachbartischen gesessen hatten, als ich hier mit Frank zu Mittag aß. Und ich entsann mich auch, dass Frank, der gut gelaunt gewesen war, nachdem ich ihn auf Kaution rausgepaukt hatte, seine Mafioso-Miene aufgesetzt hatte, sobald wir das Lokal betraten.

Jetzt war es weit nach der Mittagspause, aber an den Tischen saßen ein paar italienische Männer, die Kaffee tranken, Gebäck naschten und sich unterhielten. Ich sah niemanden, der mit Anthony oder Sally Da-da befreundet sein könnte, und das war gut so.

Ein Kellner, der um die vierzig war und eine Schürze trug, kam zu uns, lächelte und sagte: »*Buon giorno.*«

»*Buon giorno*«, erwiderte Susan.

»Guten Tag«, sagte ich, und für den Fall, dass er meinte, wir wollten Schutzgeld erpressen: »Einen Tisch, bitte.«

»Ja, ja. Sie können hier sitzen, ein schöner Tisch am Fenster.«

Das war der Tisch, auf dem Frank gelandet war, als er durch die Scheibe flog. Mich störte das nicht, aber ich hatte eine bessere Idee und deutete auf einen Tisch im hinteren Teil, an dem die Bellarosas und die Sutters ihre gemeinsame Henkersmahlzeit zu sich genommen hatten. »Wir nehmen diesen Tisch.«

»Sie wollen diesen Tisch?«

»Wir haben da vor langer Zeit einmal gesessen«, erklärte Susan.

Er zuckte die Achseln. »Okay. Der ist auch schön.«

Also setzten wir uns an den schönen Tisch und bestellten Cappuccino, eine Flasche San Pellegrino und einen Teller mit gemischtem Gebäck.

Der Kellner mochte Susan auf Anhieb – das geht allen so – und sagte zu ihr: »Ich bringe Ihnen ein paar schöne *dolce* und eine schöne Schokolade für Sie.«

Was ist mit mir?

»*Grazie*«, sagte Susan, dann fügte sie irgendwas auf Italienisch hinzu, worauf er lächelte und etwas erwiderte. Ich glaube, auf diese Weise ist sie beim letzten Mal in die Bredouille geraten.

Wir saßen mit dem Rücken zur Wand, so wie Frank und ich bei unserem Mittagessen nach der Gerichtsverhandlung.

»Das ist gut«, sagte Susan schließlich.

»Ich war mir nicht sicher«, sagte ich.

Mir kam der Gedanke, dass wir uns gewissermaßen in der Höhle des Löwen befanden, auch wenn ich eigentlich nicht damit rechnete, dass Anthony Bellarosa hereinkam. Oder der Geist von Frank Bellarosa. Nein, ich hatte das Gefühl, dass wir die Geister verscheuchten und neue Erinnerungen schufen, statt die alten zu begraben oder uns von ihnen verzehren zu lassen.

Der Cappuccino kam, dazu die Wasserflasche, ein riesiger Teller mit italienischem Gebäck und ein Schokoladengericht – für Susan – sowie eine Flasche Sambuca und zwei Schnapsgläser, die *in omaggio* waren – auf Kosten des Hauses.

Wir saßen da, redeten und tranken Kaffee, aßen Gebäck, nippten am Sambuca und schlugen den Nachmittag auf italienische Art tot. Das war weit weniger stressig als Einkaufen und viel angenehmer als ein Museum. Ein schönes Beisammensein.

Gegen vier Uhr sagte Susan: »Wir sollten aufbrechen und uns für Edward und Carolyn fertig machen.«

Ich ließ die Rechnung kommen und gab dem Kellner zu viel Trinkgeld, dann verließen wir Giulio's, nahmen ein Taxi zurück zu unserem Auto und machten uns auf die Heimfahrt.

Bislang kein übler Tag. Ich war die Stanhopes losgeworden und Frank Bellarosas Geist. Als Nächstes war Anthony dran.

55

Ich beschloss, Carolyn am Bahnhof zu überraschen, parkte den Taurus in der Nähe des Taxistandes und wartete auf ihren Zug.

Auch dieses Mal hatte ich den Karabiner zu Hause gelassen, da ich nicht annahm, am helllichten Tag an einem belebten Pendlerbahnhof in eine Schießerei mit der Mafia zu geraten. Und dennoch war ich jedes Mal, wenn ich das Gewehr daheim ließ, wütend auf mich. Ebenso wie Susan musste ich mich wohl endlich der Realität stellen.

Mit einem Pfiff fuhr der 18.05er ein und kam zischend zum Stehen. Zur Stoßzeit strömten Dutzende von Pendlern aus dem Zug und drängten sich auf dem Bahnsteig, und ich musste mit einem Mal an mein früheres Leben denken. Könnte ich das noch mal machen?

Ich stieg aus dem Auto, suchte die Fahrgäste ab und entdeckte dann Carolyn, die auf dem Weg zu den wartenden Taxis war. »Hey, schöne Frau!«, rief ich. »Brauchst du eine Mitfahrgelegenheit?«

Sie war das offenbar gewohnt, schaute einfach geradeaus und ging weiter. Dann blieb sie abrupt stehen und drehte sich zu mir um. Ich winkte, worauf sie »Dad!« brüllte und auf mich zustürmte. Wir umarmten uns und tauschten Küsschen, und sie sagte: »Dad, es ist so schön, dich zu sehen.«

»Es ist schön, *dich* zu sehen, meine Süße«, sagte ich. »Du kommst mir schöner vor denn je.«

Carolyn geht nicht auf Komplimente ein, aber sie lächelte und sagte: »Das ist so … Ich freue mich so für euch.«

»Ich auch.« Weil sie nur eine Handtasche und einen Anwaltskoffer bei sich hatte, fragte ich: »Wo ist dein Gepäck?«

»Ach, ich habe bei Mom eine Garnitur Kleider.«

»Gut.« Wie viel genau verdiente man als stellvertretende Bezirksstaatsanwältin in Brooklyn? Meine sozial eingestellte Tochter gab ihre alljährliche Treuhandfondsausschüttung bestimmt nicht für Kleidung und Tand aus.

Jedenfalls stiegen wir ins Auto, und ich bemerkte, dass sie ganz in Schwarz gekleidet war, offenbar die neue angesagte Nichtfarbe. Geeignet für die Arbeit, für Cocktails nach der Arbeit, Hochzeiten und Beerdigungen.

Zufällig sind auch ihre Haare schwarz, genau wie die meiner Mutter, bevor sie grau wurden, und weil Carolyn nie auch nur einen Schimmer von Susans roten Haaren hatte, bestand eine gewisse Hoffnung, dass sie kein Kuckuckskind war.

Ich fuhr von dem kleinen Parkplatz und bemerkte die teuren Autos mit Frauen am Steuer, die ihre hart arbeitenden Männer abholten. In einigen dieser Fahrzeuge saßen kleine Kinder – das Kindermädchen war heute zeitig gegangen –, und wenn ich mir diese Paare anschaute, konnte ich sofort erkennen, welche Partner sich darüber freuten, einander zu sehen, und welche wünschten, sie hätten vor zehn oder zwanzig Jahren einen anderen Zug genommen.

Ich zweifelte nicht daran, dass jedes Paar seine eigene Geschichte hatte, glaubte aber nicht, dass eine davon meine oder Susans toppen konnte.

Ich fuhr durch die Ortschaft in Richtung Stanhope Hall.

»Bist du glücklich, Dad?«, fragte Carolyn.

»Warum sollte ein Mann, der im Begriff ist, zu heiraten, nicht glücklich sein?«

Carolyn, die mit meiner Art von Humor nicht vertraut ist, fragte noch mal: »Bist *du* glücklich?«

Ich warf ihr einen kurzen Blick zu und sagte: »Ich wäre nicht hier, wenn ich nicht froh und glücklich wäre, wieder da zu sein.«

»Ich weiß.«

»Deine Mutter ist auch sehr glücklich.«

»Das weiß ich. Wir sprechen oder mailen uns zweimal am Tag.«

Natürlich.

Um ihr den Ball zuzuwerfen, sagte ich: »Na ja, ich heirate zum zweiten Mal, und du hast überhaupt noch nicht geheiratet.«

»Dad.«

Wir plauderten über ihren Job und über ein paar andere Themen. Carolyn hatte letzten August wie jeden Sommer eine Woche in London verbracht, darin bestand jedes Jahr unsere gemeinsame Zeit, es sei denn, ich kam zu Beerdigungen, Hochzeiten oder auf Geschäftsreisen nach New York. Deshalb sagte sie zu mir: »Ich nehme an, ich werde dich dieses Jahr nicht in London besuchen.«

Ich lächelte. »Nein. Aber deine Mutter und ich fahren nach London, vielleicht schon bald, um meinen Umzug zu regeln.« Und weil Carolyn London mag, fragte ich: »Warum kommst du nicht mit?«

»Ich glaube nicht, dass ich kurzfristig wegkann, aber danke«, erwiderte sie. »Warum behältst du deine Wohnung in London nicht?«

Ich dachte darüber nach und fand, dass es gar keine schlechte Idee war, je nachdem, wie es künftig um meine Finanzen bestellt sein würde. Aber ich war mir nicht sicher, ob Susan begeistert wäre. Auf jeden Fall brauchte ich die Wohnung womöglich selbst, falls die Stanhopes ihre Tochter zurückbekamen. »Das ist eine gute Idee«, sagte ich zu *meiner* Tochter.

Als wir uns Stanhope Hall näherten, fragte Carolyn: »Wie geht's Opa und Oma?«

»Sie sind wunderbar.«

»Ich habe deine E-Mail erhalten.«

»Gut.«

»Und? Wie kommst du mit ihnen zurecht?«

»Eigentlich gar nicht schlecht.«

»Und Sie freuen sich für dich und Mom?«

»Ich dachte, du stehst in täglichem Kontakt mit deiner Mutter.«

»Wir haben nicht viel darüber gesprochen.«

»Nun ja, dann heben wir's uns auf, bis Edward kommt.«

Ich hatte von einem der Wachmänner eine neue Fernbedienung bekommen – die Firma hieß All-Safe Security, was mir ein bisschen redundant vorkam –, und er hatte mir außerdem den neuen Passiercode gegeben, verbunden mit dem klugen Rat, dass ich ihn nicht allzu vielen Leuten verraten sollte, die ich nicht kannte. Ich liebe den Umgang mit gutgeschulten Minderbemittelten. Ja, ich bin ein Snob.

In so einer Situation ist die Grenze zwischen Wachmännern und Bewachten natürlich fließend und der Unterschied zwischen einem Beschützten und einem Gefangenen auf Freigang sehr subtil.

Als das Tor aufschwang, trat der Wachmann von All-Safe Security (der ASS-Typ) aus dem Pförtner-/Wachhaus, und er erkannte mich nach der halben Stunde sogar noch und winkte mich durch. Hilfreich war dabei natürlich, dass ich die Fernbedienung hatte und mit dem gleichen Auto kam, mit dem ich weggefahren war.

»Mom hat etwas von den Typen am Tor erwähnt«, bemerkte Carolyn.

»Ist nicht weiter wild.«

Sie beließ es dabei und fragte: »Sind Opa und Oma daheim?«

Ich wünschte, sie wären es. »Sie haben beschlossen, in einem Cottage im Creek zu wohnen.«

»Weshalb?«

Weil sie Arschlöcher sind. »Sie fanden es dort bequemer. Und sie wollten deiner Mutter etwas Arbeit abnehmen.«

Carolyn schwieg.

Ich musste wirklich dafür sorgen, dass sie und Edward ihrem Opa und ihrer Oma gegenüber positiv eingestellt waren. Ich meine, diese Kids haben erstaunlich wenig Vorbehalte, was die beiden angeht, und soweit ich wusste, mochten Edward und Carolyn Graf Dracula und seine Frau sogar. Aber wir befanden uns an einem kritischen Punkt und hielten uns alle in der gleichen Gegend auf, wenn auch nicht im gleichen Haus, deshalb musste ich die Kinder daran erinnern, wie sehr sie O & O liebten. Außerdem musste jemand Edward und Carolyn auf die finanziellen Fakten des Lebens hinweisen. Und das war eigentlich Susans Aufgabe. Ich nehme an, ich durfte bei dem Gespräch zugegen sein, aber es war nicht mein Geld. Außerdem sagte ich womöglich etwas, das falsch ausgelegt werden konnte, wie zum Beispiel: »Eure Großeltern sind schlammschlürfende Schweine.«

»Wir sehen Oma und Opa morgen Abend im Bestattungsinstitut.«

Carolyn erkundigte sich nach einem weiteren von mir hochgeschätzten Menschen: »Wie geht's Oma Harriet?«

»Der geht's sehr gut, und sie freut sich darauf, dich und Edward zu sehen.« Und hoffentlich steht ihr beide wenigstens in ihrem Testament.

Um etwas Nettes über Harriet zu sagen: Sie mag ihre beiden einzigen Enkel. Sie ist nicht der knutschig-verschmuste Typ, aber sie hält engen Kontakt zu ihnen und ist für Carolyn eine Art Mentorin, die ihre Enkelin zum Beispiel in die Feinheiten der Wiederverwertung von Küchenabfällen zu leckeren Snacks für illegale Einwanderer aus San Piscador einweist oder wo immer sie herkommen. Edward ist für sie ein bisschen schwierig, aber wenn sie ihn dazu bewegen kann, das Licht auszuschalten, hat sie etwas Gutes für Edward und die Umwelt getan. Von dieser Gehirnwäsche einmal abgesehen, erkennt sie, glaube ich, die Gelegenheit, bei Edward und Carolyn ihre Fehler mit John und Emily wiedergutzumachen. Und auch das ist nicht schlecht.

Als ich über die von Bäumen gesäumte Zufahrt fuhr, fragte ich: »Tut es gut, wieder daheim zu sein?«

»Ja«, erwiderte sie, ohne zu zögern.

Carolyn scherte sich wenig um Gottes Himmel auf Erden, seine Bewohner, die Country Clubs, die Cocktailpartys, den Lebensstil, die reaktionäre Politik oder was es sonst noch gab. Trotzdem hatten Susan und ich sie unter Androhung eines lebenslangen Ausgehverbotes gezwungen, zum Debütantinnenball zu gehen.

»Freust *du* dich, wieder zu Hause zu sein?«

»Es ist schön.«

Ich parkte auf dem Vorplatz, und Carolyn bemerkte, dass ich die Haustür aufschloss. Sie brachte das vermutlich mit den Wachmännern am Tor in Verbindung und fragte: »Warum schließt ihr jetzt die Tür ab?«

»Republikanische Spendensammler sind in anderer Leute Häuser eingedrungen und haben hohe Schecks für ihre Partei ausgestellt«, erwiderte ich. Und obwohl Carolyn meinen Humor weder versteht noch zu würdigen weiß, lachte sie darüber.

Susan war oben, aber sie hörte uns kommen und kam die Treppe heruntergestürmt. Mutter und Tochter umarmten und küssten sich, und ich lächelte.

Wir gingen in die Küche, wo Sophie etwas Obst, geschnittenes Gemüse und einen Joghurtdip bereitgestellt hatte.

Susan hatte eine Flasche Champagner in einem mit Eis gefüllten Kühler vorbereitet, und ich ließ den Korken knallen und goss drei Flöten ein. Eigentlich mag ich das Zeug nicht, aber Susan und Carolyn stehen auf Champagner, daher hob ich mein Glas und sagte: »Auf die Sutters.«

Wir stießen an und tranken.

Das Wetter hatte ein bisschen aufgeklart, deshalb gingen wir hinaus auf den Patio und setzten uns an den Tisch.

Susan und Carolyn waren über sämtliche Neuigkeiten und Ereignisse auf dem Laufenden, und mir wurde klar, dass ich ein paar Monate hinterherhinkte, was Carolyns Leben anging. Zum Beispiel hatte ich nicht gewusst, dass Cliff abserviert worden war, und jetzt hörte ich von Stuart, ihrem Begleiter im Petrossian, der ebenfalls auf Champagner stand und ihn sich hoffentlich leisten konnte.

Ich war nicht unbedingt gelangweilt, wechselte aber das Thema und kam auf die Arbeit zu sprechen, worauf Carolyn sagte: »Dad, du glaubst gar nicht, was ich jeden Tag zu sehen, zu lesen und zu hören bekomme.«

Ich meinte es mir vorstellen zu können. Tja, Carolyn bekam etwas von der dunklen Seite der amerikanischen Gesellschaft zu sehen, und das war gut für eine junge Dame, die in Stanhope Hall aufgewachsen war. Susan war nie den Schattenseiten des Lebens ausgesetzt gewesen, aber Carolyn durchaus, und mit etwas Glück war ihr bewusst, dass sie sich auf kein Verhältnis mit einem verheirateten Mafia-Don einlassen sollte.

Wir mieden das Thema O & O, wussten wir doch, dass wir uns das aufheben sollten, bis Edward aufkreuzte.

Das schnurlose Telefon klingelte, und ich ging ran. Es war der ASS-Typ, der fragte, ob wir einen Edward Sutter erwarteten, der mit dem Taxi eingetroffen sei.

»Ich glaube, das ist unser Sohn«, erwiderte ich.

»Wollte es nur noch mal nachprüfen.«

Wir gingen hinaus auf den Vorplatz und warteten auf Edward.

Ein paar Minuten später fuhr ein gelbes Taxi vor, und er sprang mit einem breiten Grinsen heraus.

Susan rannte zu ihm, und sie umarmten und küssten sich. Dann war Carolyn an der Reihe – Ladies first –, danach ich. Edward schloss mich in die Arme und sagte: »Dad, das ist wirklich toll.«

»Du siehst klasse aus, Skipper. Gute Bräune.«

Und so standen wir alle da, zum ersten Mal seit zehn Jahren als Familie wiedervereint. Ich sah, dass Susan über diesen Moment dankbar war, und war mir sicher, dass sie über ihren Beitrag dazu nachdachte, weshalb es zehn Jahre bis zu diesem Augenblick gedauert hatte und warum es an ein Wunder grenzte. Ich bemerkte, dass sie sehr gerührt war, legte den Arm um sie und zeigte den Kids, was für ein toller und sensibler Typ ich bin.

Ich war nicht in einer so warmherzigen Familie aufgewachsen, die ihre Gefühle offen zeigte, ebenso wenig Susan oder irgendjemand, den wir kannten. Als wir aufwuchsen, waren familiäre Beziehungen im Allgemeinen kühler, und hier, in unseren höheren Gesellschaftsschichten, lagen sie nahe am Gefrierpunkt.

Aber die Welt hatte sich verändert, und Susan hatte vermutlich ein bisschen übertrieben, um unsere nach Zuneigung hungernde Kindheit wettzumachen. Ich konnte nur hoffen, dass Edward und Carolyn mit Umarmungen und Küssen nicht geizten, wenn sie erst mal verheiratet waren und Kinder hatten, und dass sie keine Verhältnisse eingingen und ihre Geliebten nicht umbrachten.

Ich fragte Edward, ob er Gepäck hatte, und er erwiderte ebenso wie Carolyn, dass er hier genug Garderobe zum Wechseln lagerte, bezeichnete es allerdings nicht als Garderobe. Es war Zeug.

Leider hatte er wie üblich nicht genug Zeug bei sich, um das Taxi zu bezahlen, deshalb kümmerte ich mich darum und gab ein dickes Trinkgeld. »Danke«, sagte der Fahrer zu mir. »Hey, das ist vielleicht 'ne Villa.«

Weil ich ihm nicht erklären wollte, dass die Villa ein Stück weiter hinten lag, sagte ich: »Einen schönen Tag noch.«

Als das Taxi bereits angefahren war, erinnerte sich Edward an seine Reisetasche auf dem Rücksitz und rannte dem Fahrer hinterher. War ich früher so schusselig? Ich glaubte es nicht. Ich sollte Harriet fragen. Sie ist mir gegenüber ehrlich. Brutal ehrlich.

Susan und ich hielten Händchen über dem Tisch, als wir auf dem Patio saßen, ein weiteres Mal mit Champagner auf die Sutters anstießen und das Obst und Gemüse aßen, das Sophie herausgebracht hatte. Wie war ich in London sieben Jahre lang ohne Sophie ausgekommen?

Ich sollte vielleicht erwähnen, dass sich Edward und Carolyn im Umgang mit Hauspersonal nie recht wohlgefühlt haben und immer etwas verlegten wirkten. Susan hingegen war mit der Vorstellung aufgewachsen, dass jeder, die Obdachlosen vermutlich eingeschlossen, zumindest ein Dienstmädchen hatte, das die Kartons sauber hielt, in denen sie hausten.

»Wir war dein Flug?«, fragte ich Edward.

»Okay. Aber dieses Zeug am Flughafen ist ätzend. Ich wurde rausgezogen.«

»Warum?«

»Weiß ich nicht.«

Edward sah nicht wie ein Terrorist aus, aber ich nutzte die Gelegenheit und ließ mich über seine schwarze Jeans und das hautenge schwarze T-Shirt aus. »Wenn du eine gute Hose, ein richtiges Hemd und ein Sportsakko anziehst, vorzugsweise einen blauen Blazer, wie ich ihn trage, erkennt jeder, dass du ein vermögender und bedeutender Mann bist, und man wird dich höflich und mit Respekt behandeln. Kleider machen Leute.«

»Dad«, erwiderte er.

»John«, sagte Susan.

Carolyn verdrehte nur die Augen.

Dann lachten wir alle.

»Was hat es mit den Typen im Pförtnerhaus auf sich?«, fragte Edward.

»Wie deine Mutter dir gemailt hat, macht sich Mr Nasim Sorgen – vielleicht wegen des 11. September –, dass es Leute geben könnte, die ihm möglicherweise etwas antun wollen«, erwiderte ich.

»Wer denn?«, fragte Edward.

»Ich glaube, seine Landsleute.«

»Wow! Können sie das? Ich meine, hier?«

»Na ja … die Zeiten haben sich geändert.« Ich wärmte meinen Witz wieder auf und sagte: »Ich habe in den städtischen Verordnungen nachgeschlagen, und dort heißt es, dass von Montag bis Samstag vor acht Uhr morgens und nach sechs Uhr abends politische Morde nicht erlaubt sind. Und am Sonntag gar nicht.«

Wenigstens Edward fand das komisch. Ich wandte mich dem Grund ihres Besuches zu, und Susan erzählte ihnen von der Totenwache am Abend zuvor und teilte ihnen mit: »Wir gehen heute Abend alle eine halbe Stunde hin, und danach können wir hoffentlich zusammen essen.«

Damit waren alle einverstanden, und Susan fragte: »Wieso gehen wir um der alten Zeiten willen nicht in den Seawanhaka?«

Carolyn tat begeistert, und Edward war es egal, womit es beschlossen war.

Susan musste über Opa und Oma sprechen, und weil wir diese Sache vorher verabredet hatten, verteilte ich den letzten Rest Champagner und sagte: »Ich muss einen wichtigen Anruf machen. Dauert etwa 'ne Viertelstunde.«

Ich ging hinein, machte mir einen wichtigen Wodka mit Tonic und begab mich damit in mein Büro.

Wie schon gesagt, das war eine familiäre Angelegenheit der Stanhopes, und ich wollte es Susan überlassen, den Kindern so viel oder so wenig zu erzählen, wie sie ihrer Meinung nach wissen mussten.

Wenn sie ehrlich zu ihnen war, würde sie ihnen mitteilen, dass Opa und Oma alles andere als begeistert über meine Rückkehr waren und dass ihre liebenswürdigen alten Großeltern möglicherweise damit drohen würden, Mama aus dem Tresor zu verbannen, wenn wir wieder heirateten. Beziehungsweise zusammenlebten oder wenn ich mich meiner Exfrau auch nur auf tausend Meilen näherte. Und wenn Susan hundertprozentig ehrlich zu den Kindern und zu sich selbst war, würde sie sie darauf aufmerksam machen, dass auch ihr Treuhandfonds und ihr Erbteil gefährdet waren.

Allerdings schienen sich weder Edward noch Carolyn für Geld zu interessieren, und ich glaube, sie wären eher wegen der Haltung ihrer Großaltern verletzt als wegen der entgangenen Millionen.

Irgendwann würden wir alle jedoch den finanziellen Druck spüren, aber das würde uns hoffentlich als Familie noch enger zusammenschweißen. Wir könnten alle in Carolyns Zweizimmerwohnung in Brooklyn ziehen, um den Tisch sitzen, Burgerpampe essen und über Opa und Oma lästern. »Hab ich euch schon erzählt, dass er ein schlammschlürfendes Schwein war, Kinder? Reich mir mal die Limo.«

Ich hörte den Anrufbeantworter ab und stieß auf eine Nachricht von Mr Mancuso, der mir mitteilte: »Noch immer keine Spur von ihm. Ich melde mich über Mrs Sutters Handy, wenn sich etwas ändert. Und ich rufe auf jeden Fall am Samstag vom Friedhof aus an. Außerdem haben wir mit Tony Rossini gesprochen, und er weiß nichts. Aber wir bleiben dran. Zu Ihrer weiteren Information: Sally Da-da führt sein normales Alltagsleben – aber mit zusätzlichen Leibwächtern. Rufen Sie mich an, wenn Sie irgendetwas brauchen.«

Nun ja, hoffentlich nutzte Onkel Sal nicht den Familienrabatt und engagierte den Bell Security Service. Ich würde ihm die ASS-Männer empfehlen, wenn ich ihn sah.

Was Anthony anging – wo zum Teufel steckte der Typ? Er musste inzwischen von seinen Freunden und Angestellten erfahren haben, dass die FBIler und die Polizei nach ihm gefragt hatten. Von Onkel Sal gar nicht zu sprechen, der mit Sicherheit auch wissen wollte, wo sich sein Neffe versteckt hielt. Und ich ebenfalls. Die Einzige, sie sich vermutlich nicht darum scherte, war seine Frau.

Ich rief meine E-Mails ab und fand eine Mitteilung von Samantha: *Du hast diese Woche weder angerufen noch gemailt. Was soll ich davon halten?*

Nun ja, du solltest davon ausgehen, dass es kein gutes Zeichen ist.

Du könntest vielleicht auch annehmen, dass ich tot bin. Aber du würdest nie erraten, dass John der Junggeselle verlobt ist.

Ich mochte Samantha wirklich und wollte auch ganz ehrlich zu ihr sein, aber der Haken dabei war, dass sie Leute aus meiner Kanzlei kannte. Und wenn ich ihr sagte, dass ich nicht zurückkäme, würden es meine Arbeitgeber erfahren, die mir meine Stelle schriftlich bis zum 1. September zugesichert hatten.

Unterdessen erweckte es hier den Anschein, als wäre mein Jobangebot bei La Cosa Nostra vom Tisch, jedenfalls entnahm ich das dem Umstand, dass der Vorstandsvorsitzende, der das Einstellungsgespräch mit mir geführt hatte, mich jetzt umbringen wollte. Hinzu kam, dass sich Mr Nasims Angebot, mir eine zehnprozentige Provision zu zahlen, wenn ich den Verkauf des Gästehauses an ihn ermöglichte, womöglich ebenfalls erledigt hatte, da ich die Eigentümerin heiraten wollte. Ich sah ein, weshalb er meinte, hier läge ein Interessenkonflikt vor, und warum er einfach abwarten wollte, bis Susan und ich die Sicherheitsvorkehrungen zu lästig fanden.

Das einzig Gute war Williams Erpressungsversuch, sein Angebot, mich auszuzahlen, wenn ich abschob. Nur um ein paar Zahlen durchzugehen: Ich hatte den Eindruck, dass Susans Unterhalt etwa zweihundertfünfzigtausend Dollar im Jahr betrug – was erheblich mehr war als die fünf Piepen, die ich wöchentlich von meinen Eltern bekommen hatte. Aber durch die steigenden Lebenshaltungskosten waren Susans fünftausend Dollar pro Woche vielleicht durchaus angemessen. Wenn William mir außerdem eine Million gab, musste er alljährlich hunderttausend Dollar von Susans Unterhalt abzwacken, um es wieder wettzumachen und ihr eine Lektion zu erteilen. Falls er das jedoch nicht wollte, musste er es aus seiner eigenen Tasche bezahlen. Autsch!

Ich glaubte allerdings nicht, dass er noch zehn Jahre bei uns sein würde, es sei denn, er mäßigte sich mit den Martinis. Oder hielten die ihn am Leben?

Eigentlich waren das lauter müßige Überlegungen. Ich würde sein Geld nicht nehmen, wohl aber seine Tochter. Ich wollte weder *sein* noch *ihr* Geld. Aber was war mit Edward und Carolyn? Und auch mit Susan? War sie *wirklich* bereit, mit mir den Schulterschluss zu üben, Mom und Dad den Finger zu zeigen und gemeinsam mit mir »*Vaffanculo!*« zu brüllen?

Und war ich bereit, sie das tun zu lassen?

Das waren im Moment die Fragen, uns deshalb wusste ich nicht, ob ich ein Rückflugticket nach London brauchte.

Ich mailte Samantha: »*Ich entschuldige mich, kann Dir aber meine mangelhafte Kommunikation nicht erklären. Wir müssen miteinander sprechen, ich rufe Dich bis spätestens Montag an.* Ich zeichnete den Text nicht namentlich und schickte ihn ohne jede abschließende Gefühlsäußerung ab, genauso, wie sie es gemacht hatte.

Nun ja, das war ein Schritt in die richtige Richtung. Ich war mir sowieso nicht sicher gewesen, was Samantha betraf – ich ging mit Frauen, die ich entweder unmöglich heiraten konnte oder die von Anfang an kundgetan hatten, dass sie mich niemals heiraten würden, selbst wenn ihr Leben davon abhinge. Bislang hat es ganz gut geklappt.

Die Gegensprechanlage summte, und ich nahm den Hörer ab. Susan sagte: »Ich bin noch immer mit Edward und Carolyn auf dem Patio, falls du Lust hast, uns Gesellschaft zu leisten.«

»Bin gleich da.«

Ich ließ meinen Wodka im Büro und ging zurück nach draußen.

Susan sagte: »Ich glaube, ich habe Edward und Carolyn die Lage klar und deutlich dargelegt, und wir sind übereingekommen, dass für uns nur eines in Betracht kommt: Wir wollen wieder eine Familie sein.«

Ich schaute Edward an, dann Carolyn und wandte mich schließlich wieder Susan zu. Ich hoffte wirklich, dass sie die Lage klar und deutlich dargelegt hatte. Zumindest war ich mir sicher, dass sie offen gewesen war hinsichtlich einer möglichen finanziellen Bestrafung, die sie selbst treffen könnte, wenn sie Dad wieder heiratete. Aber ich war nicht ganz davon überzeugt, dass sie auch den nächsten Schritt getan und erklärt hatte, dass Opa bei ihrer Bestrafung auch die Kinder einbeziehen könnte.

»In Ordnung«, sagte ich. »Thema beendet. Wer will noch mehr Champagner?«

Susan und Carolyn wollten, während Edward und ich uns für irischen Champagner entschieden – Bier.

Weil Susan und Carolyn von sich aus anboten, die Getränke zu holen, blieben Edward und ich sitzen. Er schaute mich an und sagte: »Ich kann einfach nicht glauben, dass Opa so was tun würde.«

»Wir wissen nicht, *was* er tun wird«, erwiderte ich. »Bellende Hunde beißen nicht.« Was nicht stimmte; der alte Mistkerl biss fest zu.

Edward, sensible Seele, die er ist, sagte: »Er sollte sich freuen, dass Mom glücklich ist.«

»Möglicherweise tut er's ja. Wir wissen es nicht. Warum

klammern wir das nicht einfach aus und feiern das schöne Wiedersehen der ganzen Familie?« Unverblümt fügte ich hinzu: »Sei nett zu Opa.«

»Okay.«

Die Vorstellung, dass die Kinder möglicherweise ein Leben lang von ihrem Gehalt leben mussten, machte mir nicht so sehr zu schaffen wie die, dass Peter Stanhope, der nichtsnutzige Scheißkerl und angehende Schwager, alles bekam. Okay, wenn es so weit war, könnte ich ihm so eine Angst einjagen, dass er seiner Nichte und seinem Neffen ein paar Dollar abtrat, was besser für ihn wäre, als wenn John Sutter ihn zehn Jahre lang vor Gericht hinhielt.

»Mom liebt dich wirklich«, sagte Edward.

»Deswegen bin ich hier, Skipper.« Und ich fügte natürlich hinzu: »Ich liebe sie ebenfalls.«

Das Objekt meiner Liebe kam mit einem Eiskübel und einer Flasche Schampus heraus, und Carolyn brachte ein Tablett mit Bier und Gläsern.

Wir saßen da, unterhielten uns unter dem grauen Himmel, und ab und zu rissen die Wolken auf, und Sonnenschein fiel auf den Patio und die Sutters.

56

Wir waren gegen neunzehn Uhr dreißig bei Walton's Funeral Home und trugen uns ins Gästebuch ein, in dem es glücklicherweise keine Spalte für die Ankunfts- und Abgangszeiten gab.

Die Sutters begaben sich zum Sarg, bezeugten der Verstorbenen ihre Hochachtung und sprachen stumme Gebete. Carolyn und Edward hatten in ihrem jungen Leben noch nicht viele Tote gesehen und fühlten sich angesichts der Vergänglichkeit sichtlich unwohl. Carolyn weinte sogar, und auch Edward wirkte sehr traurig. Beide hatten Ethel gemocht, was auf Gegenseitigkeit beruhte, und ich war froh, dass sie Schmerz und Trauer empfinden konnten.

Einmal mehr ergriff ich die Initiative und führte uns vom Sarg weg.

Wie beim letzten Mal begrüßten wir Elizabeth und ihre Familie, und ich nutzte die Gelegenheit und stellte Edward und Carolyn Tom junior und Betsy vor, die sie in den letzten zehn Jahren nicht gesehen hatten. Ich bemerkte jetzt, dass zwischen Elizabeths und meinen Kindern ein Altersunterschied von sechs bis sieben Jahren bestand, was in dem Alter zwar beträchtlich war, aber kein unüberwindbares Hindernis, wenn sie einander mochten. Allerdings waren Zeitpunkt und Ort vielleicht nicht dazu angetan, die Flammen der Leidenschaft zu entfachen. Genau genommen sah ich nicht einmal einen Funken. Nun gut.

Tom Corbet und Laurence waren auch wieder da, und ich zollte Tom Anerkennung dafür, dass er einen guten Exgatten und engagierten Vater abgab. Mein Verhalten als Exgatte war meiner Meinung nach den Umständen angemessen, und ich wäre ein besserer geschiedener Vater gewesen, wenn ich nicht ein Jahrzehnt lang weg gewesen wäre. Aber das war Schnee von gestern, matschig, getaut und schließlich geschmolzen.

Ich schlug vor, ein wenig herumzulaufen, und so arbeiteten wir uns durch Salon A und begaben uns dann in den Warteraum, um nachzusehen, ob dort jemand war, den wir begrüßen mussten. Man bekommt Punkte und verteilt Punkte, wenn man zu einer Totenwache geht, und jeder will, dass sein Besuch zur Kenntnis genommen wird. Irgendwann landen wir alle im Sarg, deshalb sollte man vorher etwas dafür tun, dass man eine gute Trauergemeinde hat, wenn es so weit ist.

Susan, Edward und Carolyn sprachen mit einigen Bekannten, und allem Anschein nach war heute Abend eine andere Besucherschar da, denn auch ich kannte ein paar Leute, darunter Beryl Carlisle, eine verheiratete Frau, die früher bei jeder sich bietenden Gelegenheit mit mir geflirtet hatte und ebenso geschieden war wie ich – was würde ich heute Abend also machen?

Tja, Susan und ich waren wieder zusammen. Ist das nicht großartig? Und da ist sie ja – »Susan, komm her und sag Hallo zu Beryl. Entschuldigt mich.«

Als ich noch hier wohnte, waren Hochzeiten und Beerdigungen der Fluch meines Daseins gewesen – zu viel von beidem –, von Taufen, Verlobungsfeiern, Geburtstagen und Ruhestandspartys gar nicht zu sprechen. Wenn wir schon jeden Wandel im Leben der Menschen feiern müssen, warum gibt es dann keine Scheidungspartys? Ich bin dabei.

Ich warf einen Blick auf meine Uhr und sah, dass erst zwanzig

Minuten vergangen waren, obwohl es mir länger vorgekommen war. Ich kehrte ins Foyer zurück, wo das Ausgangsschild lockte.

Susan sollte die Truppen zusammentrommeln, ließ sich aber Zeit, und ich wartete und betrachtete eingehend eins dieser halbspirituellen Gemälde – auf dem hier drang Sonnenschein durch die Wolken und fiel in einen Hain, in dem kleine Waldwesen in Frieden und Eintracht lebten. Schrecklich. Aber besser, als weitere tödliche Gespräche mit anderen Trauergästen zu führen.

Susan trat hinter mich und sagte: »Wir sind so weit.«

Ich drehte mich um und sah, dass unsere Schar größer geworden war. »Tom und Betsy möchten mit uns kommen«, erklärte Susan.

Das war ein Zeichen, das Anlass zur Hoffnung gab. Aber aus irgendeinem Grund stand auch meine Mutter da, die mir erklärte: »Susan hat mich ebenfalls eingeladen.«

Wie kam sie hierher? Ich riss mich ganz gut zusammen und sagte: »Aber Oma braucht doch keine Einladung.«

Und so brachen wir auf. Edward und Carolyn erklärten sich tapfer bereit, mit Oma zu fahren, die Anfängerin ist, und zwar seit fünfzig Jahren. Tom junior und Betsy stiegen zu uns in den Wagen, und sie waren heilfroh, frühzeitig vom Walton's abhauen zu können, und sehr gesprächig. Nette Kids. Ich fragte mich, ob es Betsy in L. A. gefallen würde. Tom erklärte mir, dass er nach Manhattan ziehen wolle. Oder nach Brooklyn, falls er sich Manhattan nicht leisten konnte. Großartige Idee.

Wir wurden zu einem runden Tisch im Speiseraum des Seawanhaka geführt, und ich sorgte dafür, dass die Kids beisammensaßen und Susan zwischen mir und Harriet Platz nahm.

Die Bedienung nahm unsere Getränkebestellung entgegen, aber Harriet wollte nichts trinken, weil sie noch fahren musste, obwohl es egal war, ob sie betrunken oder nüchtern hinter dem

Steuer saß. Ich beschloss, dass Susan mit dem Fahren an der Reihe war, und genehmigte mir einen doppelten Scotch mit Eis. Die Kids teilten sich eine Flasche Weißwein.

Sie schienen sich gut zu verstehen, und wir mischten uns nicht in ihre Gespräche ein, wenn man mal davon absieht, dass ich erwähnte, wie sehr ich Los Angeles liebte. Ich glaube, ich sagte auch, dass Brooklyn die Rive Gauche von New York werde. Susan verpasste mir unter dem Tisch einen leichten Tritt.

Harriet war eigentlich ganz angenehm, aber das lag eher an Susan als an mir. Sie mochte Susan seit jeher, trotz ihrer schlechten Partnerwahl.

Ein paar weitere Flüchtlinge aus Salon A trudelten ein, worauf Harriet und Susan im Saal herumliefen und ich die Gelegenheit nutzte, um auf die hintere Veranda zu gehen und die Segelboote anzuschauen, die an ihren Liegeplätzen schaukelten.

Trotz des Geldes und der relativ großen Bevölkerung hat man hier manchmal das Gefühl, man wäre in einer amerikanischen Kleinstadt. Das ist das Schöne daran, wenn man hier lebt. Aber es hat auch seine Nachteile. Man kann sich zwar leicht abkapseln, vor allem, wenn man genügend Ländereien und Geld besitzt, aber man bleibt nicht anonym.

Ich mochte London, weil ich in London keine Vorgeschichte hatte, und wie in jeder großen Stadt konnte man allein bleiben oder Gesellschaft suchen, jederzeit und überall, an jedem Tag, an dem man es wollte. Hier war man Teil der Gemeinschaft, ob es einem passte oder nicht.

Ich sah ein, warum junge Leute – wie unsere Kinder oder die Corbets – in L.A. oder New York leben wollten beziehungsweise überall dort, wo sie machen konnten, was sie wollten und wann und mit wem sie es wollten.

Ich wusste nicht genau, ob meine Zeit in London vorüber war, ob ich in Manhattan, hier oder im Walton's landen würde. Es war kaum zu glauben, dass zwei Idioten – Anthony Bellarosa und William Stanhope – meine, Susans und unsere gemeinsame Zukunft beeinflussen konnten.

Harriet fuhr die jungen Corbets zum Haus ihrer Mutter, und die Sutters brachen nach Stanhope Hall auf.

Ich sagte zu Edward und Carolyn: »Ich freue mich, dass ihr ein bisschen Zeit mit Oma Harriet verbringen konntet.«

Sie pflichteten mir bei, und Carolyn sagte: »Sie ist wirklich klasse.«

Vielleicht liegt es an mir. »Seht zu, dass ihr mit ihr in Kontakt bleibt«, sagte ich. Neben ein paar tausend Seeottern hatte sie nur vier einigermaßen menschliche Erben, und zwei davon mochte sie nicht besonders.

»Wie seid ihr zwei mit Tom und Betsy klargekommen?«, fragte ich beiläufig.

Keine Antwort.

»Ihr scheint euch amüsiert zu haben.«

Keine Antwort.

»John«, sagte Susan.

Ich schwieg.

Bevor wir die Grace Lane erreichten, rief Susan Sophie übers Haustelefon an, plauderte einen Moment lang mit ihr und fragte schließlich: »Haben wir für morgen Zwiebeln?«

»Wir haben keine Zwiebeln hier«, erwiderte Sophie.

»Okay, ich besorge morgen welche. Wir sind in ein paar Minuten da.« Susan warf mir einen kurzen Blick zu, und ich nickte und war froh, dass man Sophie keine Knarre an den Kopf hielt, denn das bedeutete »keine Zwiebeln«.

Wir hatten Sophie natürlich nichts von dem kleinen Problem mit der Mafia oder den iranischen Attentätern erzählt, sondern behauptet, dass wir lediglich ein paar Sicherheitsvorkehrungen gegen Eindringlinge oder Einbrecher treffen wollten. Sie wirkte nicht allzu glücklich darüber, begriff aber, was es mit den verschlüsselten Passwörtern auf sich hatte: Zwiebeln oder keine Zwiebeln. Wir waren sogar Tomaten, Knoblauch und Gurken durchgegangen, bevor wir uns auf Zwiebeln einigten. Sie mochte Zwiebeln.

Als wir auf der Grace Lane waren, rief ich mit Susans Handy im Pförtnerhaus an und kündigte unsere baldige Ankunft an. Daher war das Tor bereits offen, als wir vorfuhren, und der ASS-Typ winkte uns durch. Vielleicht klappte das ja.

Im Gästehaus angekommen, setzten wir uns in den gemeinsamen Wohnraum oben und redeten miteinander wie an so vielen Abenden vor so vielen Jahren. Und es war fast wieder wie in alten Zeiten. Noch besser, es war, als hätten wir das in den letzten zehn Jahren dauernd gemacht.

Ich betrachtete Susan und sah, dass sie glücklich war. Tja, es stimmt – wir wissen nicht, was wir haben, bis wir es verlieren. Und wenn wir es zurückbekommen, ist es besser als beim ersten Mal.

Gegen Mitternacht umarmten und küssten wir uns alle und sagten gute Nacht.

»Seht zu, dass ihr um neun zum Frühstück runterkommt«, sagte ich zu Edward und Carolyn.

»Schlaft, solange ihr wollt«, sagte Susan.

Wer hat hier das Sagen?

Susan und ich machten uns bettfertig, wozu auch das Herausholen unseres Waffenarsenals gehörte. »Ich möchte heute Nacht die Schrotflinte«, sagte sie zu mir.

»Du hattest die Schrotflinte letzte Nacht.«

»Nein, ich hatte den Karabiner.«

»Warum machst du das immer?«

Sie lachte, dann schloss sie mich in die Arme und sagte: »John, ich bin so glücklich. Aber ich habe auch Angst.«

»Hast du?«

»Ein bisschen. Manchmal.«

»Das ist okay. Mancuso hat eine Nachricht hinterlassen. Anthony ist immer noch nicht aufgetaucht.«

»Gut.«

Nicht gut. »Vielleicht kreuzt er am Samstag bei Gottis Beerdigung auf. Mancuso will hingehen.«

»Er sollte ihn festnehmen.«

Mir wäre es lieber, wenn Onkel Sal ihn umlegt, was die Probleme vieler Menschen lösen würde. Aber vorerst war auch Onkel Sal ein bisschen nervös.

»Ich verspreche dir, dass es bald vorüber sein wird.«

Sie fragte nicht, woher ich das wusste, sondern wandte sich einem anderen Problem zu: »Edward und Carolyn wissen, dass ihr Großvater unsere Heirat nicht gutheißt, dass er mir möglicherweise den Unterhalt streicht und mich enterbt.«

»Okay. Sind sie sich darüber im Klaren, dass ihnen das Gleiche passieren kann?«

»Das Thema habe ich nicht angeschnitten.«

»Das hättest du aber tun sollen.«

»John, das wird *nicht* geschehen.«

»Na schön. Hast du ihnen gesagt, dass sie besonders lieb zu Oma und Opa sein sollen?«

»Habe ich nicht. Sie lieben ihre Großeltern, und man muss ihnen nicht sagen, dass sie nett zu ihnen sein sollen.«

Ganz im Gegensatz zu John Sutter zum Beispiel. »Na schön«, sagte ich. Mutmaßungen anzustellen nützte nichts; wir würden sehen, wer recht behielt. Ich wandte mich einer anderen wichtigen Frage zu. »Wo ist mein Yale-T-Shirt?«

»In der Wäsche.«

»Wie lange wird es in der Wäsche sein?«

»Eine ganze Weile.«

Das klang für mich so, als wäre es im Himmel. Aber weil ich sowieso gern *au naturel* schlafe, zog ich mich aus und stieg ins Bett.

Susan zog sich ebenfalls aus und sagte: »Du warst heute Abend sehr nett zu deiner Mutter.«

»Sie ist eine bezaubernde Frau.«

»Sie liebt dich, John.«

»Das merke ich.«

»Und ich möchte etwas Schönes für dich tun, weil du so nett zu meinen Eltern und zu deiner Mutter warst und dich im Bestattungsinstitut gut benommen hast.«

»Was für eine Belohnung hast du denn im Sinn?«

»Ich dachte an einen Blowjob.«

»Genau daran dachte ich auch.«

57

Carolyn kam tatsächlich um neun Uhr zum Frühstück, aber Edward schaffte es nicht. »In Los Angeles ist es sechs Uhr früh«, erinnerte mich Susan.

»Wir sind in New York«, erwiderte ich. »Und um sechs Uhr früh kann man überall auf der Welt aus den Federn steigen.«

Mutter und Tochter verdrehten die Augen und widmeten sich wieder ihrem Müsli und ihrer Zeitung.

Es war ein regnerischer Tag, deshalb waren unsere Möglichkeiten begrenzt, aber wir beschlossen, in die Stadt zu fahren und ein Museum zu besuchen, und Susan wollte natürlich mit Carolyn Kleider kaufen gehen. Ich hatte den Auftrag, Edward zum Kauf eines Anzugs und ein paar neuer Sportsakkos zu drängen.

Während wir darauf warteten, dass Prinz Edward aufstand, überflog ich die Boulevardpresse und fand einen Artikel über John Gotti. Der letzte Stand in der laufenden Saga um Mr Gottis lästigen Leichnam war, dass er noch immer bequem im Papavero Funeral Home lag, aber wie Mancuso bereits wusste, würde er am Samstag früh, morgen also, in die Kapelle des St. John's Cemetery in Queens gebracht werden. Die Öffentlichkeit war nicht eingeladen.

Was dieses Thema anging, so lag noch immer keine Nachricht von Mr Mancuso über Anthony Bellaroses Verbleib vor, aber Mr Mancuso hatte gesagt, er würde uns auf jeden Fall auf dem Weg zum Friedhof anrufen und Bescheid sagen, ob Anthony der auserwählten Schar geladener Freunde und Verwandter angehörte. Ich hatte nach wie vor den Verdacht, dass Anthonys nächster öffentlicher Auftritt entweder bei Onkel Sals Beerdigung oder bei seiner eigenen stattfinden würde. Solange es nicht bei meiner oder Susans Beerdigung war …

Der Artikel in dem Klatschblatt befasste sich mit den Hintergründen von Mr Gottis Karriere, einschließlich der Leute, die er persönlich ermordet hatte und die er hatte ermorden lassen, darunter auch sein Boss, Paul Castellano, der vor dem Sparks, meinem Lieblingssteakhaus, erschossen worden war. Hey, gebt dem Laden noch 'ne Chance. Mir kam der Gedanke, dass ich noch immer in der Wall Street Nummer 23 arbeiten würde, wenn ich meine Partner vor zehn Jahren hätte umlegen lassen, und dass nur mein Name an der Tür stünde.

Nun ja, das wäre ein etwas ausgefallener Führungsstil und für eine angesehene Anwaltskanzlei wahrscheinlich nicht angebracht. Aber dennoch …

Was das Menschliche anging, wurde in dem Artikel der tragische Tod von Mr Gottis zwölfjährigem Sohn Frank erwähnt, der auf der Straße vor Gottis Haus in Howard Beach, Queens, getötet worden war, als ein Nachbar namens John Favara den Jungen, der mit seinem Kinderfahrrad unterwegs war, überfuhr. Man entschied, dass es sich um einen Unfall handelte, aber ob Unfall oder nicht, vier Monate später verschwand Mr Favara und wurde nie wieder gesehen. Ich konnte mich an diese Tragödie erinnern, und als ich später von Mr Favaras Verschwinden las, fragte ich mich, ob ihm jemand vorgeschlagen hatte, dass er vielleicht ein längeres und schöneres Leben haben würde, wenn er aus der Gegend wegzog.

Aber man sollte nie die schlechten Entscheidungen anderer Leute kritisieren. So unwahrscheinlich es einem vorkommen mag, es kann jedem passieren, dass er neben einem Mafia-Don wohnt, der eine persönliche Vendetta gegen einen führt. Ich kannte sogar so ein Paar. Vielleicht sollten sie umziehen.

Eine weitere persönliche Information über John Gotti besagte, dass er genau wie Frank Bellarosa ein großer Fan von Niccolò Machiavelli gewesen war. Nun ja, es ist doch schön zu sehen, dass harte Jungs ihrem Köpfchen mit der Lektüre von Meistern der Renaissance auf die Sprünge helfen wollen. Man ist nie zu alt, um etwas Neues über die Natur des Menschen zu lernen, wie man Freunde und Einfluss gewinnt und ein Fürstentum oder ein kriminelles Imperium leitet.

Passenderweise erwähnte der Artikel auch, dass Mr Gotti sich als Caesar sah. Also versuchte er offenbar, diese beiden Führungsstile miteinander zu verbinden – den diktatorischen und den gerissenen. Außerdem war er allem Anschein nach bis zu einem gewissen Grad erfolgreich gewesen, genau wie Frank Bellarosa, der nicht nur Machiavelli, sondern zudem auch noch Benito Mussolini bewundert hatte.

Solche Leute – ob Italiener oder nicht – lieben die Macht, und sie lieben es, diese Macht auszuüben. Und an dem Vorbild, das sie sich aussuchen, erkennt man, woher sie kommen.

Anthony Bellarosa – Little Caesar – hingegen war meiner Meinung nach einfach ein größenwahnsinniger Mann und der gescheiterte Nachfolger im väterlichen Imperium. Aber das war nicht mein Problem, sondern dass er ein gefährlicher Schlagetot war, der impulsiv handelte. Seine Instinkte funktionierten möglicherweise genauso gut wie die seines Vaters, denn es war mit Sicherheit nicht sein Verstand, der ihn so lange am Leben erhalten hatte. Frank zu überlisten hatte ein geistiges Duell mit einem großen gegnerischen General bedeutet; Anthony zu überlisten glich dagegen dem Versuch, ein Raubtier auszutricksen, das keinen Intellekt besitzt – bloß einen leeren Bauch, der gefüllt werden muss.

Nun ja, zurück zu John Gotti. Dem Artikel zufolge hatte der Don eine Vorliebe für Brioni-Anzüge zu zweitausend Dollar das Stück gepflegt. Ich sagte zu Susan: »Ich werde Edward einen Brioni-Anzug kaufen.«

»Sind das gute Anzüge?«

»Hervorragende. Um die zweitausend Dollar.« Und ich fügte hinzu: »In Italien von Hand gefertigt.«

»Du solltest dir auch einen kaufen.«

»Warum nicht? Vielleicht bekommen wir Mengenrabatt.«

Edward erschien gegen zehn Uhr morgens, und während er seinen Kaffee trank, bereitete ihm Susan sein Lieblingsfrühstück mit Spiegeleiern, Würstchen und dick mit Butter beschmierten Biskuits zu. Das ist auch mein Lieblingsfrühstück, deshalb sagte ich: »Ich nehme das Gleiche.«

»Nein, das wirst du lassen.«

Hey, jemand wollte uns umbringen, was spielte es für meine Lebenswartung also für eine Rolle, wenn ich ungesunde Nahrung zu mir nahm? Was entgeht mir hier?

Susan hatte beschlossen, für unser Abenteuer in der Stadt ein Auto mit Fahrer kommen zu lassen – kein Warten im Regen, bis ein Taxi kam, und kein Gewese mit dem Parken –, das um elf vorfuhr. Es stimmt – ob reich oder arm, es ist schön, Geld zu haben.

Unsere erste Anlaufstelle war das Frick Museum an der Fifth Avenue, und ich fragte Susan, ob ihre Freundin Charlie Frick hier arbeitete. Sie gab mir keine Antwort, daher weiß ich es nicht, und ich habe Charlie dort nicht gesehen.

Wir zogen uns eine Stunde und siebenundzwanzig Minuten lang Kunst rein, gönnten uns dann ein großartiges Mittagessen im La Goulue, einem meiner Lieblingsrestaurants an der Upper East Side.

Edward ist insgeheim ein eingefleischter New Yorker, und

ein Großteil seiner Freunde wohnt in der Stadt, aber er hat sich für einen Beruf und ein Leben entschieden, die ihn an der Westküste festhalten werden. Susan kommt damit nicht zurecht, doch wenn sie das Stanhope'sche Vermögen besäße, würde sie Mittel und Wege finden, Edward zurückzuholen. Wie es die Ironie des Schicksals wollte, hätte ich Anthony für eine Investition von nur etwa fünfzigtausend Dollar bitten können, sich etwas einfallen zu lassen, wie man die Erbschaft beschleunigen konnte. Das ist wirklich kein netter Gedanke. Außerdem ist er müßig; ich hatte meine Chance gehabt, aber das Timing war schlecht gewesen.

Nach dem Essen setzte der Fahrer Edward und mich bei Brioni's an der East 52nd Street ab, während die Damen im Wagen blieben, um entlang der Madison und Fifth Avenue auf Beute- und Plünderungszug zu gehen.

Edward geht genauso gern einkaufen wie ich, aber wir bekamen einen Brioni-Anzug mit passenden Accessoires für ihn. Er wollte eigentlich keinen Anzug für zweitausend Dollar, aber ich erklärte ihm, dass er seiner Mutter eine Freude machen würde, und außerdem bezahlten wir mit ihrer Amex-Karte, deshalb kostete es ihn nur etwas Zeit und ein bisschen Langeweile. Der Anzug sollte in acht Wochen fertig sein und nach Los Angeles geschickt werden. In meinem nächsten Leben will ich Susan Stanhopes Sohn sein. Eigentlich hatte sie ja gesagt, ich sollte mir auch einen besorgen, aber wir mussten anfangen zu sparen, auch wenn Susan damit noch nicht zurechtkam.

Edward und ich kamen zu dem Schluss, dass wir für diesen Tag genug Einkäufe getätigt hatten, und Edward rief mit seinem Handy den Wagen, der uns abholte und am Yale Club an der Vanderbilt Avenue absetzte.

Wir ließen uns in der großen Lounge nieder, lasen Zeitung, redeten und tranken ein paar Gläser Tomatensaft, in die, glaube ich, jemand Wodka gekippt hatte.

Susan meldete sich um fünf auf Edwards Handy, und er sagte, wir tränken im Yale Club unseren Nachmittagstee. Er ist ein braver Junge. Ein Apfel vom rechten Stamm.

Der Berufsverkehr an einem regnerischen Freitag ist das reinste Chaos, daher kamen wir erst nach neunzehn Uhr zu Hause an.

Ich erschrak, als ich feststellte, dass der Kofferraum des Wagens voller Kartons und Tüten war, und wir mussten alle vier, plus Fahrer, anpacken, um sie ins Haus zu tragen. Bevor ich allerdings eine spöttische Bemerkung machen konnte, verkündete Susan: »Carolyn und ich haben dir eine Krawatte gekauft.«

Ich fühlte mich schrecklich wegen dem, was ich beinahe gesagt hätte, und beeilte mich, zu erwidern: »Danke. Hoffentlich habt ihr nicht zu viel ausgegeben.«

Ich überlegte, ob ich Susan unter vier Augen klarmachen sollte, dass sie ihre Eicheln für eine mögliche Geldknappheit hamstern sollte, aber was dieses Thema anging, wusste sie natürlich genauso viel wie ich, daher machte sie vielleicht genau das – hamsterte Armani, Escada, Prada und Gucci für magere Zeiten. Gut gedacht. Außerdem hielten wir mit dem Brioni-Anzug die italienische Wirtschaft in Schuss.

Ich hörte den Anrufbeantworter ab, auf dem mehrere Nachrichten waren, aber keine von Mancuso, der auf jeden Fall auf Susans Handy angerufen hätte, wenn er uns etwas Wichtiges mitzuteilen gehabt hätte.

Ich ging meine E-Mails durch und fand eine Nachricht von Samantha, die da lautete: *Fliege morgen nach New York. Treffe am späten Nachmittag ein. Triff Dich mit mir um sieben im The Mark.*

Gutes Hotel, aber weil ich glaubte, dass dieses Treffen platzen würde, tippte ich rasch: *Die Mafia will mich umbringen, und ich bin verlobt. Kaum zu glauben, aber …* Es musste eine bessere

Möglichkeit geben, ihr das mitzuteilen. Ich löschte den Text und tippte: *Liebe Samantha, meine Exfrau und ich haben uns wiedervereint und –*

Susan kam herein und fragte mich: »Wem mailst du?«

Während ich auf Löschen drückte, sagte ich: »Meiner Kanzlei.«

»Wieso?«

»Ich kündige.«

»Gut.« Sie zog sich einen Stuhl heran und setzte sich neben mich. »Ich helfe dir.«

»Okay …« Ich warf einen Blick auf meine Uhr. »Das könnte eine Weile dauern, und wir sollten zum Bestattungsinstitut gehen.«

»Das dauert nur ein paar Minuten.«

Ich nehme an, der Zeitpunkt war gekommen, da ich eine Brücke abbrechen musste, die ich eigentlich stehen lassen wollte. Und so formulierte ich mit Susans Hilfe einen sehr schönen, wohlüberlegten und positiven Brief an meine Kanzlei, in dem ich mitteilte, was für eine schwierige Entscheidung es für mich war, verlieh meiner Hoffnung Ausdruck, dass dies keine Unannehmlichkeiten verursachen möge und so weiter und so fort, und versicherte, dass ich in ein paar Wochen nach London käme, um meine persönlichen Sachen abzuholen, meinen Nachfolger einzuweisen und sämtliche Papiere zu unterschreiben, die für meine Trennung von der Kanzlei nötig seien.

»Teil ihnen mit, dass du heiraten willst«, schlug Susan vor.

»Warum?«

»Damit sie verstehen, weshalb du nicht zurückkommst.«

»Das ist nicht nötig.«

»Sie werden sich für dich freuen.«

»Das ist ihnen egal. Es sind Briten.«

»Unsinn. Sag's ihnen.«

Also tat ich meine gute Nachricht kund, die Samantha via Telefon oder E-Mail binnen Nanosekunden erfahren würde.

Nun ja, in London war es zwei Uhr früh, folglich hatte ich heute Abend noch etwas Zeit, um ihr zu mailen.

Ich drückte auf die Sendetaste, und ab ging's nach London. Diese Sachen sollten eine einminütige Verzögerung haben, damit man es sich noch mal überlegen oder zumindest seine Frau oder Freundin aus dem Zimmer schicken kann.

Kurzum, hier ging es darum, dass ich versucht hatte, sämtliche Flanken zu decken und alle Möglichkeiten durchzuspielen. Aber jetzt musste ich auf gut Glück springen und das Beste hoffen.

Falls ich Susan verlassen würde, dann nicht, weil ich sie verlassen wollte. Wenn überhaupt, dann musste ich sie verlassen, um ihre und die Zukunft unserer Kinder abzusichern. Das ist viel, viel besser und so weiter und so fort.

Aber es konnte durchaus möglich sein, dass sie aus den gleichen Gründen eine schwere Entscheidung treffen musste. Eine Mutter will instinktiv ihre Kinder beschützen, und dafür hatte ich Verständnis.

»Was sitzt du da herum und denkst nach?«, fragte Susan.

»Ich denke über dich, Edward und Carolyn nach … und wie gut es ist, dass wir diese gemeinsame Zeit haben.«

»Wir werden unser ganzes Leben zusammen sein.«

Und das war das andere Problem.

58

Wir trafen um zwanzig Uhr fünfzehn beim Walton's ein, und wie immer waren am letzten Abend, an dem man sich die Verstorbene anschauen konnte, alle da, die es bisher vor sich hergeschoben hatten, dazu ein großes Kontingent Kanzelschwalben von St. Mark's.

Wir gingen wie üblich zum Sarg – Ethel sah immer noch gut aus –, sagten den Besitzern der Tickets für die erste Reihe Hallo, klapperten wieder Salon A ab und sahen uns im Foyer und im Warteraum um. Mich befiel ein starkes Déjà-vu-Gefühl.

William und Charlotte waren da, doch ich hatte nicht die Gelegenheit, mit ihnen zu sprechen. Genau genommen gingen wir einander aus dem Weg. Meine Mutter war ebenfalls da, und ich begrüßte sie.

Auch Diane Knight war gekommen, Ethels Krankenschwester aus dem Hospiz, die nett war, aber mir fiel auf, dass ich den behandelnden Arzt der Verstorbenen nicht im Bestattungsinstitut gesehen hatte. Ich nehme an, das könnte peinlich sein.

Außerdem entdeckte ich Ethels Steuerberater, Matthew Miller, sprach eine Minute lang mit ihm und vereinbarte eine Zusammenkunft wegen Ethels abschließender Buchprüfung. Okay, eigentlich sollte man in einem Bestattungsinstitut nichts

Geschäftliches regeln, aber man darf wenigstens einen Termin vereinbaren.

Charlie Frick, Susans Tischgefährtin von letzter Woche, war ebenfalls da, und ich stellte mich vor und erzählte ihr, dass ich tagsüber in ihrem Museum gewesen war. »Hübsches Haus. Jede Menge Kunst«, erklärte ich ihr. Dann wies ich sie auf das schrecklich anregende Gemälde im Foyer hin. »Das würde sich im Frick gut machen.«

Sie entschuldigte sich und zog ab, vermutlich um mit Susan über mich zu sprechen.

Außerdem lief ich Judy Remsen über den Weg, die in alten Zeiten eine gute Freundin von uns gewesen war, und sie schien begeistert zu sein, mich zu sehen. Sie kannte die gute Nachricht über uns bereits und freute sich sehr. Das ist die Dame, die uns auf dem Patio *in flagrante delicto* erwischt hatte, und ich bin mir sicher, dass sie sich jedes Mal daran erinnerte, wenn sie mich sah. Ich erwähnte den Vorfall natürlich nicht, sagte aber: »Schau doch nächste Woche vorbei und leiste uns bei ein paar Sonnenuntergangscocktails auf dem Patio Gesellschaft.«

»Ich … ja, das klingt wunderbar.«

»Ruf vorher an.« Ich lächelte.

Sie entschuldigte sich.

Als Nächstes begegnete ich Lester Remsen, Judys Mann, der ebenfalls ein Freund und zugleich mein Börsenmakler war. Lester und ich hatten eine Auseinandersetzung gehabt, weil ich Frank und Anna Bellarosa zum Abendessen in den Creek mitgenommen hatte. Susan war natürlich ebenfalls bei dem Essen gewesen, aber ihr hatte man das durchgehen lassen, da man ihr nahezu alles durchgehen lässt. Ich bin immer der böse Bube. Aber hey, ich schlucke das einfach runter.

Lester bot mir seine professionellen Dienste an, falls ich sie wieder benötigen sollte. Rüstungsaktien und elektronische Sicherheit waren im Moment heiße Nummern. »Schutzanzüge. Das wird die große Sache«, sagte ich.

Ich sah auch die DePauws, das Paar, das auf dem Hügel vis-à-vis vom Tor von Alhambra wohnte und bei denen das FBI seinen Observationsposten eingerichtet hatte, um sämtliche Autos und Gäste zu fotografieren, die zu Franks Anwesen kamen – mich und Susan eingeschlossen –, und ich fragte ihn, ob er das immer noch fürs FBI machte.

Er sagte nein, und die DePauws entschuldigten sich.

Beryl Carlisle ging mir aus dem Weg, und Althea Gwynn schnitt mich.

Es war wunderbar, wieder da zu sein.

Im Foyer entdeckte ich Reverend James Hunnings. Das ist der Mann, der, wie ich schon erwähnt habe, nicht mein Lieblingsgeistlicher ist, auch wenn er das anscheinend für alle anderen ist. Daher liegt es vielleicht an mir. Aber ich glaube, es liegt an ihm.

Jedenfalls entdeckte er mich ebenfalls, kam zu mir und sagte mit seinem Kanzeltonfall: »Guten Abend!«

»Guten Abend«, erwiderte ich – wie ich hoffte, ohne ihn nachzuäffen.

»Wie ist es Ihnen ergangen, John?«

»Großartig.« Bis vor fünf Sekunden. »Wie ist es Ihnen ergangen?«

»Gut. Danke der Nachfrage.«

»Und Mrs Hunnings? Wie ist es ihr ergangen?«

»Ihr geht's ebenfalls gut, und ich werde ihr bestellen, dass Sie sich nach ihr erkundigt haben.«

Ich habe nie begriffen, warum seine Frau nie ein Verhältnis eingegangen war. Sie war eigentlich ganz attraktiv, und sie hatte ein leichtes Funkeln in den Augen.

»Haben Sie einen Moment Zeit?«, fragte Pater Hunnings.

»Äh … tja …«

»Ich würde gern unter vier Augen mit Ihnen sprechen.«

Hm, ich war ein bisschen neugierig, aber ich wollte auch meinen Cocktail. Entscheidungen, Entscheidungen. »Na schön.«

Er führte mich die Treppe des alten viktorianischen Hauses hinauf, zu einem Zimmer, an dessen Tür ein Kreuz prangte und das, wie ich vermutete, dem Klerus christlichen Glaubens vorbehalten war. Im Inneren standen ein Schreibtisch und eine Reihe Stühle rund um einen Tisch, an den wir uns setzten.

»Zunächst einmal möchte ich Sie zu Hause willkommen heißen«, begann Pater Hunnings.

»Danke.«

»Ich hoffe, Sie werden sich wieder der Familie von St. Mark's anschließen.«

Ich nehme an, er meinte die Gemeinde. Wenn man eine Weile weg war, ist es manchmal schwierig, dem Neusprech zu folgen. Jedenfalls wäre das die Gelegenheit, ihm zu sagen, dass ich Buddhist geworden war, stattdessen aber erwiderte ich: »Das werde ich sicher tun.«

»Ich habe natürlich gehört, dass Sie und Susan wieder vereint sind.«

»Gute Nachrichten verbreiten sich schnell.«

»In der Tat. Ich vermute, Sie und Susan gedenken in St. Mark's zu heiraten.«

»Das würde passen.« Kriegen wir einen Wiederholungsrabatt?

»Nun, dann hoffe ich doch, dass Sie und Susan eine voreheliche Beratung in Betracht ziehen.«

Die hatte ich bereits von William bekommen, und ich erwiderte: »Tja, wir waren schon mal verheiratet. Miteinander.«

»Das weiß ich, John, aber, wenn ich offen sein darf, dann sollten die Umstände Ihrer Trennung und Scheidung in einem pastoralen Beratungsgespräch, zu dem ich mich gern anbiete, angesprochen werden.«

»Na ja … wissen Sie, Pater, seit unserer Scheidung ist so viel Zeit vergangen, dass ich mich kaum noch erinnern kann, was uns zu diesem Entschluss geführt hat.«

Er fand das ein bisschen schwer zu glauben – und ich ebenfalls –, empfahl aber: »Sprechen Sie mit Susan über die Beratung und melden Sie sich bitte wieder bei mir.«

»Wird gemacht.«

Er unternahm einen letzten Vorstoß: »Sie wollen doch auf einem festen Fundament bauen, damit Ihr Haus nicht erneut einstürzt.«

»Guter Vergleich.« Mir kam der gemeine Gedanke, dass Pater Hunnings bloß die pikanten Details von Susans Verhältnis, ihrem Mord an Frank und vielleicht sogar unseres seitherigen Sexuallebens erfahren wollte. Ich gab mir in Gedanken eine heftige Ohrfeige und sagte: »Ich weiß Ihre Besorgnis zu schätzen.«

»Ich tue nur meine Pflicht, John, und versuche Gottes Werk zu vollbringen.«

»Okay. Nun … ja. Gut.« Ich warf einen Blick auf meine Uhr.

Er fuhr fort: »Und apropos Häuser. Meines Wissens leben Sie und Susan zusammen.«

Wer hatte gepetzt? Und weil mir klar war, worauf das hinauslief, erwiderte ich: »Ich schlafe im Gästezimmer.«

»Tun Sie das?«

»Natürlich.« Das war wirklich unglaublich, aber ich nehme an, man muss sich in seine Lage versetzen. Er musste sagen können, dass er dies gegenüber seinem Sünder zur Sprache gebracht und seine Missbilligung deutlich gemacht hatte. Ich konnte ihn regelrecht hören, wie er heute Abend am Esszimmertisch mit seiner Frau redete – wie hieß sie doch gleich? Sarah? Wirklich attraktiv.

»John? Ich habe gesagt, es wäre keine Gott genehme Beziehung, wenn Sie das gleiche Bett teilten.«

Ich kam mir allmählich vor wie achtzehn, was irgendwie komisch war. »Ich verstehe«, erwiderte ich.

»Gut.« Dann sagte er: »Ich kann mir vorstellen, dass sich Edward und Carolyn für Sie freuen.«

»Sie sind begeistert.«

Pater Hunnings wechselte das Thema. »Ihre Mutter hat mich gebeten, mit Ihnen zu sprechen.«

»Worüber?«

»Sie hat mir gegenüber erwähnt, dass Sie beide sich entfremdet haben«, erwiderte er und fügte hinzu: »Sie war sehr betroffen, dass Sie nicht zur Beerdigung Ihres Vaters gekommen sind.«

»Nicht betroffener als ich, als ich erfuhr, dass er gestorben war. Ich war auf See.«

»Ja, ich weiß.« Er wechselte abermals das Thema und erkundigte sich: »Wenn ich fragen darf, wie haben Mr und Mrs Stanhope die Neuigkeit aufgenommen?«

Das klang wie eine Frage, auf die er die Antwort bereits wusste. »Sie sind wegen der Beerdigung hier, daher sollten Sie sie selber fragen, wenn Sie es nicht bereits getan haben«, erwiderte ich.

»Ich habe sie heute Abend gesehen. Aber wir haben nur kurz miteinander gesprochen.«

Ach, wirklich? »Sie sind in einem Cottage im Creek, falls Sie sie anrufen wollen.«

»Sie waren stets aktive und großzügige Gemeindemitglieder von St. Mark's«, sagte Pater Hunnings, »und ich achte sie beide sehr und weiß, dass Susan beide liebt, deshalb mache ich mir Sorgen um Sie alle, falls sie Ihnen ihren Segen nicht erteilen.«

Ich holte tief Luft, bevor ich ihm entgegnete: »Ich mache mir nichts aus ihrem Segen – oder ihrem Geld. Und meine Mutter sollte es genauso halten, falls sie sich darüber Gedanken macht. Und wenn William und Charlotte nach wie vor für St. Mark's spenden, dann können Susan und ich woanders heiraten, falls *Sie* sich darüber Gedanken machen.«

Er hob die Hand – Frieden? Mund halten? »Mir geht es darum, John, dass Sie bei Ihrer Heirat nicht schlecht beraten sind und dass sie Ihrer beider Erwartungen erfüllt, und dass

Sie das heilige Sakrament der Ehe in voller Kenntnis um Ihre Pflichten und Aufgaben empfangen.«

Hier ging es um mehr, aber ich war mir nicht sicher, worum genau. Wenn ich jedoch raten dürfte, würde ich sagen, dass William bereits mit Pater Hunnings gesprochen und ihm erklärt hatte, dass er und Mrs Stanhope absolut gegen diese Ehe waren und ob Pater Hunnings so freundlich sein könnte, mit John und Susan ein Beratungsgespräch zu führen und danach natürlich noch einmal getrennt mit beiden zu reden. Teile und herrsche. William würde Pater Hunnings zweifellos erklären, dass er John Sutter für einen Heiratsschwindler hielt. Und vielleicht erzählte er Pater Hunnings sogar, dass John ihn um ein Schmiergeld gebeten hatte, damit er von der bevorstehenden Verlobung und Ehe Abstand nahm. Und natürlich würde William auch ganz beiläufig erwähnen, dass er St. Mark's eine großzügige Spende zukommen lassen werde.

Ich würde Willie dem Hinterfotzigen alles zutrauen. Aber eigentlich glaubte ich nicht, dass Pater Hunnings die ganze Tour mitmachen würde; es würde nur so weit dabei sein, wie er konnte, und vielleicht prüfen, ob William Stanhopes Bedenken gerechtfertigt waren. Oder er würde zur nächsten Stufe kommen und mich fragen, ob ich William um Geld gebeten hatte. Und vielleicht würde er Susan ein paar Zweifel einimpfen.

William war ein skrupelloser, machiavellistischer Drecksack, aber statt Pater Hunnings, der viel von William hielt, darauf hinzuweisen, sagte ich: »Susan und ich haben beschlossen, wieder zu heiraten, und das sollte eigentlich niemand anders etwas angehen.«

»Natürlich«, gestand er gnädigerweise zu, aber dann fuhr er fort: »Es ist nur so, dass dies nach all den Jahren der Trennung so plötzlich kommt, und Sie sind erst wieder seit … wie lange? Eine Woche?«

»Seit Sonntag. Gegen Mittag.«

»Nun, ich bin mir sicher, dass Sie sich nicht in diese Ehe stürzen werden, ohne sich vorher die Zeit zu nehmen, einander wieder kennenzulernen.«

»Guter Ratschlag.« Wenigstens konnte er William sagen, dass er es probiert hatte. Ich stand auf. »Tja, Susan und die Kinder fragen sich wahrscheinlich, wo ich bin.«

Er stand ebenfalls auf, war aber noch nicht fertig. »Ich habe Mrs Allard oft besucht, während sie im Hospiz lag. Sie war eine sehr gläubige und vom Geist Gottes erfüllte alte Dame.«

»Sie war einzigartig«, pflichtete ich bei.

»Das war sie. Und sie erwähnte, dass Sie einen angenehmen Besuch im Fair Haven hatten.«

»Tut mir leid, dass ich Sie dort verpasst habe.«

»Sie hat mir als ihrem Priester anvertraut, dass sie Ihnen einen Brief geschrieben hat.«

Ich schaute ihn an, erwiderte aber nichts.

»Sie hat mir ganz allgemein den Inhalt dieses Briefes mitgeteilt und mich gefragt, ob ich der Meinung sei, dass sie ihn Ihnen geben sollte.«

Wieder schwieg ich, worauf er sagte: »Ich glaube, Elizabeth sollte Ihnen den Brief nach Ethels Tod geben. Hat sie das getan?«

»Darüber möchte ich lieber nicht sprechen«, sagte ich.

Er nickte. »Wie Sie wollen.« Er warf einen Blick auf seine Uhr. »Oh. Es wird Zeit für die Gebete.«

Wir gingen gemeinsam zur Tür, und er sagte: »Ich hoffe doch, Sie bleiben noch und beten mit uns.«

»Ich wünschte, ich könnte es.«

Wir gingen die Treppe hinunter, und ich nutzte die Gelegenheit, um ihm zu erklären: »Ich bin als Anwalt für die Verwaltung von Mrs Allards Nachlass verantwortlich, wie Sie sicher wissen, und auch wenn das Testament noch nicht eröffnet und als rechtswirksam bestätigt wurde, kann ich Ihnen, glaube ich, doch mitteilen, dass Mrs Allard St. Mark's eine großzügige Spende vermacht hat.«

Wir kamen zum Fuß der Treppe, und Pater Hunnings nickte, tat desinteressiert und sagte: »Das war sehr gütig von ihr.«

Wie lautete doch gleich das Wort? »Das Vermächtnis sollte binnen acht Wochen zugeteilt werden«, versicherte ich ihm. »Wenn Sie bei der Testamentseröffnung dabei sein wollen, werde ich Sie über Zeitpunkt und Ort verständigen.« Oder ich stecke den Scheck über fünfhundert Dollar, abzüglich der Portogebühr, einfach in die Post.

Pater Hunnings versuchte wahrscheinlich dahinterzukommen, wie viel Geld Ethel Allard besessen haben könnte und ob ihre Spende an die Kirche den Beuteanteil der Familie deutlich schmälern würde. Vermutlich wollte er nicht bei ihnen sitzen, wenn er einen Gutteil ihres Erbteils davonschleppte. Ich hatte das schon erlebt.

»Es ist nicht nötig, dass ich dabei bin«, erwiderte er schließlich.

»Sagen Sie mir Bescheid, wenn Sie Ihre Meinung ändern. Mögen Sie Katzen?«

»Äh … eigentlich nicht. Warum?«

»Nun ja … Mrs Allard … aber das können wir ein andermal besprechen.«

Wir wünschten einander einen guten Abend.

Ich traf Susan im Foyer, und sie teilte mir mit, dass ihre Eltern gegangen waren, um mit Freunden zu Abend zu essen. Das überraschte mich – nicht, dass sie nicht mit den Sutters speisten, sondern dass sie Freunde hatten.

Nichtsdestotrotz sagte ich: »Ich bin überrascht und auch etwas verärgert, dass sie sich die Gelegenheit entgehen lassen, mit ihren Enkeln zusammen zu sein.«

»Tja, sie haben mit Edward und Carolyn gesprochen«, erwiderte Susan.

»Und, war es ein fröhliches Wiedersehen?«

»Es sah so aus.«

Das klang nicht gerade positiv. »Deine Eltern gehen mir aus dem Weg, und sie sind eingeschnappt. Und sie wissen, dass sich Edward und Carolyn sehr für uns freuen. Deshalb sind deine Eltern nicht glücklich über Edward und Carolyn.«

»John, lass uns das nicht überbewerten.«

»Na schön. Was machen wir jetzt?«

»Möchtest du bis zu den Gebeten bleiben?«

»Ich dachte, wir könnten vielleicht ganz für uns in einer hiesigen Bar beten.«

Sie lächelte. »Lass uns zu McGlade's gehen. Wir sind schon eine ganze Weile nicht mehr dort gewesen.«

Etwa zehn Jahre, wenn man's genau nimmt. »Klingt gut«, sagte ich.

Wir trommelten die Kinder zusammen, und Susan nannte einer Reihe von Leuten unser Ziel. Die Bestattungsbräuche in Amerika sind sehr unterschiedlich, aber hier in der Gegend begeben sich manche Menschen nach dem letzten Betrachten der Leiche gern in eine Bar – vor allem am Freitagabend. Wo kann man besser mit seiner Trauer zurechtkommen?

Folglich begaben sich die Sutters auf den zweiminütigen Weg zu McGlade's Pub an der Station Plaza, wo sich eine muntere Freitagabendschar tummelte. Wir nannten der Hostess unsere Namen und kämpften uns zur Bar durch.

Susan und ich plauderten mit einigen Gästen, darunter auch ein paar aus dem Walton's, sowohl Salon A als auch Salon B, und es war für fast alle ein netter Abend.

Edward und Carolyn entdeckten ein paar Bekannte ihres Alters und rotteten sich mit ihnen am anderen Ende der Bar zusammen.

Aus der Jukebox schallte Zeug aus den sechziger Jahren, und der Laden war voller Pendler, Städter und aller möglicher anderer Leute aus sämtlichen Gesellschaftsschichten, was das Kennzeichen eines guten Pubs ist. Soweit ich mich entsann, hieß es auf der Speisekarte sogar: »McGlade's – wo sich Debütantinnen und Männer aus den Bergen treffen.« Susan sagte früher immer, damit wären wir gemeint.

Als auserkorener Fahrer blieb ich bei Dünnbier, während sich Lady Susan von Stanhope in Suzie verwandelte und sich ein paar Wodka mit Tonic hinter die Binde kippte. Ich stellte fest, dass sie allgemein beliebt war, und mir kam der Gedanke, dass sie nicht lange Witwe geblieben wäre, selbst wenn ich nicht des Wegs gekommen wäre.

Nach etwa einer Dreiviertelstunde hatte die Hostess einen Tisch für uns, und wir beschlossen, Edward und Carolyn bei ihren Freunden an der Bar zu lassen, und setzten uns allein hin, was schön war. Auf der Karte stand nicht eine einzige gesunde Speise, deshalb gönnte ich mir eine großartige amerikanische Pub-Mahlzeit. Ich liebe diese scharfen Hühnerflügel.

Es kam mir vor wie in alten Zeiten, wenn man mal davon absah, dass Susan zu Hause anrief, bevor Sophie zu Bett ging, worauf Sophie bestätigte, dass keine Zwiebeln in der Küche auf uns warteten.

Kurz vor Mitternacht überzeugten wir die Kids, dass sie mit uns aufbrechen sollten. Wir hielten am Pförtnerhaus an, und ich stieg aus. Außer Hörweite der Kinder erklärte ich dem Wachmann, dass ich Probleme mit einem Mafia-Nachbarn hatte, aber er war bereits informiert. »Ich rufe in etwa zehn Minuten vom Haus aus an«, sagte ich zu ihm. »Wenn nicht, rufen Sie die Polizei, und wenn Sie wollen, können Sie zum Gästehaus kommen. Mit gezogener Waffe.«

Ich wusste nicht, wie er darauf reagieren würde, aber er sagte: »Warten Sie hier, dann wecke ich meine Ablösung und komme mit Ihnen.«

Weil ich im Beisein von Edward und Carolyn keine große Sache daraus machen wollte, sagte ich: »Ist schon gut. Warten Sie nur auf meinen Anruf.«

»Ich bin Cop im Bezirk Nassau und habe dienstfrei.« Er stellte sich als Officer Dave Corroon vor und zeigte mir sogar seinen Ausweis, für den Fall, dass ich ihn für einen dieser größenwahnsinnigen Mietbullen hielt, die man zuhauf bei privaten Wachschutzfirmen antraf. Er sagte: »Ich würde Ihnen raten, auf mich zu warten, wenn Sie meinen, dass es in Ihrem Haus Schwierigkeiten geben könnte.«

Ich erklärte ihm das mit der Parole und Gegenparole, wie wir das bei der Army genannt hatten. Zwiebeln, keine Zwiebeln.

Er fand das klug.

Ich stieg wieder in den Lexus, aber niemand fragte mich, worüber ich mit dem Wachmann geredet hatte, und wir fuhren zum Gästehaus weiter.

Susan versuchte Sophie über ihr Handy zu erreichen, dann übers Haustelefon, aber niemand meldete sich, und ich vermutete, dass sie schlief.

Als wir alle aus dem Auto stiegen, sagte ich: »Ich brauche ein bisschen frische Luft. Wollen wir uns nicht eine Minute auf den Patio setzen und über morgen reden?«

Susan fand die Idee gut, und falls Edward und Carolyn anderer Meinung waren, sagten sie es nicht.

Susan geleitete sie zu dem Weg, der neben dem Haus vorbeiführte, und ich sagte: »Ich komme gleich nach.«

Ich schloss die Haustür auf und öffnete den Schrank in der Diele, wo ich den Karabiner hinterlegt hatte. Er war noch da. Ich holte ihn heraus, kontrollierte kurz das Erdgeschoss, dann den ersten Stock. Von unserem Schlafzimmer aus wählte ich das Pförtnerhaus an, worauf sich Officer Corroon meldete und fragte: »Alles okay. Haben Sie Zwiebeln?«

»Hier sind keine Zwiebeln.«

»Okay. Rufen Sie an, wenn Sie Zwiebeln zu sehen oder zu hören meinen.«

»Danke.« Ich legte auf, ging nach unten und stellte den Karabiner in den Besenschrank, bevor ich auf den Patio ging.

Susan und Carolyn saßen am Tisch und redeten miteinander,

und Edward schlief im Clubsessel. Wir ließen ihn schlafen und besprachen das Programm für den darauffolgenden Tag. Abfahrt um spätestens neun Uhr dreißig, Trauergottesdienst in St. Mark's um zehn Uhr. Danach zur Beerdigung zum Stanhope'schen Friedhof, und wenn Pater Hunnings am Grab nicht zu lange laberte – betet um Regen –, kamen wir noch vor Mittag vom Friedhof weg. Danach wieder zu St. Mark's, wo im Gemeinschaftsraum im Keller eine Art Leichenschmaus geplant war. Nicht gerade das, was ich mir unter einem lustigen Sonnabend vorstelle, aber man kann nicht jeden Tag am Strand rumhängen.

»Sollen wir jetzt unsere Uhren vergleichen?«, fragte Carolyn.

Susan fand das komisch. Wenn ich das gesagt hätte …

»Elizabeth hat für Samstagabend Freunde und Verwandte zu sich nach Hause eingeladen«, teilte Susan uns mit, »und meiner Meinung nach sollten wir hingehen.«

Ich war noch nie in Elizabeths Haus gewesen und fand, ich sollte mir das Gästezimmer ansehen und den Lagerraum im Keller begutachten. Nur für den Fall. »Schön«, erwiderte ich. »Okay – abgelehnt.«

Nicht mal ein Lächeln.

Carolyn weckte ihren Bruder, und die beiden zogen sich zurück.

Nach dem ganzen Dünnbier brauchte ich einen Schlummertrunk, daher begaben wir uns ins Büro, und ich goss mir einen Brandy ein.

Ich sagte zu Susan: »Pater Hunnings hat mich zu einem Vieraugengespräch in sein Zweitbüro im Bestattungsinstitut gebeten.«

»Weswegen?«

Ich erzählte es ihr, und sie dachte über das Gespräch nach. Schließlich sagte sie: »Ich brauche bestimmt keine Eheberatung, und ich bin stinksauer, dass meine Eltern mit ihm über uns gesprochen haben.«

»Sie machen sich doch nur Sorgen, ob wir miteinander glücklich werden«, erwiderte ich.

»Darüber brauchen sie sich keine Sorgen zu machen. Ich *bin* glücklich. Sie nicht. *Sie* brauchen die Beratung.«

»Sie wären viel glücklicher, wenn sie uns ihr ganzes Geld gäben.«

Susan lächelte, bevor sie sich einem anderen Aspekt zuwandte: »Ich kann es nicht fassen, dass Pater Hunnings sich darüber ausgelassen hat, dass wir zusammenleben.«

»Nun ja, ich glaube, deine Eltern haben das angeschnitten, deshalb musste er es ansprechen.«

»Wieso kümmern sie sich nicht um ihren eigenen Kram?«

»Du weißt doch die Antwort darauf.«

Ohne darauf einzugehen, fragte sie: »Was, glaubst du, steht in dem Brief?«

»Vielleicht etwas Wichtigeres, als ich dachte.«

»Und Elizabeth hat den Brief?«

»Sie hatte ihn zumindest.«

»Du solltest Sie morgen Abend danach fragen.«

»Mach ich.«

Susan fragte mich, was am Pförtnerhaus vor sich gegangen war, und ich erklärte es ihr und sagte: »Dieser Typ, Officer Corroon, wirkt ausgeschlafen. Ich muss erfahren, wer die Polizisten außer Dienst sind. Alle anderen könnten auch einen Zweitjob bei Bell Security haben.«

Sie nickte.

»Meinst du, die Kids haben irgendwas spitzbekommen?«, fragte ich.

»Sie waren sehr still, als du mit Officer Corroon geredet hast«, erwiderte sie. »Aber ich weiß nicht, was sie denken.«

»Wenn sie fragen, bleiben wir bei der Geschichte mit Nasim.«

Sie dachte darüber nach, dann sagte sie: »Manchmal denke ich, wir sollten es ihnen sagen. Zu ihrer eigenen Sicherheit.«

»Nein. Sie halten bereits Ausschau nach iranischen Killern. Sie müssen nicht wissen, dass es sich eigentlich um italienische Killer handelt. Carolyn reist am Sonntagabend ab und Edward am Montagmorgen, und ich möchte nicht, dass sie sich Sorgen um uns machen, wenn sie weg sind.«

Susan nickte, dann kam sie auf ein angenehmeres Thema zu sprechen. »Das hat Spaß gemacht bei McGlade's.«

»Durchaus. Wo sich Debütantinnen und Männer aus den Bergen treffen. Was mich an etwas erinnert: Wer war der Mann aus den Bergen, der dich angebaggert hat?«

»Bist du eifersüchtig?«

»Bin ich das je gewesen?«

»Nein. Nun … als wir frisch miteinander gegangen sind.«

»Daran kann ich mich nicht mehr erinnern.«

»Ich kann dein Gedächtnis auffrischen, wenn du möchtest.«

»Du erfindest dieses Zeug«, sagte ich. »Okay, wir haben einen langen Tag vor uns, daher sollten wir zu Bett gehen und nicht miteinander schlafen.«

»Gott sei Dank.«

»Ich überprüfe die Türen und Fenster und komme gleich nach.«

Sie ging nach oben, und ich setzte mich an den Computer. In London war es kurz vor sieben Uhr morgens, folglich sollte Samantha meine E-Mail erhalten, bevor sie ihre erste Tasse Kaffee trank – vorausgesetzt, sie überprüfte regelmäßig ihren Posteingang, was sie nicht machte. Ich wollte *wirklich* nicht, dass sie in eine Maschine nach New York stieg. Ich meine, ich hatte genug Probleme hier, und auch wenn Susan nicht zu den eifersüchtigen Frauen zählte, war ich mir sicher, dass sie keine Lust auf ein paar Drinks mit Samantha im Mark hatte.

Deshalb tippte ich einen sehr schönen Brief an Samantha und erklärte ihr die Lage in aller Ehrlichkeit und mit Bedauern. Das Problem mit der Mafia erwähnte ich nicht, weil sie sich Sorgen machen würde – obwohl es ihr vielleicht gefallen würde, wenn man mich umlegte. Bei verstoßenen Frauen kann man das nie wissen. Man schaue sich nur Susan und Frank an – hoppla. Lösch das.

Ich las den Brief noch einmal, feilte ein bisschen daran herum, klickte dann auf Senden und hatte das Gefühl, als hätte ich gerade den Zünder betätigt und meine letzte Brücke nach London in die Luft gejagt.

Jetzt gab es kein Zurück mehr. Nun ja … eigentlich schon seit letztem Sonntag nicht mehr. Erledigt.

Ich holte das Gewehr aus dem Besenschrank, kontrollierte sämtliche Fenster und Türen und ging dann hinauf ins Schlafzimmer.

Susan lag nackt im Bett und hatte ein Kissen unter dem Hintern. Schlimmer Rücken? Yoga? Ah! Ich kapier's.

59

Der Samstagmorgen war regnerisch. Gutes Beerdigungswetter.

Die Sutters, alle schwarz gekleidet und mit schwarzen Regenschirmen, quetschten sich in den Lexus. Ich fuhr, und innerhalb von fünfzehn Minuten parkten wir bei der St. Mark's Episcopal Church in Locust Valley.

Das kleine, aber schmucke Gebäude war um die Wende zum letzten Jahrhundert errichtet und mit dem Geld finanziert worden, das man bei einer Pokerrunde beschlagnahmt hatte, zu der sich sechs Millionäre in einem Herrenhaus getroffen hatten.

Und wer, könnte man fragen, beschlagnahmt Geld von Millionären, die sich beim Pokerspiel amüsieren? Nun ja, Sozialisten oder Steuereintreiber der Regierung – allerdings nicht, um eine Kirche zu bauen. Tatsächlich waren es die Ehefrauen dieser Männer, gute Christinnen, die sich einen Spaß erlaubt hatten, aber wahrscheinlich vom Gemeindepfarrer dazu aufgestachelt worden waren, die Reichen zu berauben, weil er meinte, er bräuchte eine neue Kirche, und wusste, wie er sie bekommen konnte.

Hunnings, dessen bin ich mir sicher, würde das Gleiche machen, wenn sich ihm auch nur die geringste Gelegenheit böte. Jedenfalls war es eine hübsche Kirche, trotz der sündigen Herkunft der Finanzen.

Susan, ich und die Kinder stellten uns zu Begrüßung und Empfang im Narthex auf, dann suchten wir uns eine Bank im vorderen Teil.

Die Kirche war etwa halbvoll, was für den Trauergottesdienst einer alten Frau an einem regnerischen Samstagmorgen nicht schlecht war. Als wir den Mittelgang entlangschritten, sah ich weder Williams kastanienbraune Locken noch Charlottes notausgangrote Haare, die schwer zu übersehen sind. Folglich waren sie noch nicht da. Vielleicht hatten sie gestern Abend beim Essen zu viele Martinis gebechert, waren ekelhaft geworden und hatten dafür Prügel von ihren Freunden bezogen.

Ethels geschlossener Sarg stand auf einer Bahre nahe dem Altargitter und war mit einem weißen Tuch bedeckt. Um die Sache etwas aufzuheitern, lagen ein paar Blumengebinde aus dem Bestattungsinstitut entlang des Gitters, und der Organist sorgte für die Hintergrundmusik. Der Regen trommelte an die Buntglasfenster, und die Luft war feucht und stickig und roch nach nasser Kleidung und Kerzenwachs.

Ich war schon bei vielen fröhlichen – Hochzeiten und Taufen –, aber auch traurigen Anlässen – Hochzeiten und Beerdigungen – in St. Mark's gewesen, und natürlich am Ostersonntag, zum Mitternachtsgottesdienst an Weihnachten sowie ab und zu beim normalen Sonntagsgottesdienst. Wenn ich die Augen schloss, sah ich sogar die Taufen von Edward und Carolyn vor mir, und ich konnte mir Susan vorstellen, die in ihrem Hochzeitskleid den Gang entlangschritt.

Dieses Gebäude war mit vielen Erinnerungen verbunden und mit vielen Geistern, aber die vielleicht traurigste Erinnerung handelte von einem Jungen namens John Sutter, der mit Harriet, Joseph und Emily in einer Bank saß … und dachte, er hätte normale Eltern und die Welt wäre ein guter und sicherer Ort.

Wenn man vom Teufel spricht: Harriet drückte sich in die Bankreihe und quetschte sich neben Carolyn. Wir begrüßten uns, und Harriet flüsterte mir zu: »Ich würde gern mit euch zum Friedhof fahren.«

»Natürlich.« Wenn Harriet selber fahren würde, lägen entlang des Wegs ein paar Tote mehr, die der Leichenwagen einsammeln konnte.

Reverend James Hunnings nahte in seinem angemessenen geistlichen Gewand, verbeugte sich vor dem Altar, ging dann gemessenen Schrittes zum mittleren Podest. Er breitete die Arme aus und verkündete: »›Ich bin die Auferstehung und das Leben‹, sagt der Herr.« Ich konnte nur hoffen, dass er nicht von sich sprach.

Ethel, wenn sie denn etwas hören könnte, wäre mit Pater Hunnings' Auftritt ebenso zufrieden gewesen wie mit dem Organisten. Sie hatte die Choräle selbst ausgewählt, und der Chor und die Gemeinde waren gut bei Stimme.

Elizabeth hielt einen schönen Nachruf auf ihre Mutter, gefolgt von Tim junior und Betsy. Bei diesen Elogen erfährt man ein paar neue Dinge über die Verstorbenen, und es klang so, als wäre Ethel eine nette Frau gewesen. Vielleicht war sie's.

Pater Hunnings sprach ebenfalls über die Verstorbene und sagte, sie sei eine sehr gläubige und vom Geist Gottes erfüllte alte Dame gewesen, Worte, die er gestern Abend bei mir ausprobiert hatte.

Der Gottesdienst schloss auch die heilige Kommunion mit ein, was für uns bedeutete, dass wir den Sonntagsgottesdienst schwänzen konnten. Ich nutzte die Gelegenheit und sprach ein Gebet für meinen Vater.

Zu guter Letzt forderte uns Pater Hunnings auf, das Friedenszeichen zu machen, und die Sutters küssten einander; ich küsste sogar Harriet. Dann schüttelten wir den Leuten ringsum die Hand, und ich drehte mich zu der Bank hinter uns um und bot meine Hand … William Stanhope. Wann hatte der sich reingeschlichen?

Carolyn, Edward und Susan küssten Charlotte und William, dann war ich bei Charlotte an der Reihe, und es gab für keinen von uns ein Entrinnen, es sei denn, ich täuschte einen Herzanfall vor. Um mich also an die wunderbare Friedensbotschaft zu halten, drückte ich ihr einen Kurzen auf die runzlige Backe und murmelte: »Fritten seien mit dir.«

Das Bestattungsinstitut hatte professionelle Sargträger gestellt, und Familie Allard folgte dem Sarg, dann Pater Hunnings, dessen Messdiener die Nachhut bildeten, und schließlich kamen die Trauergäste.

Weil es immer noch regnete, wurden Regenschirme aufgespannt, was ein Weiteres zu dem üblichen Durcheinander und der Unklarheit beitrug, wer in wessen Auto zum Friedhof mitfahren und wer in welche Limousine steigen sollte. Ethel jedenfalls nahm mit Sicherheit den Leichenwagen.

Susan bestand darauf, dass meine Mutter vorn neben mir sitzen sollte, daher hatte ich das Vergnügen, mir Harriets Ratschläge übers Autofahren anhören zu dürfen. Das ist ein Witz – stimmt's?

Ich ordnete mich in die Schlange der Autos zur Beerdigungsprozession ein, die von Ethel angeführt wurde, gefolgt von drei Großraumlimousinen für die Familie und etwa zwanzig anderen Autos, die unter Polizeibegleitung quer durch die Stadt zum Locust Valley Cemetery rollten. In der einen Ecke dieses interkonfessionellen Friedhofs befindet sich die Begräbnisstätte der Familie Stanhope, was ihnen ein Maximum an Privatsphäre und einen sicheren Abstand zu den weniger bedeutenden Toten garantierte.

Ich hielt so nahe wie möglich am Grab, und mit der Schar der Trauernden traten wir an die offene Grube heran.

Das Bestattungsinstitut hatte die Blumenarrangements hergeschafft und abseits des Grabes zu einem Kreis angeordnet, in dem wir uns alle versammelten, worauf jemand Rosen verteilte. Etwa fünfzig Trauergäste standen um den Sarg, der auf einer Bahre neben dem Loch ruhte, das mit einer Art Kunstrasen abgedeckt war. Ich bemerkte, dass das alte Schild mit der Aufschrift »Victory Garden« am Kopfende von Ethels Grab steckte.

George Allards Grabstein lag neben Ethels letzter Ruhestätte, und Elizabeth ging hin und legte die Hand auf Georges Namen. Das war sehr schön.

Ich blickte mich um und betrachtete die anderen Grabsteine, auf denen der Familienname Stanhope prangte. Einer der Vorteile, eine Stanhope zu heiraten, besteht darin, dass man hier eine kostenlose Parzelle kriegt, und darauf freute ich mich wirklich.

William und Charlotte standen auf der anderen Seite des Sarges, und ich schaute sie an. Wenn er sich hier, inmitten seiner verstorbenen Vorfahren, befand, musste William sicherlich an seine eigene Sterblichkeit, seine unsterbliche Seele und an seine Taten hier auf Erden denken, die den Ausschlag dafür geben würden, ob man ihn den Fahrstuhl nach oben oder nach unten nehmen ließ. Er sollte auch an die einzige Unsterblichkeit denken, der wir uns sicher sein können – in Gestalt seiner Kinder und Enkelkinder sowie der Generationen, die nach ihm kommen würden. Vielleicht, dachte oder betete ich, hatte William heute seine göttliche Offenbarung, segnete unsere Hochzeit und schloss unsere Kinder in die Arme.

Ich musterte ihn eingehend, um festzustellen, ob der Heilige Geist in ihn fuhr. Aber er wirkte bloß verkatert. Dann nieste er. Lungenentzündung? Vielleicht kamen wir alle nächste Woche wieder her.

Apropos tote Stanhopes – irgendwo, etwa fünfzig Meter von hier entfernt, stand der Grabstein von Augustus Stanhope, und ich erinnerte mich an Ethels Besuch am Grab ihres Geliebten anlässlich von Georges Bestattung. Ich hatte nie jemandem davon erzählt, Susan ausgenommen, und als ich jetzt daran dachte, fragte ich mich, ob Ethel noch irgendwelche anderen Geheimnisse mit ins Grab genommen hatte – das erinnerte mich an den Brief. Darin musste irgendwas Bedeutendes stehen, sonst hätte Pater Hunnings ihn nicht erwähnt. Aber was? Vielleicht ein geheimer letzter Wille, der das Testament ausstechen sollte, das wir alle gesehen hatten, irgendein Dokument oder eine andere Rechtssache von Augustus, die Ethel oder ihren Erben einen Anspruch auf das Stanhope'sche Vermögen garantierte. Vielleicht war William Stanhope der uneheliche Sohn des italienischen Gärtners. Wer weiß? Wenn man lange genug lebt, so wie Ethel, weiß man ein paar Sachen.

Ein Messdiener hielt einen Regenschirm über Pater Hunnings' Kopf, und als alle versammelt waren, begann Pater Hunnings mit seiner Ansprache: »Mitten im Leben sind wir des Todes.«

Fünfzehn Minuten später schloss er: »In der Gewissheit und Hoffnung auf die Auferstehung und das ewige Leben durch unseren Herrn Jesus Christus empfehlen wir unsere Schwester Ethel in die Hand des allmächtigen Gottes, und wir übergeben ihren Leib seiner Ruhestätte. Erde zu Erde, Asche zu Asche, Staub zu Staub …«

Susan, ich, Edward, Carolyn und Harriet warfen unsere Rosen auf den Sarg. »Ruhe in Frieden.«

Harriet ging mit Edward und Carolyn, und als wir uns vom Grab entfernten, nahm Susan meine Hand und sagte: »Kannst du dich noch erinnern, wie wir uns bei Georges Beerdigung versprochen haben, dass jeder von uns zur Beerdigung des anderen kommt, selbst wenn wir geschieden sein sollten?«

»Ich erinnere mich.« Oder an so was Ähnliches. »Warum fragst du?«

»Weil … in den drei Jahren, die du auf See warst … ich habe ständig gedacht … was ist, wenn er verschollen ist? Wie kann ich …« Sie brach zusammen und fing an zu weinen.

Ich legte den Arm um sie, und wir liefen gemeinsam mit

den ernsten, schwarzgekleideten Trauergästen unter unseren schwarzen Schirmen im Regen zu den Limousinen.

Wir versammelten uns alle im Gemeinschaftsraum im Keller der St. Mark's Church, und ich bemerkte, dass hier mehr Leute waren als auf dem Friedhof. Bei den Friedhofsschwänzern handelte es sich jedoch zumeist um ältere oder sehr junge Menschen, dazu die Kanzelschwalben, die Punschschalen und Essen aufgebaut hatten, was sie von der Beerdigung im Regen befreit hatte.

Der Punsch schien alkoholfrei zu sein, aber ich hoffte, dass irgendjemand zumindest eine Schale aufgepeppt hatte und ich sie nur finden musste.

Ich bin kein großer Freund von episkopalen Kuchen und Plätzchen, und mein Magen knurrte nach Leberwurst, Roggenbrot und Delikatesssenf. Aber ich begnügte mich mit etwas Kartoffelsalat, in dem kleine Würfel aus geheimnisvollem Fleisch waren.

Diese Leichenschmäuse sind irgendwie unangenehm – ich bin mir einfach nicht sicher, ob wir weiter trauern oder mit den Freunden und Verwandten der Verstorbenen quasseln sollten. Ich fragte Susan – Emily Post war bei den letzten paar Malen ein bisschen zu sarkastisch gewesen –, und sie sagte, dass wir gute Erinnerungen an die Verstorbene austauschen und die trauernde Familie noch eine Weile aufmuntern sollten. Ich nehme an, ich wusste das, aber da ich zehn Jahre weg gewesen war, kam ich mir manchmal wie ein Ausländer vor, zumal mir auffiel, dass mir ein paar kleine Veränderungen entgangen waren, die im letzten Jahrzehnt hier stattgefunden hatten, oder dass ich sie missverstanden hatte. Aber vielleicht hatte ich mich auch mehr verändert als die hiesige Gesellschaft.

Harriet war allem Anschein nach beliebter, als ich gedacht hatte, was überraschend war, aber gut. Gut war auch, dass ihr Auto hier parkte und ich sie nicht heimfahren musste.

Ich entdeckte William und Charlotte, die allein standen und den scheußlichen Punsch tranken. Ich achtete genau darauf, ob William nieste oder hustete, aber anscheinend war er eher gelangweilt als todkrank. Verdammt. Außerdem ärgerte ich mich, weil Susan Edward und Carolyn nicht hingeschleppt hatte, damit sie ihnen Gesellschaft leisteten und in den Arsch krochen. Es gab nicht mehr so viele Gelegenheiten dazu, und Susan ließ sich eine entgehen. Ich schaute mich nach den Kids um, sah sie aber nicht, obwohl ich die jungen Corbets entdeckte.

Vielleicht sollte ich meine Kuppelei ebenso sein lassen wie den Versuch, die Kids mit ihren Großeltern zusammenzubringen. Susan war bei beidem keine große Hilfe, warum also sollte ich mir darüber Gedanken machen? Aus Liebe? Zum Teufel damit. Wegen des Geldes? Wen schert das? Überlassen wir's dem Schicksal.

Ich mische mich gern unter Leute, die ich nicht kenne, vor allem, wenn es sich größtenteils um ältere handelt; man gerät in manch wirklich interessantes Gespräch. Der Punsch hilft dabei natürlich. Ich sah Tom Corbet und Laurence, daher stellten wir drei uns in die Außenseiterecke und plauderten.

Ich entdeckte Reverend James Hunnings, der jetzt von seiner Frau begleitet wurde, deshalb ging ich hin, um sie zu begrüßen – und ihn –, und mir fiel auf, dass Mrs Hunnings in den letzten zehn Jahren sichtlich gealtert war. Das war eine große Enttäuschung; ich hasse es, wenn meine Phantasiefrauen alt werden. Nichtsdestotrotz hatte sie immer noch ein Funkeln in den Augen, und sie war charmant. Sie hieß Rebecca, wie mir jetzt einfiel, und sagte zu mir: »Jim hat mir erzählt, dass Sie wieder da sind und dass Sie und Susan wieder beisammen sind.«

Wer ist Jim? Oh, James Hunnings. Ihr Gatte. »Gott wirkt auf rätselhafte Weise«, erwiderte ich.

Hunnings platzte dazwischen, wie er es sicher oft macht: »In der Tat. Das tut er. Auf wundersame Weise.«

Richtig. Nimm nur deine Frau als Beispiel und dass sie dich nicht verlassen hat. »Das war ein schöner Gottesdienst und ein sehr bewegender Nachruf«, sagte ich.

»Danke, John. Über Ethel Allard Gutes zu sagen ist nicht schwer. Sie war eine sehr gläubige und vom Geist Gottes erfüllte alte Dame.«

Rebecca Hunnings lächelte mir zu, entschuldigte sich dann und ließ mich mit Jim allein, der nun zu mir sagte: »Ich hoffe, Sie haben etwas über unser Gespräch nachgedacht.«

»Ich habe mit Susan gesprochen, und sie ist wie ich der Meinung, dass wir von einer vorehelichen Beratung nicht profitieren würden.«

»Nun, mit Ihrer Erlaubnis, John, würde ich gern mit ihr darüber sprechen.«

»Sie brauchen meine Erlaubnis nicht.«

»Schön.« Er erklärte mir: »Ich habe gerade mit William und Charlotte gesprochen, und wir sind heute Nachmittag in meinem Büro verabredet, um über … nun, ihre Sorgen zu sprechen.«

»Gut. Aber denken Sie daran, dass sie mich hassen.«

Das brachte ihn sichtlich aus der Fassung, aber er fing sich sofort wieder. »Es geht ihnen nur um das Glück ihrer Tochter.«

»Mir auch.«

»Das weiß ich, deshalb ist diese Sache ja so betrüblich.«

»Natürlich. Hatten Sie den Eindruck, dass William etwas durch den Wind ist?«, fragte ich.

»Ich glaube nicht. Warum fragen Sie?«

»Ach, er wirkte am Grab so, als ob er sich ein bisschen unwohl fühlt, und ich habe mir Sorgen gemacht.«

»Er sah gut aus.«

»Kein Husten oder so was Ähnliches?«

»Äh … nein. Ach, ich war übrigens so frei und habe mit Elizabeth über den Brief gesprochen, und sie hat mir mitgeteilt, dass er sich in ihrem Besitz befindet und sie ihn noch nicht an Sie weitergegeben hat.«

»Das stimmt.«

»Nun, ich muss ganz offen zu Ihnen sein, John – ich habe ihr geraten, den Inhalt selbst zu überprüfen und dann mit mir darüber zu sprechen, bevor sie ihn an Sie aushändigt.«

»Ach, tatsächlich? Und warum haben Sie das getan, wenn ich fragen darf?«

»Nun, wie schon gesagt, hat Ethel mit mir – ganz allgemein – über den Inhalt des Briefes gesprochen, und sie war sich selbst nicht sicher, ob Sie ihn sehen sollten.«

»Nun ja, soweit ich von Elizabeth gehört habe, hat ihre Mutter sie angewiesen, mir den Brief nach ihrem Tod zu geben.«

»Aha ... nun, dann scheint es da gewisse Unklarheiten zu geben.«

»Meiner Meinung nach nicht. Aber ich kläre das mit Elizabeth.«

Pater Hunnings schien mit sich zu ringen, dann sagte er: »Dieser Brief ... könnte möglicherweise etwas enthalten, das man als Klatsch auslegen könnte ... oder einen Skandal.« Er schaute mich an. »Nicht gerade das, womit sich eine gute Christin wie Ethel Allard abgeben oder was sie der Nachwelt hinterlassen sollte.«

Warum nicht? Ich liebe Klatsch und Skandale. Wo ist mein Brief? »Ethel ist tot«, wandte ich ein.

»Weder Elizabeth noch ich möchten, dass das Andenken an ihre Mutter ... sagen wir, in irgendeiner Weise beschmutzt wird. Deshalb möchte Elizabeth den Brief natürlich zuerst lesen.«

Ich fragte mich, wer sie auf die Idee gebracht hatte. Na ja, wenn Pater Hunnings nicht das Blaue vom Himmel herunter erzählte, dann ging es in dem Brief nicht um Geld. Klatsch ist mir lieber. Skandale sind auch gut. Es war Zeit zu gehen, daher fragte ich: »Sehen wir uns – und Mrs Hunnings – heute Abend in Elizabeths Haus?«

»Rebecca und ich wollen versuchen hinzukommen.«

»Gut.« Ich zog ab und suchte Susan, erzählte ihr aber nicht, worüber Pater Hunnings und ich gerade gesprochen hatten. Stattdessen fragte ich sie: »Sind die Kids ihren Großeltern in den Arsch gekrochen?«

»John, das ist ekelhaft.«

»Ich wollte sagen, waren Edward und Carolyn auf liebevolle Art und Weise mit Opa und Oma zugange?«

»Sie haben kurz miteinander gesprochen, aber Mom und Dad sind gegangen.«

»Schon? Haben Sie sich nicht wohlgefühlt?«

»Doch, aber … das ist nicht ganz ihre Gesellschaft.«

»Ah. Lord und Lady Stanhope haben also bloß mal kurz vorbeigeschaut, um den Bauern Hallo zu sagen.«

»Bitte, John. Es war schön, dass sie überhaupt gekommen sind.«

»Ich glaube, sie sind hauptsächlich gekommen, um kurz mit Pater Hunnings zu sprechen. Deine Eltern haben heute Nachmittag einen Termin bei ihm.«

»Wirklich?« Susan dachte darüber nach, dann sagte sie: »Das ist wirklich unerhört.«

»Deinen Eltern geht es nur um dein Glück. Prinz John ist marschbereit.«

Ohne darauf einzugehen, fragte sie: »Hast du Elizabeth gesehen?«

»Nein, aber ich werde sie heute Abend sehen, und das wäre der passende Zeitpunkt, sie nach dem Brief zu fragen. Hoffentlich hat sie bessere Trauergäste eingeladen. Sind Edward und Carolyn eine Weile mit Betsy und Tom zusammen gewesen?«

»Das weiß ich nicht. Wieso drängst du so darauf?«

»Ich fände es großartig, wenn sie Leute aus ihrer Heimatstadt heiraten würden. So wie wir.«

»Das macht heute niemand mehr.«

»Schade. Wirklich nicht? Lass uns die Kids einsammeln.«

»Sie sind weg.«

»Sie haben kein Auto.«

»Sie hatten eine Mitfahrgelegenheit zum Bahnhof und mussten rasch aufbrechen, um den Zug zu bekommen, deshalb haben sie mich gebeten, dir auf Wiedersehen zu sagen. Sie wollen sich in der Stadt mit Freunden treffen.«

»Hast du ihnen gesagt, dass sie rechtzeitig daheim sein sollen, damit sie mit uns zu Elizabeth gehen können?«

»Sie bleiben über Nacht in Carolyns Apartment.«

»Na schön … nun ja, sie haben sich wacker geschlagen. Sie sollten ein bisschen Zeit für ihre Freunde haben.«

»Eine Nacht weniger, in der sie im Haus sind.«

Ich schaute Susan an und nickte.

60

Susan hatte auf der Fahrt nach St. Mark's ihr Handy abgestellt – Telefonanrufe am Grab sind nicht gut –, und nach Gottesdienst und Beerdigung hatten wir beide vergessen, es wieder einzuschalten.

Susan dachte erst daran, auf das Display ihres Handys zu schauen, als wir gegen zwei Uhr nach Hause kamen und ins Büro gingen, um die E-Mails zu checken und den Anrufbeantworter abzuhören. »Ich habe vier Anrufe von Felix Mancuso … den ersten um zehn Uhr siebenundvierzig«, sagte sie. Sie schaltete den Lautsprecher ein und spielte die erste Nachricht ab. Mancuso sagte: »Nun gut, damit Sie bezüglich Anthony Bellarosa auf dem Laufenden sind – ich war zeitig beim Bestattungsinstitut Papavero, und dort war niemand außer John Gotti. Ein großes Blumengebinde von Anthony Bellarosa und Familie war da und ein weiteres von Salvatore D'Alessio und Familie. Damit Sie etwas zu lachen haben: Anthonys Gebinde hatte die Form einer Zigarre, D'Alessios war ein Royal Flush – aus Herzen –, und ein paar andere hatten die Form von Rennpferden und Martinigläsern.«

Etwas derart Kreatives für Ethel hatte ich im Walton's nicht gesehen. Weiße angelsächsische Protestanten sind Langweiler.

Mr Mancuso fuhr fort: »Den ganzen Morgen fuhren Großraumlimousinen vor, aber der Großteil der Trauergäste verbarg seine Gesichter beim Hinein- und Herausgehen hinter Regenschirmen. Und die Polizei und die Medien sind eindeutig nicht eingeladen. Nun gut, sie tragen den Sarg zum Leichenwagen, und es sieht so aus, als ob der ganze Leichenzug abfahrbereit ist – ich werde mich der Prozession anschließen. Kurzum, es läuft darauf hinaus, dass wir nicht feststellen können, ob Bellarosa oder D'Alessio hier sind, aber das werden wir am St. John's sehen.«

Susan und ich tauschten Blicke, und ich sagte: »Wir müssen bei der nächsten Beerdigung kreativer sein, was die Blumen angeht.«

Ohne darauf einzugehen, spielte Susan die nächste Nachricht ab, die um elf Uhr sechsundreißig eingegangen war. »Mancuso. Okay, kurz das Allerneueste – ich bin noch immer bei der Beerdigungsprozession, und wir sind jetzt in Ozone Park, wo er im Bergin Jagd- und Angelclub sein Hauptquartier hatte … an dem wir jetzt vorbeifahren … Hunderte von Menschen stehen im Regen und winken. Ich winke zurück. Zu Ihrer Information: vier, fünf Nachrichtenhelikopter fliegen über uns, sodass Sie im Fernsehen alles sehen können, wenn Sie wollen. Ich sitze in dem grauen Auto und winke. Rufen Sie mich an, wenn Sie diese Mitteilung erhalten.«

Susan sagte: »Die nächste Nachricht kam um zwölf Uhr dreiunddreißig.« Sie spielte sie ab. »Mancuso. Ich bin jetzt am Resurrection Mausoleum, beim St. John's Friedhof. Aus den Limousinen sind etwa hundert Leute in die Kapelle gezogen, aber wieder hielten sie Regenschirme vor ihre Gesichter. Salvatore D'Alessio und seine Frau habe ich trotzdem gesehen – sie sind leicht zu erkennen. Aber keinen Anthony Bellarosa, was nicht heißen muss, dass er nicht hier ist. Die Presse und die Polizei haben keinen Zugang zur Kapelle. Nun gut, danach geht es zum Grab. Ich rufe Sie anschließend an.«

Susan sagte: »Der letzte Anruf von ihm ging um sieben nach

eins ein.« Sie spielte die Nachricht ab. »Mancuso. Hier die Zusammenfassung – soweit wir das feststellen konnten, war Anthony Bellarosa nicht bei der Beerdigung. Während und nach der Zeremonie am Grab konnten sich unsere Leute und das NYPD die Gesichter sämtlicher Männer genau ansehen, und wir haben ein paar informelle Gespräche mit den üblichen Verdächtigen in Bezug auf Anthony Bellarosas Verbleib geführt. Keiner war besonders kooperativ, und niemand weiß etwas. Ich habe D'Alessio beiseitegezogen und teile Ihnen alles Weitere mit, wenn wir uns sprechen. Rufen Sie mich bitte an.«

Ich überlegte, weshalb Anthony nicht bei Gottis Beerdigung gewesen sein könnte, und hoffte, es bedeutete, dass er wirklich am Grund des East River lag.

Susan wählte Felix Mancusos Handynummer und schaltete den Lautsprecher ein.

»Mancuso.«

»Sutter. Wir hören beide über Lautsprecher mit.«

Susan und Mancuso begrüßten einander, und Susan sagte: »Ich hatte bei der Beerdigung mein Handy abgestellt und vergessen, es wieder einzuschalten. Tut mir leid.«

»Kein Problem. Anthony ist also nicht aufgetaucht, was viel besagt.«

»Ich nehme es an.« Italiener kreuzen bei jeder Beerdigung auf.

»Falls Anthony Bellarosa noch nicht tot ist, glaubt er, dass er es bald sein wird, wenn ihn sein Onkel findet«, sagte Mr Mancuso. »Das ist unsere Arbeitstheorie.«

»Eine gute Theorie. Was hat Onkel Sal zu Ihnen gesagt?«

»Er glaubt, dass sein Neffe tot ist.«

Susan und ich warfen uns einen kurzen Blick zu, und ich fragte Mancuso: »Hat er das tatsächlich gesagt?«

»Ja. Und er hat mir mitgeteilt, wer Anthony wahrscheinlich getötet hat.«

»Wer?«

»John Sutter.«

Das kam unverhofft, aber ich bin schnell von Begriff. »Ich habe ein Alibi.«

Mr Mancuso gestattete sich ein kurzes Glucksen, bevor er sagte: »D'Alessio forderte mich auf, Sie zur Vernehmung bringen zu lassen.«

»Ich habe Onkel Sal gar nicht zugetraut, dass er Sinn für Humor hat.«

»Offenbar hält er dieses Thema für lustig.«

Ich warf Susan einen kurzen Blick zu und sah, dass sie nicht lächelte. Schwarzen Humor kapiert sie nicht. »Was meinen *Sie*?«, fragte ich Mancuso. »Ist Anthony tot oder am Leben?«

»Nun, D'Alessio hatte in der letzten Woche zusätzliche Leibwächter bei sich – drei bis vier Männer, nicht aber heute am Friedhof. Wenn er also heute Abend, morgen und danach immer noch von so vielen Männern begleitet wird, müssen wir annehmen, das Anthony am Leben ist und einen Auftrag für seinen Onkel erteilt hat.«

»Was für einen Auftrag?«, fragte Susan.

»Einen … bezeichnen wir es als Todesurteil.«

»Oh.«

»Unterschrieben von Anthony Bellarosa. Natürlich nicht schriftlich.« Des Weiteren erklärte ihr Mr Mancuso: »Und Salvatore D'Alessio hat höchstwahrscheinlich die Ermordung von Bellarosa in Auftrag gegeben.«

Susan gab keinen Kommentar dazu ab. Aber sie dachte sicher an ihren Geliebten, der nicht ganz zufällig den gleichen Familiennamen getragen hatte.

Felix Mancuso fasste es für uns zusammen: »Es sieht also so aus, als habe sich Anthony dafür entschieden, sich lieber zu verstecken, als seinen Geschäften mit einer Schar Leibwächter nachzugehen, wie es sein Onkel macht. Ich glaube, wir werden in ein, zwei Wochen wissen, wer den richtigen Schritt getan hat.«

»Warum glauben Sie, dass es so schnell gehen wird?«, fragte ich.

»Jeden Tag, an dem Anthony nicht da ist, um seinen Teil der Geschäfte zu leiten, erringt sein Onkel mehr Kontrolle und Macht«, erklärte Mr Mancuso. »Ich habe das hier … nun, sehr lange gemacht. Daher habe ich so was schon erlebt und weiß, wie sie denken und sich verhalten.«

Ich dachte darüber nach, dann fragte ich: »Wenn Sie wetten müssten – und sich die Chancen ansehen –, welcher von ihnen könnte dann Ihrer Ansicht nach nächste Woche noch am Leben sein?«

Mr Mancuso zögerte. »Eigentlich … nun, ich sage das ungern, aber wir haben hier … eine Art Wettgemeinschaft.«

»Kann ich einsteigen?«

Er rang sich ein Glucksen ab und erwiderte: »Klar.«

»Bitte!«, sagte Susan.

Mr Mancuso wurde wieder dienstlich: »Genau genommen stehen die Chancen fifty-fifty. D'Alessio ist nicht allzu hell, aber der Großteil der Unterbosse und die alten Mafiosi stehen zu ihm, sodass er einen Vorteil hat, wenn er sich Anthony vornehmen und den Job professionell erledigen lassen will. Anthonys Stärken sind, dass er jung, energisch und skrupellos ist, und er hat einen Haufen junger Talente um sich. Außerdem ist er vorsichtig, wie ich schon sagte, aber er ist auch ein Hitzkopf, wie Sie wissen, und er wird bei diesem Job alle Vorsicht fallenlassen, was möglicherweise sein Untergang sein könnte – oder zu einem überraschenden Sieg führt.«

Ich dachte über all das nach, und meine Intuition und mein Intellekt sagten mir, dass ich auf den alten Knaben setzen sollte – Onkel Sal, der auch gefühlsmäßig meine erste Wahl war. »Sie halten die Chancen also für ausgeglichen?«, fragte ich.

»Ja, in der Tat.«

»Was ist der höchste Einsatz?«

»Fünfzig.«

»*John!*«

Das war Susan, und ich bedeutete ihr, still zu sein. »Könnten Sie mir fünfzig auf Onkel Sal vorschießen?«, fragte ich Mr Mancuso.

»Wird gemacht.«

»Ich gebe sie Ihnen, wenn wir uns das nächste Mal sehen. Und sagen Sie mir Bescheid, wenn sich die Chancen verändern.«

»Das werde ich ganz sicher tun.«

Ich hätte ihn jetzt fragen können, wie ich erfahren sollte, ob ich gewonnen hatte, aber das wäre albern gewesen. Stattdessen fragte ich: »Warum standen Hunderte von Menschen wegen der Beerdigungsprozession eines Mafia-Dons am Straßenrand?«

»Vermutlich eher Tausende«, erwiderte er. »Und darauf fällt mir nicht nur eine Antwort ein. Vielleicht aus Neugier … vielleicht war es auch einfach Herdeninstinkt … Und manche Leute hielten Gotti für einen Helden, daher müssen wir also vielleicht noch mal darüber nachdenken.«

Ich warf Susan einen kurzen Blick zu, bevor ich zu Mr Mancuso sagte: »Tja, wir waren bei der Beerdigung einer alten Dame, die ein ruhiges Leben geführt hat, friedlich gestorben ist und ohne großes Aufsehen begraben wurde. Und ich bin mir sicher, dass sie jetzt bei den Engeln ist.«

»Davon bin ich überzeugt«, erwiderte Mr Mancuso und sagte dann: »Nun, ich habe nichts weiter anzubieten. Noch irgendwelche Fragen?«

Ich schaute Susan an, die den Kopf schüttelte, worauf ich sagte: »Im Moment nicht.«

»Ich wünsche Ihnen einen schönen Vatertag«, sagte er.

Den hätte ich, wenn William an Lungenentzündung erkrankt wäre. »Ihnen auch«, erwiderte ich.

Ich unterbrach die Verbindung. »Ich fühle mich wohler, seit Mancuso sich der Sache angenommen hat.«

Susan nickte.

»Und das FBI, die Bezirkspolizei und Detective Nastasi.«

Wieder nickte sie, aber sie wusste auch, dass ich die Lage schöner reden wollte, als sie tatsächlich war. Es enttäuschte uns, dass Anthony nicht aufgetaucht war und dem FBI und dem NYPD keine Gelegenheit gegeben hatte, gegen ihn vorzugehen. Wenn die Polizei oder das FBI einen Verdächtigen oder eine Person, für die sie sich interessierten, vernahmen, konnten sie ihn zumindest anweisen, sie über seine Aufenthaltsorte auf dem Laufenden zu halten. Und sie konnten den Betreffenden verfolgen. Aber Anthony war untergetaucht, und das machte alle Beteiligten nervös.

Wenn Mr Mancuso sagte, die Chancen stünden fifty-fifty, dann war er entweder zu optimistisch, oder er wollte, dass es uns besserging. Eigentlich sprach alles dafür, dass Anthony Onkel Sal umbrachte, bevor Onkel Sal Anthony umbringen konnte. Aber darauf wollte ich nicht wetten.

Und sobald Anthony Onkel Sal aus dem Weg geräumt hätte, würde er sich den Sutters zuwenden. *Darauf* ging ich jede Wette ein.

61

Wir verbrachten an diesem regnerischen Samstagnachmittag ein paar gemütliche Stunden im Wohnraum oben, wo wir lasen und Musik hörten.

Um vier ging ich nach unten und bat Sophie, uns Kaffee und Gebäck zu bringen, dann begab ich mich ins Büro und rief meine E-Mails ab.

Bislang lag noch keine Antwort von meiner Kanzlei auf mein Kündigungsschreiben vom Freitagabend vor, aber ich wusste, dass ich am Montag von meinen – nun – Exkollegen hören würde.

Allerdings war eine Antwort auf meinen Brief an Samantha eingegangen. Um es kurz zu machen: Sie war nicht froh. Ehrlich gesagt, war sie stinksauer.

Sie wies durchaus zu Recht darauf hin, dass ich weder angerufen noch geschrieben, sondern sie ganz allgemein im Unklaren gelassen hätte, bis ich die Bombe hochgehen ließ. Sie schrieb außerdem, sie sei verletzt, am Boden zerstört und zutiefst getroffen. Für eine E-Mail war es ein wirklich schön formulierter Brief, und sie benahm sich wie eine Dame und benutzte keine Ausdrücke wie »Scheißkerl«, »Arschloch« oder »Leck mich«. Im Grunde genommen meinte sie natürlich genau das, aber sie drückte es vornehmer aus.

Ich fühlte mich scheußlich und wünschte, ich hätte ihr die schlechte Nachricht persönlich oder wenigstens am Telefon überbringen können – sie verdiente etwas Besseres als eine E-Mail, aber die Sache war mir entglitten, und ich hatte das Beste getan, was ich konnte, wenn man bedachte, was hier vorgegangen war und dass sie geplant hatte, demnächst hier aufzutauchen.

Ich wollte nicht gleich auf ihren Brief antworten, aber ich würde sie anrufen, vielleicht auch in London mit ihr sprechen, und falls sie wirklich eine Erklärung wollte, würde ich ihr die ganze Geschichte erzählen. Höchstwahrscheinlich würde sie jedoch nie wieder etwas von mir hören wollen. Ich fragte mich, ob sie es erfahren würde, wenn ich umgelegt wurde. Ich nehme an, sie würde über meine Kanzlei davon hören, wo man vermutlich ungehalten darüber war, dass ich nicht vorbeigekommen war, um mich um die Auflösung meines Arbeitsplatzes zu kümmern.

Ich löschte die E-Mail, für den Fall, dass das FBI postum meinen Computer überprüfen sollte. Ich wollte nicht, dass Mr Mancuso mich für einen Schuft hielt.

Ich kehrte in den Wohnraum zurück, und Sophie brachte Kaffee und Gebäck.

»Du bist so still«, sagte Susan zu mir.

»Ich habe mich um diese Angelegenheit in London gekümmert«, erwiderte ich wahrheitsgemäß.

»Wurde auch Zeit«, sagte sie und widmete sich wieder ihrer Zeitschrift.

Um sechs schaltete ich den Fernseher ein und fand einen lokalen Nachrichtensender, der einen Aufmacher über John Gottis Beerdigung brachte.

Susan blickte von ihrer Zeitschrift auf. »Wenn du dich beeilst, können wir unsere Siegesserie über sechs Runden fortsetzen.«

Hm, Sex oder eine weitere Beerdigung? »Fünf Minuten«, sagte ich.

Sie verließ das Zimmer, und ich wandte mich dem Fernseher zu, der eine Luftaufnahme von Gottis Beerdigungsprozession zeigte, die am Vormittag von einem Hubschrauber aus aufgenommen worden war.

»Die Prozession wird vor Gottis Haus in Howard Beach langsamer, einer Wohngegend der Mittelschicht in Queens«, sagte die Reporterin im Hubschrauber. Gottis bescheidenes Zuhause stellt einen großen Gegensatz zu dem Mann dar, der alles andere als bescheiden war.«

Keine schlechte Feststellung – ein bisschen abgedroschen, aber verständlich.

Sie fuhr mit ihrem Bericht beim Schrappen der Rotorblätter fort. »John Gotti war ein Mann, der für viele Menschen überlebensgroß war. Der Teflon-Don, an dem keine Anklage hängenblieb.«

An dem keine Anklage hängenblieb. Das war *nicht* die BBC.

»Man kann Hunderte von Menschen sehen, die an diesem regnerischen Tag auf die Straße gekommen sind – Freunde und Nachbarn, vielleicht aus Neugier, vielleicht um ihrem Nachbarn Respekt zu zollen …«

Na ja, wenigstens ein Nachbar war nicht da, um seinen Respekt zu erweisen; er war tot.

Die Journalistin wandte sich wieder dem Thema »Gotti, der Bonvivant«, zu. »Er wurde wegen seiner von Hand gefertigten italienischen Anzüge für tausend Dollar auch der elegante Don genannt.«

Tausend? Sollte ich mich wegen des Brioni für zweitausend aufregen? Nein. So viel kosten sie. Vielleicht bekam Gotti als prominenter Gangster einen Rabatt. Ich hätte bei Brioni's Anthonys Namen erwähnen sollen.

»Die Prozession wird jetzt wieder schneller«, sagte die Frau im Hubschrauber, »und ist in Richtung Ozone Park unterwegs, zum Bergin Jagd- und Angelclub, wo Gotti das Hauptquartier seines kriminellen Imperiums unterhielt.«

Wirklich?

Die Hubschrauberkamera entfernte sich, sodass man die lange Fahrzeugschlange sehen konnte, die langsam durch den grauen Nieselregen rollte – den Leichenwagen, die rund zwanzig Transporter, auf denen sich die Blumenarrangements türmten, und die zwanzig oder mehr schwarzen Großraumlimousinen, in denen unter anderem auch Salvatore D'Alessio saß, nicht aber Anthony Bellarosa.

Ich hielt Ausschau nach Mr Mancusos grauem Auto inmitten Dutzender anderer, die den schwarzen Limousinen folgten, und ich sah tatsächlich einen grauen Wagen, dessen sämtliche Fenster offen waren und aus dem jemand der Menschenmenge zuwinkte. Ich nehme an, das ist FBI-Humor.

»John!«, hörte ich Susan rufen.

»Das hier ist wichtig«, rief ich zurück.

»Du wirst etwas viel Wichtigeres verpassen, wenn du nicht kommst.«

»Ich komme!«

Ich wollte den Fernseher bereits ausmachen, als ins Studio umgeschaltet wurde und der Nachrichtenmoderator sagte: »Dank an Sharon, die heute Mittag aus unserem Helikopter berichtet hat. Weitere Aufnahmen von John Gottis Beerdigung sehen Sie nach dem Bericht unserer Reporterin für Stadtnachrichten, Jenny Alvarez, die uns über das Leben von John Gotti informieren wird.«

Wer?

Und dann war sie auf dem Bildschirm. Meine alte … Gespielin. Sie sah großartig aus mit der Fernsehschminke … vielleicht ein bisschen orange … aber immer noch sehr hübsch, mit einem schönen breiten Lächeln.

»Danke, Scott«, sagte Jenny. »Das waren tolle Aufnahmen vom Beerdigungszug heute Mittag, als der Leichnam von John Gotti in St. John's zur letzten Ruhe –«

»John Sutter!«

»Bin gleich da.«

»Einer der Sargträger war Mr Gottis Anwalt, Carmine Caputo, der nach der Beerdigung interviewt wurde.«

Mr Caputos Gesicht tauchte auf, und er ließ sich von einem Reporter, der aussah wie sechzehn, ein paar Fragen stellen. Mr Caputo, alter Profi, der er war, beantwortete nicht eine Frage, nutzte aber die Gelegenheit, um seinen Mandanten zu lobpreisen: Familienmensch, Vater, Ehemann, guter Nachbar – na ja, bis auf dieses eine Mal –, guter Freund – wenn man mal davon absah, dass er Paul Castellano umlegen ließ – und ein großzügiger Spender für viele gute Zwecke, darunter, so hoffte ich, auch Mr Caputos Anwaltskanzlei. Ich hasse es, wenn Mandanten sterben, ohne ihre Rechnungen zu bezahlen, so wie Frank es mit mir gemacht hatte. Aber Mr Caputos Zuneigung zu Mr Gotti schien ehrlich zu sein, folglich hatte er sein Geld bekommen.

Jenny kam wieder ins Bild, und ich dachte schon, sie würde zu der letzten großen Mafia-Beerdigung überleiten, über die sie berichtet hatte – der von Frank Bellarosa –, und Mr Bellarosas der Oberschicht entstammenden Anwalt erwähnen, John Sutter. Das war die Gelegenheit, mich zu verteidigen und zu sagen: »Wenn Carmine Caputo an John Gottis Beerdigung teilnehmen konnte, warum haben sich dann alle aufgeregt, als John Sutter zu Mr Bellarosas Beerdigung ging? Hä? Und John trug nicht einmal den Sarg, Herrgott noch mal.« Danach käme Archivmaterial von mir, und wenn die Kamera wieder auf Jenny gerichtet wurde, würde sie sich die Augen wischen und sagen: »John? Bist du da draußen?«

»John!«

»Ich komme!«

Jenny jedoch erwähnte nichts davon, und ich war … nun ja, verletzt.

Außerdem bestürzte es mich, dass sie von einem großen Nachrichtensender zu diesem popeligen lokalen Kabelkanal gegangen war. Vielleicht war sie dem Alkohol verfallen, nachdem wir uns getrennt hatten.

Jenny kannte ihre Mafia-Legenden und sagte gerade: »Auf dem St. John's Friedhof, der auch Mafia-Walhalla genannt wird, ruhen die sterblichen Überreste von Unterweltgrößen wie Lucky Luciano, Carlo Gambino und Aniello Dellacroce, dem Unterboss der Familie Gambino – und jetzt John Gotti, der Boss der Bosse …«

Ich sah, wie sie in die Kamera blickte, als suchte sie mich, und ich *wusste,* dass sie an mich dachte. Ich bemerkte einen Ehering an ihrer linken Hand. Na schön.

Ich schaltete den Fernseher aus und rannte regelrecht ins Schlafzimmer.

Susan saß an ihrem Schminktisch. »Du kommst zu spät.«

Ich zog mich aus, ließ mich ins Bett fallen und schob mir ein Kissen unter den Hintern.

Sie warf mir einen kurzen Blick zu und meinte: »Tja …«

Elizabeth Allard Corbets Haus war ein großer, weitläufiger alter Kolonialbau in den Hügeln von Mill Neck, unweit von Oyster Bay.

Wir parkten an einer von dichten Bäumen bestandenen Straße und liefen zum Haus. Der Himmel klarte auf, und es sah so aus, als würde es morgen schön werden, zumindest vom Wetter her.

Auf einer kleinen Karte an Elizabeths Tür stand »Bitte eintreten«, und wir folgten der Anweisung.

Es war etwa halb acht, und im großen Vorsaal tummelten sich bereits die Leute. Aus alter Gewohnheit begrüßte ich den ersten Typen, den ich sah, und fragte: »Wo ist die Bar?«

Er deutete geradeaus. »Im Wintergarten.«

Ich nahm Susan ins Schlepptau, und wir bahnten uns einen Weg durchs Wohnzimmer in den Wintergarten, in dem zwei Barkeeper den Leuten halfen, ihre Trauer zu bewältigen.

Als wir unsere Drinks in der Hand hatten – Wodka mit Tonic –, wateten Susan und ich durch den Mahlstrom.

Ich entdeckte ein paar Leute, die ich im Bestattungsinstitut oder bei der Beerdigung gesehen hatte, aber der Großteil der Meute schien aus Paaren zu bestehen, die jünger waren als wir, wahrscheinlich Freunde und Nachbarn der Corbets – im Gegensatz zu Freunden der Verstorbenen. Die Stanhopes sah ich nirgendwo und rechnete auch nicht mit ihnen. Auch Pater Hunnings sah ich nicht. Vielleicht saßen sie immer noch in seinem Büro und sprachen über mich und Susan. Diese Leute sollten auf den Boden der Tatsachen zurückkommen.

Meine Mutter entdeckte ich auch nicht. Vielleicht war sie bei der Besprechung dabei. Und vielleicht hatten die Stanhopes noch andere Leute gebeten, vorbeizukommen und Zeugnis wider mich abzulegen – zum Beispiel Amir Nasim (Mr Sutter ist ein Eiferer), Charlie Frick (Er ist ein Banause), Judy Remsen (Er ist ein Perverser), Althea Gwynn (Er ist ein Rüpel), Beryl Carlisle (Er ist impotent) … vielleicht war sogar Samantha von London eingeflogen (Er ist ein Schuft). Möglichweise bildeten sie gerade einen Lynchmob. Aber meine Mutter würde mich vorwarnen. Sie liebte mich bedingungslos.

»Hier ist niemand, den wir kennen«, stellte Susan fest.

»Die sind alle in Hunnings' Büro und verschwören sich gegen mich.«

»Ich glaube, du brauchst noch einen Drink.«

»Ein Drink noch, dann gehen wir.«

»Schön. Aber du solltest mit Elizabeth sprechen, wenn möglich.«

Wir schlenderten durchs Wohnzimmer ins Esszimmer, wo ein Büfett aufgebaut war, und ich bemerkte eine große Leberpastete, die vor Fett triefte.

»Die schmeckt dir nicht«, sagte Susan. »Nimm dir ein paar Gemüseschnitten.«

»Erstickungsgefahr.«

Wir begaben uns in einen großen Raum im hinteren Teil des Hauses, aber außer Tom junior und Betsy war niemand da, den wir kannten.

»Für Elizabeth und zwei Kinder, die nicht hier wohnen, ist das ein großes Haus«, sagte Susan.

Ich hielt es für besser, das Gästezimmer nicht zu erwähnen, sagte aber: »Muss eine Menge Lagerraum im Keller haben.«

»Wie kommst du denn darauf?«

»Na ja … der Großteil von dem Zeug aus dem Pförtnerhaus wurde hierher gebracht.«

Sie nickte geistesabwesend und dachte an irgendwas anderes.

Unterdessen kam ich zu dem Schluss, dass ich mich hier sehr wohlgefühlt hätte. Ich meine, ich war unglaublich froh, dass ich wieder mit Susan zusammen war, aber das war noch nicht in trockenen Tüchern – auch wenn sie das Gegenteil behauptete. In den kommenden Tagen und Wochen musste sie ein paar harten Tatsachen ins Auge blicken und möglicherweise ein paar noch härtere Entscheidungen treffen, sobald Mom und Pop die Karten auf den Tisch legten.

Sie würde sich für mich entscheiden, dessen war ich mir sicher, und gegen ihre Eltern und deren Geld, selbst wenn das Geld der Kinder auf dem Spiel stand. Wir würden einen Familienrat einberufen, und ich würde immer noch über Opa und Oma obsiegen.

Allerdings wollte ich es gar nicht erst so weit kommen lassen. Und ich würde auch kein großes Aufheben davon machen, sondern einfach verschwinden. Nun ja, vorher würde ich William in die Eier treten. Das war das Mindeste, was ich dabei rausholen sollte.

»Könntest du hier leben?«, fragte mich Susan.

»Leben … wo?«

»Ich frage mich, ob ich von Stanhope Hall wegziehen sollte, fort von den Erinnerungen, von Nasim, von … allem dort.«

Ich ging nicht sofort darauf ein, aber schließlich sagte ich: »Das ist einzig und allein deine Entscheidung.«

»Ich möchte, dass du mir sagst, was du für ein Gefühl dazu hast.«

Warum geht es den Frauen immer ums *Gefühl*? Wie wär's mit: »Sag mir, was du *meinst*.«

»John?«

»Was dieses Thema angeht, stehe ich nicht ganz in Kontakt mit meinen Gefühlen. Ich komme diesbezüglich auf dich zurück.«

»Elizabeth möchte verkaufen, also lass uns darüber nachdenken.«

Das war ein Schritt in die richtige Richtung, weg von Stanhope Hall. Ich pflichtete bei. »Warten wir mal ab, welche Gefühle sich einstellen.«

Sie nickte und stellte fest: »Auf dem Patio sind Leute. Wollen wir nicht hinausgehen?«

Also liefen wir durch den Raum, blieben stehen, um Tom junior und Betsy Hallo zu sagen, und erfuhren, dass ihr Vater und Laurence in die Stadt zurückgefahren waren. Aber die Kids wollten sich morgen zum Sonntagsbrunch mit ihnen in SoHo treffen. Genau das würde ich auch machen, falls ich nach New York ziehen sollte.

»Da ist Elizabeth«, sagte ich. »Wir sagen Hallo, dann musst du dich entschuldigen, damit ich mit ihr über den Brief sprechen kann, wenn ich es für angebracht halte.«

Susan nickte, und wir gingen zu Elizabeth, die in einer Gruppe von Leuten mitten auf dem großen Patio stand.

Wir tauschten Küsschen, dann stellte uns Elizabeth ihren Freunden vor, darunter ein junger Typ, bei dem ich augenblicklich spürte, dass er ledig und geil war und um unsere Freundin und Gastgeberin herumscharwenzelte. Er hieß Mitch und kam mir ein bisschen zu geschniegelt vor – angesagte Klamotten, schicke Frisur, polierte Nägel und ein künstliches Lächeln.

Jacketkronen ebenfalls. Mitch gefiel mir nicht, und ich konnte nur hoffen, dass es Elizabeth genauso ging.

Susan sagte zu ihr: »Das war ein sehr schöner Trauergottesdienst und eine bewegende Beerdigung.«

»Habt tausend Dank für alles«, erwiderte Elizabeth.

Und so weiter und so fort.

Dann entschuldigte sich Susan, worauf ich kurz zögerte und schließlich zu Elizabeth sagte: »Das mag vielleicht nicht der richtige Zeitpunkt sein, aber ich muss etwa fünf Minuten mit dir über etwas sprechen, das sich anbahnt.«

Sie schaute mich an und wusste sofort, worum es ging. Sie hätte es ablehnen können, doch sie sagte zu ihren Gästen: »John ist Anwalt und verwaltet Moms Nachlass. Er will mir verraten, wo sie das Geld versteckt hat.«

Alle kicherten, und Elizabeth und ich gingen ins Haus, wo sie mich in eine kleine Bibliothek führte und die Tür schloss.

»Das ist ein sehr schönes Haus«, sagte ich zu ihr.

»Zu groß, zu alt, zu hohe Unterhaltungskosten.« Lächelnd fügte sie hinzu: »Tom hat sich um die komplette Innenausstattung gekümmert.« Sie öffnete einen Schnapsschrank. »Darf ich deinen Drink auffrischen?«

»Nicht nötig, danke.«

»Tja, ich brauche einen.« Sie goss aus einer Karaffe Gin oder Wodka in ihr Glas.

»Wie kommst du zurecht?«, fragte ich.

Sie rührte ihren Drink mit dem Finger um und zuckte die Achseln. »Ganz gut. Morgen wird's vermutlich schlimmer.«

»Ja. Aber die Zeit heilt alle Wunden.«

»Ich weiß. Sie hatte ein schönes Leben.«

Ich hätte jetzt zu dem Brief überleiten können, aber ich spürte, dass wir noch etwas miteinander plaudern mussten. »Ich habe Toms Gesellschaft richtig genossen.«

»Ich auch. Wir sind gute Freunde. Ich mag auch Laurence und freue mich für die beiden.«

»Gut. Deine Kids sind großartig. Ich mag sie.«

»Es sind gute Kinder. Es war schwer für sie, aber wenigstens ist das alles erst passiert, als sie alt genug waren, um es zu verstehen.«

Ich nickte. »Bei meinen war's genauso.«

»Deine Kids sind klasse, John.«

»Ich wünschte, ich hätte sie in den letzten zehn Jahren ein bisschen öfter um mich gehabt.«

»Das war nicht nur deine Schuld. Und du hast noch viel Zeit, um sie wieder kennenzulernen.«

»Das will ich doch hoffen.« Ich lächelte. »Meine Kuppelei ist anscheinend danebengegangen.«

Sie lächelte ebenfalls und erwiderte: »Man kann nie wissen. Wäre das nicht schön?« Sie blieb beim Thema Paarung und fragte: »Hat dir Mitch gefallen?«

»Nein.«

Sie lachte. »Du bist zu scharfsinnig, John.«

»Du findest etwas Besseres.«

Sie ignorierte das, und wir standen einen Moment lang da, ohne dass einem von uns ein neues Thema einfiel, über das wir plaudern konnten. Irgendwann sagte ich: »Ich habe mit Pater Hunnings gesprochen, und er sagte, er habe mit dir über den Brief gesprochen, den deine Mutter mir geschrieben hat.«

Sie nickte.

»Pater Hunnings will, wie du weißt, den Brief sehen, um festzustellen, ob ich ihn seiner Meinung nach bekommen sollte.«

Elizabeth schwieg, aber ich sah, dass ich kein leichtes Spiel haben würde. »Ich habe nichts dagegen, den Brief gemeinsam mit dir zu lesen«, sagte ich. »Du bist Ethels Tochter. Aber ich habe etwas dagegen, dass Pater Hunnings ihn vor mir liest. Oder überhaupt zu lesen bekommt.«

Sie nickte, und ich merkte, dass sie zauderte.

Und so standen wir beide da. Als Anwalt weiß ich, wann ich eine Sache auf sich beruhen lassen muss.

Schließlich sagte Elizabeth: »Ich habe den Brief … ungeöffnet – er ist an dich adressiert … aber … wenn du nichts dagegen hast, würde ich gern darüber nachdenken … und vielleicht noch mal mit Pater Hunnings sprechen.«

Ich verteidigte meinen Standpunkt: »Ich glaube, das geht nur dich und mich etwas an.«

»Aber Mom hat mit ihm gesprochen … und jetzt stehe ich in der Mitte.«

»Was war das Letzte, das sie bezüglich dieses Briefes zu dir gesagt hat?«

»Das weißt du doch … dass ich ihn dir nach ihrem Tod geben soll. Aber … was ist, wenn er skandalös *ist*? Oder … wer weiß was?« Sie schaute mich an und fragte: »Was ist, wenn es um Susan geht?«

Daran hatte ich bereits gedacht. Elizabeth und Susan waren Freundinnen, aber irgendwo in Elizabeths hübschem Hinterkopf schlummerte vielleicht der selbstsüchtige Gedanke, dass John frei wäre, wenn Susan verschwände. Das ist egoistisch, ich weiß. Aber wahr. Auf jeden Fall glaubte ich nicht, dass Ethel es mir geschrieben hätte, selbst wenn sie irgendetwas Skandalöses über Susan gewusst hätte. Immerhin hatte sie mich dazu ermuntert, mich wieder mit Susan zu versöhnen. Und selbst *wenn* es in dem Brief um Susan gehen sollte, fiel mir nicht allzu viel ein, was mich dazu bewegen könnte, meine Meinung oder meine Gefühle ihr gegenüber zu ändern. Nun ja, das eine oder andere fiel mir schon ein.

Ich sagte zu Elizabeth: »Es handelt sich um etwas, das deine Mutter mir mitteilen wollte. Aber ich habe volles Verständnis dafür, dass du den guten Ruf und das Andenken deiner Mutter wahren willst. Darf ich vielleicht vorschlagen, dass wir uns den Brief jetzt gemeinsam anschauen? Und wenn es sich um etwas Anrüchiges handelt, darfst du ihn behalten und vernichten.«

Sie schüttelte den Kopf. »Das kann ich jetzt nicht.«

»Na schön. Wenn du bereit bist.«

Sie nickte. »Am Montag vielleicht. Wenn ich all das hinter mir habe. Ich rufe dich an.«

»Danke.« Ich lächelte und sagte: »Vielleicht wollte mir deine Mutter nur mitteilen, was für ein Idiot ich bin.«

Sie lächelte ebenfalls. »Eigentlich mochte sie dich. Aber sie fand es nicht gut, dass ich dich mochte. Sie mochte Tom. Und Susan.«

»Ich mag Tom und Susan auch. Aber Tom mag jetzt Laurence.«

Sie lächelte erneut. »Es kommt immer auf den richtigen Zeitpunkt an.«

»So ist es.« Ich breitete die Arme aus. Sie trat einen Schritt vor, und ich drückte sie einen Moment lang an mich.

»Lass uns am Montag miteinander sprechen«, sagte sie.

»Gut.«

Wir kehrten gemeinsam auf den Patio zurück, wo Susan mit Mitch und den anderen Gästen aus Elizabeths kleiner Gruppe sprach.

Mitch sagte zu Elizabeth und mir: »Hey, lasst uns Schaufeln holen und nach dem Geld graben.«

Arschloch.

Ohne ihn zu beachten – ich hatte über Mitch den Daumen gesenkt, und er war erledigt –, sagte Elizabeth zu Susan: »Tut mir leid. John hat mir ein paar Papiere erklärt, die zu unterschreiben sind.«

Susan lächelte. »Er muss sich sein Holzapfelgelee schließlich verdienen.«

Wir plauderten noch kurz, dann sagte ich: »Wir sollten jetzt gehen.«

Susan und ich dankten Elizabeth für ihre Gastfreundschaft, und ich forderte sie auf, uns anzurufen, falls sie irgendetwas brauchte. Wir wünschten allen einen schönen Abend, und ich sagte zu Mitch: »Tragen Sie keine solchen Sandalen, wenn Sie graben.«

Mitch erwiderte nichts.

Susan und ich liefen außen ums Haus herum, um den Leuten drinnen aus dem Weg zu gehen, und sie sagte zu mir: »Du warst regelrecht rüde zu Mitch.«

»Ich kann ihn nicht leiden.«

»Du kennst ihn doch gar nicht.«

»Da gibt's nichts zu kennen.«

»Tja, ich glaube, er und Elizabeth sind …«

»Nicht mehr.«

»Was meinst du damit?«

»Ich habe ihn mit ›ungenügend‹ benotet.«

Sie dachte darüber nach, dann fragte sie: »Das hast du Elizabeth gesagt?«

»So ist es.«

Sie schwieg eine Weile, bevor sie fragte: »Seit wann bist du Elizabeths Mentor und Vertrauter?«

Hoppla. Ich konnte Susans Gedankengang nicht ganz folgen. »Sie hat mich *gefragt*, was ich von ihm halte«, erwiderte ich. »Also habe ich es ihr gesagt.«

»Du solltest lernen, dass man nicht so unverblümt antwortet. Und außerdem solltest du lernen, dass man sich nicht in die Angelegenheiten anderer Leute einmischt.«

»Na schön«, sagte ich und fügte hinzu: »Es ist wunderbar, wieder da zu sein.«

Sie ging nicht darauf ein, und wir liefen schweigend weiter. Offenbar war Susan immer noch ein klein wenig eifersüchtig. Gut. Ich wechselte das Thema. »Willst du über den Brief Bescheid wissen?«

»Ja, unbedingt.«

Also erklärte ich ihr, wie Elizabeth und ich verblieben waren. »Mir ist einfach nicht klar, was in dem Brief stehen könnte, das für mich irgendwie von Bedeutung wäre. Warum sollen wir uns also den Kopf darüber zerbrechen. Ethel ist – war – eine alte Frau mit ein paar für diese Generation typischen Marotten und allerhand altmodischen Vorstellungen davon, was wichtig ist.«

»Pater Hunnings macht sich ebenfalls Gedanken – oder Sorgen«, wandte Susan ein.

»Nun ja, apropos Marotten. Habe ich dir erzählt, dass ich ihm geschworen habe, dass wir getrennt schlafen?«

»John, du hättest einen Priester nicht anlügen sollen.«

»Ich habe deine Ehre bewahrt.«

»Überlass das mir.« Sie dachte einen Moment lang nach. »Im Zweifelsfall sollten wir Pater Hunnings keine Vorwürfe machen, was diesen Brief betrifft. Er versucht nur das Richtige zu tun.«

»Mal sehn, ob ich den Brief, der an mich adressiert ist, zu lesen bekomme. Dann sage ich dir, ob er meiner Meinung nach das Richtige tun wollte.«

Wir fuhren zurück nach Stanhope Hall, und als wir auf die Grace Lane kamen, rief Susan im Pförtnerhaus an, damit man uns reinließ. Anschließend rief sie Sophie an, die uns versicherte, dass immer noch keine Zwiebeln im Haus waren.

Sophie erwartete uns nicht zum Abendessen, stellte aber rasch einen Teller mit Bohnensprossen und Tofu zusammen. Für so was einen Wein auszusuchen ist schwer.

Susan und ich setzten uns auf den Patio und gönnten uns ein ruhiges Abendessen bei Kerzenschein. Der Himmel hatte aufgeklart, die Sterne waren zu sehen, und eine angenehme Brise wehte vom Sund her.

Susan sagte: »Das war eine der schönsten und eine der schlimmsten Wochen meines Lebens.«

»Ab jetzt wird's nur noch besser«, versicherte ich ihr.

»Das glaube ich auch.«

Nun ja, ich nicht. Aber was sollte ich sonst sagen?

»Ich vermisse Edward und Carolyn«, sagte sie.

»Und ich vermisse deine Eltern.«

»Ich nicht.« Sie wandte sich einem angenehmeren Thema zu und fragte mich: »Was wünschst du dir am Vatertag zum Frühstück?«

»Ich dachte an übriggebliebene Bohnensprossen, aber vielleicht hätte ich gern Eier und Würstchen.« Und ich fügte hinzu: »Toast mit Butter, Backkartoffeln, Kaffee und Orangensaft. Nein, lieber einen Screwdriver.«

»Und würdest du das gern im Bett serviert bekommen?«

»Natürlich.«

»Edward und Carolyn entschuldigen sich für morgen – sie schaffen es nicht zum Frühstück hierher.«

»Kein Problem.«

»Aber sie kommen rechtzeitig zum Abendessen.«

»Gut.«

»Wir sollten mit ihnen über ihre Großeltern sprechen.«

Ich antwortete nicht.

»John?«

Während ich mir ein weiteres Glas Wein eingoss, sagte ich: »Ich will damit nichts zu tun haben. Wenn du meinst, sie müssten noch mal an die finanziellen Tatsachen des Lebens erinnert werden, dann musst *du* das übernehmen. Ich bin William und Charlotte bereits in den Arsch gekrochen. Meine Aufgabe ist erledigt.«

»Na schön … Ich spüre, dass du frustriert bist und aufgebracht –«

»Ganz und gar nicht. Ich habe getan, was ich tun musste, und ich bin damit fertig. Ich werde morgen beim Essen mehr als herzlich sein, und ich werde morgen Abend oder am Montagmorgen mit deinem Vater unter vier Augen sprechen – über dich. Aber nur, weil *er* es will. Ich kann dir allerdings jetzt schon sagen, dass ihn nichts umstimmen wird, was diese Heirat angeht, und ich werde nicht noch mal versuchen, ihn umzustimmen. Folglich musst du dich ein paar Realitäten stellen, Susan, und ein paar Entscheidungen treffen.«

»Das habe ich bereits getan.«

»Das glaubst du. Schau, ich bin mit nichts hierhergekommen, und ich bin bereit, auch mit nichts wieder zu gehen.«

»Du wirst nicht ohne mich gehen. Nicht noch mal.«

»Ich werde dich nicht darauf festnageln.«

Sie nahm meine Hand. »Schau mich an.«

Ich schaute sie im Kerzenschein an, sah, wie der Wind an ihren Haaren zauste – sie hatte nie schöner ausgesehen.

Langsam und bedächtig sagte sie: »Ich verstehe, was du sagen willst und warum du es sagst. Aber das kannst du vergessen. Diesmal kommst du mir nicht so leicht davon. Selbst wenn du denkst, du tust es für mich und unsere Kinder.«

Ich blickte ihr in die Augen und sah, dass sie verschleiert waren. »Ich liebe dich«, sagte ich.

»Und ich liebe dich.« Sie seufzte. »Ich habe es satt, dass sie mich mit ihrem Geld kontrollieren. Wenn ich also das Geld verliere und damit auch sie, bin ich frei.«

»Ich verstehe. Und die Kinder?«

»Das wird er nicht tun – meine Mutter würde das nicht zulassen.«

Wollen wir wetten? »Okay. Das ist gut. Dann ist das geklärt.«

Nach einer Weile sagte ich: »Beinahe wäre ich nicht zur Beerdigung gekommen.«

»Ich wusste, dass du kommen würdest«, erwiderte sie. »Und selbst wenn du's nicht getan hättest.« Sie deutete zum Himmel. »Es stand für uns in den Sternen, John. Es sollte so kommen.«

Seltsamerweise hatte ich das gleiche Gefühl, so wie alle Verliebten. Dennoch lautete jetzt die Frage: Was hatten die Sterne als Nächstes für uns auf Lager?

62

Susan brachte mir das Frühstück ans Bett, aber ich glaube, Sophie hatte es zubereitet – was besser war als umgekehrt.

Es war ein herrlicher Junitag, und die Sonne schien auf mein Tablett voller brutzelndem Fett. Ich wusste kaum, womit ich anfangen sollte.

Susan setzte sich in ihrem Nachthemd im Schneidersitz neben mich und trank eine Tasse Kaffee. »Möchtest du ein Würstchen?«, fragte ich.

»Das ist *dein* Ehrentag«, sagte sie. »Was möchtest du am Vatertag machen?«

Deinen Vater erschießen. »Es ist so ein herrlicher Tag«, erwiderte ich. »Lass uns an den Strand gehen.«

»Ich dachte, wir könnten vielleicht einen Einkaufsbummel machen.«

»Äh … ich dachte …«

Sie hatte eine Einkaufstüte neben sich stehen und reichte sie mir. »Hier ist dein Vatertagsgeschenk, und wir müssen dir etwas Passendes dazu kaufen. Das ist von mir, Carolyn und Edward«, erklärte sie. »Carolyn und ich haben es für dich gekauft, als wir in der Stadt waren.

»Großartig. Das wäre doch nicht nötig gewesen.«

»Pack es aus.«

Ich griff in die Tüte, um meinen grauenhaften Schlips für zweihundert Dollar herauszuholen, zu dem ich jetzt einen passenden Anzug brauchte. Aber es fühlte sich nicht wie eine Krawattenschachtel an. Es fühlte sich wie Unterwäsche an, vielleicht auch wie ein neues Yale-T-Shirt. Aber was ich herauszog, war eine weiße Seglermütze mit einem glänzenden schwarzen Schirm und einer goldenen Litze an der Krone. Ich starrte sie an. So eine hatte ich zum letzten Mal getragen, als ich Mitglied im Regattakomitee des Seawanhaka war – vor einer halben Ewigkeit.

»Einen fröhlichen Vatertag«, sagte Susan.

Ich warf ihr einen Blick zu, wusste immer noch nicht genau, ob ich das recht verstand.

»Probier sie an.«

Also setzte ich sie auf, und sie passte. »Das ist sehr … aufmerksam.« Sollte ich aus dem Fenster sehen und nach der Yacht Ausschau halten?

Susan erklärte: »Ich bin ein paar Seglerzeitschriften durchgegangen und habe fünf Boote ausgesucht, die wir uns heute anschauen können.«

Mir fehlten tatsächlich die Worte, aber ich sagte: »Das ist … wirklich zu kostspielig.«

»Ganz und gar nicht.«

Ich drehte mich zu ihr – ohne mein Frühstückstablett umzuwerfen – und gab ihr einen dicken Kuss. »Danke, aber –«

»Kein Aber. Wir werden wieder segeln gehen.«

Ich nickte.

»Unter einer Bedingung.«

»Nie mehr ich allein.«

»Ganz recht.«

»Einverstanden.«

So saßen wir eine Weile da und hielten Händchen – meine Eier wurden kalt –, bis ich schließlich fragte: »Können wir uns das leisten?«

»Wir steuern alle etwas dazu bei. Edward und Carolyn wollen das für dich tun.«

Das beantwortete zwar die Frage nicht, aber ich war von ihren Überlegungen tief bewegt.

Susan brachte einige Zeitschriftenseiten zum Vorschein und gab sie mir. Ich schaute auf ein paar Kleinanzeigen, die mit einem Stift eingekreist waren, und sah, dass wir uns in der richtigen Klasse bewegten – zwölf bis fünfzehn Meter –, ein Alden, zwei Hinckley, ein C&C und ein vierzehn Meter langes Morgan. Die Preise, stellte ich fest, waren ein bisschen höher als der Großmast – aber, wie man so schön sagt, wenn man fragen muss, wie viel eine Yacht kostet, kann man sie sich nicht leisten. Dennoch sagte ich: »Das ist ein Haufen Geld.«

»Denk doch an die Freude, die wir damit haben werden.«

»Okay.« Ich erinnerte mich an all die schönen Zeiten, bei denen wir alle gemeinsam die Ostküste auf und ab gesegelt waren. Dann dachte ich an meinen Törn um die Welt, der etwas ganz anderes gewesen war. Ich sagte: »Wir müssen die Kids diesen Sommer ein paarmal zum Segeln mitnehmen.«

»Sie haben es versprochen. Zwei Wochen im August.«

»Gut.« Und dann dachte ich an all das, was zwischen jetzt und August passieren konnte und würde – den Stanhopes, Susan und mir, und Anthony Bellarosa. Nun ja, ich bin zu pessimistisch. Oder realistisch. Und weil ich diesen Moment nicht verderben wollte, sagte ich: »Das war wirklich eine großartige Idee. Wie bist du darauf gekommen?«

»Es war einfach. Carolyn, Edward und ich haben uns hingesetzt, um über dein Vatertagsgeschenk zu sprechen, und jeder hat einen Vorschlag auf einen Zettel geschrieben, und auf allen dreien stand das Gleiche: ›Segelboot‹.«

Ich nehme an, das ging schneller als eine pantomimische Darstellung. »Die Kids sind großartig.«

»Sie waren so glücklich, dass sie das für ihren Vater tun konnten.«

Um meine Rührung zu überspielen, witzelte ich: »Wo ist mein Schlips?«

»Oh, der hat hier nicht so gut ausgesehen wie in dem Geschäft. Ich bringe ihn zurück.«

Ich frage mich, warum bei den Frauen die Sachen im Laden immer anders aussehen. Wegen der Beleuchtung? Nun ja, er muss wirklich scheußlich gewesen sein. »Ich nehme das Boot«, sagte ich. »Schenk den Schlips deinem Vater.«

»Gute Idee. Sobald die Kinder hier sind, ziehen wir los und sehen uns diese Boote an. Sie möchten dabei helfen.«

Klar, es war ihr Geld. Eigentlich war es Williams Geld, wodurch es ein wirklich großartiges Geschenk wurde. Ich konnte es kaum erwarten, dem geizigen Willie zu erzählen, dass er einen Beitrag zu meinem Vatertagsgeschenk für zweihunderttausend Dollar geleistet hatte – zumindest bei der Anzahlung. Den Rest mussten wir finanzieren, und ich war mir nicht sicher, ob nach dem heutigen Tag noch irgendwelche Unterhaltszahlungen oder Treuhandfondsausschüttungen fließen würden. Das war ein sehr passendes und herzerwärmendes Geschenk für mich, aber es war auch die reinste Torheit. Nichtsdestotrotz, allein der Gedanke zählt.

»Iss dein Frühstück auf, dann bekommst du noch ein Geschenk von mir«, sagte Susan mit anzüglichem Unterton.

Zum Teufel mit dem Frühstück. Na ja … vielleicht noch ein Würstchen.

Sie sprang aus dem Bett. »Du musst die Mütze auflassen. Du bist ein Seemann, der vom Sturm an Land geschwemmt wurde, und ich bin die einsame Frau eines Seemanns, den ich seit Jahren nicht mehr gesehen habe. Und ich pflege dich wieder gesund und bin gerade gekommen, um dein Frühstückstablett wegzubringen.«

»Okay.« Bring's nicht zu weit weg.

Sie trat neben das Bett und fragte: »Kann ich sonst noch etwas für Euch tun, Sir?«

»Nun ja –«

»Oh, Sir, wieso hebt sich das Tablett von selbst?«

Ich lächelte. »Nun ja …«

»Ich sollte es lieber wegbringen, Sir, bevor es kippt.«

Sie stellte das Tablett auf die Kommode und kam wieder ans Bett. »Mir Eurer Erlaubnis, Sir, werde ich Eure verletzten Genitalien mit etwas Salbe einreiben.

Ich tippte an die Mütze und sagte: »Erlaubnis erteilt.«

Ich bekam also nicht viel vom Frühstück ab, aber die Entscheidung zwischen Sex und Essen fällt mir nicht schwer.

Carolyn und Edward kamen mit dem Zug um neun Uhr achtundreißig, und Susan holte sie vom Bahnhof ab.

Sie umarmten mich, gaben mir einen Kuss zum Vatertag und eine hübsche Karte mit einem Foto von einem Segelboot. Ich dankte ihnen für das echte Segelboot, und sie strahlten vor Freude und Stolz über ihr Geschenk.

»Willkommen daheim, Dad«, sagte Edward.

»Du bist *unser* Vatertagsgeschenk«, sagte Carolyn.

Susan wurde weinerlich, Sophie desgleichen, und selbst Carolyn, die normalerweise hart wie Stahl ist, wischte sich die Augen. Edward und ich, wahre Männer eben, räusperten uns bloß.

Ich vertraute den Kindern meinen Gedanken nicht an, dass ihre Treuhandfonds bald austrocknen könnten. Realistisch gesehen, müssten wir Bescheid wissen, bevor irgendjemand einen Scheck ausstellte, deshalb machte ich mir nicht allzu viele Sorgen. Schlimmstenfalls wären sie enttäuscht, dass sie sich ihr Geschenk nicht leisten konnten. Und sie würden wissen, wem sie die Schuld dafür geben mussten. Was dieses Thema anging, ermahnte ich sie nicht: »Seid nett zu Opa und Oma.« Stattdessen sagte ich: »Lasst uns im August nach Hilton Head segeln.«

Susan riet mir: »Erwähne das bloß nicht gegenüber meinen Eltern.«

»Okay. Wir überraschen sie im August.« Susan befürwortete das nicht. Kurzum, es war nach wie vor Stanhope'sches Geld, das alles beeinflusste, was wir machten und sagten. Tja, mit etwas Glück war es damit bald vorbei.

Wir stiegen in den Lexus und fuhren los, um die Boote anzusehen. Die ersten beiden, ein vierzehneinhalb Meter langes Alden und ein dreizehn Meter langes Hinckley, lagen in öffentlichen Yachthäfen, und wir betrachteten sie vom Anleger aus.

Das nächste, ein altes, zwölfeinhalb Meter langes Hinckley, war vor einem Privathaus an der Manhasset Bay vertäut. Wir riefen vorher an, und der Besitzer war zu Hause und zeigte es uns. Das vierte Boot, ein vierzehn Meter langes Morgan 454, lag am Seawanhaka, und wir ließen uns von einer Clubbarkasse hinbringen, durften aber nicht an Bord. Das fünfte, ein 44 C&C, hatte seinen Liegeplatz ebenfalls am Seawanhaka, aber der Steuermann der Barkasse teilte uns mit, dass die Familie den ganzen Tag damit unterwegs sei. Er versicherte uns allerdings, dass es ein schönes Boot sei.

Auf dem Rasen das Clubs wurde das Grillfest anlässlich des Vatertags vorbereitet, und außer Hörweite der Kinder sagte ich zu Susan: »Warum bringen wir deine Eltern nicht hierher, statt daheim zu essen? Dann können dein Vater und ich später das Morgan nehmen und sehen, wie es sich handhaben lässt.«

»Wir wollen das Boot ihm gegenüber doch nicht erwähnen«, erinnerte sie mich.

»Ich glaube, er und ich können mitten im Sund ein sehr ergiebiges Gespräch unter Männern führen.«

Sie musste mich missverstanden haben, denn sie sagte: »John, es ist nicht nett, wenn du am Vatertag damit drohst, meinen Vater zu ertränken.«

»Was *redest* du da?« Ich fragte mich, ob er noch immer ein guter Schwimmer war.

Wir setzten uns alle auf die hintere Veranda und tranken Bloody Marys. »Und? Hat dir eines davon gefallen?«, fragte mich Susan.

»Das waren lauter großartige Boote«, erwiderte ich. »Wir müssen ein paar Termine machen, mit ihnen raussegeln und sehen, wie sie sich handhaben lassen. Und ich will mir das C&C ansehen, das draußen war.«

Edward sagte: »Mir hat das Morgan gefallen. Es hat mich an das erinnert, das wir hatten.«

Carolyn pflichtete ihm bei. »Das wäre groß genug, damit Dad und Mom nach Europa segeln können.«

Und so saßen die Sutters auf der Veranda, genossen Drinks und betrachteten den Sonnenschein, der auf der Bucht funkelte, und die Boote an ihren Liegeplätzen, deren Bug auf die einlaufende Flut ausgerichtet war, und redeten darüber, welche Yacht ihnen am besten gefiel. Viel schöner konnte es eigentlich nicht werden, aber vermutlich hatten das die Passagiere der *Titanic* auch gedacht, bis sie den Eisberg rammte.

Bevor wir nach Hause fuhren, um uns für die Stanhopes und meine Mutter vorzubereiten, hielten wir am Friedhof von Locust Valley.

Susan, Edward und Carolyn waren zur Beerdigung meines Vaters hier gewesen, aber seither vermutlich nicht, daher erkundigte ich mich bei der Verwaltung, wo das Grab von Joseph Sutter lag, während Susan bei einem Händler in der Nähe des Tores Blumen kaufte.

Wir liefen auf einem kurvenreichen, von Bäumen gesäumten Weg über den parkartigen Friedhof. Die Grabsteine waren nicht höher als anderthalb Meter und zwischen all den Pflanzen nicht zu sehen, sodass man den Eindruck hatte, man liefe durch ein Naturschutzgebiet oder einen botanischen Garten.

In der Ferne trennten eine Hecke und ein schmiedeeiserner Zaun den Stanhope'schen Friedhof vom übrigen Gelände, und die Grabsteine und Mausoleen dort waren natürlich bombastischer – es sei denn, man betrachtete das Grab eines Dienstboten –, und es gab keinen Zweifel daran, dass man sich unter Toten bewegte. Hier hingegen hatte ich das Gefühl, man wäre in die Natur zurückgekehrt. Hier wollte ich sein – mindestens fünfhundert Meter vom nächsten Stanhope entfernt. Vielleicht konnte ich Susan dazu überreden, mit einer Familientradition zu brechen – aber womöglich wurden wir ohnehin alle auf einen öffentlichen Friedhof verbannt.

An diesem sonnigen Vatertag spazierten zahlreiche Leute über den Friedhof, und ich sah auf vielen Gräbern Blumenbuketts, aber auch amerikanische Flaggen, die neben den Grabsteinen der Veteranen in der Erde steckten.

»Wir müssen nächste Woche mit einer Flagge für das Grab deines Vaters herkommen«, sagte Susan.

Ich konnte nur hoffen, dass wir nächste Woche nicht für alle Ewigkeit hierher zurückkehrten. Aber vielleicht sollte ich vorsichtshalber bei der Verwaltung vorbeischauen und eine Parzelle kaufen.

Wir fanden das Grab von Joseph Whitman Sutter. Wie die meisten anderen hatte es einen kleinen weißen Granitblock, knapp einen Meter hoch, der, wenn man von den eingravierten Lettern einmal absah, eher wie eine niedrige Bank wirkte als wie ein Grabstein.

Neben seinem Namen und dem Geburts- und Sterbedatum stand dort: *Ehemann und Vater,* und darunter: *In unseren Herzen wirst du ewig leben.*

Rechts von Josephs Grab gab es eine freie Parzelle, die zweifellos für Harriet reserviert war.

Am Grabstein meines Vaters lag bereits ein Blumenbukett, das vermutlich von meiner Mutter stammte, ungeachtet ihrer Aversion gegen Schnittblumen – aber vielleicht hatte es auch eine heimliche Freundin dorthin gelegt. Das wäre schön. Ich musste Harriet fragen, ob sie heute hier war.

Während ich das Grab meines Vaters betrachtete, hatte ich gemischte Gefühle. Er war sanft gewesen – zu sanft –, ein liebender Ehemann – fast schon blind ergeben – und ein anständiger, wenn auch etwas distanzierter Vater. In dieser Hinsicht war er ein Produkt seiner Generation und Gesellschaftsschicht, daher konnte man ihm nichts vorwerfen – auch wenn ich es ganz gern gesehen hätte, wenn er etwas liebevoller zu Emily gewesen wäre. Was mich anging, nun ja, wir arbeiteten zusammen, Vater und Sohn, und das war für keinen von uns einfach. Ich hätte Perkins, Perkins, Sutter und Reynolds verlassen, aber er wollte unbedingt, dass ich blieb und den Namen der Familie in dieser alten, etablierten Kanzlei fortführte. Wenn das seine Unsterblichkeit sein sollte, dann war er sicher enttäuscht, als seine anderen Soziusse mich rausdrängten. Er war seinerzeit im Halbruhestand gewesen, aber nachdem ich die Kanzlei verlassen hatte, kehrte er wieder hauptberuflich zurück und starb eines Nachts in seinem Büro.

Wie dem auch sei, meine kurze Karriere als Strafverteidiger lag hinter mir – es sei denn, ich rief Carmine Caputo oder Jack Weinstein an –, und Joseph Sutter hatte bereits sein ganzes Leben hinter sich. Und im Grunde genommen war es ein schönes Leben gewesen, was teilweise auch daran lag, dass er und meine Mutter eine seltsam gute Ehe führten. Sie hätten nie Kinder kriegen sollen, aber sie hatten vor der Antibabypille miteinander geschlafen, und so was passiert, wenn man einen Cocktail zu viel getrunken hat. Vermutlich wurde auf diese Weise die Hälfte meiner Generation geboren.

Als Joseph einmal ungewöhnlich nachdenklich und offen gewesen war, hatte er zu mir gesagt: »Ich hätte in Frankreich zehnmal umkommen können – daher ist jeder Tag ein Geschenk.« In der Tat. Nach drei Jahren auf See ging es mir genauso.

Susan hatte den Arm um mich gelegt, und Edward und

Carolyn standen etwas abseits und blickten schweigend auf Opas Grab.

Ich legte die Blumen neben das andere Bukett und sagte: »Ich bin wieder daheim, Dad.«

63

Meine Mutter traf zuerst ein, und ich sah, dass sie und ihre Enkel einander wirklich mochten. Schade, dass es nicht Harriet war, die die hundert Millionen auf dem Konto hatte.

Mit einem Krug Sangria saßen wir auf dem Patio, was so nahe an die Dritte Welt herankam, wie ich es Harriet bieten konnte. Ich sagte zu ihr: »Für jede Flasche Wein, die wir trinken, kriegt ein Reisbauer in Bangladesch einen Scotch mit Soda.«

Weil Susan und Harriet auf einer Wellenlänge liegen, was organische Nahrung angeht, mampften wir schalenweise Fledermausdreck oder so was Ähnliches und plauderten freundlich miteinander.

Allmählich mochte ich meine Mutter fast, was ziemlich einfach war, wenn man angefangen von meiner Geburt bis vor etwa zehn Minuten alles ausblendete. Aber mal ernsthaft – wenigstens war sie fürsorglich; sie kümmerte sich um die falschen Dinge, beziehungsweise um die richtigen Dinge auf die falsche Art, aber sie war engagiert und nahm Anteil am Leben.

Was dieses Thema anging, fragte ich mich, worüber sie mit Pater Hunnings geredet hatte. Und wer eigentlich wen angesprochen hatte. Harriet schien sich genau wie Ethel eher um die Unterdrückten dieser Welt zu kümmern, die sie nie kennengelernt hatte, sowie um Tiere und Bäume, dann erst um die

Menschen in ihrer Umgebung, wie zum Beispiel ihren Sohn und ihre Tochter. Aber ich hatte den Eindruck, dass allmählich eine neue Harriet Gestalt annahm – eine, die sich um ihre Enkel kümmerte und mit einem Priester über die Entfremdung zwischen ihr und ihrem Sohn sprach. Was ging in ihr vor? Nun ja, vielleicht hatte Harriet durch Ethels Tod ihre eigene Sterblichkeit erkannt, und ihr war klargeworden, dass der Weg zum Himmel zu Hause anfing.

Harriet fragte Carolyn und Edward nach ihren Jobs und schien sich ehrlich dafür zu interessieren, auch wenn sie, was Carolyn betraf, ein paar Probleme mit dem Strafrecht hatte. Und was das Thema Kriminelle anging, fragte ich mich, ob Anthony Bellarosa aus seinem Versteck gekommen war, um den Vatertag bei seiner Familie zu verbringen. Höchstwahrscheinlich nicht, aber wenn ja, würde ich es erfahren, weil auf meinen Vorschlag hin Felix Mancuso, das FBI oder die New Yorker Polizei den Friedhof von Santa Lucia in Brooklyn observierten, wo Frank Bellarosa zur letzten Ruhe gebettet worden war.

Anna würde zum Friedhof gehen und laut Anna auch Franks andere Söhne, Frankie und Tommy, vielleicht sogar Megan und ihre Kinder. Auch wenn Megan ihren Schwiegervater nie kennengelernt hatte, war eine der Bedingungen, wenn man in eine italienische Familie einheiratete, dass man die Gräber eines jeden Familienmitglieds besuchte, das im letzten Jahrhundert gestorben war.

Nach Aussage von Mancuso wurden Mamas Haus in Brooklyn und die Alhambra-Anlagen ebenfalls den ganzen Tag überwacht. Ich persönlich glaubte nicht, das Anthony aus seinem Loch gekrochen kam, und schon gar nicht heute, da er wusste, dass das FBI seines und das Haus seiner Mutter observierte. Aber Anthony *könnte* das Grab seines Vaters besuchen. Und wenn Onkel Sal auf den gleichen Gedanken kam, könnte Anthony tot auf dem Friedhof liegen, bevor er festgenommen wurde.

Jedenfalls waren Harriet und Carolyn vom Thema Geisteswissenschaften auf Serienkiller zu sprechen gekommen, und Harriet fragte mich: »Weshalb sind bewaffnete Wachmänner am Tor?«

»Mr Nasim glaubt, die Ayatollahs wären hinter ihm her«, erklärte ich. »Ich gebe der Regierung die Schuld.«

Harriet weiß, wann ich sie provozieren will, und fällt nie darauf rein. Nach Aussage von Susan wusste sie jedoch nicht, dass Anthony Bellarosa nebenan wohnte; wenn doch, hätte sie darauf bestanden, dass wir Edward und Carolyn diese beunruhigende Kunde anvertrauten. Als wir noch klein waren, sagte Harriet zu mir und Emily immer Sachen wie: »Euer Vater hat ein schwaches Herz und kann jederzeit sterben, deshalb solltet ihr darauf vorbereitet sein.« Wahrscheinlich hatte sie ein sehr strenges Buch über Kindererziehung in die Hände bekommen.

Ich wechselte das Thema und kam auf Ethels Totenwache und die Beerdigung zu sprechen, was mich darauf brachte, Harriet mitzuteilen: »Wir haben heute alle Dads Grab besucht.«

Meine Mutter blickte mich an, erwiderte aber nichts. Nun ja, das war noch immer ein schmerzliches Thema für sie. Ich hatte die Beerdigung verpasst, und auch mein guter Grund dafür konnte das nicht ungeschehen machen. Soweit es sie anging, war es nur ein weiteres Beispiel dafür, dass ihr Sohn keine Gelegenheit ausließ, seiner Mutter Schmerz und Leid zu bereiten.

Ich fragte: »Warst du heute dort?« Sag nein. Bitte sag nein.

»Ich habe am Grabstein ein Bukett hingelegt«, erwiderte sie. »Hast du es nicht gesehen?«

»Doch. Aber ich weiß, wie du zu Schnittblumen stehst.« Deshalb dachte ich, Dad hätte eine Freundin. »Daher war ich mir nicht sicher, ob es von dir war.«

»Wer sonst sollte Blumen an seinem Grab niederlegen?«

Vielleicht Lola, die Rezeptionistin mit den großen Kannen, oder Jackie, die scharfe Büroleiterin. »Ich weiß es nicht«, erwiderte ich. »Ich wollte ja bloß darauf hinweisen, dass du Schnittblumen nicht gut findest.«

»Etwas anderes gab es im Laden nicht.«

»Okay. Jedenfalls ist es ein sehr schönes Grab, und es tut mir leid, dass wir uns nicht abgesprochen haben und zusammen hingegangen sind.«

»Nun, ich freue mich, dass du dort warst.«

Bedeutete: »Ich bin überrascht, dass du dir die Mühe gemacht hast.«

Manche Menschen verbreiten Sonnenschein und Wärme; Harriet verbreitet ein schlechtes Gewissen. Habe ich behauptet, dass ich meine Mutter allmählich mochte?

Zum Thema Friedhöfe und Beerdigungen merkte Carolyn an, dass sie sich in der Bar, in der sie gestern Abend mit ihren Freundinnen gewesen war, die Fernsehübertragung von Gottis Beerdigung angesehen hatte. Sie meinte: »Ich kann ja verstehen, dass die Familie, die Freunde und sogenannten Geschäftspartner erscheinen, aber die Leute auf der Straße – das Winken und Jubeln, die Bekreuzigungen – das war … deprimierend. Und dann hat man ein paar Leute interviewt, die gesagt haben, Gotti sei ein Held gewesen, ein Mann, der sich um sie gekümmert habe, der der Gemeinschaft etwas zurückgab – als wäre er eine Art Robin Hood.« Rein rhetorisch fragte sie: »Was treibt diese Menschen?«

Harriet hatte eine Antwort parat: »Die Menschen haben keinen Bezug mehr zu den traditionellen Formen der Regierungsgewalt, und sie suchen Helden, die …« Und so weiter und so fort.

Carolyn nahm ihrer Großmutter diese Erklärung nicht ab, und weil dieses Thema unangenehm eng mit dem Thema Frank Bellarosa, seinem Leben, seinem Tod und seiner Beerdigung, verwandt war, befürchtete ich, dass Harriet so was Ähnliches sagen könnte wie: »John, du warst doch bei Frank Bellarosas Beerdigung, meinst du nicht auch, dass die einfachen Leute das Gefühl hatten, sie hätten einen Helden verloren?« Ich hätte diese Frage an Susan weiterleiten müssen. Hoppla. Ohrfeige.

»Hat gestern jemand das Spiel der Yankees gegen die Mets gesehen?«, fragte ich.

Nun ja, bevor wir das Spiel analysieren konnten, trafen William und Charlotte um Punkt vier ein und brachten Schwung in die Party. Charlotte stürmte regelrecht zu Edward und Carolyn und deckte sie mit Küssen ein. Und der irre William rief Carolyn zu: »Jedes Mal, wenn ich dich sehe, bist du hübscher geworden, junge Dame!« Dann boxte er spielerisch mit Edward, gab mir einen mannhaften Klaps auf den Arsch und rief: »Hey, Großer! Lass uns ein paar Biere köpfen!«

Na ja, nicht ganz. William ließ sich mit einem gezwungenen Lächeln von allen einen schönen Vatertag wünschen. Er murmelte sogar mir »Einen schönen Vatertag« zu.

Die Herrschaften Stanhope passten beim Sangria und lehnten auch die Martinis ab, die ich ihnen anbot, ließen sich aber zwei Gläser Wein geben, die sie tranken, als wäre es Leitungswasser. Wir saßen um den Tisch und plauderten, oder besser, Charlotte erzählte, was sie und William in den letzten paar Tagen gemacht hatten. Ich war überrascht, dass sie sich daran erinnern konnte, aber es war sowieso allen schnurzegal. William schwieg meistens und dachte, dessen bin ich mir sicher, über unsere früheren und künftigen Verhandlungen nach.

Und plötzlich freute ich mich über die Anwesenheit meiner Mutter, weil das die Stanhopes dazu zwang, sich wie normale Menschen zu benehmen.

Ich beobachtete William genau und achtete auf irgendwelche Anzeichen, dass sich sein Niesen zu einem Husten ausgewachsen hatte. In diesem Alter muss man vorsichtig sein. Aber ihm schien nichts zu fehlen – ein bisschen blass war er vielleicht. War das ein Altersfleck auf seiner Stirn oder ein Melanom?

Ich dachte auch an Williams und Charlottes gestrige Besprechung mit Pater Hunnings. Hoffentlich hatte ihnen der gute

Hirte gesagt, sie sollten sich um ihren eigenen Kram kümmern, uns ein großzügiges Hochzeitsgeschenk geben, den Empfang bezahlen, Susans Unterhaltszahlungen erhöhen und mit dem Fallschirmspringen anfangen.

Aber vielleicht hatte William Pater Hunnings für die Anti-John-Fraktion angeworben und ihn davon überzeugt, dass er Susan von der Ehe mit einem Mann abraten sollte, der ein Heiratsschwindler, mit Sicherheit psychisch labil und ein Klugscheißer war. Hunnings und ich hatten einander natürlich nie gemocht, und ich hatte neulich bei ihm auch nicht gepunktet, daher wäre das für ihn ein Liebesdienst – Pater Hunnings' Rache. Tja, was man sät, das erntet man. Vielleicht sollte ich lernen, netter zu Leuten zu sein, die mich fertigmachen können. Vielleicht auch nicht.

Susan hatte Sophie angewiesen, spätestens um Viertel vor fünf zum Essen zu rufen – wie viel von dem hier hielten wir aus? –, und Sophie tauchte zum verabredeten Zeitpunkt auf dem Patio auf und sagte: »Das Essen ist aufgetragen.«

Susan platzierte meine Mama zu meiner Linken und Charlotte rechts von William. Wir waren übereingekommen, die Kinder strategisch links von Opa und gegenüber von Oma Charlotte zu setzen. Susan nahm zu meiner Rechten Platz, worauf ich verkündete: »Der erste Gang ist ein polnisches Gericht namens Treuhandfondssalat.« Natürlich sagte ich das nicht. Aber ich verfügte über ein ganzes Repertoire an Geldumschreibungen, die ich während des Essens einstreuen konnte, um die Kids zum Kichern zu bringen, wie zum Beispiel »grünes Zeug«, »Flocken«, »Linsen«, »Knete« und »liquide Mittel«. Nun ja, von Letzterem verstehe ich nichts.

Susan brachte einen Toast auf die großartigsten Väter der Welt aus, und William dachte irgendwie, das beziehe auch ihn mit ein, und sagte »Danke«. Susan sagte: »Und auf Joseph.«

Das trieb meiner Mutter eine Träne ins Auge. Und das ist die Frau, die sämtliche Vatergefühle zunichtegemacht hatte, die

Joseph Sutter möglicherweise gehegt haben mochte. Aber wie schon gesagt, sie wurde eine gute Oma, und ich hoffte, dass sich diese großmütterliche Liebe auch in ihrem Testament niederschlug. Die Wale brauchen das Geld nicht.

Ich nutzte die Gelegenheit und sagte: »Ich bedaure es sehr, dass Peter nicht hier sein kann.« Dann fragte ich die Stanhopes: »Wo arbeitet er jetzt?«

William erwiderte: »Er ist in Miami und regelt von dort aus den Großteil der Familiengeschäfte.«

Ich wollte nicht derjenige sein, der darauf hinwies, dass es keine Familiengeschäfte gab – nur altes Geld, das in den Händen von Profis war –, und weil ich außerdem etwas von diesem Geld für meine Frau und die Kinder haben wollte, widerstand ich der Versuchung zu sagen: »Er ist ein Strandstreicher, der nicht mal eine Dollarnote wechseln könnte, ohne sich an einen Finanzberater zu wenden.« Stattdessen sagte ich: »Richtet ihm bitte Grüße von mir aus.« Und bestellt ihm, dass wir uns vor Gericht wiedersehen werden.

Zum Thema Stanhope'sches Vermögen: Wenn William für dieses Geld gearbeitet hätte, wäre ich nicht so versessen darauf gewesen; mit dem Geld, das sie verdient haben, können die Leute machen, was sie wollen. Aber es war *geerbtes* Geld, das lediglich durch Abstammung, aber nicht durch Plackerei, Köpfchen oder gar Glück erworben worden war. Daher war ich der Überzeugung, dass es der Scheißkerl seinen Nachkommen vermachen musste – selbst Peter dem Nichtsnutz –, genauso, wie es seiner wertlosen Wenigkeit vermacht worden war. Dieses Geld sollte nicht als Waffe oder als Pawlow'sche Hundebelohnung eingesetzt werden.

Das Essen ging einigermaßen gut vonstatten, denn da Harriet zugegen war, konnten sich die Stanhopes nicht wie absolute Arschlöcher aufführen. Zum Beispiel kamen sie nicht auf Susans verstorbenen Gatten zu sprechen, der ja auch der Stiefvater meiner Kinder gewesen war. Wenn sie seinen Namen im

Beisein meiner Kinder erwähnt hätten, wäre ich garantiert ausgerastet und hätte gesagt: »Edward und Carolyn haben ihn für einen langweiligen alten Sack gehalten, genau wie euch beide«, und dann wäre das Essen vorüber gewesen.

Die dämliche Charlotte sagte allerdings: »Wir können es kaum erwarten, wieder heimzukommen.«

Uns allen ging es genauso, aber ich erwiderte: »Ich kann es kaum erwarten, euer Haus auf Hilton Head zu sehen.«

Und sie sagten ... nichts. Aber William schaute mich über die ganze Länge des Tisches hinweg an und stieß Rauch aus den Nasenlöchern.

Jedes Mal, wenn das Gespräch ins Stocken geriet, brachte Susan es wieder in Gang, aber ich fand es nicht gut, als sie zu den Kindern sagte: »Erzählt euren Großeltern doch von ...« Was auch immer. Es war ein bisschen bemüht, aber der Objektivität halber sollte auch angemerkt werden, dass Opa und Oma Stanhope ihren Enkeln nicht viel entlockten, und ich wurde das Gefühl nicht los, dass sie Edward und Carolyn auf Warteschleife gelegt hatten, bis die Frage mit Mom und Dad geklärt war.

Susan hatte mich gebeten, herzlich und nicht eingeschnappt zu sein. Ich überbot sie sogar noch. Ich kann sehr gut gespielte Fröhlichkeit verbreiten – sodass es fast an Parodie grenzt – und legte richtig los. Zu William sagte ich zum Beispiel: »Ich werde keinen schönen Vatertag haben, bis du und Charlotte sich Martinis machen lasst.« Und, einmal sprach ich ihn mit »Dad« an, worauf er zusammenzuckte. Und, was noch besser war: Mein ausgelassenes Tischgeplauder führte dazu, dass sich die beiden noch weiter in sich zurückzogen.

Harriet bemerkte, glaube ich, dass die Stanhopes ihren Sohn nicht mochten. Sie mochte ihn auch nicht, aber ich spürte, dass es ihr nicht gefiel. Ich war *ihr* idiotischer Sohn, nicht deren. So ist meine Mom.

Ich überlegte, ob ich »O mein Papa« anstimmen sollte, aber

das konnten wir später im Wohnzimmer machen, wo ein Klavier stand – sowohl Susan als auch Charlotte konnten es spielen, und sie könnten doppelhändig klimpern, während wir dastanden, die Arme umeinanderlegten und sangen.

Nun ja, das Essen war um halb sieben zu Ende, genau wie Susan es geplant hatte, und ich war mir sicher, dass niemand das Gefühl hatte, die Zeit wäre wie im Flug vergangen.

Aber weil wir noch den Vatertagskuchen vertilgen mussten, zogen wir uns ins Wohnzimmer zurück und setzten uns um den Kaffeetisch. Sophie schob einen Wagen herein und servierte Kaffee, Tee und Verdauungsschnäpschen.

Sie brachte auch einen großen Kuchen, den sie selbst gebacken und mit der Aufschrift »Für die strahlenden Väter« verziert hatte. Unglücklicherweise stand dort »Für die zahlenden Väter«. Wir lachten darüber, und ich sagte zu William: »Das ist *dein* Kuchen, Dad.«

Er fand das nicht so komisch.

Susan brachte eine Geschenktüte mit Designerlogo zum Vorschein und gab sie ihrem Vater. »Einen schönen Vatertag, Dad.«

William lächelte, froh darüber, dass er einen Teil seiner Unterhaltszahlungen zurückbekam. Er zog eine Karte heraus, klappte sie auf und las sie, ohne uns zu verraten, was darauf stand, oder auch nur zu sagen, dass das Geschenk von uns allen stammte. Was für ein Schwein.

Dann holte William die Krawattenschachtel aus der Tüte und fand sogar heraus, wie sie aufging. Er hielt einen der abscheulichsten Schlipse hoch, die ich je gesehen hatte. Er war schillernd rosa und wechselte die Farben wie ein Chamäleon, als er von Williams Fingern baumelte.

Er schien ihm sogar zu gefallen, und er sagte: »Danke, Susan.«

»Er ist von uns allen, Dad.«

Ich hätte am liebsten gesagt: »Ich habe eine Yacht bekommen«, aber um nett zu sein, sagte ich: »Ich wünschte, ich hätte ihn bekommen.«

Was wiederum Harriet zu der Frage veranlasste: »Was hast du von den Kindern bekommen, John?«

Ich hatte meine Antwort bereits parat und erwiderte: »Zwei Flugscheine nach Hilton Head«, worauf ich den Stanhopes zulächelte, die wieder zusammenzuckten. Neurologische Störung?

Tja, die gestörten Familienfestivitäten näherten sich dem Ende, es sei denn, ich bat Susan und Charlotte, Klavier zu spielen. Carolyn gab bekannt, dass sie gern den Zug um zwanzig Uhr fünfundzwanzig erreichen wollte, damit sie rechtzeitig heimkäme und vor einer morgendlichen Prozessbesprechung noch etwas arbeiten könnte. Harriet bot an, sie zum Bahnhof zu fahren, aber Carolyn, die noch von der letzten Tour mit Oma traumatisiert war, sagte, Edward bringe sie hin. Edward wollte anschließend bei einem Freund vorbeischauen, außerdem musste er morgen in aller Frühe zum Flughafen aufbrechen, deshalb wollte er sich jetzt von seinen Großeltern verabschieden.

Wir gingen auf den Vorplatz, wo sich alle umarmten, küssten und einander eine gute Reise wünschten. Das beherrschen die Stanhopes und die Sutters am besten – den Abschied.

Harriet sagte: »Tja, es kommt mir so vor, als ob wir nur bei Hochzeiten und Beerdigungen zusammenkommen.« Dann fügte sie provozierend hinzu: »Und ich hoffe doch, der nächste Anlass ist Johns und Susans Hochzeit.«

Ich hoffte, dass der nächste Anlass Williams Beerdigung war, sagte aber: »Wir heiraten im Seawanhaka, noch ehe der Sommer vorbei ist.«

Harriet schien sich aufrichtig zu freuen, lächelte William und Charlotte zu, die aussahen, als wäre ihnen ein Furz in die Nase gestiegen, und fragte sie: »Ist das nicht wunderbar?«

Man konnte förmlich hören, wie ihnen der Gebisskleber abplatzte. Die gute alte Harriet – brachte zum Schluss noch einen echten Hammer. Und zur Abwechslung ging er mal nicht auf meine Kosten.

Jedenfalls umarmte und küsste ich Carolyn ein letztes Mal und sagte: »Ich werde dich nicht mehr aus London anrufen.«

»Ich liebe dich, Dad.«

Wieder zuckte William zusammen. Wenn der Mann ein Herz hätte, würde er diese Liebe innerhalb der Familie verstehen, mich beiseitenehmen und sagen: »Ich erteile dieser Ehe meinen Segen, John«, und dann tot umfallen.

Harriet fuhr weg, ohne jemanden umzubringen, dann folgten ihr Edward und Carolyn im Lexus.

Ich schaute William an und kam zu dem Schluss, dass der Zeitpunkt gekommen war. Ich sagte zu ihm: »Wenn du es nicht eilig hast, können wir in meinem Büro einen Drink nehmen.«

Er warf seiner Frau einen kurzen Blick zu, dann sagte er zu mir: »In Ordnung.«

Wir gingen wieder hinein, worauf Susan und ihre Mutter Sophie beim Aufräumen helfen wollten, »während die Männer ausspannen« sollten, was sehr altmodisch und sehr lieb war. Außerdem war es Blödsinn; Charlotte konnte eine Geschirrspülmaschine nicht von einem Staubsauger unterscheiden. Hoffentlich nutzte Susan die Gelegenheit und bearbeitete Mom. Was mich, William und das Ausspannen bei einem Drink anging, so überlegte ich, ob ich vorher die Schrotflinte holen sollte.

Ich machte es nicht, sondern führte ihn in mein Büro und schloss die Tür.

64

Ich bot William einen Martini an, und er geriet in Versuchung, lehnte aber leider ab.

Er setzte sich auf die Couch, und ich ließ mich auf dem Sessel nieder.

Ich hatte nicht die geringste Absicht, das Gespräch zu eröffnen oder mich auch nur auf eine Plauderei einzulassen, deshalb saß ich schweigend da und schaute William an, als hätte er darum gebeten, mich zu sprechen.

Zu guter Letzt wurde er unruhig und fragte: »Wolltest du etwas besprechen?«

»Ich dachte, *du* wolltest etwas besprechen«, erwiderte ich.

»Nun … ich nehme an, wir müssen über das sprechen, was wir … besprochen haben.«

»Okay.«

Er räusperte sich. »Zunächst einmal möchte ich feststellen, John, dass wir – Charlotte und ich – keine persönlichen Vorbehalte gegen dich haben.«

»Du hast mir doch gesagt, ich sei dir und Charlotte gleichgültig.«

»Nun … darum geht es nicht. Es geht um Susan.«

»Sie mag mich.«

»Sie *glaubt* es. Wir haben darüber gesprochen, und es spielt wirklich keine Rolle, ob ich dich mag oder du mich. Also, lass mich festhalten, dass Charlotte und ich der Überzeugung sind, dass eine Ehe zwischen dir und Susan euch beide ins Unglück stürzen und letztendlich zu einer weiteren Scheidung führen würde.«

Ich erwiderte nichts.

»Und um uns künftigen Schmerz und weiteres Unglück zu ersparen, bitte ich dich daher, John, deinen Heiratsantrag noch einmal zu überdenken.«

»Das ist mir klar. Du hast außerdem angedeutet, dass du der Meinung bist, meine Absichten wären nicht ganz ehrenwert«, erinnerte ich ihn, »und dass ich meine Liebe zu Susan womöglich mit meiner Liebe für ihr Geld verwechsle.«

William räusperte sich erneut und erwiderte: »Ich glaube, ich habe gesagt, dass könnte eine unterbewusste Überlegung sein.«

»Okay. Aber ich habe darüber nachgedacht und bin zu dem Schluss gekommen, dass ich sie nur um ihretwillen liebe. Und ich liebe meine Kinder und unsere Familie. Ist dir das heute Abend aufgefallen?«

»Ich … nehme es an. Aber Edward und Carolyn sind erwachsen und leben nicht hier. Daher bin ich davon überzeugt, dass du eine Beziehung zu ihnen pflegen kannst, ohne ihre Mutter wieder zu heiraten.«

»Wir haben schon einmal so gelebt, William, aber es ist nicht das Gleiche.«

Er wusste anscheinend nicht, was er als Nächstes vorbringen sollte, deshalb kam er zum Kern der Sache: »Ich bin bereit, dir eine Million Dollar anzubieten, zahlbar in zehn Jahresraten, wenn du diese Verlobung auflöst und nach London zurückkehrst … oder dir einen Wohnsitz irgendwo anders im Ausland nimmst.«

Wir schauten einander ein paar Sekunden in die Augen, dann sagte ich: »Wenn du nur deshalb Einwände gegen diese

Ehe hast, weil ich dadurch womöglich Anspruch auf Susans Geld habe – ihre Unterhaltszahlung, ihr Umlaufvermögen und ihre künftige Erbschaft –, dann ließe sich das durch einen Ehevertrag ausschließen.«

Weil er nicht darauf einging, fuhr ich fort und fragte: »Wie viel habe ich bekommen, als Susan und ich uns scheiden ließen? Nichts, soweit ich mich entsinne. Folglich können wir diesen Vertrag kopieren und erneut unterschreiben. Das würde dir beweisen, hoffe ich doch, dass meine Absichten durch und durch ehrenwert sind.«

William begriff, dass er in eine Falle gelockt worden war, und dachte fieberhaft über einen Ausweg nach. Er ist wirklich blöde, aber wenn es um Geld geht, zündet er seine letzten verbliebenen Hirnzellen. Schließlich sagte er zu mir: »Es geht nicht nur ums Geld, John. Wie ich schon sagte, geht es darum, dass Susan glücklich ist. Wir wollen unsere Tochter nicht mehr so verzweifelt erleben, wie sie war … nun, beim letzten Mal.«

Das war interessant. Ich hatte nie erfahren, wie es Susan nach meinem Verschwinden ergangen war. Ich konnte mir zweierlei vorstellen – erstens, dass sie traurig war, sich aber wieder gefangen hatte und ihr Leben fortsetzte; oder zweitens, dass sie am Boden zerstört war, sich elend fühlte, von Schuldgefühlen geplagt wurde und dachte, ihr Leben wäre vorüber. Ich bin mir sicher, dass all das zusammenkam, und seit wir wieder vereint waren, hatte ich einen Eindruck davon bekommen, wie diese Jahre gewesen sein müssen. Und jetzt wollte William, Susans liebevoller Vater, sie nicht mehr derart verletzt erleben. Tja, wenn William nicht so ein doppelzüngiger, manipulativer und hinterhältiger Schwachkopf wäre, hätte ich ihm sogar geglaubt und ein bisschen Mitgefühl mit ihm gehabt. Aber ich dachte nicht daran, ihm seine väterliche Liebe abzunehmen, bloß weil er behauptete, er verspüre welche. Aber möglicherweise sprach er für Charlotte, und dämlich, wie sie ist, traute ich ihr zu, dass das Unglück ihrer Tochter sie sehr betrübte.

»Das mag dich vielleicht schockieren, William«, erwiderte ich schließlich, »aber Susan und ich hatten eine wunderbare, liebevolle Ehe, und so wäre es auch weitergegangen, wenn« – ich wollte eigentlich nicht darauf eingehen, aber der Zeitpunkt war gekommen – »wenn sie kein Verhältnis mit Frank Bellarosa gehabt und ihn dann umgebracht hätte.«

William holte tief Luft, bevor er mich anschaute und sagte: »Charlotte und ich haben über das gesprochen … was geschehen ist, und wir können daraus nur schließen, dass eure Ehe nicht so wunderbar war, wie du dachtest. Wenn sie es gewesen wäre, dann wäre es nicht zu alldem gekommen.«

Ich war natürlich der gleichen Meinung, doch im Nachhinein betrachtet und selbst wenn man sie ganz kritisch sah, war es eine sehr gute Ehe gewesen. Susan hatte dem beigepflichtet. Aber sogar im Paradies kann es dumm laufen. Etwa neunzig Prozent aller verheirateten Leute, die ich kannte und die ein Verhältnis eingingen, waren grundsätzlich zu Hause glücklich und blieben daheim. Ab und zu verfiel ein Mann oder eine Frau leider der oder dem Geliebten und verwechselte das mit Liebe. Und das war eine Rezeptur für häusliches und eheliches Chaos. Ganz zu schweigen davon, dass manchmal Leute erschossen wurden.

Aber statt William das zu erklären, selbst wenn es ihn auch nur das Geringste angegangen wäre, sagte ich: »Susan hat mir gesagt – und ich bin mir sicher, dass sie es irgendwann im Lauf der letzten Jahre auch dir und Charlotte gesagt hat –, dass zwischen uns grundsätzlich alles in Ordnung war. Das, was geschehen ist, war ein Ausrutscher und kein Anzeichen eines tiefer sitzenden Problems. Sie war … diesem Mann sexuell verfallen. Es wird nicht wieder vorkommen, vorausgesetzt, sie hat etwas daraus gelernt.«

William bereitete die Vorstellung, seine Tochter könnte einem Mann sexuell verfallen sein, sichtlich Unbehagen. Vielleicht hatte er gedacht, sie wäre noch Jungfrau. Er verdrängte das

Bild von Susan und Frank in trauter Zweisamkeit und sagte zu mir: »Ich glaube, ihr macht euch möglicherweise selbst etwas vor und versucht die Geschichte umzuschreiben. Du, John, hast anderen immer schöne Augen gemacht, wenn ich das so unverblümt sagen darf.«

Ach, leck mich, William. Stimmt, ich flirte – oder habe es getan –, und ja, ich schaue mir die Damenwelt gern an, aber ich hatte im Verlauf meiner zwanzigjährigen Ehe nie ein Verhältnis (nur das Techtelmechtel mit Jenny Alvarez). Weil ihn das jedoch nichts anging, gab ich den Punkt freiwillig ab und sagte, um weiterzukommen: »Wir beide sind viel erwachsener geworden und haben gelernt, nicht mit dem Feuer zu spielen.«

Ich dachte, das wäre möglicherweise zu hoch für Williams Eierkopf, aber er verstand es und kam dadurch offenbar auf eine neue Idee, wie er die Verlobung auflösen könnte. »Du bist dir doch sicherlich im Klaren darüber, dass Susan im Lauf der Jahre eine ganze Reihe von Verehrern hatte.«

Das war die typische Art und Weise, mit der er mir als Vertreter der älteren Oberschichtgeneration zu verstehen geben wollte, dass Susan mit einem Haufen Typen gevögelt hatte. Also wirklich, William. Willst du deine Tochter als eine Schlampe hinstellen, die ich nicht heiraten möchte?

Nun, ja. Er sagte: »Ich bin mir nicht sicher, ob du dich damit abfinden würdest, dass Susan eine ganze Reihe von Männern hatte. Dieser Umstand würde immer wieder sein hässliches Haupt heben – es könnte in Gesprächen auftauchen, oder sie könnte einen Brief oder Anruf von einem früheren Freund erhalten –, und das würde wahrscheinlich zu Streitigkeiten führen und irgendwann zu … nun, weiterem Unglück. Für euch beide.«

Ich war mir ziemlich sicher, dass die meisten Väter ihren angehenden Schwiegersöhnen nicht dazu rieten, die Ehe zu überdenken, weil ihre Töchter eine sexuelle Vorgeschichte hatten, die eine kleine Bibliothek füllen würde. Aber William sah darin eine rasche und sichere Möglichkeit, meiner Leidenschaft für seine Tochter einen Dämpfer zu verpassen. Danach könnten wir uns wieder dem Geld zuwenden.

»Ich weiß deine Bedenken und deine Offenheit zu schätzen«, sagte ich. »Aber du musst dir darüber im Klaren sein, dass Susan und ich wissen, dass in den letzten zehn Jahren keiner von uns ein Heiliger war. Ehrlich gesagt, William, *hatte* ich in jedem Hafen eine Frau, und sogar ein paar im Binnenland. Was an Bord los war, darüber möchte ich gar nicht sprechen. Aber meine und ihre Vergangenheit sind für unsere Zukunft irrelevant.« Es sei denn, eins der Arschlöcher von Hilton Head hat sie besucht. »Folglich müssen wir dem nicht weiter nachgehen. Ich bin, offen gestanden, überrascht, dass du mit mir über das Sexualleben deiner Tochter sprichst.«

Daraufhin lief er rot an, und seine Augen zuckten. Er räusperte sich erneut – Streptokokken? – und sagte: »Nun, ich versuche nur, dir die rosarote Brille abzunehmen.«

Williams Klischees waren schon steinalt gewesen, als *er* noch ein Kind war. »Ich schaue immer hin, bevor ich springe«, erwiderte ich.

»Das will ich doch hoffen. Aber ich habe das Gefühl, dass du diese Ehe eingehen willst, trotz meiner und Charlottes Einwänden.«

Ich wurde albern und sagte: »Ich habe die Absicht, Mr Stanhope, Euch um die Hand Eurer Tochter zu bitten, und außerdem bitte ich Euch und Mrs Stanhope um Euren Segen.«

Möglicherweise erinnerte er sich daran noch vom letzten Mal, und als sentimentaler alter Trottel, der er ist, würde er feuchte Augen bekommen und sagen: »Ich bin stolz und geehrt, dich als meinen künftigen Schwiegersohn bezeichnen zu dürfen.«

Genau genommen schnaubte er.

»Sir?«

»*Segen?*« Er schnaubte erneut. »Wir werden dieser Ehe nie und nimmer unseren Segen geben.«

»Dann nehme ich an, dass auch eine großzügige Aussteuer nicht in Frage kommt.«

»*Aussteuer?* Das soll sicherlich ein Witz sein.«

»Nun ... ja.«

Da wir mit dem Thema Segen und heiliges Sakrament der Ehe befasst waren, sagte ich: »Ich bin ein bisschen ungehalten über dich, William, weil du mit Pater Hunnings darüber gesprochen hast.«

Allem Anschein nach überraschte es ihn nicht, dass ich davon wusste – wenn man ein Problem mit einem anderen Gemeindemitglied hat und sich damit an einen Priester wendet, ist es üblich, dass der Pater zwischen beiden vermittelt. Das ist der Sinn der Sache.

Ich glaube nicht, dass ich Priester sein möchte – alle möglichen Leute schütten einem ihr Herz aus, bitten einen um Rat oder Anleitung oder wollen, dass man Gott auf ihre Seite zieht, damit er ihnen einen Teil der schweren Aufgabe abnimmt.

Anscheinend hatte William über meine Aussage nachgedacht und sagte: »Du solltest nicht *ungehalten* über meinen Besuch bei Pater Hunnings sein, John. Du solltest das Angebot einer pastoralen Beratung begrüßen.«

»Du willst nicht, dass Susan und ich heiraten – von was für einer pastoralen Beratung reden wir eigentlich?«

»Von einer, bei der dir klar wird, dass dein Bestes nicht unbedingt auch das Beste für die angehende Braut ist.«

»Aha. Nun ja, ich glaube, das hast du mir schon mal gesagt. Warum ziehst du also Pater Hunnings in die Sache rein?«

»Ich hoffe doch, ich muss dir nicht erklären, dass in unserer Religion die voreheliche Beratung eine Voraussetzung für eine kirchliche Trauung ist.«

»Tja, es gibt zweierlei Arten von Beratung. Warum habe ich das Gefühl, dass du bereits irgendwas ausgeheckt hast?«

»Willst du damit andeuten, dass ich ... Pater Hunnings beeinflusst habe?«

»Ich glaube, ›einflüstern‹ ist das treffendere Wort. Und möglicherweise hast du ihm einen Anreiz geboten, damit er Susan von der Ehe abrät.«

»Das ist eine ungeheuerliche Unterstellung.«

»Nichtsdestotrotz stehe ich dazu.«

»Dann muss ich deine Anschuldigung vor Pater Hunnings wiederholen.«

»Nur wenn es nicht stimmt, sonst wirst du es lassen.«

William schien seine Empörung in den Griff zu kriegen und sagte: »Das mag sich als hinfällig erweisen, wenn wir zu einer Einigung bezüglich dieser Ehe kommen.« Er erinnerte mich: »Ich habe dir ein Angebot gemacht.«

»Das ich ablehne.«

»Nun gut …« William dachte natürlich nicht daran, klein beizugeben. Er hatte noch ein paar Asse im Ärmel – um ein Klischee zu gebrauchen –, und bislang hatte er noch keines ausgespielt. Stattdessen mischte er die Karten und gab wieder. »Ich bin bereit, mein Angebot an dich zu erhöhen«, sagte er. »Zweihunderttausend Dollar jetzt und danach jährliche Zahlungen über einhunderttausend.«

Einen Kuhhandel schmackhaft zu machen ist nicht schlecht und führt meistens zur gewünschten Reaktion. Geld überzeugt. Aber weil ich für mein Leben gern verhandle, sagte ich: »Meines Wissen ist Susans jährlicher Unterhalt schon höher als deine Anzahlung. Worin also sollte für mich der Anreiz bestehen, nach London zurückzukehren, wenn ich nur einen Prozentsatz dessen kriege, was ich mir mit Susan teilen könnte, wenn ich hierbliebe?«

Jetzt musste er ein Ass ausspielen und mir als Antwort auf meine Frage ein paar harte Tatsachen erklären. Er beugte sich vor, blickte mir in die Augen und sagte ganz langsam, damit ich es auch verstand: »John, wenn du und Susan heiratet, kann ich dafür sorgen, dass die Unterhaltszahlung eingestellt wird.«

Ohne Scheiß? Wow. »Du würdest deine Tochter in finanzielle Not bringen?«, fragte ich ihn.

Er lächelte – ein boshaftes Lächeln –, dann erkundigte er sich: »Willst du damit andeuten, John, dass eine Heirat mit dir das Gleiche wäre, wie in eine finanzielle Notlage zu geraten?«

Gut gemacht, William. Aber ich hatte das kommen sehen und erwiderte: »Tja, ich dachte, ich könnte mir nach der Hochzeit einen alten Traum erfüllen und Profisurfer werden … aber … nun ja …«

Gut möglich, dass er dachte, ich wollte mich über seinen Sohn lustig machen, daher hätte ich vielleicht »Golfprofi« sagen sollen. Warum hatte ich »Profisurfer« gesagt? Freud'sche Fehlleistung? Oder wollte ich es ihm einfach reindrücken?

Er wirkte richtig ungehalten, schluckte den Köder aber nicht, wie man so schön sagt, sondern teilte mir mit: »Ich glaube, du müsstest arbeiten.«

Diesbezüglich konnte ich ihn aufklären: »Ich habe immer gearbeitet, von meiner Auszeit auf See einmal abgesehen. Und ich habe ganz gut verdient, William, sowohl hier als auch in London. Leider wurde mein professionelles Ansehen hier infolge der Ereignisse vor zehn Jahren beschädigt. Ich übernehme die volle Verantwortung für mein Verhalten, aber ich muss dich daran erinnern, dass deine Tochter an den Geschehnissen beteiligt war, die dazu führten, dass ich meine Familienkanzlei verließ. Ich habe ihr vergeben, und zwar vorbehaltlos, und zugleich auch mir, aber es wird eine Zeitlang dauern, bis ich mir hier in New York wieder ein gewisses Ansehen verschafft habe und ein Einkommen erziele, das deiner Tochter den Lebensstil ermöglicht, den sie gewohnt ist. Außerdem möchte ich dich daran erinnern, William, dass es du und Charlotte wart, die immer darauf bestanden haben, dass Susan nicht arbeiten soll, und dass ihr sie durch eine Unterhaltszahlung dazu verleitet habt, keiner Tätigkeit nachzugehen, und ich bedaure, dass ich das stillschweigend geduldet habe. Und weil sie von euch ein

Leben lang ausgehalten wurde, ist sie gegenwärtig nicht für einen finanziell lohnenswerten Job vermittelbar – und daran bist zumindest teilweise *du* schuld, folglich musst *du* auch die Verantwortung dafür übernehmen.«

William wollte offenbar nicht von unangenehmen Tatsachen durcheinandergebracht oder beeinflusst werden, daher erwiderte er einfach: »Ich sage es noch einmal: Wenn sie dich heiratet, wird ihre Unterhaltszahlung eingestellt.«

»Gut. Susan und ich haben über diese Möglichkeit gesprochen, und sie wirkt sich nicht auf unsere Entscheidung aus.«

Diesmal grinste er süffisant, als er sagte: »Susan wird sich das noch einmal überlegen.«

Leck mich. »*Du* wirst dir vielleicht noch mal überlegen, ob du wirklich so kleinlich, manipulativ und gehässig sein willst.«

»So lasse ich nicht mit mir reden.«

»William, jedes einzelne Wort trifft zu.«

Er sah aus, als wollte er seine Karten nehmen und gehen, aber er hatte noch ein weiteres Ass im Ärmel. »Wenn ihr heiratet, werde ich Susan außerdem als Nutznießerin aus meinem und Charlottes Testament streichen.«

Jetzt ging es um *viel* Geld. Und dass beide starben *und* Susan fast fünfzig Millionen hinterließen, waren wichtige Voraussetzungen für eine glückliche Ehe. Vor allem, dass er starb. »Wenn du das tust, sorge ich dafür, dass das Vermögen mindestens zehn Jahre durch einen Rechtsstreit blockiert wird«, erklärte ich ihm. »Peter könnte das unangenehm finden.«

Er war jetzt richtig aufgebracht und lief rot an. Zu hoher Blutdruck?

»Das ist das Ungeheuerlichste, das du je gesagt hast.«

»Nein, ist es nicht. Komm schon. Denk nach.«

»Du …« Er stand auf, und ich wartete darauf, dass er umkippte, aber er tat es nicht, deshalb stand ich ebenfalls auf. »Du hast mich mit deinem Angebot, mich zu kaufen, beleidigt, William. Mir ist dein Geld egal, und Susan auch. Und dir ist deine Tochter egal. Hier geht es um mich und dich und nicht um ihr Glück. Du weißt ganz genau, dass wir miteinander wieder glücklich sind und dass unsere Kinder sich für uns freuen. Nur du, William, bist sehr unglücklich darüber, dass ich wieder in dein Leben getreten bin, und du würdest eher eine Tochter verlieren, als einen Schwiegersohn zu bekommen, der sich deinen Blödsinn nicht bieten lässt. Folglich, Sir, haben Sie Ihre Entscheidung getroffen, und Susan und ich haben unsere getroffen.«

Anscheinend wollte er auf meine Strafpredigt nicht reagieren – er stand bloß da und starrte ins Leere. Aber dann wandte er sich mir zu und sagte: »Wir werden ja sehen, welche Entscheidung Susan trifft.«

»In der Tat, das werden wir. Aber du und deine Frau werdet dieses Haus sofort verlassen und ein andermal mit eurer Tochter sprechen.« Ich ging zur Tür und öffnete sie. »Guten Abend.« Und ich fügte hinzu: »Einen schönen Vatertag.«

Er trat rasch durch die Tür, blieb dann stehen und drehte sich um. Leise sagte er: »Denk auch an eure Kinder.«

Das war sein letztes Ass, und er hatte es ausgespielt, und ich musste reagieren. »Sorg dafür, dass mich dein Treuhandbevollmächtigter anruft.«

Er ging Charlotte suchen, die eindeutig nicht in der Küche war und Töpfe schrubbte.

Ich schloss die Tür, und ein paar Minuten später hörte ich Susan, Charlotte und William in der Diele leise miteinander sprechen. Dann wurde die Haustür geöffnet und wieder geschlossen.

Ein paar Sekunden später ging die Bürotür auf, und Susan kam herein. »Soll ich überhaupt fragen, wie es lief?«

Ich schaute sie an, und ich hätte ihr am liebsten erklärt, dass ihr Vater all das war, was ich immer gesagt hatte, und noch mehr, aber darum ging es wirklich nicht. »Na ja, es gibt eine gute Nachricht und ein paar schlechte.«

»Was ist die gute?«

»Die gute Nachricht ist, dass mir dein Vater eine Million zweihunderttausend Dollar geboten hat, wenn ich nach London zurückgehe.«

»Was? *Was* hat er gemacht?«

»Ich hab's dir doch gerade gesagt.«

Sie stand da, war wie vom Donner gerührt, glaube ich. Dann schaute sie mich an und fragte: »Was hast du ihm gesagt ? Nun, das muss ich wohl nicht fragen.«

»Natürlich nicht. Ich habe nein gesagt. Ich will zwei Millionen. Und das ist die schlechte Nachricht. Er nicht bereit, die eine Million zweihunderttausend aufzustocken.«

Ihr wurde klar, dass ich witzig sein wollte, war sich aber nicht sicher, ob das komisch war.

Sie setzte sich auf die Couch und starrte ins Leere, dann sagte sie: »Das ist ungeheuerlich. Das ist … abscheulich.«

»Fand ich auch. Ich meine, du kriegst eine Viertelmillion im Jahr – ach, das ist die andere schlechte Nachricht. Wenn du mich heiratest, wirst du abgestraft.«

Sie warf mir einen Blick zu, nickte und sagte: »Ist mir egal.«

»Das spielt keine Rolle. Du warst ein böses Mädchen, und deine Unterhaltszahlung ist gestrichen. Beziehungsweise wird es. Und dein Erbteil ebenfalls.«

Schließlich schien sie das Ganze zu begreifen. »Konntest du ihn nicht zur Vernunft bringen?«

»Nein. Möchtest du einen Drink?«

»Nein.«

»Ich schon.« Ich goss mir einen Brandy ein, und Susan änderte ihre Meinung, also machte ich zwei.

Wir hatten keinen Grund zum Anstoßen, also tranken wir.

Schließlich sagte sie zu mir: »Meine Mutter wollte … tja, mir klarmachen, weshalb ich dich nicht heiraten sollte.«

»Irgendwas Gutes?«

Sie rang sich ein Lächeln ab und sagte: »Sie glaubt, dass du nicht in der Lage bist, mir den Lebensstil zu ermöglichen, an den ich mich gewöhnt habe.«

»Hast du ihr gesagt, dass ich im Bett das reinste Tier bin?«

Diesmal lächelte sie wirklich. »Ich habe ihr gesagt, dass wir immer ein erfülltes Sexualleben hatten.«

»Ist sie eifersüchtig?«

»Kann sein. Sie hat angedeutet, dass du zu viel trinkst.«

Wir lachten beide darüber. »Ich wünschte nur, ich könnte mit den beiden mithalten«, stellte ich fest.

Ich setzte mich neben Susan auf die Couch, und wir hielten Händchen und schwiegen eine Weile, bevor sie sagte: »Mein Vater schien sehr wütend zu sein.«

»Ich war ganz herzlich zu ihm, auch nachdem er mich mit einem Schmiergeld beleidigt hat. Wirklich wahr, Susan.«

»Ich glaube dir.«

»Aber zum Schluss musste ich ihm mit einem Rechtsstreit drohen, wenn er dich aus dem Testament streicht. Die Unterhaltszahlung ist futsch, und selbst wenn mir diesbezüglich eine rechtliche Möglichkeit einfiele, habe ich das Gefühl, dass es aus moralischen Gründen nicht gerechtfertigt wäre, sie durchzuziehen. Ich hoffe, du pflichtest mir bei.«

»Ich pflichte dir bei. Jetzt bin ich frei.«

»Stimmt. Möglicherweise solltest du deinen Privattrainer einsparen.«

»Mach dich nicht über mich lustig.«

»Tut mir leid.« Ich musste mich entscheiden, ob ich Williams letzten Schlag erwähnen sollte – die Kinder. Aber das wollte ich ihm überlassen; Susan musste das von ihrem Vater hören. »Ich glaube, William will mit dir sprechen«, sagte ich.

Sie nickte. »Wir sprechen morgen früh miteinander. Hier. Bevor sie zum Flughafen fahren.«

»Gut. Ich mache mich aus dem Staub.«

»Danke.« Sie schaute mich an. »Hat er etwas von den Kindern gesagt?«

»Ich glaube, das will er dir morgen sagen.«

Sie nickte.

Susan wirkte nicht besonders glücklich für jemanden, der gerade seine Freiheit gewonnen hatte, und ehrlich gesagt, konnte ich es ihr nicht verübeln. Die Freiheit kann unheimlich sein.

Um das Ganze abzuschließen, sagte ich: »Schau, es läuft darauf hinaus, dass ich –«

»John, halt die Schnauze, verflucht noch mal.«

Das kam für mich überraschend. Wo hatte sie so zu fluchen gelernt? Es klang komisch mit ihrem Patrizierakzent. »Könntest du das erklären?«, fragte ich.

»Tut mir leid.« Sie lachte. Dann stützte sie den Kopf auf die Hände, und Tränen rannen ihr über die Wangen. »Verdammt.«

Ich legte den Arm um sie und drückte sie an mich. »Wir werden klarkommen, Susan«, sagte ich und erinnerte sie: »Wir wussten, worauf es hinausläuft.«

Sie wischte sich mit den Händen das Gesicht ab. »*Du* wusstest es. Ich wollte es nicht glauben.«

Ich gab ihr mein Taschentuch. »Du musst ehrlich zu dir sein. Du *hast* es gewusst.«

Sie nickte. »Diese … ich habe mir solche Mühe mit ihnen gegeben. Wie können sie nur so … herzlos sein?«

Ich schwieg.

»Es geht nicht ums Geld. Wirklich nicht. Ich verstehe nur nicht, wieso sie so … sehen sie denn nicht, wie glücklich wir miteinander sind?«

Ich wollte diesen kathartischen Moment nicht stören, konnte mir aber nicht verkneifen zu sagen: »Genau das passt ihnen nicht. Dein Vater konnte mich noch nie leiden, und ehrlich gesagt, beruht das auf Gegenseitigkeit. Aber im Gegensatz zu mir wird er eher vom Hass getrieben als von Liebe. Und dagegen können wir nichts machen.«

Sie nickte, wischte sich mit meinem Taschentuch die Augen

ab und holte tief Luft. »Na schön. Ich werde morgen mit ihm sprechen. Und ich werde nicht klein beigeben. Er kann mir mit nichts mehr drohen … außer mit dem Geld der Kinder. Wir müssen also mit den Kindern sprechen.«

»Genau.«

»Meinst du, ich sollte auch mit Peter sprechen?«

»Ich würde es dir nicht raten. Aber das ist deine Entscheidung.« Ich werde den Mistkerl verklagen, wenn es sein muss.

»In Ordnung …« Sie drehte sich um, legte ihren Kopf auf die Armlehne des Sofas und die Füße auf meinen Schoß. Ich zog ihr die Schuhe aus, worauf sie mit den Zehen wackelte. »Hattest du einen schönen Vatertag?«, fragte sie. »Abgesehen davon, dass du einen Millionendeal hast platzen lassen?«

»Ja. Wirklich. Allmählich mag ich meine Mutter.«

»Gut. Sie liebt dich auf ihre Weise.«

»Das mit Sicherheit. Vielleicht sollten wir uns die Sache mit der Yacht noch mal überlegen.«

»Vermutlich sollten wir das.«

»Wie wär's mit einem Ruderboot?«

»Können wir uns nicht leisten.« Sie reckte sich und gähnte. »Das war ein anstrengender Tag. Aber weißt du was? Ich habe das Gefühl, als wäre ich eine zehn Zentner schwere Last losgeworden.«

»Genau genommen bist du um etwa eine Viertelmillion Dollar im Jahr leichter.«

Sie schwieg einen Moment, dann fragte sie: »Warst du … überrascht, als er dir Geld angeboten hat?«

»Um die ganze Wahrheit zu sagen – er hat es mir am ersten Abend angeboten, an dem sie hier waren.«

»Wirklich? Warum hast du mir das nicht gesagt?«

»Nun ja, warum die ganze Woche ruinieren?«

»Du musst mir alles sofort sagen.«

»Können wir das Thema wechseln?«

»Wie wär's mit Sex?«

Angesichts dieser Eröffnung hätte ich ihr sagen sollen, dass ihr Vater mich davor bewahren wollte, eine Frau mit lockerem Lebenswandel zu heiraten, die zufällig seine Tochter war. Aber es gibt Regeln, ausgesprochene und unausgesprochene, und das wäre wirklich zu weit gegangen und hätte nur dem Zweck gedient, dass Susan noch weniger von ihrem Vater hielt, als sie es bereits tat. Und dennoch verachtete ich ihn so sehr, dass ich tatsächlich daran dachte, es ihr zu erzählen. Aber das würde andere Themen aufwerfen, mit denen wir uns in Zukunft nicht mehr befassen wollten.

»John? Hallo? Sex?«

»Haben wir das nicht erst heute Morgen gemacht?«

»Nein, du hast mit der Frau eines Seemanns geschlafen.«

»Richtig.«

Ich stand auf, schloss die Tür ab und zog meinen Blazer aus.

Susan streifte ihr Höschen ab, schob den Rock hoch und flüsterte. »Beeil dich, bevor mein Vater heimkommt.«

Und so zog ich mich eingedenk der halb bekleideten Quickies, die wir uns vor unserer Hochzeit in Stanhope Hall gegönnt hatten, von der Taille abwärts aus und legte mich auf sie, und sie hängte ihre Beine über meine Schultern.

Eine der großen Freuden beim Sex mit Susan Stanhope war das Wissen darum, dass ich im übertragenen Sinn auch ihren Vater fickte. Aber diesmal waren bloß Susan und ich in dem Zimmer, und es war großartig.

65

Susan und ich waren auf der Couch eingeschlafen, und ich wurde vom klingelnden Telefon geweckt. Draußen war es dunkel, und nur eine Stehlampe beleuchtete das Büro.

Ich stand auf und schleppte mich zum Schreibtisch. Die Anruferkennung war ausgeblendet, und die Schreibtischuhr zeigte 21:32, aber es kam mir später vor.

Ich nahm den Hörer ab. »Sutter.«

»Guten Abend, Mr Sutter«, sagte Mr Mancuso.

Ich hörte Lärm im Hintergrund, Männer und Frauen, die sich unterhielten, aber ich hatte das Gefühl, dass er weder in seinem Büro noch daheim war.

»Ich habe Neuigkeiten für Sie.«

Ich dachte, sie hätten Anthony womöglich beim Spaghettiessen bei Mama angetroffen, und sagte: »Gute Neuigkeiten, hoffe ich doch.«

»Neuigkeiten.«

Ich warf einen kurzen Blick zu Susan, die sich regte. »Warten Sie, ich hole Susan. Ich legte den Hörer hin und sagte zu Susan: »Mancuso ist dran.«

Sie setzte sich auf, ich schaltete den Lautsprecher ein und sagte dann zu Mr Mancuso: »Wir sind dran.«

»Guten Abend, Mrs Sutter.«

Sie stand neben mir und erwiderte: »Guten Abend.«

»Nur damit Sie Bescheid wissen, Anthony Bellarosa hat sich am Grab seines Vaters nicht blicken lassen, aber seine Frau und die Kinder waren da, desgleichen die übrige Familie, einschließlich Anthonys Brüder samt Frauen und Kindern. Sie waren alle bei Anna zum Essen.«

Arme Megan. Ich erkannte natürlich an seinem Tonfall, dass es noch weitere Neuigkeiten gab.

»Heute Abend gegen Viertel vor acht saß Salvatore D'Alessio mit seiner Frau Marie und den beiden Söhnen, die zum Vatertag aus Florida eingeflogen waren, in einem Restaurant beim Essen«, fuhr Mancuso fort.

Tja, ich wusste, worauf das hinauslief, und ein kurzer Blick zu Susan verriet mir, dass auch sie wusste, was uns Mr Mancuso mitteilen würde.

»D'Alessio hat offenbar aus alter Gewohnheit in diesem Restaurant gespeist, dem Giovanni's in Williamsburg, einem Stadtteil von Brooklyn, ganz in der Nähe seines Hauses. Sie gehen am Vatertag immer dorthin.«

»Das ist keine gute Gewohnheit«, stellte ich fest.

»Nein«, pflichtete Mr Mancuso mir bei. »Es ist ein nettes altes Familienrestaurant. Ich bin im Moment da.«

Ich fragte ihn nicht, warum er dort war, und ich war mir ziemlich sicher, dass er nicht mit den D'Alessios speiste.

»Gegen Viertel vor acht, als die D'Alessios beim Dessert saßen, kamen zwei Männer in Überziehern in das gutbesuchte Restaurant und gingen sofort zu D'Alessios Tisch. Nach Aussage mehrerer Zeugen zogen beide Männer abgesägte doppelläufige Schrotflinten unter ihren Mänteln hervor, und einer von ihnen sagte: ›Schönen Vatertag, Sally‹, dann feuerte er aus nächster Nähe einen Schuss auf Salvatore D'Alessios Gesicht ab.«

Susan taumelte einen Schritt zurück, als wäre sie getroffen worden, und sank auf die Couch.

»Einen Moment«, sagte ich, schaltete Mr Mancuso in die Warteschleife und fragte Susan: »Ist alles in Ordnung?«

Sie nickte. Ich schlüpfte in meine Boxershorts, zog die Hose an und schaltete den Telefonlautsprecher ab. Ich setzte mich in den Sessel und griff zum Hörer. »Jetzt bin nur ich dran«, sagte ich zu Mancuso.

»In Ordnung ... das sind also die Neuigkeiten.«

Ich holte tief Luft, bevor ich sagte: »Nun ja ... ich glaube, ich schulde Ihnen Geld.«

»Ich bin nicht dazu gekommen, den Einsatz für Sie zu machen, Mr Sutter.«

»Okay ...« Ich saß da, warf wieder einen Blick zu Susan, die entweder nicht wahrnahm oder sich nicht daran störte, dass sie Mancuso nicht hören konnte. »Wurde noch irgendjemand anders verletzt?«

»Nein. Es waren Profis. Sie können es in den Nachrichten sehen.«

»Können Sie mir eine Vorschau bieten? Oder irgendetwas, das ich in den Nachrichten nicht sehen werde?«

»In Ordnung ...« Mr Mancuso ließ mir seine sachverständige Meinung über den Auftragsmord zukommen: »Es ist also Sonntag. Vatertag. Und Salvatore D'Alessio ist mit seiner Familie essen gegangen. Und D'Alessio ist ganz die alte Schule und glaubt, dass es Regeln gibt, gegen die nicht verstoßen wird. Aber er ist nicht dumm – nun, eigentlich ist er es, aber dennoch, wenn man davon ausgeht, dass es D'Alessio war, der Frank Bellarosa beim Giulio's im Beisein von Franks Frau und zwei unbescholtenen Bürgern umbringen lassen wollte, dann muss sich D'Alessio darüber im Klaren sein, dass er selbst gegen die Regeln verstoßen hat. Und er weiß, dass sich Anthony ohnehin an nicht viele Regeln hält. D'Alessio hat also einen Leibwächter dabei, der draußen vor dem Giovanni's steht, und D'Alessio trägt eine Kevlarweste unter seinem Anzug für große und breitschultrige Männer, außerdem hat er einen Smith &

Wesson vom Kaliber .38 bei sich, und er wird von seiner Familie begleitet, also rechnet er nicht mit Ärger, aber er ist darauf vorbereitet.«

»Nun ja, er hätte damit rechnen und sich besser vorbereiten sollen«, meinte ich.

»Ganz recht. Der Leibwächter, den Marie D'Alessio als ihren Fahrer bezeichnete – obwohl sie zu dem Restaurant gelaufen waren –, unternahm einen längeren Spaziergang und ist anscheinend verschwunden. Was die Kevlarweste angeht, so rechneten die beiden Schützen offenbar damit, deshalb wurde der erste Schuss auf D'Alessios Gesicht abgegeben. Frank Bellarosa hatte damals großes Glück, und Mr D'Alessios Attentäter wollten nicht den gleichen Fehler machen wie Frank Bellarosas.«

»Nein. Das wäre dumm gewesen«, pflichtete ich bei.

»Nun, der Schuss ins Gesicht schleuderte D'Alessio zu Boden, worauf ein weiterer Schuss auf seinen Kopf abgegeben wurde, obwohl er nach Aussage des Pathologen zweifellos bereits tödlich verletzt war. Der zweite Schuss war … nun, eine persönliche Botschaft.« Mancuso erklärte es: »Es gibt keinen Leichenbestatter, der den Kopf und das Gesicht wieder so weit herstellen kann, dass man den Sarg offen lassen könnte.«

Zu viel des Guten.

»Während die beiden Schüsse abgegeben wurden, richtete der zweite Attentäter eine Schrotflinte auf Maria D'Alessios Kopf und rief: ›Keiner rührt sich, oder sie stirbt!‹, sodass die beiden Söhne nach Aussage von Zeugen wie erstarrt dasaßen, aber Marie schrie. Dann verließen die beiden Männer das Restaurant und stiegen in ein wartendes Auto. Von dem Zeitpunkt, da die Männer das Lokal betraten, bis zu ihrem Verschwinden vergingen etwa fünfzehn Sekunden. Als Marie einen Blick auf ihren Mann warf, fiel sie in Ohnmacht. Einer der Söhne übergab sich, der andere wurde hysterisch.« Wie zu sich selbst sagte Mr Mancuso: »Schöner Vatertag.«

Ich nickte. Nun ja, das rückte meinen stressigen Tag mit Harriet und den Stanhopes in ein anderes Licht.

Ich versuchte mir die Szene im Restaurant vorzustellen: Es ist Vatertag, und überall sitzen Familien, und irgendwann kommen zwei Männer durch die Tür. Und ehe jemand begreift, was da vor sich geht, ballert einer von ihnen Salvatore D'Alessio den Kopf weg, nachdem er ihm einen schönen Vatertag gewünscht hat. Was hatte die Familie D'Alessio in den paar Sekunden gemacht, bevor Sals Kopf explodierte? Hatten sie sich unterhalten? Gelacht? Das Gebäck herumgereicht? Wusste D'Alessio in der Sekunde vor dem Schuss, dass es für ihn vorbei war?

Ich konnte mich noch genau daran erinnern, wie schnell es vor Giulio's gegangen war – im Grunde genommen begriff ich nicht, was geschah, bis es vorüber war. Da es für so was keinerlei Bezugspunkt in meinem Leben gab, hatte mein Verstand nicht erfassen können, was meine Augen sahen. Ich nahm nicht mal wahr, wie Vinnies Gesicht in einer Wolke aus Blut, Hirnmasse –

»Mr Sutter?«

»Ja …«

»Sie wollen vielleicht nicht, dass Mrs Sutter das im Fernsehen sieht.«

Ich warf einen Blick zu Susan, die sich auf der Couch eingerollt hatte und ins Leere starrte. »Sie haben recht«, erwiderte ich.

»Und vielleicht sollten Sie morgen auch keine Boulevardblätter herumliegen lassen.«

»Okay … nun ja, ich glaube, das beantwortet die Frage, ob Anthony Bellarosa am Leben ist.«

»Ganz recht. Ich glaube, wir sollten davon ausgehen, dass er den Mord angeordnet hat. Es kommt mir wie eine Botschaft vor, die er den Kollegen seines Onkels zukommen lassen wollte und die da heißen soll, genau das ist meinem Vater im Beisein meiner Mutter passiert.«

»Ja … nun ja, ich hätte Anthony einen derartig theatralischen Auftritt oder eine so symbolische Tat gar nicht zugetraut, aber vielleicht steckt doch ein bisschen was von seinem Vater in ihm.« Vielleicht wusste er mein Verhalten also doch zu würdigen, als ich sein Bild zerschlitzte; sein Vater hätte es gekonnt.

Mr Mancuso schwieg einen Moment, dann sagte er: »Auch ich war überrascht darüber, wie dieser Mord vonstattenging. Ich hatte etwas … Ruhigeres erwartet. Ein Verschwinden, damit man nicht so viel öffentliches Aufsehen erregt oder das Auge des Gesetzes auf sich lenkt. Und selbst wenn es auf offene Gewalt hinauslaufen sollte, hätte ich nicht gedacht, dass Anthony so offensichtlich klarmachen würde, dass er dahintersteckt. Er hätte den Killer genauso gut sagen lassen können: ›Schönen Vatertag, Onkel Sal.‹ Dieser Mord wird ihm ein paar Probleme bereiten. Und das bringt uns zu einem anderen Thema.« Weil ich nichts erwiderte, fuhr Mancuso fort: »Es könnte möglich sein, wie wir ja bereits besprochen haben, dass Anthony sein Augenmerk nun Mrs Sutter oder Ihnen zuwendet.«

Wieder sah ich zu Susan, die meinen Blick jetzt erwiderte. Sie musste das hören, deshalb schaltete ich den Lautsprecher ein, legte den Hörer beiseite und sagte zu Mancuso: »Susan ist wieder da.«

»Okay. Aufgrund des Tathergangs bin ich mir ziemlich sicher, dass Anthony in dieser Woche verreist ist und das auch beweisen kann, wenn wir ihn nach seinem Alibi fragen. Auf jeden Fall nehme ich an, dass er sich, wo immer er auch sein mag, noch etwa eine Woche bedeckt halten wird oder zumindest so lange, bis er sich sicher ist, dass er als unumstrittener Boss heimkehren wird. Wahrscheinlich wird er warten, bis sein Onkel beerdigt wurde, aber er könnte sogar dort auftauchen.«

»Tja, das sollte er auch, wenn er die Ursache für diese Beerdigung ist«, wandte ich ein.

Mr Mancuso gluckste kurz, aber Susan lächelte nicht.

»Anthonys Abwesenheit hindert ihn allerdings nicht daran, sich um die hiesigen Angelegenheiten zu kümmern, wie der Mord an Mr D'Alessio beweist«, warnte er uns. »Im Gegenteil, wenn es noch mehr solche Angelegenheiten gibt, werden sie möglicherweise erledigt, solange Anthony noch verreist ist.«

Susan dachte darüber nach und fragte dann: »Und was sollen wir Ihrer Meinung nach tun?«

»Ich rate Ihnen, zusätzliche Sicherheitsvorkehrungen zu ergreifen und vielleicht einen persönlichen Leibwächter zu engagieren.«

»Das hat Onkel Sal auch nichts genützt«, warf ich ein.

»Nein, hat es nicht. Aber Ihr Leibwächter wird doch hoffentlich nicht für die andere Seite arbeiten. Außerdem rate ich Ihnen beiden, so weit wie möglich innerhalb der Sicherheitszone auf Stanhope Hall zu bleiben. Unterdessen werde ich die Bezirkspolizei bitten, zu prüfen, ob man rund um die Uhr einen Personenschutz für Sie abstellen kann. Außerdem habe ich angefragt, ob meine Dienststelle Ihnen ein, zwei Agenten zuteilen kann, aber offen gesagt, sind wir seit dem 11. September etwas knapp an Personal.«

Susan warf mir einen Blick zu, dann fragte sie Mancuso: »Wie lange sollen wir so leben?«

»Ich wünschte, ich könnte es Ihnen sagen«, erwiderte er und versuchte uns aufzumuntern: »Bellarosa wird bald auftauchen, oder wir werden ihn ausfindig machen. Und wenn das geschieht, wird ihn die New Yorker Polizei wegen des Mordes an Salvatore D'Alessio vernehmen, und das FBI wird sie dabei unterstützen, wenn man uns darum bittet. Die Bezirkspolizei wird wegen der Drohungen, die er gegen Sie beide ausgestoßen hat, ebenfalls mit ihm sprechen. Wie schon gesagt, mit etwas Glück können wir ihn festnehmen. Zumindest können wir dafür sorgen, dass er unter Beobachtung steht und ständig observiert wird.« Mancuso erinnerte uns: »Im Moment haben wir das Problem, dass er vermisst ist. Und Vermisste, die nicht tot sind, sind gefährlicher als Leute, die präsent sind oder deren Verbleib klar ist.«

Susan hatte Anthonys Verschwinden für gut befunden, aber jetzt fiel ihr der Haken daran auf. »Wieso können Sie ihn nicht ausfindig machen?«, fragte sie.

Mr Mancuso, der diese Frage wahrscheinlich schon oft beantwortet hatte, erwiderte: »Das Land ist groß, und die Welt ebenfalls. Und Bellarosa hat die Mittel und Möglichkeiten, für unbestimmte Zeit unterzutauchen. Er ist nicht auf der Flucht vor dem Gesetz, daher nehmen wir an, dass er wieder auftauchen wird, wenn er meint, es wäre am Besten für ihn.«

Was Felix Mancuso sagte, klang natürlich logisch, und wenn ich an Anthony Bellarosas Stelle wäre, würde ich mir mit Sicherheit mehr Gedanken wegen meiner *Paesanos* oder der Polizei machen, statt daran zu denken, wie ich noch mehr Leute umbringen könnte – Leute zumal, die seines Wissens von der Polizei und vom FBI beschützt wurden. Und dennoch … insgeheim wusste ich, dass es hier eher um Rache als ums Geschäft ging und dass der Rachemord an Salvatore D'Alessio nur der erste von zweien war. Vielleicht sogar von dreien.

Mir kam ein Gedanke. »Ich habe in London noch einiges zu erledigen«, sagte ich und warf einen Blick zu Susan, die nickte, »daher finde ich, dass dies ein ganz guter Zeitpunkt für mich und Mrs Sutter sein könnte, um eine Woche oder so in London zu verbringen und danach vielleicht noch eine Woche auf dem Kontinent. Mit anderen Worten, auch wir sollten untertauchen.«

»Das wäre zu diesem Zeitpunkt eine sehr gute Idee«, erwiderte Mr Mancuso, ohne zu zögern, »bis die Lage hier klarer wird. Und wenn Sie mit uns in Kontakt bleiben, können wir Sie über die neuesten Entwicklungen auf dem Laufenden halten.«

»Wir interessieren uns ganz bestimmt für Nachrichten von zu Hause. Und rufen Sie uns bitte sofort an, wenn Sally Da-das Freunde Anthony umlegen.«

Auf meine mörderischen Bemerkungen reagierte Mr Mancuso nie wohlwollend – er war ein Profi –, und er sagte: »Wir hoffen, ihn vorher ausfindig zu machen.«

»Ich hoffe, dass Onkel Sals Freunde ihn zuerst aufspüren.«

Mancuso ignorierte das und fragte: »Wann gedenken Sie abzureisen?«

Ich schaute Susan an, worauf sie sagte: »Meinetwegen am Dienstag.«

Mancuso pflichtete bei. »Das wäre gut. Behalten Sie alle näheren Einzelheiten Ihrer Reise für sich.«

»Wird gemacht.«

»Und genießen Sie es. Sie brauchen eine Verschnaufpause.«

Mr Mancuso schien froh darüber zu sein, dass er uns loswurde. Außerdem mochte er uns und wäre persönlich tief betrübt, wenn wir umgelegt werden würden. Und dienstlich wäre er natürlich weit mehr als nur betrübt. Dann wäre er in der gleichen Verlegenheit wie seinerzeit, als Susan seinen Kronzeugen umgelegt hatte. Eine solche Unannehmlichkeit konnte er mit Sicherheit nicht gebrauchen.

Er erklärte uns: »Ich bin ganz zuversichtlich, dass uns der eine oder andere Durchbruch gelingen wird, während Sie weg sind, und dass Anthony Bellarosa bei Ihrer Rückkehr entweder in Haft sitzt oder unter strenger Observation steht, beziehungsweise von seinen eigenen Leuten umgebracht oder derart eingeschüchtert wurde, dass er in den Ruhestand geht und nach Florida oder Las Vegas zieht, wo viele seiner Kollegen landen, wenn sie das Geschäft aufgeben müssen.«

Ich war mir nicht so sicher, dass Anthony sich zur Ruhe setzen oder wegziehen würde, aber ich pflichtete Felix Mancuso bei, dass Anthonys Karriere an einem Scheideweg stand. Was nicht mein Problem war, solange keiner dieser Wege zur Grace Lane führte.

Ich überlegte, wie es Anthony ergehen mochte, wenn er sich verstecken oder ins Exil gehen musste, und fragte mich, ob er wie jeder normale Mensch seine Familie vermissen würde, ohne zu wissen, ob er sie jemals wiedersehen würde. Andererseits hatte er sich für dieses Leben entschieden. Und dann dachte ich natürlich an mein Exil. Ich hatte mich nicht für dieses Leben entschieden – na ja, vielleicht doch, aber es war nicht meine erste Wahl gewesen.

Jedenfalls wusste Anthony Bellarosa nicht einmal, wo London lag, und er dachte, Paris sei der Name eines Hotels in Las Vegas. Folglich war die Reise eine gute Idee, und wir würden uns amüsieren, während Anthony dahinterzukommen versuchte, ob er der Boss war oder in der Klemme steckte.

»Wir rufen Sie am Dienstag vom Flughafen aus an«, sagte ich zu Mr Mancuso.

»Tun Sie das bitte.«

»Hatten Sie einen schönen Vatertag? Abgesehen davon, dass Sie zum Tatort eines Mordes gerufen wurden.«

»Den hatte ich, danke. Und wie ist es bei Ihnen?«

»Ich hatte einen wunderbaren Tag mit meinen Kindern und meiner Verlobten. Meine Mutter und meine zukünftigen Schwiegereltern waren auch da. Aber morgen früh sind alle wieder weg.«

»Das ist gut. Sind Sie … vorsichtig?«

»Das sind wir«, versicherte ich. »Susan und ich waren allerdings am Dienstag auf Kaffee und Gebäck im Giulio's.«

»So? Nun … das war vermutlich gut so.«

»Ja, war es.«

Mancuso schwieg einen Moment, bevor er sagte: »Ich habe mich oft gefragt … inwieweit Ihrer aller Leben anders verlaufen wäre, wenn Sie ihn hätten verbluten lassen.«

»Tja … Sie können davon ausgehen, dass ich mich das auch schon ein paarmal gefragt habe.« Ich schaute kurz zu Susan, die meinen Blick nicht erwiderte, und sagte: »Aber ich hätte ihn niemals verbluten lassen.«

»Das ist mir klar. Ich auch nicht. Allerdings, wenn Sie ihm

das Leben nicht hätten retten können und er damals gestorben wäre … nun, dann würden wir dieses Gespräch nicht führen.«

»So ist es.« Und Susan hätte Frank nicht umgebracht, als Felix für ihn verantwortlich war, ich hätte mich nicht von ihr scheiden lassen und wäre nicht zehn Jahre ins freiwillige Exil gegangen, und wir wären nicht wegen Anthony in Lebensgefahr. Aber wer weiß, ob in diesen zehn Jahren nicht irgendwas anderes Schlimmes passiert wäre. Wie zum Beispiel, dass ich mit Beryl Carlisle durchgebrannt wäre. Ich sagte zu Felix Mancuso, aber auch an Susan gerichtet: »Nun ja, wenn wir an einen göttlichen Plan glauben, dann geht diese Sache vielleicht besser aus, als wenn Frank Bellarosa am Boden von Giulio's Restaurant einen weiteren Liter Blut verloren hätte.«

Mancuso schwieg einen Moment, dann sagte er: »Ich hatte den gleichen Gedanken. Ich glaube wirklich, dass … nun, dass hinter dieser ganzen Sache ein Sinn steckt, der teilweise dazu dient, uns auf die Probe zu stellen, eine gewisse Erkenntnis zu vermitteln, uns zu zeigen, was wichtig ist, und uns zu besseren Menschen zu machen.«

»Das glaube ich auch«, sagte Susan. »Und ich glaube, dass wir einen Schutzengel haben, der über uns wacht.«

Nun ja, dachte ich, warum sollten wir dann den Aufwand betreiben, nach London zu gehen? Aber da ich kein Spielverderber sein wollte, sagte ich: »Ich auch.«

»Hier will mich jemand sprechen«, entschuldigte sich Mr Mancuso. »Ich wünsche Ihnen eine schöne Reise, und rufen Sie mich jederzeit an.«

»Danke«, erwiderte ich, »und einen schönen Abend noch.«

»Nun …«

»Okay. Dann wünsche ich Ihnen einen schönen morgigen Tag.«

»Ihnen auch.«

»Und vielen Dank«, sagte Susan.

Ich legte auf, und wir schauten einander an.

Schließlich sagte Susan: »Ich frage mich, wie unser Leben verlaufen wäre, wenn ich nicht –«

»Stopp. Wir werden nicht wieder – und ich meine, *nie* wieder – darüber sprechen.«

Sie nickte. »In Ordnung. Aber vielleicht hat all das, was geschehen ist, tatsächlich einen Sinn.«

»Vielleicht.« Und ich war mir sicher, dass wir nicht lange danach suchen mussten.

66

Ich schlug Susan vor, dass wir nach oben gehen und *Der Pate* ansehen sollten, *Teil IV – Anthony legt Onkel Sal um.*

Sie fand das weder komisch, noch hatte sie Lust dazu. Sie griff zum Telefon und wählte.

»Wen rufst du an?«, fragte ich.

»Edward.«

»Warum? Ah, okay.« Der Wunsch einer Mutter, ihre Kinder zu beschützen, ist größer als der Wunsch eines Mannes, fernzusehen. Zur Abwechslung meldete sich Edward mal an seinem Handy, und Susan sagte zu ihm: »Mein Schatz, ich möchte, dass du jetzt nach Hause kommst.«

Er sagte irgendwas, worauf sie erwiderte: »Dein Flug geht frühmorgens, mein Schatz, und dein Vater und ich würden gern noch ein bisschen Zeit mit dir verbringen. Ja, danke.«

Sie legte auf und sagte zu mir: »Fünfzehn Minuten.«

Ich nickte, denn wenn man ihn sich selbst überließ, würde Edward früh um drei anrollen, und wir wären die ganze Nacht wach und würden mit der Schrotflinte auf ihn warten. »Wenigstens ist er morgen weg, und wir sind am Dienstag in London«, sagte ich zu Susan.

»John, meinst du, dass die Kinder in Gefahr sind? Ich gehe nicht nach London, wenn –«

»Sie sind nicht in Gefahr.« Ich dachte an Anthonys hübschen, sauberen Auftragsmord in Giovanni's Ristorante, außerdem erinnerte ich mich daran, was Anthony in seinem Vorgarten zu mir gesagt hatte. »Frauen und Kinder lässt man davonkommen«, erklärte ich, »… na ja, die Kinder jedenfalls. Carolyn ist Bezirksstaatsanwältin und damit praktisch unberührbar.«

Susan nickte. »Na schön … dann freue ich mich auf London.«

»Und danach kommt Paris.«

»Gut. Ich war nicht mehr außer Landes, seit … wir in Rom waren.«

Geizige Liebhaber. Oder Provinzheinis. Unterdessen war ich zehn Jahre außer Landes gewesen und wäre gern noch eine Weile hiergeblieben – aber okay, auf, zurück nach London!

»Wird mir London mit dir Spaß machen?«, fragte Susan.

»Das hoffe ich doch. Ich will dir das Imperial War Museum zeigen.«

»Ich kann's kaum erwarten. Werden in London Frauen anrufen oder an deiner Tür klopfen?«

»Frauen? Nein. Natürlich nicht. Aber vielleicht sollten wir in einem Hotel absteigen.«

»Das können wir uns nicht leisten.«

Noch eine neue Tatsache.

Wir saßen im Büro und redeten über das, was Mancuso gesagt hatte, und darüber, wie wir diese Situation wirklich sahen. Susan war optimistisch, und auch ich war der Meinung, dass Anthony Bellarosa möglicherweise mehr Probleme mit seinen *Paesanos* hatte als wir mit Anthony. Aber mein Leben, beziehungsweise ihres, würde ich darauf nicht verwetten.

Wir hörten Edward vorfahren, und Susan ging zur Tür und öffnete ihm. Zu dritt setzten wir uns in den oberen Wohnraum und plauderten über den Tag, über Segelboote, darüber, dass Susan und ich ihn in Los Angeles besuchen und vielleicht Oma Harriet mitbringen sollten. Hoffentlich gefiel ihr L.A. Vielleicht blieb sie dort. Außerdem teilten wir Edward mit, dass wir ein paar Tage nach London verreisen wollten und von dort weiter durch Europa. Er musste nicht wissen, wohin, bis wir dort waren, und vielleicht nicht mal dann. Auch von dem Mafia-Mord in Brooklyn musste er im Moment nichts wissen. Wenn er in L.A. davon hörte, würde er wahrscheinlich eins und eins zusammenzählen, warum wir auf die Schnelle nach Europa reisten. Oder Carolyn rechnete es ihm vor.

»Wie ist es mit Oma und Opa gelaufen, nachdem wir weg waren?«, fragte Edward.

Das passte gut zum Thema Auslassung. Ich überließ Susan die Antwort, und sie sagte wahrheitsgemäß: »Nicht besonders gut. Aber wir sprechen morgen noch mal miteinander.«

»Warum wollen sie nicht, dass ihr heiratet?«

Ich war an der Reihe. »Sie mögen mich nicht.«

»Du heiratest doch nicht *sie*.«

»Gutes Argument«, pflichtete ich ihm bei, »aber sie sehen das in einem größeren Zusammenhang.«

Edward durchschaute den ganzen Blödsinn. »Es geht nur um ihr Geld.«

»Leider«, gab ich zu, »geht es um ihr Geld. Aber nicht um mehr.«

Susan sagte: »Wir – wir alle – werden infolge dieser Heirat möglicherweise finanzielle Verluste erleiden.«

»Das ist mir klar.«

Ich sagte: »Deiner Mutter und mir geht es nicht um uns, aber wir sorgen uns um dich und Carolyn.«

»Ich habe mit Carolyn darüber gesprochen«, erklärte Edward. »Uns ist es auch egal.«

Susan und ich schauten einander an. »Mal sehen, was sie morgen sagen«, sagte Susan und erinnerte Edward: »Dein Flug geht in aller Frühe.«

Er stand auf. »Gute Nacht.« Dann fragte er: »Wie sind sie bloß so geworden?«

Nun ja, als Arschloch wird man geboren, sonst wird man keins.

»Ich weiß es nicht«, erwiderte Susan, »aber ich hoffe, es ist nicht erblich.«

Wir lachten alle darüber.

»Ich möchte darüber wirklich nicht mit den Kindern sprechen«, sagte Susan zu mir.

»Sie sind keine Kinder mehr.«

»Sie sind *unsere* Kinder, John. Und es gefällt mir ganz und gar nicht, dass meine Eltern sie als Faustpfand einsetzen.«

Da sprach wieder der Mutterinstinkt. Sie machte sich Sorgen darüber, was aus Edward und Carolyn werden sollte, wenn sie in die kalte, grausame Welt geworfen wurden und für sich selber sorgen mussten wie die anderen neunundneunzig Prozent der Menschheit.

Ich teilte Susans Sorgen nicht – sie würden zurechtkommen, und *sie* wussten es auch, und ich war der Meinung, dass wir sie so erzogen hatten, dass sie für sich sorgen konnten –, aber ich hatte Verständnis für Susans Überlegungen, die da lauteten: »Warum sollten sie ohne Geld leben, wenn sie Millionen haben könnten?«

Im Grund genommen ging es hier um eine Wahl, die die meisten Leute nicht haben – Millionen oder ein durchschnittliches monatliches Einkommen.

Tja, ich würde die Millionen nehmen – vor allem, wenn ich das Geld kriegen würde, weil William starb –, aber ich würde mit Sicherheit niemandem des Geldes wegen in den Arsch kriechen. Wenn es allerdings um die Kinder geht, knutscht man schon mal einen Hintern.

Kurzum, ich stand zwischen drei Stanhopes und den Stanhope'schen Millionen.

Aber ja, wir würden morgen sehen, wie es weiterging. Ich

wusste, was William zu Susan sagen würde – war mir jedoch nicht hundertprozentig sicher, was Susan zu William sagen würde – oder was sie hinterher zu mir sagen würde.

»Ich bin bereit fürs Bett«, sagte Susan.

»Ich nicht.«

»Du willst dir aber nicht die Nachrichten ansehen, oder?«

»Doch.«

»Wozu willst du das sehen, John?«

»Jeder sieht gern Berichte über einen Mafia-Mord.« Gewissermaßen hatte ich keinen richtigen Mafia-Mord mehr im Fernsehen gesehen, seit Sally Frank umlegen lassen wollte.

»Ich gehe ins Bett.«

»Gute Nacht.«

Susan gab mir einen kurzen Kuss und ging.

Es war elf Uhr, und ich schaltete den Fernseher ein und fand den lokalen Kabelkanal, auf dem ich Jenny Alvarez gesehen hatte.

Und selbstverständlich war sie auch heute da und informierte die interessierten Zuschauer: »Unser Hauptthema heute Abend ist der dreiste Bandenmord an Salvatore D'Alessio« – ein Foto des Neandertalers tauchte auf dem Bildschirm auf –, »dem mutmaßlichen Capo einer ins organisierte Verbrechen verstrickten New Yorker Familie.«

Das Gesicht des Höhlenmenschen wurde vom erleuchteten Innenraum von Giovanni's Ristorante abgelöst, einem gar nicht übel aussehenden Lokal. Mancuso mochte es anscheinend, daher sollten Susan und ich mal mit Carolyn dorthin gehen. Der Besitzer war zweifellos außer sich, dass seine Gäste mit ansehen mussten, wie einem Mann beim Essen der Kopf weggeballert wurde, und wahrscheinlich auch darüber, dass alle gegangen waren, bevor er ihnen die Rechnung präsentieren konnte. Allerdings sollte er auch bedenken, dass er die Verluste in den kommenden Wochen wieder wettmachen würde. Die New Yorker gehen gerne in Restaurants, in denen ein Mafia-Mord stattgefunden hat. Man schaue sich zum Beispiel das Giulio's an oder das Sparks, wo John Gotti seinerzeit Paul Castellano umlegen ließ. Es läuft immer noch bombig. Ein kostenloser Bekanntheitsgrad ist besser als bezahlte Reklame, ganz zu schweigen davon, dass das Restaurant einen geradezu legendären Ruf erlangt und im italienischen Restaurantführer ein, zwei Kugeln zusätzlich bekommt.

Okay, ich wurde albern, daher wandte ich meine Aufmerksamkeit wieder dem Fernseher zu. Vor dem Lokal trieben sich jede Menge Polizisten herum, und Jenny sagte: »… hier in diesem gutbürgerlichen Restaurant im Brooklyner Stadtteil Williamsburg. Salvatore D'Alessio war einst Unterboss des berüchtigten Frank Bellarosa, der vor zehn Jahren in seinem prachtvollen Herrenhaus auf Long Island von seiner angeblichen Geliebten erschossen wurde.«

Angeblich? Warum nannte Jenny nicht Susans Namen und zeigte ein Bild von ihr? Okay, vielleicht hatte sie Angst, sie könnte verklagt werden. Richtig. Susan war Frank Bellarosas *Mörderin,* aber nur *angeblich* seine Geliebte. Ich könnte Susan sogar vertreten, wenn Jenny ihren Namen nannte und sie als Franks Geliebte oder Freundin bezeichnete. Das könnte interessant werden – *Sutter gg. Cable News 8, Jenny Alvarez u.a.* John Sutter für die Klägerin. Stimmt es, Mr Sutter, dass Sie mit Ms Alvarez gevögelt haben und sie mit Ihnen Schluss gemacht hat? Nein, Sir, wir haben uns die Hand geschüttelt und in bester Freundschaft getrennt.

Ach, was weben wir doch für verworrene Netze, wenn wir ihn reinstecken und danach unserer Wege gehen.

Wie dem auch sei – Jenny fuhr mit ihrem Bericht fort: »Bellarosa war vor zehn Jahren seinerseits Opfer eines Mafia-Anschlags, und man nimmt an, dass Salvatore D'Alessio, das Opfer von heute Abend, damals hinter dem misslungenen Attentat steckte. Sally Da-da, wie ihn die Unterwelt nennt, ist nun selbst tot, von Männern erschossen, und Mutmaßungen aus dem engsten Umfeld der Ermittler zufolge geht dieser Mafia-Mord auf das Konto von Frank Bellarosas Sohn Tony –«

»Anthony! Sag nicht Tony.«

Anscheinend hatten sie kein Foto von Anthony, denn während Jenny weitersprach, lief altes Archivmaterial über den Bildschirm: Frank auf der Treppe vor dem Gerichtsgebäude, aufgenommen an dem Tag, an dem ich ihn auf Kaution herausgepaukt hatte. Ich sah sogar kurz mich selbst. Schlechter Schlips.

Genau in diesem Moment kam unglücklicherweise Susan herein, sah Frank Bellarosa auf dem Bildschirm, erstarrte, drehte sich um und verließ wortlos das Zimmer.

Zugegeben, es *war* ein bisschen irritierend, Frank, der gut aussah, eine Zigarre rauchte und mit der Presse scherzte, im Fernsehen zu sehen. Als ich ihn das letzte Mal gesehen hatte, lag er in seinem Sarg und wirkte nicht mehr so munter.

Ich hätte den Fernseher abschalten und ins Bett gehen sollen, aber das hier war wichtig – und unterhaltsam.

Gerade sagte Jenny: »Wenn diese Gerüchte also zutreffen, können wir davon ausgehen, dass Gottes Mühlen für die New Yorker Familien des organisierten Verbrechens endlich ins Mahlen gekommen sind.«

Und natürlich darf man eins nicht vergessen – was man sät, das erntet man.

»Nach Aussage zuverlässiger Quellen wurde Tony Bellarosa seit etwa einer Woche weder zu Hause noch in seiner Geschäftsstelle oder seinen Stammlokalen gesehen, und er nahm gestern auch nicht an der Beerdigung von John Gotti teil.«

Jenny ging auf den Machtkampf ein, der sich infolge von Mr Gottis Tod entwickelt hatte, kam wieder auf Anthony und Onkel Sal zu sprechen, dann auf Anthonys Vater Frank und danach … da war ich wieder, wie ich neben Frank auf der Treppe vor dem Gerichtsgebäude stand. Der Film hatte keinen Ton, weil Jenny aus dem Off mit ihrer Reportage fortfuhr, aber man konnte sehen, wie ich eine Frage beantwortete, die mir niemand anders als eine jüngere Jenny Alvarez stellte. Damals waren Jenny und ich noch nicht mal befreundet gewesen – genau genommen hatte sie mich auf der Treppe vor dem Gerichtsgebäude kolossal genervt, und ich hatte sie auf Anhieb nicht leiden können, und sie mich auch nicht. Und dann … tja, aus Hass wurde Lust, wie es häufig geschieht.

Nun war wieder die heutige Jenny im Bild, was ihr eine weitere Gelegenheit geboten hätte, mich namentlich als den gutaussehenden und genialen Anwalt des toten Dons einzuführen, den wir gerade im Film gesehen hatten. Aber anscheinend fand sie mich keiner Erwähnung würdig, sondern schenkte mir lediglich diese paar Sekunden alten Archivmaterials. Sicherlich erinnerte sie sich an die Nacht im Plaza. Sie berichtete: »Ein anderer interessanter Gesichtspunkt bei dieser Geschichte ist, dass Tony Bellarosa der *Neffe* des Opfers Salvatore D'Alessio ist. Bellarosas Mutter und D'Alessios Frau – jetzt seine Witwe – sind Schwestern. Wenn also die Gerüchte bezüglich Tony Bellarosas Beteiligung an diesem Bandenmord zutreffen, dann bekommen wir dadurch einen Eindruck von dem ruchlosen –« Und so weiter und so fort.

Tja, von Ruchlosigkeit verstehe ich nichts. Soweit es das Umlegen eines missliebigen Verwandten anging, bestand der einzige Unterschied zwischen mir und Anthony darin, dass er wusste, wen er anrufen musste, damit es erledigt wurde, während er verreist war. Ich wünschte, ich hätte die entsprechende Telefonnummer, sobald wir in London wären – 1-800-MOB-KILL? Bloß ein Witz.

Jenny beendete ihre Reportage und sagte zum Moderator: »Wieder zu Ihnen, Chuck.«

Ein junger Mann tauchte neben Jenny auf und stellte ihr eine Frage, die vermutlich spontan wirken sollte: »Jenny, was sagen Ihre Quellen über das Motiv für diesen Mord?«

Jenny antwortete, als wäre sie darauf vorbereitet gewesen:

»Meine Quellen sagen, wenn Tony Bellarosa hinter diesem Mord steckt, dann handelt es sich bei dem Motiv offensichtlich um Rache für das, was vor zehn Jahren geschah, als sein Vater, seine Mutter und ein anderes Paar –«

Und wieder erwähnte sie meinen Namen nicht. Wollte sie mich schützen oder auf die Folter spannen?

Chuck meinte, zehn Jahre wären ein zu großer Zeitraum für einen Racheakt, worauf Jenny ihm und den Zuschauern erklärte, was Geduld, gutes Gedächtnis und Vendetta in der Welt von La Cosa Nostra bedeuteten.

Chuck hakte nach: »Meinen Sie, dass dieser Mord zu weiteren Morden führen wird?«

»Das wäre durchaus möglich«, erwiderte Jenny.

Der Meinung war ich auch.

Ich wurde das Gefühl nicht los, dass Anthony ganz schön in der Tinte saß oder, schlimmer noch, bereits in ihr ertrank. Dachte dieser Idiot – diese *Mamaluca* – etwa allen Ernstes, dass ihn niemand mit dem Mord an seinem Onkel in Verbindung bringen würde? Tja, offensichtlich glaubte er das, als er seine Botschaft mittels dieses Vergeltungsschlags überbrachte. Allerdings bin ich mir sicher, dass er weder die Presse noch die Kräfte von Gesetz und Ordnung aufschrecken wollte. Im Gegensatz zu seinem Vater plante Anthony nicht von langer Hand. Anna hatte es am besten ausgedrückt: »Du *denkst* nicht, Tony. Dein Vater konnte *denken.*« *Stonato*. Mama weiß Bescheid.

Apropos Anna – wie wollte Anthony Mama erklären, dass er Onkel Sal hatte umnieten lassen? Okay, zunächst einmal würde Anna die Lügen, die die Polizei und die Medien über ihren Sohn verbreiteten, einfach nicht glauben. Sie hatte schließlich genauso wenig geglaubt, dass ihr Mann, der den Märtyrertod gestorbene heilige Frank, ins organisierte Verbrechen verwickelt gewesen war. Und das Gleiche galt für ihren Schwager Sal – und so weiter und so fort.

Natürlich wusste Anna, dass alles stimmte, aber sie könnte es niemals jemandem außer sich selber eingestehen, sonst würde sie ihre fröhliche Art und den Verstand verlieren. Dennoch dürfte Salvatore D'Alessios Beerdigung eine ziemlich angespannte familiäre Angelegenheit werden, vor allem, wenn Anthony auftauchte und Marie das Spiel nicht mitmachte, das die Jungs vor langer Zeit erfunden hatten.

Jenny redete jetzt über Anthony Bellarosa, und ich hatte den Eindruck, dass sie improvisierte. »Über Frank Bellarosas Sohn ist nur wenig bekannt, und allem Anschein nach hielt er sich seit dem Tod seines Vaters bedeckt. Aber jetzt, da sein Onkel tot ist und er, wenn man den Gerüchten Glauben schenkt, angeblich etwas damit zu tun hat –«

Ich schaltete den Fernseher aus.

Ich könnte Jenny ein paar Auskünfte über Tony geben, angefangen damit, dass er seinen Namen geändert hatte. Wenigstens hatte sie mir das Gefühl vermittelt, dass es für die Sutters jetzt besser aussah. Der dumme Anthony hatte unabsichtlich – schwachsinnigerweise – einen Mediensturm entfesselt, den Vatertagsmord, und das war gut für Susan und mich. Und die Fernsehberichterstattung war vermutlich noch gar nichts im Vergleich zu den bluttriefenden Fotos, die morgen in der Boulevardpresse erscheinen würden. Hoffentlich hatte jemand vor dem Eintreffen der Polizei im Giovanni's ein paar Bilder von Salvatore D'Alessios zerfetztem Kopf geknipst. Mit solchen Fotos konnten ein paar glückliche Menschen, die ihre Kameras für die üblichen Vatertagsfotos zum Essen mitgenommen hatten, viel Geld verdienen. Manchmal ließ sogar die New Yorker Polizei der Presse ein paar blutrünstige Fotos zukommen, um der Öffentlichkeit zu zeigen, dass La Cosa Nostra wahrlich keine italienische Bruderschaft war. Das wäre in Sachen Öffentlichkeitsarbeit ein guter Kontrapunkt zu einem John Gotti als Volksheld. Ich dachte an einige bunte Fotos von Marie, mit Blut, Hirnmasse und Schädeltrümmern ihres Mannes bespritzt. Ich wusste, wie sich *das* anfühlte. Zumindest würden die Boulevardblätter ein paar Farbfotos vom Tatort bringen – vom Tisch, dem Blut am Boden, der Kotze. Nein, keine Kotze. Blut war okay, aber niemals Kotze. Kinder könnten das sehen.

Ich ging nach unten und überprüfte Türen, Fenster und Außenlicht, bevor ich oben das Schlafzimmer betrat.

Susan war noch wach und las.

»Du solltest schlafen«, sagte ich.

Sie antwortete nicht. Sie schien ziemlich mitgenommen.

»Schau, im Fernsehen wird noch jede Menge darüber berichtet werden, aber ich verspreche dir, dass ich es mir nicht anschauen werde, und wir kaufen in London auch keine amerikanischen Zeitungen.«

Wieder ging sie nicht darauf ein.

»Es ist gut, dass wir nach London fliegen.«

Sie nickte, dann fragte sie: »Verstehst du jetzt, wieso ich nach Hilton Head gezogen bin?«

Tja, nein, überhaupt nicht, aber um eine Diskussion zu vermeiden, sagte ich: »Verstehst du, warum ich drei Jahre auf meinem Boot zugebracht habe?«

Sie ging nicht darauf ein.

Ich holte die Schrotflinte und den Karabiner aus meinem Schrank, lehnte die Schrotflinte an ihren Nachttisch und den Karabiner an meinen.

Als ich mich auszog, sagte sie zu mir: »Tut mir leid, dass du ihn im Fernsehen sehen musstest.«

»Mach dir darüber keine Gedanken. Rede gar nicht drüber.«

Sie erwiderte nichts.

Um sie aufzumuntern und die Stimmung zu verbessern, sagte ich: »Kannst du dich noch daran erinnern, als wir in Paris waren und in dem kleinen Café saßen … wo war das?«

»Auf der Ile de la Cité. Und du hast mit der Bedienung geflirtet.«

»Ach, ja … erinnerst du dich noch an das Essen in Le Marais, als du mit dem Sommelier geflirtet hast?«

»Das erfindest du doch nur.«

Ich stieg ins Bett und küsste sie. »Das war der schönste Vatertag, den ich seit zehn Jahren hatte.« Nicht so schön für Onkel Sal oder irgendjemand anders im Giovanni's, aber …

»Für mich auch.«

»Und danke für die Yacht.«

»Wir *werden* ein Segelboot kaufen.« Sie schaltete die Lampe aus und wünschte mir eine gute Nacht.

Auch ich knipste meine Lampe aus. »Träum süß.«

Dann lag ich wach da, dachte an den heutigen Tag, an morgen und an den Dienstag in London. Hoffentlich war Anthony tot, wenn wir zurückkamen, und wenn nicht, hielt uns nichts davon ab, in meine Wohnung in London zu ziehen, bis von Anthony keine Gefahr mehr ausging. Aber erst mussten wir in den Flieger kommen.

67

Montagmorgen. Ein strahlend schöner Tag.

Wir standen zeitig auf, um Edward zu verabschieden, und Susan machte ihm ein herzhaftes Frühstück mit Schinken und Eiern, das ich ihm vertilgen half. Um halb acht kam ein Wagen mit Fahrer, um ihn abzuholen. Ich hätte ihn zum Flughafen gefahren, wollte mich aber nicht am JFK von ihm verabschieden. Ich kann mich noch an eine Zeit erinnern, als es auf Flughäfen genauso zuging wie auf Bahnhöfen und in Häfen und man Freunde und Verwandte zum Flugsteig begleiten und praktisch mit in die Maschine steigen durfte oder an Bord eines Ozeandampfers, um jemanden mit Cocktails zu verabschieden. Aber diese Zeiten waren längst vorbei, und Edward konnte sich nicht mehr daran erinnern. Mir kam der Gedanke, dass es eine ganze Generation gab, die diesen endlosen Krieg für normal hielt. Und genau genommen war er jetzt normal.

Susan, Edward und ich standen auf dem Vorplatz, und ich stellte fest, dass Edward diesmal an seine Reisetasche gedacht hatte. Ich fragte meinen Sohn mit dem genialen IQ: »Hast du Geld?«

»Mom hat mir Geld gegeben.«

»Gut. Dein Flugticket?«

»Hab ich.«

»Ausweis?«

»Hab ich.«

»Okay, ich glaube, du kannst aufbrechen.«

»Ruf an oder maile, sobald du ankommst«, sagte Susan.

»In Ordnung.«

Ich konnte mich an ein paar Reisen erinnern, die ich unternommen hatte, als ich noch zu Hause wohnte, und meine Verabschiedungen waren nicht ganz so traurig oder besorgt gewesen wie jetzt bei Susan und mir. Vielleicht übertreiben wir ebenso sehr, wie unsere Eltern untertrieben.

»Wir rufen dich aus London an«, sagte Susan.

»Yeah. Gut. Wann fliegt ihr?«

»Morgen.« Wie wir dir gestern Abend gesagt haben.

»Klasse. Schöne Reise.«

»Vergiss nicht, dass der Brioni-Anzug in etwa acht Wochen kommt«, erinnerte ich ihn.

»Yeah, danke.«

Und Susan erinnerte ihn: »Schreibe oder maile deinen Großeltern – allen – und teil ihnen mit, wie sehr du dich gefreut hast, sie zu sehen.«

»Okay.«

Wir umarmten uns und gaben uns Küsschen, und er sagte lächelnd: »Ihr seht gut zusammen aus.«

Das erwischte mich irgendwie unvorbereitet, und ich erwiderte nichts, aber Susan sagte: »Danke. Wir sehen uns im Juli in L.A., vielleicht auch im August. Dann aber hier, zum Segeln. Und dazwischen vielleicht bei der Hochzeit.«

Er lächelte. »Klasse.«

Noch eine Umarmung und ein Kuss, dann saß Edward im Auto, das langsam über die mit Schotter bestreute Zufahrt rollte. Er öffnete das hintere Fenster und winkte, bevor der Wagen im Schatten des von Bäumen gesäumten Weges verschwand.

Susan wischte sich mit einem Taschentuch die Augen. Einen

geliebten Menschen zu verabschieden ist immer traurig, aber es ist noch viel trauriger, wenn man nicht weiß, wann – oder ob – man ihn wiedersieht.

Sophie wollte bis zur Ankunft der Stanhopes bleiben, die gegen halb zehn geplant war, es sei denn, ich fuhr rüber zum Creek und kappte die Bremsleitungen ihres Autos.

Sie fragte, ob sie Zeitungen besorgen sollte. Ich wollte unbedingt die bluttriefenden Frontseiten sehen und die sensationsgeile Berichterstattung über das Vatertags… was? Massaker? Nein. Nur Sally Da-da war umgenietet worden. Das war kein Massaker. Wie wär's mit Vatertags-Bumbum?

Aber ich hatte Susan – und Felix Mancuso – versprochen, dass keine Zeitungen ins Haus kämen. Vielleicht musste ich später, wenn die Stanhopes weg waren, selbst losziehen und in einem Café die *Daily News* und die *Post* lesen.

»Heute keine Zeitungen«, erwiderte ich auf Sophies Angebot. »Mrs Sutter und ich stehen heute möglicherweise in den Nachrichten.«

»Ja? Schön.«

»Na ja … Vielleicht nicht so schön«, erklärte ich ihr. »Okay … wir sind bis … irgendwann im Juli weg. Vielleicht länger.« Danach putzen wir die Toiletten selbst. »Sie haben den Schlüssel, also schauen Sie bitte einmal die Woche vorbei und sehen nach dem Haus.«

»Okay. Sie haben schöne Reise. Wohin fahren Sie?«

»Für einen romantischen Monat nach Warschau. Können wir Ihnen irgendwas mitbringen?«

»Ja. Ich geben Ihnen Lebensmittelliste. Danke.«

»Keine Ursache.«

Sie zögerte, dann sagte sie zu mir: »Mrs Sutter ist so glücklich jetzt.«

»Danke.«

»Mutter und Vater nicht glücklich.«

Wie bist du denn darauf gekommen? »Sie fliegen heute nach Hause.«

»Ja? Gut.« Sophie drehte sich um und machte sich wieder an ihre Arbeit.

Ich war mir ziemlich sicher, dass in den nächsten paar Tagen in den Boulevardblättern ein paar interessante Hintergrundinformationen stehen würden, über die Jenny Alvarez in ihrer schludrigen Ad-hoc-Reportage im Fernsehen nicht berichtet hatte. Vor allem würde man mehr über Frank Bellarosas Ermordung vor zehn Jahren erfahren.

Man würde alles wieder ausgraben, und ich machte mir Gedanken darüber, dass Edward und Carolyn es lesen könnten. Danke, Anthony, du Arschloch. Ich konnte nur hoffen, dass wir uns nicht vor dem Tor mit den Medien herumschlagen mussten, so wie beim letzten Mal. Hier ging es zwar nicht um Susan und mich, aber man kann nie wissen, wie sich solche Sachen entwickeln – vor allem, wenn ein reiches, gutaussehendes Paar auf irgendeine Weise involviert ist. Vielleicht würde Jenny aufkreuzen, so wie vor zehn Jahren – bevor wir uns näherkamen –, vor Tor und Pförtnerhaus stehen und einen Hintergrundbericht bringen. »Hier, hinter diesem eisernen Tor und den abschreckenden Mauern, leben John und Susan Sutter, die vor zehn Jahren …« Verwickelt? Verstrickt? Verheddert? Was auch immer. Falls sie aufkreuzte, würde ich jedenfalls hinausgehen, sie in die Arme schließen, küssen und in ihr Mikrofon brüllen: »Jenny! Meine Süße! Ich habe dich vermisst!«

Das ist albern. Mir kam jedoch der Gedanke, dass ich Mr Nasim anrufen und ihn auf all das vorbereiten sollte, bevor er in den Boulevardblättern eine Story las, in der John und Susan Sutter von Stanhope Hall erwähnt wurden. Vielleicht würde er sein Angebot für das Haus verdoppeln.

Andererseits reisten Susan und ich morgen ab, warum sich also die Mühe machen und jemanden anrufen? Meine und

Susans Philosophie lautet: Wenn die Kacke am Dampfen ist, wird es Zeit, abzuhauen.

Bei dieser ganzen Berichterstattung könnte zumindest etwas Positives herausspringen: Vielleicht hatte Anthony Schwierigkeiten, einen Killer zu finden, der den Sutter-Job übernahm. Schließlich sind Killer Typen, die sich bedeckt halten, und sie bringen nicht gern Prominente um oder Leute, die in den Nachrichten zu sehen sind. Richtig? Das war ein ermutigender Gedanke.

Es war jetzt neun Uhr, und Susan saß mit ihrem Kaffee, ihrem schnurlosen Telefon, einem Block und einem Stift am Patiotisch und rief ihr Reisebüro an.

Während sie das Telefon am anderen Ende der Leitung klingeln ließ, fragte sie mich: »Stört es dich, wenn wir Touristenklasse fliegen?«

»Was ist das?«

Bevor sie es mir erklären konnte, meldete sich der Typ vom Reisebüro und plauderte kurz mit Susan, bevor sie bei Continental Airlines zwei Sitze in der Touristenklasse nach London buchte, Abflug um sieben Uhr dreißig ab JFK. »Nein, wir brauchen kein Hotel. Mein Mann hat in London eine Wohnung.«

Wann hatte ich geheiratet? Fehlte mir irgendwie ein Tag?

Anschließend reservierte sie zwei Sitzplätze im Zug durch den Eurotunnel nach Paris, und in Paris ließ sie es krachen und bestellte für eine Woche ein Zimmer im Ritz, in dem wir das letzte Mal abgestiegen waren. Danach mit Air France in der Touristenklasse zurück nach New York, wo wir am Mittwochnachmittag, dem 3. Juli, landen würden, damit wir rechtzeitig zum Grillfest am 4. Juli im Seawanhaka wieder da waren – es sei denn, wir beschlossen, uns lieber dünnzumachen.

Susan legte auf und sagte: »Ich bin wirklich gespannt auf diese Reise.«

»Ich auch.«

»John, wann können wir heiraten?«

»Müssen wir eigentlich gar nicht. Ich kann einen Antrag beim Familiengericht stellen – *de lunatico inquirendo* –, um die Scheidung zu annullieren, dann sind wir automatisch wieder verheiratet.«

»Du bist *so* bescheuert.«

»Stimmt. Wie wär's mit dem vierten Juli im Seawanhaka? Jeder weiß, dass wir sowieso da sind, und es kostet uns nichts, abgesehen von dem, was wir für uns ausgeben.«

Die Idee begeisterte Susan nicht sehr – Frauen sind nicht praktisch –, und sie rief den Geschäftsführer des Seawanhaka an. Glücklicherweise war der zweite Samstag im August frei, also reservierte ihn Susan für einen Hochzeitsempfang unter freiem Himmel – nähere Einzelheiten würden in aller Breite in den nächsten zwei Monaten besprochen werden.

Sie legte auf. »Das ist perfekt. Wir verbringen unsere Hochzeitsnacht im Gästezimmer des Clubs, und am nächsten Morgen segeln wir mit unserer neuen Yacht für vierzehn Tage in die Flitterwochen.«

»Kommen deine Eltern mit?«

»Nein, John. Nur Edward und Carolyn.«

»Ah, okay. Aber bei unseren letzten Flitterwochen waren sie nicht dabei.«

Sie ging darüber hinweg und sagte: »In der Woche davor fliegen wir nach L.A., verbringen ein paar Tage mit Edward und nehmen ihn zur Hochzeit mit zurück.«

»Guter Plan.«

Das klang also nach einem wunderbaren Sommer. Im September, wenn hier alles geklärt war, würde ich mir dann einen Job suchen, und wenn wir nicht gestorben waren, würden wir noch ewig leben – in einem kleineren Haus, ohne die monatlichen Stanhope'schen Zahltage. Unterdessen mussten wir nur dafür sorgen, dass wir überlebten.

Ich saß am Schreibtisch in meinem Privatbüro, hatte die Tür geschlossen und verfasste eine irreführende E-Mail an Elizabeth, in der ich ihr mitteilte, dass Susan und ich nach Istanbul verreisen und in drei bis vier Wochen zurückkehren würden. Dann würden wir die Formalitäten für Ethels Nachlass klären.

Außerdem erinnerte ich sie behutsam an den Brief und fragte sie, ob wir uns heute treffen könnten, bevor ich morgen in aller Frühe abreiste. Danach rief ich im Pförtnerhaus an und teilte den Wachmännern mit, dass sie Elizabeth Allard passieren lassen sollten.

Als ich auflegte, fuhr ein blauer Ford Taurus auf den Vorhof und Schwachkopf und Dämeltusse stiegen aus. Ich hätte die Wachmänner auffordern sollen, sie in Ketten zu legen, aber offenbar hatte Susan sie angekündigt.

Ich betrachtete sie vom Fenster aus, als sie zum Haus gingen und miteinander redeten, als probten sie im letzten Moment noch mal ihren Text. Sie wirkten ein bisschen grimmig, daher vermutete ich, dass sie über Nacht nicht von einem Engel aufgesucht worden waren, der ihnen erklärt hatte, dass Gott alle Menschen liebte außer ihnen und sie ihrer Familie lieber nicht die Kohle kappen sollten, weil sie sonst sofort in die Hölle kämen.

Die Türklingel schellte, und ich hörte, wie Sophie die Stanhopes begrüßte. Ich war überrascht, dass Susan nicht selbst an die Tür gegangen war; in dieser Welt lässt man Verwandte oder gute Freunde nicht vom Hauspersonal begrüßen, es sei denn, man ist wirklich indisponiert. Folglich wollte Susan ihnen eine Botschaft zukommen lassen – oder sie schärfte das Schlachtermesser.

Ich hörte, wie die Tür ins Schloss fiel, dann wurde die Luft plötzlich kalt, schwarze Fliegen tauchten aus dem Nichts auf, und grüner Schleim quoll aus den Wänden. Die Stanhopes waren eingetroffen.

68

Susan und ich hatten beschlossen, dass sie mit Luzifer und der bösen Hexe des Südens im Wohnzimmer sprechen sollte, während ich hinter verschlossenen Türen im Büro blieb, sodass sie mich zu Rate ziehen oder mich hinzurufen konnte, falls angebracht.

Ich hatte auf diese Weise schon allerhand Steuervergleiche ausgehandelt sowie in einigen hässlichen Familienstreitigkeiten wegen Erbschaften vermittelt; unterschiedliche Zimmer für unterschiedliche Leute, damit die Parteien nicht ekelhaft zueinander oder handgreiflich werden konnten. In der Regel klappt es.

Ich rief meine E-Mails ab und stieß auf ein paar Mitteilungen von Freunden in London, die anfragten, ob sie richtig gehört hatten, sei es von Samantha oder von Kollegen aus der Kanzlei. Tja, ich konnte auf keine dieser E-Mails antworten, bis die Geschworenen mit dem Urteil aus dem Wohnzimmer kamen. Deshalb spielte ich mit dem Computer Poker und hatte prompt eine Siegesserie – Glück im Spiel, Pech in der Liebe?

Etwa fünfzehn Minuten nach der Ankunft der Stanhopes klopfte es an der Tür, und ich sagte: »Komm rein.«

Sophie tauchte auf und teilte mir mit: »Ich gehe jetzt.«

»Okay, danke für alles, was Sie getan haben.«

Die Tür war noch offen, und ich hörte Stimmen im Wohnzimmer, und der Tonfall und die Sprachmelodie waren ernst und düster.

Sophie reichte mir ein Blatt Papier, und ich dachte, es wäre eine Nachricht von Susan oder Sophies Rechnung, aber mit einem kurzen Blick erkannte ich, dass es eine Liste war, auf Polnisch geschrieben.

»Für den Lebensmittelladen«, sagte sie.

»Hä …? Ach, richtig.« Während meines romantischen Monats in Warschau. Warum muss ich so ein Klugscheißer sein? Hm, vielleicht bekam ich das Zeug in Glen Cove oder Brooklyn.

Sophie zögerte, bevor sie sagte: »Misses ist traurig. Vielleicht gehen Sie …« Sie deutete mit dem Daumen über ihre Schulter.

»In Ordnung. Danke«, erwiderte ich. »Sie sind eine sehr nette Frau. Wir sehen uns bei unserer Rückkehr.«

»Ja.« Sie ging und schloss die Tür hinter sich.

Ich hörte, wie sie das Haus verließ, und sah sie in ihr Auto steigen und wegfahren.

Tja, ich nehme an, ich könnte reingehen und die Sache klären, indem ich William in den Würgegriff nahm und ihn ein leeres Blatt Papier unterschreiben ließ, das ich später ausfüllen würde. Es gibt eine rechtliche Grundlage dafür – *necessitas non habet legem*, der Notfall kennt kein Gesetz.

Aber ich hatte Susan versprochen, an Ort und Stelle zu bleiben und mich nicht in diese Familienangelegenheit einzumischen, und sie hatte versprochen, mit mir zu reden, bevor sie gingen.

Daher zapfte ich ein paar neue Onlinequellen an, um die Zeit totzuschlagen, und las über Salvatore D'Alessios Henkersmahlzeit. Ein Großteil der Texte waren objektive Berichterstattungen, die nicht viel Neues enthielten. In einer Geschichte allerdings hieß es: »Anrufe am Wohnsitz der Bellarosas in Long Island wurden nicht entgegengenommen, und in Mr Bellarosas Geschäftsstelle, bei Bell Enterprises in Ozone Park, Queens, war nur der Anrufbeantworter erreichbar.«

Na ja, dachte ich, so kann man keine Geschäfte treiben. Was ist, wenn jemand Limousinen für eine Beerdigung braucht? Zum Beispiel die Familie D'Alessio?

In dem Text hieß es weiter: »Informanten aus dem unmittelbaren Umfeld der Ermittlungen besagen, dass Tony Bellarosa wahrscheinlich das Land verlassen hat.«

Ich konnte nur hoffen, dass er sich nicht in London oder Paris versteckte. Schließlich wollte ich ihm nicht in der Tate Gallery oder im Louvre über den Weg laufen. Auch Madame Tussauds Wachsfigurenmuseum sollte ich unbedingt meiden.

Mir fiel etwas ein, und ich fand Anthonys Karte in meiner Brieftasche und wählte seine Handynummer. Nach dreimaligem Klingeln meldete sich eine automatische Ansage: »Dieser Anschluss wurde auf Wunsch des Kunden stillgelegt. Keine weiteren Auskünfte verfügbar.«

Das klang nicht so, als wäre Anthony irgendetwas zugestoßen; es klang, als wollte er nicht über sein Handysignal aufgespürt werden.

Auf jeden Fall wäre es ein albernes Gespräch geworden, wenn ich ihn erreicht hätte – *Anthony, wo bist du? John, wo bist du? Ich habe zuerst gefragt, Anthony.*

Ich mailte Carolyn wegen des Mordes an Mr Salvatore D'Alessio, einem Mitbürger im Bezirk Brooklyn und einem Mann, den die Bezirksstaatsanwaltschaft Brooklyn mit Sicherheit sehr gut kannte. Außerdem war ich davon überzeugt, dass in Carolyns Dienststelle nach dem Mafia-Mord der Teufel los war und ihre Kollegen fieberhaft mit dem NYPD und dem FBI zusammenarbeiteten, um Hinweise auf die Killer und den flüchtigen Leibwächter auszuwerten – und vor allem die Person zu identifizieren, die für das Umlegen bezahlt hatte.

Allerdings brauchte man nicht allzu viel Grips, um darauf zu kommen, dass Anthony Bellarosa der Hauptverdächtige war; ihn ausfindig zu machen dürfte dagegen schwieriger sein.

Ich sagte Carolyn Bescheid, falls sie es nicht schon wusste, dass man Mom und Dad möglicherweise in den Nachrichten erwähnte. Ich schrieb nicht: »Hoffentlich bringt dich das nicht in Verlegenheit«, aber sie würde es trotzdem verstehen. Außerdem dürfte ihr mittlerweile klar sein – oder jemand in der Dienststelle hatte es ihr gegenüber erwähnt –, dass Anthony Bellarosa möglicherweise eine Rechnung mit Mom begleichen wollte. Ich erwähnte es nicht, teilte ihr aber mit, dass wir am nächsten Morgen nach Europa verreisen wollten und uns telefonisch bei ihr melden würden, bevor wir aufbrachen. Sie würde wissen, worum es ging.

Mir fiel ein, dass sich Anthony und Carolyn in Alhambra einmal begegnet waren, und obwohl ich nicht dabei gewesen war, ging ich davon aus, dass sie den dunklen, gutaussehenden Rüpel von nebenan nicht mochte; in dieser Hinsicht hatte sie ein besseres Urteilsvermögen als ihre Mutter.

Wie dem auch sei, Carolyn Sutter, stellvertretende Bezirksstaatsanwältin in Brooklyn, könnte mehr Informationen haben als ich, und ich war mir sicher, dass sie sie ihrer Mutter und ihrem Vater anvertrauen würde, wenn sie es für angebracht hielt.

Nachdem ich mich um die Neuigkeiten in Sachen Bellarosa gekümmert hatte, fand ich ein paar gute Webseiten über Paris, darunter eine, in der zwei Restaurants genannt wurden, in denen Amerikaner willkommen waren.

Gegen zehn öffnete Susan die Tür und kam herein. Sie war blass und wirkte aufgewühlt, aber nicht weinerlich. Ich bat sie, auf der Couch Platz zu nehmen, und setzte mich neben sie.

Sie atmete tief durch, bevor sie sagte: »Tja, ihre Haltung ist klar. Wenn wir heiraten, wird meine Unterhaltszahlung eingestellt und ich werde enterbt und verstoßen. Selbst wenn wir nicht heiraten, machen sie das Gleiche, es sei denn, du verlässt das Land.«

Ich nahm ihre Hand und sagte: »Das war uns klar.«

»Ja … aber …« Sie holte wieder Luft und fuhr fort: »Außerdem hat mein Vater gesagt, dass er die Kinder enterben wird … und die Ausschüttungen aus ihrem Treuhandfonds einstellen … und dass er die Auszahlung der Einlage sperren wird, bis sie das fünfzigste Lebensjahr erreichen.« Sie schaute mich an. »Kann er das tun?«

»Wie schon gesagt, enterben kann er sie jederzeit. Was den Treuhandfonds angeht, da müsste ich die Dokumente prüfen. Aber ich habe sie einmal gesehen und weiß, dass Peter der Treuhänder ist, und durch ihn kann dein Vater die Ausschüttungen unterbinden und das Grundkapital samt Wertzuwachs – die ganze Summe – sperren, bis Edward und Carolyn das fünfzigste Lebensjahr erreichen.«

Sie rechnete kurz nach. »Das sind fast zwanzig Jahre.«

Um sie auf den Vorteil dieser Sache hinzuweisen, sagte ich: »Ohne die Ausschüttungen vervierfacht sich der Fonds bis dahin.« Es sei denn, die Fondsverwalter treffen ein paar sehr schlechte Investmententscheidungen.

»Ich mache mir Gedanken darüber, was *jetzt* wird«, sagte Susan. »Nicht in zwanzig Jahren.«

»Ich weiß.« Ich versuchte ein Gefühl dafür zu kriegen, was sie dachte, und bekam eine Ahnung, als sie mir ihre Hand entzog.

Das war also der Moment, der, wie ich gewusst hatte, kommen würde, und ich hatte ihr bereits meine Lösung des Problems erklärt, die sie abgelehnt hatte. Aber jetzt hatte sie das letzte Wort von ihrem lieben alten Dad gehört – und ich war mir sicher, dass er *nicht* bluffte –, und es traf sie ebenso, als hätte ein Richter sie zu lebenslanger Haft verurteilt.

Aus reiner Neugier fragte ich: »Was ist mit deiner Mutter?«

Susan schüttelte den Kopf. »Sie hat gesagt, ich müsste dir

lediglich erklären, dass du weggehen sollst, dann würde alles wieder gut werden.«

Das stimmte zwar nicht, aber ich erwiderte nichts.

»Was soll ich machen, John?«

Nun ja, wenn du fragen musst, Susan, weißt du die Antwort bereits.

»John?«

Ich holte tief Luft. »Du musst dir einen Anwalt nehmen –«

»Wieso? Du bist doch Anwalt –«

»Hör mir zu. Du musst dafür sorgen, dass so etwas nicht noch mal vorkommt. Dein Vater muss einen Treuhandfonds für dich und neue Treuhandfonds für die Kinder einrichten, auf die er für euch drei den Teil des Vermögens überweist, den du und die Kinder als Erbteil erhalten. Und dieser Treuhandfonds muss so angelegt werden, dass du und die Kinder eine jährliche Ausschüttung erhaltet, ohne dass er darüber bestimmen oder daran herumtricksen kann, und *du* musst den Treuhänder aussuchen, und es wird *nicht* Peter sein. Verstehst du das?«

»Ich … wieso sollte er das tun?«

»Na ja, aufgrund von Überlegungen deinerseits. Mit anderen Worten, im Gegenzug für etwas, das er von dir will.«

»Was …? Oh …«

»Du und die Kinder, ihr braucht eine rechtliche Absicherung, damit er mit seinem Geld nicht über euer Leben bestimmen kann, und im Gegenzug geben wir – du und ich – ihm das, was er will. Schriftlich.«

»John. Nein …«

»Ja.«

Sie schaute mich an, und ich wandte mich ihr zu und fing ihren Blick auf. Sie starrte mir in die Augen, dann liefen ihr Tränen über die Wangen.

Mit dem entschiedensten Tonfall, den ich aufbieten konnte, sagte ich zu ihr: »Das ist die *einzige* Möglichkeit, Susan, mit der wir – du und ich gemeinsam – die Kinder schützen können, und unsere Zukunft ebenfalls.«

Sie wandte sich von mir ab und wischte sich mit der Hand die Augen.

Um diese Sache unter Dach und Fach zu bringen, stand ich auf und sagte: »Geh wieder rein und sag ihm, dass ich bereit bin, nach London zurückzukehren – ohne seine Million Dollar –, aber erst, wenn ich mit ihm darüber gesprochen habe, was er für dich, Edward und Carolyn tun muss, bevor ich abreise. Er wird es verstehen.«

Sie blieb sitzen und schüttelte immer noch den Kopf. »Die Kinder sagen, es ist ihnen egal …«

»Ist es auch. Aber uns nicht. Willst du, dass Peter der einzige Nutznießer des Stanhope'schen Vermögens ist?«

Sie antwortete nicht, musste sie aber auch nicht.

Ich nahm ihre Hand und zog sie auf die Beine. »Geh in die Küche oder irgendwo anders hin, beruhige dich, werde wütend, und danach gehst du rein und sagst ihm, was Sache ist.«

Sie schwieg noch immer.

»Wenn er rausstürmt, bist du ihn und sein Geld los. Aber wenn er mit mir sprechen will, dann arbeiten wir eine Regelung aus, durch die sein Zugriff auf den Geldsack gelockert wird.«

Sie schüttelte wieder den Kopf und sagte kaum hörbar: »Nein … John … ich lasse dich nicht gehen.«

»Du – wir – haben keine andere Wahl. Schau, Susan … vielleicht in einem Jahr oder so, wenn wir die Gelegenheit hatten, über diese Sache nachzudenken, und sehen, wie uns dabei zumute ist –«

»Nein!«

»Okay, dann spreche *ich* jetzt mit ihm. Schick ihn rein.«

»Nein.«

»Dann gehe ich da raus –«

»Nein … nein … lass mich … Ich brauche bloß einen Moment …« Sie wollte sich wieder setzen, aber ich nahm sie am Arm und schob sie zur Tür. »Ist schon gut«, sagte ich. »Du bist tapfer und weißt, was du zu tun hast.«

»Nein … ich werde nicht …«

Ich schlug einen strengen Ton an: »Wir werden die Zukunft unserer Kinder *nicht* opfern, weil wir aus Eigennutz –«

Sie riss sich von mir los. »Ich werde dich *nicht* wieder gehen lassen.«

Ich packte sie an der Schulter und sagte: »Ich gehe. Aber nicht, ehe ich für die Kinder alles in Ordnung gebracht habe, was ich schon vor zehn oder zwanzig Jahren hätte tun sollen –«

»Nein, John, bitte …«

»Aber ich verspreche dir, Susan … ich verspreche dir, dass wir wieder zusammen sein werden.«

Sie schaute mich an, und noch immer rannen ihr Tränen über die Wangen. Sie schluchzte, dann legte sie den Kopf an meine Schulter und fragte: »Versprichst du es …?«

»Ja. Okay …« Ich schob sie zur Tür und begleitete sie in die Diele. Sie drehte sich zu mir um und schaute mich an. Ich lächelte und sagte: »Bestell deinem Vater, dass dein Anwalt mit ihm sprechen will.«

Sie lächelte nicht, nickte aber, und ich ging wieder ins Büro und schloss die Tür.

Ich stand eine ganze Minute da, dann setzte ich mich an den Schreibtisch.

Ich nahm einen Stift und notierte mir ein paar Punkte, die ich mit William klären musste. Aber in Gedanken – und im Herzen – war ich nicht bei der Sache. Immerhin hatte ich vor, mit ihm einen Deal auszuhandeln, der sicherstellen sollte, dass Susan und ich einander nie wiedersehen würden.

Es wäre durchaus möglich, dass William den Vorschlag ablehnte, die Kontrolle über sein Geld und damit über seine Tochter aufzugeben – denn was sprang für ihn dabei heraus? Sicherlich nicht Susans Liebe und Gesellschaft oder die Liebe seiner Enkel. Er bekam durch diesen Kuhhandel lediglich die Garantie, dass Susan und John einander nie wiedersehen würden, und ich fragte mich, ob ihm das reichte. Nun ja, ich nehme an, das hing davon ab, wie ehrlich er bezüglich der Gründe gewesen war, aus denen er diese Verbindung beenden wollte. Glaubten er und Charlotte wirklich, dass Susan einen schrecklichen Fehler machte? Oder ging es in Wirklichkeit um Williams Hass auf mich?

William musste sich darüber im Klaren sein, dass er nicht nur mich los war, wenn er sich auf diesen Kuhhandel einließ, sondern dass er auch seine Tochter und seine Enkelkinder verlieren würde, sobald sie finanziell unabhängig waren. Im Grunde genommen hatte ich den Spieß umgedreht und ihn in eine ausweglose Lage gebracht. Und trotzdem könnte er sich darauf einlassen, wenn er mich mehr hasste, als er Susan, Edward und Carolyn liebte. Außerdem war ich mir sicher, dass Peter seinen Vater dazu drängen würde, sich auf den Deal einzulassen, wenn das gleichzeitig bedeutete, dass auch Peter sofort seinen Erbteil bekam. Dann durfte Peter Daddy ebenfalls sagen, er könne ihn kreuzweise.

Die Tür ging auf, und Susan kam ins Büro. Ich stand da, und wir schauten uns an. »Mein Vater lehnt deinen Vorschlag rundweg ab.«

»Na schön.« Damit war zumindest eine Frage beantwortet.

Sie wirkte ausgelaugt, und ich glaube, ich habe sie noch nie so aufgelöst und niedergeschlagen erlebt.

Sie wandte den Blick ab. »Aber … sein Angebot an dich steht, wenn du sofort darauf eingehst und morgen nach London fliegst … allein.«

»Na schön.« Ich wartete darauf, dass sie noch etwas sagte, was sie nicht tat, womit vermutlich noch eine weitere Frage beantwortet war. Und eigentlich konnte ich es ihr nicht verübeln. Liebe siegt leider nicht über alles. Beziehungsweise, um es freundlicher auszudrücken, Susans Liebe zu ihren Kindern –

unseren Kindern – war stärker als die Liebe zu mir. Und mir ging es genauso. Derjenige, der gesagt hat, dass Kinder die Geiseln des Vermögens sind, muss einen Schwiegervater wie William Stanhope gehabt haben.

Ich wollte Susan erklären, dass rechtliche Garantien für sie und die Kinder nötig wären, weil ihr Vater sonst mit dem Geld machen konnte, was er wollte, unter anderem auch alles Peter überschreiben. Aber das hätte eigennützig geklungen, so als wollte ich sie davon überzeugen, dass mein Abgang ihr oder den Kindern nicht unbedingt ein finanziell abgesichertes Leben garantierte; er garantierte ihr lediglich, dass William weiter über ihr Leben bestimmte und vermutlich den nächsten Ehemann für sie aussuchte. Vielleicht wollte William, dass Sie Bob heiratete, den Sohn des toten Dan.

Zu diesem Thema fragte ich sie: »Was hat er *dir* angeboten?«

Sie zögerte, dann sagte sie wahrheitsgemäß: »Eine beträchtliche Aufstockung meiner Unterhaltszahlungen, wenn ich das Haus verkaufe und wieder nach Hilton Head ziehe.«

»Aha.« Tja, das Regiment von William dem Beherrscher geht weiter. Wie schon gesagt, ich nahm es Susan nicht übel und war auch davon überzeugt, dass sie ihre Eltern rausgeworfen hätte, wäre es nur um unser Leben gegangen. Ich hielt und würde auch in Zukunft nicht weniger von ihr halten, nur weil sie diese schwere Entscheidung traf. Ich hatte bereits die gleiche Entscheidung getroffen. Ich sagte zu ihr: »Bestell ihm, dass ich morgen abreise. Und richte ihm außerdem aus, dass er sein Schmiergeld nehmen und es sich in den Arsch stecken kann.«

Susan stand bloß da und senkte den Blick. »Tut mir leid …«

»Das muss es nicht. Es ist *unsere* Entscheidung, nicht nur deine. Oder besser noch, schick ihn rein, dann sage ich's ihm selbst.«

Sie schüttelte den Kopf. »Er will dich nicht sehen … er will nur eine Antwort von dir.«

»Meine Antwort lautet, dass ich morgen abreise, wenn er sofort in dieses Büro kommt.«

»Ich richte es ihm aus.« Sie schaute mich an. »Ich liebe dich.«

»Das weiß ich.«

»Liebst du mich auch?«

»Ja.« Aber ich darf nicht.

Sie nickte wieder. »Wir hatten diese gemeinsame Zeit … und ich werde diese Woche nie vergessen.«

»Ich auch nicht. Du musst morgen irgendwohin fliegen, zusehen, dass du von hier wegkommst, bis sich die Lage beruhigt hat.«

»Ich weiß … sie wollen, dass ich nach Hilton Head mitkomme. Aber … Was soll ich bloß ohne dich machen?«

»Du wirst zurechtkommen. Ich warte hier auf deinen Vater.«

Sie ging einen Schritt auf mich zu, aber ich sagte: »Sorge dafür.«

Sie wirkte verletzt und verloren. Ich wollte sie in die Arme nehmen, aber erst, wenn sie weg waren.

Sie stand reglos da, dann nickte sie und ging.

Ich starrte auf die Tür, hoffte, dass sie umkehren und zurückkommen würde, um mit mir gemeinsam ins Wohnzimmer zu gehen und die Stanhopes hinauszuwerfen. Aus unserem Haus. Gleichzeitig hoffte ich, dass sie diese Entscheidung nicht traf.

Ich hatte … alle möglichen Gefühle. Wut mit Sicherheit. Aber hauptsächlich eine Art von Trauer, wie ich sie vor zehn Jahren empfunden hatte; die Erkenntnis, dass es vorbei war, und schlimmer noch, dass es nicht so sein sollte – dass zu viel Liebe zwischen uns herrschte, als dass man sie einfach wegwerfen konnte, aus Gründen, die nicht ausreichten, um die Trennung zu rechtfertigen. Und ich hatte auch das Gefühl, dass hier irgendetwas falsch war … dass Susan recht und das Schicksal uns wieder zusammengeführt hatte. Warum also geschah das hier?

Ich blieb stehen und starrte die Tür an.

Ich konnte mich nur damit trösten, dass Susan, Edward und Carolyn jetzt William Stanhopes wahres Gesicht erkannten – und dass diese Erkenntnis im Lauf der Jahre besser für sie sein würde als sein Geld. Darüber hinaus tröstete mich auch die Überzeugung, dass William sich darüber im Klaren war, dass ich hinter den Kulissen wartete und wieder auftauchen würde, wenn er sich nicht an sein Versprechen hielt oder zumindest den Status quo wahrte. Und der Mistkerl würde sich bestimmt freuen, wenn er hörte, dass ich sein Geld nicht wollte; aber irgendwo in seinem dumpfen Schädel würde ihm irgendwann klarwerden, dass ich ihm damit auch nichts schuldete, nur sechs Flugstunden entfernt war und jederzeit zurückkehren konnte, wenn er nicht für meine Kinder sorgte.

Ich dachte an morgen – wenn ich in die Maschine steigen und allein nach London fliegen würde. Vermutlich könnte ich meinen Job wiederbekommen, falls ich ihn haben wollte, und Samantha ebenfalls, falls ich sie wollte. Aber eigentlich wollte ich einen Yachtbesitzer suchen, der einen erfahrenen Skipper für einen langen Törn brauchte. Das, so wusste ich, würde die Versuchung vertreiben – meine und Susans –, aufgrund von Liebe eine falsche Entscheidung zu treffen.

Ich hörte ein Auto vorfahren und schaute aus dem Fenster. Elizabeths SUV hielt an, und sie stieg aus.

Ich ging zur Haustür und öffnete sie, bevor Elizabeth klingelte.

Sie lächelte. »Guten Morgen.«

»Guten Morgen. Komm rein.«

»Aber nur kurz. Ich habe deine E-Mail bekommen.«

Wir gingen ins Haus, und ich führte sie ins Büro und schloss die Tür.

Sie blickte sich um, bemerkte Susans Ölgemälde an der Wand und meinte: »Susan ist sehr talentiert.«

Ich warf einen Blick auf die Bilder, und ein Strom von Erinnerungen kam hoch – zwanzig Jahre Zusammenleben mit einer Frau, die wunderbar verrückt gewesen war, sich in den letzten zehn Jahren etwas bodenständiger benommen hatte, aber nicht minder wunderbar. Und jetzt war die Susan, die gerade hinausgegangen war … ja, am Boden zerstört. Das tat mir mehr weh als alles andere.

»John? Ist alles in Ordnung?«

»Ja. Wie stehst du es durch?«

»Ich habe gute und schlechte Momente. Es wird schon wieder.«

»Das weiß ich. Möchtest du dich setzen?«

»Nein. Ich komme zu spät zu einer Mitarbeiterbesprechung in einem meiner Läden.«

»Sie können doch ohne dich anfangen.«

Sie lächelte. »Genau das befürchte ich.« Sie öffnete ihre Tasche und holte einen kleinen handelsüblichen Briefumschlag heraus. »Der ist für dich«, sagte sie.

Ich nahm den weißen Umschlag und sah, der er in Ethels Handschrift an »Mr John Sutter« adressiert war. »Danke.« Ich brachte ihn zum Schreibtisch, nahm einen Brieföffner und sagte: »Lesen wir ihn.«

»Nein. Lies du ihn. Mom hat ihn an dich adressiert.«

»Ja, ich weiß, aber wir waren doch übereingekommen –«

»Wenn irgendetwas drinsteht, dass du mir anvertrauen willst, dann ruf mich an. Ich verlasse mich auf dein Urteil.«

»Na schön … aber …«

»Du siehst nicht gut aus.«

»Vatertagskater.«

Sie lächelte. »Du hättest *mich* am Sonntagmorgen sehen sollen.«

»Das war ein schönes Beisammensein.«

»Ich würde dich und Susan gern zu mir zum Essen einladen, wenn ihr von eurer Reise zurück seid.«

»Das wäre schön.«

»Richte ihr aus, dass ich vorbeigeschaut und Hallo gesagt habe, und *bon voyage*.«

»Mach ich.«

»Und besorge dir etwas Koffein und Aspirin.«

»Wird gemacht. Danke.«

Ich begleitete sie zu ihrem Auto, und sie fragte mich: »Ist das der Wagen der Stanhopes?«

»So ist es.«

»O Gott. Ich verstehe, weshalb du mitgenommen bist.«

Ich rang mir ein Lächeln ab. »Sie brechen demnächst zum Flughafen auf.«

»Lass uns feiern. Sieh zu, ob Susan heute Abend auf ein paar Drinks vorbeikommen möchte.«

»Danke, aber wir müssen packen. Wir fliegen in aller Frühe.«

»Sag mir Bescheid, wenn ihr eure Meinung ändert.« Sie warf mir einen Blick zu. »Wieso fliegt ihr eigentlich nach Istanbul?«

»Wir wollen einfach mal weg. Ich war dort eine Woche, als ich um die Welt gesegelt bin.«

Sie schaute mich an und sagte: »Vielleicht bittet mich eines Tages ein schöner Mann, mit ihm um die Welt zu segeln.«

Vielleicht eher, als du denkst. »Wenn du es dir wünschst, wird es geschehen«, sagte ich.

Sie erwiderte nichts.

»Bestell Mitch schöne Grüße von mir.«

»Wem?«

Okay, diese Frage wäre beantwortet.

Elizabeth gab mir einen Kuss auf die Wange. »Schreib mir eine Karte.«

»Mach ich. Wir machen es.«

»Tschüss.« Sie stieg in ihren BMW und fuhr davon.

Ich ging wieder ins Haus und zog mich ins Büro zurück.

Tja … ich hatte den Kopf zu voll und zu viel um die Ohren, um über Elizabeth nachzudenken. Und eigentlich war ich im Herzen immer noch hier.

Ich stand am Schreibtisch und blickte auf den Briefumschlag.

Die Gegensprechanlage summte, und Susan sagte: »Ich bin in der Küche. Mein Vater will nicht zu dir ins Büro kommen, aber er wird später am Telefon mit dir sprechen – oder wenn du wieder in London bist.«

Sie klang jetzt gefasster – vielleicht aber auch geschockt. »Na schön«, erwiderte ich.

»Er geht hinaus zum Auto, damit ich ein paar Minuten mit meiner Mutter allein sein kann.«

»Gut.«

»Geh bitte nicht hinaus.«

»Mache ich nicht. Wir sehen uns, wenn sie weg sind.« Ich legte auf.

Ich hörte, wie die Haustür geöffnet wurde, und sah William zu seinem Auto gehen.

Normalerweise bin ich immer Herr der Lage, und wenn ich's nicht bin, werde ich es. Aber es gibt Zeiten – so wie diese –, in denen es am besten ist, wenn man nichts unternimmt. Und was musste ich William Stanhope eigentlich sagen? Ich musste ihm nicht klarmachen, was ich von ihm hielt – das wusste er bereits. Und ich würde ihn mit Sicherheit nicht bitten, seine Forderungen zu überdenken, oder den Versuch unternehmen, ihn ein bisschen sanftmütiger zu stimmen. Folglich wäre das einzig Positive und Produktive, das ich tun konnte, hinauszugehen und seinen Kopf gegen das Lenkrad zu knallen, bis der Airbag aufging. Und wenn ich jünger gewesen wäre, hätte ich es getan.

Ich starrte zu William, der ins Auto gestiegen war, den Motor angelassen hatte und wahrscheinlich Radio hörte. Ich fragte mich, wie er und Charlotte reagieren würden, wenn sie vom Mord an Salvatore D'Alessio erfuhren, hörten, dass Anthony Bellarosa der Hauptverdächtige war, und herausfanden, dass ihre Tochter wieder in den Nachrichten auftauchte. Ich war mir ziemlich sicher, dass sie auf einer sofortigen Rückkehr nach Hilton Head bestehen würden. Und plötzlich wurde mir klar, dass keiner von uns zurückkommen und hier leben würde.

Ich schlitzte den Umschlag auf, zog vier zusammengefaltete weiße Briefbögen heraus und blickte auf Ethels ordentliche, aber enge Handschrift. Ich las:

> Lieber Mr Sutter,
> ich schreibe Ihnen diesen Brief von meinem Sterbebett aus, wie ich glaube, und ich schreibe ihn in Erwartung Ihrer Rückkehr aus London, damit Sie meine Nachlassangelegenheiten regeln. Dieser Brief wird Ihnen nach meinem Tod von meiner Tochter Elizabeth Corbet unter der Bedingung übergeben werden, dass Sie tatsächlich zu diesem Zweck aus London zurückgekehrt sind und dass Sie und ich nach Ihrer Rückkehr persönlich miteinander gesprochen haben.

Okay, dachte ich, ich habe beide Bedingungen erfüllt – ich bin von London eingeflogen und habe sie im Hospiz besucht. Und sie hat die letzte Bedingung erfüllt. Sie ist gestorben.

Die einzige Gewissheit vorher war, dass sie sterben würde; meine Reise nach New York war nicht so sicher gewesen. Im Nachhinein betrachtet, hätte ich in London bleiben und allen eine Menge Ärger und Kummer ersparen sollen.

Ich betrachtete eine Zeitlang William Stanhope und überlegte, ob ich einfach hinausgehen und ihm ruhig, aber entschieden erklären sollte, dass er weder am Treuhandfonds noch am Erbteil meiner Kinder herumzupfuschen hatte. Was konnte er schon machen, wenn ich zum Auto ging? Zum Flughafen fahren und seine Frau hierlassen?

Ich wandte mich wieder Ethels Brief zu.

> Ich bin müde und fühle mich nicht wohl, während ich dies schreibe, deshalb will ich gleich zur Sache kommen. Ich weiß,

dass Sie und Ihr Schwiegervater einander nicht mögen, und ich weiß auch, dass dies Ihrer Frau viel Kummer bereitet und zu Unmut zwischen Ihnen und ihr geführt hat, und ich glaube auch, dass die Stanhopes Mrs Sutter bei ihrer Entscheidung beeinflusst haben, das Haus zu verkaufen und zu ihnen nach Hilton Head zu ziehen.

Ich ahnte, worauf das hinauslief – Ethel wollte am Ende den Cupido spielen, so wie sie es getan hatte, als ich sie besuchte. Warum, fragte ich mich, lag ihr so viel daran, Susan und mich wieder zusammenzubringen? Okay, sie mochte Susan, und ich war mir sicher, dass sie wieder zusammengegluckt hatten, seit Susan zurückgekehrt war. Und Ethel wusste auch, dass Susan mich zurückhaben wollte. Folglich hatte es sich Ethel, die nicht mehr viel zu tun hatte, während sie auf das Ende wartete, in den Kopf gesetzt, in Susans Namen einen letzten Vorstoß zu machen.

Ich legte den Brief vorerst beiseite. Okay, Ethel. Aber du hast William Stanhope vergessen.

Nein, hatte sie nicht. Sie hatte ihn erwähnt. Und sie hatte William *nie* leiden können, und das hier war ihre Chance zu … was?

Meine Neugier war geweckt.

Es fällt mir sehr schwer, das, was ich schreiben möchte, in Worte zu fassen. Lassen Sie mich daher direkt sein. William Stanhope ist ein Mann, der sich als moralisch verkommen, verderbt und sündig erwiesen hat.

Holla. Ich setzte mich und nahm mir das nächste Blatt vor.

Sein schamloses und zügelloses Verhalten fing an, als er auf dem College war, setzte sich während seiner Militärzeit und darüber hinaus fort und hörte auch nicht auf, als er heiratete.

Selbst heute noch, nach so vielen Jahren, fällt es mir schwer, an diese Zeit zurückzudenken. Ich möchte bei meiner Beschreibung seines Verhaltens nicht deutlicher werden, aber ich werde Ihnen mitteilen, dass er den Jüngsten und Unschuldigsten unter dem weiblichen Personal auf Stanhope Hall Zwang antat –

Ich unterbrach meine Lektüre und holte tief Luft. *Mein Gott*. Ich las die letzte Zeile noch mal, dann fuhr ich fort:

Er hatte eine Schwäche für die ausländischen Mädchen, die ihm höchstwahrscheinlich keinen Widerstand leisten konnten. Vor und während des Krieges waren es die irischen Mädchen, die ihm zum Opfer fielen, und eine von ihnen, Bridget Behan hieß sie, wollte sich das Leben nehmen, nachdem er sich an ihr vergangen hatte. Und nach dem Krieg gab es viele Vertriebene, hauptsächlich deutsche und polnische Mädchen, die kaum Englisch sprachen und Angst hatten, deportiert zu werden, und ihm deshalb zu Willen waren. Eins dieser Mädchen, eine Polin, die nicht älter als sechzehn war und deren Namen mir leider nicht einfällt, wurde von ihm schwanger, worauf er sie in ihr Heimatland zurückschicken ließ.

Ich kann Ihnen hier nicht alles mitteilen, was in diesen Jahren geschehen ist, aber ich kann Ihnen sagen, dass dieses schändliche Verhalten weiterging, bis er und Mrs Stanhope nach Hilton Head abreisten.

Und jetzt, Mr Sutter, werden Sie bei sich denken, weshalb ich bis zu diesem Moment gewartet habe, um dies aufzudecken. Erstens muss ich Ihnen sagen, dass ich und andere auf Stanhope Hall versucht haben, Augustus Stanhope auf diese Angelegenheit aufmerksam zu machen, als er noch lebte, aber zu seiner Schande wollte er unsere Beschwerden nicht anhören. Und zu meiner ewigen Schande habe ich ihn diesbezüglich nicht bedrängt. Und meinem Mann George gereicht es zur Schande, dass *er* Augustus Stanhope diese Angelegenheit nicht vortragen wollte und mir zu schweigen gebot. Sie müssen verstehen, dass es seinerzeit unwahrscheinlich war, dass diese Mädchen bei den Behörden Anzeige erstatten würden oder dass man ihnen eher geglaubt hätte als William Stanhope, wenn sie es getan hätten. Ich weiß auch, dass man diesen Mädchen manchmal mit Entlassung oder Ausweisung gedroht und ihnen Geld gegeben hat, damit sie schwiegen. Ich kann Ihnen nicht sagen, wie viele junge Mädchen William Stanhope zum Opfer fielen, aber meiner Einschätzung nach ist nicht ein Jahr vergangen, ohne dass ich von einem Vorfall oder einer Beschwerde erfahren habe. Der Gerechtigkeit halber muss ich anmerken, dass einige dieser Mädchen, vielleicht mehr, als ich weiß, sich bereitwillig auf diese Verbindung einließen und sich für Geld verkauften. Aber es gab mindestens ebenso viele, die keinen Wert auf William Stanhopes Annäherungsversuche legten, sich aber dennoch seinem ständigen Druck und seinen körperlichen Übergriffen unterwerfen mussten.

Ich bin mir darüber im Klaren, während ich dies schreibe, dass ich keine Beweise für das habe, was ich sage, aber es gibt eine anständige, aufrechte Frau, die um diese Vorgänge weiß, und sie heißt Jenny Cotter, ein Name, an den Sie oder Mrs Sutter sich vielleicht noch aus der Zeit erinnern, als sie Chefhaushälterin auf Stanhope Hall war. Mrs Cotter lebt noch, während ich dies schreibe, und ist wohnhaft im Harbor-View-Pflegeheim in Glen Cove. Sie ist bereit und in der Lage, Ihnen nähere Einzelheiten zu nennen, falls Sie mehr wissen müssen oder wollen, als ich hier geschrieben habe.

Und daher, Mr Sutter, ist mein Brief an Sie ebenso sehr ein Geständnis wie auch meine Entschuldigung dafür, dass ich all die Jahre geschwiegen habe. Verstehen Sie bitte, dass ich nur aus dem Grund geschwiegen habe, abgesehen davon, dass mein Mann es mir aufgetragen hat, weil ich der jungen Miss Susan – der späteren Mrs Sutter (und auch Mrs Stanhope) – keinerlei Schmerz oder Herzeleid bereiten wollte. Aber jetzt, da ich die Reise ins himmlische Königreich antrete, weiß ich, dass ich diese Last von meiner Seele nehmen muss, und ich weiß – in meinem Herzen –, dass Sie der Mensch sind, an den ich mich wegen dieser Angelegenheit schon vor vielen Jahren hätte wenden sollen. Und ich hätte es auch getan, wenn Mrs Sutter nicht gewesen wäre, und nun liegt es bei Ihnen, darüber zu entscheiden, ob sie es erfahren sollte. Ich bete darum, dass Sie diesen Brief lesen, und ich bete darum, dass Sie Mr Stanhope mit diesem Brief und mit der Aussage von Mrs Cotter als Beweis für seine Übergriffe und Vergehen gegen diese Mädchen zur Rede stellen. Ich weiß, dass Gott mir mein Schweigen vergeben wird, und Gott wird auch ihm vergeben, wenn er gezwungen ist, in seine Seele zu blicken, sich seinen Sünden zu stellen und um Gottes Vergebung zu bitten.

Hochachtungsvoll
Ethel Allard

Ich blickte auf die vier Blätter in meiner Hand, dann schaute ich aus dem Fenster zu William Stanhope, der ungeduldig in seinem Auto saß und darauf wartete, dass seine Frau und seine Tochter ihr Gespräch beendeten.

Ich schlug Susans Telefonbuch auf und wählte Williams Handynummer.

Ich sah, wie er in seiner Jackentasche nach dem Handy suchte, auf das Display blickte und sich dann meldete. »Ja?«

»William«, sagte ich zu ihm, »hier ist dein angehender Schwiegersohn. Komm rein. Ich muss mit dir sprechen.«

69

»Ich verstehe immer noch nicht«, sagte Susan, »wie du ihn umstimmen konntest.«

»Ich kann sehr überzeugend sein«, erwiderte ich.

Sie hatte mir diese Frage ein ums andere Mal gestellt, seit ihre Eltern vor einer Stunde abgereist waren, aber in erster Linie war sie glücklich und erleichtert, dass es so gut ausgegangen war. Sie bezeichnete es als Wunder, und vielleicht war es das auch. Hab Dank, Ethel, und sag den Engeln an der Himmelsbar, sie sollen dir einen weiteren Sherry geben. Er geht auf mich.

Wir saßen im Schatten auf dem Patio und feierten mit ein paar Bier, als Susan mich fragte: »Was soll ich dir zu Mittag machen? Was hättest du gern?«

»Ich dachte an Joghurt. Aber eine Peperoni-Pizza wäre auch nicht schlecht.«

Ohne einen Kommentar griff sie zum schnurlosen Telefon, rief die Auskunft an und anschließend eine hiesige Pizzeria.

Die Gepflogenheiten beim Bestellen einer Pizza waren für Susan Stanhope allem Anschein nach ein Rätsel – sizilianisch oder normal? –, aber sie lernte schnell. Sie sagte zu dem Pizzamann: »Einen Moment«, dann sagte sie zu mir: »Er möchte wissen, ob du noch irgendetwas anderes darauf willst.«

»Nun ja, wie wär's mit Wurst und Fleischklößchen?«

Sie fügte das zum Belag hinzu, hörte sich eine weitere Pizzafrage an und fragte mich: »Möchtest du sie in acht oder in zwölf Stücke geschnitten haben?«

Mir fiel ein Witz ein, den Frank mir mal erzählt hatte, und ich erwiderte: »Zwölf – ich bin hungrig.«

Sie lächelte, nannte dann unsere Telefonnummer und Adresse – Stanhope Hall, Grace Lane, Lattingtown, nein, es gibt keine Hausnummer, halten Sie einfach Ausschau nach dem Pförtnerhaus – und kündigte den Wachleuten die Ankunft des Lieferanten an.

Ich saß da, hatte die bloßen Füße auf dem Tisch liegen und trank einen weiteren Schluck Bier.

Susan kam wieder auf Williams offensichtliche Kapitulation zu sprechen und sagte: »Ich kenne meinen Vater, und ich weiß, dass das harte Verhandlungen werden.«

»Im Verhandeln bin ich gut.« Vor allem, wenn ich den anderen Typ an den Eiern habe und zudrücke. Oder sollte ich lieber drehen?

»John … meinst du, er war … unehrlich? Oder dass er sein Wort nicht hält?«

»Das wird er nicht wagen.«

»Aber … ich verstehe einfach nicht –«

»Susan, ich bin der Meinung, dein Vater hatte … na ja, eine Offenbarung. Ich glaube, als er allein im Auto saß, kam ihm einfach, dass er sich falsch verhielt, und vielleicht wurde er vom Heiligen Geist berührt. Ich meine, ich konnte es selbst kaum glauben, als ich vom Fenster aus sah, wie er mit diesem verzückten Gesichtsausdruck aus dem Auto stieg, dann in mein Büro kam und sagte: ›John, ich würde gern mit dir sprechen‹.«

Eigentlich hatte er gesagt: »Wie kannst du es *wagen*, mich in dein Büro zu zitieren?«

Ich habe mich natürlich bei ihm entschuldigt – oder habe ich ihm gesagt, er solle sich hinsetzen, den Mund halten und den Brief lesen? Wie dem auch sei, während er den Brief las, wurde er trotz aller Wut blass, und es war interessant zu sehen, wie rasch sich bei jemandem die Hautfarbe verändern kann. Ich wünschte, ich hätte eine Videokamera gehabt. Außerdem zitterten seine Hände. Danach waren die Verhandlungen relativ einfach. Er regte sich ab und zu auf, sagte Sachen wie: »Niemand wird das Geschwafel einer alten Frau, die unter Medikamenten steht, glauben«, und so weiter und so fort. Daher schlug ich vor, dass wir den Brief seiner Tochter und seiner Frau zeigen sollten, um festzustellen, was sie davon hielten. Anschließend könnten wir Mrs Cotter im Pflegeheim einen Besuch abstatten und zusehen, ob sie irgendetwas davon klarstellen könnte. Das brachte ihn natürlich zum Schweigen, aber er stieß das Wort »Erpressung« aus.

Ich weiß, dass es Erpressung ist, ich bin Anwalt, und es verstieß gegen meine Überzeugungen und Prinzipien. Aber was William getan hatte – oder angeblich getan haben soll –, war nicht nur abscheulich, sondern kriminell, auch wenn diese Straftaten längst verjährt waren. Wenn er also für diese Verbrechen büßen sollte, musste es auf eine andere Art und Weise geschehen. Die Anwaltskammer und die Gerichte mochten diesbezüglich anderer Ansicht sein, aber zumindest Ethel würde sich für mich einsetzen, wenn ich vor dem Jüngsten Gericht stand.

Susan sagte zu mir: »Er wirkte … blass. Erschüttert.«

»Wirklich? Ist mir gar nicht aufgefallen.«

»Und meine Mutter wirkte verwirrt wegen seines jähen Sinneswandels.«

»Na ja, sie war bei seiner göttlichen Offenbarung nicht dabei.«

»John …?«

»Ja?«

»Hast du … ihm mit irgendetwas gedroht?«

»Womit sollte ich ihm denn drohen?«

»Ich weiß nicht … aber –«

»Können wir das Thema wechseln?«, fragte ich. »Wer ist mit dem Bierholen an der Reihe?«

Sie stand auf und ging in die Küche.

Ich trank mein Bier aus und dachte über Ethels Brief nach. Ihr Geständnis auf dem Sterbebett war für mich bestimmt, aber nach Aussage von Pater Hunnings hatte Ethel auch mit ihm über den Inhalt dieses Briefes gesprochen – und Hunnings hatte Ethel geraten, ihn mir nicht zu geben, und er hatte Elizabeth bedrängt, den Brief zurückzuhalten. Warum? Um Ethels Andenken zu wahren, wie er gesagt hatte? Oder wollte er den Brief selbst in die Finger kriegen, um ihn William geben zu können, als Tauschgeschäft für … was? Einen sorgenfreien Ruhestand?

Susan kehrte mit den Bieren zurück. »John, ich glaube, du bist zu bescheiden. Ich glaube, der Sinneswandel meines Vaters wurde durch irgendetwas verursacht, das du gesagt hast, nicht wegen irgendeiner … göttlichen Botschaft.«

»Nun ja …«, erwiderte ich bescheiden. »Ich habe mein Bestes getan, und ich *war* überzeugend, aber ich glaube wirklich, dass mir irgendeine höhere Instanz geholfen hat.«

»Ich habe dir gesagt, ich glaube, dass dies unser Schicksal ist und dass wir einen Schutzengel haben, der über uns wacht«, erinnerte sie mich.

»Sieht ganz so aus.« Ich trank einen Schluck Bier.

Sie wandte sich einem anderen Thema zu und fragte: »Meinst du, wir sollten in St. Mark's heiraten?«

»Warum nicht? Pater Hunnings gibt beim zweiten Mal einen Rabatt.«

Sie lachte, dann stellte sie fest: »Du kannst ihn nicht leiden, und ich glaube, er mag dich auch nicht besonders.«

»Wirklich? Tja, dann muss ich mit ihm sprechen und die Sache ausbügeln.« Und ich würde erwähnen, dass ich Ethels Brief gelesen hatte, und ihn vielleicht fragen, ob er irgendwelche Kenntnis – und zwar nicht nur in allgemeiner Hinsicht – über den Inhalt besaß.

»Ich fände es sehr gut, wenn du das tun würdest. Ich würde gern wieder dort heiraten.«

»Kein Problem. Und ich werde Pater Hunnings sogar dazu bringen, auf die voreheliche Beratung zu verzichten.«

Sie lächelte. »Ich glaube, nach dem Erfolg bei meinem Vater bist du sehr von dir überzeugt.«

»Ich habe eine Glückssträhne.« Und während ich meine Welt so zurechtbastelte, dass sie mir passte, versicherte ich ihr: »Deine Eltern werden unserer Hochzeit nicht nur ihren Segen geben, sie werden sie auch bezahlen.«

»Ich möchte nur ihren Segen.«

»*Ich* will ihnen die Rechnung überreichen. Und vergiss nicht, Ihnen eine E-Mail mit dem genauen Datum zu schreiben. Sie wollen bestimmt vorher kommen, um uns bei den Vorbereitungen zu helfen – und um über deine Aussteuer zu sprechen.«

Ohne auf meinen Vorschlag einzugehen, fragte sie mich: »John, bist du bereit, zu vergeben und zu vergessen? Ich meine, in Bezug auf meine Eltern?«

Ich dachte darüber nach und erwiderte: »Es ist nicht meine Art, nachtragend zu sein.«

Aus irgendeinem Grund fand Susan das komisch. »Nein, das ist der Kern deines Wesens.«

»Du kennst mich zu gut«, erwiderte ich ernst. »Ich werde nie vergeben oder vergessen, was sie uns während unserer Ehe durchmachen ließen und erst kürzlich, aber …« Im Triumph kann ich großmütig sein, daher fuhr ich fort: »Ich sage es mal so: Wenn dein Vater um Vergebung bittet und deine Mutter ebenfalls und sie sich um Wiedergutmachung bemühen, bin ich dafür offen, und ich bin davon überzeugt, dass dein Vater mir vergeben wird, dass ich ihn ein skrupelloses Arschloch und so weiter und so fort genannt habe. Aber meine Frage an dich lautet: Was für ein Gefühl hast *du* ihnen gegenüber?«

Susan atmete tief durch. »Ich bin wütend. Und ich habe diese sehr unangenehme Seite von ihnen gesehen. Aber sie sind meine Eltern, und ich liebe sie und werde ihnen vergeben.« Sie warf mir einen Blick zu. »Wir würden uns das von unseren Kindern auch wünschen.«

»Klar, das schon, aber sie müssen uns nichts vergeben.«

Sie schwieg einen Moment lang, dann meinte sie: »Mir schon. Das, was ich getan habe. Und sie haben mir vergeben, und zwar bedingungslos. Genau wie du.«

Ich nickte. »Das Leben ist kurz.«

Vielleicht konnte ich Charlotte und William sogar verzeihen, was sie der Familie Sutter angetan hatten – die beste Rache ist ein schönes Leben. Aber ich würde William niemals verzeihen, was er diesen jungen Mädchen angetan hatte; das wird an mir hängen und an ihm, bis zu dem Tag, da wir beide tot sind.

Und so saßen wir im Schatten auf dem Patio, schauten zu dem sonnigen Rosengarten und tranken unsere kalten Biere. Es war wirklich ein herrlicher Tag, die Natur stand in voller Blüte, und die Luft roch nach Rosen und süßem Geißblatt. Ich beobachtete, wie ein großer Monarchfalter überlegte, wo er landen sollte.

Susan riss mich aus meinem Schweigen und sagte: »Wir müssen den Kindern die gute Nachricht mailen und ihnen die Daten mitteilen und … nun, vielleicht erwähnen, dass in den Zeitungen etwas über … uns stehen könnte.«

»Du solltest Carolyn die gute Nachricht mailen. Ich habe ihr bereits geschrieben, dass wir möglicherweise in den schlechten Nachrichten erwähnt werden.«

Susan nickte, dann sagte sie: »Tut mir leid.«

»Thema beendet.«

»In Ordnung. Dann maile ich Edward …«

»Und teil ihm mit, dass Opa unserer Ehe den Segen erteilt hat, indem er ihm seinen Treuhandfonds überträgt. Aber sag nicht zu viel über unser mögliches Auftauchen in den Nachrichten.«

»In Ordnung. Aber du weißt doch, dass er und Carolyn darüber sprechen werden.«

»Ja. Und wir werden ihre Fragen wahrheitsgemäß beantworten, aber leicht frisiert.« Des Weiteren schlug ich vor: »Ruf deine Eltern an und vereinbare einen Termin, an dem sie Edward in L. A. besuchen können. Sie müssen ihre Erben besser kennenlernen.«

Sie lächelte. »Das ist keine schlechte Idee.«

Wieder saßen wir schweigend da und genossen unser Beisammensein. Es gibt nicht viele Stunden, die so vollkommen sind wie diese, vor allem nicht an einem Tag, der so schlecht begonnen hat. Dadurch wurde dieser Tag so außergewöhnlich.

Natürlich lauert in jedem Garten Eden mindestens eine Schlange zwischen den Blumen, und wir hatten sogar zwei. Die erste hatte einen Namen – sie hieß Anthony Bellarosa. Wir wussten, dass er da war, gingen ihm aus dem Weg und wollten nicht mal mit ihm sprechen – zumindest vorerst.

Die zweite Schlange hatte keinen Namen und war erst kürzlich in den Garten gekrochen. Aber wenn ich ihr einen Namen geben müsste, würde ich sie Zweifel nennen.

Und um sie umzubringen, bevor sie uns umbrachte, sagte ich zu Susan: »Was wir getan haben, geschah aus Liebe.«

Sie erwiderte nichts, also fuhr ich fort: »Ich habe nie an deiner Liebe gezweifelt, und ich weiß, dass es dir das Herz gebrochen hat.«

Wieder keine Antwort, und so schloss ich: »Und wenn wir es wieder tun müssten, würden wir es genauso machen.«

Sie saß eine ganze Zeitlang da, bevor sie sagte: »Du wolltest nicht einmal sein Geld nehmen. Und ich … ich komme mir so verdorben vor, so kompromittiert –«

»Nein. Denk daran, warum wir es getan haben. Es war nicht

unseretwegen.« Es ging darum, William und Peter aufs Kreuz zu legen. Und natürlich um Edwards und Carolyns Familienvermögen.

»John, bei dir mag das vielleicht stimmen, aber bei mir bin ich mir nicht so sicher.«

»Stell deine Gründe nicht in Frage. Dein Vater hat dich in ein ausweglose Dilemma gebracht.«

»Ich weiß … aber, Herrgott, ich hatte das Gefühl, dass ich mich verkaufe und dich verrate und unsere Liebe aufgebe für –«

»Susan, ich sehe das nicht so, und du solltest es auch nicht tun.«

»Na schön … du bist ein sehr liebevoller und kluger Mann.«

»Bin ich. Trink noch ein Bier.«

Sie rang sich ein Lächeln ab. »Ich hoffe nur, das sucht uns nie wieder heim.«

»Wir haben das bewältigt, was vor zehn Jahren passiert ist, und dagegen ist das hier gar nichts«, wandte ich ein.

»Ich liebe dich.«

»Deswegen sind wir hier. Wo bleibt der Pizzatyp?«

»Ich weiß nicht. Ich habe noch nie in meinem Leben eine Pizza bestellt.«

»Nun ja, das kriegen wir in den nächsten zwanzig Jahren schon hin.«

Wir redeten über London und Paris, vielleicht auch einen Abstecher ins Loiretal, so wie vor vielen Jahren.

Susans schnurloses Telefon klingelte. Es war der Wachmann am Tor, der den Pizzamann ankündigte. Ich stand auf, ging durchs Haus und wartete vor der Tür auf ihn. Aber während ich dastand, wurde mir mit einem Mal klar, dass in solchen Momenten, wenn man am wenigsten damit rechnet, die ganze Welt explodieren kann – so wie bei Salvatore D'Alessio.

Ich sah einen Kleinbus über die Zufahrt kommen. Ich ging wieder ins Haus, stürmte die Treppe hoch, schnappte mir den

Karabiner, lief in mein Büro und schaute aus dem Fenster. Der Van hielt an, und ein junger Kerl, dem Aussehen nach ein Latino, holte die Pizza aus dem Kofferraum, dann schlenderte er zur Haustür. Ich nahm nicht ernsthaft an, dass der Pizzalieferant ein Auftragskiller war, sondern reagierte einfach darauf, dass ich da draußen gestanden und niemanden um mich gehabt hatte und die Alhambra-Anlagen hundert Meter entfernt hinter den Bäumen lagen. Das hatte mich einen Moment lang erschreckt. Tja, das war gut. Onkel Sal hatte sich ein Cannoli in den Mund gestopft oder irgendwas anderes gemacht, statt auf die Tür zu achten, und ehe er sich's versah, blickte er in die Läufe einer Schrotflinte. Dann machte es Peng, und er war in der Hölle.

Die Glocke schellte, und ich ging zur Haustür. Ich stellte den Karabiner in den Schirmständer und machte auf.

Ich schaute dem Pizzatypen über die Schulter, als wir Pizza gegen Geld tauschten, gab ihm ein gutes Trinkgeld und schloss die Tür ab.

Ich kann einen Pizzakarton auf einem Finger balancieren, aber ich nahm die ganze Hand und trug den Karton und den Karabiner hinaus auf den Patio. Susan schaute mich erstaunt an: »Brauchen wir den wirklich hier draußen?«

»Hoffentlich nicht.«

Ich stellte den Karton auf den Tisch, öffnete ihn, und der Duft stieg mir in die Nase und verzückte meine Seele. Ich setzte mich, und Susan ging hinein und kehrte mit Tellern, Servietten, Messern und Gabeln zurück. Ich erklärte ihr, dass man die Servietten benutzen könne, das andere Zeug aber überflüssig sei.

Ich weiß, dass Lady Stanhope schon mal Pizza gegessen hat – ich habe es gesehen –, aber derartige Speisen geht sie immer mit einer gewissen Ängstlichkeit und vielleicht auch mit etwas Verachtung an.

Ich zeigte ihr, wie man die Spitze zurückklappte und abbiss, dann das Stück zusammenfaltete, um es zu stabilisieren. »Das ist physikalisches Grundwissen.«

So saßen wir da mit unseren Bieren, unserer Pizza und unserem Gewehr und hatten ein schönes Mittagessen.

»Das schmeckt eigentlich ganz gut«, gestand Susan.

»Und es tut dir gut.«

»Das glaube ich nicht, aber wir können es hin und wieder essen.«

»Wir könnten uns eine ganze Pizzeria kaufen«, wandte ich ein.

Sie lachte. »Tja, John, du hast den Tag gerettet, und ich glaube, ich schulde dir etwas. Was wünschst du dir außer der Yacht und ungesundem Essen?«

»Bloß dich, mein Schatz.«

»Mich hast du bereits.«

»Das ist alles, was ich will.«

»Wie wäre es mit einem Sportwagen?«

»Okay.«

Ich aß die halbe Pizza – sechs Stücke –, und Susan nahm sich ein zweites Stück, dann packten wir den Rest für mein Frühstück ein.

Anschließend gingen wir ins Schlafzimmer, um die Pizza abzuarbeiten – und für unsere Reise zu packen. Weil ich meine gesamte Garderobe in London hatte, warf ich nur ein bisschen Krimskrams in meinen Koffer, und Susan nutzte die Gelegenheit und packte noch mehr von ihrer Kleidung in mein Gepäck. »Ich habe ein paar hübsche Sachen im Keller, die ich noch nicht ausgepackt habe«, sagte sie.

Okay, wir könnten länger als drei Wochen weg sein, deshalb legte ich keinen Widerspruch ein.

Nachdem wir unsere Koffer gepackt hatten, schliefen wir ein bisschen, und gegen fünf Uhr nachmittags stand ich auf und sagte zu Susan: »Ich fahre kurz nach Locust Valley und besorge ein paar Sachen. Willst du mitkommen?«

»Nein. Ich habe hier noch allerhand zu tun, aber ich gebe dir eine Liste mit den Sachen, die ich brauche.«

Während ich mich anzog, sagte ich: »Halte die Türen geschlossen und geh nicht raus.«

Sie schwieg.

»Hab die Schrotflinte immer in deiner Nähe. Den Karabiner stelle ich in den Schirmständer bei der Haustür.«

»John –«

»Susan, es sind noch etwa« – ich schaute auf meine Uhr – »fünfzehn Stunden, bis unsere Maschine startet. Lass uns auf Nummer sicher gehen.«

Sie zuckte die Achseln. »Wann soll uns der Wagen abholen?«

Der Flug ging um halb acht, also mussten wir gegen fünf Uhr morgens zum Flughafen aufbrechen, bei Dunkelheit. Ich erwiderte: »Wir fahren mit meinem Mietwagen, dann kann ich den Karabiner mitnehmen und das Auto am Langzeitparkplatz abstellen.«

»Ich würde lieber einen Fahrdienst nehmen und den ganzen Scherereien aus dem Weg gehen.«

»Ich auch. Aber wir müssen diese letzte Sicherheitsvorkehrung ergreifen.«

Sie wirkte alles andere als froh. »John, wir fahren in *Urlaub* – wir ziehen nicht in die Schlacht.«

»Widersprich mir nicht, sonst rufe ich deinen Vater an und sage ihm, er soll dich zurechtstutzen.«

Sie lächelte. »Du wirst unerträglich werden.«

»Ja.«

Ich gab ihr einen Kuss, worauf sie sagte: »Bleib nicht zu lange weg. Möchtest du mein Handy?«

»Ja.« Sie gab es mir, und ich verabschiedete mich, nahm den Karabiner und ging hinunter. Ich stellte das Gewehr in den Schirmständer, verließ das Haus und schloss hinter mir ab.

Ich hatte die Schlüssel für beide Autos und beschloss, meinen Taurus zu nehmen, der sich in der Stadt leichter einparken ließ. Ich fuhr die Zufahrt zum Pförtnerhaus entlang, betätigte die Fernbedienung, als es in Sicht kam, und das Tor schwang auf. Dann kam mir ein Gedanke, und ich hupte und stieg aus.

Die Tür des Pförtnerhauses wurde geöffnet, und ein junger Wachmann, den ich nicht kannte, kam heraus.

»Ich bin Mr Sutter und wohne im Gästehaus«, sagte ich zu ihm.

»Ja, Sir.«

»Sind Sie allein?«

»Ja, bis acht, dann kommt ein zweiter Mann dazu.«

»Na schön … okay, Sie müssen in etwa fünfzehn, zwanzig Minuten zum Gästehaus fahren, einmal außen rumlaufen und nachsehen, ob alles in Ordnung ist.«

»Na ja … ich soll meinen Posten nicht verlassen.«

»Für heute Abend erweitern wir Ihren Posten.« Ich gab ihm einen Zwanzigdollarschein. »Mrs Sutter ist im Haus, und wir erwarten keine Besucher, also lassen Sie *niemanden* ein, es sei denn, Sie rufen an und bekommen ein Okay. Ich bin in etwa einer halben Stunde zurück.« Eigentlich konnte es eher eine Stunde werden, aber das musste er nicht wissen.

Er schien sich über sein Trinkgeld zu freuen und sagte: »Kein Problem«, was auch immer das heißen sollte.

Ich setzte mich ins Auto und fuhr nach Locust Valley.

Neben Susans Einkaufszettel hatte ich Ethels Brief in meiner Tasche, den ich fotokopieren musste. Genau genommen wollte ich zwanzig Kopien machen und William jeden Monat eine schicken, außerdem zum Vatertag, zu Weihnachten und zu seinem Geburtstag.

Als ich an den Rand der Ortschaft kam, rief ich Susan an, die sich prompt meldete. Ich sagte: »Hier herrscht dichter Verkehr, und die Parkplätze werden knapp sein, daher weiß ich nicht, wie lange es dauert.«

»Lass dir Zeit.«

»Brauchst du Zwiebeln?«

»Keine Zwiebeln, Liebling.«

»Okay. Ich habe den Wachmann am Tor gebeten, in etwa fünfzehn Minuten nachzuschauen, ob ums Haus herum alles in Ordnung ist. Der Karabiner ist im Schirmständer, falls du nach unten gehen musst. Lass die Schrotflinte im Schlafzimmer. Ich rufe dich später noch mal an.«

In der Ortschaft wimmelte es von Autos, die um Parkplätze buhlten. Ich warf einen Blick auf die Uhr am Armaturenbrett. 17:39. Nun ja, mit etwas Glück war ich innerhalb einer Stunde zurück.

Was konnte in einer Stunde schon passieren?

70

Ich kaufte alles, was wir für unsere Reise brauchten, und machte im Copyshop ein Dutzend Kopien von Ethels Brief, für den Fall, dass William eine monatliche Erinnerung daran brauchte, warum wir über eine finanzielle Vereinbarung verhandelten. Schließlich begab ich mich auf die Heimfahrt nach Stanhope Hall. Auf der Uhr am Armaturenbrett war es 18:23.

Ich rief mit Susans Handy im Gästehaus an, aber sie meldete sich nicht, daher hinterließ ich eine Nachricht: »Ich bin in zehn Minuten daheim. Ruf mich an, wenn du das abhörst.«

Wahrscheinlich stand sie unter der Dusche oder saß trotz meines Rates, drin zu bleiben, mit ihrem schnurlosen Telefon auf dem Patio. Möglicherweise war sie auch im Keller und suchte nach Kleidung, die sie noch einpacken wollte, und da unten gab es kein Telefon.

Als ich nur noch ein paar Minuten von der Grace Land entfernt war, rief ich im Pförtnerhaus an, um dem Wachmann zu sagen, dass er das Tor öffnen sollte, aber niemand meldete sich. Vielleicht telefonierte der Wachmann auf der anderen Leitung, oder er war draußen oder auf dem Klo.

Ich lenkte den Wagen durch das sich öffnende Tor und warf im Vorbeifahren einen Blick zum Pförtnerhaus. Niemand trat aus der Tür, und ich setzte meinen Weg fort, schneller, als ich normalerweise auf der kurvigen, mit Schotter bestreuten Zufahrt zum Gästehaus fuhr. Ich war nicht nervös, aber besorgt.

Susans Lexus war fort, und ich atmete erleichtert auf. Gleichzeitig war ich wütend, weil sie mich nicht angerufen und Bescheid gesagt hatte, dass sie wegfuhr beziehungsweise dass sie überhaupt ausgegangen war. Frauen wollen einfach nicht hören. Ich stellte den Taurus ab, holte die Einkaufstüten aus dem Kofferraum, schloss die Haustür auf und ging hinein.

Dann wurde mir klar, dass das Unsinn war. Ich konnte mir gut vorstellen, dass Susan einfach in ihr Auto sprang und losfuhr, um eine Besorgung zu machen, aber ich konnte mir nicht vorstellen, dass sie nicht so viel Verstand besaß, mich anzurufen. Ich zog ihr Handy aus der Tasche, um nachzusehen, ob ich einen Anruf von ihr verpasst hatte, aber auf dem Display stand lediglich die Uhrzeit: 18:42.

Ich warf einen kurzen Blick zum Schirmständer und stellte fest, dass der Karabiner fehlte.

Dann roch ich Zigarettenrauch.

Ich erstarrte, und mein Herz schlug schneller. Ich ließ die Einkaufstüten fallen, wich einen Schritt zurück, in Richtung Haustür, und wählte auf dem Handy die 9-1-1.

Aus meinem Büro trat Anthony Bellarosa und sagte: »Lass das Scheißtelefon fallen.«

Ich starrte ihn an. Er trug die blaue Uniform der All-Safe Security und hielt meinen M1-Karabiner in den Händen – auf mich gerichtet.

»Lass das Scheißtelefon fallen, oder du bist tot.«

Ich konnte kaum fassen, dass er wirklich dastand. Mancuso hatte gesagt, er wäre verreist, und außerdem hatte Mancuso gesagt, dass Anthony die Sache nicht persönlich übernehmen würde. Und ich hatte das geglaubt … aber ich war auch der Meinung gewesen, dass es hier um eine persönliche Sache ging. Anthony hatte mehr als Mord im Sinn.

»Lass das *verfluchte* Telefon fallen!«

Er schoss.

Ich hörte die Kugel an meinem linken Ohr vorbeifliegen und in die schwere Eichentür hinter mir einschlagen.

»Wenn ich dich umbringen wollte, wärst du längst tot. So wie mein Onkel. Aber *zwing* mich nicht dazu, dich umzubringen.« Er richtete das Gewehr auf meine Brust und sagte: »Fallen lassen.«

Ich ließ das Telefon fallen.

Er legte das Gewehr in die rechte Armbeuge. »Yeah, viel Mumm, aber nicht viel Köpfchen heute, John.«

»Wo ist Susan?«

»Mit der ist alles okay. Die hab ich mir aufgehoben, bis du heimkommst.«

»Anthony –«

»Halt die Fresse. Hast du 'ne Knarre?«

Ich schüttelte den Kopf.

»Zieh die Jacke aus.«

Ich zog mein Sakko aus, und er sagte: »Wirf sie hin.«

Ich ließ es zu Boden fallen. »Okay, zieh dich aus und zeig, was du hast.«

Ich rührte mich nicht. »Zieh deine Scheißklamotten aus, oder ich baller dir die Kniescheiben weg.«

»Wo ist Susan?«

Er lächelte. »Sie ist nackt, genauso, wie du es gleich bist. Genau wie wir alle. Komm schon. Ausziehen.«

Ich rührte mich immer noch nicht. Anthony war knapp fünf Meter von mir entfernt, zu weit, um ihn mir zu schnappen, bevor er einen Schuss abgeben konnte.

Er richtete das Gewehr auf meine Beine und gab zwei Schüsse ab. Ich spürte nichts, dann wurde mir klar, dass er beide Kugeln in eine der Einkaufstüten gefeuert hatte und irgendetwas Flüssiges auf den Boden tropfte.

»Das war die allerletzte Warnung. Zieh die Klamotten aus. Langsam.«

Ich schlüpfte aus meiner Kleidung und ließ sie auf den Boden fallen.

»Umdrehen!«

Ich drehte mich um.

»Okay, mein Hübscher. Keine Knarre, kein Sender. Du bist total angeschissen. Umdrehen!«

Ich drehte mich zu ihm um. Mein Herz hämmerte, und ich hatte einen trockenen Mund. Ich versuchte nachzudenken. Was hatte er vor? Warum war ich nicht tot? War mit Susan alles in Ordnung? Okay … ich wusste die Antworten darauf.

Er trug ein Holster samt Pistole, und er hakte ein Paar Handschellen von seinem Waffengurt ab und warf sie mir zu. »Fang!« Ich ließ sie an der Brust abprallen und zu Boden fallen.

»Leg dir die Handschellen an, du Arschloch, sonst baller ich dir die Füße weg.« Er richtete das Gewehr wieder auf meine Beine. »Komm schon, John. Ich will nicht die ganze Scheißnacht hier rumhängen. Willst du Susan sehn? Leg die Handschellen an, dann gehn wir Susan besuchen. Ich *will* sie dir zeigen.«

Ich ging in die Hocke und griff nach den Handschellen. Aus dieser Stellung konnte ich möglicherweise losspringen und an ihn rankommen, aber er wusste das und trat einen Schritt zurück, drückte das Gewehr an die Schulter und zielte auf mich. »Sofort!«

Ich ergriff die Handschellen und ließ sie lose um meine Handgelenke einrasten.

»Okay, jetzt gehst du auf allen vieren die Treppe hoch. Runter!«

Ich kniete mich auf den Boden und kroch zur Treppe. Anthony bewegte sich hinter mir, und ich hörte, wie der Riegel an der Haustür vorgelegt wurde.

Ich schleppte mich auf allen vieren die Treppe hoch, und Anthony hielt hinter mir Abstand. »Ich habe das Gewehr genau auf deinen nackten Arsch gerichtet, und mir juckt schon der Finger am Abzug«, ließ er mich wissen.

Ich wog meine Möglichkeiten ab, aber da gab es nichts abzuwägen. Ich wollte nur sehen, ob Susan am Leben war – dann würde ich mir irgendwas einfallen lassen.

»Tony hat den Lexus deiner Frau genommen«, erklärte Anthony. »Du hast doch hoffentlich nichts dagegen. So, und jetzt denkst du dir wahrscheinlich: ›Wie hat mich dieser dämliche Itaker drangekriegt?‹ Oder? Denkst du das grade, Schlaukopf?«

Der Gedanke war mir kurz durch den Kopf gegangen, und ich war wütend auf mich, weil ich so verdammt blöde gewesen war. Aber der Angreifer ist immer im Vorteil. Sein toter Onkel würde mir beipflichten.

»Du und dein Scheißweib, ihr seid so scheißschlau. Aber vielleicht hast du und dein blödes Weib auch gedacht, ich wäre nicht hinter euch her, und ihr seid schludrig geworden.«

Ich erreichte den obersten Treppenabsatz, und er sagte: »Bleib auf allen vieren und kriech zum Schlafzimmer.«

Anthony schob sich rasch an mir vorbei, hatte das Gewehr weiter auf mich gerichtet und ging zur Schlafzimmertür. Er blieb stehen und betrachtete mich, während ich den Flur entlang auf ihn zukroch.

»Yeah, dein dämliches Weib kriegt 'nen Anruf vom Pförtnerhaus, aber es ist kein Wachmann, sondern Tony, der anruft und sagt: ›Ich hab ein Paket für Sie, Mrs Sutter. Ich bring's vorbei, wenn ich das Grundstück kontrolliere, worum mich Ihr Mann gebeten hat.‹ Du musst also ein bisschen aufpassen, mit wem du sprichst, John. Vielleicht hat der Wachmann, mit dem du geredet hast, für mich gearbeitet. Richtig? Hey, sag was. Sag irgendwas Schlaues.«

»Leck mich.«

»Das ist nicht schlau. Ich kann kaum glauben, dass ich dich anheuern wollte. Schau dich doch an – splitternackt, auf allen vieren, mit Handschellen, und du kriechst dahin, wo ich's dir sage. Eigentlich bist du also gar nicht so schlau. Und ich bin nicht so dämlich, wie du gedacht hast – okay, stopp.«

Ich hielt etwa drei Meter von der Schlafzimmertür entfernt inne.

Er fuhr fort: »Yeah, Tony klingelt also, sie schaut durch den Spion, sieht 'nen Typ in der All-Safe-Uniform und macht die Tür auf. Wie scheißblöde ist das denn? Und du hättest dabei sein sollen, John, als Tony sie ins Haus schubst und ich hinter ihm reinkomme. Ich meine, die glotzt mich bloß an und weiß gleich, wer ich bin. Und dann erinnert sie sich an Tony, von früher, als sie mit meinem Vater gefickt hat. Und ich sage zu ihr: ›Du hast meinen Vater umgebracht, du Miststück‹, und ich hab gedacht, die pisst sich ins Höschen. Und dann will sie sich das Gewehr aus dem Schirmständer schnappen, und ich knall ihr eine, dass sie auf den Arsch fliegt.«

»Sie sind ein richtiger Mann.«

»Halt das *verfluchte* Maul!«, sagte er. »Ihr habt ein Gewehr bei der Tür. Rechnet ihr mit Ärger?« Er lachte. »Weiß das reiche Miststück überhaupt, wie man mit 'ner Knarre umgeht?« Er erkannte, dass es eine dumme Frage war. »Das Miststück hat meinen Vater ohne jeden Grund erschossen –«

»Ich habe Ihnen den Grund genannt –«

»Du bist ein verlogenes Arschloch, aber ich krieg heut Abend schon die Wahrheit aus dir und ihr raus.« Er riss die Tür auf und trat beiseite. »Schau dir dein Weib an.«

Ich wollte aufstehen, aber er rief: »Auf alle viere, Arschloch!«

Ich kroch durch die Schlafzimmertür.

»Auf die Knie!«

Ich ging auf die Knie.

Susan lag im Bett, nackt, und es dauerte einen Moment, bis mir klarwurde, dass ihre Handgelenke und Knöchel an die Bettpfosten gefesselt waren. Dann bemerkte ich das weiße Klebeband über ihrem Mund.

Sie wandte mir den Kopf zu, und ich sah die Angst in ihrem Blick. Aber Gott sei Dank war sie am Leben.

Anthony schloss die Tür hinter mir und sagte: »Da ist sie also, John. Du wolltest sie sehn, und jetzt können du und ich *alles* von ihr sehn. Und wie ich sehe, ist sie ein echter Rotschopf.«

Ich starrte weiter auf Susan, und sie blickte zu mir, während ihr Tränen übers Gesicht liefen. Ich stand auf und wollte einen Schritt auf sie zugehen, aber ein Schlag traf mich in den Rücken, und ich stürzte zu Boden. Ich lag da, war nicht so benommen, wie ich tat, und versuchte abzuschätzen, wie weit Anthony von mir entfernt war.

»Steh auf!«

Ich merkte, dass er sich von mir entfernte, deshalb blieb ich reglos liegen und hoffte, dass er nahe genug herankam, um mich noch mal mit dem Gewehrkolben zu schlagen.

Stattdessen jagte er neben meinem Gesicht einen Schuss in den Boden, sodass ich zusammenfuhr. »Steh auf, sonst kriegst du den nächsten in den Arsch!«, schrie er.

Ich kniete mich hin, atmete tief durch und schaute zu Susan. Sie zerrte an ihren Fesseln, Nylonstricken, wie ich feststellte, weinte und versuchte zu schreien. Ich sah rote Male in ihrem Gesicht, wo er sie offenbar geschlagen hatte, und ich entdeckte einen Ledergürtel auf dem Bett – einen meiner Gürtel.

Anthony sagte: »Ich werde deine Frau vergewaltigen, und du kriegst 'nen Platz in der ersten Reihe.«

»Sie sind ein abartiger Mistkerl.«

»Nein. Ich bin ein netter Kerl. Ich hab dir doch gesagt, Frauen und Kinder kommen davon. Daher bring ich sie nicht um, aber wenn ich mit ihr fertig bin, werdet ihr zwei euch *wünschen*, ihr wärt tot.«

Ich sagte nichts, wusste aber, dass ich etwas unternehmen musste, selbst wenn es etwas Schlechtes war. Wo war die Schrotflinte? Sie stand nicht neben dem Nachttisch, wo ich sie hingelehnt hatte. Vielleicht war sie im Schrank.

Anthony ging zur anderen Seite des Bettes, drückte Susan die Mündung des Gewehrs an den Kopf und sagte zu mir: »Kriech rüber zum Heizkörper. Komm schon, du Arschloch. Beweg dich!«

Ich wusste, wenn ich zum Heizkörper kroch, würde er mich ans Rohr ketten, und damit wäre jede Chance dahin, den Spieß umzudrehen.

Anthony ergriff den Ledergürtel, trat einen Schritt zurück und schlug ihn hart auf Susans Schenkel. Sie bog den Rücken durch, und ich hörte einen dumpfen Schrei durch das Klebeband dringen.

Wieder hob er den Gürtel, und ich schrie: »Nein!« Auf allen vieren kroch ich zum Heizkörper unter dem Fenster. Während ich hinkrabbelte, blickte ich mich im Zimmer um. Mein Blick fiel auf Susans Morgenmantel und ihr Höschen, die am Boden lagen, außerdem sah ich, dass die beiden Koffer vom Gepäckständer geworfen worden waren und die Kleidung auf dem Teppich verstreut lag. Wo war die Schrotflinte?

»Knie dich mit dem Rücken zur Wand neben das Rohr. Ich will, dass du gute Sicht hast.«

Ich kniete mich neben den Heizkörper. Er löste ein weiteres Paar Handschellen von seinem Waffengurt, schleuderte sie mir zu und traf mich im Gesicht.

»Fessel dich an den Heizkörper.«

Ich zögerte, und er sagte: »Du willst mich verarschen, John. Ich will dich nicht umbringen. Ich will, dass du zuschaust. Verarsch mich nicht, sonst bist du selber im Arsch.«

Ich kettete mein linkes Handgelenk an den Heizkörper, kniete mich hin und starrte ihn an.

Anthony legte das Gewehr auf die Kommode und starrte zurück. »Okay, fangen wir mit dem Spaß an.«

Er stellte sich ans Fußende des Bettes und blickte auf Susan herab. »Tja, ich verstehe, warum mein Vater gern mit ihr gefickt hat. Gute Titten, schöner Arsch und klasse Beine.«

Anthony hatte ein Drehbuch im Kopf, wollte seine Phantasie austoben, und ich wusste, dass er alles genau geplant hatte. Ich hoffte, dass er wirklich nicht beabsichtigte, einen Doppelmord zu begehen.

Er zündete sich eine Zigarette an. »Bloß damit du weißt, worauf du dich freuen kannst, John – du wirst zuschaun, wie sie mir einen bläst, danach fick ich sie so hart, dass du nichts mehr mit ihr anfangen kannst.«

Als ich nichts erwiderte, sagte er: »Und du solltest lieber zuschaun, du Arschloch. Und wenn alles vorbei ist, werdet ihr zwei euer Scheißmaul halten und Gott danken, dass ihr am Leben seid. Wenn ihr zu den Bullen geht, bring ich sie um, das schwör ich beim Grab meines Vaters, und ich bring eure Kids um. Sie kommen nicht davon, wenn ihr zu den Bullen geht. Verstanden?«

Ich nickte.

»Okay. Du kennst also die Regeln. Niemand muss sterben. Du musst bloß mit dem hier leben, und jedes Mal, wenn du mit deiner Frau fickst, könnt ihr beide an mich denken. Richtig?«

Ich nickte wieder.

»Gut. Und dir kann's sowieso egal sein. Mein Vater hat mit ihr gefickt, ich werde mit ihr ficken, und vielleicht lassen wir Tony später auch noch mit ihr ficken. Richtig?« Er schaute mich an. »Ich hör nicht viel aus deinem Klugscheißermaul, Anwalt.«

Er zog das Klebeband von Susans Mund. »Was hast *du* zu sagen, Miststück?«

Schluchzend holte sie tief Luft und sagte: »Bitte. Machen Sie einfach, was Sie wollen, und lassen Sie uns in Ruhe.«

Er lachte. »Yeah. Klar mach ich, was ich will.«

Er warf seine Zigarette auf den Teppich und drückte sie mit dem Absatz aus. »Warum hast du mein Bild zerschlitzt, John?«, fragte er mich.

Ich schwieg, und er sagte zu Susan: »Ich habe das Bild gemocht, und dein Mann hat's zur Sau gemacht. Folglich wirst du mir ein anderes malen. Und wenn du fertig bist, wirst du und John zu meinem Haus kommen und es mir und Megan überreichen. Richtig?«

Susan nickte. »In Ordnung.«

Er lächelte, dann schaute er mich an. »Okay, John? Und du sitzt da, genau wie vor zehn Jahren, als du gewusst hast, dass mein Vater mit deiner Frau fickt, bloß dass es diesmal ich bin, der mit deiner Frau fickt. Und du wirst nicht das Geringste dazu sagen.«

Ich nickte. Es könnte sein, dachte ich, dass wir hier lebend rauskommen, und wenn ich jemals nahe genug an Anthony rankomme, um mit ihm Kaffee zu trinken, werde ich ihm ein Messer ins Herz stoßen.

Er sagte: »Und ihr beide werdet nett zu meiner Frau sein, eine Flasche Wein mitbringen und sagen: ›Das ist ein sehr schönes Haus, Mrs Bellarosa‹, und: ›Danke, dass Sie uns eingeladen haben, Mrs Bellarosa‹.«

Das also waren Anthonys Rachephantasien, über die er offensichtlich lange nachgedacht hatte, und jetzt wollte er sie auskosten, uns verhöhnen, demütigen und alles tun, was er konnte, um dafür zu sorgen, dass uns das noch lange, nachdem er aus der Tür gegangen war, in Erinnerung blieb.

Und dann dachte ich an das andere Bild in seinem Herrenzimmer – *Der Raub der Sabinerinnen*. Und jetzt begriff ich – war es mir nicht schon immer klar gewesen? –, warum es dort hing und warum Susans Gemälde ebenfalls in seinem Zimmer war.

Außerdem wurde mir klar, dass sich dieser Mistkerl seiner Sache so sicher war, dass er dachte, er könnte Susan schänden und jedes Mal feixen, wenn er uns sah. Und ich wollte nicht, dass er etwas anderes dachte. Ich sagte: »Tun Sie ihr nur nicht weh.«

Er grinste mich an. »Ich werde ihr was *Gutes* tun«, sagte er. »Genau wie mein Vater.«

Susan sagte zu ihm: »Bitte. Tun Sie es und gehen Sie. Wir werden nichts sagen.«

»Ganz recht, ihr werdet schweigen.«

Ich sah, wie Anthony einen Blick auf seine Uhr warf, und fragte mich, ob er einen Zeitplan hatte oder darauf wartete, dass Tony zurückkehrte.

Er zündete sich eine weitere Zigarette an. »Wenn ich mit deiner Frau fertig bin, hol ich Tony, und wenn er kommt, fängt der Spaß erst richtig an.«

Ich antwortete nicht.

»Yeah. Das wird 'ne *sehr* lange Nacht werden. Aber es ist besser, als tot zu sein.« Er schaute zu Susan und sagte: »Okay, Süße. Du hast lange genug gewartet. Freust du dich drauf?«

Susan reagierte nicht.

»Komm schon, sag mir, dass du dich drauf freust.«

»Ich freue mich darauf.«

Er lachte, ging zu Susans Kommode und nahm die Kamera, die sie dort zum Einpacken hingelegt hatte.

Er drückte seine Zigarette auf der Kommode aus, dann untersuchte er die Kamera. Er schoss drei Bilder von Susan auf dem Bett, dann eines von mir. Anschließend warf er die Kamera aufs Bett und sagte: »Okay, wir brauchen den Film heute Nacht auf, wenn Tony kommt. Hey, ihr habt doch nichts dagegen, wenn ich den Film behalte? Ich schick euch Abzüge.« Er schaute zu mir. »Falls du überlebst. Und das hängt davon ab, wie gut sie zu mir ist. Und ich will, dass ihr beide morgen in der Maschine sitzt. Verstanden? Ich will, dass ihr abzischt. Nach heute Nacht braucht ihr 'nen schönen Urlaub.« Er schnallte seinen Waffengurt ab und warf ihn auf die Kommode. Dann kickte er seine Schuhe weg, zog sich aus und warf seine Kleidung auf den Boden.

Als er zum Bett ging, sah ich, dass er erregt war. Er sagte zu Susan: »Wie sieht's aus, Süße? Meinst du, du packst alles?«

Sie nickte.

Ich bemerkte, dass er ein Taschenmesser in der Hand hielt. Er klappte es auf und zerschnitt die Nylonschur an Susans linkem Handgelenk, umrundete das Bett und zerschnitt nacheinander die drei anderen Schnüre.

»Okay, du Miststück, raus aus dem Bett.« Er packte ihre Haare und zog sie vom Bett, dann stieß er sie zu Boden. »Knie dich da hin, wo dich dein Mann sehn kann.«

Susan kniete sich neben das Bett, und wir sahen uns in die Augen. Ich nickte und sagte zu ihr: »Ist schon gut.«

Anthony bedachte mich mit einem Grinsen. »So? Ist schon gut? Mir wird's auch gleich guttun.«

Er hielt Susan das Messer unters Kinn und sagte: »Keine Tricks, sonst bring ich euch beide um. Verstanden?«

Sie nickte.

»In Ordnung …« Er trat einen Schritt näher zu ihr. »Nimm ihn in den Mund.«

Susan zögerte, worauf er sie wieder an den Haaren packte und ihr Gesicht zu seinem Unterleib zog. Er warf mir einen kurzen Blick zu. »Schau lieber zu, verflucht noch mal, sonst vertrimm ich ihr mit dem Gürtel den Arsch.«

Ich nickte.

Zu Susan sagte er: »Mach den Mund auf. Genau so … steck ihn rein, Miststück … okay … ooh, das ist gut … John? Schau zu, wie sie mir den Schwanz leckt –«

Mit einem Mal stieß er einen Schrei aus, ließ das Messer fallen und sprang zurück.

Susan fiel vornüber zu Boden und rollte unters Bett. Anthony hielt sich den Unterleib, krümmte sich zusammen und stöhnte vor Schmerz, dann warf er sich zu Boden, steckte den Kopf unter das Bettgestell und griff nach Susan.

»Anthony, du Drecksack!«, schrie ich. »Du blöder Scheißkerl!« Ich packte den Heizkörper, rüttelte daran, versuchte die Verbindung zwischen Heizkörper und Rohr abzureißen, aber sie hielt. *Verdammt.* »Anthony!«

Als ich aufblickte, stand er wieder, lief rasch zur anderen Seite des Bettes und schrie: »Du verfluchtes Miststück! Du bist tot, du verfluchtes Miststück!«

Ich sah Susans Kopf und Schultern hinter dem Bett auftauchen, dann stand sie auf, als Anthony auf sie zukam, und legte langsam und bedächtig die Schrotflinte an die Schulter. Er war nur noch knapp einen Meter von ihr entfernt, als er jäh stehen blieb und sagte: »Was zum –?«

Ich hörte einen lauten Knall und sah, wie Susans rechte Schulter zurückzuckte. Anthonys Körper schleuderte rückwärts, er verlor das Gleichgewicht und stürzte zu Boden.

Ich sah, wie Susan auf den anderen Lauf umschaltete, während sie einen Schritt auf ihn zuging. Wieder legte sie die Schrotflinte an die Schulter und richtete die Läufe auf sein Gesicht.

»Susan!«

Sie schaute zu mir.

»Nein. *Nicht.*«

Sie schaute wieder zu Anthony, der sich noch regte und abwehrend den rechten Arm hob.

»Susan! Such die Schlüssel für die Handschellen. Schnell!«

Sie warf einen weiteren Blick auf Anthony, schmiss dann die Schrotflinte aufs Bett und fand die Schlüssel in seiner Hosentasche.

Sie kniete sich neben mich, aber wir sagten kein Wort, als sie die Handschellen aufschloss. Ich stand rasch auf und starrte auf Anthony herab, der immer noch quicklebendig war, die Hände auf die Brust presste und von einer Seite zur anderen schaukelte.

Ich nahm Susan in die Arme. Sie zitterte, und ich sagte: »Setz dich hierher …« Ich führte sie zu einem Stuhl und setzte sie darauf. »Ist alles in Ordnung?«

Sie nickte und starrte Anthony an.

Ich lief zu ihm und blieb neben ihm stehen. Wir sahen uns

in die Augen. Dann begutachtete ich die Stelle auf der rechten Seite seines Brustkorbs, wo er beide Hände über die Wunde hielt, und sah Blut zwischen seinen Fingern hervorquellen. Ich hatte erwartet, dass seine Brust mit Schrotkugeln gespickt war, aber Susan hatte den Lauf mit dem Flintenlaufgeschoss abgefeuert. Ich entdeckte das Einschussloch in der hellblauen Tapete.

Ich schaute zu Anthony und blickte ihm erneut in die Augen. »Das hast du dir selbst zuzuschreiben«, sagte ich zu ihm.

Er bewegte die Lippen, und ein Keuchen kam aus seinem Mund. Ich hörte ihn flüstern: »Leck mich.«

»Nein, du kannst *mich* mal.«

Ich sah jetzt, dass das Blut, das zwischen seinen Fingern hindurchsickerte, mit rotem Schaum vermischt war, was auf eine Lungenverletzung hindeutete. Nicht gut, aber er könnte überleben … wenn er in ein Krankenhaus kam. Ich bemerkte auch, dass sein Penis blutete, aber das war das geringste seiner Probleme.

Ich trat wieder zu Susan, die reglos auf dem Stuhl saß und Anthony noch immer anstarrte. »Ist mit dir alles in Ordnung?«

Sie nickte, ohne den Blick von Anthony abzuwenden.

Ich hob ihren Morgenmantel und das Höschen auf und gab sie ihr. »Ich rufe die Polizei.«

Sie packte mich am Arm. »Nein.«

»Susan. Er braucht einen Krankenwagen.«

»Nein! Diesmal nicht.«

Ich schaute sie an, dann sagte ich: »Na schön … zieh dich an.«

Ich half ihr auf, und sie schlüpfte in ihren Morgenmantel, dann ging sie zu ihrem Kleiderschrank. Unterwegs blieb sie stehen und warf einen weiteren Blick auf Anthony.

Ich hörte, dass er irgendwas sagen wollte, und Susan kniete

sich neben ihn, senkte den Kopf und lauschte. Sie schüttelte den Kopf. »Kein Krankenwagen. Sie werden sterben.«

Er griff nach ihr, und sie schlug seinen Arm weg, stand auf und ging zu ihrem Schrank.

Auch ich ging zu meinen Schrank, zog eine Jeans und ein Hemd an, begab mich dann wieder zu Anthony und kniete mich neben ihn. Sein Atem ging mühsamer, und ich hörte ein Pfeifen, das aus dem Loch in seiner Brust drang. Sein Blut tränkte den Teppichboden rund um ihn. Auch aus seinem Mund sickerte dunkles Blut, was kein gutes Zeichen war – zumindest nicht für ihn.

Zur Behandlung der offenen Brustverletzung musste man die Eintritts- und die Austrittswunde schließen, damit die Luft nicht aus der Lunge entwich, und die Brust straff bandagieren, um die Blutung zu stillen. Aber wollte ich das?

In Jeans und einem Sweatshirt trat Susan neben mich, warf einen Blick auf Anthony und sah, dass er noch immer atmete.

Ich nahm den Film aus der Kamera und sammelte den Karabiner, die Schrotflinte und Anthonys Waffengurt samt Holster und Pistole ein. Ich nahm Susan am Arm und führte sie aus dem Zimmer und die Treppe hinunter.

Wir gingen ins Büro, wo ich die Waffen auf die Couch warf, dann bugsierte ich Susan in den Clubsessel. Ich ging zur Bar und goss jedem von uns einen Brandy ein.

Sie nahm einen kräftigen Schluck und ich ebenfalls, dann setzte ich mich an den Schreibtisch und griff zum Telefon.

»John. Nein.«

Ohne sie zu beachten, wählte ich die 9-1-1. Eine Telefonistin meldete sich.

»Ich möchte einen Einbruch, eine versuchte Vergewaltigung und eine Schießerei melden.« Ich nannte der Telefonistin den Ort des Geschehens und ein paar nähere Einzelheiten zu dem Vorfall, während Polizei- und Rettungswagen losgeschickt wurden.

»Etwa fünf Minuten«, sagte sie.

Ich erklärte ihr, dass das Eisentor möglicherweise gewaltsam geöffnet werden musste, worauf sie mich fragte: »Glauben Sie, dass noch andere Täter auf dem Grundstück sind?«

»Es war noch ein anderer da«, erwiderte ich, »aber ich glaube, er ist weg und wartet auf einen Anruf des Haupttäters.«

»Okay, Sir, bleiben Sie bei Ihrer Frau und stellen Sie bitte alle Schusswaffen sicher.«

Ich dankte ihr und legte auf. »Sie sind in fünf Minuten hier«, sagte ich zu Susan.

Sie schaute mich an. »Wird er sterben?«

»Ich weiß es nicht.«

»Ich habe auf sein Herz gezielt. Aber er hat sich bewegt.«

Dazu fiel mir kein Kommentar ein, aber ich sagte: »Du warst sehr tapfer und sehr klug.«

Sie nahm einen weiteren Schluck Brandy und sagte: »Ich war nicht besonders klug, als ich die Tür geöffnet habe.«

»Wahrscheinlich hätte ich das Gleiche gemacht.«

Sie schwieg, aber ich sah, wie sie zu der Schrotflinte auf der Couch blickte.

»Wir sollten nach ihm sehen«, sagte sie zu mir. »Bevor die Polizei eintrifft.«

Ich dachte natürlich an Frank Ballrosa, wie er im Giulio's am Boden lag und Blut aus seiner Halsschlagader spritzte. *Still die Blutung*. Das war die Grundregel bei Erster Hilfe. Folglich hatte ich die Blutung gestillt. Er hatte überlebt, und hier waren wir jetzt, zehn Jahre später, und mussten mit den Folgen fertig werden.

Susan stand auf und ging zur Couch, wo die Schrotflinte lag.

»Susan.«

Sie schaute mich an und sagte: »Bevor du gekommen bist … hat er zu mir gesagt: ›Du und dein Mann, ihr haltet euch für so scheißschlau, so scheißüberlegen‹ –«

»Ich weiß, was er gesagt hat.«

»›So scheiß hoch und mächtig‹ … ›Tja‹, hat er gesagt, ›wenn ich mit dir fertig bin, wirst du nie wieder die Gleiche sein … und dein Scheißmann wird dich nie wieder so anschauen wie früher … und damit wirst du leben, du Miststück, so wie ich ständig mit dem Gedanken leben muss, dass du meinen Vater umgebracht hast‹ …« Sie ergriff die Schrotflinte. »Und er hat gesagt, es könnte mir so gefallen, dass ich's vielleicht noch mal mit ihm machen will.«

Ich stand auf und trat zwischen sie und die Tür. »Du darfst das nicht tun. Ich lasse es nicht zu.«

Sie starrte mich an, hatte die Schrotflinte in der Armbeuge liegen. Schließlich sagte sie: »Es tut mir so leid, John, alles, was uns widerfahren ist.«

»Das Thema ist beendet.«

»Hast du bereut, dass du Frank das Leben gerettet hast?«

Ja und nein. »Ich habe das Richtige getan«, sagte ich.

»Es war *falsch*.«

Ich schaute sie an. »Hast du das seinerzeit auch gedacht?«

Sie schwieg ein paar Sekunden, bevor sie sagte: »Nein. Aber hinterher … habe ich mir gewünscht, du hättest ihn sterben lassen. Und jetzt … werden wir den gleichen Fehler nicht noch einmal machen.«

Ich streckte die Hand aus. »Gib mir die Knarre.«

Sie stieß mir die Schrotflinte entgegen. »Er hat unseren Kindern gedroht. Also kümmere *du* dich darum.«

Ich zögerte, dann nahm ich ihr die Schrotflinte ab. Wir blickten uns in die Augen, und sie sagte: »Mach es für Edward und Carolyn.«

Ich hatte daran gedacht, Anthony umzubringen, und hätte es auch sofort getan, wenn er eine Gefahr für uns dargestellt hätte. Aber kaltblütig einen Verletzten umzubringen war nicht das Gleiche. Und dennoch … wenn er überlebte … es würde eine Ermittlung geben, einen öffentlichen Prozess, Aussagen darüber, was hier geschehen war … und ständig schwebte diese Gefahr über uns … wenn er jedoch tot war … nun ja, tot war tot. Tot war einfach.

Ich holte tief Luft. »Ich sehe nach ihm.«

Ich ging mit der Schrotflinte in die Diele und die Treppe hinauf, dann blieb ich vor unserer Schlafzimmertür stehen. Ich überzeugte mich davon, dass der Umschalthebel auf den linken Lauf gestellt war – denjenigen, der mit schweren Rehposten geladen war –, bevor ich die Tür öffnete.

Ich sah ihn am Boden liegen, und seine Brust hob und senkte sich immer noch. Ich trat näher und kniete mich neben ihn.

Seine Arme hingen jetzt herab, und der Blutstrom aus der Wunde war langsamer geworden und nicht mehr schaumig. Ich musterte sein Gesicht, das so weiß war, dass die Stoppeln an seinen Wangen wie schwarze Farbe wirkten. Ich fühlte seinen Puls, dann den Herzschlag, der raste, um den fallenden Blutdruck auszugleichen.

Ich beugte mich näher zu ihm und sagte: »Anthony.«

Seine Lider flatterten.

»Anthony!« Ich schlug ihm ins Gesicht, worauf er die Augen öffnete.

Wir schauten einander an. Er bewegte die Lippen, aber ich hörte lediglich ein Gurgeln.

»Wenn Sie in die Hölle kommen und Ihren Vater sehen, dann erzählen Sie ihm, wie sie dorthin gekommen sind und wer Sie erschossen hat. Und fragen Sie Ihren Vater, ob es stimmt, dass er wegen Susan seine Familie verlassen wollte. Anthony?« Ich schlug ihn noch mal und sagte: »Hören Sie mich?«

In seinen Augen war noch Leben, aber ich wusste nicht, ob er mich bei dem Rauschen in seinen Ohren hören konnte, das sich einstellt, wenn das Herz das letzte Blut durch die Arterien und Venen pumpt.

»Und bestellen Sie Ihrem Vater meinen Dank dafür, dass er mir diesen letzten Gefallen getan hat«, sagte ich laut.

Wieder flatterten Anthonys Lider, und ich wusste, dass er mich gehört hatte.

Ich starrte ihn weiter an. Seine Augen waren jetzt weit aufgerissen und folgten meinen Bewegungen, und mir kam der Gedanke, dass er überleben könnte.

Susan kam ins Zimmer und warf erst mir, dann ihm einen Blick zu, sagte aber nichts.

Draußen hörte ich Polizeisirenen und sagte: »Geh und entriegle die Tür. Schnell.«

»John, du musst es tun, sonst mache *ich* es.«

»Geh schon. Ich kümmere mich darum.«

Wieder schaute sie zu mir, dann zu Anthony. Schließlich ging sie.

Ich starrte auf Anthony herab, der zu viele Lebenszeichen von sich gab … und jetzt, da die Polizei draußen war, war es zu spät, die Schrotflinte abzufeuern.

Ich bemerkte, dass das Blut über seiner Wunde geronnen war und eher sickerte als strömte. *Still die Blutung … Verstärke die Blutung.*

Ich kniete mich auf seine Brust, worauf er entsetzt die Augen aufriss. Ich stieß den Zeigefinger in die Wunde und bohrte ihn, so tief ich konnte, in Anthonys warme Brusthöhle, und als ich ihn herauszog, quoll das Blut hoch und strömte wieder.

Ich drückte mein ganzes Gewicht auf seine Brust, die sich krampfhaft hob und senkte, schließlich innehielt.

Ich stand auf, ging ins Badezimmer, wusch mir die Hände und warf die Schrotflinte zurück aufs Bett.

Als ich nach unten ging, stand Susan in der offenen Tür. Auf dem Vorplatz standen zwei Polizeiwagen, und Polizisten in Uniform liefen raschen Schrittes aufs Haus zu.

Ich legte meinen Arm um ihre Schulter und sagte: »Es ist vorbei.«

71

Die Polizei sicherte das Grundstück, suchte es ab und stellte fest, dass kein zweiter Täter in der Nähe war.

Die Rettungssanitäter, die eine Trage die Treppe hinaufschleppten, brachten sie nicht wieder herunter, und ein Polizist in Uniform sagte zu mir: »Er ist tot.« Der Rechtsmediziner würde das bei seiner Ankunft offiziell feststellen.

Die Polizei hatte die Waffen als Beweismittel gekennzeichnet, und die Spurensicherung war unterwegs und würde sich bald an ihre langwierige, mühsame Aufgabe machen und den Schauplatz des brutalen Überfalls in ein wissenschaftliches Projekt verwandeln.

Während all das geschah, hatte ein Detective der Mordkommission namens Steve Jones unser Büro requiriert, um mich zu vernehmen. Susan wurde unterdessen von einem Rettungswagen zur Notfallstation für Opfer von Sexualverbrechen im North Shore University Hospital gebracht.

Ich war alles anderes als glücklich darüber, dass ich Susan nicht zum Krankenhaus begleiten durfte, aber Detective Jones erklärte mir, das sei die übliche Verfahrensweise: Bei schweren Straftaten werden die Zeugen getrennt. Hey, man kann nicht immer nach Schema F vorgehen, denn auch wenn wir Zeugen waren und Susan den mutmaßlichen Täter getötet hatte, waren wir natürlich auch Opfer eines Verbrechens, und ich sagte zu Detective Jones: »Wir werden natürlich in vollem Umfang kooperieren, aber ich muss darauf bestehen, dass ich zugegen sein darf, wenn Sie Mrs Sutter vernehmen. Ich bin Anwalt, und außerdem bin ich *ihr* Anwalt. Es wäre vielleicht nicht schlecht, wenn Sie Detective Nastasi vom Zweiten Revier anrufen würden. Er hat unsere Anzeige wegen der Drohungen aufgenommen, die der Täter gegen uns ausgestoßen hat.«

Detective Jones dachte über all das nach, dann verließ er das Büro, um sich mit seinem unmittelbaren Vorgesetzten und einem stellvertretenden Bezirksstaatsanwalt des Morddezernats zu beraten, die beide unlängst eingetroffen waren. Das hier war natürlich ein aufsehenerregender Fall, deshalb musste Detective Jones, der meiner Überzeugung nach für gewöhnlich selbst Ermittlungen leitete, seine Pflichten und seine Macht mit den höheren Chargen teilen, die das Wohnzimmer in Beschlag genommen hatten.

Kurz gesagt, wenn eine Dame der höheren Gesellschaft einen Mafia-Don umbringt – auf ihrem oder seinem Grund und Boden –, nimmt der Fall eine andere Dimension an, und jeder will mit von der Partie sein. Ich konnte mich noch an das letzte Mal erinnern, als so was passiert war.

Detective Jones kehrte zurück und erklärte: »Detective Nastasi ist auf dem Weg.« Zu meiner anderen Frage sagte er: »Wir haben nichts dagegen, dass Sie dabei sind, wenn ich Mrs Sutter vernehme.«

»Danke.«

»Als Anwalt ist Ihnen sicher klar, dass Sie Zeuge bei einem Tötungsdelikt sind und möglicherweise mehr als das. Deshalb muss ich Ihnen Ihre Rechte vorlesen, bevor ich Ihre Aussage entgegennehme. Das ist eine Formalität.«

Obwohl mich das nicht völlig überraschte, wurde ich allmählich ungehalten. Andererseits lag eine Leiche in meinem Schlafzimmer, und Detective Jones musste sichergehen, dass er es mit einer entschuldbaren Tötung zu tun hatte. Streng genommen hatte er das nicht – ich meine, Susans Schuss auf Anthony war halbwegs entschuldbar, aber was ich getan hatte, als ich seine Blutung beschleunigte, bezeichnete man gemeinhin als Mord. »Die Mühe kann ich Ihnen ersparen«, sagte ich. Dann trug ich mir aus dem Gedächtnis meine Rechte selbst vor.

Detective Jones schien damit zufrieden zu sein und fragte mich nicht, ob ich verstanden hätte, was ich gerade zu mir gesagt hatte.

Bevor ich mit meiner Aussage begann, teilte ich ihm mit, dass der tote Täter, Anthony Bellarosa, mir den Namen seines Komplizen genannt hatte, eines gewissen Tony Rosini, der mir, wie ich sagte, bekannt war.

Detective Jones gab das an einen anderen Kriminalpolizisten weiter, dann erklärte er: »Ich war einer der Detectives, die vor zehn Jahren zu dem anderen Bellarosa-Mord gerufen wurden.«

Ich war mir nicht ganz sicher, warum er das erwähnte, und weil ich mich noch immer darüber ärgerte, dass Susan und ich getrennt worden waren, erwiderte ich: »Liegen zehn Jahre zwischen den Bellarosa-Morden?«

Er ignorierte meinen Sarkasmus, und ich begann mit meiner Aussage. Detective Jones schrieb alles in Langschrift auf liniertem Papier mit, obwohl ich es natürlich auf Computer tippen oder selbst hätte aufschreiben können. Aber so wurde es eben seit jeher gemacht, warum also neue Technologien einführen?

Ich erwähnte bei meiner Aussage nicht, dass ich mich auf die Brust des Täters gekniet und seine Wunde wieder geöffnet hatte, damit er starb, bevor die Rettungssanitäter eintrafen. Detective Jones fragte nicht danach, warum also sollte ich von mir aus damit rausrücken?

Das Ganze dauerte über eine Stunde, und nachdem ich meine Aussage gelesen hatte, unterzeichnete ich sie, ebenso

Detective Jones und ein anderer Kriminalpolizist, der meine Unterschrift bezeugte.

Ich sah einen Polizeiwagen vorfahren, und ein Polizist in Uniform brachte Susan zur Haustür. Detective Jones empfing sie im Flur und geleitete sie ins Büro.

Wir umarmten uns, und sie sagte: »Mir fehlt nichts. Sie haben mir ein Beruhigungs- und Schmerzmittel gegeben und mich gebeten, morgen zu einer Nachuntersuchung vorbeizukommen, aber ich glaube, ich gehe lieber zu meinem Arzt.«

Detective Jones' Vorgesetzter, Lieutenant Kennedy, und eine stellvertretende Bezirksstaatsanwältin, eine junge Dame namens Christine Donnelly, die mich an Carolyn erinnerte, gesellten sich zu uns ins Büro.

»Unsere Tochter Carolyn ist stellvertretende Bezirksstaatsanwältin in Brooklyn«, sagte ich, um an diesem kritischen Punkt der Ermittlungen alle in die richtige Gemütsverfassung zu versetzen.

Ms Donnelley lächelte daraufhin und meinte: »Mit Joe Hynes zu arbeiten ist nicht leicht, aber sie wird eine Menge lernen.«

Unter Strafverfolgern herrscht, wie ich weiß, ein erstaunlicher Korpsgeist, daher sollte man sich keine Gelegenheit entgehen lassen, einem Polizisten oder Staatsanwalt mitzuteilen, dass man einen Lieblingsonkel hat, der Cop in der Bronx ist, oder dass die eigene Tochter, die Nichte oder der Neffe irgendwo für einen Generalstaatsanwalt tätig ist – selbst wenn man das erfinden muss.

Dies war Detective Jones' Fall – ihn hatte der Ruf ereilt, wie es so schön heißt –, und er fragte Susan zunächst, ob es ihr gutginge und so weiter und so fort. Dann las er ihr ihre Rechte vor und bat sie, eine Aussage hinsichtlich der Geschehnisse dieses Abends zu machen. Als sie begann, schrieb er wieder auf seinem linierten Papier mit.

Mir war klar, dass ich am besten gar nichts sagte, obwohl ich meine Mandantin natürlich hätte beraten können, wenn ich glaubte, sie belaste sich mit einer Aussage selbst, wie zum Beispiel: »Ich habe John gesagt, er soll noch mal hinaufgehen und sich um ihn kümmern.« Daraufhin könnte Detective Jones fragen: »Was meinen Sie mit ›um ihn kümmern‹?«

Natürlich waren wir offiziell keine Verdächtigen, aber es gab eine Leiche, daher mussten Susan und ich bei unseren Aussagen vorsichtig sein.

Ich hatte ihr bereits vor dem Eintreffen des ersten Kriminalpolizisten erklärt, sie müsse unmissverständlich klarmachen, dass sie davon überzeugt gewesen sei, in Lebensgefahr zu schweben, und dass sie deshalb auf einen Mann geschossen habe, der ihr in diesem Moment waffenlos gegenüberstand. Darüber hinaus hatte ich ihr als ihr Anwalt geraten, darauf zu verweisen, dass der Täter ihre Aufforderung, stehen zu bleiben und die Hände zu heben, ignoriert hatte und sich auf sie stürzen wollte.

Das war leider alles andere als eine reine Formsache, und ich wollte nicht, dass den Geschworenen irgendwelche Zweifel kamen. In Wirklichkeit hatte Susan auf Anthonys Herz gezielt, und anschließend wollte sie ihn mit einer Schrotladung ins Gesicht erledigen. Mir war natürlich klar, warum sie das tun wollte, aber ich war mir nicht sicher, ob die Polizei oder die Bezirksstaatsanwaltschaft dafür Verständnis zeigten – vor allem, wenn man ihren unentschuldbaren Mord am Vater des mutmaßlichen Täters in Betracht zog.

Während sie ihre Geschichte erzählte, machte sich Ms Donnelly ein paar Notizen, desgleichen Lieutenant Kennedy, aber das Reden überließen sie Susan.

Sie war an dem Punkt angelangt, als Anthony Bellarosa und Tony Rosini sie buchstäblich die Treppe hinauf und ins Schlafzimmer geschleift, ihr Morgenmantel und Höschen ausgezogen und sie an die Bettpfosten gefesselt hatten.

Ich bemerkte, dass Ms Donnelly, die zu jung war, um von derartigen Geschichten über menschliche Verderbtheit bereits abgehärtet zu sein, sichtlich bestürzt war. Ich dachte an Carolyn und fragte mich, was noch ein paar Jahre bei der Bezirksstaatsanwaltschaft Brooklyn mit ihr machen würden.

Auch Susan verlor an dieser Stelle ihrer Geschichte die Fassung, aber sie atmete tief durch und fuhr fort: »Bellarosa fesselte mich bäuchlings aufs Bett, dann nahm er einen Gürtel – ich glaube, es war Johns Gürtel, und schlug mir damit auf den Po …«

Ich stand auf. »Ich habe das noch nicht gehört und muss es auch nicht hören«, sagte ich. »Sagen Sie mir bitte Bescheid, wenn Mrs Sutter zu der Stelle kommt, an der ich das Schlafzimmer betrete.«

Ich verließ das Büro und ging hinaus, um frische Luft zu schnappen. Inzwischen standen ein halbes Dutzend Polizeiwagen und eine Reihe von Fahrzeugen der Spurensicherung auf dem Vorplatz, aber der Krankenwagen war weg, und ich nahm an, dass man Anthonys Leichnam ins Leichenschauhaus gebracht hatte. Tja, dachte ich, wenn die Autopsie nicht zu lange dauert, könnte man Anthony und Onkel Sal gleichzeitig zur Totenwache aufbahren, vielleicht sogar im gleichen Bestattungsinstitut in Brooklyn, in dem auch Frank gelegen hatte. Und danach könnte man – falls die Diözese Brooklyn keine Einwände erhob – eine doppelte Totenmesse in Santa Lucia und eine doppelte Beerdigung auf dem kirchlichen Friedhof ausrichten. Wäre das nicht Ironie des Schicksals? Oder zumindest praktisch für Freunde und Verwandte. Ich würde beide Beerdigungen auf jeden Fall schwänzen.

Ein Polizist in Uniform fand mich und geleitete mich wieder ins Büro.

Susan fuhr mit ihrer Geschichte fort: »Ich hatte gehofft, John würde auffallen, dass irgendetwas nicht stimmt, und die Polizei rufen … aber dann hörte ich Anthonys Stimme im Flur und eine andere Stimme, und als mir klarwurde, dass es John war, verließ mich der Mut …«

Ich saß da und hörte zu, wie Susan aus ihrer Sicht beschrieb, was im Schlafzimmer vorgefallen war. Ihre und meine Geschichte unterschieden sich nur hinsichtlich ihrer Gedanken und Gefühle. Sie sagte zum Beispiel: »Wie ich bereits erwähnte, erklärte mir Bellarosa, sobald John käme, würde er mich zwingen, auf dem Boden zu knien und ihn … oral zu befriedigen. Daher wusste ich, dass ich ihn … beißen könnte und er so große Schmerzen hätte, dass ich unters Bett rollen und die Schrotflinte ergreifen könnte, die ich dorthin gelegt hatte. Er zwang John, sich an den Heizkörper zu ketten, aber er dachte nicht, dass *ich* ihm gefährlich werden könnte.«

Tja, ich gehe jede Wette ein, dass Anthony seine Meinung geändert hatte, als Susan ihm ein Loch in die Brust ballerte.

Sie schloss mit den Worten: »Er sagte, er würde uns töten, und ich wusste, dass wir in Lebensgefahr waren. Und als ich die Schrotflinte hervorgeholt hatte und ihn aufforderte, stehen zu bleiben und die Hände zu heben, brüllte er mich an: ›Du bist tot, du Miststück!‹ Dann stürzte er sich auf mich und griff nach dem Lauf der Schrotflinte.« Sie dachte daran, hinzuzufügen: »Ich hatte keine andere Wahl, als abzudrücken.«

Detective Jones, Lieutenant Kennedy und Ms Donnelly warfen einander Blicke zu, dann sagte Detective Jones zu Susan: »Danke.« Er bat sie, ihre Aussage durchzulesen, was sie tat, dann unterschrieb sie sie ebenso wie er und Lieutenant Kennedy. Anschließend entschuldigten sich Lieutenant Kennedy und Ms Donnelly. Ich blieb bei Susan und Detective Jones, der Susan noch ein paar Fragen stellte.

Während Susan antwortete, rief ich in ihrem Reisebüro an und hinterließ eine Nachricht, mit der ich unsere Reise stornierte. Weil wir nicht im Haus bleiben konnten, das zu einem Tatort geworden war wie auch zu einem Ort, der schlimme Erinnerungen barg, rief ich im Creek an, reservierte uns ein Cottage und teilte mit, dass wir spät eintreffen würden.

Anschließend entschuldigte sich Detective Jones und ließ uns im Büro allein.

»Wie geht es dir?«, fragte ich Susan.

Sie zuckte die Achseln und erwiderte: »Müde und ausgelaugt. Aber … ich befinde mich in dieser posttraumatischen Euphorie, die sich nach Aussage der Schwester im Krankenhaus einstellen könnte.«

»Ich verstehe.« Mir war klar, dass diese Euphorie verfliegen würde und uns beiden eine schwere Zeit bevorstand. Doch da wir uns mit den Ermittlungen beschäftigen mussten, kamen wir ironischerweise nicht dazu, darüber nachzudenken, was geschehen war.

Detective Nastasi kam ins Büro, und wir begrüßten einander. Er äußerte sein Bedauern, bevor er sagte: »Ich wurde damit beauftragt, das Morddezernat in diesem Fall zu unterstützen.«

Ich nickte. Schon bemerkenswert, dachte ich, wie schnell in diesem Fall aus einer Anzeige gegen Anthony Bellarosa ein Tötungsdelikt geworden ist. Aber wenn wir alle ernsthaft darüber nachdachten, hatte es zwangsläufig mit dem Tod enden müssen – auch wenn ich mir nicht sicher gewesen war, wer am Ende im Grab liegen würde.

»Ich habe ein paar Informationen, die Sie vielleicht interessieren könnten«, sagte Detective Nastasi, »sofern Sie dazu bereit sind.«

Wir nickten beide.

»Der diensthabende Wachmann von All-Safe Security ist verschwunden, daher glauben wir, dass er nebenbei für Bell Security gearbeitet hat. Dieser Wachmann hat Bellarosa und Rosini vermutlich die Uniformen beschafft und hielt Bellarosa – oder jemanden in seiner Nähe – über Ihr Kommen und Gehen auf dem Laufenden.«

Ich nickte. Mir war klar, dass ein Insider beteiligt gewesen sein musste.

»Alle haben angenommen, dass Bellarosa verreist wäre«,

fuhr Detective Nastasi fort, aber wir haben in seiner Brieftasche einen Kartenschlüssel von einem Motel in Queens gefunden, und die New Yorker Polizei hat es überprüft und festgestellt, dass er in der letzten Woche unter einem falschen Namen dort gewohnt hat. Außerdem haben wir einen Chevy Capri gefunden, der in der Nähe seines Hauses abgestellt war – eins von rund zwanzig Autos, die Bell Enterprises geleast hat –, und wir nehmen an, dass es sich um das Fahrzeug handelt, mit dem er diese Woche unterwegs war.«

Ich nickte wieder. Unter aller Augen kann man sich am besten verstecken. Anthony Bellarosa war, wie ich schon sagte, nicht der Hellste auf dem Planeten, aber wie alle Beutejäger konnte er seine Strategie mühelos anpassen, wenn es darum ging, Menschen zu überlisten, die *ihn* jagten. Er drehte den Spieß ganz einfach um.

»Der Wachmann von Bell Security drüben bei den Alhambra-Anlagen hat Bellarosa offenbar mitgeteilt, dass die Polizei sein Haus nicht überwacht, und so fuhr Anthony zum Anwesen und parkte sein Auto ein paar hundert Meter von seinem Haus entfernt. Dann ging er unserer Meinung nach in Begleitung von Tony Rosini zu Fuß von seinem Grundstück aus hierher.«

Ich entsann mich an die Luftaufnahme des Grundstücks, die ich im Internet gesehen hatte. Mir war immer klar gewesen, dass diese Möglichkeit bestand, aber ich hatte gehofft, dass die Grundstücksgrenzen gesichert wären, wenn wir aus Europa zurückkehrten. Allerdings hätte Anthony Bellarosa vermutlich dennoch eine Möglichkeit gefunden, irgendwann und irgendwo an Susan ranzukommen.

Detective Nastasi sagte: »Was Tony Rosini angeht, so haben wir ihn in Bellarosas Haus aufgegriffen – offenbar bewohnte er ein Zimmer im Keller –, und er hat gesagt, er warte auf einen Anruf von seinem Boss, damit er ihn abholen könne. Das sei alles, was er wisse. Im Moment wird er wegen Beihilfe bei einer Reihe von Straftaten festgehalten.« Er wandte sich an Susan:

»Morgen in aller Frühe müssen Sie ihn bei einer Gegenüberstellung als den Mann identifizieren, der Anthony Bellarosa begleitet hat. Dann können wir ihn anklagen.«

Susan nickte.

Detective Nastasi fuhr fort: »Da der mutmaßliche Täter tot ist, werden die Ermittlungen und die Aufklärung dieses Falles ein bisschen einfacher und schneller vonstattengehen, als wenn er überlebt hätte.«

Stimmt. Tote Gauner erzählen keine Geschichten, und sie können gegenüber der Presse oder der Polizei keine Aussagen machen, die den Aussagen ihrer Opfer widersprechen. Das Wichtigste aber war, dass Anthony nicht wiederkommen konnte.

»Haben Sie irgendwelche Fragen dazu, wie es mit diesem Fall weitergeht?«

»Wie lange müssen wir Ihnen zur Verfügung stehen?«, fragte Susan.

»Ein, zwei Monate«, erwiderte Nastasi, »aber darüber habe nicht ich zu befinden.«

»Wir wollen am zweiten Samstag im August heiraten und danach in die Flitterwochen fahren«, teilte Susan ihm mit.

Er nickte. »Glückwunsch. Das sollte kein Problem sein.«

»Das ist gut.« Dann fragte Lady Stanhope: »Wo ist mein Wagen?«

»Er ist noch nicht wieder aufgetaucht, aber ich glaube, Rosini weiß, wo er ist. Wenn wir ihn finden, müssen wir ihn sicherstellen, bis das Labor damit fertig ist.«

Sie nickte. »Wann können wir wieder in unser Haus?«

»In etwa einem Tag.«

Ich glaubte nicht, dass Susan so bald zurückkehren wollte, aber selbst wenn wir zurückkehrten, war uns beiden klar, dass es nur vorübergehend sein würde. Nachdem wir den Medienzirkus überstanden und die Ermittlungen hinter uns gebracht hatten, würden wir Amir Nasim das Gästehaus verkaufen und irgendwo anders hinziehen. Wohin, wusste ich nicht – vielleicht warfen wir einen Dartpfeil auf eine Weltkarte.

Detective Nastasi riss mich aus meinen Gedanken, als er zu Susan sagte: »Ich glaube, die Anklagejury wird auf entschuldbare Tötung befinden. Also machen Sie sich darüber keine Gedanken. Suchen Sie sich eine Unterkunft für heute Nacht, melden Sie sich, und morgen früh machen wir die Gegenüberstellung. Detective Jones sagt, wir brauchen Sie hier nicht mehr.«

Wir dankten ihm und schüttelten ihm die Hand, worauf uns ein anderer Kriminalpolizist in unser Schlafzimmer geleitete, in dem noch immer die Mitarbeiter der Spurensicherung arbeiteten. Ein Fotograf machte Aufnahmen von dem Blut und den Kreideumrissen auf dem Teppichboden.

Wir packten ein paar Sachen in Reisetaschen und gingen hinunter.

Zu meiner Überraschung sah ich Special Agent Felix Mancuso vom FBI, der in der Diele auf uns wartete, und einen Moment lang war es mir unangenehm. Er fragte Susan zunächst, wie es ihr ginge, worauf sie erwiderte: »Mir geht es gut.«

Dann kam er sofort zur Sache und sagte: »Nun, ich habe das Gefühl, als hätte ich Sie bezüglich Anthony Bellarosas Verbleib und seiner Absichten in die Irre geführt. Ich hätte nie geglaubt, dass er es selbst tun würde.«

»Machen Sie sich darüber keine Gedanken, Mr Mancuso«, erwiderte ich. »Wir alle haben ein paar sachkundige Einschätzungen angestellt, und einige davon waren falsch. Wir danken Ihnen für alles, was Sie getan haben, und für Ihr persönliches Interesse an der Angelegenheit.«

»Das ist sehr freundlich von Ihnen.« Aber ich sah, dass es ihn immer noch wurmte, und er gestand: »Ich habe Anthony Bellarosa nicht verstanden … Ich habe nicht verstanden, wie sehr er von seinem Hass getrieben wurde … und von dieser uralten Auffassung, dass Blut nur durch Blut aufgewogen werden kann. Wir erleben das in unserer schönen, zivilisierten Gesellschaft nicht mehr allzu häufig, aber ich erlebe es in meinem neuen Job.«

Ich hätte Felix Mancuso sagen können, dass der Firnis der Zivilisation sehr dünn war, doch das wusste er. Und dennoch war er wie wir alle stets aufs Neue überrascht, wenn die alte Bestie ihr hässliches Haupt erhob. Ich sagte zu ihm: »Wir bleiben heute Nacht in Susans Club, wir sind erschöpft.«

»Das ist verständlich. Ich begleite Sie hinaus.«

Wir gingen auf den Vorplatz. Es war eine klare, milde Nacht, und über uns funkelten Millionen Sterne.

»Ich habe von Detectice Jones gehört, dass Sie sehr klug und sehr tapfer waren«, wandte sich Mr Mancuso an Susan.

Und entweder hatte sie vergessen oder sie scherte sich nicht darum, was ich ihr über entschuldbare Tötung gesagt hatte, denn sie erwiderte: »Ich war sehr dumm. Er wollte uns nicht töten. Er hat das etwa sechs Mal gesagt. Hier ging es nicht um Blut gegen Blut. Er wollte uns demütigen und uns das Leben zur Hölle machen.« Sie atmete tief durch und sagte zu Mr Mancuso, eigentlich aber zu mir: »Ich hätte mich einfach von ihm schänden lassen können, und es wäre vorüber gewesen. Aber ich habe mein und Johns Leben riskiert, um ihn zu töten.«

Das war, wie sowohl Mr Mancuso als auch ich wussten, eine belastende Aussage, aber weil er uns mochte und sich verantwortlich fühlte für das, was geschehen war, sagte er: »Ich bin davon überzeugt, dass Sie *geglaubt* haben, Sie wären in Lebensgefahr, Mrs Sutter, und Sie haben richtig gehandelt, als Sie ihn erschossen.«

Doch Susan war noch nicht fertig, sondern musste ihr Herz komplett ausschütten. »Wenn er mich wegen dem, was ich seinem Vater angetan habe, hätte töten wollen, hätte ich es verstanden«, sagte sie, »… Auge um Auge … aber … er wollte unsere Seelen töten, und das konnte ich nicht zulassen.«

Mr Mancuso dachte darüber nach. »Ich verstehe, aber … nun … vielleicht hätte ich das Gleiche getan.« Er begleitete uns zum Taurus. »Übrigens, der Rechtsmediziner hat mir mitgeteilt, dass Bellarosa noch lebte, als die Rettungssanitäter eintrafen, aber bevor man ihn notdürftig versorgen konnte, starb er.«

Ich machte meine Rechte geltend und schwieg zu dem Thema.

»Allem Anschein nach … nun, der Rechtsmediziner sagte, es habe so ausgesehen, als wäre die Wunde durch geronnenes Blut verstopft gewesen, aber … irgendwie habe sich dieser Blutpfropfen in seiner Brust gelöst, sodass es wieder blutete und Bellarosa schließlich verblutet sei.« Mancuso warf mir einen Blick zu. »Daher … habe ich mich gefragt, ob Sie versucht haben, Erste Hilfe zu leisten – wie Sie es bei Frank Bellarosa taten –, und dabei vielleicht versehentlich die Blutung wieder ausgelöst haben.«

Mr Mancuso, so vermutete ich, wollte mich vorwarnen, dass es später ein paar Fragen hinsichtlich des pathologischen Befunds zur Todesursache geben könnte. Ich dankte ihm insgeheim und erwiderte: »Ich habe getan, was ich tun musste.« Zur Klarstellung fügte ich hinzu: »Ich habe die 9-1-1 angerufen.«

Dabei beließen wir es, und falls Mr Mancuso dachte, ich hätte eingegriffen, um Anthony Bellarosas Tod zu beschleunigen, sagte er es nicht. Ich hoffte allerdings, dass er Verständnis dafür hatte.

Allem Anschein nach gab es nichts mehr zu sagen, daher schüttelten wir uns alle die Hand, und Susan und ich stiegen ins Auto und fuhren über die lange, dunkle Zufahrt.

Das Pförtnerhaus war erleuchtet, und vor der Tür standen Polizeiwagen und Kleinbusse der Nachrichtensender. Das Tor war offen, und ich fuhr hindurch, weg von Stanhope Hall und auf die Grace Lane.

Wir kehrten nicht nach Stanhope Hall zurück, sondern blieben eine Woche im Creek, telefonierten mit Freunden und Verwandten, trafen uns aber mit niemandem. Außerdem stellten wir uns Detective Jones für weitere Fragen zur Verfügung. Susan konnte Tony Rosini mühelos identifizieren, und man legte ihm eine ganze Reihe von schweren Straftaten zur Last – unter anderem Kidnapping –, für die er so lange inhaftiert werden würde, dass man es nur nach geologischer Zeitskala messen konnte.

Detective Jones hatte mich bezüglich des Autopsieberichtes befragt – vor allem dahingehend, ob ich wüsste, wie Anthony Bellarosas Wunde, die sich durch geronnenes Blut so schön geschlossen habe, wieder aufbrechen konnte, sodass man Blutklumpen rund um die Wunde und andere tief im Wundkanal gefunden habe. »Als hätte jemand irgendetwas in die Wunde gestoßen«, sagte er.

Ich konnte das kaum glauben oder gar verstehen und erwiderte: »Ich habe keine medizinische Ausbildung – von einem Erste-Hilfe-Kursus beim Militär einmal abgesehen –, daher kann ich diese Frage nicht beantworten.«

Er schien mit meiner Antwort nicht ganz zufrieden zu sein, sagte aber: »Ich glaube, die Anklagejury wird auf entschuldbare Tötung befinden.«

Worauf ich erwiderte: »Zu welchem Schluss sollte sie denn sonst kommen?«

Nach einer Woche im Creek reservierte ich für uns ein Zimmer im Gurney's Inn in Montauk Point.

An unserem ersten Abend dort spazierten wir am Strand entlang in Richtung Osten, zum Leuchtturm in der Ferne. Um Mitternacht waren nicht viele Menschen am Strand, aber eine Schar junger Leute hatte aus Treibholz ein Feuer gemacht, und ein paar unverzagte Angler standen draußen in der Brandung und köderten Blaubarsche.

Der Mond stand im Südwesten, und er warf einen breiten Lichtstreifen auf den Ozean und tauchte den Strand in seinen silbernen Schein. Eine hübsche Brise zog übers Wasser, trieb weiße Schaumkronen auf die Wellen und trug den Geruch der salzigen Luft und das Rauschen der Brandung zur Küste.

Susan und ich liefen Hand in Hand durch den weißen Sand und sagten nichts, lauschten bloß der See.

Wir kletterten auf eine kleine Sanddüne, setzten uns hin und betrachteten den Ozean. Draußen am Horizont sah ich die Lichter von Frachtern und Tankern, die aussahen wie kleine Städte, die auf dem Wasser schwebten.

Wir saßen eine ganze Zeitlang da, bis Susan mich fragte: »Wollen wir noch immer heiraten?«

»Kriege ich immer noch meine Yacht?«

Sie lächelte. »Natürlich. Nach unserer Hochzeit segeln wir mit den Kindern nach England und räumen deine Wohnung aus. Danach … schicken wir Edward und Carolyn per Flugzeug nach Hause.«

»Und anschließend?«

»Können wir gemeinsam um die Welt segeln?«

»Können wir.«

»Ist es gefährlich?«

»Spielt das eine Rolle?«

»Nein, tut es nicht.«

»Es ist ein Erlebnis, nach dem man wie verwandelt ist.«

»Gut. Genau das brauche ich.« Sie legte den Arm um mich und fragte: »Wo möchtest du künftig leben?«

»Ich glaube, wir werden den passenden Ort erkennen, wenn wir ihn sehen.«

»Hilton Head würde dir gefallen.«

Ich lächelte. »Könnte schon sein.« Sieh zu, dass deine Freunde in der Nähe und deine Feinde noch näher sind. »Wirst du New York vermissen? Stanhope Hall?«

»Vermutlich schon – es ist ein Teil von mir. Aber wir beide

haben schöne Erinnerungen daran, wie wir hier aufgewachsen sind, uns verliebt haben, geheiratet, unsere Kinder großgezogen haben … an unser gemeinsames Leben. Und wenn wir zu Besuch hierherkommen, können wir uns vorstellen, wir wären Zeitreisende, die an einen wunderbaren Zeitabschnitt und Ort unseres Lebens zurückgekehrt sind, und wir können so tun, als wären wir wieder jung und hätten unser ganzes Leben noch vor uns.«

»Wir *sind* jung und haben unser ganzes Leben noch vor uns.«

Sie schmiegte sich an mich und sagte: »Es ist wunderbar, dass du wieder da bist.«

Ich schaute zum Leuchtturm von Montauk und dachte daran, wie ich vor zehn Jahren von hier aus losgesegelt war. Ich hatte keine Ahnung gehabt, wohin es gehen sollte oder ob ich jemals zurückkehren würde. Und es spielte auch keine Rolle – denn in meinen Gedanken und in meinem Herzen war Susan jeden Tag auf See bei mir gewesen. Ich hatte mich laut mit ihr unterhalten, und ich glaubte, sie wusste auch, dass ich an sie dachte.

Ich zeigte ihr in Gedanken die Welt, und wir betrachteten gemeinsam die Sterne, segelten gemeinsam in sichere Häfen – wir liefen sogar gemeinsam durch die Straßen von London. In den zehn Jahren war sie nie von meiner Seite gewichen, daher war das hier auch keine Wiedervereinigung, denn wir waren nie getrennt gewesen. Die Reise, die wir jetzt antreten wollten, war die zweite, die wir gemeinsam unternahmen.

Und falls das Schicksal bereits entschieden hatte, dass wir von See nicht zurückkehren sollten, dann war das in Ordnung. Jede Reise geht zu Ende, und das Ende der Reise nennt man immer sein Zuhause.

Nun, Reisender, segle los, suche und finde.

Walt Whitman

DANKSAGUNG

Wie bei allen meinen Romanen habe ich Freunde und Bekannte gebeten, mir bei technischen Details, Fachbegriffen und allerlei anderen Informationen zu helfen, die ein Romancier braucht, aber nicht aus einem Buch oder dem Internet beziehen kann.

Zuallererst möchte ich mich bei meinem uralten Freund Thomas Block bedanken, Kapitän (i. R.) der U. S. Airways, Autor und Kolumnist vieler Zeitschriften über Fliegerei und Luftfahrt, Koautor (mit mir) von *Mayday* und Autor von sechs anderen Büchern. Tom ist ein großartiger Rechercheur, und da er selbst Romancier ist, weiß er, was nötig ist, damit Belletristik wahr klingt.

Dank auch an Sharon Block für das sorgfältige Lesen des Manuskripts, ihre ausgezeichneten Vorschläge sowie dafür, dass sie Tom jeden Morgen einen Grund zum Aufstehen gab.

Einmal mehr möchte ich mich herzlich bei meinem guten und langjährigen Freund John Kennedy bedanken, Deputy Police Commissioner (i. R.) des Nassau County Police Department, Schlichter bei Arbeitskämpfen und Mitglied der New York State Bar. John hat mir unschätzbar wertvolle Ratschläge und Informationen zu den Passagen gegeben, bei denen es um

Sachkenntnisse bei der Strafverfolgung geht. Ich habe mir dichterische Freiheiten herausgenommen, wo es nötig war, und alle Fehler und Versäumnisse gehen auf meine Kappe.

Was die Jurisprudenz angeht, möchte ich außerdem meinem Anwalt und guten Freund David Westermann danken, der (umsonst) Abschnitte des Buches gelesen hat, bei denen es um Testamente, Nachlässe, Treuhandfonds und verwandte Themen ging. Dave hat mir alles richtig erklärt, aber wieder habe ich mir dichterische Freiheiten herausgenommen, wo nötig, und aus Spaß ein paar Gesetze erfunden.

Vielen Dank auch an Daniel Barbiero, einen großartigen Freund und nicht minder großartigen Seemann, der die Abschnitte des Buches las, in denen es ums Segeln, den Seawanhaka Corinthian Yacht Club und verwandte Themen ging. Es hat großen Spaß gemacht, im Lauf des letzten halben Jahrhunderts in der Bar des Seawanhaka, in der Rex-Bar in Saigon und all den anderen Bars zu recherchieren.

Dank auch an John E. Hammond, Historiker und Autor von *Oyster Bay Remembered* (Maple Hill Press), der mich an seinem erstaunlichen Wissen über die Gold Coast von Long Island teilhaben ließ. Und noch einmal muss ich zugeben, dass ich als Romancier mein Recht auf dichterische Freiheiten geltend gemacht habe und alle Fehler oder Versäumnisse bei den historischen Tatsachen allein auf meine Kappe gehen.

Dieses Buch wäre nicht möglich gewesen ohne die schwere Arbeit, das Engagement und handwerkliche Können meiner ausgezeichneten und sehr geduldigen Assistentinnen Dianne Francis und Patricia Chichester. Ich werde sie mein nächstes Buch schreiben lassen.

Ein ganz besonderer Dank gilt Jamie Raab, der Verlegerin von Grand Central Publishing – meine Lektorin und eine großartige Freundin. Jamie war der größte Fan dieses Romans, bevor ich das erste Wort geschrieben hatte, und sie hat mich auf jedem Schritt des Wegs begleitet. Daher teile ich bei diesem

Buch auf mannigfache Art und Weise die Urheberschaft (aber nicht die Tantiemen) mit ihr.

Es ist immer gut, dem Geschäftsführer zu danken, selbst wenn man es nicht ernst meint. In diesem Fall aber gilt mein aufrichtigster Dank meinem Freund David Young, Vorstandsvorsitzender und Geschäftsführer der Hachette Book Group. David glaubte ebenso wie Jamie an eine Fortsetzung von *In der Kälte der Nacht*, selbst als ich noch Zweifel hatte – Zweifel, die mit vernünftigen Mengen Scotch Whisky zerstreut wurden. Cheers, David.

Außerdem möchte ich mich bei meiner Schwiegermutter und meinem Schwiegervater bedanken, Joan und Bob Dillingham, für einige scharfsinnige Tipps zur Episkopalkirche sowie zu Beerdigungen, Hochzeiten und verwandten kirchlichen Angelegenheiten; jede Ähnlichkeit mit tatsächlichen Begebenheiten ist in diesem Buch rein zufällig.

Und das Beste habe ich mir für zuletzt aufgehoben. Jeder Autor braucht eine Gattin oder bessere Hälfte, um ihn vor den alltäglichen Gebrechen eines Schriftstellers, Schwellkopfsyndrom genannt, zu bewahren, und ich hatte das große Glück, so eine Person zu finden: Sandra Dillingham DeMille, seit knapp zwei Jahren meine Braut. Sandy hat mir nicht nur ein paar meiner unangenehmsten Eigenschaften ausgetrieben, sondern ist darüber hinaus auch eine gute Manuskriptbearbeiterin und außerdem meine Informationsquelle zu den subtileren Dingen aus der Welt der weißen angelsächsischen Protestanten. Für all das und dafür, dass Du mir James Nelson DeMille geschenkt hast, danke ich Dir und liebe ich Dich.

Die nachfolgend aufgeführten Personen haben großzügige Spenden für wohltätige Zwecke überwiesen, damit Figuren in diesem Roman nach ihnen benannt werden: Diane und Barry Ganz, A. J. Nastasi und Jake Watral, die alle für die *Crohn's & Colitis Foundation of America* spendeten; Dan Hannon, der für das *Diabetes Research Institute* spendete; Roger Bahnik, Dave Corroon und Diane Knight, die für den *Boys & Girls Club of Oyster Bay – East Norwich* spendeten; Stephen Jones und Matthew Miller, die für den *Fanconi Anemia Research Fund* spendeten; und Christine Donnelly, die gemeinsam mit ihrer Familie für die *Mollie Biggane Melanoma Foundation* spendete.

Vielen Dank an all diese fürsorglichen Männer und Frauen, denen das Wohl der Allgemeinheit am Herzen liegt. Ich hoffe, Sie haben Spaß daran, Ihre Namen bei Charakteren in *Das Vermächtnis* wiederzufinden.

Und noch ein Letztes: Ich habe zwei zusätzliche Namen in diesem Buch verwendet – Justin W. Green und Joseph P. Bitet, zu Ehren ihrer Verdienste für das Land, dem sie als Soldaten im Irak dienten. Willkommen daheim.